PHILIPP C. NIKLAS

Das Schicksal der Fluchträger
1: Träume & Erinnerungen

IMPRESSUM

Deutsche Erstausgabe Mai 2024

1. Auflage
Copyright © Philipp C. Niklas

Lektorat & Korrektorat: Claudia Fritzsche
Umschlaggestaltung, Innenlayout & Satz: OH, JA!
Landkarte: © Philipp C. Niklas
Charakter-Illustrationen: Florian R.

Umschlagmotive: Adobe Stock (brillianata; Dmitryi; chernikovatv)
Zusätzliche Motive Landkarte: Adobe Stock (javieruiz; daboost)

Bestellung und Vertrieb: Nova MD GmbH, Vachendorf
Druck und Bindung: CPI books GmbH, Leck

ISBN 978-3-98942-372-5

www.philippcniklas.com

PHILIPP C. NIKLAS

DIE CHRONIKEN VON SALZ & ASCHE

DAS SCHICKSAL DER FLUCHTRÄGER

ROMAN

»*Als alles vorbei ist, bin ich alleine.*

Stille umgibt mich, lange Zeit. Aus der Stille kommen schließlich die Erinnerungen. Sie umfließen mich und ich lasse sie durch mich hindurchströmen.

Ich kenne diese Erinnerungen. Es sind meine. Doch da sind auch welche, die ich nicht kenne, die ich nie durchlebt habe. Aber auch sie sind mir vertraut, auf eine seltsame Weise. Sie gehörten jenen, die jetzt nicht mehr da sind. Fremden wie Freunden.

Meinen Freunden.

Durch sie sehe ich das Ende, wieder und wieder, viele Male. Und ich sehe, wie alles begann ...

... vor so langer Zeit.«

PROLOG:

Líohim im Jahr 1874 nach Líhenor
in der Nacht der Wintersonnenwende

DIE NACHT war selbst für Mittwinter ungewöhnlich früh und dunkel über Líohim hereingebrochen. Undurchschaubar war sie, schwer wie die Vorahnung, und ihre Kälte schnitt wie blanker Adamantenstahl durch Stoff, Stahl und Leder von Khons weißer Rüstung.

Der junge Ritter mit dem grauen Haar stand alleine auf seinem Wachposten auf den verschneiten Zinnen des inneren Nordwestturms. Die behandschuhte Rechte fest auf dem Heft seines Langschwertes, sah er der Dunkelheit unvermindert fest in die Augen. Etwas lag darin auf der Lauer, das spürte er tief in sich mit einer Gewissheit, die so grausam war wie die Schwärze der Nacht und ihre Kälte. Und es würde nicht mehr lange dauern, bis es sich offenbarte.

Die Dunkelheit war durch jede noch so dicke Mauer gesickert, hatte alle Konturen der Stadt aufgelöst, alle Lichter verlöscht, Sterne wie Schneeflocken, ja selbst den Schimmer des knochenfahlen Vollmonds. Die Fackel, die Khon auf seinem Wachposten entzünden wollte, hatte sie noch im Keim erstickt.

Khon hatte sie schon am Mittag gewittert, wie ein Wolf den anstehenden Wetterwechsel witterte, und wie ein Wolf war er deswegen den ganzen Tag unruhig über die Mauern geschlichen, die Hand am Stahl, jederzeit bereit, ihn zu ziehen.

Die Dunkelheit dieser Winternacht war die Verdichtung all dessen, was sich in den letzten Wochen in den vom Schneematschverwelkten Gassen von Líohim angesammelt hatte. Gerüchte und Halbwahrheiten, Gemunkel und Getuschel, so unhaltbar und flüchtig wie die Gestalten, die sie erwähnten. Einmal hatte Khon auf seinen Streifgängen durch die Stadt sogar schon jenen unheilvollen Namen gehört.

Amkash ...

Es war im Vorbeigehen geschehen, so schnell, dass Khon nicht nachverfolgen konnte, wer das gesagt hatte, oder weshalb. Er hatte nur das eine Wort verstehen könne, flüchtig, fetzenhaft, in der Menge. Aber er *hatte* es gehört. Erzählt hatte er davon nur dem schlaksigen Peridur und dem alten Farrím. Die hatten das halbherzig als nichts weiter als das übliche Stadtgeschwätz abgetan.

»Hör auf, immer die Teufel an die Wand malen zu wollen«, hatte Peridur gesagt und der alte Farrím ihm geraten, lieber einem guten Wein nachzugehen, statt solchem Unsinn.

Der schmächtige Peridur war im kaiserlichen Palast als Dienstmann von Prinz Markían angestellt. Farrím war der dienstälteste unter den zwölf Mitgliedern der Kaiserwache. Die beiden waren Khon die einzigen Freunde in Líohim. Er mochte sie und vertraute ihnen, aber selbst ihnen hatte er nie die ganze Wahrheit erzählt.

Die Wahrheit ...

Sein heiliger Eid, der Grund warum er hier war; er, der mit einundzwanzig Jahren der jüngste Ritter war, den die Kaiserwache je aufgenommen hatte. Jenes schwärzeste aller Geheimnisse, das er tief und noch tiefer in den Katakomben von Líhenor verwahrt hatte und verborgen hielt. Niemand durfte davon wissen, niemand je davon erfahren.

Und so hatte auch niemand außer Khon die schleichende Bangigkeit bemerkt, die sich in den letzten Wochen über Líohim zusammengezogen hatte, und niemand hatte seinen Worten Bedeutung beigemessen, als er dafür plädierte, die Stadttore besser zu bewachen. Im Gegenteil: Als die ersten Dämmerschatten über die Berge im Rücken der Stadt gekrochen waren und Khon von Nervosität gepackt wurde, hatten die anderen aus der Kaiserwache gar über ihn gescherzt.

»Ein Wolf der die Nacht fürchtet! Hat man sowas schon

gesehn!«, hatten sie gelacht.

Aber als das undurchdringliche Schwarz kurz darauf den Palast, die Häuser, Mauern, Türme, Kuppeln und den Hafen von Líohim unter sich begraben hatte, mussten sogar sie bemerkt haben, dass etwas anders war als sonst.

Nun legte sich der Schnee auf Khon. Lautlos und dünn wie schüttere Seide bedeckte er Schwert, Rüstung und Umhang und verfing sich in seinen Augenbrauen. Der junge Ritter zog den geölten Stahl ein Stück heraus und rieb ihn, damit er in der Scheide nicht festfror. Dann löste er die Schnallen seines Umhangs und entledigte sich des durchgeweichten schweren Stoffs. Seinen Helm hatte er schon am frühen Nachmittag abgelegt. Er konnte das unhandliche Ding nicht leiden, weil es ihm die Sicht so sehr einengte. Wobei das bei dieser widernatürlichen Finsternis keinen Unterschied gemacht hätte. Im aufkommenden Wind suchten ihn die Worte seines Freundes Peridur erneut mit düsterem Hohn heim.

Ich soll nicht immer die Teufel an die Wand malen.

Dabei waren die Teufel schon längst hier! Diese Dunkelheit war ihr Werk! Und alles, was Khon nun noch tun konnte, war hier auf der Wehr zu stehen und auszuharren, bis sie sich zeigten.

Das Schneetreiben wurde strenger, die Flocken scharf wie gefrorene Glasscherben, die aus der Dunkelheit hervorstachen. Jemand kam die Treppe herauf.

Leichte Schritte, aber in Eile.

Fackelschein mühte sich flackernd voraus, dann steckte der Knappe Hollever Fink seinen Lockenkopf durch die Türe.

»Mein Herr Khon, ihr werdet an den Gemächern von Prinz Markían gebraucht! Es ist dringend!«

»An den Gemächern des Prinzen?« Khons Bartstoppeln knirschten vom Frost. »Weswegen?«

»Ich weiß nicht, mein Herr Khon. Aber ihr müsst sofort kommen! Der Herr Peridur braucht eure Hilfe!«

Ausgerechnet bei Peridur hatte es also begonnen, dachte Khon, dem Knaben über die Treppen folgend. Der schmächtige Kerl konnte nichts gegen einen solch übermächtigen Feind ausrichten. Das mussten die Teufel von Amkash gewusst haben.

9

Doch er, Khon, war bereit.

Auf der Treppe warf Hollever Fink einen verstohlenen Blick zu seinem Ritter zurück. Kurz wie ein Funkenschlag war er, aber Khon fing ihn auf. Der Knappe beschleunigte ertappt seine Schritte. Eine düstere Befürchtung überkam Khon.

Seine Worte haben steif geklungen, dachte er. *Einstudiert. Aufgetragen. Was, wenn dies ... wenn der Junge ...*

Als hätte die Dunkelheit seine Gedanken belauscht, hallte ein heller Glockenton durch die tiefschwarze Nacht, zart wie von jungem Silber, viel zu rein für eine solche Nacht. Diese Glocken schlugen nicht für die Lebenden, das wusste Khon instinktiv. Fünf Mal ertönten sie. In ihrem Echo quollen Geräusche von überall her im Palast auf.

Schreie. Rufe. Wehklagen.

Der Knappe tat sich schwer, die Glocken und die Geräusche zu ignorieren. Sie hatten das Ende der Treppe erreicht. Auf der letzten Stufe blieb Khon stehen.

»Hollever?«

Der Knappe hielt inne. Seine Fingerknöchel wurden weiß, so sehr klammerte er sich an der Fackel fest.

»Wer hat dich geschickt?«

Hollever Finks zögerliches Schweigen erzitterte unter dem Lärm, der sich nun am Ende des Korridors sammelte. Er kam rasch näher und klarte zum Getrampel schwerer Stiefel, dem Gescheppe von Rüstungen und dem Gebell von Hauptmann Belissar auf.

Der Knappe stand mit dem Rücken zu der heranstürmenden Meute.

»Es tut mir leid, Herr Khon! Ich wollt's nicht tun! Wirklich nicht! Er hat mich dazu gezwungen!«

Die letzten Worte gingen schon im Lärm der neun Männer unter, die nun hinter ihm auf den Korridor brachen. Drei von ihnen trugen die weißen Rüstungen der Kaiserwache, alle hatten sie Stahl in den Händen und maßlose Abscheu in den Visagen.

»Da ist er!«, bellte Belissar, und Hollever Fink kreischte: »Ich hab ihn belauscht, Hauptmann! Er wollte zu Prinz Markían! Bestimmt wollte er auch ihn umbringen!«

Der Hauptmann funkelte Khon durch die Sehschlitze in seinem Helm an. »Nehmt ihn fest!«

Die Männer stürzten vorwärts, auf Khon im Treppenausstieg zu, und innerhalb eines halben Herzschlags wurde dem jungen Ritter mit dem grauen Haar mit vollkommener Klarheit bewusst, dass ihn jemand an die Teufel von Amkash verraten hatte.

Er riss sein Schwert aus der Scheide. Der Stahl schnitt lautlos durch die Luft und brachte die Männer abrupt auf Abstand.

Khon kannte die drei in den weißen Rüstungen.

Bakkhos, Stylian, Lykas.

Der Rest waren gewöhnliche Nachtwachen. Sie umstellten ihn, griffen aber nicht an. Abneigung und Feindseligkeit schlugen ihm von ihnen allen entgegen, aber auch Skrupel und von einigen sogar … Furcht.

Das ist gut, dachte Khon. *Sollen sie mich fürchten!* Und er rief: »Es stimmt! Ich habe Valentyn getötet! Und ich werde auch Markían töten! Stellt euch mir in den Weg, und ich werde euch ebenso abschlachten! Ich habe es schon mit Zahlreicheren und Besseren als euch aufgenommen!«

»Niederträchtiges Scheusal!« Der Hauptmann Belissar schob sich zwischen den Männern vor. »Ich habe seiner lichten Gnaden schon einst nach dem Turnier zu Prinz Markíans Namenstag gewarnt, dass dahergelaufenes Gesindel wie du nichts in der Kaiserwache zu suchen hat! Männer! Nehmt diesen Mörder fest!«

Vom Befehl ihres Hauptmanns angespornt, erhoben die Männer ihre Schwerter und gingen auf Khon los.

Der junge Ritter mit dem grauen Haar festigte seinen Griff um das Heft. Er atmete ein und während des Einatmens ließ er alles an sich, jeden Muskel, jede Faser, jeden Gedanken, sich nach dem Stahl in seinen Händen ausrichten; auf den Kampf hin. Alles jenseits dessen schwand in die Bedeutungslosigkeit ab. Er atmete aus. Dann schlugen die Schwerter über ihm zusammen.

Khons Stahl wirbelte herum und fing die wilden Hiebe auf, lenkte sie ab und stach seinerseits mit grausamer Präzision zurück. Sein Schwert krachte, streifte Stahl, Panzerplatten und Leder, bis es endlich in weiches Fleisch fuhr. Der Erste kreischte auf und kippte zu Boden. Dem Nächsten schlitzte Khon die Kehle auf, dem darauf die Achsel, Bauch, Wange. Einem fegte er mit einer einzigen flinken Bewegung scheppernd den Helm vom Schädel, zerfetzte ihm das Ohr und schlug ihm die Waffe aus der Faust. Mit zwei Schwertern behauptete er sich beidhändig gegen die nächste Angriffswoge, als etwas in ihm aufriss; ein formloses Empfinden, gleich einer Wunde, hässlich und brennend wie die Bitterkeit alter Erinnerungen ... und alten Zorns, schwarz, fern und fremd.

Nein!

In diesem halben Herzschlag Unaufmerksamkeit rannte eine der Nachtwachen geradewegs in Khons Stahl. An seiner Seite schoss ein sengender Schmerz auf. Die Nachtwache würgte Blut über Khons Schulter und verreckte hustend und gurgelnd, doch sie war nahe genug herangekommen, um ihm sein Messer an der Flanke durch die Lamellenrüstung zu jagen. Schon quoll dunkles Blut zwischen den weißen Schuppen auf. Mit einem Keuchen, das schwer von Schmerz und Wut war, trat Khon den dummen, toten Kerl von sich weg. Noch in der Bewegung merkte er, wie sich seine Muskeln um die Einstichwunde verkrampften.

Verdammt!

Er hatte sich aus seiner Konzentration reißen lassen. Er musste jenes schwarze Empfinden zurückdrängen, was es ihn auch kostete – er musste sich wieder auf den Kampf konzentrieren und einzig darauf. Mehr durfte es in diesem Moment nicht für ihn geben.

Verdammt!

Die verbliebenen vier Wachen drängten ihn jetzt wankend zurück in die Turmtreppe, aber das war ein Vorteil, den der verwundete Khon zu nutzen wusste: Die Treppe war so eng, dass nurmehr zwei auf einmal an ihn herankommen konnten. Und sie mussten ihn frontal angreifen.

Khon überwand den Schmerz in seiner Seite und wehrte auch den Rest der Männer ab. Zuletzt stand er nur noch dem Hauptmann gegenüber.

Zwischen ihnen lag ein Feld aus Leichen und Blutlachen, so

schwarz und dampfend wie Khons Schwerter. Khon war groß, hatte breite Schultern und eine breite Brust, doch Hauptmann Belissar war ein Koloss von einem Mann und von dreißig Jahren Dienst vernarbt und abgehärtet – doch durch den Tod seines Kaisers, sein Versagen und dieses Gemetzels auch blind vor Zorn. Er stieß einen Kampfschrei aus und tobte mit dem Breitschwert auf Khon zu.

Der hielt die Schwerter ausgestreckt, doch bewegte sich nicht …

… noch nicht … noch nicht …

Dann – ein flinker Ausfallschritt zur Seite, ein gezielter Seitenhieb gegen das Schienbein mit dem einen Schwert, mit dem anderen im selben Zug ein Schnitt durch die Kniekehle und der Hauptmann knickte ein, glitschte in der Lache aus und kam dröhnend zu Fall.

Khons Schwerter glitten durch den Kettenpanzer an seinem Hals wie durch dünnes Eis.

Als der Hauptmann sich nicht mehr regte, zog Khon die Klingen aus dem toten Leib. Tief durchatmend richtete er sich auf. Die Verletzung an seiner heftig blutenden Flanke jagte ihm mit jedem Atemzug neue Messerstiche durch Magen und Zwerchfell. Er ließ das fremde Schwert fallen, presste die Hand auf die Wunde und sah sich um.

Alle neun Männer waren tot. Der Knappe Hollever Fink war verschwunden.

Khon musste sich eingestehen, dass er einen fatalen Fehler begangen hatte. All seiner Wachsamkeit zum Trotz … nie hätte er damit gerechnet, dass der Wille des Feindes schon so weit vorgedrungen war. Nur – wer war es, der ihm innerhalb der Palastmauern hörig war?

Belissar? Nein. Der Hauptmann hatte sich zwar nie etwas daraus gemacht, zu verbergen, dass er ihm nicht über den Weg traute, aber ebenso wäre er nie dazu imstande gewesen, seinen Kaiser auf diese Weise zu hintergehen. Wer immer es war … wer immer den Knappen Hollever Fink nach ihm geschickt hatte, wusste, dass Khon kommen würde, wenn sein Freund Peridur ihn um Hilfe rief.

Peridur …

Wenn die Teufel von Amkash gnädig gewesen waren, hatten sie ihm einen schnellen Tod geschenkt. So wie Khon jenen, über denen er jetzt stand. Zäh troff das Blut von der Spitze seines Stahls. Das Blut seiner Kameraden.

Nein.

Khon hatte ihre Eide abgelegt, ihre weiße Rüstung getragen, ihre Mahlzeiten gegessen und ihre Gebräuche gepflegt, doch war er nie einer von ihnen gewesen. Und es hatte keinen anderen Weg gegeben. Sein geheimer Auftrag, der ihn erst nach Líohim geführt hatte, vor all der Zeit, war wichtiger als jeder Kaiser und jeder Freund. Dieser eine Auftrag durfte niemals scheitern, und er wartete auf ihn, in den Katakomben von Líhenor.

Diese Erkenntnis stieß Khon hart zurück in die Gegenwart, in den von Leichen übersäten Korridor. Die Wunde an seiner Flanke hatte ihn wie benommen inmitten der Toten verharren lassen, und so hatte er wertvolle Zeit verloren.

Khon raffte seine Sinne zusammen und hörte nun deutlich, wie der Lärm von allen Seiten wieder lauter wurde. Stimmen, Rufe, Schritte – alle, die den Krach des Gemetzels gehört hatten, eilten herbei. Der ganze Palast war in Aufruhr und suchte nach ihm! Er musste in die Katakomben, bevor es zu spät wäre!

Der Zugang zu den Katakomben von Líhenor befand sich im alten Zisternenhaus, im Südwesten des äußeren Mauerrings. Khon schlüpfte von einem Säulenschatten in den nächsten, wich Lichtern und Geräuschen aus. In der Kälte hing ihm sein Atem als verräterische Wolke nach, trotzdem blieb er zunächst ungesehen, doch sowie er sich aus dem Schutz der Mauern wagen musste, wandte sich die widernatürliche Finsternis der Nacht gegen ihn. Die Dunkelheit riss auf und milchig weißes Mondlicht ergoss sich auf ihn und nur auf ihn. Seine blutbesudelte weiße Rüstung leuchtete weithin durch das Schneetreiben.

Schon kamen sie auf ihn zu. Zwei, drei, fünf – Khon bahnte sich seinen Weg mit Stahl. Der Schnitt in seiner Flanke ließ ihn das Gewicht der Rüstung peinsam schwer fühlen und verlangsamte seine Reflexe.

Für euch Möchtegern-Helden bin ich immer noch schnell genug.

Nur einem gelang ein Hieb gegen seinen Oberschenkel. Khon erreichte das Zisternenhaus humpelnd, eine Spur von schwarzem Blut und toten Männern im Schnee hinterlassend, doch vorerst ohne weitere Verfolger. Er brach die Tür auf und hastete die endlosen Stufen hinunter, tiefer und tiefer, wobei er sich an der Wand abstützen musste, um im Dunkeln nicht zu stürzen.

Unten in den Katakomben hielt er sich an einem geschliffenen Pfeilersockel in Gestalt eines Löwengreifs fest, legte Schwert, Rock und Rüstung ab und stieg in das hüfthohe Wasser. Es war eisig kalt, doch auf seinen Wunden an Flanke und Oberschenkel war es wie siedendes Eisen. In jeder Richtung gähnten Schatten und Schummer, die zu Tunneln und Schächten und endlosen Kammern jenseits des unendlich weit reichenden Säulengewölbes führten. Leise war von irgendwoher das Plätschern zu hören, wo Valyans Aquädukt dunkel ins Dunkel mündete.

Khon watete ans hinterste Ende der unterirdischen Basilika, wo der Eingang schon nicht mehr zu sehen war und wohin sich niemand sonst wagte. Dort klaffte, Schwarz in Schwarz, ein aus dem Fels geschlagener Torbogen, der halb mit nassem Schutt und Geröll zugeschüttet war. Khon kletterte darüber und gelangte in eine weitere Kammer, mehr eine Höhle. Ihre grob behauenen Wände und Decken waren Schemen und Schatten, fern und nah zugleich.

Aus dem Nichts trat die Statue eines großen steinernen Kaisers auf einem Thron mit Sockel in das schwache Zwielicht. Sein Antlitz trug einen ernsten und weihevollen Ausdruck, es war mit einem schlichten Stirnreif bekränzt. In seinem Schoß lag ein unscheinbares verschnürtes Bündel.

Sekhems Fluch.

Die Waffe des Herrn von Ombos, geschmiedet aus dem Fleisch der Sternenschwärze, nach der die Teufel von Amkash seit Jahrtausenden trachteten.

Der alte Lihenor hat seinen Teil erfüllt, dachte Khon. Er

stieg aus dem Wasser und nahm dem Kaiser das Bündel ab. Bei der Berührung seiner Finger mit dem Stoff blitzte ein schwarzes Empfinden durch seinen Geist und seinen Körper – ein alter Zorn, schwarz, fern und fremd, doch innigst vertraut zugleich.

Einzig; jetzt war er keine bloße Erinnerung mehr. Jetzt war er in die Wirklichkeit, ins Hier und Jetzt gerückt, hatte die Form eines übermächtigen und hasserfüllt flammenden Verlangens angenommen, das für den halben Herzschlag, den es dauerte, Khons Körper und seinen Verstand seiner Gewalt zu entreißen suchte.

Doch Khon widerstand, wie er es einst schon tat. Die Schwere seiner Schuld und seiner Taten zwangen ihm die Kraft dazu ab; sie ließen ihm keine andere Wahl. Er bezwang das schwarze Verlangen und all seine Widermacht und rang den unbändigen Schmerz nieder, den ihm dies bereitete.

Verflucht sollt ihr sein, Meister!, schrie er im Stillen, *Elender Lügner!*

Doch er siegte. Der schwarze Blitz in seinem Geist verlosch funkenlos.

Khon beruhigte sich, besann sich auf sein Ziel: Er hatte Sekhems Fluch, jetzt musste es ihm nur noch gelingen, zu den Anlegern im Süden des Palastes zu kommen. Dort würde er ein Segelboot entern und über das Binnenmeer und danach durch die Meerenge von Andín flüchten. Das Unterfangen war riskant und schwierig, aber auch das würde er schaffen. Er machte kehrt und watete zum Ufer zurück, doch schon auf halbem Weg zurück schwand seine Zuversicht.

Bei dem Löwengreifpfeiler stand eine Gestalt in weißer Rüstung und weißem Umhang und mit einer gespannten Arbalest auf dem Arm. Ihr Bolzen war auf Khon gerichtet.

»Ist es wahr?«

Die schnarrende Stimme des alten Farrím zitterte ebenso sehr wie seine Armbrust. Trotz seiner Vorliebe für alles, was ihm einen ordentlichen Rausch verschaffen konnte, konnte Farrím so zielsicher sein wie ein Falke, wenn es ihm darauf ankam – das wusste Khon. Doch er wusste auch, dass er nicht auf ihn schießen würde; nicht sofort wenigstens. Er watete auf

Farríms Silhouette zu, bis er ihm in die Augen sehen konnte. Dann blieb er stehen.

Stille breitete sich in den Katakomben aus, eine schreckliche Stille, in der Khon eine grausame Möglichkeit überkam. War Farrím ... war er gar der Verräter? Er musterte ihn, wie er dort oben bei dem Löwengreifpfeiler stand, in der wenigen Zeit, die er dafür hatte. Dann kam er zu einem Schluss: Nein, Farrím war es nicht. Khon erkannte es an seinem Blick, der so voller Ungewissheit war, voll Unglaube, ganz so, wie es auch seine Stimme unter dem Zittern gewesen war.

Nein, er war es nicht. Er wusste von nichts.

»Farrím, ich -«, wollte Khon nun sagen, doch Farrím schnitt ihm das Wort sofort ab.

»Ob es wahr ist, will ich wissen!«

»Ich habe seine lichten Gnaden nicht getötet, wenn es das ist, was du meinst!«

»Und Hauptmann Belissar? Bakkhos? Stylian? Lykas? Die anderen, dort draußen im Schnee? Was ist mit denen?«

Die Worte hallten in dem Säulengewölbe wider. Ihr Echo ließ Khons Schweigen nackt und schuldbeladen wirken. Er wollte einen Schritt auf Farrím zu gehen, doch der hielt ihn an.

»Bleib, wo du bist!«

Khon gehorchte.

Farrím hielt den Abzug der Arbalest nach wie vor fest umklammert.

»Ich will es jetzt hören! Aus deinem Mund will ich hören, warum du sie kaltblütig niedergemacht hast! Oder willst du auch das leugnen?«

»Ich habe nur die getötet, die ich musste.«

»Was heißt das – *musste*? Sprich so, dass ich dich verstehe! Was geht hier vor?«

»Farrím, das kann ich dir nicht sagen.«

»Das überleg dir noch mal, Junge! Du warst mir immer lieb, aber ich werd dich hier und jetzt erschießen, wenn du nicht augenblicklich mit diesem Unfug aufhörst! Also rede! Sag mir, warum ich dir glauben soll und nicht Peridur!«

Peridur?

Der Name stach ärger zu als alle Wunden. Peridur? Der

17

ihn einst aufgenommen hatte, als keiner sonst es getan hatte, damals, als Khon zuerst nach Líohim gekommen war, noch lange bevor er in die Kaiserwache eingetreten war? Sein Freund?

Nein, das kann nicht sein!

Er musste sich vergewissern!

So fragte er Farrím: »Was genau hat Peridur gesagt?«

»Er hat uns alles berichtet! Dass du seine lichten Gnaden ermordet hast und zu Markían wolltest, um ihn ebenfalls umzubringen! Er war dabei! Er hat dich aufhalten wollen, aber du hast ihn beiseitegestoßen und ihm angedroht, auch ihn zu töten, wenn er um Hilfe rief!«

Also doch. Peridur war der Verräter. Er hatte ihn an die Teufel von Amkash ausgeliefert. Noch im Widerhall der Bitterkeit, die er darüber empfand, spürte Khon, wie sich ihm nun Klarheit aufdrängte, wo zuvor nur Ahnung gewesen war. Er hatte Peridur davon erzählt, wie er den Namen von Amkash in den Straßen gehört hatte – ihm und Farrím und nur ihnen beiden. Und der Knappe Hollever Fink hatte doch gesagt, Peridur hätte nach ihm gesandt ...

Gallige Wut ballte sich in Khons Magen. Er wollte es nicht glauben, und doch musste es wahr sein: Da war keine Lüge, weder in Farríms Miene noch in seinen Worten. Aber Zweifel. Khon musste die Ruhe bewahren und seinen Zorn auf Peridur aufschieben. Und er musste Farríms Zweifel für sich nutzen.

»Peridur hat dich angelogen«, sagte er. »Er hat euch alle angelogen.« Jetzt wagte Khon noch einmal einen Schritt auf ihn zu. »Er hat mir den Mord an Valentyn angehängt. Du fragst, wieso? Deshalb! Hierauf hat er es in Wahrheit abgesehen.«

Farrím blickte für einen Wimpernschlag auf das Bündel in Khons Armen.

»Lass mich gehen, Farrím! Ich will dich nicht auch töten müssen.«

»Und ich dich nicht sterben sehen! Aber ich werd's tun!«

Nein, wirst du nicht.

Vorsichtig stieg Khon über die Stufen aus dem Wasser. Tatsächlich ließ Farrím ihn gewähren. Die hohe, trotz der Kälte von Schweiß benetzte Stirn argwöhnisch in tiefe Falten gelegt, den Finger weiterhin am Abzug der Arbalest, musterte er den triefend nassen Khon eindringlich. Hinter seinen tiefliegenden Augen wirbelten die Gedanken wilder als die Schneeflocken draußen.

Er hatte sich noch nicht entschieden, ob er ihm glauben sollte aber Khon konnte nicht länger warten: Von oben war jetzt Lärm zu hören. Das Trampeln vieler Schritte hallte über dem Wasser in den Katakomben wie Donnergrollen wider.

»Sie umstellen das Zisternenhaus?«

»Alles, was eine Klinge tragen kann, ist dort versammelt«, bestätigte Farrím. »Die Wache in ihrer gesamten Stärke!«

»Was ist mit Peridur? Ist er auch mit ihnen?«

»Nein! Er ist bei Prinz Markían. Der Prinz hat ihn zu sich gerufen! Khon! Hör mir zu: Ich konnte ein wenig Zeit herausschlagen, um mit dir alleine zu reden, bevor sie dich festnehmen. Ich soll dich zur Vernunft bringen! Du musst mit mir sprechen! Wenn du dich weigerst – wenn du kämpfst, kommst du hier nicht lebend heraus!« Farrím richtete die Arbalest ungeduldig auf das Bündel in Khons Armen. »Was hat's nun damit auf sich? Was kann da drin sein, das dieses ganze Elend rechtfertigen könnte? Rede endlich!«

Aber Khon konnte nicht reden. Er schwieg, und in seinem Schweigen begriff er, dass er in eine ausweglose Lage gedrängt worden war. Während er hier stand, ballten sich über ihnen mehr und mehr Männer zusammen. Zu viele, als dass selbst er gegen sie hätte bestehen können, damit hatte Farrím wohl recht.

Farrím, der ihn anstarrte, ungeduldig, wütend … flehend.

Farrím, der ihm im Weg stand.

Und bei alledem spürte Khon den schwarzen Willen dieses unheiligen Dings in dem Bündel, der sich ihm durch Binden und Laken, durch Bannsiegel und Brakteaten aufzuzwingen versuchte. Sekhems Fluch schien in seinen Armen zu pochen und vor Zorn zu glühen, zugleich sengend kalt und bitter, wie von einem toten Essenfeuer beseelt …

Nein!

Es gab keinen anderen Weg. Khons behandschuhte Hand tastete nach dem Heft des Schwerts an seiner Hüfte.

Ich darf nicht scheitern!

Khons Schicksal war klar und unabänderlich. Er musste

Sekhems Fluch fortschaffen. Er musste seinen heiligen Eid wahren und die Waffe des Herrn von Ombos vor den Teufeln von Amkash schützen. Das Überleben der Menschheit hing doch davon ab!

Es tut mir leid, Farrím …

Jetzt brachen die Männer oben ins Zisternenhaus. Befehle und Schwertergeklirr schallten drohend zu ihnen herab.

Khon zog seinen Stahl.

»Nein!«, schrie Farrím. »Tu das nicht!«

Der greise Ritter schrie noch mehr, aber Khon hörte ihm nicht mehr zu.

… Du würdest es nicht verstehen.

Das Blut an seiner Klinge war halb gefroren, dunkel und in ledrigen Schlieren. Khon schaute auf den Stahl hinab, schaute auf den eingravierten Knoten unter der Fehlschärfe – und dort in sein Gesicht.

Und plötzlich, binnen eines einzigen Herzschlags, spielte sich alles vor ihm ab, mit grausamer Langsamkeit und in vollkommener Stille.

Er sah es … sah es alles, wie er es einst gesehen hatte: Die Straße im Norden. Die Höhle in den Bergen und das bleiche Grasland. Sein gestaltloser Meister, der Lügner, der vorgab, ihn von dem schwarzen Verhängnis in seinen Venen zu befreien und ihm im Gegenzug Sekhems Fluch aufzwang und ihm den heiligen Eid der Wächter abrang …

… sein Versprechen.

Bruder.

Und dann durchfuhr ihn erneut der Zorn von Sekhems Fluch. Schwarz und rasend wie im Wahn flackerte er auf und blitzte noch so viel mächtiger als zuvor durch Khons Körper. Er zerschlug sämtliche Erinnerungen und sämtlichen Widerstreit, durchdrang alles an Willen und Widerständen, bis es sich seinen Weg dorthin bahnte, in die verborgensten Tiefen von Khons Wesen, wo sich ihm nun jene abscheuliche Schwärze offenbarte, die er bis zu dieser Stunde lange aus sich vertrieben geglaubt hatte, und die doch all die Zeit noch da gewesen war, in totengleicher Starre in ihm eingekerkert …

… und zwang Khon so zur letzten klaren Einsicht: Es gab

keinen Ausweg mehr. Selbst wenn ihm die Flucht gelänge, er konnte Sekhems Fluch nicht weiter bei sich tragen. Noch konnte er die alles zerstören wollende, hasserfüllte Schwärze in seinem Inneren im Zaum halten, aber er spürte, dass ihm dies nicht mehr lange gelingen würde. Etwas war geschehen, und Sekhems Fluch war noch machtvoller, als er es vor drei Jahren gewesen war, als er ihn hier unten in den Katakomben der Obhut des steinernen Líhenors überlassen hatte. Trüge er ihn noch länger, würde sein machtvoller Wille ihn endgültig überwältigen, und dann …

… eine Vernichtung wäre gewiss, die so schrecklich wäre, dass er die Waffe Sekhems ebenso gut den Häschern von Amkash selbst überlassen konnte.

Khon stieß seinen Stahl in die Scheide zurück.

Ja, es gab keinen Ausweg mehr. Nicht für ihn. Sekhems Fluch brauchte einen neuen Träger. Jemand Zuverlässigen, doch Unverbrauchten. Jemand Harmlosen …

Khon sah auf. Sein Blick fiel auf Farrím.

Verzeih mir, dachte er zuletzt, als er auf ihn zuging.

In Farríms Augen standen Tränen.

Verzeih, was ich dir antun muss.

Als die Soldaten des Kaiserpalastes in jener Nacht schließlich die Katakomben stürmten, sollten sie Khon, der fortan nun nur noch ›Kaisermörder‹, genannt wurde, nicht mehr vorfinden. Farrím, der geschlagen in einer Ecke kauerte, Blut auf der Rüstung und ein dunkles Bündel an sich gedrückt, berichtete, Khon habe ihn überwältigt und sei über Valyans Aquädukt geflohen.

Auf Peridurs Befehl hin wurde die Verfolgung aufgenommen, doch von dem abtrünnigen Ritter fehlte jede Spur. Man hielt Khon für tot, doch seinen Leichnam konnte man nicht zurückbringen; für Nachforschungen war der Bergpass oberhalb des Aquädukts in jener verschneiten und verstürmten Nacht zu gefährlich.

Im Morgengrauen des nächsten Tages fehlte jedoch auch von Farrím jede Spur. Ohne dass Peridur oder die Mächte von Amkash es in jenen Stunden wussten, entfernte er sich bereits von Líohim, Ruderschlag für Ruderschlag, Meile für Meile, Sekhems Fluch in seiner Obhut.

Und obgleich die Nachricht vom Tode des alten Großkaisers Valentyn alsbald im ganzen Heiligen Einigen Reich verkündet wurde und mit den grauen Reitern bis nach Errion und Bailín gelangte, sollte niemand erfahren, was sich in Wahrheit dahinter verbarg, und welches Grauen nun seinen Lauf nehmen würde ...

1: TRÄUME & ERINNERUNGEN

Ich erinnere mich: In jenen Tagen geschah in Bailín nie etwas Außergewöhnliches. Es war genau wie all die anderen unzähligen kleinen Dörfer, die man damals überall an der errischen Küste verstreut fand. Auf den Karten der Magister hätte man sie leicht mit versehentlich gefallenen Tintentropfen verwechseln können, so unscheinbar und unbedeutend waren sie.

In seiner Vergangenheit hatte Bailín es durch den Leinenhandel mit Santísmer zu einem gewissen Wohlstand gebracht und wurde deshalb ein paar Mal in den Chroniken des Sandsteinhafens erwähnt, doch im Jahre 1877 n. L. lag selbst dies bereits geraume Zeit zurück.

Das Leben in diesem Teil der Welt verlief wahrlich ruhig und beschaulich. Bis zu jenem verhängnisvollen fünfundzwanzigsten Juli …

AN DIESEM MORGEN erwachte Fionn Barahér mit dem fahlen Nachgeschmack eines fernen Traums. Er schnappte nach Luft, blinzelte. Seine Finger hatten sich in sein Bettlaken verkrampft. Über ihm war die vertraute hölzerne Balkendecke. Er lag in seinem Bett.

Wie kann das sein … ich war doch …

Im Traum hatte ihn bittere Kälte umgeben, darin der Geruch von heißem Blut auf gefrorenem Stahl und das Gewicht eines konturlosen Schattens, der schwer wie die Furcht auf seine Brust drückte.

Er grub seine Finger tiefer in das Laken.

Ich bin wach.

Und doch machte ihm der Schatten noch immer das Atmen schwer.

Was zum-

Fionn schaute an sich herab und ein kurzer, aber heftiger Schreck ließ ihn hellwach und kerzengerade aufsetzen.

Der Schatten gab ein nicht weniger erschrockenes Maunzen von sich und machte einen uneleganten Satz vom Bett auf das Fenstersims. Von dort blickte er Fionn mit großen Augen und erhobenem Schweif an.

Ach, du bist es nur ...

Erleichtert atmete Fionn auf. Murris Knickschwanz maunzte und widmete sich wieder seiner Fellpflege. Der alte Kater hatte das letzte bisschen Schläfrigkeit aus Fionn vertrieben. Durch den schmalen Spalt der angelehnten Läden hinter ihm drang tintenblaue Dämmerung in die kleine Kammer.

Fionn rieb sich die Augen, warf die Decke zurück und schlurfte ans Fenster. Er musste Murris Knickschwanz beiseiteschieben, um die Läden zu öffnen. Der alte Kater bekundete seinen Unmut mit einem müden Fauchen, bevor er im schwarzen Dickicht unter dem Fenster verschwand.

Die Straße vor dem Fenster war dunkel und menschenleer, die Luft kühl und mit dem leisen Rauschen des Ozeans versetzt. Die grauen Granithäuser von Bailín zeichneten sich als schwarze Silhouetten vor einem klaren dunkelvioletten Himmel ab, an dem die letzten Sterne der Nacht schwach funkelten. Die Efeubüsche und Kirschhecken raschelten im Wind.

Fionn fröstelte. Er war völlig verschwitzt, fühlte sich seltsam müde und erschöpft. Irgendwie war ihm sogar ein wenig übel. Der frische Morgenwind tat gut. Er gähnte, streckte und kratzte sich – und dann holte ihn die Erkenntnis ein, dass er doch glatt verschlafen hatte!

Verdammt! Und das ausgerechnet heute!

Schlagartig stieß er sich vom Fenster ab.

Kellen wird bestimmt schon da sein!

Hastig schlüpfte Fionn in Hemd und Hose, schlang sich deren Träger über die Schultern und warf sich, schon halb zur Türe hinaus, noch seine Weste und die Umhängetasche über. Auf Zehenspitzen schlich er in die Backstube hinab. An der

Tür zur Schlafkammer seiner Großmutter hielt er inne und lauschte. Von der anderen Seite war außer ihrem Schnarchen nichts zu hören.

Heute war Sonntag, und an Sonntagen pflegte die Großmutter für gewöhnlich lange zu schlafen. Fionn hatte sich trotzdem lieber vergewissern wollen.

Unten in der Backstube stopfte er die Umhängetasche schnell mit einigen Sachen fürs Frühstück voll, dann stahl er sich auch schon über den Hintereingang davon. Einmal aus dem Haus konnte ihn nichts mehr halten. So schnell er mit der hinderlich vollgepackten Tasche nur konnte, spurtete Fionn durch das allmählich erwachende Fischerdorf zu ihrem Treffpunkt unter dem Esskastanienbaum.

Wie erwartet war Kellen schon dort. Er rauchte seine Pfeife. Als er Fionn kommen sah, sprang er von seinem prallen Seesack auf. Mit leiser Stimme wollte er sogleich wissen, wo er denn so lange geblieben sei.

»Ich dachte schon, du kommst gar nicht mehr!«

»Ich weiß, ich weiß … Tut mir leid!« Sie umarmten sich und Fionn ergänzte: »Ich hab verschlafen.«

»Na, so siehst du auch aus.« Kellen befeuchtete seinen Daumen mit der Zunge, rieb Fionn den Sand aus den Augen und schob ihm das Haar aus der Stirn. »So. Besser.«

»Danke«, murmelte Fionn und hoffte, das sie umgebende Halbdunkel möge die Verlegenheitsröte verbergen, mit der er Kellen ansah.

Fionn war vierzehn Jahre alt, Kellen ein halbes Jahr älter und auch einen guten Kopf größer als er. Die harte Arbeit auf den Fischerbooten hatte seinen Oberkörper seit dem letzten Sommer breiter und sehniger werden lassen. Die kräftigen Schultern, die Arme und die Brust zeichneten sich selbst in den blauen Dämmerschatten deutlich unter dem Hemd ab.

Fionn selbst war eher schmächtig, hatte schmale Schultern und besaß, den vielen Mehlsäcken, die er in der Backstube schleppen musste zum Trotz, kaum nennenswerte Muskeln. Das Hemd aus ungefärbtem Leinen und die rostrote Weste, die mit der Zeit einen Großteil ihrer Knöpfe unwiederbringlich verloren hatte, hingen wie schlaffe Segel an ihm herab,

27

genau wie die blaue, flickenübersäte Wollhose, die nur von den Trägern an Ort und Stelle gehalten wurde. Sein Haar, das er laut der Großmutter von seinem Großvater hatte, war dicht, schwarzbraun und unbezähmbar. Wieder fiel ihm eine Strähne in die Stirn.

Ein erster Strahl warmer Morgenröte brach sich durch das Wolkengrau.

Kellen klopfte seine Pfeife aus. »Also«, sagte er und schulterte den prallen Seesack mit beeindruckender Leichtigkeit. »Wollen wir?«

Fionn nickte.

Während nun immer mehr weiße Rauchkegel aus den gedrungenen Schornsteinen des kleinen Fischerdorfs in den aufklarenden Morgenhimmel stiegen, machten sie sich auf den Weg. Hinter dem alten Línhaus sprangen sie über die bucklige Dorfmauer, jagten dahinter den steilen Wiesenhang hinunter, am Stall von Bauer Melbri vorbei, und weiter über die Feldwege davon. Dabei lachten sie über ihre gelungene Flucht.

Die heiße Julisonne stieg rasch über die fernen blauen Gipfel der Menez Mintín in ihrem Rücken. Fionn und Kellen wanderten zwischen Feldern leise rauschender Gerste und blau blühenden Leins dahin, und die Hitze wanderte mit ihnen über das flache Küstenland. Nach etwa einer Meile verließen sie den Feldweg und marschierten querfeldein durch ein dichtes Waldstück. Bei einem klaren, kalten Bach machten sie kurz Halt, wuschen sich und füllten ihre Trinkschläuche. Schon jetzt rann Fionn der Schweiß in den Nacken.

Eine knappe halbe Stunde nach ihrem Aufbruch hatten sie ihr Ziel erreicht. Aus dem feuchten Wald traten sie heraus auf nackten lauwarmen Schieferstein, der eine halbmondförmige Bucht bildete.

Unter ihnen lehnte das verwahrloste Halbwrack des Segelboots müde auf den Stützpfählen im schattigen Sand, so wie sie es zurückgelassen hatten. Die mattgrauen, beinah senkrecht abfallenden Felswände der Bucht hielten die morgendlichen Sonnenstrahlen zurück. Nur die zersplitterte Mastspitze bekam einen Tupfer davon ab und erstrahlte hell wie verwitterter Marmor. Am Heck platschten die letzten Wellen der Nachtflut noch immer spielerisch gegen den Rumpf.

Eine Woche war es her, dass die beiden durch Zufall beim Schwimmen den auf Grund gelaufenen Einmaster hier entdeckt hatten. Er maß in etwa drei Mann in der Länge und einen in der Breite und hatte mit seinem geknickten Mast, dem zerfetzten Lateinersegel und dem von den Gezeiten unsanft in den grauen Sand gedrückten Bug einen geradezu mitleiderregenden Eindruck erweckt.

Noch am selben Abend hatten sie sich unter der Hand im *Roten Weber* umgehört, aber niemand schien von dem Boot zu wissen. Auf dem Heimweg, sie waren beide leicht angetrunken gewesen, hatte Kellen gemutmaßt, es sei wahrscheinlich von einem Sturm angespült worden. Im Frühling konnte der Ozean vor Errion durchaus grau und grob werden. Boote und kleinere Schiffe gerieten dabei oft in Seenot. Weil aber der letzte große Frühjahrssturm fast vier Monde zurücklag, schien es Fionn eher wahrscheinlich, dass das Boot als Beiboot zu einer der Handelsgaleonen gehört haben könnte, die auf ihrem Weg nach Santísmer vor der Küste von Bailín kreuzten. Einen rechten Reim darauf, warum es gerade hier gestrandet war, konnten sie sich aber so und so nicht machen.

Weil es aber in keinem Fall so aussah, als würde der Besitzer noch einmal zurückkehren, war Kellen auf die Idee gekommen, es zu reparieren und damit von hier fort und in die Welt hinaus zu segeln – ein Vorschlag, auf den Fionn sofort voll überschwänglicher Begeisterung eingegangen war.

Kellen hatte über das ganze Gesicht gestrahlt, ihn in die Arme geschlossen und ihren Entschluss mit einem unverzagten Kuss auf seine Wange besiegelt, der Fionn noch die ganze Nacht wachgehalten und ihn von allen Bedenken über die Gefahren abgelenkt hatte, die ein solches Unterfangen mit sich bringen konnte.

Schon am nächsten Morgen waren sie zurückgekehrt und hatten den Einmaster genauer in Augenschein genommen. Zwar hatten sie dabei feststellen müssen, dass es doch mehr daran zu tun gab, als sie zunächst angenommen hatten, doch fanden sie auch einen, wenn auch nur sehr unscheinbaren

Hinweis auf die Herkunft des verunglückten Bootes: Am Bug nämlich war ein Wappen ins Holz gebrannt, das einen sich um einen Anker rankenden Weinstock zeigte. Zu wem oder wohin das gehörte, wusste keiner von beiden, also hatten sie ihm vorerst keine weitere Beachtung schenken wollen.

Sie hatten die zerborstenen und modrigen Planken herausgebrochen, abgeschnitten und zusammengefaltet, was man von dem Segeltuch noch gebrauchen konnte, sowie eine Liste der notwendigen Reparaturen erstellt. Das meiste würde sich recht einfach bewerkstelligen lassen, hatte Kellen erklärt, aber um die unzähligen Lecks im Rumpf abzudichten, bräuchten sie Pech und Kalfaterwerkzeug. Mit etwas Glück könnte Kellen das aus der Werkstatt der Fischer besorgen. So hatten sie die Arbeit vorerst ruhen lassen und sich vorgenommen, bis zum nächsten Mal alles Nötige zu beschaffen.

Eine Woche war seitdem vergangen, aber endlich hatten sie alles beisammen. Nun mussten sie nur noch das vormittägliche Niedrigwasser abwarten. Sie beschlossen, währenddessen erst einmal gemütlich zu frühstücken. Sie machten ein Feuerchen, setzten einen Wasserkessel auf, und Fionn holte aus seiner Umhängetasche ein Päckchen mit zwei Stücken Pflaumenkuchen hervor, den die Großmutter gestern gebacken hatte. Als wenig später die Sonne in die Bucht schien, schwebte der warme Duft frisch gekochten Kaffees in der windstillen Morgenluft. Fionn und Kellen saßen am Rand des Schiefers, ließen die Beine baumeln, schauten auf die See und ließen sich den weichen Kuchen schmecken.

Weit draußen waren die kleinen schwarzen Flecken der Fischerboote wie Insekten auf dem glitzernden Silberstreif des errischen Ozeans.

Jetzt, wo Kellen neben ihm saß, musste Fionn wieder an seinen seltsamen Traum denken.

Kellen, du warst nicht da, entsann er sich, als hätte es ihm jemand eingeflüstert. *Ich war ganz alleine.*

Fionn versuchte, sich an etwas anderes, Genaueres zu erinnern, außer an dieses Gefühl der Kälte und der Einsamkeit, aber die Empfindungen zerflossen wie dünner Nebel zwischen seinen Fingern, je mehr er versuchte, sie zu fassen. Alles, was ihm noch blieb, war das undeutliche Gefühl, der Traum hätte eine Ewigkeit angedauert und dass es etwas gab, was er auf keinen Fall vergessen durfte …

… *Nur was? Was war es?*

»He, Fionn, was is los? Warum schaust du so ernst?«

Vor lauter Grübeln hatte er gar nicht mitbekommen, dass Kellen aufgestanden war. Er hatte ihnen den fertig gekochten Kaffee eingeschenkt und dabei den kupfernen Wasserkessel vom Feuer genommen und ihn gegen einen schweren gusseisernen mit vier plumpen Beinchen und einem schwarzen Rand ausgetauscht. Jetzt stand er mit zwei dampfenden Bechern in den Händen über ihm.

»Ach, gar nichts«, antwortete Fionn und spürte zugleich, dass die entglittene Erinnerung niemals wiederkommen würde.

Kellen runzelte die Stirn. »Sicher?«

»Mhm.«

Wirklich überzeugt wirkte Kellen nicht. Er reichte Fionn die Becher, der sie neben sich abstellte, und ließ sich wieder auf den Schiefer fallen.

Fionn schnippte Kuchenkrümel aus seinem Schoß. Dann, ohne jede Vorwarnung, schlang Kellen seinen Arm eng um Fionns Hals und raufte ihm grob das Haar.

»He was soll das! Ich krieg keine Luft!«

»Du wirst mir jetzt sagen, warum du so nachdenklich schaust!«

»Lass mich los du-«

»Erst wenn du's mir sagst!«

Fionn versuchte, sich aus dem Würgegriff zu befreien, aber gegen Kellens Kraft hatte er keine Chance. »Is ja gut! Is ja gut, ich sag's ja schon!«

Kellen gab ihn frei, und Fionn fuhr ihn an, dass das überhaupt nicht komisch gewesen sei.

»Entschuldige«, sagte Kellen und verschränkte die Arme, »aber wenn ich dich nur frag, behältst du's ja doch immer nur für dich. Also?«

Fionn richtete sich die zerzausten Haare, strich sich das Hemd glatt und murmelte: »Ich hab einfach nur schlecht geträumt, das is alles. Ehrlich. Wahrscheinlich liegt's nur an dieser ständigen Hitze.«

Die Hitzewelle, die Errion seit Anfang Juli im Griff hatte, war schon lange unerträglich geworden. Alle Leute in Bailín beklagten sich darüber.

»Na schön«, seufzte Kellen. »Trotzdem würd ich gern mal wissen, wo du immer mit deinen Gedanken hängst.«

Er tippte Fionn gegen die Stirn, und Fionn musste schmunzeln, obwohl ihm eigentlich gar nicht danach zumute war. Er sagte nichts weiter und Kellen auch nicht.

Stumm schlürften sie ihren Kaffee.

Die Großmutter dürfte inzwischen auch aufgestanden sein, überlegte Fionn, als wollte er sich selbst auf andere Gedanken bringen.

Die Großmutter hatte Fionn aufgezogen und ihn alles gelehrt, was er über Brot und Mehl und überhaupt in der Backstube wissen musste. Kaffeekochen gehörte zwar nicht unbedingt dazu, aber die Großmutter hielt es für wichtig, dass er auch das konnte. Sie fand, ein richtiger Mann müsse wissen, wie man einen guten, starken Kaffee kocht.

Inzwischen dürfte ihr wohl auch aufgefallen sein, dass Fionn fehlte – nicht, dass sie das über die Maßen gekümmert hätte. Die Großmutter war es gewohnt, dass sich ihr Junge überall in der Gegend herumtrieb, wenn sie ihn nicht gerade für irgendwelche Schindereien in der Backstube brauchte. Wenn er dann heimkam, regte sie sich jedes Mal aufs Neue auf, schimpfte mit ihm, beschwerte sich über seine Faulheit und schickte ihn schließlich in seine Kammer.

Die Großmutter wird auch ohne mich zurechtkommen, hatte Fionn in der durchwachten Nacht gedacht, in der er und Kellen ihren Plan geschmiedet hatten. Er stand ihr ohnehin immer nur im Weg. Wahrscheinlich käme sie ohne ihn sogar besser zurecht.

Bei Kellens Vater hingegen sah das ganz anders aus. Wenn der Dorfmeister von Bailín Wind davon bekäme, was Fionn und sein Sohn vorhatten, würde er sie beide so fürchterlich bestrafen, dass sie danach sicherlich noch böser aussähen als das Halbwrack unter ihnen. Kellen verbrachte nach Ansicht seines

Vaters zu viel Zeit mit Fionn und widmete sich zu wenig seiner Arbeit oder den leidigen Schwertkampflektionen, auf die der Vater als Krieger vom Blute der Celdennen so viel Wert legte.

Als ob man in Bailín jemals kämpfen müsste.

Aber gegen Kellens Vater war eben nichts auszurichten und deshalb konnte Fionn es kaum erwarten, bis ihr Einmaster endlich seetauglich wäre und sie ihr kleines Fischerdorf hinter sich ließen. Die Welt zu besegeln, mit Kellen an seiner Seite, klang verlockender als alles, was ein Leben in Bailín und der backstüblichen Langeweile, die damit einherging, je würde bieten können. Freunde oder dergleichen, die ihn hier hielten, hatte er ohnehin nicht. Er würde niemandem fehlen und ebenso würde es sich andersherum verhalten. Und was die Großmutter und Kellens Vater anging, so sollten sie sich doch gemeinsam aufregen, so viel und so heftig sie nur wollten – Fionn wusste genau, dass er nichts von alledem bereuen und nichts vermissen würde, allein schon deswegen, weil er Kellen an seiner Seite hätte. Mehr brauchte er nicht.

Fionn blickte auf seine Hand, mit der er sich auf dem Schiefer abstützte. Kellens und seine Fingerspitzen waren so nah beieinander. Es bräuchte nur eine kleine Bewegung …

Aber Fionns Finger wollten seinem Flehen nicht folgen. Sie klebten an dem warmen Schiefer fest, als hätte er in Harz gefasst.

Irgendwo schrie eine Möwe über das Branden des Ozeans hinweg, und Fionn wurde bewusst, dass Kellen ihn ansah.

»Was?«

»Was?« Kellen setzte ein verschlagenes Grinsen auf, das Fionn sofort erkennen ließ, dass ihm sein verstohlener Blick auf ihre Hände keineswegs entgangen war.

Er schluckte. Hieß das, er hatte auch die Röte unter dem Esskastanienbaum bemerkt? Sein Schmunzeln?

Bestimmt hat er das.

Kellens Augen leuchteten warm und blau wie die Sommersee und waren Fionn ebenso tief und unergründlich. Es ärgerte ihn, wie leicht Kellen ihn durchschauen konnte, und es ärgerte ihn, dass er es dennoch nicht ansprach. Wenn Fionn nicht so ein verdammter Feigling wäre, er würde es ja selbst tun. Das ärgerte ihn am meisten.

Wenn sie fort wären, nahm er sich vor, dann würde er es wagen. Bis dahin musste er sich damit begnügen, in Kellens tiefblauen Augen vergeblich nach einer Antwort zu suchen, auf eine Frage, die ungesagt blieb und die Fionn doch so sehr auf der Zunge brannte.

Er sah Kellen noch immer an.

Und Kellen sah einfach nur zurück.

Dann kroch beißender Schwefelgeruch von der Feuerstelle her zwischen sie und bereitete dem peinsamen Schweigen ein abruptes Ende.

»Das Pech!«

Kellen sprang auf und stürzte zu dem Kessel, riss ihn aus den Flammen und rührte die blubbernde schwarze Masse mit einem Zweig um. Fionn folgte ihm, und Kellen erklärte geschäftig, das Pech dürfe zum Kalfatern nicht kochen und schon gar nicht Feuer fangen, ansonsten wäre es nicht mehr zu gebrauchen.

Fionn nickte, hörte aber nur mit einem Ohr zu. Hatte Kellens Hand sich nicht gerade bewegen wollen, bevor ihnen der Pechgestank in die Nasen gekrochen war?

Als Kellen das Pech für verstreichbar genug befand, nahmen sie den Topf, kletterten über den glitschigen Schiefer nach unten in die Bucht und machten sich mit Hobel, Hämmern, Kalfateisen und Pech, Pinsel und Flickzeug bewaffnet ans Werk. Kellen kroch im Bauch des Boots herum, schliff das spröde Holz ab und stopfte die Löcher und Schlitze im Rumpf mit Pech, Leinenresten und Werg. Fionn blieb über ihm auf der Kante des Decks, flickte das Segeltuch und reichte Kellen hin und wieder einen Pinsel, einen Hammer, einen Keil, oder was immer dieser gerade brauchte.

Er wusste es schon, bevor Kellen ihn danach fragte, tat aber jedes Mal so, als beobachtete er ihn nicht ständig. Es gefiel ihm, wie sich Kellens Hemd bei jedem Zug mit dem Hobel über den muskulösen Schultern spannte, wie sein Blick in Konzentration auf das Holz vor ihm geheftet war und wie ihm die Späne andächtig auf die baren Füße rieselten.

So fasziniert war Fionn von dem in seine Arbeit versunkenen Kellen, dass er kaum auf seine Nadel Acht gab. Es kam, wie es kommen musste: Er pikste sich in den Daumenballen und weil er nicht darauf geachtet hatte, konnte er das kurze Kreischen nicht rechtzeitig unterdrücken. Kellen schaute zu ihm auf und fragte, ob alles in Ordnung sei. Er lachte, als Fionn ihm erklärte, er habe sich gestochen und neckte, er solle besser aufpassen.

»Mach ich doch«, sagte Fionn. Beschämt und auch ein bisschen vergrämt widmete er sich wieder seinem Segeltuch.

Stück für Stück schliffen, spachtelten und flickten sie sich die nächsten Stunden vom Bug zum Heck ihres Einmasters. Ehe sie sich's versahen, war aus der Morgensonne eine gleißende weiße Münze aus purem Weiß geworden, die gnadenlos in die Halbmondbucht knallte. Die Jungen hatten sich ihrer durchgeschwitzten Hemden schon längst entledigt, aber weil es immer noch unerträglich heiß war, legten sie eine Pause ein und rannten zur Abkühlung in den Ozean. Sie schwammen, scherzten und tauchten einander unter und fingen einen großen schweren Taschenkrebs mit blauschwarz schimmerndem Panzer, den sie anschließend zum Mittagessen über der neu angefachten Feuerstelle grillten.

Der ledrige Panzer zischte, wenn sie ihn wendeten. Von dem Duft lief ihnen das Wasser im Mund zusammen. Sie schnitten einen halben Laib Brot in dicke Scheiben, rösteten und bestrichen sie mit der gesalzenen Butter, die sie zusammen mit den Apfelweinschläuchen in einer Nische im Schiefer vor der Hitze geschützt hatten. Die Butter zerrann auf dem warmen Brot. Als der Krebs ziegelrot und gar war, zogen sie sich in den Schatten der Bäume zurück, knackten die Schale mit der flachen Seite von Kellens Messer und aßen und tranken. Zuletzt schlürften sie das süßliche Fleisch aus den Zangen, leckten sich die Finger und lehnten sich satt und zufrieden zurück.

Mit dem Rauschen der Bäume über ihm, dem Branden des Wassers unter ihm und Kellen neben ihm, wurden Fionn bald die Augen schwer. Er ließ sich von den lauen Traumgezeiten forttragen. Als sie ihn irgendwann später sanft auf den warmen Schiefer zurückschwemmten, saß Kellen mit überkreuzten Beinen da, Fionn den Rücken zugekehrt, und summte eine Melodie, die sich bis in Fionns dösigen Schlaf geschlichen hatte. Hellblauer Pfeifenqualm zog verspielt um ihn.

Verträumt schaute Fionn durch die halb geöffneten Lider den unscharfen Schatten der Bäume zu, wie sie schwerelos im schwülen Mittagswind auf Kellens Rücken tanzten. Die ungesagten Worte ihres Sommers und so vieler anderer tanzten mit ihnen. Er fasste sich an die Wange, wo der Kuss, den Kellen ihm vor einer Woche nach dem *Roten Weber* aufgedrückt hatte, noch immer stumm glühte, und seufzte leise.

Kellens Summen verstummte. Er nahm die Pfeife aus dem Mund und blickte über die Schulter zu Fionn zurück.

»Hab ich dich geweckt?«

»Mhm.«

»Ich hab dich nich stören wollen.«

Fionn stützte sich auf seinen linken Ellbogen und hielt sich die Rechte gegen das durchs Laub fallende blendende Licht an die Stirn.

»Wie lange …?«

»Nich lange. Nur tief. Und geschnarcht hast du auch. So laut, dass sogar die Möwen auf Abstand geblieben sind.«

Kellen lächelte sanft.

Fionn ließ seinen Arm sinken und kniff dafür die Augen zusammen. Der Gedanke an den seltsamen Traum der vergangenen Nacht kroch wie ein fremder Schatten in ihm hoch, doch noch ehe er Form oder Gestalt annehmen konnte, wurde er vom warmen Mittagswind und Kellens Nähe wieder verweht und verging wie der Pfeifenqualm.

Kellen hatte sich wieder umgedreht. Jetzt fiel Fionn auf, dass Kellen, wie er vornübergebeugt und summend dasaß, an etwas zu arbeiten schien. Er hörte das Kratzen eines Schnitzmessers, das leise Knarzen von abknickendem Holz.

Er setzte sich auf.

»Woran schnitzt du da?«

Was immer es war, Kellen verbarg es sofort in seiner Faust.

»Das erfährst du noch früh genug.«

Fionn bestand darauf, dass er es ihm zeigen sollte, aber Kellen blieb hartnäckig bei seiner Geheimniskrämerei.

»Es is noch nich fertig!«

Fionn wusste, er würde Kellen nicht umstimmen können, also ließ er sich mit einem Stöhnen wieder auf den warmen Schiefer zurücksinken.

»Kannst du wenigstens wieder summen, so wie eben?«

Zumindest dieser Bitte kam Kellen nach. So verblieben sie noch eine Weile im Schatten der Bäume. Kellen schnitzte, rauchte und summte fort, während Fionn dazu bereitwillig wieder die Augen zu sanken. Als Kellen seine Pfeife schließlich aufgeraucht hatte, beendeten sie ihre Rast und kletterten wieder nach unten in die Bucht.

Sie arbeiteten noch den ganzen Nachmittag. Als die ersten Wellen der einsetzenden Abendflut gegen den Rumpf rollten, hatte Kellen sich mit dem Pech bis ans Heck vorgearbeitet. Fionn hatte das Segeltuch fast fertig geflickt. Kellen legte den Hobel weg, wischte sich die rußigen Hände an einem Lappen ab, streckte den Rücken durch und fand, es sei an der Zeit, den Heimweg anzutreten.

Fionn nickte. Geredet hatten sie in den vergangenen Stunden kaum mehr miteinander. Fionn hatte nicht verstanden, warum Kellen so still geworden war und er wusste nicht, was ihm lieber war: dieses unsägliche Schweigen oder das Donnerwetter der Großmutter, das ihn zweifellos daheim erwartete. Er hätte noch den ganzen restlichen Tag hier verbringen können, schweigend, wenn's sein musste. Aber er konnte sich nicht dazu überwinden, etwas zu sagen. Und so nickte er nur.

Kellen half ihm dabei, das Segeltuch zusammenzufalten. Fionn trat einen Schritt zurück, um es straffen zu können, und stieg dabei auf eine Planke, die Kellen noch nicht abgedichtet hatte. Als er seinen Fuß darauf setzte, ließ sie ein warnendes Knacksen vernehmen, aber noch bevor er sein Gewicht verlagern konnte, gab das spröde Holz krachend nach. Fionn entfuhr ein heller Schrei und abrupt sackte er um einen halben Zoll ab.

»Fionn!« Kellen warf das Segeltuch beiseite. »Geht's dir gut? Hast du dir wehgetan?«

Fionn ruderte mit den Händen, um das Gleichgewicht zu

halten. Sein linker Fuß steckte bis auf halber Höhe des Schienbeins in einem Loch mit splittrigem Rand. Kellen reichte ihm die Hand und vorsichtig half er ihm heraus. Wie durch ein Wunder hatte er sich nicht verletzt. Während Fionn sein Schienbein rieb, inspizierte Kellen den Schaden.

»He, Fionn!«, sagte er dann und klang auf einmal sehr aufgeregt. »Komm mal her! Schnell! Ich glaub, du hast da was gefunden! Da is ein Hohlraum unter den Planken! Ein doppelter Boden! Und da ist was drin, siehst du?«

Fionn folgte Kellens Winken und spähte über seine Schulter in das Loch. Tatsächlich: Was er im Moment seines jähen Einbrechens zwischen seinen Zehen für drahtiges Werg gehalten hatte, stellte sich auf den zweiten Blick als ein Leinentuch heraus, in dem, so vermutete Kellen, womöglich etwas eingewickelt war.

»In Santísmer hab ich mal in einem Wirtshaus gehört, wie Schmuggler ihre wertvollsten Waren in solchen Hohlräumen unter dem Deck vor dem Zoll und den Einfuhrsteuern verstecken«, erklärte er. »Gold, Schmuck, Felle oder Elfenbein, manchmal auch seltenen Wein oder Pfeifentabak aus Théros.«

Kellens Augen leuchteten bei dem Gedanken. Fionn jedoch war nicht ganz so von Freude erfasst.

Er sah sich um. »Glaubst du echt, das könnt mal ein Schmugglerboot gewesen sein?«

»Wär durchaus möglich«, gab Kellen zurück.

Fionns Blick blieb an dem Wappen am Bug hängen.

Ein Weinstock, der sich um einen Anker rankt ...

»Aber wer sollte denn hier etwas schmuggeln wollen? Und was?«

»Das werden wir gleich rausfinden!«

»Was hast du vor?«

Anstatt zu antworten, machte Kellen sich kurzerhand an der geborstenen Planke zu schaffen, zerrte daran herum und lockerte sie.

Fionn wurde mulmig zumute. Die Bäume über ihnen rauschten im auffrischenden Wind, ihre Blätter flüsterten, tuschelten, und Fionn kam sich plötzlich seltsam beobachtet vor.

»Kellen ... jetzt warte doch mal«, aber Kellen tat, als hörte er ihn nicht. Er griff in das Loch und versuchte, das Ding unter den Planken herauszuziehen.

»Verdammt! Es will nich!«

»Kellen ...«

»Vielleicht, wenn ich es so-«

»Kellen!«

Jetzt horchte Kellen auf. »Was?«

Fionn schluckte: »Wenn das wirklich ein Schmugglerversteck is ... und das hier wirklich ein Schmugglerboot ... is das dann nich gefährlich? Ich mein, was, wenn doch noch einer kommt und danach sucht?«

Kellen verdrehte die Augen. »Fionn, jetzt hab dich nich so. Denk doch mal nach: Wenn sich einer die Mühe macht, etwas so sorgfältig zu verstecken, dann wartet er doch nicht so lange mit dem Zurückkommen, bis wir zufällig darauf gestoßen sind? Er wär sofort zurückgekommen. Wem auch immer das Boot mal gehört hat, er wird nicht zurückkommen!«

Dagegen konnte Fionn nichts einwenden.

»Das Boot gehört uns«, bekräftigte Kellen. »Dasselbe gilt für das, was da in dem Versteck ist. Und jetzt hilf mir mal! Wir müssen die Planke ganz rausbrechen!«

Fionn zögerte noch, aber ganz konnte auch er sich nicht der Neugier erwehren, die ihn zu packen versuchte. Gemeinsam schafften sie es und ein schlankes, überkreuz verschnürtes Bündel aus ausgeblichenem Leinen von etwas mehr als einem Meter Länge kam zum Vorschein.

Kellen hob es aus seinem Versteck, begutachtete, wog und wendete es und legte es neben der herausgebrochenen Bohle zwischen sich und Fionn, der sich jetzt ebenfalls hinkniete. Sie wechselten einen raschen Blick. Dann löste Kellen den Knoten, der die Verschnürung hielt, und schlug die erste Schicht Leinen zurück. Der Stoff war starr und roch nach feuchtem Moder und Fäulnis. Aufgeweichte Klumpen gelblich verkrusteten Salzes bröselten aus den Falten.

Kellen wickelte ihren Fund weiter aus. Mit jeder Schicht wurde das Leinen dunkler und steifer. Schließlich ließ es sich gar nicht mehr richtig auswickeln, sondern knirschte und sprang an den Falten auf.

Fionn fragte sich, wie lange der Inhalt des Bündels schon so verpackt gewesen sein musste, damit der Stoff so porös hatte werden können, als zwei Münzen klimpernd aus den Leinentüchern fielen. Er schnappte sie auf, bevor sie in die dunklen Ritzen des Bootsrumpfs davonrollen konnten. Die Münzen – wenn es denn wirklich welche waren – waren kleiner und dicker als gewöhnliche Deniere oder Sols, hatten abgerundete Kanten und eine Prägung, wie Fionn sie selbst bei den Celdennenmünzen bei den Steinen hinterm Hag noch nie gesehen hatte. Im Licht der Abenddämmerung schimmerte das zerkratzte Ocker glutrot.

»Sieht aus wie ein Ring … oder ein Knoten«, fand er.

Er hielt sie Kellen hin. Der bedachte sie nur mit einem kurzen Blick und sagte, womöglich verberge sich ja doch noch etwas Wertvolles in dem Bündel.

Fionn steckte die ockerfarbenen Münzen in die Tasche seiner Weste und Kellen bog, knickte und brach die verbleibenden Schichten steifen Leinens weg. Die letzte zerfiel schon fast von selbst unter seinen Fingern.

Doch als sich ihnen der Inhalt des so sorgsam verpackten und versteckten Bündels offenbarte, sackten ihre Erwartungen so ruckartig ab, wie Fionn eben.

»Ein Schwert«, stellte Kellen ernüchtert fest. »Ein schäbiges altes Schwert.«

Fionn sagte nichts, aber er teilte Kellens Enttäuschung.

Das traurige Ding, das da zwischen ihnen lag, sah verschlissen und ganz und gar vernachlässigt aus, so als wäre es selbst vor der Verwahrlosung schon sehr lange nicht mehr ordentlich gepflegt worden. Das kobaltblaue Leder des Hefts war rissig, dünn und abgewetzt, die altersdunkle Scheide bis aufs Holz zerkratzt und über die ganze Länge bis über die matte Parierstange mit fransigen Stoffbändern auf dieselbe überquere Art verbunden, wie es das Bündel gewesen war.

Kellen nahm es auf und musterte es argwöhnisch. »So ein Reinfall. Da wär mir ein guter Pfeifentabak lieber gewesen, das sag ich dir ganz ehrlich.«

Es stimmte schon, recht viel hermachen tat das Schwert wirklich nicht. Nicht für das Maß an Sorgfalt, das darauf verwendet worden war, es zu verbergen.

Das brachte Fionn ins Grübeln.

Kellen reichte es ihm weiter, damit er es ebenfalls begutachten konnte. Als seine Fingerspitzen jedoch das abgewetzte Leder des Hefts berührten, fuhr Fionn ein gleißender Schmerz durch die Finger; eine blitzartige Empfindung, sengend kalt und bitter zugleich.

Erschrocken ließ er das Schwert fallen und schüttelte seine Hand aus.

»Was ist? Was hast du?« Kellen sah ihn verwirrt an.

»Nichts, ich …«

Fionn starrte auf seine Finger. Was er eben gespürt hatte, konnte er Kellen genauso wenig erklären wie sich selbst. Der Schmerz war schon fort, doch er hatte etwas hinterlassen. Etwas … eine Eingebung, die vor der Schwärze seiner geschlossenen Lider flimmerte, unscharf, schemenhaft … und die noch im selben Herzschlag wieder verblasste.

»Nichts«, sagte Fionn noch einmal. Er griff nach dem Schwert, hob es auf. Diesmal geschah tatsächlich nichts.

Seltsam.

Fionn untersuchte das Schwert. Er stellte fest, dass die Stoffbänder an den drei Stellen, an denen sie sich kreuzten, durch mit Schlamm und Dreck verkrustete Siegel gehalten wurden. Ansonsten war da nichts weiter Auffälliges.

Und doch, je länger er das Schwert in der Hand hielt, umso deutlicher spürte Fionn, dass da noch etwas vorhanden war … etwas anderes, Seltsames, das sich dem Begreiflichen und Benennbaren auf eigenartige Weise entzog.

Es war wie der Widerhall einer fernen fremden Stimme, ja es war beinah wie …

Der Traum.

Der Traum der vergangenen Nacht. Er haftete dem Schwert an wie ein unsichtbarer schwerer Schatten.

Aber wie kann das …

»Was denkst du, Fionn?«

Kellens Stimme holte ihn zurück in die Gegenwart. Sein Freund sah ihn erwartungsvoll an. Wie lange hatte Fionn das Schwert in seiner Hand angestarrt?

41

»Ich … ich frag mich nur, warum sich einer die Mühe machte, so ein schäbiges Ding so gut zu verstecken«, sagte Fionn knapp. Alles weitere behielt er lieber für sich.

Er gab Kellen das Schwert zurück und der entgegnete: »Das wüsst ich auch gern. Aber jetzt wollen wir erst mal sehen, in welchem Zustand der Stahl ist. Vielleicht lässt er sich zumindest noch zu irgendwas gebrauchen.«

Kellen zerbröckelte die Dreckkruste um die Siegel, blies den Staub weg – und machte ein verdutztes Gesicht.

»Nun sieh sich das einer an – Fionn! Schau!«

Die Siegel waren alle drei ungebrochen. Das erste zeigte einen grotesk wirkenden, sitzenden dürren Hund mit seltsam kantigen Ohren in schwarzem Wachs, das zweite in grauem einen gekrönten flammenden Schild, auf dem eigentümliche kantige Zeichen prangten, und das dritte einen einfachen, doch feingeformten fünfzackigen Stern auf sandfarbenem Wachs.

Die ersten beiden Symbole waren Fionn nicht geläufig, das dritte aber versetzte ihn dafür in umso hellere Aufregung. »Das ist der Kaiserstern! Das Siegel der Großkaiser aus Líohim! Was hat das zu bedeuten?«

»Du hast doch in den Sonntagsstunden immer aufgepasst«, sagte Kellen. Er löste den Knoten am Heft des Schwertes. »Sag du's mir.«

Fionn versuchte sich zu konzentrieren, aber seine Gedanken wollten ihm nicht folgen.

»Ich … ich schätze«, begann er noch, als ein Gefühl, wie er es noch nie gekannt hatte, sich seiner bemächtigte: Er sah Kellens Finger an dem Stoff der Knoten, bereit das Schwert aus der Scheide zu ziehen, und etwas tief in ihm, tiefer als jeder bewusste Gedanke und doch klarer als jede Ahnung, sagte ihm, dass das falsch sei – dass Kellen das nicht tun dürfe.

Wieder war ihm, als könne er den Widerhall jener fernen fremden Stimme vernehmen.

Ich kenne diese Stimme.

Und auch wenn er entgegen aller Anstrengung nicht verstehen konnte, was sie ihm so verzweifelt zuzurufen versuchte, sein Körper reagierte auf ihre Worte. Es zwang ihn auf die Knie, krümmte seinen Magen zusammen und ließ ihm übel

42

werden. Tränen stiegen ihm in die Augen.

Was ... was geschieht da ... was geschieht mit mir?

»Fionn?«

Fionn hob den Blick und schaute Kellen an. Der hielt das Schwert noch immer in der Hand und wartete auf eine Antwort wegen des kaiserlichen Siegels. Kellen mit seinen Augen, warm und blau wie die Sommersee.

»Ich ...«

Kellen, der im Traum nicht da gewesen war ...

Eine Welle brandete besonders heftig gegen den Bug des Einmasters. Gischt spritzte. Holz ächzte.

Fionn wischte sich die Tränen ab.

»Vielleicht«, sagte er, »vielleicht solltest du es lieber nicht ziehen.«

»Wie kommst du denn darauf? Sag bloß, du hast Angst?«

»Nein ... Nein, das ist es nicht ...«

»Was dann?«

Fionn starrte Kellen an und fühlte die Worte auf seiner Zunge eingehen. Welche Worte? Was hatte ihm die Stimme nur zugerufen? Was war es, dass er nicht vergessen durfte? Könnte er Kellen doch nur seinen Traum ... das, was er eben gespürt hatte, begreiflich machen.

Kellens Gesicht blieb ernst. Fionn sah, wie er seinen Griff um das Schwert festigte. Er löste die Knoten und stand auf – und wie er das tat, war Fionn, als brächen Gezeiten fremder Erinnerungen über ihm herein. Da waren Bilder – Bilder von einem sternenlosen purpurnen Firmament, von Blut im Schnee und von ...

... mir.

Fionn, der das Schwert hielt. Und weinte. Schrie.

Die Bilder rissen ihn mit brachialer Gewalt von den Füßen. Fionn sah das Heft des schwarzen Schwertes vor sich, streckte sich mit aller Macht danach, um sich daran festzuklammern, doch der Rückstrom zerrte ihn fort, bevor er es wieder berühren konnte. Mit einem Schmettern seiner Gedanken fand er sich in dem Boot wieder.

»Nein!« Fionn sprang auf. »Warte, Kellen! Tu's nicht!«

»Was ist denn jetzt schon wieder?«

Kellen war verärgert, aber Fionn ließ sich davon nicht abhalten.

»Ich will … ich will es ziehen! Bitte lass mich!«

Kellen musterte ihn mit einer Mischung aus Skepsis und stillen Vorbehalten. Dann aber überhändigte er ihm das Schwert. Fionns Finger kribbelten, als sie sich um das kobaltblaue abgewetzte Leder des Hefts schlossen, und im selben Moment verdichtete sich die Welt um ihn zu einem Gewirr unwirklicher Wahrnehmungen. Das Branden der Wellen, das Rauschen der Bäume auf dem Schiefer … das Pochen seines Herzens. Kellen.

Alles verschmolz und zog sich zusammen, mit dem Schwert in der Mitte, alleinig, scharf und klar wie die Wahrheit, die ihm jetzt endlich bewusst wurde: Dieses blitzartige Empfinden hatte nichts umgelenkt! Alles, was zuvor gewesen war, war die Umlenkung gewesen, und jetzt – erst jetzt! – war es richtig! Jetzt konnte er richtig machen, was ihm zuvor nie gelungen war! Jetzt würde es ihm gelingen!

Diesmal!

Das musste es sein, was ihm die fremde, vertraute Stimme zugerufen hatte! Was er nicht vergessen durfte!

Ich weiß es!

Er ergriff die Scheide.

Kellen, ich weiß es!

Ein fahler Schleier umwehte das Heft, ein Flirren von Schicksal, als er tat, was er tun musste und den Stahl aus der Scheide befreite.

Augenblicklich umfing ihn Stille. Das Letzte, was Fionn noch klar spürte, war das Gefühl einer Hand, die sich an seine Wange legte. Sie streichelte ihn voller Zärtlichkeit.

Dann brachen die Stille und die Welt um ihn auf. Eindrücke und Bilder, kalt und klar und kurzwährend wie Blitze, durchfuhren ihn, mit jetzt ungehaltener und ungezügelter Gewalt; sie rissen an ihm, rissen an seinem Bewusstsein und an seinem Verstand und folgten so rasch aufeinander, dass er sie kaum einzeln wahrnehmen konnte.

Da war ein Komet, der ein leeres Firmament durchschnitt wie ein sengendes Messer. Da waren vier gigantische Wesen, blendend hell, aus gleißendem Licht und mit sengenden Schwertern, die ihn anglotzten aus leeren Augen. Und da waren zwei Gestalten, klein in der Ferne, die auf einer Anhöhe in einem bleichen Grasland standen. Sie hielten einander an den Händen. Und sie sahen Fionn direkt an.

Fionn, der ganz allein war, das Schwert hielt, weinte ...

... und schrie.

An jenem Tag wussten wir noch nicht um das, was bald darauf kommen würde. Wie hätten wir auch ahnen können, was für ein Unheil in jenen Dämmerstunden des fünfundzwanzigsten Juli seinen Blick auf Bailín lenkte? Wie hätten wir wissen können, wer den Schrei von Sekhems Fluch noch vernommen hatte, draußen auf der See?

Ich konnte es nicht ... Ich konnte ja noch nicht einmal ahnen, was ich Kellen angetan hatte.

DIE WUNDE an seiner rechten Hand brannte, als Kellen den Lappen ins Wasser tauchte. Die Gischt schäumte um den klaffenden Schnitt in seiner Handfläche und den aufgeritzten Fingergelenken, aber jetzt war nicht die Zeit für Zimperlichkeiten. Kellen biss die Zähne gegen den scharfen Schmerz zusammen, zischte dem Ozean einen knappen Fluch zu und eilte mit dem tropfnassen Lappen zu Fionn zurück.

Die Wellen der erstarkenden Flut brandeten wie Donner gegen die äußeren Schieferwände der Halbmondbucht. Ein strenger, kühler Wind schob ihn vorwärts.

Fionn lag auf dem Rücken im grauen Sand neben dem Boot. Der Atem jagte noch immer nur in abgehackten Stößen durch zerbissene Lippen, seine Zähne klapperten ekelhaft hart aufeinander. Fionns ganzer Körper hatte sich in einem Krampf eisern verhärtet.

Kellen kniete neben ihm nieder und presste seinem Freund den Lappen fest auf die Stirn. Es half schneller, als er zu hoffen gewagt hatte: Mit einem jähen Kreischen fuhr Fionn in die Höhe. Die Augen in wildem Entsetzen weit aufgerissen, strampelte und schlug er so heftig um sich, dass Kellen zuerst unwillkürlich zurücktaumelte. Dann versuchte er, Fionns Arme zu packen.

»Fionn!«, rief er. »Hör auf! Fionn, ich bin's nur! Ich bin's!«

Aber er drang nicht zu Fionn durch. Sein Ellbogen traf ihn hart am Kinn und zwischen den Rippen.

Fionn! Was ist nur los mit dir, verdammt? Hör auf!

Erst als Kellen seinen Unterarm erwischte und nicht wieder losließ, tat sich etwas. Kellen spürte, wie die Spannung in Fionns Arm unter seinem strengen Griff nachgab, und es gelang ihm, auch seinen anderen Unterarm zu ergreifen.

Fionns Kreischen verhallte krächzend. Er starrte ihn aus glasigen Augen an.

»Kellen ... du ...« Er stieß die Worte heiser hervor. Sein Brustkorb bebte heftig auf und ab. »Du ... du bist hier ... wie ... wie kann das sein ... ich ...«

»Was redest du da?« Kellen sah die Angst in Fionns Blick glänzen. »Natürlich bin ich hier, wo sollte ich denn sonst sein? Ich bin nicht weg! Fionn? Rede mit mir!«

Fionn gab keine Antwort. Sein Gesicht erstarrte.

»Fionn? Fionn, hörst du mich?«

Da brach die Maske auf Fionns Miene in pures Entsetzen auf. Mit unerwarteter Kraft riss er sich von Kellen los, verkrallte sich stattdessen in seinem Kragen und schrie: »Wo warst du? Kellen! Wo?« Fionn schien nach Atem zu ringen. »Was ... Das Schwert, ich ... ich ... ich ...« Er sackte an Kellens Brust zusammen und gab ein ersticktes Schluchzen von sich. »Kellen ... ich war allein ... und ich ... mir war, als würde ich sterben ... als wollte ich's sogar.«

Das war genug. Kellen drückte Fionn grob an den Schultern von sich weg und schüttelte ihn durch.

»Reiß dich gefälligst wieder zusammen! Sowas will ich von dir nicht hören! Sowas denkst du erst gar nicht! Hast du mich verstanden?«

Fionn blickte ihn mit verheultem Gesicht an. Kellen schüttelte ihn noch einmal durch.

»Ob du mich verstanden hast, hab ich gefragt!«

Fionn brachte kaum mehr als ein verstocktes Nicken zustande.

»Gut!«

Kellen ließ ihn los und setzte sich neben ihm in den grauen Sand. Während Fionn nun allmählich zur Ruhe kam, erlaubte sich auch Kellen einen Moment zum Verschnaufen. Er versuchte, seine Anspannung zurückzudrängen und zu begreifen, was er eben mitangesehen hatte. Was um alles in der Welt war nur in Fionn gefahren?

Kaum, dass Fionn das mattschwarze Schwert gezogen hatte, hatte es ihn auch schon niedergestreckt und seinen Körper so erbarmungslos durchgerüttelt, als riss eine Meute wilder Hunde an seinen Gliedmaßen.

Kellen ließ sich nicht schnell in Panik versetzen, aber dieser Anblick hätte beinah ausgereicht. Er hatte Fionn ansprechen und ihm das Schwert aus der Hand reißen wollen, aber aller Laut war aus dessen Kehle gemerzt und seine Finger waren so fest um das Heft versteift gewesen, dass Kellen den schartigen kohlschwarzen Stahl mit der blanken Hand hatte packen müssen, um ihn ihm zu entwinden. Dabei hatte er sich verletzt.

Dann hatte er Fionn, so gut es mit dessen unnachgiebigen Zuckungen ging, hochgehoben und auf dem weichen Sand abgelegt. Dort hatte wenigstens sein Kopf nicht so hart aufschlagen können wie auf dem harten Plankenboden. Fionns Verwirrung und das Abscheuliche, was sie ihn hatte sagen lassen, mussten noch von diesen Erschütterungen herrühren, folgerte Kellen und ihm schien, als wären sie schon wieder am Abklingen. Fürs Erste war er nur heilfroh, dass Fionn wieder bei Sinnen und einigermaßen wohlauf war.

Gerade als Kellen das dachte, krümmte sich Fionn vornüber und übergab sich. Viel kam nicht. Kellen nahm Fionns linke Hand, streichelte und drückte sie. Sie war zittrig, kühl und kraftlos. Fionn hob den Kopf und schniefte.

»Kellen ... es tut mir leid, es tut mir so leid, ich hab mich-«
»Schon gut ... «

Fionn schüttelte den Kopf. »Nein ... nein, Kellen ... du verstehst nich, ich muss ... ja, ich muss mich erinnern, weil ich doch ...«

Er hielt sich noch einmal die Hand vor den Mund, doch

48

diesmal kam nichts.

»Du musst dich jetzt vor allem erst mal beruhigen«, sagte Kellen und rückte näher. »Sonst nichts, hörst du?«

Fionn stierte gedankenverloren über seine Hand in Kellens auf die Wellen, die um ihre Füße schäumten und das bisschen Erbrochene wegspülten.

»Ja ... ja ... Kellen, du hast recht, ja ... ich wollt nicht, ich ... es tut mir leid, es tut mir leid, ich ...«

»Es gibt nichts, wofür du dich entschuldigen müsstest.«

Kellen legte Fionn seinen Arm um die Schulter und zog ihn zu sich. Fionn hielt sich jetzt mit beiden Händen an Kellens Rechter fest.

»Es war so ... so echt, Kellen, verstehst du? Es hat sich so echt angefühlt, ich-«

»Das war es aber nicht, Fionn! Es war nicht echt! Du hast es dir nur eingebildet!«

»Ja ... tut mir leid ... tut mir leid, Kellen ...«

»Hör auf, dich zu entschuldigen.«

»Ja ... ja.«

Kellen schob Fionns Haar aus der Stirn und befühlte sie. Sie glühte regelrecht. Da wurde Kellen klar: Es musste ein Hitzschlag gewesen sein, der Fionn so zugesetzt hatte. Kein Wunder. Mit Ausnahme der Mittagspause hatten sie ja den ganzen Tag in der prallen Sonne verbracht und obendrein hart geschuftet. Als er Fionn das mitteilte, nickte der nur und sagte: »Ja ... ja, du hast wohl recht.«

Dann bemerkte Fionn die Schnittwunde in Kellens Handfläche und die Kerben an seinen Fingern.

»Kellen!«, schrie er bestürzt. »Du bist ja verletzt!«

Behutsam bog er Kellens Hand auf, um die Wunde besehen zu können. Der Schmerz klaffte mit dem schwarzrot glänzenden Schnitt auf. Fionn wollte wissen, wie das passiert sei, aber als Kellen ihm erklärte, was sich zugetragen hatte, wurde er so blass, dass Kellen glatt fürchten musste, er würde ihm noch einmal zusammenklappen.

»Oh, Kellen, das tut mir so leid, du musst mir glauben! Das wollt ich nich! Ich kann mich nich dran erinnern! Ich weiß nich, was – bitte, bitte, du musst mir glauben, du musst mir verzeihen!«

Kellen beteuerte, es sei gar nicht so schlimm wie es aussehe, aber Fionn rappelte sich auf und bestand darauf, dass sie die Wunde schleunigst auswaschen und verbinden müssten.

Immerhin ist er jetzt wieder auf den Beinen, dachte Kellen. Und auf den Heimweg hatten sie sich ja eigentlich ohnehin schon machen wollen.

Er schwang sich auf und stieg zurück in das Boot. Sie packten ihre restlichen Sachen zusammen, die Umhängetasche, den kalten Pechtopf und ihr Werkzeug.

Zuletzt blieb noch die Frage, was sie mit dem Schwert machen sollten. Die Klinge war auf ihrem guten Meter Länge von Kerben, Rissen und Ritzen vernarbt und vollkommen schwarz vom Rost, aber Kellen wusste besser, als deswegen ihre Schärfe deswegen zu unterschätzen.

Nach kurzem Überlegen hielt er es für das Beste, das Schwert vorerst hier zu lassen. Er konnte es nicht mit nach Hause nehmen und Fionn ... Fionn wollte er es nicht mitgeben.

»Ich will es ziehen. Bitte.«

Hatte Fionn ihm damit irgendetwas beweisen wollen? Wenn, dann hatte er damit nur bewiesen, dass man ihm besser kein Schwert in die Hand geben sollte. Kellen schob Fionns Worte mit dem schwarzen Stahl und jedweden Nachgedanken in die verkratzte Scheide zurück und verstaute es mit dem sauber gefalteten Segeltuch in dem Geheimfach unter den Planken am Heck. Bis zum nächsten Mal würde er schon wissen, was sie mit dem wertlosen Ding anfangen sollten.

Für heute hatte er genug davon. Überhaupt hatte Kellen sich den heutigen Tag ganz anders vorgestellt.

Sie kletterten den steilen, glitschigen, von Gischt und Schaum umbrandeten Schiefer hinauf, Fionn voran, Kellen ihm nach. In den immer tiefer werdenden Schatten des grauen Felsens fanden ihre Finger nur schwer Halt.

Der Schnitt in Kellens Rechter fraß sich gehässig in seine Handfläche. Die eingeritzten Falten seiner Fingergelenke spannten sich und rissen rot auf. Seine Beteuerungen, dass es gar nicht so schlimm sei, wie Fionn annahm, und es nicht wehtue, waren vorher nicht einmal gelogen gewesen. Es musste die Sorge um Fionn gewesen sein, die den scharfen Schmerz überdeckt hatte. Jetzt hingegen nahm er ihn nur allzu deutlich wahr.

Als Fionn über ihm abrutschte und zu stürzen drohte, reagierte er dennoch geistesgegenwärtig und fing ihn ab.

»Geht's?«

Fionn nickte und kletterte gleich weiter, aber Kellen erkannte an seinem Zittern, dass ihn noch immer etwas beschäftigte. Die Vermutung bestärkte sich nur, als sie danach schweigend nebeneinander durch den dämmrigen Wald stapften.

Fionn hielt den Blick ununterbrochen auf seine Füße gesenkt, trat vereinzelt nach dünnen Zweigen und fingerte ständig an den Knöpfen seiner Weste oder dem Riemen seiner Umhängetasche herum. Kellen gab nach und erkundigte sich, worüber er nachsann, aber Fionn schüttelte lediglich den Kopf. Das kränkte Kellen mehr, als er zulassen wollte, aber er hatte keine Lust, weiter nachzufragen.

Sie kamen an den schmalen Bachlauf, an dem sie sich am Morgen gewaschen und ihre Schläuche gefüllt hatten. Kellen kühlte seine Rechte in dem leise plätschernden Wasser. Zartrote Fäden zogen sich von der Wunde, wie Spinnweben im Wind.

Fionn kramte einen der Stoffreste aus seiner Umhängetasche hervor, mit dem er das Segeltuch geflickt hatte.

»Gib mir deine Hand.«

Kellen reichte sie ihm und Fionn tupfte den Schnitt sorgsam ab, säuberte ihn und umwickelte die Hand mit dem Stoffstreifen.

»Ich werd mit denselben Flicken repariert wie das Boot?«

»Was anderes hab ich eben nich.«

»Also hältst du mich für genauso schäbig?«

Fionn zog den Verband stramm. Kellen zuckte.

»Halt still.«

»Sehr wohl, mein Herr Feldscher.«

Fionn schien seinen Scherz nicht zu verstehen.

Also schön, dachte Kellen. Wenn Fionn nicht mit ihm teilen wollte, was ihn so beschäftigte, war das seine Entscheidung.

Aber das hieß nicht, dass Kellen noch länger mit ansehen musste, wie er deswegen so ein Gesicht zog.

»Ach Fionn, nun hab dich nicht so«, sagte er deshalb und knuffte Fionn mit der unverletzten Linken aufmunternd in die Seite. »Ich hatte schon ganz andere Verletzungen. Weißt du noch, wie mich der Petter Pysk mit seinem Boot am Anleger eingequetscht hat?« Er krempelte sein Hemd hoch und entblößte den handgroßen Fleck heller Haut über seiner Hüfte. »*Das* war eine Verletzung. Hat ein halbes Jahr gedauert, bis das wieder heile war. Ich konnte auf der Seite nich mal mehr schlafen. Dagegen is der mickrige Schnitt hier doch gar nichts.«

Fionn sah nur flüchtig auf den hellen Fleck. »Ich weiß … Das weiß ich doch … aber das hier is …« Er stockte und hielt mit dem Einbinden inne.

»Ja?« Kellen neigte sich zu ihm vor und sah ihm ernst in die Augen. »Was is es?«

Über den Baumkronen ermattete die violette Dämmerung und schwand in das erste, noch schwach glühende Blau der Nacht hinüber. Es fiel zwischen den Stämmen zu ihnen herab und verlieh Fionns ansonsten so verträumten Augen einen reumütigen, melancholischen Glanz. Er vermied es, seinen Blick zu erwidern, aber Kellen wartete geduldig, bis er endlich antwortete.

»Was anderes eben … Und jetzt halt bitte einfach deine Hand still.«

Kellen seufzte und ließ den Rest des Verbindens schweigend über sich ergehen. Zuletzt verknotete Fionn die losen Enden und Kellen tauchte die fertig verbundene Hand wieder in das kühle Bachwasser.

Fionn trottete nachdenklich von dem schmalen Wasserlauf davon und an den Rand der Senke. Dort blieb er stehen. Plötzlich drehte er sich zu Kellen um.

»Denkst du, das Boot könnt was mit dem Flicken-Frém zu tun haben?«

Das war es also. Nun wusste Kellen zwar endlich, was Fionn beschäftigte, nur nachvollziehen konnte er es nicht. Das Rätsel um die Herkunft ihres heruntergekommenen Einmasters war so ziemlich das Letzte, worüber Kellen jetzt nachdenken wollte.

Und wenn Fionn deshalb so betrübt schauen musste, wollte er auch nicht, dass dieser sich weiter damit herumschlug.

Aber weil Kellen ebenso wenig wollte, dass Fionn seine Zunge gleich wieder verschluckte, wo er sie schon einmal gefunden hatte, kam er ihm entgegen und fragte nach, wie er ausgerechnet auf den Branntweinritter komme.

Fionn zuckte mit den Schultern. »Es … kam mir eben einfach so in den Sinn … Aber es würde doch irgendwie zusammenpassen, findest du nicht?«

Kellen erinnerte sich: Der versoffene Landstreicher, den alle nur den Flicken-Frém hießen, war im vergangenen März zum ersten Mal in Bailín aufgekreuzt, verwahrlost, zerlumpt und auf der Suche nach einem guten Rausch. Binnen weniger Wochen hatte er sich zum Stammgast sämtlicher Wirtshäuser in der Umgebung emporgetrunken. Kellens Vater und Himbrand der Wirt hatten den rüpelhaften Trunkenbold schon mehrmals aus dem *Roten Weber* werfen müssen, weil er zu tief in den Becher geschaut hatte. Außerhalb der Wirtshäuser blieb der Flicken-Frém zumeist für sich und mied die Leute. Angeblich hauste er in der verfallenen Gezeitenmühle westlich von Bailín. Sein Vater konnte den Branntweinritter nicht leiden, und auch Kellen hielt ihn für mehr als zwielichtig, aber der Mann bezahlte stets seine Zechen, also duldete man ihn.

Aufgrund seiner scheinbar bodenlosen Geldbörse und gewissen Prahlereien im Suff munkelte man, Frém sei ein eidbrüchiger Ritter. Ernsthaft glauben tat es aber keiner, und wer ihn doch darauf ansprach, erntete lediglich einen erzbösen Blick und noch üblere Drohungen.

Fionn könnte schon damit recht haben, dass der Zeitpunkt, zu dem der Flicken-Frém aufgetaucht war, ungefähr mit dem übereinstimmen könnte, als der Einmaster schätzungsweise in der Halbmondbucht auf Grund gelaufen war. Aber dass da ein Zusammenhang bestand? Das erschien Kellen sehr zweifelhaft.

»Wenn der Einmaster wirklich dem Flicken-Frém gehört hat, warum ist er dann nicht zurückgekommen? Warum hat sich der Branntweinritter sein Hab und Gut nicht zurückgeholt?«

Darauf wusste Fionn nichts zu erwidern. Er zuckte lediglich nochmals mit den Schultern, las einen Ast auf und schlich weiter am Rand der Senke entlang.

Verärgert gestand Kellen sich ein, dass es ein Fehler gewesen war, auf Fionns Frage einzugehen. Er hatte ihn zum Reden und dann auf andere Gedanken bringen wollen, weg von dem Einmaster und dem Schwert. Stattdessen hing Fionn ihnen jetzt nur noch mehr nach – und versank dabei tiefer und nur noch tiefer in sein zähes Schweigen.

Umso verdutzter war Kellen, als Fionn auf einmal innehielt und von Kellen verlangte, dass er ihm eine reinhauen solle.

»Was soll ich?«, fragte Kellen empört zurück. »Ich hör wohl nich recht! Dir ist doch echt nich mehr zu helfen!«

»Ich mein's ernst! «, beharrte Fionn. »Du sollst mir eine reinhauen! Für den Schnitt an deiner Hand. Dann sind wir quitt!«

»Vergiss es! Ich wird dich ganz bestimmt nich schlagen!«

»Aber-«

»Nein! Und jetzt komm! Wir sollten schon längst zu Hause sein!«

Kellen hatte jetzt endgültig die Geduld verloren. Er stand auf und wandte sich zum Gehen, aber Fionn blieb stur auf der Stelle stehen, wo er war.

»Komm endlich!«

Fionn kam nicht.

Die Wunde unter dem Verband begann zu jucken, als wollte sie Kellen dazu reizen, ihm doch noch eine reinzuhauen. Es war ohnehin erstaunlich, dass er es nicht schon längst einmal getan hatte. Es hatte durchaus Tage gegeben, an denen er Fionn am liebsten eine verpasst hätte, weil er so unerträglich leise und verstockt war, so zäh, dass man ihm jedes Wort einzeln aus der Nase ziehen musste. Manchmal bekam man aus Fionn einfach nichts heraus, und das brachte Kellen jedes Mal zur Weißglut. Er sah es ihm in solchen Momenten doch ganz genau an, dass ihm etwas auf der Seele lag, dass es ihn fast umbrachte, es für sich zu behalten. Und doch tat er es. Und wie armselig seine Versuche waren, sich nichts anmerken zu lassen.

Vielleicht hätte es in diesen Momenten geholfen, wenn Kellen ihm einfach eine verpasst hätte. Vielleicht hätte das diesen unbeantworteten und andauernd abgestrittenen Blicken ein Ende bereitet, und dieses müde, halbwahre Lächeln von seinem Gesicht vertrieben, mit dem er sich immer vor einer klaren Antwort drückte. Fast kam es ihm so vor, als fürchtete sich Fionn davor, sie ihm zu geben. Aber wieso?

Wovor nur hast du solche Angst, Fionn?

Je länger Kellen darüber nachdachte, umso klarer kam er zu dem Schluss, dass eine Ohrfeige längst überfällig wäre.

»Du willst es wirklich so?«

Fionn nickte.

Also schön.

Kellen stapfte auf Fionn am Rand der Senke zu. Das trockene Laub knackte und knisterte wie alte Glut unter Kellens Füßen. Fionn blieb wie angewurzelt stehen. Kellen trat auf ihn zu, bis ihre Gesichter nur noch durch einen Hauch kühler, rauschender Waldesluft getrennt waren. Er stellte sich vor, ihn gegen den nächstbesten Baum zu pressen und seine Nase in seinem wirren Haar zu vergraben und ihn zu riechen; den süßlichen Duft von Kaffee und frischgebackenem Brot. Er stellte sich vor, wie Fionn nach dem langen Tag Arbeit auch etwas von seinem eigenen Geruch anhaftete. Schweiß und Pech.

Er ballte die verbundene Rechte zur Faust.

Fionn schluckte. Er hielt die Hände am Körper und in seinen Wangen stieg dieselbe, vom abendlichen Halbdämmer kaum verborgene Röte auf wie schon am Morgen.

»Kellen ... ich ...«

Fionns Stimme zitterte.

Kellen grinste. Er lauschte Fionns unterdrücktem Atmen, dem heftigen Klopfen seines Herzens. Und dann holte er aus.

Fionn zuckte zusammen. Doch der Schlag blieb aus.

Sie erstarrten und blickten einander an. Die Bäume über ihnen rauschten noch, ansonsten war es, als hätte alles um sie mit ihnen den Atem angehalten, wartete.

Dann, ohne ein Wort, riss sich Fionn jählings los, stürzte an Kellen vorbei, rannte und verschwand im Unterholz.

Ein Moment verstrich, indem Kellen nichts weiter tun konnte, als ihm hinterherzusehen. Dann fühlte er sich, als schlüge er mit dem Gesicht voraus hart auf, schnappte den Seesack und rannte Fionn hinterher.

»Fionn! Fionn, bleib stehen, verdammt!«

Kellen hechtete über schwarze Büsche und kniehohes Gestrüpp, Hagebuttendornen und wilde Brombeerranken, die nach seinen Hosenbeinen grapschten und sich in seinem Seesack verfingen.

»Fionn! Warte!«

Fionns Weste war ein kleiner Streifen, Blau auf Blau, zwischen Fetzen von Schatten und Stämmen. Kellen verlor ihn aus den Augen. Der Seesack machte ihn langsam. Und dann tauchte Fionn plötzlich vor ihm auf – zu plötzlich, als dass Kellen hätte abbremsen können.

Er rannte Fionn geradewegs um. Die beiden Jungen taumelten kurz, fielen dann um und rissen einander gegenseitig den steilen Abhang auf der anderen Seite hinunter. In einem wilden Gewirr aus Kleidern, Moos, Tannenzapfen und Erde rollten sie über Laub und offene Wurzeln, brachen durch ein lichtes Dickicht und kamen, einer quer über dem anderen, auf einem leeren Feldweg zum Erliegen – direkt vor den Füßen der kleinen Bo.

Die kleine Bo quietschte, sprang zurück und hielt ihre Laterne schützend vor sich.

»Bo?« Kellen ächzte ihren Namen ungläubig unter Fionns Gewicht auf seiner Brust heraus, als er seine Schwester erkannte. »Was ... was hast du hier zu suchen?«

Die kleine Bo glotzte ihn und Fionn lediglich mit großen Augen an. Dann setzte sie ein entschlossenes Gesicht auf, machte auf den Fersen kehrt und rannte davon, so schnell ihre kurzen Beinchen sie trugen.

»Bo!« Kellen zerrte Fionn von sich und setzte ihr nach. Was genau sie hier trieb, mochte er nicht wissen, aber er ahnte, dass es nichts Gutes nach sich ziehen konnte, wenn Bo ihm jetzt entkäme. Immerhin: Seine kleine Schwester war wesentlich leichter abzufangen als Fionn. Er bekam sie am Kragen zu fassen und zwickte sie zwischen seinen Beinen ein.

»Lass mich los!«, kreischte sie und trommelte mit ihren Fäustchen gegen seine Waden. »Du sollst mich loslassen!«

»Du darfst niemand sagen, was du grad gesehn hast! Ganz

besonders nicht Vater! Klar?« Bo hatte zwar erst vier Namenstage gefeiert, aber wenn sie daheim ausplauderte, wie sie sie beide hier vorgefunden hatte … »Kein Wort!«

»Du tust mir weh!«

»Bo!« Kellen beugte sich über sie und drückte seine Beine fester zusammen, damit sie ihm nicht entschlüpfen konnte. Ihre Haube war ihr bis über die Augen gerutscht. Er zog sie wieder zurecht. »Bo, was du grad gesehen hast, muss unbedingt unser Geheimnis bleiben, ja?«

Das schien etwas zu bewirken, denn nun hielt sie mit ihrer Strampelei still. Sie nickte und Kellen ließ sie frei und drückte sie erleichtert.

Fionn schloss zu ihnen auf, Erde und Laub in den Haaren. Noch einmal wollte Kellen nun wissen, warum Bo so allein und so spät und so weit weg von Bailín war.

»Hast du dich verlaufen?«

»Nein!« Sie schmollte. »Ich verlauf mich nicht! Ich bin nicht dumm! Das weißt du!«

»Hast recht, das weiß ich.« *Besser, sie nicht zu reizen.* »Was hast du dann hier zu suchen?«

»Dich such ich! Ich helf Vater dabei!«

»Du hilfst – was?«

Jetzt tauchte zwischen den niedrig hängenden Zweigen eines Baums, nur etwa zwanzig Meter von ihnen entfernt, das Licht einer zweiten Laterne auf und näherte sich mit großen, stampfenden Schritten.

Der Verdacht in Kellen nahm Gewissheit an. Bo nahm seine verbundene Rechte, winkte freudig damit und jauchzte, sie hätte ihren Bruder gefunden, doch dem war soeben alle Freude abhandengekommen.

Die Laterne wurde hochgehoben und erleuchtete das bärtige, strenge Gesicht ihres Vaters. Beim Anblick von Kellen und vor allem von Fionn, der sich hinter ihn duckte, verfinsterte sich seine grimmige Miene noch ärger.

Der Dorfmeister von Bailín war ein einschüchternd großer und breiter Mann, stark und unerschütterlich wie eine Steineiche, mit einem dunklen Bart, dunklen Augen und der Scheide mit Celdebolg, dem breiten Schwert aus Celdennenstahl an der

Hüfte.

Er rammte die beiden Burschen mit seiner dröhnenden Stimme ungespitzt in den Feldwegboden. Die kleine Bo musste sich die Ohren zuhalten, damit sie keine schmutzigen Wörter aufschnappte.

Der anschließende Heimweg zog sich wie erkaltetes Pech. Kellens Vater marschierte voran. Ihm folgte die kleine Bo, die ihren Bruder hinter sich her schleifte. Fionn schlich hinterdrein und bildete das Schlusslicht. Keiner sprach ein Wort.

Sie erreichten Bailín und lieferten Fionn bei seiner Großmutter ab. Die dankte dem Dorfmeister mehrmals überschwänglich und scheuchte Fionn zornig in die Stube. Die Freunde wechselten einen letzten flüchtigen Blick, bevor die Türe zwischen ihnen ins Schloss fiel und Kellen vernahm nur noch, wie auf der anderen Seite ein gehöriges Donnerwetter über Fionn hereinbrach. Die kleine Bo zog ihn weiter, die Straße entlang, über den Dorfplatz und an der Wiese mit dem Esskastanienbaum vorbei, unter dem sie sich heute Morgen verabredet hatten.

Vor ihrem Haus hielt sein Vater ihn noch einmal an. Die kleine Bo schickte er voraus.

»Eins noch, Junge«, sagte er, im Ton einer ernsten Warnung, die er barsch durch den Bart schnaubte. »Das war das letzte Mal, dass du dich mit dem Barahér-Bengel davongestohlen hast! Ich will dich künftig nicht mehr mit ihm erwischen!«

Kellen blickte mit vor Wut glänzenden Augen zu seinem Vater auf und wollte etwas erwidern, doch der schnitt ihm das Wort ab, indem er ihm die schwere Hand auf die Schulter legte.

»Versteh doch: Eines Tages wirst du Celdebolg tragen und dieses Dorf und seine Menschen beschützen müssen! Denk nur an deine Mutter, deine Schwester! Du bist ein Krieger vom Blute der Celdennen, und du bist mein Sohn!«

Kellen konnte sich nicht gegen seinen Vater auflehnen, doch ebenso wenig konnte er sich die Wut verbieten, die er in diesem Moment empfand. Nicht nur auf ihn. Sondern auch auf Fionn. Und auf sich selbst. Bitter war sie, elend und verabscheuungswürdig, sie ballte seine Fäuste und ließ die Wunde unter dem Leinen pochen, sodass sie schmerzte. Und selbst

Stunden später, nachdem er die kleine Bo ins Bett gebracht hatte und alleine auf seiner Kammer im Flackerlicht einer Öllampe schnitzte, wollte sie noch immer nicht weichen.

Der Anhänger aus Lindenholz, über dem er in Konzentration gebeugt saß, war kaum größer als eine Deniermünze und ließ den springenden Héohirschen bereits erahnen, den er einmal darstellen sollte. Kellen rieb sich die müden Augen. Das Flämmchen der Öllampe ließ unstete Schatten über seine Arbeit springen. Es strengte an, das Messer in diesem Licht anständig zu führen.

Beim Schnitzen kam Kellen für gewöhnlich zur Ruhe, aber heute mochte ihm das nicht gelingen.

Der Hirschanhänger war für Fionn gedacht und deswegen konnte er nicht daran arbeiten, ohne Fionns Gesicht vor Augen zu haben … sein Gesicht, wie er ihn gegen den Baum drängte und blinzelte, als er ihn von sich stieß.

Bitterkeit legte sich auf Kellens Zunge.

Ich hätt's wissen müssen, dachte er. Fionn war eben ein Feigling und würde es auf ewig bleiben. Er wird immer vor allem weglaufen.

Kellens Vater, der Dorfmeister von Bailín, war stets streng mit seinem Sohn umgesprungen. Er hatte ihn im Schwertkampf geübt, kaum dass er stark und groß genug gewesen war, eins richtig zu halten. Er hatte Kellen zu dem gemacht, was er seiner Ansicht nach zu sein hatte – was er seinen Vätern und Vorvätern nach war: ein Krieger Bailíns, vom Blute der alten Celdennen. Kellen würde eines Tages Dorfmeister von Bailín werden, er würde Celdebolg, den Celdennenstahl, der schon seit Generationen in Bailín war und das Dorf auf dem Hügel beschützt hatte, erben und er würde es führen müssen, wenn es wieder einmal gegen Feinde gezogen würde. Er musste stark sein und bereit, wenn die Zeit kam – und Kellen wollte es ja eigentlich auch. Es gefiel ihm sehr, stark zu sein.

Und dennoch, da gab es noch etwas in ihm, dass das nicht wollte. Einen Teil, dem es ebenso gefiel, zart zu sein, sanft und sanftmütig. Einen Teil, den er sich nur gestatten konnte, wenn er bei Fionn war. Er mochte diesen Teil von sich auch.

Er mochte ihn sogar sehr und er wünschte sich, er könnte sich ihm öfter überlassen. Aber das ging hier nicht. Nicht in Bailín, nicht bei seinem Vater. Und Fionn ...

Kellen seufzte. Er legte das Schnitzmesser und die Gedanken nieder. Es half ja doch nichts.

Hätt ich dir doch einfach eine reingehauen.

Er löschte die Öllampe, blieb aber noch im Dunkeln auf dem Hocker sitzen. Der Gedanke an Fionn umschwebte ihn wie der dünne Rauchfaden der Lampe. Er rieb sich den Verband an seiner Rechten, unter dem die Wunde nun unablässig brannte, und musste an das denken, was er gesagt hatte, nachdem er wieder zu sich gekommen war.

Schreckhaft wie Fionn auch sonst war, das war etwas anderes gewesen ... etwas Dunkleres. So ins Entsetzen getrieben hatte Kellen ihn noch nie erlebt. Er hatte Angst vor etwas ... *wegen* etwas ganz Bestimmtem.

Kellen dachte an das mattschwarze Schwert.

Fionn ist zusammengebrochen, als er es gezogen hat, aber zusammengezuckt ist er schon davor, als er es nur halten wollte.

Fionn hatte verneint, dass etwas gewesen war, aber ... Konnte es sein? Lag in der Berührung des Hefts der Grund für Fionns Zusammenbruch?

Nein, das war vollkommen ausgeschlossen. Kellen hatte es ja auch gehalten und ihm war nichts dergleichen widerfahren. Das Schwert hatte nichts damit zu tun. Fionn war die lange, schweißtreibende Arbeit in der unbarmherzigen Sonne einfach nicht gewohnt und hatte einen Hitzschlag erlitten. Das war schlimm genug. Er konnte sich noch glücklich schätzen, mit nur einer Ohnmacht, einem Fiebertraum und einem blassen Schrecken davongekommen zu sein.

Im Gegensatz zu Kellen.

Das offene Fleisch unter dem Leinen brannte und kratzte mittlerweile so unerträglich, dass er es nicht mehr länger aushielt. Er wickelte den Verband ab. Bestimmt half es schon, ein wenig frische Luft an die Wunde zu lassen.

Doch das, was er zu sehen bekam, als er die letzte Lage löste, die an dem feuchten Fleisch klebte, ließ ihn mit der Kühle der Nacht in den Knochen erschaudern: Die Haut um den klaffenden Schnitt hatte sich emporgewölbt und darum ein dunkler Rand gebildet. Der war dünn und wirkte seltsam glimmend, wie die schwelenden Kanten eines angesengten Blattes trockenen Herbstlaubes, doch zugleich so kalt und schwarz wie der Tod.

Sie hätten es wissen müssen. Die Magister, die Chronisten, die Historiker. Sie alle hätten es einfach wissen müssen! Es stand doch in ihren Büchern geschrieben! Wenn sie nur genauer hingesehen, wenn sie nur versucht hätten, zu verstehen, der Verrat an der Menschheit durch die Hochkönige des Nordens wäre schon viel früher aufgedeckt worden! Vielleicht wäre dann alles anders gekommen! Es wäre noch nicht zu spät gewesen! Vielleicht …

… aber vielleicht haben sie sogar davon gewusst und es absichtlich vor dem Rest der Menschheit verborgen? Aber warum? Warum hätten sie das tun sollen? Warum hätten sie, wenn sie es gewusst hätten, nur untätig zugesehen, als Cirion aus Irions Linie, der in jenen Tagen in Istansgard regierte, damit begann, die Minen am Nídis mit mehr Männern auszustatten? Warum hatte keiner von ihnen etwas getan? Keiner …

… keiner, mit Ausnahme jener armen Seelen, die dem Aufruf ihres Königs Folge leisteten und sich dorthin aufmachten.

DER ELCHKARREN rumpelte als letzter im Zug durch die einsame Nacht und holperte dabei durch ein Schlagloch nach dem anderen. Sams Hinterkopf dröhnte von den ungedämpften, harten Schlägen gegen das Holz. Eingewickelt in eine dicke Schicht aus kratzigem Bärenpelz hockte sie eingekeilt zwischen festgezurrten Kisten und einem schnarchenden Fettsack mit den anderen Aufsassen auf der Ladefläche und fühlte sich sterbenselend. Ihre Nase war aufgeraut und ihr knurrender Magen schlug wegen der andauernden Holperei so bedenkliche Purzelbäume, dass sie sich sicher war, sich übergeben zu müssen, wenn sie jetzt den Mund aufmachte.

Das durfte sie keinesfalls. Einerseits war ihr das bisschen Gemüsesuppe vom Vorabend dafür zu schade, andererseits würde sie damit bestimmt die anderen auf dem Wagen wecken – und sich zweifellos ihren Zorn zuziehen.

Sam war beileibe kein Hasenfuß – im Gegenteil, in den Gassen und Gossen von Istansgard hatte ihre große Klappe sie nur allzu oft in Schwierigkeiten gebracht – aber genau deswegen wusste sie einzuschätzen, wann es sich lohnte, lieber auf Furcht und Vorsicht zu hören. Bei den großen, ruppigen Kerlen auf dem Karren, von denen einer grimmiger und brutaler als der nächste aussah, tat sie auf jeden Fall gut daran.

Besondere Furcht empfand sie vor dem starken Yoran. Mit seinen breiten, muskelbepackten Armen, dem pechschwarzen, kurz geschorenen Haar und der hässlich vernarbten Wunde über seinem Nasenrücken machte er von allen den bedrohlichsten Eindruck.

Neben Sam gab es noch drei andere auf ihrem Karren, die etwa in ihrem Alter sein mussten; zwei hellblonde Brüder und einen schmächtigen Rotschopf, der aus Yrien stammte. Ansonsten waren noch drei Mann auf ihrem Karren, und noch einmal neun auf die zwei anderen verteilt, die vor dem ihren über die Straße holperten. Die meisten Aufsassen waren eingenickt, aber Sam hätte keinem von ihnen selbst im Schlaf über den Weg getraut. In den leeren Stunden, in denen sie durch die Nacht gen Osten fuhren, war Sam deshalb auch als einer der wenigen wach geblieben. Die ständigen Schläge gegen ihren Hinterkopf hatten ihr dabei geholfen. Mochten ihre Augenlider auch noch so sehr schmerzen und ihr die Müdigkeit den Gedanken an Schlaf auch noch so verlockend einflüstern, sie durfte ihnen nicht nachgeben.

Sam musste wach bleiben.

Wenn sie einschliefe und irgendeiner der Männer sich an ihr vergriffe und sie so hinter ihr Geheimnis kämen …

Keiner würde ihr beistehen.

Und Hans Haferhaar würde bestimmt nicht einschreiten.

Auch vor ihm musste Sam auf der Hut sein. Die zaudrige Gestalt auf dem Kutschbock sah von hinten wie eine einzige Kugel aus Robbenfell aus. Seinen Namen hatte er von den Strähnen gräulich-gelben Haars, das ihm wie angeleimt an der Glatze klebte. Seine Ohrenmütze, die er unter dem Kinn zugebunden hatte, ragte auf wie ein fransiger Kamin. Beim Antritt ihrer Fahrt hatte er klargestellt, dass es ihn einen Scheißdreck kümmerte, was die Männer auf dem Karren hinter ihm taten, solange sie nur vollzählig und arbeitstauglich an den Minen am Askensee ankämen. Von ihm wäre also keine Hilfe zu erwarten.

Eine zarte Schicht Raureif hatte alles auf ihrem Karren überzogen. Sam hauchte die angesteiften Finger an, rieb sich die Hände und zog den kratzigen Bärenpelz enger um sich zusammen.

Feuchte Atemwärme breitete sich um ihre Nasenspitze und die Lippen aus. Den Kopf gegen einen der Karrenpfosten geneigt, schaute sie über den Fettwanst neben ihr auf das langsam vorbeiziehende von Reif bestäubte Land. Irgendwo zog sich eine schwarze, ausgefranste Nadelwaldlinie am Horizont entlang. Seine finsteren Ausläufer erstreckten sich wie enorme verrußte Bärenpranken bis in das seichte Tal, durch das sie fuhren.

Die Hunde, die neben ihnen herliefen, hinterließen lange Fahnen aus hellem Dampf. Bei Hans Haferhaar auf dem Bock schaukelte eine traurige Ölfunzel unter stetem Quietschen auf und nieder, und von weiter vorne war das gleichmäßige tiefe Schnauben der riesigen Elche in ihrem Zuggeschirr zu vernehmen.

Sam wandte sich um, lehnte sich gegen eine der Kisten und stopfte sich eine Lage Pelz hinter den Kopf, um damit die Unebenheiten der Straße und die Schläge abzufedern. Sie ließ den Blick noch einmal über die anderen auf dem Karren schweifen und sah dann nach oben, zu dem weiten Band der Stundensterne, die kühl und stumm am Firmament funkelten.

Mit jedem Blinzeln fiel es ihr schwerer, die Augen offen zu halten. Das Ruckeln und Rumpeln des Karrens waren nun kaum mehr als ein sachtes Schaukeln. Das Knarzen, Rattern und Rumpeln der Wagenräder, das Scheppern des Geschirrs, das Schnauben der Elche, das Hecheln der Hunde, ihre Angst, deretwegen sie unbedingt wach bleiben musste; alles verlor nach und nach an Klarheit und schlüpfte aus ihrem Bewusstsein, bis sie schließlich nicht mehr wusste, ob der Regen, der ihr dünn über die Wange rann, echt war, oder nur ein Traum.

Es war ein regnerischer Tag gewesen, an dem der Reiter mit dem hochköniglichen Banner vor einer Woche in das Dorf vor den Stadtmauern Istansgards gekommen war und verkündet hatte, die Minen am Askensee suchten nach kräftigen jungen Männern. Sie bekämen dort nicht nur eine ordentlich bezahlte Anstellung, sondern auch ein anständiges Bett, ein Dach über dem Kopf und täglich warme Mahlzeiten.

»Überdies«, erklärte der Reiter, »werden auf besonderes Geheiß seiner Hoheit Cirions III. denjenigen Familien, die einen Sohn entsenden, im Gegenzug dafür die Steuern erlassen, solange dieser Sohn dort angestellt ist!«

Wer dem Ruf Folge leisten wollte, sollte sich bis zum nächsten Morgen melden.

Sam hatte alles gemeinsam mit ihrem kleinen Bruder Yesper im Schatten eines Lammzwingers aufmerksam angehört. Ihrer Familie war es seit dem Tod ihrer Mutter und der Krankheit ihres Vaters arg schlecht ergangen. Dieses Angebot konnte sie nicht einfach so ungenutzt an sich vorüberziehen lassen!

»Warte hier«, sagte sie zu Yesper und ging zu dem Reiter. Der aber lachte sich krumm. »Kleine Mädchen haben am Askensee nichts verloren! Das ist harte Arbeit für harte Männer, klar? Und jetzt verschwinde!«

Abends in der zugigen Hütte der blinden alten Cilla, saßen sie zum Essen am Tisch. Sam erzählte von dem Boten. Die Greisin schüttelte darauf den Kopf und flüsterte, die Minen seien ein böser Ort, hässlich und gehässig. Der Vater schwieg nur und blickte mit schweren Augen in seinen Teller.

Das machte Sam wütend. Sie schlug mit dem Löffel auf den Tisch und schrie ihn an, er sollte sich gefälligst zusammennehmen, wenn nicht für sie, dann wenigstens für Yesper. Er sagte nichts. Er sagte nie etwas.

Die blinde Cilla streichelte Sam das dicke Haar und bat sie um Rücksicht auf ihren Vater, aber die konnte Sam nach allem, was geschehen war, nicht mehr aufbringen. Sie stürmte davon und brachte die Nacht damit zu, durch die modrigen und matschigen Straßen zu schleichen und ihren Vater zu verachten.

Nachdem die Mutter gestorben war, hatte er seine Anstellung im großen Herrenhaus in der Stadt verloren, war schwächer und dünner geworden und an manchen Tagen nicht einmal mehr aus dem Bett gekommen. Er sei sehr krank, hatten ihre älteren Brüder Mykas und Per erklärt. Damals hatte Sam versucht, den schreienden Yesper auf ihrem Arm zu beruhigen und zu verstehen, wie es um ihren Vater stand und wie sie ihm helfen könnten, aber als sie kurz darauf von den Stadtwachen vor die Tür ihres Wohnhauses gesetzt wurden und sich in der grauen Gosse zurechtfinden mussten, hatte sie das bald aufgegeben.

Es führte zu nichts, zu versuchen, es zu verstehen und im Nachhinein wusste sie, dass es da nichts zu verstehen gab. Als sie ihn am meisten gebraucht hätten, hatte er seine Kinder und sich selbst schlichtweg aufgegeben.

Damals hatten sich Sam, Mykas und Per zu dritt um den kranken Vater und den in einem fort schreienden, hungrigen und weinenden Yesper kümmern müssen. Drei Kinder auf einen Kranken und einen Säugling. Sie hausten in feuchten Schuppen und verlassenen Kellern, um die sie sich mit anderen Pflasterwaisen streiten mussten, ernährten sich von schimmligen Brotkanten, Pilzen, die sie in irgendwelchen Gräben oder hinter irgendwelchen Häusern fanden, matschigem Kohl und, wenn sie Glück hatten, einer Taube oder einer Katze, wobei die meistens garstig schmeckten, schmierig wie Öl oder zäh wie ausgetretenes Schuhleder. Sie verdingten sich als Laufburschen, in den Nachtmannschaften der Straßenputzer und wo immer sonst sie nur konnten.

Eines Tages hatten Mykas und Per ihr eröffnet, sie würden in den Norden gehen, nach Nír Immíns, um dort in der Küstenstadt auf einem Handelsschiff einzuschreiben. Ihren Sold würden sie nach Hause schicken. Vier Jahre war das nun her, aber weder von ihnen selbst noch von ihrem Sold hatten sie je wieder etwas gesehen.

Hätte sich die alte Cilla ihrer nicht erbarmt und sie in ihre Dienste und ihre Hütte am Stadtrand aufgenommen, wäre es wohl bald mit ihnen zu Ende gegangen, da war sich Sam sicher. Die blinde Greisin verkaufte Äpfel an die Händler und Gasthäuser in der Stadt und brauchte jemanden, der ihr dabei zur Hand ging.

Sam war für ihre vierzehn Jahre kräftiger als die meisten. Sie trug die Kisten und zog die Karren und bekam dafür alle Monde einen halben Kupferkönig. Das reichte zwar kaum für einen Laib Bastardbrot, war aber besser als gar nichts. Die alte Cilla kümmerte sich auch um ihren Vater. Sam hatte ihn nur noch mitgeschleift, aber in dieser Zeit erwachte etwas in ihm und er kümmerte sich sogar um eine Anstellung.

Sam glaubte, dass sein schlechtes Gewissen wegen seiner Kinder endlich seine angebliche Krankheit aufgewogen hatte. So oder so, ihr Blatt hatte sich noch einmal gewendet. Aber es war ein welkes Blatt, an dem schon die Fäulnis nagte, denn die alte Cilla, die ihnen dieses neue Leben durch ihre Barmherzigkeit ermöglicht hatte, würde nicht ewig alt werden. Wenn sie starb oder ihr Geschäft aufgab, wäre alles vorbei. Das bisschen, was ihr Vater verdiente, würde sie nicht versorgen können, und Yesper war noch zu klein, um zu arbeiten. Sie würden wieder auf der Straße landen. Und diesmal hätten sie bestimmt nicht noch einmal so viel Glück.

Das konnte Sam nicht zulassen. Triefnass war sie in jener Nacht in die Hütte zurückgekommen und hatte ihren Entschluss gefasst.

Sie hatte sich die Haare mit einer rostigen Fellschere abgeschnitten, sich die ohnehin noch flachen Brüste mit einem Streifen Stoff abgebunden, sich ein wenig Ruß auf Kinn, Wangen und über die Oberlippe gestrichen und sich in aller Heimlichkeit vor dem Morgengrauen davongestohlen. Dem kleinen Yesper hatte sie noch einen Abschiedskuss auf die Stirn gedrückt.

Sam war unter Brüdern aufgewachsen. Als Mädchen hatte sie sich da immer schon fehl am Platze gefühlt. Als Junge war ihr wohler, auch wenn ihr das oftmals den Spott der Leute eingebracht hatte. Nun gereichte es ihr endlich zum Vorteil.

Ob der Bote ihre Verkleidung wirklich nicht durchschaute oder es ihm einfach egal war, wusste Sam nicht zu deuten. In jedem Fall verzeichnete er ihren Namen auf seiner Liste und wies sie an, sich zu den restlichen Männern zu stellen, die sich ebenfalls eingefunden hatten.

Sam kannte keinen von ihnen. Keiner kannte Sam.

Mit dem Dímmerstern waren sie aufgebrochen. Bald hatten fleckige Hügel die Dörfer und die gebrochenen Bergzacken geschluckt, die Istansgard umragten. Bei dem Gedanken, dass sie das alles womöglich nie wiedersehen würde, hatte Sam ein so wehmütiges Stechen in der Brust und im Bauch gespürt, dass ihr beinah davon übel geworden wäre.

Noch hätte sie einfach abspringen können. Es wäre noch nicht zu spät gewesen. Und doch war sie sitzen geblieben und hatte zugelassen, dass ihr altes Leben unwiederbringlich hinter ihr verschwand.

Es war vorbei, hatte sie sich gesagt. Von jetzt an musste sie nach vorne schauen und darauf achten, dass niemand hinter ihr Geheimnis kam. Niemand durfte erfahren, dass sie in Wahrheit gar nicht wirklich Sam hieß, sondern Sameka, und dass sie gar kein Junge war, sondern ein Mädchen. Das käme in den Minen am Askensee einem Todesurteil gleich, das wusste Sam mit untrüglicher Gewissheit.

Ich bin Sam, hatte sie in der ersten Nacht gedacht. *Sam, ein Junge aus den Gassen von Istansgard … Sam … ein Junge.*

Und sie war erstaunt gewesen, wie einfach ihr das im Flüstern über die Lippen kam.

Der Weg an die Minen hingegen war nicht ganz so einfach. Ihr Karren musste sich mühsam und stur über Hunderte Meilen verwahrloster Straßen, weiter Grassteppen und unwirtlicher sumpfiger Landstriche plagen, immer weiter den Stundensternen entgegen.

In der dritten Woche hatten sie in etwa die Hälfte der Strecke geschafft und waren an den Fluss Umen gelangt. An seinen Ufern lag eine kleine Stadt mit flachen Häusern, rußigen Dächern, einer Kapelle aus Holz in der Mitte und einem stinkenden Hafen. Fünf Tage blieben sie hier und mussten Kohle, Kisten und Säcke voller Korn von einem Kahn auf den nächsten verladen. Jeden Tag kamen neue Männer auf Karren oder über den Fluss und schlossen sich ihnen an. Nachts schliefen sie in einer zugigen Baracke, die sie sich mit einem ohne Unterlass blökenden Ziegenbock teilten.

Hier erfuhr Sam auch, dass viele Männer nur in die Minen flohen, um der Gerichtsbarkeit zu entkommen. Neben dem Steuererlass für die freien Söhne hatte der Hochkönig nämlich auch Straferlass für diejenigen angeordnet, die die Knochenarbeit in den Minen dem Kerker und dem Henkersbeil vorzogen. Mörder, Räuber, Schänder, Diebe und wussten die düsteren Götter was sonst noch für Unholde. In welche Gesellschaft war Sam hier nur hineingeraten? Von jetzt an duckte sie sich jedenfalls noch mehr unter allen Blicken hindurch, achtete darauf, dass sie nicht auffiel und sah zugleich lieber zweimal über die Schulter, um nicht in einem unaufmerksamen Augenblick ertappt zu werden.

Es war ausgerechnet der schmächtige yrische Rotschopf, der ihr am Tag vor ihrer Weiterfahrt in genau so einem Moment auf die Schulter tippte.

Sam hatte sich gerade den Stoff um die Brüste zurechtziehen wollen. Sie wirbelte herum und hätte dem Rotschopf beinah eine Backpfeife versetzt, wäre der nicht mit erhobenen Händen zurückgewichen und hätte stotternd beteuert, dass er Sam doch nur etwas fragen wollte.

»Und was soll das sein?«, erkundigte sich Sam argwöhnisch.

»Magst d-d-du Lakritz?«, fragte der Rotschopf zurück. »Oder k-k-kandierten Imber?«

Sam nickte verdutzt. Früher, als sie noch klein, ihre Mutter noch am Leben und der Vater noch im Herrenhaus in der Stadt angestellt gewesen war, hatte er ihr ab und an aus den Küchen dort eine Süßigkeit mitgebracht. Honignüsse. Lakritz. Kandierte Sanddornbeeren. Es war Jahre her, dass sie zum letzten Mal so etwas gekostet hatte.

Der Rotschopf nahm Sam zur Seite und zeigte ihr einen Stapel Kisten und mannshohe Säcke, die mit ihnen auf die morgendliche Weiterreise warteten.

»D-d-die sind voll d-d-davon! Ich habs g-g-gesehn!«

»Wofür brauchen die in den Minen Süßigkeiten?«, wollte Sam wissen.

Der Rotschopf zuckte mit den Achseln, war sich seiner Sache aber sehr sicher. Wie sich herausstellte, war er, bevor man ihn geschnappt hatte, in seiner Heimat Yrien ein Tagedieb gewesen. Er unterbreitete Sam einen Plan: Sie solle die Aufseher und Kutscher ablenken, die wachsam um die Ladung standen, und er selbst würde derweil etwas von dem Süßkram für sie beide abzwacken – natürlich nur eine Handvoll, damit es keinem auffiele.

»Und wie soll ich die ablenken?«

»Lass d-d-dir was einfallen. Z-z-zettel ne Prügelei an, oder s-s-so.«

In dem Moment kam der starke Yoran hinzu. »Was wird hier geflüstert?«

Sams Herz rutschte ihr in die Hose. Sie und der Rotschopf schüttelten die Köpfe, aber Yoran durchschaute ihre vehementen Behauptungen, hier würde überhaupt rein gar nichts geflüstert, sofort. »Ihr wollt eine Prügelei anzetteln? Da mach ich mit! Ich kann das besser als ihr. Aber ich will was dafür, ansonsten lass ich euch auffliegen.«

Weil ihnen nichts anderes übrig blieb, willigten sie ein.

Yoran hielt sein Wort. Prompt hatte er ein paar Männer gegeneinander aufgebracht. Während die Aufseher beschäftigt waren, die Fäuste wieder zu beruhigen, schlichen sich Sam und der Rotschopf an die Säcke, schnitzten einen am Zipfel auf und ließen die schwarzen Lakritzwürfel heraus und in ihre Taschen purzeln. Als sie genug hatten, verknoteten sie den Stoff, versteckten sich hinter der Baracke und machten sich über ihre Beute her.

Das Lakritz schmeckte herb und süß, war aber wegen der Kühle hart wie halb getrocknetes Baumharz.

»Du hast s-s-sowas noch nie gemacht, was?«, fragte der Rotschopf, mühselig mampfend. »Was g-g-geklaut mein ich?«

»Woher weißt du das?«

»Weil du s-s-o zitterst. S-s-so zittern nur welche, die das noch nich oft gemacht haben. Sie z-z-zittern, wenn sie k-kklauen oder lügen, oder s-s-so.«

Sam konnte nicht bestreiten, dass ihre Finger zitterten, den Kommentar einfach auf sich sitzen lassen wollte sie dann aber auch nicht. »Immerhin krieg ich einen Satz im Ganzen raus«, sagte sie.

»Dafür k-k-kann ich nichts!«, erwiderte der Rotschopf eingeschnappt. »Das is s-s-so, schon immer! Seit m-m-meiner Geburt!«

Bevor Sam sich schlecht fühlen konnte, kam der starke Yoran zurück und forderte seinen Anteil ein. Sie teilten die Beute gerade auf, als auf einmal die beiden blonden Brüder neugierig ums Eck lugten.

»Was macht ihr hier für ein – woher habt ihr das Lakritz?«

Yoran packte sie am Kragen, schleifte sie ebenfalls hinter die Baracke und drohte ihnen, ihre Kiefer auf eine sehr unschöne Weise umzugestalten, sollte ihnen auch nur ein falsches Wörtchen über die Lippen kommen.

»Mein Bruder hier ist zwar stumm, aber ich werd vor Schmerzen wohl ganz laut aufheulen müssen, wenn du das machst«, hielt der eine keck dagegen. »So laut, dass es alle Aufseher hören werden!«

»Werden wir ja sehn«, brummte Yoran, aber Sam schritt ein, bevor er wirklichen Schaden anrichten konnte. Man einigte sich darauf, die blonden Brüder mit einem Anteil am Lakritz, anstelle einer Faust gegen das Kinn, zum Schweigen zu bringen.

So knabberten sie am Schluss zu fünft im Schutz der Baracke an ihren Lakritzwürfeln. Mit Ausnahme des starken Yoran mussten sie sogar ein wenig lachen. Der starke Yoran war so schweigsam, wie er stark war und stand in der Hinsicht nur dem stummen Emmet nach; dem hatte man nämlich die Zunge herausgeschnitten. Sein Bruder Emerik redete dafür nur umso mehr.

Der yrische Rotschopf sagte, sein Name sei Fíddus.

»A-a-aber d-d-daheim haben sie mich immer alle n-n-nur Fíd g-g- g-genannt.«

Sam kam mit sich überein, dass diese vier vielleicht ganz in Ordnung seien und beschloss, sich auf dem restlichen Weg

zu den Minen vorerst an sie zu halten, sollte es darauf ankommen. Auch ihnen vertraute sie zwar nicht gänzlich, aber
es konnte gewiss nicht schaden, ein paar Verbündete zu haben
– vor allem den starken Yoran. Und so ganz alleine wollte Sam
nach Möglichkeit dann auch wieder nicht sein.

Nach drei weiteren Wochen Fahrt hatten sie den Askensee
endlich erreicht. Zum ersten Mal sahen sie ihn in den frühen
Morgenstunden, von einem schroffen Felskamm aus. Die
Karren hielten an, und Hans Haferhaar schlug ein kleines
Glöckchen, damit sie den Anblick nicht verpassten.

Sam verschlug er die Sprache. In den ersten blassgoldenen
Strahlen der aufgehenden Sonne schimmerte das tiefschwarze
Wasser des gewaltigen Sees wie polierter Obsidian, das sich
nach Süden hin so weit das Auge reichte, wie ein glänzendes
Eisenglasmesser in das graue, zerklüftete Land schnitt, schlank
und scharf, und in eine Scheide orange glühenden Nebels ge-
hüllt, der in der Morgensonne dahinschmolz und langsam den
Blick auf die Berge am jenseitigen Ufer freigab.

Ein Gipfel ragte besonders heraus, dunkel und scharfkantig,
schwarz wie Ruß und als einziger nicht von Schnee bedeckt.
Das musste der Nídis sein.

Der Schwarzsalzberg.

»Euer neues Zuhause, Jungs«, sagte Hans Haferhaar und
wies mit seiner Peitsche auf das Ostufer, unterhalb des finsteren Berges, wo sich nun eine felsige Insel aus dem Nebel-
schleier abzuzeichnen begann. Im stillen, klaren Schwarz des
Askensees wirkte sie wie ein Schmutzfleck. Die Türme und
Mauern einer Burg stachen darauf grob aus dem Dunst. »Die
graue Festung Nídisgard. Seht sie euch gut an. So schön wird
sie euch so schnell nicht mehr vorkommen.«

Dann schnalzte der Kutscher mit den Zügeln, und sie fuhren
über einen steinigen, von Lärchen und Kiefern bestandenen
Pass in die vernebelte Senke hinab. Sowie die Sonne weg war,
fröstelte Sam wieder. Sie zog sich in ihren Pelz zurück und
hörte, wie Fíd etwas flüsterte, was sich wie ein Gebet anhörte.
Der starke Yoran warf ihm einen missbilligenden Blick zu, und
Sam fragte sich, ob ihn seine Götter hier draußen, fernab von

seiner Heimat, überhaupt noch hören konnten. Gab es hier draußen überhaupt jemanden, der sie hörte?

Es dauerte noch einmal einen Tag, bis sie den Askensee im Norden umrundet hatten. Als Sam das nächste Mal aufschaute, klapperten sie einen Feldweg am Ufer entlang.

Der Schwarzsalzberg türmte sich in schweigsamem Groll über ihnen auf. Aus der Nähe fiel Sam auf, dass seine steilen Flanken ganz und gar kahl waren. Die Nadelwaldstreifen, die sich am Ufer des Sees entlangzogen, reichten lediglich bis an seine niedrigsten Hänge. Näher wagten sie sich nicht. Sam konnte sich des Eindrucks nicht erwehren, dass etwas Unheilvolles in den Dunstschwaden lag, die um die nackten Felswände hingen, schob den unsinnigen Gedanken aber gleich beiseite. Sie hatte jetzt Wichtigeres, auf das sie sich konzentrieren musste. Und zur Umkehr wäre es jetzt in jedem Fall zu spät.

Die Karren folgten der Uferstraße etwa zehn Meilen, bogen dann ab, sodass sie den finsteren Gipfel im Rücken hatten und auf die Festungsinsel zuhielten, die sie vom Kamm aus gesehen hatten.

Zwei massige Vierkanttürme flankierten eine schmale Holzbrücke am Ufer, die sich einhundert Meter über den versandeten Sund zur Insel spannte. Die morschen Bohlen knarzten unter den Hufen von Elchen und Eseln und dem Gewicht der drei Wägen.

Alle beäugten sie die aus dem Nebel auftauchende Burg Nídisgard mit wachsendem Misstrauen. Vier Meter hohe Mauern mit stumpf geschliffenen Zinnen und wuchtige Wehrtürme mit schwarzen Fenstern erhoben sich über den leise schwindenden Nebelteppich. Von irgendwoher dahinter dröhnte jetzt Eisen, ächzte Holz, und sie rumpelten über eine herabgelassene Zugbrücke, durch einen Zwinger und in einen großen Innenhof hinein.

Männer in grauen Lederkitteln und zurückgeworfenen spitzen Kapuzenhauben mit bronzenen Knöpfen kamen und besprachen sich mit Hans Haferhaar und den übrigen Kutschern.

Sam schaute sich um. Der Hof bestand aus gestampfter Erde

und Matsch und hatte die Form eines verbeulten Keils, dessen Spitze von der Südmauer abgestumpft wurde. Dahinter erhob sich einer der zwei riesigen plumpen Rundtürme. Zu drei Seiten wurde der Hof von graugefleckten Mauern eingerahmt, manche höher als andere, die äußersten mit reisiggedeckten schmalen Wehrgängen bestückt. Hütten und Verschläge mit moosbewachsenen und von Reif überzogenen Schindeldächern lehnten sich im nordöstlichen Teil an das dicke Mauerwerk. Aus einem mächtigen dreistöckigen Bau mit dunklen Spitzbogenfenstern, einem halb verfallenen Turm und einem breiten zweiflügeligen Eingangsportal glaubte Sam, über das Krähen einiger im Verborgenen hockender Raben die gedämpften Stimmen vieler Leute zu hören.

Ein hagerer Kerl mit breiten Schultern und pechschwarzem Haar kam und wies die achtundzwanzig Neuankömmlinge an, abzusteigen und sich ordentlich aufzustellen. Der Mann war groß, noch ein Stückchen größer als der starke Yoran, und schien auch älter zu sein; Sam schätzte ihn knapp über zwanzig. Er trug ein abgenutztes, mattgekratztes Panzerhemd aus gehärtetem kohlgrauem Leder. Seine Rechte lag auf dem Heft des Langschwerts, das von dem Gurt an seiner Hüfte hing. Auf seinem verschlossenen Gesicht lag grau der Schatten eines Bartes. Der Hagere begutachtete sie eingehend aus harten, kalten Augen. Sie hatten etwas von einem Wolf zu sich und Sam sträubten sich die Nackenhaare. Er glich ihre Namen mit denen auf seiner Liste ab, nickte knapp, wandte sich danach den anderen Graukitteln und den Kutschern zu und wechselte ein paar Worte mit ihnen.

Ein Horn plärrte ein blechernes Signal von einem der Wehrtürme über die Festungsinsel. Die Neuankömmlinge zuckten zusammen, dann wurde gerufen und gewinkt, die Elchkarren in die Stallungen an der Südmauer gelenkt, die Hunde zur Seite kommandiert, die Neuankömmlinge beiseitegeschoben und der Hof geräumt.

Die Flügeltüren des dreistöckigen Baus wurden aufgetan, und eine Masse an Arbeitern strömte heraus, fünfzig, hundert, mehr und mehr, in verschmutzten Kitteln, mit Kapuzenhauben und Lederschürzen, die von den Gürteln bis über die Hinterteile reichten. Sie füllten den ganzen Hof aus. Kaum einer schenkte den dreißig Neuen mehr Beachtung als einen flüchtigen Blick.

Als keiner mehr kam, wurde es mucksmäuschenstill. Alle schauten auf die hölzerne Galerie, die sich an einen dicken Turm an der Nordmauer drückte und auf der sich nun ein bulliger Mann mit stahlgrauem Haar und ebenso stahlgrauem Bart einfand. Aus seinem Mundwinkel hing eine monströse gebogene Pfeife, von seinen pelzbedeckten Schultern fiel ein braunschwarzer Bärenfellmantel schwer an ihm herab, und seine Stimme war wie Raueisen.

Der Graubart bellte etwas auf die Versammlung nieder, aber Sam konnte kaum etwas davon ausmachen. Sie schnappte Satzfetzen auf, von wegen einer letzten Lieferung, zu wenig Gütern und mangelndem Fleiß. Sie hatte zu viel Hunger, als dass sie sich darauf hätte konzentrieren können. Aus einem Kamin hinter der Südostmauer stieg heller Qualm. Eine Spur süßlichen Geruchs lag in der Luft, schwächer noch als der kalte Nebelhauch, aber dennoch stark genug, um Sams Magen knurren zu lassen. Vor Hunger war ihr gar, als könne sie den Geschmack der Lakritze noch einmal auf der Zunge schmecken, den herbsüßen Duft riechen …

»He, du! Rotschopf! Was bei Ástan und den Altvorderen treibst du da?«

Plötzlich verstand Sam die Worte des Graubarts auf der hölzernen Empore glasklar. Einer nach dem anderen schaute sich die Versammlung zu ihnen um, zu Fíd, der an Sams Seite stand und eben einen kleinen schwarzen Würfel zu seinem Mund geführt hatte und ihn sich nun hastig hineinstopfte.

Die Stille wurde so scharf, dass man Fíds Schlucken über den ganzen Hof hören konnte.

Der Graubart stieg die Stufen von der Galerie, drängte die Arbeiter zur Seite und bahnte sich mit großen Schritten einen Weg durch die Versammlung auf die Neuankömmlinge zu. Vor dem zitternden Rotschopf baute er sich zu seiner vollen Größe auf und bellte ihn an, was ihm einfiele, ihn so unverschämt zu unterbrechen.

»Nun, Junge, hast du uns etwas mitzuteilen?«

Fíd schüttelte zaghaft den gesenkten Kopf.

»Wie? Fehlt dir auf einmal der Mumm zu sprechen? Jetzt, wo wir dir alle unser Gehör leihen?«

»Es t-t-tut mir l-l-leid, H-H-Herr. Ich h-h-habe nichts g-g-gesagt, was-«

»Was soll das Getue? Willst du mich für dumm verkaufen, Junge? Davon würd ich dir abraten! Sprich gefälligst laut und anständig, wenn ich mit dir rede!«

»V-v-verzeiht, H-H-Herr, ich-«

»Willst nicht hören, wie? Machst dir wohl auch noch einen Scherz daraus, mich vor meinen Männern bloßzustellen?«

»N-n-nein, H-h-herr, ich-«

»Ruhe jetzt!« Der Graubart klemmte die behandschuhten Daumen unter seinen breiten Gürtel und sah abmessend durch die ganze Reihe der betreten dreinblickenden Neuankömmlinge. »Ihr seid wohl die neuen Salzknappen? Na wartet nur, ich werd euch schon zeigen, wie wir hier mit denen umgehen, die nicht spuren wollen!«

Er pfiff, woraufhin der Hagere, der sie vorhin in Empfang genommen hatte, herbeikam. Das Langschwert an seiner Hüfte versetzte den Rotschopf nur noch mehr in Entsetzen.

»B-b-bitte, H-h-herr, i-i-ich will d-d-doch n-n-nur-«

»Du sollst Ruhe geben!«, blaffte der Graubart, aber jetzt konnte auch Sam nicht länger an sich halten. »Er kann nichts dafür!«, warf sie ein. »Für sein Stottern mein ich! Es ist ihm angeboren!«

Sofort wandte sich der Graubart an Sam. »Und wer magst du sein? Etwa seine Amme?«

Sein zottiges Bärenfell müffelte nach abgestandenem Bier und Tabak, die Falten in seinem harten Gesicht waren wie Furchen in altem Stein, schroff und rau von vielen Winterkälten und den Minen.

Sam schluckte. »Sam«, sagte sie. Um ein Haar wäre ihre Stimme vor Furcht zurück ins Mädchenhafte eingebrochen. Sie räusperte sich und lauter wiederholte sie: »Mein Name ist Sam ... Herr.«

Der starre stahlgraue Bart des massigen, vor ihr aufragenden Mannes bebte bedrohlich. »Bist mir wohl ein ganz Gescheiter, was, Sam? Dann sag mir doch, was glaubst du, hab ich mit deinem Freund vor?«

Sam versuchte, sich die Angst, die ihr die Knie weich werden ließ, nicht anmerken zu lassen.

»Ihr wollt ihn bestrafen, Herr. Ihn schlagen lassen oder prügeln, oder …«

»Und wem soll das nutzen, Junge?«, unterbrach der Graubart. »Ihr seid zum Arbeiten hier. Wie sollt ihr das tun, wenn man euch am ersten Tag verprügelt? Sperr jetzt also besser deine gescheiten Ohren auf!« Dann hob er die Stimme zu dem tönenden Gebrüll der Galerie, sodass ihn alle hören konnten. »Das gilt für euch alle hier, denn ich sage das einmal und nur einmal! Ich kenne Pack, wie ihr es seid! Gossenbastarde, Schurken aus den Kerkern Istansgards, arme Teufel – aber das heißt nicht, dass ich dulde, dass ihr euch weiter wie solche benehmt! Ich weiß, dass ihr nur hergekommen seid, weil euer beschissenes Leben euch nichts zu geben hatte außer Hunger und Verderben! Aber falls ihr deswegen denkt, dass euch hier genügsamere Tage erwarten, irrt ihr euch gewaltig! Hier werdet ihr kein Brot und keinen Lohn erhalten, das ihr euch nicht ehrlich und hart verdient habt! Die Arbeit in den Minen ist gefährlich! Wer nicht aufpasst, stirbt, und ich will das nicht haben! Ich dulde keine Aufstände, Prügeleien, Raufereien, Streitereien oder sonst einen Schwachsinn, weder hier auf der Insel noch unter dem Berg! Ich will auch keine Gegenrede oder Ungehorsam und auch keine Aufsässigkeit! Ihr tut, wie man euch sagt! Fortan steht ihr unter meiner Aufsicht! Ich bin euer Herr Oberaufseher Braendi, und ihr tut gut daran, euch eine Sache zu merken: Mein Wort ist hier Gesetz – das einzige Gesetz, das für euch von Bedeutung ist!«

Der Graubart wartete die nachhallende Ruhe ab. Dann fragte er, ob er sich klar und deutlich ausgedrückt hatte.

Die Neuankömmlinge murmelten ein geschlossenes »Ja, Herr.«

Der Oberaufseher Braendi wirkte zufrieden. Sein Handschuh glitt unter das Kinn von Fíd. »Hast du mich auch verstanden?«

»Ja, H-H-Herr.«

»Gut.« Und zu Sam sagte er: »Und nur, weil ich kein Freund der Prügelstrafe bin, lasse ich solche Sachen noch lange nicht ungesühnt durchgehen.«

Er wandte sich an den Hageren mit dem pechschwarzen Haar und trug ihm auf, dafür zu sorgen, dass sich die neuen Salzknappen ordentlich einfänden. »Die Ladungen verräumen, die Kisten säubern und die Elchstallungen ausmisten, sollte fürs Erste genügen, was meinst du, Sommerwolf?«

Der Hagere, der also auf den Namen Sommerwolf hörte, nickte und so kam es, dass Sam, Fíd und die anderen dreißig Neuankömmlinge ihre neue Anstellung am Schwarzsalzberg gleich mit einer ordentlich bemessenen Strafarbeit begannen.

Damals, im Haus der Großmutter in Bailín, ist nie viel passiert. Die meisten Tage waren immer gleich: Die Arbeiten in der Backstube, die Besorgungen auf dem Markt, das Verkaufen im Laden. Aber eigentlich war mir das ganz recht. Ich hab es sogar gemocht, diese Eintönigkeit.

Ich hatte ja Kellen.

Und wenn immer alles gleich blieb, konnte auch nichts Schlimmes passieren. Keiner konnte mich verletzen. Ich will nicht, dass mir jemand wehtut. Aber nach jenem Tag in der Halbmondbucht, nach dem Fund von Sekhems Fluch war alles anders. Nichts würde mehr so sein wie zuvor. Und es hatte nichts gegeben, was ich dagegen hätte ausrichten können.

FIONN wollte keinen Menschen mehr sehen. Er lag in seinem Bett und starrte an die Holzbalken seiner niedrigen Kammerdecke. Von draußen wehte der müde Nachmittagswind das klackernde Stakkato der Webstühle durch das offene Fenster herein. Das leise Scheppern, das aus der Backstube drang, wo die Großmutter bei der Arbeit war, versuchte er so gut er konnte, auszublenden.

Seit dem gestrigen Donnerwetter nach seiner Heimkehr hatte Fionn sich nicht mehr vor die Tür seiner Kammer gewagt. Er verspürte auch nicht den geringsten Wunsch danach. Er hatte beschlossen, nie wieder aufzustehen. Bisher hatte er das auch durchgehalten.

Seinen Gedanken jedoch konnte Fionn zu seinem Leidwesen nicht verbieten, dass es sie fort und in die Halbmondbucht zurückzog. Dort blieben sie, kreisten und umkreisten einander unablässig.

Kellen. Das schwarze Schwert. Die Wunde, die er ihm damit zugefügt hatte.

Wie mochte es ihm wohl gehen? Hatte ihn sein Vater arg streng gerügt? Ob seine Hand wohl noch sehr schmerzte? Und was mochte er nun von Fionn denken? Was wäre, wenn er ihn wegen allem gar hasste und ihn nie wiedersehen wollte?

Es war seine eigene Schuld, das wusste Fionn ja nur zu schmerzlich, aber trotzdem war das doch alles so ungerecht! Wieso musste es ausgerechnet ihn treffen? Wieso? Als ob es keinen anderen gegeben hätte! Er zog sich die Decke über den Kopf und schluchzte von Neuem in sein Kissen.

Es war bereits dunkel, als er wieder erwachte. Vor seinem Fenster raschelte und knackte es im Gebüsch. Murris Knickschwanz, der auf Mäusejagd war. Der Stoff seines Kissens war feucht vom Rotz. Fionn wischte sich mit dem Hemdsärmel über die Nase. Der Schlaf hatte ihn wie ein Hieb mit der flachen Seite eines Spatens niedergestreckt, und so fühlte er sich auch.

Die Erinnerungen an den vergangenen Tag hatten ihn bis in die Leere seines leichten Schlafs verfolgt, wo sie nur umso echter und wirklicher geworden waren. Kurz flackerten im Aufwachen noch einmal jene zersplitterten blitzartigen Bilder auf, die ihn aus seinem Körper gerissen hatten, als er das schwarze Schwert gezogen hatte.

Den Kometen, der den Himmel wie ein Messer teilte. Die vier gigantischen Wesen aus gleißendem Licht mit ihren sengenden Schwertern. Die zwei Gestalten, die einander an den Händen hielten und ihn ansahen, aus weiter Ferne …

… er selber, der weinte und schrie, das schwarze Schwert in den Händen, bevor er und alles um ihn in einem tiefen, endlosen und leeren Nichts versanken.

Ein Sonnenstich! Es war nur ein Sonnenstich!, rief er sich in Erinnerung. *Eine Sinnestäuschung, nichts weiter!*

Kellen hatte das gesagt und Kellen musste recht haben. Die Beule an seinem Hinterkopf und die zerbissenen Lippen, die Fionn sich bei seinem Sturz zugezogen hatte, bestärkten das. Trotzdem spürte er sein Herz noch immer wie wild pochen.

Unruhig wälzte er sich hin und her, starrte abwechselnd an die Wand, auf den Boden und zum Fenster und wünschte sich, die Nacht möge endlich vergehen.

Stunde um Stunde kroch so dahin, eine langsamer als die andere. Die grässlichen Bilder, die ihm im Traum näher gerückt waren, hielten ihn jetzt gnadenlos wach. Irgendwann bekam er dann auch noch Hunger. Er horchte, ob die Großmutter noch wach war, warf dann die Decke zurück, tastete sich hinunter in die Backstube, stahl den Anschnitt eines alten Schwarzbrotes und verschwand wieder in seiner Kammer.

Essen beruhigte, selbst wenn es nur trocken Brot war.

Einschlafen konnte Fionn aber dennoch nicht. Er stand am Fenster, knabberte und bröselte an dem Brotkanten herum. Der Ozean brandete hinter dem Dorf leise vor sich hin. Ansonsten regte sich nichts.

Fionn strich sich langsam mit der Hand über seine Wange.

Wieso nur war er fortgerannt ... wieso?

Dann erinnerte er sich an das Gefühl, als sich seine Finger um das zerkratzte kobaltblaue Heft des Schwertes geschlossen hatten. Jemand hatte ihm die Hand an die Wange gelegt. Voller Zärtlichkeit. Er wünschte, er wüsste, dass es Kellen gewesen war. Aber der Wunsch war vergebens. Er war es nicht gewesen.

Von Neuem mit Wut erfüllt, schmiss Fionn das restliche bisschen Brot nach draußen und ließ seinen Kopf schwer seufzend in seine Hände sinken.

Wie er diese hämische Stille verachtete, die über Bailín mit seinen erloschenen Fenstern lag. Am liebsten würde er sie mit einem Schrei zerreißen, aber das konnte er nicht; die Kraft dafür hatte er nicht in sich. Er konnte nur dastehen, untätig und von gestaltloser Gram geknickt.

Und hungrig.

Ja, aus irgendeinem Grund hatte er jetzt sogar noch mehr Hunger als zuvor. Sein Magen knurrte und jaulte wie ein Wolf. Wieso nur hatte er solchen Hunger? So würde er ganz gewiss keinen Schlaf finden!

Schließlich konnte er sich seines Hungers nicht mehr erwehren und schlich ein zweites Mal in die Backstube, diesmal holte er sich ein Stück Butterkuchen. Beim nächsten Mal war es ein Stück Käse. Beim vierten Mal blieb er gleich unten in der Backstube, schlang einen ganzen Laib Brot herunter, kippte eine halbe Flasche Apfelwein hinterher und schlief prompt an Ort und Stelle ein.

Das Pfeifen des Teekessels ließ Fionns Kopf hochschnellen. Verwirrt blinzelte er in das helle Morgenlicht, das durch die halbrunden Butzenfenster in die Backstube drang. Eins nach dem anderen nahmen die bauchigen Rührschüsseln an der Wand, die Gusseisentür des Backofens, die Kupfertöpfe über dem Kohleherd mit der Großmutter davor Gestalt an. Sie hantierte energisch mit einer Kanne herum.

»Gut geschlafen?« Sie wartete die Antwort nicht ab, nahm den dringlich pfeifenden Kessel vom Herd, goss zwei Becher voll und stellte Fionn einen davon hin. »Frühstück brauchst du ja keines mehr, wie ich sehe.«

Brotkrümel hingen verräterisch in Fionns Mundwinkeln, lagen verstreut auf dem Tisch vor ihm.

Fionn zog den Becher zu sich heran und pustete den Dampf weg. Es war Tee.

»Gibt's keinen Kaffee?«

»Ach, Ansprüche stellt der hohe Herr Ausreißer nun auch noch, ja?«

Fionn sagte ja schon nichts mehr. Am liebsten hätte er sich gleich wieder in sein Zimmer verzogen, aber die Großmutter hatte andere Pläne.

»Du wirst mir den Ofen auskehren und schrubben!«, ordnete sie an und stellte den Kessel mit einer Barschheit auf der Anrichte ab, die keine Widerrede duldete. »Und wenn du damit fertig bist, wirst du mir die Backstube ausfegen, die Vorratskammer abstauben und die Stube schrubben! Ich hab noch genug für dich zu tun, damit du mir nicht wieder auf dumme Gedanken kommst!«

Damit stapfte sie die Treppen aus der Backstube nach oben und ließ ihn alleine mit seinem Missmut zurück.

Murris Knickschwanz kam mit einer toten Maus im Maul in die Stube geschlichen. Stolz präsentierte der alte Kater Fionn die Beute seiner nächtlichen Jagd und legte sie in Erwartung einer Schüssel Buttermilch neben seinem Stuhl ab.

Immerhin waren die Qualen der Nacht mit ihren grässlichen Traumbildern endlich vorbei, dachte Fionn und beachtete das Tier nicht weiter. Er stand auf und schüttete den Tee zum Fenster hinaus.

Murris Knickschwanz maunzte beleidigt. Jetzt erbarmte sich Fionn und gab ihm den verdienten Lohn. Der alte Kater schlabberte die Schüssel leer und kletterte anschließend unbeholfen auf den Tisch, um sich seiner Fellpflege zu widmen. Dabei schaute er Fionn zu, wie der sich mit einer Handbürste und deutlichem Widerwillen im Gesicht in den tiefen Ofen zwängte und damit begann, den eingebrannten Ruß von den Ziegelwänden zu kratzen. Es war heiß und stickig, die Luft kratzig, seine Augen tränten und überall stieß er mit Knie und Ellbogen und Hinterkopf an. Als er sich zum zigsten Male anstieß, konnte er nicht mehr anders, als seinem Frust nachzugeben und den Kamin hochzuschreien, dass ihm der Ruß nur noch mehr in Augen, Mund und Nase rieselte.

Danach hielt er die Klappe.

Verschwitzt, von Kopf bis Fuß kohlrabenschwarz und mit juckendem Rachen schälte er sich nach einer halben Ewigkeit wieder aus dem Ofen heraus, nieste sich die Seele aus dem Leib und klopfte sich den Ruß aus Hemd und Haar.

Es war früher Nachmittag, als er auch die restlichen Aufgaben erledigt hatte. Brütende Hitze lastete inzwischen über Bailín, und Stille mit ihr; die meisten Leute hatten sich in ihre Häuser zurückgezogen. Ein schwüler Wind fuhr in Dreck und Ruß, als Fionn den vollen Schmutzkübel über die buckelige Dorfmauer hinter ihrem Haus auskippte, und schlug sie ihm geradewegs ins Gesicht zurück.

Fionn wollte verärgert sein, aber irgendwie konnte er es nicht. Und dann vernahm er die Stimmen. Der Wind trug sie von irgendwoher an seine Ohren. Es waren die Stimmen der anderen Jungs aus Bailín. Maniel, Yennik, Malou und die übrigen, die immer beisammen waren. Sie waren alle in etwa im gleichen Alter, aber sie hatten ihn nie gemocht. Fionn hatte nie verstanden, weshalb, aber eigentlich war es ihm auch egal. Er war sowieso lieber alleine. Was ihm allerdings nicht egal war,

war, dass sie Kellen sehr wohl leiden konnten – sehr sogar. Und er sie auch. Sie hatten sich früher oft zusammen herumgetrieben, während Fionn in der Backstube seiner Großmutter gewesen war.

Ein bitterer Gedanke überkam Fionn, wie er jetzt so hinter dem Haus stand. War Kellen jetzt womöglich auch bei ihnen? Bestimmt war er das. Jetzt würde er die anderen Fionn bestimmt vorziehen. Vielleicht hatte er ihm sogar davon erzählt, was passiert war. Vielleicht machten sie sich sogar über ihn lustig.

Geknickt und mit hängendem Kopf verzog er sich in das Haus, schlug die Tür hinter sich zu und sperrte die Stimmen aus.

Den restlichen Tag verbrachte Fionn auf seiner Kammer, alleine mit sich und seinem Trübsal. Abends bekam die Großmutter Besuch von ein paar ihrer Freundinnen aus dem Nachbardorf. Ihr Geschnatter durchdrang das ganze Haus. Fionn ging in seiner kleinen Kammer unablässig auf und ab und hoffte vergeblich auf irgendein Zeichen des Aufbruchs. Aber eigentlich war es ja gleich. Schlaf hätte er ohnehin nicht finden wollen, obwohl er müde war und ihn eigentlich dringend gebrauchen konnte.

Die Hitze des Tages, die Arbeit und der in seinem Inneren still schwelende Groll auf alles und jeden hatten ihn von den unweigerlichen Gedanken an die Halbmondbucht und das, was dort geschehen war ferngehalten. Jetzt jedoch wehte der laue Nachtwind sie zurück an sein Ohr und flüsterte sie ihm mit dem Rauschen und Rascheln der schwarzen Büsche abermals ein.

Fionn wollte es sich nicht eingestehen, doch er fürchtete sich tatsächlich ein wenig vor dem Einschlafen. Jedes Mal, wenn er auch nur die Augen schloss, fürchtete er, wieder nach dem Schwarzen Schwert zu greifen. Dann brach sie wieder aus dem kobaltblauen Heft in seinem Griff hervor, jene zersplitternde Leere, wie ein Blitz vor einem sternlosen Nachthimmel, undurchdringlich, kalt und schwarz wie der Tod.

Noch nie hatte Fionn solche Angst verspürt. Noch nie hatte

er sich so völlig und vollkommen alleine gefühlt.

Aber er hatte das Schwert ziehen müssen, so unabdingbar, als hinge sein Leben davon ab, als müsste er sterben, wenn er sich weigerte. Eine unsichtbare Macht hatte ihm sein Tun aufgezwungen, es jeder Faser seines Körpers eingeschworen, ihn angefleht. Es war ein Gefühl gewesen, als hätten sich Vergangenheit, Gegenwart und Zukunft in diesem einen Augenblick gebündelt, als hätten sie nur dafür existiert, ihn hierhin zu bringen und doch ...

Diesmal würde es ihm gelingen ...

Diese armselige Eingebung war alles, woran er sich außer den grässlichen Schreckensbildern erinnerte.

Diesmal ...

Was hatte das nur zu bedeuten? Was hatte es nur mit allem auf sich? Die Bedeutung dieser Empfindung war Fionn ebenso unerklärlich wie alles andere auch. Lag sie womöglich ebenfalls in jenem seltsamen verblassten Traum aus der Vornacht, der in so weite Ferne gerückt war, dass er ihn nie mehr würde voll zurückholen und begreifen können?

Und was, wenn das Ganze nun doch mehr als nur ein Sonnenstich gewesen war?

Ohne es zu merken, hatte er so lange darüber nachgesonnen, dass ihm diese Erklärung immer unwahrscheinlicher vorkam, aber es war und blieb doch die einzige, die er hatte! Die einzig vernünftige zumindest. Schlechte Träume und wirre Hitzschlagfantasien, mehr war an dem allem nicht dran! Zu viel Sonne, zu harte Arbeit, zu wenig zu Trinken, das steckte dahinter. Was sollte es denn sonst gewesen sein? Am besten war es wohl, es auf sich beruhen zu lassen und nicht weiter darüber nachzudenken.

Das beschloss Fionn, ging ans Fenster und sah zum Nachthimmel hinauf. Dünne Wolken schoben sich vor die blanken Stundensterne, wie dunkelgraue Messer, und ihm war, als könnte er das Heft des Schwarzen Schwerts noch immer in seiner jetzt leeren Hand fühlen ... das rissige Leder, abgewetzt, abgegriffen, kühl.

Entschlossen kehrte er dem Fenster den Rücken, doch den unzähligen Fragen, die ungeachtet seines Entschlusses in seinem Kopf herumschwirrten, konnte er nicht so einfach abwenden. Woher stammte der schiffbrüchige Einmaster denn nun wirklich? Warum war das Schwert so aufwendig verpackt und so sorgfältig unter den Planken verborgen worden? War es wirklich ein Schmugglergut gewesen? Und wem mochte es zuvor gehört haben? Das Bündel war mit drei ungebrochenen Siegeln versehen gewesen, eines davon das des Kaisers aus Líohim ...

Fionn steckte die Hände in die Taschen seiner Weste – und ertastete die zwei ockerfarbenen Münzen, die zusammen mit der schwarzen Klinge in dem Bündel eingewickelt gewesen waren. Er war überrascht, weil er sich nicht erinnern konnte, sie an sich genommen zu haben. Er ließ sie durch seine Hände gleiten und fragte sich, was es mit ihnen wohl für eine Bewandtnis haben mochte. Das alles war ihm ein einziges großes Rätsel – zu groß, um es so ohne Weiteres beiseite zu schieben und auf sich beruhen zu lassen. Er musste herausfinden, was hinter alldem steckte, wenn er jemals wieder ruhigen Schlaf finden wollte. Aber wie sollte er das anstellen? Es war hoffnungslos ...

Seufzend lehnte er sich gegen den Fensterstock. Der auffrischende Nachtwind wehte die Geräusche klirrender Gläser und reichlich angeheitert klingender Stimmen aus dem *Roten Weber* durch die menschenleeren Straßen von Bailín.

Da kam Fionn eine Idee.

Der Flicken-Frém!

Plötzlich fiel ihm wieder ein, wieso ihm am Bach, als er Kellens Wunde ausgewaschen und verbunden hatte, plötzlich der Branntweinritter in den Sinn gekommen war. Es war kurz nach seinem seltsamen Eintreffen im vorigen Frühling gewesen, da hatte der Branntweinritter seine Zechen im *Roten Weber* nämlich mit ganz außergewöhnlichen Münzen bezahlt, in die der Kaiserstern eingeprägt gewesen war. Himbrand der Wirt sagte, er habe dergleichen noch nie gesehen, und einer der älteren Fischer behauptete, er wisse von seinen Fahrten nach Santísmer, dass solche Münzen aus dem Osten kämen, genauer gesagt, aus den Stadtlanden von und um Líohim. Daraufhin hatte man im Dorf geargwöhnt, dass der kratzbürstige Einsiedler womöglich von dort herstammte. Weil der Streicher aber nie über seine Herkunft und sein Leben sprach und schon beim nächsten Mal mit ganz gewöhnlichen Kupferstücken bezahlte, hatten die meisten das Rätseln über die Münzen rasch aufgegeben. Wahrscheinlich hatte der Streicher sie irgendwo zufällig aufgegabelt. Und nachzufragen traute sich eh keiner, weil niemand sich den Zorn des Branntweinritters auf den Hals ziehen wollte.

Aber Fionn hatte die Sache nicht vergessen. Außerdem war der Streicher letzte Woche nicht im *Roten Weber* gewesen, als sie sich nach dem Eigentümer des verwahrlosten Einmasters umgehört hatten. Und war er nicht etwa zu dem Zeitpunkt zum ersten Mal in Bailín aufgetaucht, zu dem Kellen schätzte, dass das Boot angeschwemmt worden war? Es waren zu viele Fäden, die sich über dem Branntweinritter kreuzten, als dass Fionn sie so einfach ignorieren konnte. Vielleicht wusste der Flicken-Frém etwas über das Boot und das Schwert? Und vielleicht …

… ja, vielleicht, kannte er sogar die Antworten auf Fionns Fragen?

Damit war es beschlossene Sache. Noch länger zaudernd hier herumzustehen, brachte ihn keiner Lösung näher. Er musste sich Klarheit verschaffen, sofort – und die würde er auf seiner Kammer nicht finden. Seine besten Chancen befanden sich zurückgelassen in dem Halbwrack …

… und beim Flicken-Frém.

Kurzerhand schlang sich Fionn seine Tasche um die Schulter und schlüpfte aus seiner Kammer. Im Haus war es still. Die Freundinnen der Großmutter mussten schon fort und die Großmutter zu Bett gegangen sein, ohne dass Fionn es bei seinen Überlegungen bemerkt hatte. Er schlich hinunter in die Backstube, packte die halbvolle Flasche Apfelwein ein, die von seinem gestrigen Nachtmahl noch übrig geblieben war, stahl sich dann zur Hintertür hinaus und machte sich mit einem flinken Satz über die Dorfmauer hinterm Haus auf den Weg.

Der Feldweg war in seiner mondbeschienenen Einsamkeit seltsam unheimlich. Dunkle Wolkenberge kamen ihm vom östlichen Firmament entgegen, und die Roggenwölfe, die heulend zu ihren Streifzügen über die Wiesen aufgebrochen waren, zogen rauschend und pfeifend neben ihm her, als Fionn den Hügel hinunterrannte. Der Geruch längst überfälligen Regens lag in der abkühlenden Sommernachtsluft.

Bald zog und zerrte der Wind an ihm, drückte ihn mal vorwärts, mal seitwärts, und je weiter Fionn kam, umso stärker und stürmischer wurde er. Als er an die Stelle kam, wo er den Feldweg verlassen und sich ab da durch den Wald durchschlagen musste, knatterte seine Weste an ihm wie ein Segel am Mast. Im düsteren Dickicht unter den Bäumen raschelte und knackte es zu allen Seiten. Die Wipfel hoch über seinem Kopf neigten sich, knarzten, flüsterten und tuschelten miteinander in den geheimnisvollen uralten Sprachen des Waldes, die seit den Tagen der Celdennen kein Mensch mehr beherrschte. Eine unfassliche Beklemmung folgte Fionn auf Schritt und Tritt über Wurzelwerk, Moos und Laub. Sie ließ sich durch nichts vertreiben, selbst dann nicht, als er die Flasche leer getrunken hatte und sie achtlos ins Unterholz warf. Er verspürte eine gewisse Erleichterung, als er die Halbmondbucht endlich und ohne sich zu Verirren erreicht hatte.

Die ersten Regentropfen landeten hart auf seinem Kopf. Das einsetzende Niedrigwasser schlug gegen das Heck des Halbwracks. Fionn beeilte sich. Vorsichtig kletterte er über den von hellem Schaum umspülten, glitschigen Schiefer, watete durch die bereits kniehohe kalte Brandung und glitt in den Rumpf ihres Bootes.

Er sah sich um, doch bevor er sich zu dem Geheimfach am Heck kniete, bemerkte er zwei andere Dinge. Zum einen, dass Kellens kalfaterte Planken dicht hielten. Nirgends war Wasser eingedrungen. Zum anderen blinkte ihm im schwächer werdenden Mondlicht etwas Helles entgegen, und er erkannte die Kaffeedose, die unter die Planken gerollt war. In ihrer Hektik beim Versorgen von Kellens Wunde mussten sie sie übersehen haben. Er steckte sie ein, dann widmete er sich dem geheimen Hohlraum.

Er hob die lose Planke an, und da lag es, ruhig und regungslos, in seiner verkratzten Scheide auf dem sauber gefalteten Segeltuch, das Fionn gestern geflickt hatte. Das abgewetzte kobalt-blaue Leder des Hefts schimmerte fahl und kühl, als glömme es von innen heraus, wie von einem stummen, kerzenlosen Leichenlicht angehaucht.

Es war noch immer hier, wo sie es gestern zurückgelassen hatten. Natürlich war es noch hier. Wo sollte es auch sonst sein? Niemand wusste davon. Es gab keinen, der es hätte holen können. Wie kam er nur darauf?

Er blickte auf das Schwert, das da aufgebahrt vor ihm dalag. Nun, da es zum Greifen nahe war, focht er einen inneren Kampf mit sich und dem Bestreben aus, es aufzunehmen und aus seiner Scheide zu ziehen. Da war nichts. Keine von fern her klingende Stimme, keine reißende Strömung, kein fremdes unüberwindbares Verlangen, das sich seiner Hände bemächtigte und ihn dazu zwang, so zu tun. Es war nur sein eigener Wunsch, sich zu vergewissern … auch wenn er nicht wusste, worin er sich vergewissern musste.

Fionn gab sich einen Ruck und streckte die Hand nach dem Schwert aus. Er hielt den Atem an und kniff die Augen zusammen, als fürchtete er einen erneut jählings aufblitzenden Schmerz oder die jenseitige Wucht, aus seinem Körper gerissen zu werden.

Seine Finger berührten das Heft, schlossen sich darum und er zog den Stahl aus der Scheide. Nichts geschah. Vorsichtig blinzelnd wagte er, die Augen zu öffnen und – und atmete auf.

Die nackte Klinge war schwarz wie sternlose Nacht, ein Schatten vor Schatten, so matt und finster, dass selbst das Mondlicht sich nicht darauf spiegelte. Sie wog leichter, als Fionn sie in Erinnerung hatte. Die Erleichterung vertrieb das Zittern aus seinen Fingerspitzen. Sein Griff wurde fester, ruhiger.

Na also!, dachte er und schwang das Schwert einmal, zweimal, wie gegen einen unsichtbaren Widersacher, schnitt damit kreuz und quer durch die Luft, hielt es dann ausgestreckt vor sich und kam sich mit einem Mal unheimlich töricht vor.

Nichts war geschehen.

Das war sie also, die Gewissheit, deretwegen er hierhergekommen war. Was er gestern gesehen hatte, war wirklich und wahrhaftig reine Einbildung gewesen! Daran konnte es jetzt nicht mehr den geringsten Zweifel geben. Wie dumm von ihm, dass er überhaupt welche gehegt hatte.

Ein Sonnenstich ...

Jetzt war es Nacht, die Sonne lange untergegangen und der Mond von dunklen Wolken verhüllt; Wolken, aus denen es bedrohlich grollte.

Die Regentropfen fielen immer rascher. Fionn musste sich beeilen, wollte er den Flicken-Frém noch trockenen Fußes erreichen. Er steckte das Schwert zurück in die Scheide und wickelte es in einen übrig gebliebenen Rest Segeltuch ein, das sie ebenfalls in dem Hohlraum unter den Planken verstaut hatten. Die schwarze Nacktschnecke, die auf dem Stoff klebte, schüttelte er ab, ohne ihr mehr als einen Moment des Ekels zu schenken. Dann kletterte er den Schiefer nach oben.

Die Brandung warf sich donnernd und schäumend gegen ihn, eine dringliche Mahnung, dass sie ihn gleich wütend auf den Schiefer werfen und zermalmen würde, wenn er sich nicht schleunigst in Sicherheit brächte. Kaum war er oben angelangt, brach der Regen auch schon über ihn herein, so schwer und satt und mit so dicken Tropfen, dass er ihn regelrecht erschlug. Von einem Moment auf den anderen war Fionn nass bis auf die Haut.

Was ich in jener stürmischen Nacht im Haus des Flicken-Frém erfahre, will ich nicht glauben. Wie könnte ich es auch ... ich bin nicht stark genug.

Doch es spielt keine Rolle, ob ich es glaube. Es hatte bereits seinen Lauf genommen.

FIONN DRÜCKTE SICH an den Stamm einer ausladenden Esche und spähte durch klatschnasse Zweige und den dichten Regenschleier auf die Gezeitenmühle. Die Fenster waren dunkel. Ob der Streicher überhaupt zu Hause war? Am Ende war er noch, wie so oft, im *Roten Weber* und frönte seinem Rausch? Es gab nur eine Möglichkeit, das herauszufinden. Fionn zog den Kopf ein und spurtete hinüber zu dem verwahrlosten Gemäuer.

Die Tür klemmte. Fionn rüttelte am Knauf, warf sich mit der Schulter gegen das aufgequollene Holz, bis sie mit einem aufsässigen Quietschen nachgab. Er stolperte ins Trockene. Fröstelnd und schniefend schloss er die Tür wieder und lehnte das in Segeltuch eingeschlagene Schwert daneben an die Wand, schlüpfte aus seiner Weste und wrang Hemd und Haare aus. Dann nahm er das Bündel wieder auf. Langsam gewöhnten sich seine Augen an die verstaubte Düsternis.

Der Raum war hoch und spitzgiebelig. Wuchtiges, verkohltes Balkenwerk ächzte in den dunklen feuchten Schatten über ihm. Das wenige blasse Licht, das die verlassene Mühle so dürftig erhellte, drang durch dicke, angelaufene Fensterscheiben herein. Wo es auf den knarzenden und verdreckten Dielenboden fiel, hob sich davon ein Gewirr aus losen Brettern, zerfetzten Mehlsäcken, Weidenkörben, zerbrochenen

Krügen und anderem, achtlos hingeschmissenen Gerümpel ab. Hocker und Schemel standen verwaist bei einer massiven, mit Eisenbändern beschlagenen Stollentruhe. Eine breite Armbrust lehnte daneben. Unkraut wucherte in den Ecken und Ritzen. Ein mannsgroßes Zahnrad aus Gusseisen lehnte am anderen Ende des Raumes schwer an einem zersplitterten Holzpfahl, dort, wo der herabgefallene Mühlstein ein gähnendes Loch in den Boden gerissen hatte. Der Wind pfiff, und zwischen allem bauschten sich tiefhängende Spinnweben, schwarz von toten Insekten.

Sie verfingen sich in Fionns nassem Haar. Angewidert zupfte er sie ab, da knackte und scharrte es in einer Ecke über ihm, und plötzlich stürzte sich ein Heer von unzähligen, wild flatternden Schemen auf ihn, leise Schreie ausstoßend. Fionn kreischte laut und riss das eingeschlagene Bündel hoch, hielt es schützend vor sein Gesicht. Die Fledermäuse schwirrten wie eine schwarze Sturmwolke um ihn, raubten ihm die Sicht. Er machte einen Schritt rückwärts, noch einen und fuchtelte blindlings mit dem Schwertbündel herum, da rempelte er rücklings in etwas hinein.

»Verdammter Drecksbengel!«, keifte eine kratzige, kehlige Stimme. »Was hast du hier verloren?«

Fionn wirbelte herum. Die Fledermauswolke löste sich auf und da, viel zu dicht vor ihm, stand der Flicken-Frém, in unheimliches in muffig-triefendes Zwielicht gehüllt und aufgebracht schnaufend. Aschgraues Haar klebte in schweren Strähnen auf der Stirn, spross ihm fransig aus der birnenförmigen dunkelroten Knollennase und den breiten Ohren. Der Branntweinritter spuckte zur Seite aus und richtete den knochigen Zeigefinger unbequem nahe auf Fionns Gesicht.

»Was fällt dir ein, einfach in mein Haus einzubrechen? Hat man denn nirgends seinen Frieden? Na warte du, dir werd ich Beine machen!«

Fionn suchte vergeblich nach Worten der Entschuldigung, doch der gelbe Fingernagel des Flicken-Frém bohrte sich in seine Brust, bevor er irgendetwas dergleichen zustande brachte.

»Antwortete, du Bengel! Hat man dir keinen Anstand beigebracht? Was suchst du hier?«

»Ich …«, stammelte Fionn, da fiel der Blick des Branntweinritters auf das schlanke Bündel, das er an sich presste.

Der Flicken-Frém kniff die zerrupften, strohigen Augenbrauen zusammen. »Was ist … Was hast du da?«

»Das geht euch nichts an!«, sagte Fionn und fragte sich zugleich, ob es klug war, dem Flicken-Frém so entschieden entgegenzutreten. Der wirkte nun nämlich seltsam erregt. Mit zuckenden Lippen und sich blähenden Nasenflügeln fragte er, woher Fionn das Bündel habe.

»Wir … Ich hab's gefunden. In einem angespülten Bootswrack.«

Das versetzte den muffigen Säufer in noch heftigere Erregung. »Nein, nein … Das kann nicht … Gib mir das! Gib das sofort her!«

Der Streicher langte grob nach dem Schwert, aber Fionn hielt es hoch über seinen Kopf und schrie, sich Kellens Stimme in Erinnerung rufend: »Ich hab's gefunden! Es gehört mir!«

»Dir? Pah! Gib schon her! Gib her, sage ich!«

Der Flicken-Frém stellte sich auf die Zehenspitzen und rammte Fionn seinen spitzen Ellbogen hart zwischen die Rippen. Der japste auf und musste sich unfreiwillig vornüber krümmen, wobei ihm das Bündel entglitt.

Der Branntweinritter stürzte sich sogleich gierig darauf, riss es an sich und knurrte: »Du hast ja keine Ahnung, was du da hast! Nicht die geringste!«

»Und ihr wisst es?«, entfuhr es Fionn mit enttarnt wissbegierigem Unterton.

Der Flicken-Frém gab keine Antwort, aber es war auch keine mehr nötig. Sein aufgeregtes Gebaren allein machte mehr als deutlich, dass er es tat.

Fionn rieb sich die Stelle zwischen den Rippen, wo ihn der Ellbogen des Streichers getroffen hatte und sah dem am Boden über dem Bündel kauernden Mann mit wachsendem Unbehagen zu, als der die Segeltuchlagen hastig und mit zitternden Fingern zurückschlug. Selbst von der Seite und halb von Schatten verdeckt bemerkte er deutlich, wie dem Trunkenbold dabei Anzeichen einer panischen Furcht ins ausgemergelte Gesicht krochen. Das ließ ihn vorsichtshalber einige Schritte zwischen sich und den Branntweinritter bringen.

Der Streicher hatte das Schwert ausgewickelt.

»Wo … wo sind sie? Wo sind die Brakteaten?« Suchend zerwühlte er die Leinenstreifen. Die Furcht schürfte seine verkratzte Stimme weiter auf. »Und die Siegel! Warum sind sie gebrochen … Warum ist der Knoten …« Dann begriff er, was geschehen sein musste. »Aber … Ihr könnt es nicht getan haben … das ist unmöglich … das könnt ihr nicht …«

»Was könnten wir … könnte ich nicht …?«

Der Flicken-Frém wandte sich mit einem schaudererregenden Ausdruck in den geweiteten Augen zu Fionn um. Der verstummte.

»Ihr habt es nicht gezogen! Aber was habt ihr dann damit gemacht? Warum sind die Siegel gebrochen? Wo sind die Brakteaten?«

Fionn spürte, wie die Anspannung seine Muskeln und Sehnen mit eisernem Griff packte und wieder losließ, bei jeder zuckenden Bewegung des Flicken-Frém bereit zur Flucht.

Aber als der kauernde Streicher aus der Hocke auf ihn zusprang, blieb er wie angewurzelt stehen. Der Flicken-Frém packte ihn am Kragen und hob ihn mit einer Kraft hoch, die Fionn dem abgezehrten Schurken niemals zugetraut hätte.

»Was habt ihr damit angestellt, ihr unseligen Blagen? Sag schon! Was?« Säuerlich riechender Atem schnalzte zwischen seinen lehmgelben Zähnen hervor. Er schüttelte Fionn durch. »Was habt ihr noch damit gemacht?«

»Lasst mich runter! Ihr tut mir weh!«

»Was habt ihr damit gemacht?«

»Wir haben gar nichts damit gemacht! Das ist die Wahrheit, ich schwör's! Und jetz lasst mich runter!«

Der Streicher malmte einen endlos langen Moment lang mit den Backenzähnen auf Fionns Antwort herum, ließ dann ein warnendes Knurren verlauten, spuckte noch einmal zur Seite aus und gab den Jungen frei.

Fionn strauchelte rückwärts von ihm weg, sein Herz klopfte wild, und er fasste sich an die Gurgel.

»Verzieh dich jetzt! Los! Mach, dass du wegkommst!«, zischte der Flicken-Frém und wandte sich wieder der schwarzen

Klinge zu. Er streifte sich Lederhandschuhe über, die er von irgendwo hergenommen hatte, riss das Segeltuch in schmale Streifen und wickelte diese überkreuz um die Scheide und das Heft, so wie das Schwert bandagiert gewesen war, als sie es in dem starren Leinenlaken eingewickelt gefunden hatten. Dabei sprach er mit dem Schattenstahl, raunte ihm etwas zu, das aber so leise war, das Fionn es nicht verstehen konnte.

Wenn er vernünftig gewesen wäre, wäre er der barschen Weisung des Flicken-Frém gehorcht und hätte sich nun davongemacht. Doch hätte er auf seine Vernunft hören wollen, wäre er gar nicht erst von zu Hause losgegangen. Er war gekommen, weil er mehr über ihren Fund in Erfahrung bringen wollte, und ganz offensichtlich war der Flicken-Frém mit dem Schwert mehr als nur vertraut. Schon allein sein Anblick versetzte ihn ja regelrecht in Rage ... und dazu die Vorstellung, jemand könnte es gezogen haben.

Fionn nahm all seinen Mut zusammen und fragte: »Ihr kennt dieses Schwert?«

Seine Stimme klang weniger sicher, als er es gern gehabt hätte. Der Flicken-Frém sollte doch seine Verängstigung nicht heraushören. Der kauernde Säufer hielt mit seinem Gebrumme inne, als hätte er Fionns Anwesenheit bereits vergessen.

»Das geht dich nichts an«, fauchte er über die Schulter zu Fionn hinüber. »Du kannst von Glück reden, dass du so glimpflich davongekommen bist. Und jetzt scher dich endlich fort! Lauf heim!«

Fionn räusperte sich und wollte noch etwas loswerden, doch der Branntweinritter kam ihm zuvor. Er warf eines der losen Bretter nach ihm.

»Verschwinde! Hau ab!«

Fionn duckte sich zur Seite. Das Brett verfehlte ihn und krachte irgendwo hinter ihm ins dunkle Gerümpel. So einfach ließ er sich nicht abwimmeln. Er war den Antworten, nach denen es ihm so dringlich verlangte, so nahe, aber wie sollte er sie bloß aus dem widerspenstigen Trunkenbold herausbekommen?

Seine Finger glitten in die Tasche seiner Weste, wo sie die ockerfarbenen Münzen ertasteten.

Die Brakteaten ...

Fionn holte sie aus der Tasche und betrachtete sie auf seiner offenen Hand. Dann schnippte er sie dem Flicken-Frém zu. Sie landeten mit einem leisen, knappen Klimpern neben ihm auf dem Boden.

Der Flicken-Frém verharrte sofort in seinen Bewegungen. Fionn wartete einen Herzschlag lang ab, was geschehen würde. Als der Flicken-Frém die behandschuhten Finger nach den Münzen ausstreckte, sagte er das eine, was ihm noch blieb: »Ich ... ich hab es gezogen.«

Es zeigte Wirkung.

Die Finger des Flicken-Frém zuckten argwöhnisch um die Brakteaten. »Lügner!«, keifte er.

»Ich lüge nicht!«

»Du kannst es nicht gezogen haben!«

»Warum nicht?«

»Du hättest es nicht überlebt! Kein Mensch hätte das! Das ist unmöglich! Unmöglich, hörst du!«

»Ich hab es aber-«

»Pah!«, machte der Flicken-Frém und verknotete die Stoffbänder dabei so streng über der Parierstange am Heft der Scheide, als wollte er alles weitere erdrosseln, was Fionn loswerden wollte.

»Ich habe es gezogen«, wiederholte Fionn demungeachtet.

Der Flicken-Frém zeigte keine Reaktion.

»Und ...« Fionn war, als wollte ihn etwas daran hindern, es auszusprechen. Er musste sich regelrecht dagegen aufstemmen und selbst dann gelang es ihm nur flüsternd: »und ... ich habe etwas gesehen.«

Eine beklemmende Stille kroch auf diese Worte hin in alle Winkel und Ritzen der verfallenen Mühle. Der Wind heulte leise durch den Raum, der Regenschleier rieselte zart gegen die Fenster.

Der Flicken-Frém legte die Brakteaten andächtig auf die Scheide und deckte das Schwert mit dem Tuch zu. Als er sich dann erhob und zu Fionn umwandte, waren alle Anzeichen von Trunkenheit aus seinem Antlitz verschwunden. An ihrer statt zeigte sich nun das bleiche Entsetzen, trüb vom Schummer der

Nacht. Seine Augen waren klar und unverwandt stechend und sie durchbohrten Fionn wie rostige Nägel.

»Du ... du hast es wirklich getan, wie?« Auch seine Stimme hatte sich verändert, das vernahm Fionn deutlich. Sie war ernst geworden, düster wie die Nacht vor den Fenstern und von einer Schwere und Ehrfurcht belegt, bei der ihm Angst und Bang wurde.

Fionn nickte.

Sofort ergriff der Branntweinritter seine Hände, drehte sie mit den Handflächen nach oben und musterte sie.

»Du hast es also wirklich gezogen ... Und du hast *überlebt*.«

Fionn wagte es trotz all seiner Fragen nicht, seine Hände aus dem Griff des Flicken-Frém zu wringen. Mit einem schnarrenden Geräusch aus seiner verstopften Nase gab ihn der Branntweinritter von selbst frei.

»Warte hier!«

Er wies Fionn an, sich auf einen der Hocker bei der Stollentruhe zu setzen. Ehe Fionn etwas sagen oder fragen konnte, stapfte er an ihm vorbei und bahnte sich einen Weg durch das Gerümpel.

Fionn sah dem Flicken-Frém nach, wie er im dunklen Schlund eines gemauerten Torbogens verschwand. Wieder spürte er die Vernunft, die ihm dringend riet, jetzt die Gelegenheit zu nutzen und von hier zu verschwinden, bevor der Säufer zurückkam.

Wieder behielt seine Neugier die Oberhand. Er musste wissen, was es mit dem Ding auf sich hatte. Warum hatte der Flicken-Frém es in dem Fach unter dem Plankenboden versteckt? Warum hatte er nie danach gesucht? Und warum versetzte es ihn in solche Aufregung? Es war doch nur ein altes, schartiges Schwert, schwarz vom Rost der Jahre?

So pustete und wischte er den Staub von dem Hocker bei der Stollentruhe, hustete, und sank unsicher und entgegen aller Skrupel, worauf er sich hier einlassen mochte, darauf nieder.

Geschepper und Gekrache kündigten die Rückkehr des Streichers an. Der Flicken-Frém torkelte schwer beladen, mit vier dicken Talgkerzen und einer verkorkten Steingutflasche unter dem Arm, zwei salzglasierten Steingutbechern zwischen den Fingern, einer schief im Mundwinkel hängenden Pfeife und einen Tabakbeutel hinter das Ohr geklemmt durch den Verhau. Er breitete alles vor Fionn auf dem flachen Truhendeckel aus.

»Was wir jetzt besprechen müssen … solcherlei Sachen bespricht man nicht im Dunkeln«, sagte er und zündete die Kerzen an. »Und am besten auch nicht auf nüchternen Magen!«

Der Branntweinritter ließ sich auf den Schemel gegenüber fallen, entkorkte die Flasche und schenkte sich und Fionn ein. Er kippte seinen Becher in einem Zug hinunter und sah Fionn schief an.

»Worauf wartest du noch? Trink!«

So harsch wie der Flicken-Frém ihn anging, tat Fionn lieber, was er von ihm wollte. Das Gesöff schmeckte nach verbranntem und vermodertem Laub.

»Gut, nich?«

Fionn versuchte, seine Gesichtszüge beisammen zu behalten.

»Ich weiß, ich weiß … Ist nur billiger Tresterbrand, aber du wirst ihn brauchen, glaub mir!«

Was hatte der Branntweinritter nur mit ihm vor? Im Flackerlicht der Talgkerzen bemerkte Fionn die schlanke Linie einer Schwertscheide, die von dem Hüftgürtel des Trunkenbolds hing. War sie die ganze Zeit schon dort gewesen? Er schluckte. Was immer jetzt folgen mochte, Fionn musste es wohl oder übel durchstehen.

Der Flicken-Frém schenkte ihnen beiden nach. »So«, sagte er und lehnte sich vor. »Jetzt wirst du mir erzählen, wie genau du Sekhems Fluch gefunden und was du gesehen hast, als du ihn gezogen hast.«

Fionn blickte verunsichert auf den Becher vor ihm, auf seine Hände, und auf das am Boden liegende, vom Segeltuch bedeckte schwarze Schwert.

Sekhems Fluch …

War das des Stahls Name?

Fionn nahm noch einen Schluck. Dann berichtete er dem Flicken-Frém die ganze Geschichte, angefangen damit, wie sie das Wrack des Einmasters gefunden hatten. Jetzt erwähnte er auch Kellen, wenngleich er allerdings die Verletzung an dessen

Hand nicht ansprach, weil er fürchtete, den Flicken-Frém dadurch nur erneut in Aufregung zu versetzen. Auch den seltsamen Traum in der Nacht vor ihrem Fund erwähnte er nicht. Ansonsten aber ließ er nichts aus.

Am Ende seiner Ausführungen war das eingefallene Gesicht des Flicken-Frém bleich wie der Mondschein. Unbeholfen grapschte er nach seiner Pfeife und kratzte sich mit dem Mundstück an der Stirn.

»Das kann nicht sein«, brummelte er unterdessen, »das kann nicht … darf nicht … wie ist das nur möglich?« Er fasste Fionn unversehens und mit einem stechenden Blick ins Auge. »Die Waffe Sekhems zu ziehen … weißt du, was du angestellt hast? Hast du auch bloß den Schimmer einer Ahnung, was für ein Unheil du da angerichtet hast? Wie kann man nur so töricht sein!«

»Aber ich hab doch nur …«

Der Flicken-Frém schlug so hart mit der Faust auf den Truhendeckel, dass die Kerzenflämmchen flackerten. Fionn verstummte augenblicklich. Er versuchte, sich seinen Schreck nicht anmerken zu lassen, wagte es aber nicht, zu husten oder sich zu räuspern. Stattdessen nippte er lieber noch einmal an dem ekligen Fusel.

Ohne den Blick von ihm abzuwenden, stopfte der Flicken-Frém seine Pfeife, steckte sie an der rußenden Talgkerze an und paffte mehrere graubräunliche Rauchfäden, die so ohne Zusammenhang und Orientierung zwischen ihnen schwebten, wie das Gemurmel, das er nun von sich gab.

»Du hast es gezogen … und du hast es überlebt … du … du musst es wohl erfahren, ja du musst … du musst wissen, was kommt, bevor es zu spät ist … ich muss es dir sagen, was er auch mir einst sagte … bevor sie kommen, ja … «

Der Flicken-Frém stierte nachdenklich auf das glimmende Kraut in der Pfeife. Seine Worte waren auf unheimliche Art von fiebriger Furcht zerfahren. Nun versank er in ein Schweigen, das Fionn fast noch unheimlicher war.

Der Qualm umnebelte die Lichtschummer und kratzte Fionns Kehle wie spröde Fingernägel, als er sich jetzt vorwagte und zögerlich, mit tastender Stimme fragte: »Bevor wer kommt?«

»Seine Diener«, antwortete der Branntweinritter. »Jene, die dem Namenlosen Schrecken durch alle Zeiten bis heute hörig sind ... die, die nach der Waffe Sekhems suchen ... Die Teufel ... ja, die Teufel von Amkash.«

»Amkash?«

»Shhhh!«, machte der Flicken-Frém und blickte mit weit aufgerissenen Augen nach oben, in die knarzende, knackende Dunkelheit des Gebälks. »Sprich es nicht aus! Niemals sorglos, niemals im Schatten ... Die Schatten sind sein. Durch sie lauscht er, immerzu, ja ... selbst von seinem Exil hinter den Sternen.«

»Wer?«, fragte Fionn. »Von wem sprecht Ihr?«

»Er ... er, der einst verbannt wurde, als die Finsternisse noch tiefer waren ... Er, der hinter den Sternen ist und auf dem Thron von Ombos schläft ... jener größte und älteste aller Schrecken, den die Erde je gekannt hat. Er wartet ... wartet auf jene, die seine Stimme im Traum noch vernehmen und die seinen Weisungen folgen, im Schwarzen Land von Amkash.« Die rissigen Lippen des Flicken-Frém bebten von der Angst, die dem, was er eben gesagt hatte, anzuhängen schien. Einen Moment schwieg er, kaute auf dem Mundstück seiner Pfeife herum. Dann sagte er: »Trink, Junge! Komm, du musst trinken!«

Fionn gehorchte ungern und würgte noch einen Schluck von dem Tresterbrand herunter. Der Flicken-Frém leerte seinen Becher ebenfalls und schenkte sich nach, aber als er ansetzte, um weiterzusprechen, stockte er mit einem Mal.

»Ich ... nein, ich kann es dir nicht sagen ... ich hab dir schon zu viel ... nein, nein ...«

Fionn konnte den Grund für das seltsame geheimniskrämerische Geraune des Branntweinritters zwar beileibe nicht durchschauen, wagte jedoch auch nicht, ihn noch einmal durch eine Frage aufzustören. Er wartete, bis der Flicken-Frém von selbst zu einem Entschluss kam.

»Doch ... du musst es wissen ... du musst es wissen, von allen du, ja ... wenn du es ... dann musst du es wissen, genau wie ich ... oh, wie in Líhenors Katakomben ... die Katakomben! Khon! Hör mir zu! Du musst mir zuhören, Junge, ja?«

Fionn nickte ernsthaft.

»Du musst wissen«, fuhr der Flicken-Frém fort, »seit

jeher schon gibt es jene unter den Menschen, die ihm Folge leisten! Schon seit den frühesten Stunden der Erde, weit, weit vor Líhenor, lange vor den Tafeln in Rhín und noch vor den Schmieden von Níressar und – oh ja, weit, weit vor den ersten Niederschriften der Magister! Seine Stimme war immer schon da, für jene, die sie hören können! Ein Flüstern am Ende ihrer Träume ist sie, das wie Nebel im Wachsein verbleibt. Die, die sie vernahmen, riefen ihn an, beteten zu ihm, Leben um Leben, Alter um Alter, folgten seinem Ruf auf das schwarze, fluchbeladene Land, das nicht sein darf, wo sie seinem Willen erlagen! In seinem unaussprechlichen Namen errichteten sie lästerliche Tempel und weihten finstere Heiligtümer. Immerzu suchten sie seine Nähe und durch sie und ihre Opfer erstarkte er. Er schenkte ihnen die Gnade seines Blutes und dann ... dann ...«

An dieser Stelle geriet der Flicken-Frém abermals ins Stocken. Seine Finger begannen zu zittern und seine ohnehin schon leise, heisere Stimme zwang sich nur noch keuchend, Wort für Wort, wie unter großer Anstrengung vorwärts.

»Die Avalarenû ... die Schrecklichen ... Schwerter aus Licht führten sie, Kronen aus Licht trugen sie ... Du weißt, wovon ich spreche! Du hast sie doch gesehen! Sie kamen in seinem Namen, um sein Werk auf Erden zu vollenden! Die Große Dunkelheit kam mit ihnen ... das Ende der Menschheit ... das Verderben ... der Tod von allem, was lebte und je leben sollte ... Tod ... Tod ...«

Ein ungestalter Wahn schlich sich in die Worte des Flicken-Frém; er staute sich an, stammelnd und nagend, und entlud sich mit dem grellen Blitz, der nun die trüben Fensterscheiben der Mühlstube erhellte ...

... und der zugleich nochmals die Bilder in Fionn aufflackern ließ, die ihn durchfahren hatten, als er das schwarze Schwert gezogen hatte.

Den Kometen, der den Himmel wie ein Messer teilte. Die gigantischen Lichtwesen mit ihren sengenden Schwertern ...

Konnte es sein ...

... die zwei Gestalten in der Ferne.

Doch der Blitzschlag hatte den Flicken-Frém so schrill aufkreischen lassen, dass es Fionn durch Mark und Bein ging und ihn sofort wieder in die Gegenwart lenkte, ehe er den Gedanken weiterdenken konnte. Der Flicken-Frém packte das Heft seines Schwerts an der Hüfte mit beiden Händen.

Bitte ... bitte – hoffentlich behielt er die Waffe in der Scheide!

Fionn wollte dem angetrunkenen Kerl keinesfalls gegenübersitzen, wenn er den blanken Stahl in den zittrigen Händen hielt. Er wäre auf und davon, wäre da nicht diese diesige Lahmheit, die sich unbemerkt auf seine Glieder gelegt hatte. Sie musste von dem ekelhaften Tresterbrand herkommen, dessen pelziger Nachgeschmack seine Zunge an den Boden seines Munds klebte ... zumindest sagte er sich das und er dachte, er hätte das Dreckszeug lieber nicht anrühren sollen.

Sich noch immer an seinem Stahl festklammernd, schaute sich der Streicher mit klappernden Zähnen um, als läge etwas in den modrigen Schatten der verfallenen Gezeitenmühle verborgen, das seinem wirren Gerede zuhorchte.

»*Die Schatten sind sein. Durch sie lauscht er, immerzu, ja ... selbst von seinem Exil hinter den Sternen.*«

Was erzählte der Branntweinritter da nur für einen zerrütteten Unfug? Fionn war hergekommen, um die Wahrheit hinter dem Schwert zu erfahren, nicht, um sich von dem Trunkenbold beleidigen, bedrohen und mit irgendwelchen zusammengesoffenen Schauermärchen verkohlen zu lassen! Er sollte einfach gehen ... einfach aufstehen und gehen ... aber er brachte es nicht zustande.

Das Schwarze Land, das nicht sein darf ...

Konnte es sein? Wirklich sein? Er wollte es sich nicht eingestehen, es war einfach zu absurd, jedoch ... neben der Schwere des Tresterbrands und dem unberechenbaren Branntweinritter selbst gab es noch etwas, dass ihn davon abhielt und auf den Schemel bannte. Etwas, dass Fionn schon fast vergessen hatte ...

... Amkash ...

Diesen Namen hatte er schon einmal gehört.

Vor langer Zeit ... beinah wie in dem Traum.

Ein Windstoß jaulte im Dachstuhl auf. Feiner Regenstaub nieselte nasskalt auf Fionn herab, der sich mit seinen Gedanken nun wieder im Jetzt der schaurigen Gezeitenmühle fand – und sich sofort schön töricht vorkam, weil er sich von dem wirren

Gerede des Flicken-Frém doch tatsächlich in Nachdenklichkeit hatte stürzen lassen.

In dem verworrenen Gewäsch über Amkash, diesen angeblichen Namenlosen Schrecken und diese Große Dunkelheit lag nicht mehr Wahrheit als in allen anderen dunklen Liedern. Magie und dergleichen war vor über zwei Weltaltern zusammen mit den letzten Celdennen aus der Welt verschwunden, wenn es sie überhaupt jemals wirklich gegeben hatte. Alles, was davon geblieben war, waren Aberglaube und Ammenmärchen, das wusste selbst in Bailín jedes Kind – und das sagte Fionn dem aufgewühlten Streicher nun auch.

Er bereute es sofort.

»Bezichtigst du mich etwa der Lüge, Junge?«, keifte der Flicken-Frém. Seine Furcht vor den sie umgebenden Schatten war schroffem Zorn gewichen. »Willst du das sagen? Ja?«

»Nein, ich-«

»Willst mich wohl verlachen, eh? Den dummen, alten Farrím, der sein Leben weggeworfen hat, weil er einem aberwitzigen Irrglauben aufsitzt? Ja? Ja?« Der Streicher stemmte sich abrupt von der Stollentruhe hoch und ragte über Fionn auf, hager und dürr, und wankend, wie ein blattloser Strauch im Herbstwind.

Fionn schrumpfte auf dem Hocker.

»Sags ruhig, was dir durch den Kopf geht! Ich habs mir doch alles anhören müssen, von Líohim bis Kharras und hierher, ja! Spinner! Narr! Tor! Aber ich frag dich eins: Wie würds dir gefallen, so verachtet zu werden? Davongescheucht, heimatlos, ständig, ständig ... ja! Wie würdest du's aushalten? Als Einziger von ihnen, diesen dummen, irregeleiteten Menschen, als Einziger von ihnen allen die wahre Wahrheit zu kennen – ja! - und keinen zu haben, der dir glaubt, dem du's sagen kannst, ohne als schwachsinnig verlacht zu werden? Dabei hast du's doch gesehen! Du hast es *gesehen*! Du allein weißt, wovon ich spreche, Junge! Du und ich ... ja ... wir sind anders! Wir kennen die Wahrheit!«

Dünne Schweißperlen baumelten von den bleichen Haarfransen des Flicken-Fréms und tropften vor dem verschüchterten Fionn auf die Stollentruhe. Der folgte dem Blick des

Branntweinritters, der nun zu dem Schwarzen Schwert unter dem Tuch auf dem Boden hinabgeglitten war.

Der Flicken-Frém sank auf seinen Schemel zurück und verschnaufte.

Fionn stammelte: »Ich ... ich hab euch beleidigt ... das tut mir leid, das ... ich hab's nich gewollt!«

Der Flicken-Frém nahm seine Entschuldigung mit schnaubendem Brummen zur Kenntnis und las die Pfeife, die er bei seinem jähen Auftritt fallen gelassen hatte, wieder auf. Er drückte das ergraute Kraut in den Topf zurück, steckte sie sich erneut an einer der Talgkerzen an und zog mehrere tiefe Züge. Durch das Rauchen schien seine Fassung so weit zurückzukehren, dass Fionn sich traute, mit der notwendigen Behutsamkeit zu fragen, wie es mit der Geschichte von dieser Großen Dunkelheit weitergegangen sei. Er war heilfroh, dass der besoffene Kerl seinen Stahl in der Scheide gelassen hatte. Wenn Fionn jetzt noch rasch eine Antwort auf die Frage bekäme, deretwegen er gekommen war, könnte er verschwinden, bevor es noch einmal zu einer so brenzligen Situation käme.

»Bitte«, betonte er deshalb, »erzählt weiter! Ich möchte es wissen! Ich werd euch bestimmt nicht verlachen!«

Es brauchte noch ein paar Züge aus der Pfeife und dazu ein paar gehörige Schlucke Branntwein, bis der Flicken-Frém imstande war, seine Erzählung dort wieder aufzunehmen, wo er sie unterbrochen hatte.

»Die Große Dunkelheit ... der Tod von allem was lebte, das wärs gewesen, ja ... aber es gab Einen, der sich dem Namenlosen Schrecken entgegenstellte ... einen Menschen, Sekhem, der in jenen Tagen Prinz von Amkash war. Sekhem ... Aus dem Fleisch der Sternenschwärze selbst schmiedete er in den alten Schmieden von Níressar die eine Waffe, der die Macht dazu inne ist, dem Namenlosen Schrecken selbst Einhalt zu gebieten! Er drängte ihn zurück, bis hinter die äußersten Sterne und bannte ihn dorthin in ewigem Schlaf, auf dass er niemals wieder zurückkäme ... Ja, das tat er ... Sekhem, der von seinem schwarzen Blute war ... er wendete das Unheil ab, das die Erde der Vernichtung zugeführt hätte.«

Die Stimme des Flicken-Frém nahm nun einen Ton an, der

Fionn fast schon andächtig vorkam.

»Der Namenlose Schrecken wich und das Schwarze Land von Amkash verging mit ihm … verging, ja … versank … in Chroniken und Annalen und Büchern … Büchern, die keiner las und keiner kennt, viele Alter lang. Kaiser und Könige und Krieger kamen und gingen, verloren sich im Gedächtnis der Welt … und der Große Schrecken, der niemals hätte vergessen werden dürfen, wurde … wurde …«

»Vergessen?«, half Fionn dem Branntweinritter auf die Sprünge.

»Ja!«, schnappte der das Wort auf. »Er wurde vergessen, ja! … Begreifst du also endlich, ja?«

Fionn nickte brav. Er hatte begriffen – jedoch nur, dass es dumm gewesen war, den Flicken-Frém aufzusuchen. Wie hatte er nur erwarten können, von dem versoffenen, alten Streicher eine Erklärung zu bekommen, wie das Wrack des Einmasters in die Halbmondbucht und wie das schwarze Schwert in dessen geheimen Hohlraum unter den Planken gekommen war?

Der Flicken-Frém brachte keinen einzigen klaren Gedanken mehr zustande. Fionn hätte es eigentlich von vornherein wissen müssen. Herzukommen war dumm gewesen – dumm und gefährlich und jetzt, da der Branntweinritter mit seiner Erzählung fertig war, wollte Fionn nur noch fort von hier. Er wollte schon zum Gehen aufstehen, doch wie es schien, war der Flicken-Frém noch nicht ganz fertig.

»Ja … Ja, Junge … der Große Schrecken, der Namenlose Schrecken wurde vergessen … aber er vergisst nicht, nein … er wartet, ja, schläft und träumt und wartet … und auch seine Diener warten und horchen, horchen immerzu auf ein Zeichen ihres scheußlichen Herrn! Sie sind zurückgekehrt, ins wiederauferstandene Schwarze Land von Amkash, seit Langem schon! Und die Tempel und Türme und Pyramiden dort, sie sind wiedererrichtet worden! Seine Diener sind noch zahlreicher als einst und sie suchen … suchen … suchen! Suchen nach der einen Waffe, die ihren finsteren Herren bannt! Sekhems Fluch hat ihn geschwächt und verdrängt und hält ihn auf Abstand, es ist der Nagel, der ihn ans Kreuz nagelt … doch gleichermaßen kann es ihn zurückholen! Deshalb darf es ihnen niemals in die Hände fallen! Sekhems Fluch ... Es zu wahren, das ist unsere Aufgabe, meine ... Khon ... ich hab's nich vergessen ... nein, bestimmt nich ... ich hab nich vergessen, was du mir aufgetragen hast ... ich ... ich ...«

Die seltsam beharrliche Art, in der der Säufer weitersprach, hielt Fionn vom Aufstehen ab. Doch zu seiner Verblüffung begann der Flicken-Frém nun zu schluchzen. Er vergrub das fahle, schwitzige Gesicht in den knochigen Händen, stöhnte auf und ließ Fionn mit der unangenehmen Frage sitzen, was er wohl jetzt wieder in den Untiefen seiner Erinnerung und seines gestörten Verstandes aufgeschürft haben mochte.

»Ich konnt nichts dafür! Du hast mir vertraut ... du bist für mich gestorben und ich ... der dumme, alte Farrím! Ich hab's verloren geglaubt ... im Meer ... der Sturm ... du musst mir glauben! Aber jetzt ist es wieder hier und ich ... ich ... was soll ich damit anstellen, Khon? Was? Sag's mir! Bitte ... ich weiß es doch nicht!«

Dann versank der Flicken-Frém in leises Schluchzen, aus dem Fionn nicht einmal mehr Gebrabbel oder Gestammel heraushören konnte. Dicke Tränen fielen und zerplatzten auf dem Deckel der Stollentruhe.

Der Wind heulte und pfiff immer lauter durch die Ritzen und Spalten, der Regen peitschte immer heftiger gegen die Fenster.

Fionns Kehle war staubtrocken, seine Augen juckten von Tresterbrand und Pfeifenqualm, die die blauschwarzen Schemen der Mühlstube träge um ihn kreisen ließen. Er schwor sich darauf ein, jetzt zu gehen, solange der Flicken-Frém es nicht bemerken würde, aber seine Muskeln gehorchten ihm nicht. Alles an ihm war schwer und schwerfällig.

Dieses verdammte Gesöff!

Gerade, als es ihm endlich gelang, seinen Körper hochzuzwingen, hob der Flicken-Frém den Kopf. Eine bedrohliche Ahnung hatte sich schwelend um seine zusammengekniffenen Augen gezogen.

»Aber natürlich ... so muss es sein ... Es ist wegen *dir* hier, Junge.«

»Wegen ... wegen mir?«

Fionn zitterte. Der Blick des Flicken- Frém hielt ihn fest.

»Aber ja! Du hast es gezogen! Und du hast standgehalten! Du musst ... du ... du ... Du musst deine Sachen packen, ja! – Nein! Dafür bleibt keine Zeit! Wir müssen fort von hier! Sofort, ja! Sofort!«

»Was?«

»Hier ist es nicht mehr sicher, weder für dich noch für Sekhems Fluch! Wir müssen nach Santísmer! Ja! Du ... du musst nach Santísmer! Dort-«

»Aber ich kann nicht-

»Du musst!«

»Aber-«

»Hörst du nicht?«, fauchte der Flicken-Frém, auf dessen Züge nun derselbe schaudererregende Ausdruck getreten war, wie zuvor, als er geglaubt hatte, Fionn hätte den schwarzen Stahl gezogen. »Willst du's denn immer noch nicht begreifen? Es hat dich auserwählt! Aus Tausenden von Tausenden! Dich!«

Mehr denn je bekam Fionn es mit der Angst zu tun. Kopfschüttelnd und mit klopfendem Herzen sah er sich nach der Türe um.

»Nein, das kann nicht ... Ich glaube, es ist an der Zeit, dass ich ... entschuldigt, dass ich euch so-«

»Du kannst nicht gehen!« Fréms Krallen legten sich kalt und eng wie Eisenschellen um Fionns Hand, ehe er sie von dem Truhendeckel zurückziehen konnte.

»He, was soll das! Lass mich los!«

Der Branntweinritter fuhr jäh von einer drahtigen Wut beseelt in die Höhe. »Du kannst dich nicht davon abwenden! Du musst die Waffe des Feindes an dich nehmen und sie schützen! Es ist deine Aufgabe, deine Pflicht, deine Bestimmung, dein Schicksal! Ja! So, wie es meine war und Khons und all der anderen vor uns!«

»Nein!« Fionn zog und zerrte vergebens, um seine Hände aus dem unnachgiebigen Griff des Branntweinritters zu winden. Dass er zuvor einen flüchtigen Moment lang sogar noch Mitleid für den Streicher empfunden hatte, kam ihm jetzt nur noch unwirklich vor. »Ihr habt sie doch nicht mehr alle! Ihr seid wahnsinnig! Völlig irre!«

Doch das fachte den sturen furchtbaren Zorn des Flicken-

Frém nur noch mehr an. »*Wahnsinnig?* Wie kannst du mich wahnsinnig nennen! Hier! Da hast du doch den Beweis vor dir liegen! Und hast du nicht gesehen?«

»Ich ... was ich gesehn hab war nich echt!« Fionn rief sich Kellens Erklärung in Erinnerung. »Nur Einbildung! Ein Sonnenstich! Es gibt keinen Namenlosen Schrecken! Sucht euch einen anderen, dem ihr das weismachen könnt, aber lasst mich damit in Ruhe! Ich muss gehen!«

»Du musst gehorchen! Ja! Gehorchen, das musst du! Deinem Schicksal! Gehen musst du, ja? Jawohl! Du musst gehen! Fort von hier, nach Santísmer! Sekhems Fluch muss fortgeschafft werden und du bist nun sein Träger! Es hat dich ausgesucht! Dich! Und dich allein!«

Fionn mochte noch so sehr versuchen, sich gegen den Willen des Flicken-Frém zur Wehr zu setzen und seine Hände zu befreien, der Branntweinritter ließ nicht locker – im Gegenteil: Er steigerte sich nur erst recht in eine zerfahrene Erregung hinein und entwickelte eine solche Kraft in den dürren Fingern, dass seine Nägel sich durch die Haut bis in Fionns Knochen bohrten.

»Sekhems Fluch ist erwacht!«, schrie der Flicken-Frém über das Wüten des Sturms, lodernden Wahn in den aufgerissenen weißen Augen. »Erwacht! Durch deine Hand! Du hast es aufgeschreckt und es hat geschrien, ja! Die Diener des Feindes auf der ganzen Welt haben seinen Schrei vernommen! Sie werden danach kommen! Das werden sie! Sie werden es suchen! Bald, schon, ja! Sehr bald!«

Ein weiterer mächtiger Donnerschlag dröhnte gegen die Gezeitenmühle, die darunter erbebte, und ließ den Flicken-Frém erneut aufheulen. Jetzt riss er sein Schwert aus der Scheide – und gab dabei in einem unachtsamen Moment Fionns Hände frei.

Der Junge nahm die Gelegenheit wahr: Er stieß sich mit aller Kraft von der Stollentruhe und dem Hocker hoch, fuhr herum und wollte davonrennen, doch da fauchte der Flicken-Frém und jagte mit einer entsetzlichen Grimasse über die Stollentruhe hinweg auf ihn zu.

»Nein! Bleib hier! Du kannst nicht davor weglaufen!«

Steingutflasche, Becher, Pfeife und Kerzen fielen zu Boden,

zerbrachen. Die Lichter verloschen, tiefe Dunkelheit sprang auf. Die Angst verlieh Fionn eine ungeahnte Kraft. Er brach durch das schwarze Gerümpel auf die Tür zu. Tresterbrand und Pfeifenqualm stießen ihn grob hin und her, rüttelten an seinen Beinen, ließen den Boden wanken und die Schatten auf ihn zuspringen. Er stolperte. Über sein eigenes Keuchen und das Windgeheul von draußen hörte er, wie der Flicken-Frém ihm nachsetzte, wie sein Stahl knapp hinter ihm die Luft durchschnitt.

In seiner Blindheit warf Fionn etwas hinter sich um. Der Flicken- Frém schrie auf. Dann hatte Fionn die Tür erreicht. Er stürzte ins verstürmte Freie. Wind und Regen schlugen ihm hart ins Gesicht. Er warf die Türe hinter sich zu und hörte noch, wie der Flicken- Frém von innen dagegenrumpelte, doch da hatte er sich schon umgewandt und rannte davon.

Er rannte so schnell er nur konnte, und sah sich nicht mehr nach der Gezeitenmühle, dem Flicken-Frém oder dem schwarzen Schwert um, bis er irgendwann, nach Feldweg, Wald und Wiesen und gänzlich außer Atem die verlorenen Lichter von Bailín erblickte.

Ich laufe weg. Immer laufe ich weg, immer schon, und vor allem. Ich bin schwach ... und ich kann doch nicht wissen, dass ich vor dieser Sache nicht davonlaufen kann! Bisher ist es mir doch auch bei allem gelungen ...

Aber vielleicht hätte ich es in jener Nacht wissen sollen. Denn selbst als ich die Gezeitenmühle des Branntweinritters schon längst hinter mir hatte und ich schon die Lichter von Bailín auf dem Hügel ausmachen konnte, wollen mir die Worte des Flicken-Frém nicht aus dem Kopf gehen.

Es liegt in dem Heulen des Windes, im Flüstern des allmählich nachlassenden Regens. Das, was der Flicken-Frém zuletzt gesagt hatte: Die Diener des Feindes auf der ganzen Welt haben seinen Schrei vernommen! Sie werden danach kommen!

Nie hätte ich ahnen können, dass sie schon ganz in der Nähe waren ...

EINE DÜNNE, ROTE LINIE kroch aus der Nase des jungen Prinzen mit dem silberblonden Haar. Höhnisches Gelächter schwappte über das Deck der Alter König Narmer. Hekat der Bootsmann hatte die Fäuste noch immer geballt und Prinz Kahrion musste sich mit beiden Händen auf den Knien abstützen.

Dieses Mal seid ihr zu weit gegangen, fürchtete Nehepu. Der alte Magister war mit Kommandant Mestem auf dem Brückendeck in eine Partie Schaf und Wolf vertieft gewesen, als die Auseinandersetzung unter ihnen begonnen hatte. Er hatte seinen Prinzen davon abhalten wollen, sich auf die Mäkeleien der Männer einzulassen, aber er hatte nicht auf ihn hören wollen. Das hatte er nun davon. Alles wartete gespannt darauf, was als nächstes geschehen würde.

»Was ist nun mit dem Zorn von Ombos?«, feixte Hekat und knackte warnend mit den Fingerknöcheln.

Prinz Kahrion wischte sich mit dem Ärmel seines kohlschwarzen Gambesons über den blutverschmierten Mund und richtete sich auf. Seine langen, dünnen Finger zuckten nach dem Heft des adamantenen Langschwerts an seiner Hüfte.

Das Gelächter ebbte ab.

Tut jetzt nichts Unüberlegtes.

Doch Prinz Kahrion starrte den derb grinsenden Bootsmann mit der Hand am Stahl einfach nur an. Seine Augen waren kalt und hart wie gefrorenes Gold. Dann aber machte er abrupt kehrt und verschwand mit abgehackten Schritten unter Deck.

Das Scheppern der Tür sprengte die Stille auf. Die Mannschaft an Deck brach einmal mehr in schallendes Gelächter aus und widmete sich dann wieder ihren Aufgaben. Hekat kehrte zu seinen Reparaturen am Kanonenturm zurück, von wo Prinz Kahrion ihn mit seiner Drängelei weggescheucht hatte. Der Schornstein des alten Eisenschiffes stieß unbeeindruckt seinen Ruß in den wolkenlosen Himmel.

Nehepu war heiß. Der knöchellange Klappenrock aus olivgrauer Wolle, der von seiner Magisterfibel gehalten wurde, vertrug sich nicht besonders mit der prallen Mittagssonne, aber die Hitze war nicht das Einzige, was ihm den Schweiß auf die Stirn trieb.

»Was hat er sich dabei auch gedacht«, bemerkte Kommandant Mestem missgestimmt und setzte seinen Wolf vor. »Zweihundertelf Tage auf See, ohne irgendein Zeichen oder einen Hinweis. Natürlich geht das der Mannschaft an die Geduld.«

Das brauchte er Nehepu nicht zu sagen. Der alte Magister wusste nur zu gut um den Unmut, der sich in der Besatzung breitmachte, und Prinz Kahrions wachsende verzehrende Ungeduld trug nicht gerade zu einer Entspannung der Lage bei. Wenn sein Prinz nur auf ihn hören würde ...

»Entschuldigt mich, Kommandant.« Nehepu war die Lust

auf Schaf und Wolf vergangen. »Lasst uns die Partie ein andermal fortsetzen.«

Mestem nickte: »Gewiss doch. Ich schätze, Ihr wisst, dass Ihr ohnehin in zwei Zügen verloren hättet.«

Nehepu hatte sich schon erhoben, aber das wollte er dann doch nicht auf sich sitzen lassen. Er setzte ein Schaf vor, Mestem zog seinen Wolf zurück, und schon hatte Nehepu ihn in die Enge gedrängt.

Der Kommandant gab sich geschlagen. »Mhm. Ein Spiel für kleine Kinder.« Er räumte das Spielfeld, ehe die Männer das Ergebnis sehen konnten. »Nächstes Mal spielen wir etwas mehr Forderndes.«

»Gewiss doch.« Nehepu setzte ein verhaltenes Lächeln auf und zog sich zurück.

Der alte Magister fand seinen Prinzen in rasender Wut vor. Er klopfte zwar an die Türe des Kapitänsquartiers, bekam aber erwartungsgemäß keine Antwort, also zog er seinen Gürtel zurecht, atmete noch einmal tief durch und wappnete sich dabei innerlich. Dann trat er ein.

Bücher und Pergamentrollen lagen zerfleddert und zerknickt zwischen Sextant und Kompass am Boden verstreut. Prinz Kahrion hieb mit seinem Schwert auf den Wandteppich ein, so unbeherrscht wie ungestüm, dass die gestickten Tiere nur noch in flehenden Fetzen und Fäden herunterhingen. Der Stahl verbiss sich bei jedem Schlag in einem Schweif aus Grau und Saphir in das Holz hinter dem Stoff. Splitter fielen zu Boden und Staub schwirrte dick in der Luft.

»Mein Prinz!«, rief Nehepu. »Euer Schwert!«

Das erhobene Schwert verharrte. Prinz Kahrion wandte sich um, kreidegraue Schatten unter den geröteten Augen. Einen Moment lang verharrte er so, dann warf er das Langschwert achtlos klirrend auf die wuchtige Tafel zwischen ihnen und sank auf dem Lehnstuhl an ihrem Kopfende zusammen. Dunkles Blut tropfte von seiner Nasenspitze und befleckte das altersschwarze Kirschholz.

»Mein Prinz!« Nehepu stieg eilends über umgeworfene Stühle, lief um die Tafel. »Hier.« Er zog ein Taschentuch aus den Untiefen seiner Wollrobe hervor und hielt es dem Prinzen auffordernd hin. »Wischt euch das Blut ab.«

Prinz Kahrion beäugte das Taschentuch, verzog den Mund zu einem schwachen, spöttischen Lächeln. »Wieso sollte ich? Lasst mir meine Mahnung. Es geschieht mir doch recht, oder? Das denkt ihr doch auch.«

»Niemals«, erwiderte Nehepu streng. *Und das wisst ihr auch.*

Er fasste sich ein Herz und tupfte seinem Prinzen vorsichtig das Blut fort. Im kalkweißen Lichtkegel der Gitterfenster leuchtete es kalt und nackt.

Prinz Kahrion war hochgewachsen, sein blasses Gesicht schön, aber kühl und abgeschliffen, die dünnen Lippen zu einem dünnen Strich zusammengepresst. Sein Haar war glatt und hell, wie die Schaumkronen des Wintermeeres, wenn sich die Sturmwellen an den Buchitklippen von Amkash brachen. Ein paar leichtsinnige Strähnen hatten sich aus dem straff zusammengebundenen Knoten gelöst.

Prinz Kahrion biss die Zähne zusammen und drehte an dem Siegelring aus Obsidian an seinem Finger. »Ich sollte ihn über Bord werfen lassen.«

»Ihr solltet eure Nase kühlen, *das* solltet ihr«, versetzte Nehepu.

»Oder ihm zumindest die Hand abhacken und die Zunge abschneiden«, ergänzte sein Prinz, ungeachtet Nehepus Einwand.

Der alte Magister seufzte. »Dann hättet ihr einen einhändigen, stummen Bootsmann und noch mehr Unruhen. Ihr könnt froh sein, dass er euch geschlagen hat. Lieber ein offener Schlag ins Gesicht als eine geheime Meuterei.«

Prinz Kahrion schnappte Nehepu wutschnaubend das Tuch aus der Hand und machte damit eine wegscheuchende Geste. Nehepu gehorchte und machte sich daran, die Pergamente und Bücher in ihre Regale zurückzuordnen und die Stühle wieder aufzurichten.

Prinz Kahrion hatte das Kapitänsquartier für sich beansprucht, das aus dem Kartenraum mit der Kirschholztafel, einer Koje und dem, über die steile, eiserne Wendeltreppe im

Eck erreichbaren, Hüttendeck bestand, von dem aus sein Prinz in klaren Nächten die Sterne beobachtete. Die Räumlichkeiten befanden sich am Heck der *Alter König Narmer*, unterhalb der Brücke, und eigentlich hätten sie Kommandant Mestem zugestanden, aber der wurde, genau wie Nehepu, in einer der beiden Offizierskajüten untergebracht. Sie hatten ohnehin keine Offiziere, die sich darüber beschweren konnten. Der Rest der Besatzung musste sich mit den Ställen unter Deck am Bug begnügen.

»Ich habe ihr hässliches Gelächter bis hierher hören können«, knurrte sein Prinz. »Sie verdanken mir ihr Leben. Ihr Gehorsam ist das mindeste, was sie mir dafür schuldig sind. Ich habe sie aus Akhems Kerkern befreit!«

»Das haben sie nicht vergessen«, versicherte Nehepu. »Aber sie sind hungrig und müde und sehnen sich nach der Heimat.«

Prinz Kahrion reichte Nehepu das Taschentuch zurück und zog die große Landkarte aus Pergament zu sich. Die Eisenstangen der Gitterfenster zeichneten unscharfe graue Linien auf die Küstenstriche.

»Meine Besatzung ist ungeduldig. Sie vertraut mir nicht. Das weiß ich. Ich höre doch, wie sie im Geheimen über mich sprechen. Was sie von mir halten. Sekhems Fluch darf mir nicht noch einmal durch die Finger gleiten, sonst verliere ich sie.«

Wenn es überhaupt tatsächlich Sekhems Fluch war, den Ihr da in der winterlichen Kaiserstadt aufgespürt hattet.

Nehepu hegte Zweifel, ließ sie aber lieber unausgesprochen. Er wusste besser, als Prinz Kahrion noch mehr zu reizen. Oder den Zorn von Ombos auf sich zu ziehen, wie sein Prinz es nannte. Fünf Jahre ging das nun schon so, aber nach der Niederlage in Líohim im vorvorigen Winter und dem Ausbruch aus Vizeadmiral Akhems Kerkern in Nír Vareluínn war sein Prinz nur umso starrsinniger und verbissener geworden.

Weil in der Nacht des Kaisermords die Mauern von Líohim abgeriegelt worden waren, hatte Prinz Kahrion vermutet, der Dieb müsse sich über die Meerenge von Andín in den Süden geflohen haben. Doch die Spuren jenseits von Nekhos waren schwach und rar gewesen, und bei Kharras hatten sich selbst die dann verloren.

Der schmächtige Dienstmann aus dem Kaiserpalast, den Prinz Kahrion bestochen hatte, damit er ihm Sekhems Träger auslieferte, hatte sich von dem jungen Markían noch in derselben Nacht zum Reichsverweser proklamieren lassen, da der alte Valentyn gestorben war. Er hatte den flüchtigen Kaisermörder zwar suchen lassen, aber nicht sehr gründlich. Das letzte, was sie von dem Fluchträger ausfindig machen konnten, war ein kharresischer Weinhändler gekommen, der von einem betrunkenen Ritter wusste, der mit Münzen aus Líohim seine Zeche bezahlt und sie schlussendlich geprellt hatte. Seitdem kreuzte die *Alter König Narmer* ohne Unterlass und ohne Rast an den Küsten des Großkontinents entlang, in der vagen Hoffnung, den Dieb und mit ihm das Ende ihrer Suche zu finden.

Und die Mannschaft wurde zunehmend ungeduldiger.

Nehepu räusperte sich. »Mit Verlaub, mein Prinz, wir suchen nun schon seit fünf Jahren nach dem verlorenen Erbe. Vielleicht wäre es klüger, das Unternehmen … einzustellen.«

»Und wo sollen wir hin?«, herrschte Prinz Kahrion ihn wütend an. »Nach Amkash? Mit leeren Händen? Ihr wisst genauso gut wie ich, dass das nicht geht! Erst recht nicht nach der Pleite in Líohim!«

»Sekhems Fluch ist verschollen«, sagte Nehepu. »Seit mehr als eintausend Jahren hat kein lebender Mensch mehr die Waffe des Verräters gesehen. Generationen haben nach ihr gesucht, niemand hat sie je gefunden.«

»Niemand von ihnen war der Prinz der Prophezeiung! Die Waffe Sekhems zu finden ist meine Bestimmung! Ich bin dazu ausersehen! Das habt ihr mir selbst gesagt, oder habt ihr das vergessen?«

»Das habe ich nicht, mein Prinz.«

Der alte Magister kannte natürlich die Prophezeiung, von der Kahrion sprach. Tief in den Hallen unter der schwarzen Pyramide wurde sie aufbewahrt und geschrieben auf die Tontafeln vom Nebelmeer verhieß sie die Wiederkunft eines Prinzen, der die unrechten Taten Sekhems des Verräters wieder ins Recht zurückbringen, das Volk des Herrn Ombos von seinen Ketten befreien und ihnen die alte Stärke und die Macht wiederschenken würde, die ihm einst geraubt worden war.

Der die Menschheit dafür richten würde, was sie einst verbrochen hatte. Aber die Tontafeln waren jahrtausendealt und ihre fratzenhaften Zeichen von einer Sprache in die nächste übertragen worden. Wer wusste schon, ob die Prophezeiung stimmte?

Aber davon wollte Prinz Kahrion nichts wissen. Er starrte mit ungebrochener Besessenheit auf die Karte vor ihm.

»Der Fluchträger weiß sich gut zu verstecken, aber er muss hier irgendwo sein«, sagte er. Seine dünnen Finger trommelten unruhig auf das Pergament. »Er wird sich irgendwo in den westlichen Küstenlanden verborgen haben. Er hat das alles genau vorausgeplant. Er weiß, wie lange es dauert, ihn hier zu finden. Er muss ein geschickter und kluger Mann sein, und ein starker Krieger noch dazu. Niemand könnte dem Willen von Sekhems Fluch so lange widerstehen.« Prinz Kahrion rieb sich die Augen. »Ich weiß, die Fahrt ist anstrengend. Ich verlange euch viel ab, Nehepu … aber ich darf nicht scheitern … nicht noch einmal.« Und dann vergrub sein Prinz sein Gesicht in den Händen. »Was soll ich nur tun, Nehepu? Ich bin so verzweifelt.«

Nehepu tat es in der Seele weh, seinen jungen Prinzen so ausgelaugt, mutlos und erschöpft zu sehen. Er ging um die Tischkante, nahm seinen Kopf und drückte ihn väterlich an sich und seine Robe. Vielleicht … ja, dies könnte die Gelegenheit sein, ihm seinen Vorschlag zu unterbreiten. »Ihr müsst etwas rasten. Nur ein wenig«, sagte er deshalb. »Das ist mein Rat. Der beste, den ich euch geben kann. Und ich bin mir sicher, das hätten *sie* auch für euch gewollt.«

Ein Beben durchlief Prinz Kahrion, Nehepu fühlte es genau, und er wusste, noch bevor sein Prinz ein Wort sagte, dass er einen Fehler begangen hatte.

»Genug!«, schrie er und stieß den alten Magister von sich weg. »Genug, sag ich! Ich will das nicht hören! Nicht von euch!«

Prinz Kahrions Blick war ein blank gewetztes Messer aus gefrorenem Gold und wie ein solches schnitt es durch Nehepus Wollrobe und ließ den alten Magister vor Angst erstarren und erschaudern.

»Ihr glaubt vielleicht, ich gebe mich geschlagen, aber da täuscht ihr euch, genauso wie meine Männer sich täuschen! Ich werde Sekhems Fluch finden und wenn ich dafür jedes Fischerdorf und jeden verdammten Ginsterbusch einzeln durchsuchen muss und nichts kann mich aufhalten! Ihr am allerwenigsten!«

Der alte Magister klammerte sich angstvoll an der Rückenlehne eines der Stühle fest. So hatte ihn Prinz Kahrion schon lange nicht mehr angesehen. Selbst er, der ihn besser kannte als jeder andere an Bord des alten Kriegsschiffes, bekam es dabei mit der Angst. Aber die wollte er sich nicht anmerken lassen.

»Verzeiht, mein Prinz … Ich wollte lediglich-«

»Ich weiß, was ihr wolltet!«, fauchte sein Prinz. »Denkt nicht, ich würde euch nicht durchschauen, wie einst! Ihr wollt meine Schwäche nutzen und mir meine Bestimmung abspenstig machen! Ihr wollt, dass ich sie aufgebe! Das wird euch nicht gelingen!«

Prinz Kahrion strich sich die losen Strähnen aus der Stirn, ehe er wieder in lautlosen Gedanken über der Landkarte versank.

Nehepu wagte kaum zu atmen. Die Vorwürfe seines Prinzen mochten wie Blei auf seiner Brust liegen, aber sie waren nicht ganz haltlos.

Ich sage, was ich sage, und tue, was ich tue, weil es zu eurem Wohl ist, dachte er, *gleich, was ihr davon halten mögt!*

Von draußen scharrte es an der Kabinentür. Nehepu huschte hin und öffnete sie einen Spaltbreit. Schon war ihm der Schattenspringer zwischen den Beinen durchgeschlüpft.

Prinz Kahrion sah auf. »Simkhat! Komm her!«

Das schlanke, fuchsgroße Tier mit den steifen kantigen Ohren flitzte zu seinem Prinzen und drückte sich gegen sein Schienbein. Prinz Kahrion streichelte ihm lächelnd das glatte Fell, das so schwarz wie Schatten war.

Nehepu stand bei der Tür. Er hatte das Tier noch nie leiden mögen. Seine Gabe, durch die Schatten von Annaur von einem Ort zum anderen springen zu können, war dem alten Magister schon immer unheimlich gewesen. An Bord der *Alter König Narmer* und so weit vom Festland entfernt konnte es das allerdings nicht, und so stellte Simkhat immerfort der Schiffskatze nach, streifte lautlos durch die Korridore und jagte Nehepu durch sein jähes Erscheinen immer wieder einen Schrecken ein. Aber der Schattenspringer war der Einzige, der seinen Prinzen aufheitern konnte, also duldete er ihn.

Nun empfand Nehepu bei seinem Anblick sogar eine gewisse Erleichterung.

Simkhat wedelte freudig mit dem Schwanz, sprang über Prinz Kahrions Schoß und seine Arme und machte es sich auf seiner Schulter bequem. Von dort aus blickte er Nehepu mit schief gelegtem Kopf erwartungsvoll über die Tafel hinweg an.

Prinz Kahrion kraulte Simkhat hinter den kantigen Ohren. »Ihr könnt gehen«, sagte er zu Nehepu, ohne den Blick von der Karte zu lösen.

»Aber mein Prinz-«

»Wenn ihr mir nicht helfen wollt, dann geht!«

Erst wollte Nehepu etwas einwenden, dann aber hielt er es für besser, es auf sich beruhen zu lassen. Er verbeugte sich. »Wie ihr wünscht, mein Prinz.«

Er war schon fast zur Tür hinaus, da hielt Prinz Kahrion ihn doch noch einmal an.

»Eine Sache noch«, sagte er mit einer schauderhaften Kälte.

»Mein Prinz?«, fragte Nehepu und fragte sich zugleich, ob sein Prinz die leise Bangigkeit in seinem Ton wohl bemerkt hatte, die er mit Respekt zu überspielen suchte? Diese Frage blieb unbeantwortet, denn Kahrion sagte, was er zu sagen hatte, mit frostiger Härte, die keine Deutung zuließ.

»Wagt es nie wieder, *ihre* Namen so zu verdrehen.«

»Sehr wohl, euer Hoheit«, war alles, was Nehepu darauf noch antworten konnte.

Den restlichen Nachmittag bekam der alte Mann seinen Prinzen nicht mehr zu Gesicht. Auch zum gemeinsamen Abendessen in der Messe erschien er nicht. Der Koch tischte eine wässrige Suppe mit Zwiebeln und dicken Bohnen auf, die mit Kümmel völlig überwürzt und obendrein versalzen war.

Prinz Kahrions Befehl, keinen Hafen mehr anzulaufen, bis sie ihr Ziel erreicht haben würden, hatte inzwischen eine bedenklich große Schneise in ihre Vorratskammern geschlagen.

Die Mannschaft löffelte und schlürfte, und Nehepu überhörte, wie Hekat der Bootsmann sich vor seinen Kumpanen damit brüstete, er habe ihrem Prinzen heute schön gezeigt, wo der Hammer hinge. Sie lachten.

Kommandant Mestem, der neben Nehepu saß, entging das ebenfalls nicht. Er fragte, ob ihr Prinz einen Plan hätte, wie er an Sekhems Fluch käme, ehe die Stimmung an Bord endgültig umkippte.

»Das hat er«, versicherte der alte Magister und hoffte, dass der Kommandant die Unwahrheit in seiner Stimme nicht heraushörte.

Nach dem Essen begab sich Nehepu mit seiner Kantele auf das leere Bootsdeck und brachte dem violetten Abendhimmel leise ein Ständchen. Hinter den weichen fernblauen Schemen von Errion ging der Kupferstern auf. Ihr Kurs kreuzte den Lauf der Stundensterne in einem rechten Winkel, und Nehepu konnte das gedämpfte, gleichmäßige Stampfen der Maschinen hören, ihr sanftes Vibrieren spüren.

Der Rammsporn im Bug der *Alter König Narmer* teilte den glitzernden Ozean wie ein Messer. Wehmütig schaute Nehepu über seine Spitze hinaus in den Norden.

Irgendwo dort, wo die matten Konturen von Himmel und See verschwammen und verblichen, wo die Wolken dichter und die Tage kühler wurden, da lag eine Insel aus warmem, schwarzem Fels, mit Stränden und schroffen Klippen, mit blauem Eis und brodelnden Quellen, aus denen Tag und Nacht dichter schneeweißer Dampf aufstieg. Ein einsames, vergessenes Land aus Salz und Asche.

Amkash nannten es die Menschen im Rest der Welt, doch für Nehepu war es nach all den Jahren schlicht seine Heimat geworden.

Bäche, klar und kalt wie Sternenlicht, stürzten sich dort über verborgene Klüfte und Spalten und plätscherten die moosbewachsenen Berghänge hinab. Schafe und Ziegen grasten auf satten Weiden, wo Leimkraut wuchs, zwischen dunklen Wäldern aus Birken und Ebereschen und in den Winternächten jagten die grünen und orangenen Geisterflammen über das unergründlich tiefe Firmament, das sich über die Häuser, Türme,

Tempel, Hafen und die Pyramide von Amkash spannte.

Nehepu schloss die Augen und hörte in seinem Innern das Treiben der Stadt, die Rufe der Priester, das Gekreische der Kinder unter seinem Balkon, das Gebell der Seehunde und das Knacken der Nachtfeuer. Der modrige Salzgeruch der errischen See wich dem Duft von geröstetem Lamm und süßem dunklem Topfbrot und dem leise schleichenden Schwefelgeruch der schmauchenden Berge, der allem und jedem auf der Insel ins Mark gekrochen war.

An klaren Tagen konnte man ihre zerklüfteten, schneebedeckten Gipfel selbst von Amkash aus sehen. Sie waren es, die die finstere Erde so fruchtbar gemacht hatten und die ihre Grundpfeiler auch im Winter warm hielten und sie waren es auch gewesen, die die Insel vor drei Weltaltern unter das Meer gezerrt und vor der Welt verborgen hatten. Solange, bis sie sie auf den Willen des Herrn von Ombos wieder über die Fluten erhoben hatten. Aus ihren Nebeln hatten die Hohepriester den Bannkreis um das geheime Land gezogen, den kein Schiff durchdringen kann, das nicht über die verborgenen Zauber weiß. So war Amkash im vergessenen Meer für die Menschen auf dem Großkontinent über die Jahre immer mehr ins Reich der Legenden hinübergedämmert, verrufen, verhasst und schlussendlich vergessen.

Prinz Kahrions Erscheinen sollte all das verändern.

Er ist das Kind der Prophezeiung, verkündeten die Hohepriester bei seiner Ankunft. *Der Erbe Sekhems, der Prinz, der verheißen ward.*

Man hatte Nehepu mit der Erziehung des jungen Prinzen betraut und in den königlichen Palast im Pyramidenbezirk berufen. Er brachte Prinz Kahrion alles bei, was er als solcher wissen musste: Lesen und Schreiben, nicht nur in der gemeinen Zunge, sondern auch auf alt–atâski und in der fratzenhaften Sprache der alten Zeloten von Rhín. Er unterrichtete den Knaben in Mathematik und Sternenkunde, unterwies ihn in Geschichte und weihte ihn in die düsteren Mysterien der alten Götter und des Herrn von Ombos ein. Doch Nehepu war auch stets darauf bedacht, dass Prinz Kahrion abseits ihres Unterrichts auch andere Sachen lernte. Er nahm ihn mit sich in die

Moosgärten, zeigte ihm, wie man Schaf und Wolf, Mühle und Senet spielte und wie man Tee aus wilden Kräutern kochte. Er hatte den wissbegierigen jungen Prinzen bald ins Herz geschlossen und sorgte sich mehr um ihn, als die meisten Magister sich um ihre Schüler sorgten.

Vizeadmiral Akhem hatte für derlei Mätzchen nichts übrig gehabt. Den ehrgeizigen aufstrebenden Befehlshaber der östlichen Flotte hatten die Hohepriester als Verantwortlichen für Prinz Kahrions militärische Ausbildung auserkoren. Schon damals stand Akhem im Ruf eines größenwahnsinnigen Teufels. Er drillte den jungen Prinzen im Kampf mit Schwert und Stahl und härtete ihn mondelang in den einsamen Lavawüsten im Westen von Atâschenâr ab.

An seinem sechzehnten Namenstag steckten die Hohepriester ihm schließlich den prinzlichen Siegelring aus Obsidian an den Finger und verlangten ihm eine grausame letzte Prüfung ab, von dessen Rückkehr im Jahr darauf, er nicht mehr derselbe war. Der vormals freundliche, kräftige junge Prinz war nun stumm und ganz und gar verschlossen gewesen, einzig und allein besessen davon, die Vorhersagen der Tontafeln vom Nebelmeer zu erfüllen und Sekhems Fluch zu finden.

Damit hatten ihre fünf Jahre ziellosen Herumirrens in der Welt begonnen. Nehepu hatte Kahrion damals ebenso wenig von diesem Unterfangen abhalten können, wie er ihn alleine losziehen lassen konnte.

Der Platz des Magisters ist an der Seite seines Prinzen.

Nehepu erinnerte sich an die rauen Gebirgsküsten, an die Gletscher und die zerklüfteten Felsen im Norden des Großkontinents, an lange Nächte in der Wildnis, kurze, graue Tage, an den steilen Pass über die weißen Berge und an den melancholischen Anblick von Líohim im spätherbstlichen Morgengrauen.

Prinz Kahrion war davon überzeugt gewesen, dass Sekhems Fluch hier war, versteckt unter dem kaiserlichen Palast. Doch sein Plan, einen der Männer aus der Kaiserwache zu bestechen, damit er es ihm aushändigte, scheiterte auf der ganzen Linie und endete mit einem toten Kaiser, einem Reich in Aufruhr, einem verschwundenen Sekhems Fluch und mit Prinz Kahrion und Nehepu als Gefangene in Eisenschellen unter Akhems

Obhut. Der Vizeadmiral schaffte sie in die verfallene Klippen-festung Nír Vareluínn, wo sie darauf warteten, zurück nach Amkash und vor die Hohepriester gebracht zu werden.

Vierundneunzig Tage lang sollte Nehepu in seiner Zelle vor sich hinsiechen. In der Nacht zum fünfundneunzigsten Tag aber kam keine Nachtwache, sondern niemand geringerer als sein junger Prinz selbst. Er holte ihn heraus, ihn und die ver-bliebenen Männer aus ihrer ursprünglichen Mannschaft und alle anderen, die Akhem in die Verliese gesperrt hatte. Ge-meinsam kaperten sie das kleinste der Kriegsschiffe, das in der Bucht vor Anker lag, die *Alter König Narmer*, und machten sich im Schutze der Dunkelheit davon.

Das lag nun auch schon fast wieder ein Jahr zurück. Seither waren sie nicht nur fieberhaft auf der Suche nach einem ewig lang verschwundenen Relikt gewesen, sondern auch auf der Flucht vor Akhem und seinen Häschern, Agenten und Spionen.

Und jetzt sind wir hier, dachte Nehepu. *Auf hoher See mit knurrenden Mägen und noch immer ohne Aussicht auf ein Ende.*

Glühende Dämmerung senkte sich über die See. Jemand betrat das Bootsdeck. Nehepu unterbrach sein Kantelespiel. Es war der magere Schiffsjunge … wie hieß er noch gleich? Geb? Ja, das war es! Sie hatten ihn in den Verliesen von Nír Vareluínn aufgelesen. Der Knabe hielt ein mit einem Teller be-ladenes Tablett in den Händen, hatte die Backen vollgestopft und bemühte sich ertappt, das Essen umgehend herunterzu-würgen.

»Verzeiht, Herr Nehepu!«, sprudelte es aus ihm heraus, sowie ihm das gelungen war. »Ich wollte euch nicht stören! Ich will euch nicht weiter stören!«

»Nein, nein. Bleib nur«, bestand Nehepu und winkte ihm, sich zu ihm zu setzen. Zögernd folgte der Knabe seiner Ein-ladung.

Nehepu inspizierte das Tablett. Geräucherter Stockfisch mit eingelegtem Mangold und Trockenbrot. Prinz Kahrions Mahl-zeit.

»Er hat's nicht gewollt«, verteidigte sich der Schiffsjunge.

»Hat mich weggeschickt. Ich geb's aber wieder zurück, wenn Ihr befehlt!«

»Behalte es nur«, sagte Nehepu augenzwinkernd und erhob sich. »Aber lass dich nicht damit erwischen!«

Der Schiffsjunge dankte ihm und Nehepu ging unter Deck.

Die Lampen im Kartenraum waren erloschen. Simkhat lag zusammengerollt auf seinem Bett aus Basalterde neben Prinz Kahrions leerer Koje und stellte lediglich die kantigen Ohren auf, als Nehepu an ihm vorüberging und die Stufen zum Hüttendeck hinaufstieg.

Mit Ruß versetzter Fahrwind pfiff um die eisernen Kanten der Aufbauten. Unter ihnen schlugen die Wellen am Heck zusammen. Prinz Kahrion hatte sich seinen Wollumhang mit dem Eisfuchskragen übergeworfen und saß auf dem Schemel neben dem Fernrohr. Sein Schwert lag auf seinem Schoß und seine behandschuhte Hand fuhr langsam, streng, doch beinah fürsorglich, die Adamantenschneide entlang.

Adamantenstahl war härter als der unbeugsamste Wille, zäher als der Winter, und Prinz Kahrions Waffe war in den Essen der Schwarzen Pyramide selbst geschmiedet worden. Es war eine der letzten sieben Klingen aus reinem Adamantenstahl, die es noch auf der Welt gab, und gehörte damit zu den wenigen, die selbst der Macht von Sekhems Fluch zu widerstehen vermochten. Jedes Mal, wenn der Polierstein des Prinzen über die grau und saphiren schimmernden Wellenlinien des Stahls fuhr, klang es wie ein kaltes Gebet.

»Was wollt ihr hier?«

Nehepu blieb am Austritt der Treppe stehen. »Wieso habt ihr nichts gegessen?«

»Ich hatte keinen Appetit.«

»Ihr müsst etwas zu euch nehmen. Euch selbst so zu kasteien, bringt euch nicht weiter.«

Prinz Kahrion ließ den Polierstein scharf über die Klinge kratzen. »Wollt ihr mich noch an weiteren sinnreichen Weisheiten teilhaftig werden lassen?«

Der alte Mann zog seine Hände in die weiten Ärmel seiner Robe zurück. Wo war der Junge von einst geblieben, der neben ihm an den Ufern der Teiche in den Moosgärten gesessen hatte? Der so schön gelacht hatte, so unbeschwert, dass man nicht anders konnte, als mitzulachen? Er musste noch irgendwo hinter dem blassgoldenen Eis in seinen Augen sein. Das zumindest hoffte Nehepu. Und er hoffte, ihn eines Tages befreien zu können. Eines Tages …

… *nicht heute.*

»Es ist spät«, sagte Nehepu. Er gähnte und streckte sich theatralisch. »Ich glaube, ich gehe jetzt zu Bett. Ihr solltet euch auch schlafen legen, wenn ihr schon nichts essen wollt.« Er langte nach dem Geländer und tat, als würde er gehen, da ließ Prinz Kahrion den Polierstein sinken.

»Ich werde nicht schlafen können.«

Nehepu hielt inne. Dass sein Prinz keinen Schlaf finden würde, hatte er bereits befürchtet. Nur was gab es, dass er ihm geben konnte, was sein Leiden linderte, wo er doch schon auf einen einzigen gut gemeinten Rat nicht hören wollte?

Nehepu sagte: »Wünscht ihr, dass ich euch einen beruhigenden Tee bereite?«, und wusste sogleich, dass auch dieser Vorschlag vergebens sein würde.

»Ich wünsche, dass ich Sekhems Fluch endlich finde«, erwiderte Prinz Kahrion zermürbt. »Ich wünsche, dass wir endlich heimkehren können und all das hier ein Ende hat, das wünsche ich, und ich wünsche, dass ich … ach, vergesst es.« Etwas in der Stimme seines Prinzen hatte sich verändert, sein Ton hatte an Härte und Kälte verloren. Aber was er ansonsten noch wünschte, sollte Nehepu nicht erfahren, denn er winkte ab und sagte lediglich: »Ich will euch nicht weiter aufhalten. Geht zu Bett.«

Nehepu hatte verstanden. Er wandte sich eben wieder zum Gehen, als er den Adamantenstahl seines Prinzen auf einmal hinter sich laut auf den Plankenboden scheppern hörte. Er fuhr herum und seine Verwunderung verkehrte sich binnen eines halben Herzschlags in tiefes Entsetzen, als er seinen Prinzen von dem Schemel sacken sah. Das Schwert war ihm aus den Händen geglitten. Prinz Kahrion fiel auf die Knie und krümmte sich wie unter großen Schmerzen vornüber.

»Prinz Kahrion!« Nehepu stürzte zu ihm und hielt ihn an der Schulter fest. »Was ist mit euch? Was habt ihr?«

Das schöne Gesicht seines Prinzen war zu einer hässlichen Grimasse, einem stummen Schrei verzerrt, sein Rücken bebte vor Anspannung. Die Sehnen an seinem Hals traten wie schneidende Saiten hervor, seine Fingernägel verkrallten sich im Holz der Planken.

Nehepu schrie: »Hilfe! Zu Hilfe! Euer Prinz!«, aber nur Simkhat kam die Treppe heraufgejagt, und winselte und schnupperte an seinem Herrn. Hier hörte ihn keiner, begriff Nehepu und wollte eben aufbrechen, da packte Prinz Kahrion ihn an seiner Robe.

Die Anspannung wich von seinem Prinzen wie ein böser schwarzer Schatten. Keuchend und zitternd lehnte Prinz Kahrion gegen den Fuß des Fernrohrs. Simkhat schleckte ihm die Hand.

»Mein Prinz! Geht es euch gut?« Nehepu löste die obersten Knöpfe seines Gambesons und fühlte besorgt seine Stirn.

Prinz Kahrion ergriff ihn am Handgelenk.

»Nehepu!«, stieß er schwer zwischen den zerbissenen Lippen hervor. »Sekhems Fluch! Es ist die Waffe des Verräters! Ich weiß es! Ich habe es gespürt ... ich habe es ... es gehört! Es ist hier! Ein Schrei ... Jemand hat es geweckt!«

Wieder kroch ihm das Blut aus der Nase.

Im Jahre 1877 n. L. bezahlt man auf den Märkten von Kharras, Pont und Mohns für ein Pfund schwarzes Nídissalz enorme Preise; zwei kharresische Goldgulden, was mindestens 400 errischen Silberdeniers oder etwa 800 (meist mehr) nordischen Kupferkönigen gleichkommt.

Händler und Kaufleute rechtfertigen diese gewaltigen Summen untereinander und gegenüber ihren betuchten Kunden mit der einzigartigen samtschwarzen Farbe, der angeblich wohltuenden Wirkung und vor allem mit der einmaligen geschichtsträchtigen Seltenheit.

Echtes Schwarzsalz gibt es nämlich auf der ganzen Welt nur an einem einzigen Ort: in den Minen am Askensee.

DIE ARBEIT in den Minen unter dem Schwarzsalzberg war erbarmungsloser und kräftezehrender als alles, was Sam sich je vorgestellt hatte. Elf Tage schufteten sie und ihre Gefährten nun schon im Schatten und in den Tiefen des Nídis, und es waren die härtesten elf Tage ihres bisherigen Lebens gewesen. Selbst die Zeiten nach dem Tod ihrer Mutter, in denen sie mit ihrem Vater, Yesper und ihren Brüdern ohne Obdach und Essen in den Gassen von Istansgard gehaust hatten, hatten ihr nicht so zugesetzt.

Gleich am ersten Tag, nachdem sie die Strafe abgearbeitet hatten, die ihnen der gestrenge graubärtige Oberaufseher für Fíds und Sams Vorwitzigkeit auferlegt hatte, hatte man die achtundzwanzig neuen Salzknappen an den Berg geschickt. Es war gegen Mittag gewesen, deswegen hatten die Eselskarren, die die blechernen Henkeltöpfchen mit dem Mittagessen für die Arbeiter brachten, sie begleitet.

Ein knapp eine Meile langer Schotterweg führte von der Festungsinsel an den Nídis und mündete dort in einer Senke zwischen zwei Kieshängen, bei einem langen Hallenbau mit einem grauen Schindeldach, das über die niedrigen, von dichtem Gestrüpp überwucherten steinernen Seitenmauern bis fast an den Boden reichte, und aus dem hier und da dicke Ziegelschornsteine emporragten. Von überall her war lautes Gehämmer, Krachen und Gedröhn zu hören. Schlitten standen da und Karren, Kisten, Fässer und Säcke und Dutzende Reihen mannshoher grauschwarzer Brocken aus Salzgestein, die in eine grobe Tonnenform gehauen waren und in großen Zubern gewaschen wurden.

Bei diesem grimmigen Anblick war Sam unweigerlich der Mut gesunken. Selbst das Mittagessen, das sie dann zuerst bekamen, half ihrer Stimmung nicht wieder auf.

Mittags durften die Männer ihre Arbeit für eine halbe Stunde ruhen lassen und sich mit einem Henkeltöpfchen Eintopf stärken. Sam hockte zwischen ihren Gefährten und musterte ihr Spiegelbild in der trüben Brühe zwischen Klumpen aufgeweichten Schwarzbrotes, verkochten Zwiebeln und Rüben. Der Eintopf war nur lauwarm und schmeckte arg salzig, aber das störte keinen, Sam am allerwenigsten. Ihr Magen brüllte vor Hunger, hatte sie doch den ganzen Tag noch nichts gegessen. Sie leerte den Topf bis auf den letzten Tropfen aus. Nachschlag gab es keinen.

Neben der Langhalle drängten sich Lagerhäuser, Schuppen und Unterstände aneinander, außerdem eine kleine Schmiede, ein strohgedeckter Stall, aus dem das Iahen und Wiehern von Eseln und Pferden drangen, und ein hölzerner Vierkantturm, der alles mit dunklen, aber unwohlig wachsamen Fenstern überblickte. Das gesamte Minengelände war von einem mannshohen Palisadenzaun umgeben und von einem Verbrennungsgeruch durchweht. Von irgendwoher hörte Sam das Rauschen eines verborgenen Baches.

Ein Pfiff hatte die Mittagsruhe beendet. Die Männer kehrten

wieder an ihre Arbeitsplätze zurück, wieder wurde es laut. Sam und die anderen neuen Salzknappen hatten bei einer Hütte neben der Langhalle antreten müssen, wo sie unter der Aufsicht eines halbblinden Greises, dem außerdem ein Finger der linken Hand fehlte, und des Sommerwolfs ihre Kluft und Ausrüstung erhielten.

Der Sommerwolf, wie scheinbar alle in den Minen den Hageren mit dem pechschwarzen Haar nannten, hatte vom Oberaufseher Braendi den Auftrag bekommen, ein Auge auf die neuen Salzknappen zu haben und dafür zu sorgen, dass sie sich brav in die Arbeiterschaft einfügten. Er zeigte ihnen, wie sie ihre Kluft richtig anzulegen hatten und erklärte, dass man die Kapuzen mit Stroh stopfte, um den Kopf zu schützen. Sobald alle in ihren Kapuzenhauben und Kitteln steckten und mit allem Nötigen an Werkzeug und Ausrüstung ausgestattet waren, hatte er sie zu den Stollen gebracht.

Das Gewicht ihrer Keilhaue hatte Sam schon in die Knie gezwungen, als sie die Hacke nur geschultert hatte. Sie hoffte inständig, dass es keiner mitbekommen hatte.

Der eigentliche Eingang zu den Minen befand sich in der Langhalle, in der sich der Lärm Hunderter Hämmer und Meißel und rasselnder Ketten über den Köpfen der Männer in schweißgetrübter Hitze bekriegte. Die Halle war an die Seite des Berges angebaut. Dort klaffte ein gewaltiges Loch im Stein, so hoch wie drei Mann, schätzte Sam. Mehrere Schienenstränge schlängelten sich wie daraus heraus, auf denen breite Grubenpferde die schwer beladenen Förderwägen an die Oberfläche zogen. Dazwischen drehte sich eine von vier weiteren Pferden in einem Kreuz angetriebene Winde, die unter angestrengtem Knarren und Ächzen weitere monströse Brocken von dem kohlschwarzen Salz über eine Konstruktion aus Balken und Stahl aus einem bodenlosen Schacht heraufhievte. Es brauchte vier Mann, um einen von ihnen von dem Fördergerüst abzuladen und zur Weiterverarbeitung zu schaffen.

Sam zuckte zusammen, als einer direkt neben ihr mit ohrenbetäubendem Donnern zu Boden gelassen wurde. Als der Sommerwolf sie daran vorbei und in den klaffenden Schlund unter Tage lotste, kamen ihr die Dinge wieder in den Sinn, die sie auf der Fahrt hierher über die Minen gehört hatte.

Alt waren sie, hart, unnachgiebig und grausam; ein Ort, vor dem man sich besser hütete, und wohin nur jene gingen, die ihr Leben nicht schätzten oder es bereits verwirkt hatten. Ein Ort, an dem der Tod umging, hatte sie gar manche verächtlich sagen hören, die an ihren Baracken vorübergegangen waren. Das war natürlich Unsinn. Nichts weiter als Geschwätz, weil sie es nicht besser wussten.

In einem Punkt hatten sie aber recht: die Minen waren alt – sehr alt sogar. Einst war das samtschwarze Salz vom Askensee der Grundstein für den legendären Reichtum des Nordens gewesen. Das Salz unter dem Nídis war so unerschöpflich, wie es schwarz war. Die Männer nannten es das »schwarze Blut des Berges«, und seit mehr als tausend Jahren ließen den Berg zur Ader, mit Hacken und Hauen, hämmernd, klopfend, schlagend. Auf dem kostbaren Schwarz hatten die alten Hochkönige aus Ástans Linie ihre Städte errichtet, hatten ihre Kronen daraus geschmiedet und hatten durch es ihre Macht gegenüber den Kaisern im Süden gefestigt, selbst als diese versuchten, den freien Norden zu unterwerfen und in ihr Reich einzugliedern – was schließlich zum Großen Reichskrieg geführt hatte. Ja, für das samtschwarze Salz wurde seit jeher in Blut wie in Gold gezahlt; dieser Tage jedoch überwiegend in letzterem. Seit dem Ende des Krieges vor über einhundert Jahren waren es vor allem fette Händler aus dem Süden, mit noch fetteren Geldbörsen, die sich dafür interessierten, und die Hochkönige von Istansgard, denen die Minen dadurch hohe Einkünfte sicherten, hatten großes Interesse daran, dass die Förderung nicht abbrach.

Die Stollen und Schächte, durch die der Sommerwolf die neuen Salzknappen nun tief und immer tiefer in den Berg führte, stammten in Teilen noch aus den längst vergangenen Zeiten des sagenhaften Reichtums und wanden sich hinab wie die leeren Leichen gewaltiger Lindwürmer. Schacht folgte auf Halle, folgte auf Gänge, auf Treppen, Stiegen, Kammern. Zu allen Seiten zweigten sich weitere Tunnel ab und heraus drang das karge und nackte Hämmern und Hauen. Dicke Vierkanthölzer stützten die niedrigen Decken und an den kalten Felswänden waren Leuchter befestigt, deren Licht die Finsternis vertreiben sollte, doch ihre flackernden Mühen waren so gut wie vergebens gegen die pecherne Finsternis. Das Salz war schwarz wie Schatten und schluckte jedes kleinste bisschen Licht. Mehr als einmal stolperte Sam über gröbere Brocken, wobei sie dem starken Yoran auf die Fersen trat.

»Pass doch auf!«, schnauzte der sie von oben herab an. Sam schluckte ihre Entschuldigung herunter und achtete fortan besser auf ihre Füße.

Die Stollen wurden zunehmend stickiger, wärmer und enger, dann drangen von irgendwoher vorne neue Geräusche und Licht aus der Dunkelheit. Der Gang öffnete sich, und sie fanden sich am Eingang einer Halle wieder, die so weit wie der große Stadtplatz von Istansgard war und ebenso vor Lärm und Betriebsamkeit barst. Wohin man nur schaute, überall waren die Männer bei der Arbeit. Sie hämmerten, schlugen und sprengten das Salzgestein von den Wänden, luden es auf Scheffel und Förderwägen und sangen dabei. *Oh, die holde Apfelmaid* und *Ein Ding, jung und zart wie Tau* bestimmten den Takt ihrer Hämmer und Hacken. Die grob gehaue Gewölbedecke spannte sich hoch über ihren Köpfen und wurde von gewaltigen, dick mit Salz verkrusteten Baumstämmen getragen, von denen Sam sich nicht vorzustellen vermochte, wie man sie nach hier unten, so tief in den Berg hinein gebracht hatte.

Zum Nachdenken oder Staunen ließ man den Knappen aber keine Zeit. Der Sommerwolf scheuchte sie weiter, zwischen den Holzsäulen hindurch, an Schienen und Pferdezügen, Kistenstapeln, Fässern und Hütten vorbei und durch Wolken aus Staub und Salzkristallen, hinter denen die Männer in ihren Nischen und Kammern schufteten.

Eisen krachte auf Eisen. Sam schaute sich nach dem Ursprung des durchdringenden Lärms um und sah, wie hinter einer der Säulen mehrere Stränge Ketten aneinanderschlugen, die irgendwo in der Dunkelheit der Gewölbedecke verschwanden. An ihnen wurde mit tiefem Rasseln ein riesiger kohlgrauer Brocken emporgezogen und Sam begriff, dass sie sich unterhalb der Langhalle befinden mussten, durch die sie in die Minen hinabgestiegen waren. Aber wie weit unterhalb? Das konnte sie nicht mehr abschätzen.

Der Sommerwolf brachte die achtundzwanzig Salzknappen in die Nische, in der sie künftig täglich würden schuften müssen, zeigte ihnen, wie sie mit ihrem Werkzeug umzugehen und worauf sie zu achten hatten und überließ sie dann sich selbst.

Sams erster Schlag war schwach und unbeholfen. Ihre Keilhaue prallte an der Felswand ab, schrammte stattdessen gefährlich nahe an ihrem Schienbein vorbei und zog die Blicke einiger anderer auf sie.

Ich muss mich zusammenreißen!, schwor sie sich tief durchatmend ein. *Ich darf nicht versagen!*

Also konzentrierte sie sich ganz auf den grauen Fels vor sich, auf ihren Stand, und darauf, wie sie ihre Arme und die Keilhaue hielt.

Der zweite Schlag saß schon besser. Beim dritten flogen ihr die Gesteinssplitter nur so um die Ohren.

Wann immer die Salzknappen einen der Scheffel befüllt hatten, kam der Sommerwolf oder ein anderer Vorarbeiter, um ihre Arbeit zu begutachten, ehe sie die Wanne zu den Förderkörben schleppten. Alles wurde sauber in einem Büchlein festgehalten.

Sam und Fíd schafften am ersten Tag gemeinsam nur einen halben Scheffel. Er war groß wie ein Waschzuber und wog selbst halb voll so schwer, dass sie ihn nur mit größter Mühe zu den Zügen schleppen konnten. Dabei rempelten sie den starken Yoran an, dem sein voll befüllter Scheffel zu Boden fiel.

»Ich hab doch gesagt, du sollst besser aufpassen«, knurrte der starke Yoran.

Sam sagte, es sei ein Versehen gewesen, aber das interessierte den starken Yoran nicht. »Ihr sammelt das jetzt wieder auf, ansonsten mach ich euch einen Kopf kürzer, verstanden?«

Sam wollte sich schon daran machen, aber der yrische Rotschopf wollte das nicht einfach hinnehmen und sagte, Yoran solle sein Zeug doch gefälligst selber auflesen. Yoran schien wenig beeindruckt von der aufgebrachten yrischen Gestalt, die ihm grade mal bis zum Bauchnabel reichte, und stellte dies auch mit einem drohenden Schnauben klar. Daraufhin sah Fíd davon ab, ihn noch mehr zu reizen.

Während er und Sam das verstreute Salz aufsammelten, starrte der stumme Emmet den Rotschopf unablässig an.

»Was g-g-glotzt du so d-d-dämlich?«, blaffte Fíd ihn an. Der Stumme stierte lediglich zurück. »Ach, was m-m-muss ich mich vor dir rechtfertigen, d-d-du kannst ja nicht mal s-s-sprechen.«

Jetzt mischte sich Emerik ein. »Lass meinen Bruder in Frieden!«, forderte er und stieß Fíd zurück.

Wäre Sam nicht gerade noch rechtzeitig dazwischengetreten, die drei Hitzköpfe wären ohne Zweifel mit ihren Schaufeln aufeinander losgegangen.

»Der da wird schon lernen, dass er nich so über meinen Bruder zu reden hat!«, schwor Emerik, spuckte dem Rotschopf vor die Füße und sagte zu Sam, sie sei schlimmer als ein Schulmädchen.

»Hört auf jetzt!«, donnerte der starke Yoran. Die hässliche Narbe über seinem Nasenrücken pochte dabei wie ein Wurm, und augenblicklich kehrte Ruhe ein.

Am Ende des ersten Tages hatte sich Sam gefühlt, als wären alle Muskeln in ihrem Körper aufgesprungen und zersplittert wie dünnes, trockenes Holz. In ihrem Hals kratzte es unerträglich, ihre Haut war rissig und spröde, ihre Augen gereizt, rot verquollen und so verträrnt, dass sie kaum über die Spitze ihrer Keilhaue hinausschauen konnte. Als sie aus der dampfigen Hitze der Stollen in die abendliche schattige Kühle des Berghangs getreten waren, hatte die Sonne bereits niedrig über den Gipfeln westlich des Askensees gehangen. Nie hatte Sam so frische Luft geatmet wie an jenem ersten Tag nach der Schufterei in den Minen.

Auf der Festungsinsel nahm man in der Großen Halle ein karges Abendessen aus dickem Fischeintopf und Brot ein. Dazu bekam jeder einen Krug dunklen Biers. Daheim hatte Sam vor ihren Brüdern Mykas und Per immer so getan, als schmecke es ihr, dabei hatte sie es nie wirklich gemocht. Jetzt jedoch hatte sie solchen Durst, dass sie ihren Krug mit großen Schlucken leerte, bevor sie voller steinerner Müdigkeit in ihrer

Kammer aufs Bett kletterte.

Untergebracht wurden die neuen Salzknappen im südwestlichen Teil der Festung in aneinander grenzenden dürftig eingerichteten Gemächern mit je fünf Betten und einem schmalen Mauerschlitz von einem Fenster. Der starke Yoran nahm das einzig freistehende Lager unter dem Fenster in Beschlag. Niemand wagte, zu widersprechen, und so teilten sich die blonden Brüder das eine und Sam und Fíd das andere Hochbett. Sam kletterte hinauf zu der kratzigen Haferstrohmatratze und wurde, verdreckt und verschwitzt wie sie war, augenblicklich von der Erschöpfung in einen tiefen, traumlosen Schlaf gezogen ...

... und kurz darauf vom Gellen eines blechernen Morgenhorns, das die Nebel über dem Askensee zerfetzte, unsanft wieder hochgerissen.

Die erste Woche war am schlimmsten. Die Blasen an Sams Händen waren wund gescheuert, platzten auf und brannten so gnadenlos vom Salzstaub, dass sie hätte schreien mögen. Überall, an jeder Schramme nagte das Salz. Jeder Atemzug raspelte widerborstig in ihrem Rachen und kratzte wie schwelende Kohlen in ihren Lungen. Emerik machte seinem Unmut über die andauernde Plackerei mit wilden Flüchen ausreichend Luft, sein stummer Bruder Emmet hörte ihm geduldig zu, Fíd der Rotschopf jammerte hin und wieder. Der starke Yoran schwieg beständig. Sam tat es ihm gleich und behielt ihre Schmerzen tapfer für sich. Ohnehin war sie dauernd nur am Husten, und wenn sie versuchte, sich die tränenden Augen zu reiben, machte sie damit alles nur noch schlimmer.

Meistens ließ all das erst nachts auf ihrer Kammer nach. Dafür hallten ihr dann das hundertfache Schlagen und Krachen in den Stollen in den halb tauben Ohren bis in den Schlaf nach. Manchmal, wenn sie Glück hatte, durfte sie im Traum nach Hause zurückkehren, zu Vater und Yesper, zu ihren älteren Brüdern Mykas und Per, zum Haus der alten Cilla ...

... zu allem, was sie zurückgelassen hatte.

Wenn Sam dann unweigerlich von dem blechernen Gellen des Morgenhorns auf die Festungsinsel zurückgezerrt wurde, erwachte sie mit dem schalen Gefühl von Trostlosigkeit in ihrem leeren Magen. Den klumpigen Gerstenbrei, den die knapp vierhundert Mann gemeinsam in der Großen Halle löffelten, bevor sie sich geschlossen auf den Weg in die Minen machten, brachte sie dann umso schlechter herunter.

Vater ... Mykas und Per ... der kleine Yesper ...

Sie alle fehlten ihr so sehr, an manchen Tagen konnte sie nicht mehr unterscheiden, ob ihre beißenden Tränen nun vom Salz herrührten oder von dem zerreißenden Heimweh. Zugleich aber war es auch ebenjener Gedanke an daheim und ihre Familie, der ihr Mut und Kraft gab; Kraft genug, Morgen für Morgen den klumpigen Gerstenbrei herunterzuwürgen, über den Schotterweg zu den Minen zu marschieren und ihre Keilhaue aufzuheben.

Vater ... Mykas und Per ... der kleine Yesper ...

Ihretwegen war sie hier, durch ihren Lohn wäre ihr Überleben gesichert. Sam begann, sich ihre Namen im Stillen aufzusagen, immer wieder, bei allen Arbeiten und allem, was sie tat, bis sie ihr wie ein Gebet wurden.

Vater ... Mykas und Per ... der kleine Yesper ...

Während Fíd, Emmet und Emerik und der starke Yoran nach und nach in die Lieder einstimmten, die die Arbeiter in der Minenhalle sangen, und darin ihren Rhythmus fanden, hielt Sam sich an ihre Namen.

Vater ... Mykas und Per ... der kleine Yesper ...

In ihnen fand sie den Takt, der ihr ihre Bewegungen vorgab, ihr sagte, wann sie die Keilhaue zu heben, Luft zu holen und zuzuschlagen hatte, und in welchem Winkel sie den Fels treffen musste, ohne dass ihr am Abend der Nacken steif und die Knie weich wurden. Bald musste sie sich gar nicht mehr groß darauf konzentrieren.

Vater ... Mykas und Per ... der kleine Yesper ... Vater ... Mykas und Per ... der kleine Yesper ... Vater ... Mykas und Per ... der kleine Yesper ...

Bei all der Härte und Plackerei bot das Leben am Nídis allerdings auch ein paar, wenngleich nur geringe, Vorteile. So hatte sie hier immerhin ein richtiges Bett, außerdem ein Dach über dem Kopf und täglich drei warme Mahlzeiten im Bauch und an den Sonntagen bekamen sie stets frei.

Viele der Männer nutzten das und setzten mit den Fischerbooten über den Askensee nach Salísfell über. Die kleine Stadt am Westufer hatte Sam am Tag ihrer Ankunft im dichten Morgennebel gar nicht gesehen, obwohl sie sich direkt unter dem Pass befand, über den sie heruntergefahren waren. Ein Großteil der älteren Arbeiter stammte von da und schlief nur unter der Werkswoche auf der Insel. An den Sonntagen besuchten sie ihre Frauen und Kinder. Alle anderen, die wie Sam und ihre Gefährten von überallher an den Schwarzsalzberg gekommen waren, verprassten einfach nur ihren Lohn in den Gaststätten und Freudenhäusern.

Den neuen Salzknappen wurde die Überfahrt nach Salísfell allerdings verwehrt. »Ihr seid noch nicht lang genug hier«, beschied sie der Fährmann an den Anlegestellen am Nordzipfel der Insel. »Ihr müsst erst einmal einen Mond hier arbeiten, bis ihr euch eine Überfahrt verdient habt.«

Mochte es ihnen auch noch so wenig passen, sie konnten nichts daran ändern und mussten unverrichteter Dinge wieder abziehen. Viele verbrachten den Tag mit Spielen oder Liedern in der Großen Halle, manche suchten sich ein ruhiges Plätzchen im Innenhof und schliefen. Die meisten aber beschlossen, im kalten Wasser des Askensees zu baden und sich den Dreck und die Erschöpfung abzuwaschen. Fíd, Emmet, Emerik und der starke Yoran schlossen sich ihnen an, aber Sam stahl sich in einem unbeobachteten Moment davon.

Sie konnte sich ja nicht wie die anderen vor aller Augen ausziehen. Eine Weile schlich sie am Ufer unter den Festungsmauern entlang, bis sie eine Stelle fand, die den Blicken über die Zinnen verborgen war. Dort fläzten sich ein paar Robben auf dem Fels in der flauen Sonne. Bei denen machte Sam es nichts aus, wenn sie ihr mit ihren großen Knopfaugen dabei zusahen, wie sie sich zumindest die oberen Kleidungsschichten ablegte und mit hochgekrempelten Hosenbeinen und Ärmeln ins Wasser stieg. Es war eisig kalt, aber nichtsdestoweniger tat es auf der wunden, rauen Haut gut und erfrischte ihr Gemüt.

Sie wusch ihre verdreckten Glieder, ihr Gesicht und schrubbte sich hinter den Ohren. Sich ganz auszuziehen konnte sie aber doch nicht wagen. So benetzte sie wenigstens den Stoff, mit dem sie ihre Brüste flachgebunden hatte, und zupfte alle Krümel und Brösel von Salz und Gestein ab, die sie zu fassen bekam. Danach fühlte sie sich deutlich besser.

Beim Abendessen in der Großen Halle wollte Fíd wissen, wo sie gewesen sei, und Sam erwiderte, sie sei so müde gewesen, dass sie sich umentschieden und den ganzen Nachmittag verschlafen hätte. Die anderen sahen sie daraufhin zwar ein wenig schief an – der stumme Emmet rümpfte sogar die Nase und rückte unauffällig ein Stückchen von ihr weg – fragten aber nicht weiter nach.

Sollen sie doch so schief schauen, wie sie wollen, dachte Sam.

Das taten sie ja ohnehin schon, weil sie als einzige in den Minen ständig ihren Kittel anbehielt, selbst wenn es in der Minenhalle dampfig heiß wurde, er ihr wie eine zweite Haut aus Leder am Körper klebte und sich alle anderen bis auf die mit Stroh ausgestopften Kapuzen auszogen. Ihr grauer Kittel und das Hemd darunter waren für Sam wie eine Rüstung aus Leinen. Etwas davon abzulegen, war unmöglich. Solange die anderen nur schief schauten und dabei keinen Verdacht schöpften, dass Sam etwas zu verbergen hatte, war ihr das nur recht. Und um Verdacht zu schöpfen, hatten sie alle viel zu viel zu schuften und wurden von dem Sommerwolf noch dazu viel zu streng überwacht.

Der Hagere mit dem pechschwarzen Haar, dem zerschlissenen kohlgrauen Waffenrock und dem Langschwert an der Hüfte war immer in ihrer Nähe, sein kalter, harter Blick stets in ihrem Nacken. Er duldete keine Nachlässigkeit, und wenn die neuen Salzknappen mit ihren Erträgen in seinen Büchern nicht zurückfallen wollten, mussten sie sich ranhalten.

Das galt besonders für Sam und Fíd. Während der starke Yoran an einem Vormittag alleine und scheinbar ganz ohne Mühe einen Scheffel voll bekam, brauchten die beiden dafür zu zweit den ganzen Tag. Sam besah ihr trübseliges Häufchen Salz und verfluchte ihren schwächlichen, schmächtigen Mädchenkörper, als der Sommerwolf kam und sie, den yrischen Rotschopf und die beiden blonden Brüder mitnahm.

Weil sie von allen Arbeitern in den Minen am kleinsten

waren, schickte man die vier oftmals in die engsten und schmälsten Risse und Spalten vor, damit sie sie ausschlugen und verbreiterten. Dort drin gefangen konnten sie sich kaum noch rühren oder richtig Luft holen, geschweige denn mit Keilhauen und Hacken arbeiten. Nur mit Hämmern und Meißeln konnten sie hier Zoll für Zoll ins pechschwarze Dunkle vordringen, in dem die schummrigen Öllampen mehr Schatten warfen, als sie Licht brachten.

Vater ... Mykas und Per ... der kleine Yesper ...

Unaufhörlich rieselte ihnen der Salzstaub unter die Halstücher ins Gesicht und in den Nacken, fand seinen Weg durch alle Kleidungsschichten und vermischte sich unter den schweren Kapuzenkitteln mit dem klebrigen Schweiß zu einem unerträglich stechenden und juckenden Film, gegen den selbst die fettige Paste nicht mehr abhalf, die ihnen die erfahreneren Arbeiter dagegen gaben.

Vater ... Mykas und Per ... der kleine Yesper ...

Immerfort sagte sich Sam ihre Namen auf, formte sie mit tonlosen, vom Salz aufgesprungenen Lippen. Fíd war vor ihr, die blonden Brüder hinter ihr.

Vater ... Mykas und Per ... der kleine Yesper ...

Salz und Felssplitter sprang ihr aus unmittelbarer und doch unausmachbarer Nähe entgegen, und zerkratzten ihre Wangen.

Vater ...

Sie setzte den Meißel an.

... Mykas und Per ...

Atmete in ihre kratzenden, glühenden Lungen ein.

... der kleine Yesper.

Und schlug zu.

Ein Riss, dünn wie ein Haar, zuckte durch den Fels; ein falsch getroffener Nerv in der schwarzen Wand vor ihr, der sich wie ein Blitz bis über ihre Köpfe und noch höher in die Wand ritzte und mit bedrohlichem Knacken verästelte. Der Berg über ihnen grollte, und jemand rief in den Spalt: »Weg da! Schnell! Macht dass ihr da rauskommt!«

Panik erfasste die vier. Sie ließen ihre Werkzeuge fallen, schoben und drängten sich durch die Enge ans Licht, stolperten dabei über die Lampen, Felsbrocken und ihre eigenen Füße und schlugen sich die Köpfe und Knie an. Die ersten Splitter sprengten unter lautem Knallen und Wolken aus Staub von der Felswand ab und schnitten scharf wie Messer durch die Luft, als Sam hustend aus dem Riss stürzte.

Fíd hinter ihr streckte die Hand nach dem Licht aus, aber kaum dass Sam ihn packen wollte, schlug ihr ein herabstürzender Felsbrocken seine Hand weg. Der Rotschopf stürzte und wurde von Wolken aus niedergehendem schwarzem Staub überrollt. Sam schrie und wollte zu ihm, doch wurde sie von mächtigen Pranken gepackt und so grob nach hinten gestoßen, dass auch sie hinfiel.

Es war ausgerechnet der starke Yoran, der nun nach vorne und in die staubige Brandung stürzte, den yrischen Rotschopf zu fassen bekam und ihn im letztem Moment auf dem Boden schlitternd aus der Spalte zog, bevor die ganze Felswand mit ohrenbetäubendem Donnern und Getöse zerbarst. Gewaltige Trümmerbrocken krachten an ebenjene Stelle, wo die vier wenige Augenblicke zuvor noch gewesen waren. Haushoch erhoben sich Wolken aus Staub und Geröll, walzten durch die Halle und hüllten alles in zum Ersticken dichtes Grau.

Als sie wieder in sich zusammenfielen, ließen sie die Arbeiterschaft dick von Staub überzogen und vor Husten bellend zurück. Die letzten Steinchen rieselten auf Sam und Fíd herab, der neben ihr zu liegen gekommen war, und Sam wischte sich mit dem Handrücken den Dreck von der Stirn und aus den Augenbrauen, als der starke Yoran sie auch schon anbrüllte, wie unnütz und fahrlässig sie seien. »Ihr werdet uns noch alle umbringen!«, schrie er, als auch schon ein Vorarbeiter herzueilte und wissen wollte, was hier geschehen sei.

Aber Sam konnte ihm keine Antwort geben. Sie hatte noch nicht einmal zugehört. Sahen sie das denn nicht? Sahen sie nicht …

Sam hob den zittrigen Zeigefinger und deutete an dem starken Yoran vorbei, auf die Stelle in der Flanke, wo die Wand eingebrochen war …

… auf das, was sie nun durch die vom Salzstaub rot verquollenen Augen sehen konnte und worum sich nun immer mehr Männer scharten, die es ebenfalls sahen.

»Was bei Ástan und allen Altvorderen«, flüsterte einer.

Ein anderer berührte sich stumm nach Sitte seiner Götter.

»Seht doch nur!«, rief jemand von irgendwoher, und als sich nun auch der Sommerwolf durch die Umstehenden schob und hinzutrat, folgten alle, auch der wütende starke Yoran, den Blicken der Arbeiter aus der verstummten Halle.

Ein Schlund hatte sich im Fels aufgetan, ein hohes Tor, mit spitz zulaufendem Bogen aus gewaltigen, grob behauenen Felsquadern, die unter dem Gewicht der Felswand auskragten. Hinter der Schwelle führten weite Steinstufen in eine gähnende Finsternis, die tief wie Schatten von Schatten schienen und deren Ende nicht abzuschätzen war.

Doch das, was Sam den kalten Schauder ins Mark ihrer Knochen kriechen ließ, war ganz vorne, auf der Schwelle: Verzweifelt mit ihren Knochenfingern nach dem Licht der Minenhalle greifend, lagen dort nackte graue Gebeine, die sie aus leeren Augenhöhlen anglotzten.

Der Wachturm von Bailín befindet sich auf einer sanften Anhöhe am Westende des Dorfes, an die bucklige Dorfmauer angebaut. Er besteht aus einem steinernen Fundament und einer Konstruktion aus hölzernen Pfählen, die auf etwa vier Mann Höhe von einer Aussichtsplatte gekrönt wird. Von dort aus hat man sowohl das Dorf und die Felder und Wiesen im Süden wie auch die Bucht und den offenen Ozean im Norden im Blick.

Der Turm war in den unsteten Zeiten nach dem Verfall der Alten Westkönige, in denen die errische See von Freibeutern und Piraten heimgesucht worden war, von den Männern aus dem Dorf errichtet und seitdem instand gehalten worden. So zumindest wusste es die Muhme Marzhina in den Sonntagsstunden im alten Línhaus zu erzählen.

Im Jahre 1877 n. L. gibt es jedoch keinen Menschen mehr in Bailín, nicht einmal die Ältesten, der den Klang der Messingglocke mit eigenen Ohren vernommen hatte, die in den alten Tagen Gefahr verheißen hatte. Trotzdem besteht der Dorfmeister von Bailín darauf, dass allezeit jemand auf dem Turm Wache und Ausschau hält ...

SEIT DEN FRÜHEN MORGENSTUNDEN langweilte sich Kellen schon auf der Aussichtsplattform des Wachturms. Sein Vater hatte ihm die Wachstunden für die ganze Woche als Strafe dafür aufgebrummt, dass er sich vor drei Tagen mit Fionn davongestohlen hatte, und dementsprechend missgelaunt war Kellen auch.

Eingewickelt in eine dünne Wolldecke hockte er da, rauchte Pfeife und schnitzte zum Zeitvertreib an dem Hirschanhänger, den er Fionn schenken wollte. Nur ab und an hatte er die Arbeit unterbrochen, um einen halbherzigen Blick auf den diesigen Ozean zu werfen.

Der heftige Regenschauer der vorletzten Nacht hatte der Hitzewelle ein jähes Ende bereitet.

Ein kühler Wind wehte um den Aussichtsturm, als ihn am späten Vormittag die kleine Bo besuchen kam. Sie hatte einen Korb dabei, winkte ihm zu und schickte sich an, zu ihm hochzuklettern. Mit ihren kurzen Armen und Beinen musste sie jede Sprosse einzeln erklimmen. Kellen stieg nach unten, bevor sie zu hoch kam, packte seine schmollende Schwester unter den Armen und half ihr den Rest der Leiter hinauf. Oben drückte ihm die kleine Bo den Korb in die Hand, dann stellte sie sich auf Zehenspitzen an die Brüstung und beschwerte sich, dass sie nicht darüberschauen konnte.

Kellen hob sie kurzerhand auf seine Schulter. Die kleine Bo quietschte vor Freude und trommelte vergnügt mit ihren Fäustchen auf Kellens Kopf.

»Heda, ich werf dich gleich runter, wenn du nich aufhörst«, neckte Kellen und tat, als kippte er vornüber. Die kleine Bo kreischte und Kellen lachte.

»Das ist nicht komisch!«, fand die kleine Bo. »Du bist gemein! Ganz fürchterlich gemein, ja! Das sag ich alles der Mutter!«

»Dann wird sie dich erstmal schimpfen, was du überhaupt hier oben zu suchen hast.«

Daraufhin schwieg die kleine Bo ein beleidigtes Schweigen. Stille kehrte auf dem Wachturm ein. Beide blickten sie über den ruhigen Ozean und weiter draußen zu den kleinen Booten der Fischer.

Ganz am Horizont, durch den Schleier der Ferne bleich und verwaschen, war mattgrau der Schemen eines Schiffs zu erkennen.

Eigentlich hätte sich Kellen nichts dabei gedacht. Vor der Bucht von Bailín kreuzten andauernd Galeonen, Galeassen und Handelsschiffe, die von und nach Santísmer unterwegs waren. Doch mit diesem Schemen verhielt es sich anders: Er fuhr nicht an ihrer Bucht vorbei und verschwand dann wieder im mausgrauen Dunst, nein ... dieser Schemen steuerte geradewegs auf sie zu – und spie dabei eine dicke, dunkle Rauchfahne in den dunstverhangenen Himmel!

Zuerst dachte Kellen, da müsse ein Feuer an Bord ausgebrochen sein und dass man ihnen helfen müsste, aber etwas hielt ihn davon ab, gleich Alarm zu schlagen. Der Schemen kam nämlich rasch näher – seltsam rasch, dafür, dass sie Feuer an Bord hätten, und ganz ohne Wind und Segel fuhren – und klarte dabei immer weiter auf.

Kellen kniff die Augen zusammen, konnte aber nirgends ein Feuer ausmachen. Der dichte schwarze Qualm quoll aus etwas, das wie ein schlanker hoher Turm in der Mitte des Schiffs aussah. So etwas hatte Kellen noch nie gesehen. Ein unbehagliches Gefühl machte sich in seinem Bauch breit, die Wunde an seiner rechten Hand begann unter dem Verband nervös zu jucken.

Die kleine Bo wetzte hin und her und quengelte, was das für ein Boot sei, das da auf ihr Dorf zuhielt. Kellen wusste keine Antwort.

Schon hatte das Schiff die Fischerboote, die am weitesten draußen auf See waren, eingeholt. Geradewegs und ohne abzubremsen oder den Kurs zu ändern, schnitt es durch sie hindurch. Selbst auf die anderthalb Meilen Entfernung sah Kellen ganz deutlich, wie eines der Boote vor dem Bug zerbarst. Die anderen Fischer machten jetzt hastig kehrt und ruderten schleunigst davon, nach Bailín zurück, und Kellen verwarf jeden Zweifel, dass das fremde Schiff in Not geraten sein oder mit guten Absichten kommen könnte.

Das hier war ein Angriff!

Er packte den Klöppel der kleinen Messingglocke, die am Dach des Aussichtsturms hing, und schlug sie so laut und so lang, dass sich die kleine Bo kreischend die Ohren zuhielt.

Deng! Deng! Deng!

Immer dreimal hintereinander.

Deng! Deng! Deng!

Die großen Glocken der Dorfhalle nahmen sein helles Gebimmel auf und begannen lautstark zu dröhnen.

Hastig stopfte Kellen sich den Hirschanhänger in die Hosentasche.

»Kopf einziehen und festhalten!«, wies er die kleine Bo, die noch immer auf seinen Schultern saß, an und rutschte die Leiter des Turms herab. Unten kniete er sich hin, um seine Schwester von seinem Rücken klettern zu lassen. »Lauf nach Hause! Such die Mutter und macht vorsichtshalber die Fenster und die Türen zu! Ich muss zu Vater!«

»Ich will aber auch mit!«

»Das geht nicht! Du musst hierbleiben und auf die Mutter aufpassen. Das ist wichtig! Das kannst nur du machen, also muss ich mich auf dich verlassen können, ja?«

So eingeschworen nickte die kleine Bo eifrig und rannte schnurstracks zu ihrem Haus zurück. Kellen sah ihr noch kurz nach und spurtete dann seinerseits die Straße zum Dorfplatz hinunter.

Die Möwen flatterten aufgeregt um den granitenen Glockenstuhl der niedrigen Dorfhalle. Maniel, der kräftige Müllerlehrling, stand auf der obersten Stufe bei dem Portal und winkte die überrascht auf den Platz kommenden Männer zu sich.

Kellen nahm zwei Stufen auf einmal.

Maniel hielt ihn an. »Was is denn los? Was hat das zu bedeuten?«

»Wir werden angegriffen«, sagte Kellen. Die Worte kamen ihm fast gegen seinen Willen über die Lippen, aber sie mussten gesagt werden.

»Was ... aber ...« Sämtliche Fragen standen dem Müllerlehrling ins Gesicht geschrieben.

»Keine Sorge, mein Vater wird wissen, was zu tun ist!« Das hoffte Kellen zumindest.

Im stickigen Inneren der Halle herrschte nicht minder reger Aufruhr. Die Männer, die sich bereits eingefunden hatten, redeten rücksichtslos übereinander, durcheinander und gegeneinander. Die meisten hatten das näherkommende Schiff bereits gesehen, einige sogar schon vorsorglich eine Lanze oder eine

Mistgabel mitgebracht.

Der Dorfmeister von Bailín stand neben der Bank mit den Ältesten am Kopfende und beriet sich mit Pippin dem Fischer und Himbrand dem Wirt. Er hatte seinen Schwertgurt umgeschnallt, von dem Celdebolg hing, das breite Schwert aus Celdennenstahl.

»Vater!« Kellen drängelte sich durch und berichtete ihm und den anderen Männern der Beratung in aller Knappheit, was er auf dem Wachturm gesehen hatte. Der Dorfmeister von Bailín hörte ihm aufmerksam zu und schickte ihn dann fort, er sollte bei den anderen Jungen warten.

Kellen aber wollte bleiben und an der Beratung teilhaben. »Bitte, Vater! Was hast du vor? Ich will auch etwas beitragen! Lass mich dir helfen!«

Yennik der Schmiedelehrling zog den protestierenden Kellen von den Männern um den Dorfmeister weg und zu den restlichen Jungen. Auch sie redeten über das fremde Schiff und mutmaßten, wer das wohl sein mochte.

»Glaubt ihr, das sind Piraten?«, fragte Malou.

»Ich glaub's nich«, sagte Yennik, »aber wenn, dann werden wir ihnen ordentlich den Hintern versohlen!«

Sie lachten. Alle, außer Kellen. Es ärgerte ihn, dass sein Vater ihn nicht bei den Beratungen dabei haben wollte.

Ich bin doch sein Sohn und ein Krieger Bailíns! Wer, wenn nicht ich, sollte da an seiner Seite sein?

Warum musste er hier bei den anderen warten? Die Wunde unter dem Verband in seiner Rechten begann wütend zu pochen. Das schmerzte. Er rieb sich den Verband.

Endlich waren sie vollzählig. Das Portal der Dorfhalle wurde geschlossen, die Glocken verstummten. Kellen ließ den Blick suchend über die Versammlung schweifen. Fionn fehlte.

Wo treibst du dich wieder herum? Du musst hier sein!

Der Dorfmeister ergriff das Wort. »Männer von Bailín! Uns steht ein Angriff bevor, und es bleibt nicht uns viel Zeit! Ein Eisenschiff hält auf unser Dorf zu.«

Das Wort *Eisenschiff* rief eine ganze Woge von Geflüster und Gemunkel hervor.

»Ein Eisenschiff! Ein Eisenschiff aus dem Norden vor der

errischen Küste!«, sagte Petter Pysk laut. »Die Götter der Celdennen mögen uns beistehen, das hat es seit dem Großen Krieg
nicht mehr gegeben!« Vorsichtshalber berührte er sich auch
noch nach Art der Fünfheit von Líohim.

»Unmöglich!«, schrie einer. »Das ist schier unmöglich!«

»Der Große Krieg ist über einhundert Jahre her!«, rief
Nyven der Webermeister. Widerwille und Zweifel klangen aus
seiner Stimme. »Kann das wirklich sein? Was will der Norden
ausgerechnet jetzt und hier?«

Um ihn herum tuschelten die Männer, und Kellen versuchte
sich zu erinnern, was man ihnen in den Sonntagsstunden
im Línhaus über den Großen Reichskrieg erzählt hatte. Das
meiste hatte er vergessen, aber so viel wusste er noch: Vor über
einhundert Jahren hatten die Länder im Norden einen Krieg
gegen das Heilige Einige Reich von Líohim losgebrochen. Viele
Jahre lang wütete der und er hinterließ viele Narben in der
Welt. An den Grund, weswegen der Norden das getan hatte,
konnte er sich nicht mehr erinnern. Aber er wusste noch, dass
der Norden damals eine Flotte mächtiger Kriegsschiffe auf die
Meere losgelassen hatte, die nicht wie die Galeonen und Galeassen von Líohim aus Holz, sondern aus schwarzem Eisen
gebaut worden waren …

Kellens Vater gebot Ruhe. Die Männer stellten das Getuschel
ein und hörten dem Dorfmeister zu. Der sagte: »Noch wissen
wir nicht, wer die Fremden sind oder woher sie kommen oder
was sie hier wollen, aber sie kommen mit einem Kriegsschiff,
also werden wir sie auch wie Krieger empfangen!«

Die Männer gaben zustimmendes Gebrüll von sich, und der
Dorfmeister verteilte die Aufgaben: »Armel! Du nimmst dir
ein paar Männer, gehst durchs Dorf und schaffst die Frauen
und Kinder her! Sie sollen mit den Alten in der Halle bleiben!
Erech, du und deine Metkumpanen, ihr tragt mir alles zusammen, was ein scharfes Ende hat und bringt es auf den Platz
vor die Halle! Jeder Mann soll sich davon bewaffnen! Feliks,
du nimmst Pfeil und Bogen und steigst in den Schmiedeturm!
Du hast ein scharfes Auge und von dort aus hast du die Bucht
im Blick! Und ich will, dass alle Straßen, die von der See he-
raufführen, blockiert werden!« Der Dorfmeister fasste Kellen

ins Auge. »Ihr Jungs! Das macht ihr! Nehmt Mehlsäcke, Fisch-kästen, Pflüge, Webstühle, aber seht mir nur zu, dass keiner durchkommen kann!«

Die Burschen boxten sich gegen die Brust, stolz darauf, etwas beitragen zu können. Kellen empfand keinen besonderen Stolz. Die Straße blockieren? Das war alles, was ihm sein Vater zu-traute?

Hén der Älteste hob die Hand. Eine ehrfürchtige Ruhe brei-tete sich in der Halle aus, und der Greis sagte mit einer Stimme, dünn wie Pergament: »Über siebenhundert Jahre leben wir nun schon im Frieden des Großkaisers. Soll heute der Tag sein, da dieser Frieden gebrochen wird? Wir sind die Kinder der Celdennen, die letzten aus dem Geschlecht des alten Westens. Ihr Blut war stark und alt, ihr Wille zäh und unbeugsam. Die Weltalter haben uns unserer Könige und Prinzen beraubt und ihr Andenken unter Moos und Wald vergessen lassen. Doch ihr Blut fließt noch immer in unseren Adern und ihre Namen leben in unseren Kindern fort. Ihr seid die Erben starker Krieger und tapferer Helden! Geht und beschützt unser Dorf, unsere Frauen, unsere Kinder und alles, was euch teuer ist!«

»Ihr habt ihn gehört!«, rief Kellens Vater. »Wir sind nur Bauern und Fischer und Schmiede, aber falls es zum Kampf kommt, werden wir diesen Fremden auf ihrem Eisenschiff schon zeigen, woraus wir Errischen gemacht sind!«

Ein lang gezogenes metallisches Kreischen fuhr durch die Halle. Das Stampfen der Lanzen und Mistgabeln erstarb. Der schroffe Ton ging den tapferen Kriegern Bailíns durch Mark und Bein und der siegessichere Ausdruck in ihren Minen nahm ein wenig ab.

Vor den Butzenfenster der Halle wirbelten schwarze Flo-cken im Wind vorbei. Wieder gellte das metallene Horn, und Kellens Vater rief: »Worauf wartet ihr noch? Macht schon! Schnell! Schnell!«

Die Männer strömten aus der Halle und machten sich hek-tisch daran, Bailín für die Ankunft des fremden Schiffes vor-zubereiten.

Kellen und die anderen Jungen hasteten in den *Roten Weber*, trugen die langen Bänke und Tische heraus und schleppten sie zum Buchttor im Norden der Dorfmauer. Ein Feldweg führte über die sanfte Wiese hinunter zum Ozean und dem steinernen Kai, an dem die Fischerboote vertäut lagen.

Das Eisenschiff hatte die Bucht erreicht. Aus dem kleinen Punkt war ein schlankes pechschwarzes Ungetüm von einem Schiff geworden, das bedrohlichen Ruß aus seinem Schornstein in den Himmel ausstieß und sich mit der einsetzenden Mittagsflut unaufhaltsam näherte. Die Boote, die vor der Gefahr geflüchtet waren, legten an. Die Fischer kamen zum Dorf hinauf gerannt. Sie waren außer sich vor Angst.

Schwarze Flocken bedeckten die Oberkante der Dorfmauer. Kellen fuhr mit dem Zeigefinger durch sie und zerrieb sie zwischen seinen Fingern.

Asche.

Sie verbarrikadierten den Eingang ins Dorf mit allem was sie fanden, und kehrten danach zurück zum Dorfplatz. Dort hatte man inzwischen einen dürftigen Haufen Hellebarden, Lanzen, Harpunen, Hakenspieße, Sensen, Äxte und Spaten aufgeschichtet. Irgendjemand hatte gar einen Schlachthammer aufgetrieben. Keiner wusste, wieso jemand so einen besaß und niemand wollte fragen.

Die Frauen und Kinder wurden in die Dorfhalle gebracht und die Türe von innen mit einem Balken verkeilt. Kellens Mutter hatte die kleine Bo im Arm. Von Fionn fehlte noch immer jede Spur, musste Kellen frustriert feststellen und schnappte sich eine Harpune.

»Das Horn weckt ja noch die Toten auf«, fluchte der Wirt Himbrand, als es zum vierten Mal erschallte, und einer entgegnete grimmig: »Hoffentlich weckt es die Celdennenkrieger in ihren Heldengräbern auf, das käme uns sehr gelegen!«

Kühler Wind fegte heulend Sand über den Boden und die Hunde heulten mit ihm. Vereinzelt fielen Regentropfen. Der Kampfgeist pumpte heißes Blut durch Kellens Körper und ließ ihn das Pochen in seiner Hand vergessen. Er hoffte, dass ihn die Wunde nicht behindern würde, sollte es zu einem Kampf kommen.

Die Männer marschierten die Straße zur Dorfmauer hinunter, an der Schmiede mit ihrem Turm und den verriegelten

Häusern vorbei, bauten sich vor der notdürftigen Barrikade der Jungen auf und warfen sich in die Brust. In angespanntem Schweigen schauten sie nun mit an, wie sich der messerscharfe Rammbug des Eisenschiffes neben dem Kai in den Sand der Bucht fraß. Es schob die schaukelnden Fischerboote mit Leichtigkeit beiseite. Nur eines verirrte sich zwischen Eisenrumpf und steinernen Kai und zog berstend und zersplitternd den kürzeren. Neben dem riesenhaften schwarzen Schiff wirkten die überlebenden Fischerboote so winzig wie die geschnitzten Bötchen über Kellens Bett.

Hundertzwanzig Fuß abfallende Sandroggenwiese trennten sie nun noch. Das Eisenschiff hatte zwei Masten, aber weder ein Segel noch eine Flagge gehisst. Auch ein Name am Bug fehlte. Nichts, das einen Hinweis auf seine Herkunft geben könnte, oder darauf, wie es sich fortbewegte.

»Da ist schwarze Magie am Werk«, sagte Nyven der Webermeister. »Kein Schiff kann ohne Segel oder Ruder fahren!«

»Natürlich ist das auf jeden Fall nicht«, stimmte einer zu.

Der Rumpf sah aus wie, als wäre es über und über wie von daumengroßen Narben übersät, das Oberdeck war verlassen. Mittschiffs, vor dem turmhohen ockerfarbenen und heftig qualmenden Kamin, befand sich eine runde Plattform, aus der zwei Rohre ragten. Rußgeschwärzte Finger, die drohend auf sie gerichtet waren.

Die Ascheflocken rieselten wie eine Warnung auf die wachsamen Männer Bailíns hernieder. Ein schwerer Regentropfen kroch Kellen kalt und langsam das Genick hinunter und etwas flüsterte ihm zu, dass sie mit ihrer Kampfkraft niemals gegen dieses Schiff ankommen würden.

Eine Hand legte sich auf Kellens Schulter. Kellen schaute um. »Fionn!«

Er hatte ihn nicht kommen bemerkt. Eigentlich sollte er wütend auf ihn sein, aber die Erleichterung, seinen Freund neben sich zu wissen, überwog. Trotzdem …

»Wo in aller Welt warst du bloß?«

»Meine Großmutter hat mich nich gehen lassen! Ich hab die Glocken schon gehört, aber-«

Weiter kam Fionn nicht. Ein markerschütterndes Fauchen zerriss die feuchte Luft. Heller Rauch pfiff aus einem Rohr an der Seite des Kamins. Köpfe duckten sich. Die Hunde im Dorf begannen wieder zu jaulen. Das Fauchen verebbte, und in seinem Windschatten schickte Petter Pysk im Namen aller ein Stoßgebet gen Himmel.

Kellen schaute auf seine rechte Hand. Fionn folgte seinem Blick, errötete und ließ sie so rasch los, als hätte er sich verbrannt.

Ein tiefes Donnern wie das Rasseln einer gewaltigen Kette grollte im Schiffsinneren. An der Steuerbordseite wurde eine Tür aufgestoßen und eine Brücke aus Stahl krachte auf den steinernen Kai. Alle Augenpaare Bailíns hefteten sich mit angehaltenem Atem auf die schmale Luke.

Zwei Männer gingen über die Stahlbrücke an Land. Der eine war groß und rank und hatte langes, straff zusammengebundenes Haar, das hell wie Silber in der Novembersonne war. Sein weiter pechschwarzer Umhang mit dem schneeweißen Pelzkragen wurde von zwei silbernen Spangen auf der Brust gehalten und wallte schwer im Seewind hinter ihm her. Darunter blitzten Heft und Scheide eines Langschwerts auf. Sein Begleiter war ein älterer, untersetzter Mann in einer olivgrauen Wollrobe, die von einer glänzenden Fibel zusammengehalten wurde und ihm bis zu den Knöcheln reichte. Er hatte die Hände in die Taschen geschoben.

Die beiden hatten den Kai in etwa zur Hälfte beschritten, als ihnen eine grimmig scheppernde Zweierreihe an Männern in kohlgrauen Lederrüstungen folgte. Sie trugen spitze Helme mit engen Sehschlitzen, rautenförmige graue Schilde und Stahl an der Hüfte. Das waren keine Krieger, so viel hatte Kellen im Gefühl, deswegen waren sie aber nicht minder bedrohlich. Die Schar füllte den ganzen Kai aus. Kellen festigte seinen Griff um die Harpune.

Die ungleichen Heerführer setzten sich wieder in Bewegung und kamen geradewegs den Kai und den Feldweg hinauf. Der Silberblonde machte so große zackige Schritte, dass sein älterer Begleiter sichtlich Mühe hatte, mitzuhalten und dabei nicht über den Saum seiner Robe zu stolpern.

Die fremde Schar war etwa auf halber Höhe des Feldwegs, da trat Kellens Vater vor und rief: »Halt! Das ist weit genug!«

Der Silberblonde machte eine Geste und die Schar in seinem Rücken blieb stehen. Zum allgemeinen Erstaunen war es jedoch sein ergrauter Begleiter, der antwortete.

»Euch auch einen recht schönen Tag, wünsch ich!« Seine helle Stimme wurde vom rauen Wind hin und her gerissen. »Und den anderen guten Menschen von Errion ebenso. Spreche ich mit dem Dorfmeister dieses bezaubernden Fleckens?«

»Das tut ihr!«, bestätigte Kellens Vater barsch. »Und wer seid Ihr, alter Mann? Was wollt ihr hier? Und was soll dieses Aufgebot?«

Der Fremde in der Wollrobe trat noch einen Schritt vor.

»Bleibt, wo ihr seid, wenn ihr nicht antworten wollt, Väterchen!«, dröhnte Kellens Vater. »Die Grenzen des Reiches stehen unter dem Schutz seiner jungen Gnaden des Großkurprinzen Markían und unseres hohen Herzogs Corentyn von Santísmer! Ihr landet mit feindlichen Absichten an unserer Küste! Wer seid ihr?«

So laut hatte selbst Kellen ihn noch nie donnern gehört. Es war zum Fürchten.

Der Fremde in der Wollrobe trat einen Schritt zurück. »Guter Mann, es besteht kein Anlass zu Drohungen! Unsere Absichten sind gewiss nicht feindlich!«

»Ihr habt drei unserer Fischerboote versenkt und bringt ein ganzes Heer an Land!«

»Was die Boote betrifft, ich gebe zu, das war … ungeschickt navigiert«, beteuerte der Alte. »Aber lasst mich euch alle eure Fragen der Reihe beantworten. Mein Name ist Nehepu, ich bin Unterhändler für meine Leute und ich gebe euch mein Wort, dass wir keinerlei Streitigkeiten mit den guten Menschen aus Errion haben! Wegen dieser grimmigen Gesellen braucht Ihr euch nicht zu sorgen, mein Freund. Seht sie als unsere Versicherung an!«

Die Miene des Dorfmeisters blieb steinern. »Wofür braucht ihr eine Versicherung?«

»Ich hoffe, sie eben *nicht* zu gebrauchen, Freund! Zumal ich mich nur mit euch unterreden möchte! Darf ich zunächst um die Erlaubnis bitten, doch ein wenig näher zu kommen? Meine Stimme ist nicht mehr ganz so kräftig wie die eure, mein Freund, und ich kann nicht ständig gegen diesen Wind anschreien!«

Der Dorfmeister von Bailín wechselte rasch ein paar geflüsterte Worte mit Himbrand dem Wirt und sagte dann: »Ihr dürft, Väterchen.«

»Ich danke euch, mein Freund!«, antwortete Nehepu, »Ich fürchte, darauf bestehen zu müssen, dass mein Begleiter ebenfalls näher treten darf!«

Kellens Vater nickte, und Nehepu lächelte den Silberblonden an seiner Seite flüchtig an, dessen Umhang sich im Wind ungeduldig blähte. Der lange, schlanke Kerl hatte die behandschuhten Finger auf dem Heft ruhen. Das gefiel Kellen nicht. Er wischte sich mit dem verbundenen Handrücken über die gereizten Augen und musterte die beiden, während sie den Feldweg hinaufstapften.

Der Mann in der Wollrobe, der also auf den Namen Nehepu hörte, wollte überhaupt nicht zu dem namenlosen Silberblonden passen. Er hatte eine hohe Stirn, mit Falten, die wie eingemeißelt darin waren, kurzes Haar, graubraun wie altes Zinn, und einen knappen Bart von ebendieser Farbe. Dünne Augenbrauen zogen strenge, scharfe Linien über wache Augen, aber sein Mund bemühte sich um ein freundliches Lächeln.

Das Gesicht des Silberblonden hingegen war das eines jungen Mannes, vielleicht knapp über zwanzig, schätzte Kellen, aber ungesund blass und dünn. Er hatte die Zähne so sehr zusammengebissen, dass seine Lippen zu einem schmalen Strich wurden und die Kiefermuskeln malmend unter dem fahlen Bartschatten hervortraten. Irgendwie kam er Kellen wie ein Hund vor, dem man einen Maulkorb angelegt hatte. Die stechenden goldenen Augen umgab ein kalter Schatten.

Kellens rechte Hand schmerzte, als bohrte sich ihm ein Dorn durch die Haut.

»Ist alles in Ordnung?« Fionn musste das Zucken seiner Lider gesehen haben. Er blickte zwischen ihm und den beiden Fremden hin und her. »Lass uns gehen, Kellen.«

»Nein.« Kellen war ein Krieger Bailíns, genau wie sein Vater.

Er konnte nicht weg, sollte Fionn doch alleine gehen.

Fionn ging nicht. Er blieb und friemelte an einem Knopf seiner Weste herum.

Kellen sah zu seinem Vater hinüber. Wieso unternahm er nichts?

Der Mann in der Wollrobe und sein Begleiter blieben ein paar Fuß vor ihm stehen, und der Dorfmeister von Bailín musterte den schweigsamen Silberblonden. »Und wer magst du sein?«, erkundigte er sich brüsk. »Die Leibwache deines Großvaters?«

Die dünnen Lippen des Silberblonden bebten, als er den Spott des Errischen herunterschluckte. In seinem Blick konnte Kellen die unverblümte Abscheu erkennen, die die behandschuhten Finger auf dem Heft liegen ließ. Das Väterchen Nehepu tätschelte ihm besänftigend den Unterarm.

»Kann euer Junge etwa nicht sprechen?«, hakte Kellens Vater nach.

»Ich werde auch weiterhin für meine Leute sprechen, wenn's genehm ist«, erwiderte der Alte namens Nehepu geduldig. »Und wenn ihr uns wieder loswerden wollt, würde ich euch raten, mich nicht mehr zu unterbrechen. Dann können wir diese ganze lästige und ohne Zweifel beängstigende Situation so rasch und unkompliziert wie möglich hinter uns bringen!«

Ein wenig erschlagen wirkte der Dorfmeister schon von der unerwarteten Ernsthaftigkeit in Nehepus Worten. »Na schön, Väterchen. Worüber wollt ihr euch unterreden?«

Der Silberblonde zog die dicken Augenbrauen zusammen, und der Alte verkündete: »Wir suchen nach einem Mann! Nach einem Dieb, genauer gesagt!«

Einige der Männer warfen einander erste schuldbewusste Blicke zu, und Kellens Vater erwiderte stur, in Bailín gebe es niemanden, der ihnen etwas gestohlen haben könnte. »Wir sind ein ehrliches und anständiges Volk. Ihr seid hier falsch.«

Das Väterchen in der Wollrobe ließ sich nicht beirren. »Da bin ich mir ganz sicher, und dies war auch keine Anschuldigung gegen euch. Jedoch haben wir großen Grund zur Annahme, dass sich in euren Reihen einer befindet, der noch nicht sehr lange unter euch weilt? Sagen wir, seit einem Jahr? Höchstens anderthalb?«

Die schuldbewussten Blicke wurden ratlos. Wovon redete der Fremde?

Fionn griff Kellens Ärmel. »Der Flicken-Frém!«, flüsterte er. »Er meint den Flicken-Frém! Ich weiß es! Kellen-«

»Still jetzt!« Kellen wollte hören, was der Fremde zu sagen hatte.

»Der Mann, den wir suchen, hat sein Leben verwirkt«, fuhr der Alte namens Nehepu fort. »Er hat mehr als nur einen seiner heiligen Eide als Ritter der Kaiserlichen Palastwache gebrochen und etwas von großem Wert gestohlen, das wir nun rechtens zurückfordern!«

Mit einem Male machte der Name des Branntweinritters in aufgeregtem Flüsterton auch die Runde durch die Reihen der Männer von Bailín.

»Sie sind hinter dem Schwert her!«, piepste Fionn. Er war kreidebleich geworden, seine Finger suchten Kellens Hand. »Das schwarze Schwert, Kellen! Ich weiß es! Es hat dem Flicken-Frém gehört! Darauf haben sie es abgesehen! Wir müssen jetzt gehen, bitte!«

Fionn zerrte an seinem Arm, aber Kellen rührte sich nicht von der Stelle. Was Fionn da sagte, ergab doch einfach keinen Sinn …

»Und wer wollt ihr sein, dass ihr so gut mit den Rittern der Kaiserwache vertraut seid?«, verlangte Kellens Vater nun zu wissen.

»Das tut hier nichts zur Sache«, beteuerte das Väterchen in der Wollrobe. »Beherbergt ihr also einen solchen Mann in eurem Dorf?«

»Ich weiß nichts von einem Ritter der Kaiserlichen Wache, der in Bailín Zuflucht gesucht haben soll!«

Die Metallplatten auf dem Gambeson des Silberblonden schimmerten, als sich seine Brust hob und senkte. Sein Umhang konnte nicht verbergen, wie seine Hand von Neuem nach dem Heft seines Langschwerts griff.

»Nun, er mag sich nicht als Ritter zu erkennen gegeben haben, das kann gut sein«, lenkte der Alte namens Nehepu ein. »Er mag Rüstung, Schild und Banner abgelegt haben, doch das macht ihn nicht minder gefährlich! Liefert ihn an uns aus und wir werden euch reichlich für eure Dienste entlohnen!«

Der Wind peitschte durch den Sandroggen auf der steilen Wiese. Es war so leise geworden, dass Kellen die Regentropfen hören konnte, die mit leisem blechernem Klingen auf den Spitzhelmen der wartenden Schar zerplatzten.

Sein Vater trat noch einen Schritt vor und sagte: »Wir beherbergen niemand derartigen.«

Jetzt zog der Silberblonde sein Schwert. Der blanke Stahl schnitt durch die trübe Luft, sengend und mit einem Schweif aus Grau und Saphir, und im selben Augenblick hatte auch der Dorfmeister von Bailín seine Waffe gezückt.

»Genug der Worte!«, bellte der Silberblonde. »Ihr hattet eure Schonfrist und ihr habt sie verspielt!«

Die gepanzerte Schar am Ufer zog nun ebenfalls ihre Schwerter. Die Klingen waren lang und leicht gekrümmt, schlanker am Heft und breiter zum Ort hin und besaßen ab der Hälfte auf der Innenseite eine Aussparung, die die Spitze umso grässlicher machte.

Kellens Vater stand da, trotzend und unerschütterlich wie eine Steineiche.

»Mein Prinz!«, rief Nehepu und sprang hastig zwischen die beiden Klingen. Der alte Mann brachte nicht mehr als den Anschein eines Lächelns zustande. »Bitte, lasst uns alle miteinander ganz ruhig bleiben! Dies ist ein ungeheures Missverständnis!«

»Lasst euren Jungen doch sprechen!«, forderte Kellens Vater. »Wo er endlich seine Zunge gefunden hat!«

Der Silberblonde riss sein Schwert über den Kopf, und Nehepu duckte sich zur Seite.

Kellens Vater machte sich schon breitbeinig zum Angriff bereit, als ein Stoßen und Rempeln durch die Menge ging. Ein Ruf ertönte, aber Kellen hörte ihn nicht mehr.

Er hatte nur noch Augen für die kleine Bo.

Seine Schwester war durch die Beine der Männer hindurchgeschlüpft, hatte sich den Griffen, die sie zurückhalten wollten, entwunden und rannte schluchzend auf den Silberblonden zu und forderte, er dürfe ihrem Vater nicht wehtun. Der Fremde packte sie flink wie ein Habicht am Kragen. Bo strampelte und zappelte und schrie, aber der silberblonde Bastard hielt die Männer Bailíns und Kellens wutschäumenden Vater mit der Spitze seines Langschwerts auf Abstand.

»Mein Prinz!« Der Schock furchte die Stirn des Alten und schärfte den Ton seiner Stimme. Er packte den Silberblonden energisch am Arm, aber der stieß ihn von sich weg. Das Eisen der Armschiene zeichnete dem Väterchen in der Wollrobe einen roten Streif ins Gesicht.

Das Schweigen brach endgültig ein. Die rußgeschwärzten Rohre auf dem Oberdeck des Eisenschiffes bewegten sich, zeigten jetzt auf das Dorf. Die Männer Bailíns richteten tobend ihre Waffen auf die Fremden, das Heer in der Bucht kam drohend näher, und der silberblonde Bastard keifte: »Du hast meine Geduld lang genug auf die Probe gestellt, Dorfmeister! Sag mir, wo ich den Dieb finde, oder du wirst es bereuen!«

»Lass das Kind los!«, brüllte Kellens Vater. »Es hat dir nichts getan!«

Bo begann zu weinen, so laut, dass der Silberblonde nichts verstand. Er presste sie an seine Brust und flüsterte ihr etwas ins Ohr, woraufhin sie das Strampeln und Weinen bleiben ließ.

Kellen konnte nicht mehr länger tatenlos mitansehen. Er musste etwas unternehmen!

»Kellen, nicht! Bleib hier!« Fionn hielt ihn am Arm fest. *Verfluchter Feigling!*

Kellen riss sich von ihm los, quetschte und schob sich durch die Männer, fest entschlossen, mit der Harpune gegen den Silberblonden vorzupreschen, aber sein Vater hielt ihn im letzten Moment zurück.

»Ruhig Blut, mein Sohn!«, flüsterte er ihm zu. »Ruhig Blut!«

So laut Kellen auch schrie und so heftig er kämpfte, gegen die mächtigen Pranken seines Vaters hatte er keine Chance. Die Wunde an seiner Rechten pochte und heiße Zornestränen schossen ihm in die Augen.

Ein mokantes Grinsen erschien auf dem bleichen Gesicht des Silberblonden. »Bist du endlich zur Vernunft gekommen, Dorfmeister?«

Sein Vater schnaufte in Kellens Nacken. Er konnte die Wut, die Angst, die Sorge spüren, die die Muskeln in dem breiten

Arm vor Anspannung zittern ließen. Und dann … nichts. Sein Vater ließ das Schwert sinken.

»Du hast gewonnen«, sagte er. »Ich werde dich zu dem Mann führen. Aber tu meiner Tochter nichts.«

Der Bolzen verfehlte den silberblonden Bastard um Haaresbreite. Der Alte namens Nehepu hatte das Geschoss von allen zuerst kommen gesehen und den Mistkerl grob zur Seite gestoßen. Der Bolzen surrte an seinem Kopf vorbei, zerfetzte den Pelzkragen an seiner Schulter und fuhr hinter ihm wie ein schwarzer Blitz in den feuchten Sand. Sein Schwert und Kellens Schwester entglitten ihm im Fall. Die kleine Bo strampelte sich los, trat nach seinem Gesicht und rannte in Kellens Arme. Der fing sie noch im Laufen auf, drückte sie fest an sich und küsste ihr Haar.

»Du solltest doch in der Halle bleiben! Du bist so dumm!«

»Ich bin nicht dumm!«, weinte seine Schwester und wischte sich ihre Nase an seinem Kragen ab.

Kellen drückte sie noch fester an sich. Bestürzte Blicke sahen sich nach dem krummen Schmiedeturm um, und Kellen begriff, dass dies keiner von Feliks Pfeilen gewesen war – aber wer war dieser Bogenschütze, der seine Position eingenommen hatte und mit einer Armbrust bewaffnet war?

Der silberblonde Bastard rappelte sich auf, grapschte nach seinem Schwert und warf sich seinen Umhang zurecht. »Wer war das?«, keifte er heiser gegen den Wind. Durch wirbelnde Ascheflocken und graue Regentropfen stachen seine kalten goldenen Augen scharf wie Messersplitter.

»Bring deine Schwester in die Halle«, sagte Kellens Vater leise und schob seine Kinder hinter sich.

»Aber-«

»Tu, was ich dir sage!«

Damit stürzten sich sein Vater und Himbrand und alle anderen Männer und Burschen unter lautem Geschrei an ihm vorbei und in den Kampf. Das fremde Heer stürmte den Feldweg hinauf und Lanzen, Äxte und Hellebarden krachten gegen Schilde, kreuzten sich mit dem spitzen schlanken Stahl und barsten gegen Lederplatten.

Celdebolg, das breite Celdennenschwert, flammte in der Hand von Kellens Vater auf wie frisch aus Legenden erstanden.

Kellen wusste nicht, wohin er sollte. Zu allen Seiten war Gedränge, Gebrüll und Geklirr und die kleine Bo hing ihm heulend an der Brust. Sein Vater war fort. Splitter, Staub, Sand und Asche erfüllten die Luft. Blut spritzte. Die kleine Bo schrie. Kellen war heillos verloren.

Jemand schnappte ihn beim Handgelenk. Fionn! Er riss ihn blind hinter sich her, durch das Durcheinander und zur Dorfmauer. Sie kletterten hinüber, Kellen presste Bo an sich und sprang, strauchelte und rannte weiter, die Straße ins Dorf hinauf. Die Harpune schlenkerte noch immer an seiner rechten Hand. Die Ascheflocken glühten in seiner Lunge.

Sie hatten keine zehn Meter hinter sich gebracht, als auf Höhe der Schmiede ein ohrenbetäubender Knall vom Ufer her über ihren Köpfen ertönte. Der Fischerstall zu ihrer Linken zerplatzte in einem Getöse aus drahtigem Feuer, Rauch, Ziegelbrocken und Holzsplittern, die wild in alle Richtungen flogen. Kellen warf sich auf den Boden und schützend über die kleine Bo, und als er wieder aufkam, war Fionn verschwunden.

Weiter!

An mehr konnte er nicht denken. Er hatte Sand und Ruß in den Augen, auf der Zunge. Er hetzte um die Ecke zum Dorfplatz und fand seine Mutter in Sorge und völlig verweint beim Portal der Halle vor. Zwei Freundinnen hielten sie zurück. Sie nahm Kellen die weinende Schwester ab und strich ihm über die Wange. Danach waren ihre Finger rot. Die anderen Frauen schafften die Mutter wieder nach drinnen und prompt wurde ihm das schwere Portal vor der Nase zugeschlagen.

Seine rechte Hand wummerte vor Schmerzen, so sehr klopfte das Blut dort in den Adern. Er musste wieder zu den Männern! Zu seinem Vater! Er rannte zur Bucht zurück, geriet aber auf halbem Weg ins Stocken. Das Schlachtgeschehen hatte sich binnen Kurzem drastisch gewendet. Die Barrikade bei der Mauer war durchbrochen! Die Männer Bailíns wurden von fremden Kriegern zurückgedrängt, ihre Linie löste sich auf, sie stoben davon und suchten ihr Heil in der Flucht. Auf jede Spitzhacke Bailíns kamen zwei Schwerter der Angreifer. Das

Heer aus dem Eisenschiff bahnte sich mühelos seinen Weg in das Dorf, aber von ihrem silberblonden Anführer fehlte jede Spur.

Kellen hörte seinen Vater über die Meute dröhnen: »Zieht euch zurück! Zur Halle! Schützt die Halle!« und kämpfte sich gegen die wegrennenden Männer zu ihm durch.

Da fiel sein Blick auf Yennik. Der Schmiedelehrling kauerte mit blutüberströmten Armen am Rand der Straße über einem regungslosen Maniel.

Was ... was ... ist geschehen?

Kellen wollte zu ihnen, wollte zu seinen Freunden, ihnen beiden aufhelfen und Mut zusprechen.

Auf mit euch! Wir müssen kämpfen!

Zwei grobe Hände packten ihn. Der Dorfmeister brach sich mit seinem Sohn einen Weg zur Seite frei, in den Schatten des Schmiedeturms. Er hatte verschmierte dunkelrote Fahrer im Gesicht, und dunkelrot war die Klinge von Celdebolg.

»Mein Sohn! Den Weg nach Santísmer, Kennst du ihn noch?«

»Ja, aber-«

»Reite! Du musst nach Santísmer reiten, hörst du? Du musst nach Santísmer reiten und dem Herzog berichten, was hier geschehen ist! Er muss davon erfahren und die anderen Dörfer an der Küste warnen! Er muss diesen Halunken jagen und fassen und er muss uns Hilfe schicken!«

»Ich will kämpfen!«, protestierte Kellen. »Ich will bei dir bleiben! Schick mich nicht fort!«

»Das ist jetzt die wichtigste Aufgabe! Ich würde sie niemand anderem anvertrauen außer dir!« Sein Vater küsste ihn auf die Stirn und sagte: »Du bist mein Sohn, ein Mann und ein Krieger. Und jetzt geh! Beeil dich!«

Er stieß Kellen von sich weg und verschwand in der staubigen Brandung und dem Getrampel der Straße. Kellen starrte fassungslos auf die Harpune in seiner Hand. Nein! Sein Vater hatte recht! Er konnte hier nichts mehr ausrichten! Die einzige Hoffnung auf Gerechtigkeit lag jetzt in Santísmer – lag auf seinen Schultern! Kellen wollte den Fischspeer schon wegschleudern und zum Stall rennen, als ein Schrei aus einer vertrauten Kehle an sein Ohr drang, der ihn an Ort und Stelle verharren ließ.

Fionn!

Der Schrei kam aus der Schmiede. Ohne zu zögern machte Kellen kehrt.

Der Mann in der Lederrüstung stand im staubigen Halbschatten der Schmiede und holte gerade mit seinem Schwert aus, als Kellen ihm eins mit dem Fischeisen über den Blechhelm zog. Der Mann wankte zwei Schritte und kippte dann scheppernd und schwer wie ein Mehlsack zur Seite in den Dreck.

Ein paar Meter vor ihm an der Wand kauerte Fionn, die Hände bebend über dem Kopf verkrampft. In seinem Schoß lag –

Nein! Nein das kann nicht sein!

Da war das Schwert aus dem Wrack des Einmasters, eingeschlagen in ein Tuch, wie sie es in seinem Versteck unter den Dielen im Halbwrack gefunden hatten.

Wie in aller Welt ...

Nein, jetzt war nicht die Zeit, darüber nachzudenken, wie es hier hergekommen war. Kellen hechtete über den bewusstlosen Kämpfer, wollte Fionn hochziehen, doch der schrie auf, sodass Kellen erschrocken seine Hand zurückzog.

Fionns verweinte Augen waren blank und schauten wie durch ihn hindurch. »Es tut mir so leid, Kellen ... es tut mir so leid! Es ... es tut mir so leid!«

Kellen wollte das Wimmern nicht hören. »Du stehst jetzt auf! Hoch mit dir!« Er packte Fionn unterm Arm. Fionn glitt ihm durch die blutverschmierten, verschwitzten Hände und sackte kraftlos zu Boden.

»Es tut mir so leid, Kellen, es tut mir so leid ... ich ... ich kann nich!«

»Du kannst! Ich lass dich hier nich zurück!«

Ein Knacken im Gebälk ließ Kellen den Kopf hochreißen. Das verkümmerte Essenfeuer machte, dass die Schatten von Amboss, Hämmer und halbfertiger Eisenwaren wie Gespenster über die Wände huschten und die Treppe in den schiefen Erkerturm hinaufstiegen. Wieder knarzte es.

Sie waren nicht alleine!

Feliks!, dachte Kellen. *Nein - der Armbrustschütze!*

»Es tut mir leid«, Fionn grapschte nach Kellens Schulter. »Es tut mir so leid! Es tut mir so leid!«

»Es wird dir wirklich gleich verdammt leidtun, wenn du jetzt nicht sofort aufstehst!«, fluchte Kellen. »Reiß dich zusammen! Bitte!«

Der besinnungslose Fremde murmelte etwas in den Dreck auf dem Boden und begann, sich wieder zu regen. In schierer Panik rüttelte Kellen an einem Fenster, aber es klemmte und klemmte unverändert, mochte er auch noch so heftig rütteln. Schon war der Mann in der Lederrüstung, wenn auch schwankend, wieder auf den Beinen. Über seinem linken Auge lief ihm eine Strähne dunklen Blutes und mit dem Schwert in der Hand schwor er: »Das wirst du mir büßen, du kleiner Scheißkerl!«

Kellen war herumgeschnellt, packte seine Harpune und stellte sich schützend vor Fionn. Die Wunde an seiner Rechten hämmerte wie wild.

Ich bin ein Krieger Bailíns!, schwor er sich ein. *Ich muss standhaft bleiben!*

Der Mann stürmte jetzt brüllend auf ihn zu.

Ich werd dir zeigen, was es heißt, sich mit einem Krieger Bailíns anzulegen!

Kellen schrie und schon krachte Schwert auf Harpune. Der Fremde drückte Kellens Waffe nieder und bleckte seine gelben Zähne.

Er ist zu stark!

Kellen stemmte sich mit aller Kraft dagegen, aber es reichte nicht. Der stechende Schmerz in der Wunde betäubte seine Rechte und das Schwert kratzte an dem Fischeisen entlang, auf ihn zu. Nicht mehr weit und es würde ihm mit einem jähen Schnitt seiner schlanken gebogenen Spitze den Bauch aufschlitzen.

Nein!

Kellen perlte heißer Schweiß über die Stirn.

Ich darf jetzt nicht sterben! Ich muss doch … ich muss doch nach Santísmer! Ich muss sie doch retten!

Die Wunde brannte nun kalt wie die Wut und die rasende

Entschlossenheit bis in die Knochen seiner Hand. Unsichtbare Funken stoben auf und entfachten eine Kraft, einen Willen, der unbändiger, härter und stärker war, als alles, was Kellen je empfunden hatte.

Ich muss überleben!

Kellen verbreitete seinen Stand und drückte den Fremden zurück. Hinter den verbeulten Sehschlitzen seines Helms glotzte der Mann ihn ungläubig an.

Ich muss dich besiegen!

Und dann geschah es: Es gab es einen schwarzen Blitz oder zumindest ein Gefühl wie von einem, tief in Kellens Brust, und ein befreiendes, aufjagendes Empfinden, dann schlugen schleimige schwarze Flammen aus der Wunde an seiner Hand hervor. Der ungläubige Ausdruck auf dem Gesicht des Fremden kehrte sich in Entsetzen, als diese Flammen sich nun um Kellens Arm schlangen wie Schatten, davon Besitz ergriffen und ihm die Kraft aufzwangen, den Fremden von sich wegzuwerfen.

Ich muss ...

Die Widerhaken des Fischeisens verbissen sich am Schwert des Fremden und durch einen heftigen Streich flog der Stahl aus der Hand des Mannes und ging irgendwo in den Schatten der Schmiede nieder. Der Entwaffnete taumelte rücklings, griff nach einem Fassdeckel, der gegen einen Balken lehnte, und hielt ihn in seiner offenkundigen Verzweiflung zum Schutz vor sich.

Kellen schlug ihm den Behelfsschild aus den Händen. Er nahm ihn nicht mehr wahr, weder sein Entsetzen, noch seine Verzweiflung. Zorn und Wut blendeten ihn ganz und gar und der bitterlich brennende Schmerz, der den schleimigen schwarzen Flammen an seinem Arm inne war, bäumte sich gegen seinen Willen auf und rang ihn nieder, bis nichts mehr in ihm blieb ...

Ich muss ...

... nichts mehr außer dem einen, unbändigen, und so grässlich unbezwingbaren Gedanken.

Ich muss dich töten!

Die geisterhaften Flammen trieben dem Fremden die eisernen Reißzähne des Fischereisens zwischen die Lederplatten seiner

Rüstung. Der Mann gab ein ersticktes, gurgelndes Geräusch von sich. Herzblut tropfte unter dem Leder hervor, das sich rasch rostrot färbte, und versickerte im Sand.

Der Tod machte den Mann schwer und Kellen schwach.

Was ... was habe ich ...

Er ließ das Fischeisen los und starrte auf seine Hände. Das schleimige schwarze Feuer war fort, eingegangen, verweht wie schwacher Schatten und mit ihm der Wille, der ihn eben noch so unüberwindbar auf seine Tat eingeschworen hatte.

Der Wille ... der Drang.

Doch Kellen konnte nicht lange verharren und schon gar nicht lange genug, um zu begreifen, was eben geschehen war: Schon kamen die nächsten zwei Männer in den kohlgrauen Lederrüstungen in die Schmiede gestürmt. Sie sahen ihren toten Kameraden auf dem Boden verbluten und gingen wutentbrannt zum Angriff über. Kellen wollte die Harpune aus der Brust des Toten ziehen, doch es gelang ihm nicht. All seine Kraft war versiegt. Schnaufend und mit plötzlich aufjagender Angst sah er sich nach dem wimmernden Fionn um.

Ich hätte ihn nicht so anschreien dürfen.

Ein Eisenbogen schnalzte. Ein Bolzen surrte zwischen Kellen und dem Krieger in den Dreck. Die Männer blieben stehen und schauten sich nach dem Schützen um.

Im Türrahmen der Treppe zum Erkerturm erschien der Flicken- Frém. Der Branntweinritter spannte die Armbrust gegen den Boden, legte einen neuen Bolzen ein und richtete die Waffe auf die Fremden, die nun auf ihn losgingen. Der Flicken-Frém schrie etwas, aber Kellen konnte ihn nicht hören. Er nutzte die Ablenkung, die ihnen der Streicher verschaffte und machte kurzen Prozess mit dem klemmenden Fenster, indem er kurzerhand das Glas mit dem nächstbesten Stück Eisen, das da gegen die Wand lehnte, einschlug, Fionn mit letzter Kraft in die Höhe hievte und mit ihm nach draußen fiel.

Sie landeten auf einer dampfigen Wiese. Er schleifte Fionn hinter sich her. Es regnete und der Boden war matschig. Seine Füße glitten aus auf dem steilen Abhang. Sie erreichten den Stall von Bauer Melbri. Kellen zog einen aufgeregt wiehernd Rosenschimmel heraus, schnallte dem Gaul einen abgewetzten

Sattel um, saß auf und zerrte Fionn hinter sich.

Der starrte wie benommen auf das Dorf, das eingewickelte Schwert noch immer fest umklammert.

Die Schwärze an Kellens Rechter schwelte über den Rand des Verbands hinaus und schmerzte erbarmungslos, aber Kellen ließ sich dadurch nicht niederringen. Er riss an den Zügeln, und der Rosenschimmel stob wie wild davon. Kalter Schlamm spritzte auf und Kellen ins Gesicht, Regen troff ihm über die Wangen. Seine Hände hielten die Zügel krampfhaft umschlossen.

Als sie eine halbe Meile zwischen sich und Bailín gebracht hatten, konnte er nicht anders, als das Tier noch einmal anzuhalten und über den kauernden Fionn einen Blick auf das im grauen Regen brennende Dorf auf dem Hügel zurückzuwerfen.

Was tat er da? Ihm blieb keine Zeit! Er musste doch weiter!

Aber in dem kurzen Moment, bevor er sich abwandte und Bailín hinter ihnen verschwand, überkam ihn der zweifelhafte Schatten einer Ahnung, dass dies das letzte Mal sein würde, dass er es sähe.

Ich weiß nicht, wie uns die Flucht gelingt. Ich kann mich kaum noch an jene Zeit erinnern. Ich schätze, dass uns der Flicken-Frém ... nein, Farrím ... so will ich ihn nennen ... dass er uns Zeit verschafft hat. Er muss Kahrion hingehalten haben, bevor er starb.

Farrím ...

... noch einer, der meinetwegen gestorben ist.

PRINZ KAHRION betrachtete den seltsamen Gefangenen abschätzend über die dunkle Kirschholztafel des Kartenraums hinweg. »Seid ihr euch sicher, Kommandant? Der sieht mir nicht gerade nach einem Ritter der Kaiserlichen Wache aus.«

Ausnahmsweise musste Nehepu seinem Prinzen beipflichten. Der seltsame geknebelte Kauz, den die beiden Männer auf Knien hielten, war dürr wie ein Haselstrauch im Herbst, die knotige Knollennase so rot wie der Wein, nach dem er müffelte und die abstehenden Haarfransen bleich wie Strandgras. Dem Blick des Prinzen hielt er jedoch mit beachtlicher Beharrlichkeit stand.

»Wir haben ihn in der Schmiede des Dorfes gefunden, zusammen mit einem gefesselten Bogenschützen«, berichtete der Kommandant Mestem. Seine Lederrüstung war verstaubt und voller eingetrockneter Flecken vom Kampf. »Er hat den Bolzen abgeschossen und zwei unserer Männer getötet, ehe er sich ergeben hat. Die Armbrust trug er noch bei sich, ebenso sein Schwert. Es trägt den fünfzackigen Stern der Kaiserlichen Wache eingraviert.« Der Kommandant holte etwas aus einer Innentasche seines Rocks hervor. »Dies fanden wir in seinen Kleidern.« Er legte den ockerfarbenen Brakteaten auf die

Kirschholztafel.

Bei dem hellen Klimpern verzog Prinz Kahrion seine Mundwinkel zu einem dünnen Lächeln.

»Sehr gut«, sagte er. »Lasst uns nun alleine, Kommandant.«

Auf Mestems Befehl hin ketteten die Männer den Fremden an die Armlehnen eines der Stühle an der Tafel. Der Kommandant nickte dem Prinzen und Nehepu zu und verschwand zusammen mit seinen Männern.

Nehepu wünschte sich, er könnte es ihnen gleichtun und ebenfalls gehen. Aber nein, sein Platz war bei seinem Prinzen. Die Wange des alten Magisters schmerzte noch immer, dort, wo Prinz Kahrion ihn am Kai mit seiner eisernen Armschiene gestreift hatte.

Die Tür fiel hinter den Männern ins Schloss.

Prinz Kahrion löste die Spangen seines Umhangs und ließ den schweren, zerfetzten Eisfuchskragen auf die Rückenlehne seines Stuhls gleiten. Matt glänzte das Blut auf seiner schwarzen Rüstung.

»Ich dachte, ich würde einen starken Krieger vorfinden«, sagte er, erhob sich und schritt langsam um die lange Tafel. »Jemand Tapferen und Mutigen, der der Macht von Sekhems Fluch widerstehen kann. Stattdessen stehe ich vor einem versoffenen alten Trunkenbold. Ich muss schon sagen, als Ergebnis dieser elenden Suche bist du ganz schön enttäuschend. Findet ihr nicht auch, Nehepu?«

Nehepu sagte nichts. Ihm gefiel nicht, wie Prinz Kahrion redete.

Der Prinz nahm den missbilligenden Blick des alten Magisters wortlos zur Kenntnis, hob die Zinnkaraffe hoch, die auf dem Kartentisch stand, und schenkte einen Becher Rotwein ein. Er reichte ihm den Fremden.

»Trink. Den wirst du brauchen, denn du wirst mir jetzt verraten, wo du Sekhems Fluch versteckt hast.«

»Den Tropfen nehm ich gern«, krächzte der Fremde, schnappte Prinz Kahrion den Becher aus der Hand und warf den Kopf zurück. Ein Zug, und er war leer. »Ah, aus den Rhúnenlanden, nicht wahr? Nicht übel, aber habt ihr schonmal einen aus Kharras versucht? Viel bekömmlicher, sag ich dir!

Einer der Vorzüge der Kaiserlichen Wache – man hat Zugang zu den erlesensten Weinen. Ich kenn sie alle. Wenn du nicht so ein Mistkerl wärst, würde ich dir sogar für die Erfrischung danken. Aber ich fürchte, ich weiß nicht, wovon du sprichst … das heißt, noch nicht.« Er wackelte auffordernd mit dem Becher vor der Nase des Prinzen herum. »Und hast du irgendwo auf diesem Schiff einen Happen zu essen? Diese Kämpferei hat mich hungrig gemacht und es wär Zeit für eine Mahlzeit. Ich könnte zumindest einen kleinen Mittagsimbiss vertragen-«

Der Becher flog mit einem Schweif aus Rotweintröpfchen hinter sich in hohem Bogen aus der Hand des Fremden und landete klirrend in der Ecke. Simkhat, der halb dösend auf seinem Bett gelegen hatte, sprang erschrocken auf und schaute zu seinem Prinzen, der sich mit zusammengebissenen Zähnen auf die Tischplatte stützte.

»Kein Grund, guten Wein zu verschütten!«, beteuerte der Fremde.

Nehepu ließ einen leisen Seufzer vernehmen, und der Fremde fügte hinzu: »Seht ihr, euer Großvater stimmt mir zu.«

»Ich lass mich doch von dir nicht zum Narren halten!«, knurrte Prinz Kahrion. »Wo hast du es versteckt?«

Die Aufmerksamkeit des Fremden jedoch war bei Nehepu hängen geblieben. Und bei seiner Fibel aus Weißmetall. Er kniff die Augen zusammen. »Ihr seid ein Magister, wie? Ein Sichelmond und ein … Kreuzstab … was war das noch gleich?«

»Sternenkunde«, antwortete Nehepu.

»Sternenkunde, jawohl! Wusst ichs doch! Und was verschlägt einen Magister der Sternenkunde nach Amkash? Und in die Dienste von so einem? Ich dachte, wenn Magister die Fibel gemacht haben, suchen sie sich einen Hof, an dem sie sich dick und fett fressen können?«

Prinz Kahrion packte den Fremden an seinem spitzen Kinn und drehte ihn, sodass er ihn ansah. »Sekhems Fluch. Wo ist es?«

»Ja ja, so lass mich doch nachdenken!« Der Gefangene wand seinen Kopf aus dem Griff des Prinzen, verrenkte ihn zu den Armlehnen, kratzte sich mit dem Daumen an den zerrupften Augenbrauen und gab sich alle Mühe, nachdenklich auszusehen. Letztendlich zuckte er aber doch nur mit den Schultern. »Mir scheint, ich hab's vergessen. Na, du hast es ja selbst gesagt, ich bin nur ein armer alter Trunkenbold.«

Prinz Kahrion wurde rot vor Wut und knirschte mit den Zähnen.

Der Fremde griente ein gelbes Grinsen. »Oh ja, du bist genauso, wie er dich beschrieben hat. Ungeduldig und stur wie ein kleines Mädchen ... wobei ... die haben ja anscheinend sogar noch mehr Mumm als du. Die verstecken sich wenigstens nicht hinter einem Tattergreis.«

Tattergreis?

Nehepu zog seinen Gürtel zurecht.

»Ich rate dir, meine Geduld nicht länger auf die Probe zu stellen!«, fauchte Prinz Kahrion.

»Oder was?«, setzte der Fremde nach. »Wirst du mich umbringen? Nur zu! Wenn ich schon keinen Wein mehr haben kann, bitte sehr! Dann wirst du aber auch nie erfahren, wo ich Sekhems Fluch versteckt habe!«

Prinz Kahrions Nasenflügel bebten. Seine behandschuhten Finger zuckten um das Heft seines Langschwerts, aber der Fremde lehnte sich nur zurück und stierte ihn weiterhin unverhohlen an.

Prinz Kahrion hielt seine Wut im Zaum. Er kehrte dem Fremden den Rücken zu und ging die lange Tafel entlang. Bei dem Brakteaten blieb er stehen. Seine Finger tasteten nach der ockerfarbenen Münze.

»Ich nehme an«, begann er mit erzwungener Ruhe, »du kanntest den alten Fluchträger gut?«

»Er war mein Kamerad! Mein Freund!«

»Er war niemandes Freund. Wenn er dein Freund gewesen wäre, hätte er dir das Leid und die Last von Sekhems Fluch erspart.«

»Er hat mir vertraut! Ich habe ihm geschworen, es mit meinem Leben zu schützen!«

»Und du hast ihn verraten.«

»Niemals!«

»Du hast es gezogen«, beharrte Prinz Kahrion. »Du hast Ástans Bannsiegel gebrochen, die Brakteaten entfernt und es gezogen. Ich habe es gespürt. Ich habe seinen Schrei vernommen. Warst wohl neugierig, was geschehen würde? Oder einfach nur betrunken?«

Der Fremde nuschelte etwas Unverständliches, aber zweifellos Gehässiges vor sich hin.

Prinz Kahrion schenkte dem keine Beachtung. Er tippte mit den behandschuhten Fingern in nachdenklicher Ungeduld auf die Lehne des leeren Stuhls vor ihm. Dann sagte er: »Wenn er dein Freund war, was wusstest du über ihn? Wusstest du, woher er kam? Wie er in den Besitz von Sekhems Fluch gelangte? Wieso er in so jungen Jahren in die Kaiserliche Wache aufgenommen wurde?«

Das dümmliche Säufergrinsen stahl sich aus dem Gesicht des Fremden.

Prinz Kahrion lächelte genügsam. »Du wusstest nichts über ihn«, folgerte er. »Nicht einmal seinen Namen.«

»Ich wusste alles, was ich wissen musste!«, widersprach der Fremde. Sein verbittertes Keifen konnte die Unsicherheit darunter nicht vollkommen verbergen. »Er war ein guter, ehrlicher und tapferer Mann, ein aufrichtiger Freund mit reinem Herzen! Er war von allen gemocht und geliebt! Und du hast ihn getötet!«

Prinz Kahrions Blick kreuzte Nehepus und das gefrorene Gold in seinen Augen war so kalt wie jene verhängnisvolle Winternacht über Líohim.

Der alte Magister war nicht zugegen gewesen, als sein Prinz den damaligen Fluchträger auf dem Pass über Valyans Aquädukt abgefangen hatte. Als er zu ihm gestoßen war, war der Mann, den sie nun Kaisermörder nannten, schon verschwunden gewesen … tot, wie Prinz Kahrion gesagt hatte … und Prinz Kahrion selbst war aufgewühlt und bereits in Vizeadmiral Akhems Gewahrsam.

Nehepu hatte den vorherigen Fluchträger nie zu Gesicht bekommen. Weder lebendig noch tot. Zweifel keimten in dem alten Magister auf.

Ein Klopfen an der Tür unterbrach die Stille. Kommandant Mestem trat unaufgefordert herein und meldete, die Dorfbewohner seien für eine Befragung in der Halle zusammengetrieben. »Eure Männer erwarten euch außerdem an Deck.«

Prinz Kahrion sah den Kommandanten an, als hätte dieser ihm mit der flachen Hand ins Gesicht geschlagen. »Ich sagte doch, ihr sollt uns alleine lassen! Ich bin beschäftigt!«

»Wir unterhalten uns gerade so nett«, pflichtete ihm der Fremde hämisch bei.

»Schweig!« Prinz Kahrion strich sich eine Strähne aus der Stirn und zögerte. »Ihr sagt, ich werde an Deck erwartet?«

»Zwei eurer Männer sind im Gefecht gestorben«, antwortete der Kommandant knapp. »Man wartet auf euch, um ihnen die Ehrenfeuer zu entzünden.«

»Ich habe dafür jetzt keine Zeit!«, winkte Prinz Kahrion knapp ab. »Und ich will nicht weiter gestört werden!«

»Aber euer Hoheit-«

»Ich sagte *jetzt nicht!*«

Mestem stockte widerstrebend. Er ließ den Blick von Prinz Kahrion über den Fremden zu Nehepu wandern. »Sie erwarten euch«, wiederholte er dann noch einmal und verließ den Kartenraum.

Prinz Kahrion drehte sich um, ging an eines der vergitterten Fenster und verschränkte die Arme hinter dem Rücken.

Draußen nieselte der seichte Küstenregen gegen die Eisenhaut des Schiffes. Die *Alter König Narmer* lag noch immer in der Bucht vor dem Fischerdorf vor Anker – oder zumindest vor dem, was davon noch übrig war.

Nehepu hatte dem Kampfgeschehen nicht beigewohnt. Der alte Magister hatte sich beeilt, so schnell wie möglich zum Schiff zu gelangen und dort ausgeharrt, bis Kahrion mit der Meldung kam, der Dorfmeister hätte sich ergeben. Erst danach hatte er sich wieder aus der Deckung gewagt.

Die zwei Salven aus dem Kanonenturm hatten das Dorf so in Stücke gerissen, dass stellenweise nur noch zersplitterte Grundmauern standen. Nehepu war in Begleitung des Kommandanten durch das Dorf gegangen, derweil die Männer es plünderten und ihre Vorräte an Bord aufstockten. Aus einem leer geräumten Gasthaus hatten sie fünf volle Bierfässer weggerollt und aus einer Backstube mehrere Körbe mit Brot erbeutet, was ein resolutes Großmütterchen dem Kommandanten Mestem mit einem Fersentritt auf den Fuß vergolten hatte.

Und dann waren die Männer mit dem Gefangenen herbeigekommen.

Und wenn sein Prinz sich nun doch irrte? Wenn dies hier wieder nur eine Sackgasse und der seltsame alte an den Stuhl gefesselte Kauz nichts weiter als eine Finte war? Gut, er hatte einen der antiken Brakteaten bei sich und ein Schwert mit den Insignien der Kaiserlichen Wache, aber dabei konnte es sich auch um eine absichtlich gelegte, ausgeklügelte falsche Fährte des alten Fluchträgers handeln, der Prinz Kahrion selbst nach seinem Tod noch in die Irre führen wollte.

Wenn er denn wirklich tot ist.

Prinz Kahrion wartete, bis die Schritte des Kommandanten auf dem Korridor verstummt waren. Dann wandte er sich wieder an den Fremden: »Ich frage mich ... wenn er dir so sehr vertraute, hat er dir je von mir erzählt? Bevor jene Mittwintersnacht kam? Hat er je von mir gesprochen?«

Der Fremde schnaubte abfällig. »Wieso hätte er das tun sollen?«

Prinz Kahrion wich der Frage mit schmalen Lippen aus und schritt auf den Fremden zu.

»Du hast keine Ahnung, worauf du dich eingelassen hast, als du Sekhems Fluch an dich nahmst, oder? Nicht die geringste. Nein ... Wie könntest du auch? Du bist ein armer, alter versoffener Taugenichts. Ich bin deiner Hinhalterei überdrüssig.«

Kam es Nehepu nur so vor, oder ... regten sich die Schatten in den Ecken des Kartenraums tatsächlich?

Der Fremde schien es auch zu sehen. Er blinzelte an Kahrion vorbei. »He, was ... was soll das werden?«

Die Schatten wucherten hervor, krochen gleich schwarzen Nacktschnecken aus den Ecken und um den Prinzen, drückten den gefesselten Fremden in den Stuhl und dem alten Magister auf die Brust. Nehepu schauderte trotz seiner Wollrobe.

Dunkles Blut rann Prinz Kahrion aus der Nase. Seine Stimme war kalt und hart wie gefrorenes Gold.

»Fünf Jahre lang habe ich nach Sekhems Fluch gesucht. Ich wurde verspottet, eingekerkert und erniedrigt, aber ich habe niemals aufgegeben. Ich bin Kahrion vom Blute des Herrn von Ombos, der Prinz der Prophezeiung von Rhín, Erbe des Schwarzen Throns von Amkash! Die Waffe des Verräters Sekhems zu finden, ist meine Bestimmung! Ich werde sie erfüllen und wenn ich dafür das ganze Kaiserreich niederbrennen muss! Mit diesem Dorf werde ich beginnen!«

Etwas Hässliches, Fratzenhaftes schien in Prinz Kahrions schönem Gesicht auf. Eine fahle Bösartigkeit sandte schattenhafte Funken um seine Augen.

»Ich werde sie töten. Jeden Einzelnen. Und du wirst dabei zusehen. Schweig nur weiter, dein Schweigen wird ihre Schreie nur noch lauter ertönen lassen. Verrate mir also, wo du Sekhems Fluch versteckt hast, oder die Tode all der braven Menschen von Errion gehen auf deine Rechnung! Und so viel wirst du dein Lebtag nicht saufen können, um das zu ertragen!«

Der Fremde war tief in den Stuhl gesunken und zu einem zitternden Haufen Furcht verfallen. Sein Adamsapfel hob sich mühsam und plumpste mit einem schnalzenden Schluckgeräusch über den dürren Hals. »Wenn ich dir sage, was du wissen willst, lässt du die Menschen in Frieden?«

»Du hast mein Wort.«

Der Fremde warf Nehepu einen flüchtigen flehenden Blick zu und flüsterte: »Es ist fort. Ich hab's weggegeben. Ich weiß nicht, wo es jetzt ist.«

»Das ist die Wahrheit?«

»Ja doch, ja! Bei meiner Ehre und allen alten Göttern, ja!«

Prinz Kahrion legte dem verängstigten Fremden die kühle, blasse Hand an die rechte Wange und filzte seine Worte nach Lügen. Als er nichts fand, sagte er: »Deine Wache über Sekhems Fluch hat also wirklich geendet. Ich danke dir.« Seine Hand glitt von der Wange nach unten. »Ich fürchte aber nach wie vor, dass du dich in deiner Freundschaft mit dem vorherigen Fluchträger getäuscht hast. Es hat keinen Sinn, es noch weiter abstreiten zu wollen. Du hattest für ihn keinen Wert. Nur das, was du für ihn tun konntest, hatte es. Und dafür hat er dich belogen. Denn wäre er dein Freund gewesen, hätte er dir die Wahrheit gesagt, dann wüsstest du, dass die Wache über Sekhems Fluch nur auf eine Weise endet.« Prinz Kahrions Finger schlossen sich um die Kehle des Mannes, dessen Augen sich nun vor Entsetzen geweitet hatten. Er war kreidebleich geworden. »Du musst sterben.«

Der Fremde schlug mit den Ketten auf die Armlehnen des Stuhls und strampelte um sich.

Nehepu hatte genug. »Mein Prinz!«, schrie er. »Hört auf damit! Lasst ihn los!«

Prinz Kahrions Finger gruben sich tief in den Hals des Fremden. Dessen Augen traten hervor. Er hustete, dann gab er ein schweres gurgelndes Geräusch von sich.

»Kahrion!« Nehepu wollte eingreifen, aber es war, als hielten ihn die Schatten zurück.

Es gab ein leises Knacken, und der Fremde war tot. Sein Kopf sank ihm mit einem leisen Ächzen auf die Brust.

Prinz Kahrion schleppte sich an seinen Platz am Kopfende der langen Tafel. Die Schatten verblassten wieder und zogen sich langsam in ihre Ecken und Winkel zurück. Erschöpft fiel der Prinz in seinen Stuhl, streifte sich die Handschuhe ab und wischte sich mit dem Handrücken das Blut unter der Nase ab. Simkhat huschte zu ihm und sprang auf seinen Schoß. Prinz Kahrion bemerkte den Ausdruck der Abscheu in Nehepus Miene.

»Ich versprach ihm, ich würde die Dorfbewohner am Leben lassen. Von ihm selbst habe ich nichts gesagt. Und überdies ... so wie er mit euch sprach ...« Nehepu antwortete nichts, und Prinz Kahrion erkannte, dass das nicht alles war. »Ich habe es unter Kontrolle!«, sagte er mit bitterkaltem Nachdruck.

Hoffentlich habt ihr das, dachte der alte Magister.

Für seinen Prinzen war die Angelegenheit beendet. Er schniefte, zog die große Pergamentkarte zu sich heran und beugte sich über die Küstenlinien von Errion.

»Wie konnte sich dieser Narr nur so lange vor mir verstecken? Er war doch nur ein betrunkener Niemand! Sekhems Fluch muss noch irgendwo in der Nähe sein! Jeden Augenblick, den wir tatenlos verstreichen lassen, entfernt es sich wieder nur noch weiter!«

Nehepu kämpfte siegreich gegen seine Übelkeit an. Dann ging er zur Türe und rief zwei Männer herbei, die den Toten aus dem Kartenraum schafften. Nachdem das getan war und

Nehepu ein Fenster geöffnet hatte, trat er zu Prinz Kahrion an die lange Tafel.

Prinz Kahrion kraulte den Schattenspringer hinter den kantigen Ohren. »Jemand anderes ist jetzt im Besitz von Sekhems Fluch ... ein neuer Wächter. Nur wer ... und wo ...«

»Habt ihr ihn damals auch getötet?«, unterbrach Nehepu das laute Nachdenken seines Prinzen. Er konnte es nicht länger für sich behalten. »Den vorherigen Fluchträger? In der Mittwinternsnacht in Líohim?«

Prinz Kahrion hielt den Blick in schweigender Versessenheit auf die Karte geheftet und malmte mit den Kiefern, aber Nehepu wusste, dass er ihn verstanden hatte. Mochte er es hinter der bleichen Maske seines schönen Gesichts verbergen und so tun, als hätte er ihn nicht gehört, aber Nehepu kannte seinen Prinzen zu gut, um ihm diese Posse zu glauben. Dennoch hielt er es für besser, ihn nicht weiter zu fragen.

Jetzt war nicht der richtige Zeitpunkt.

Simkhat schnupperte gerade an dem ockerfarbenen Brakteaten als Prinz Kahrion plötzlich aufsprang. »Aber natürlich! Er ist es, Nehepu! Der Bengel mit der Harpune! Er hat Sekhems Fluch!«

Nehepu erinnerte sich nur zu gut an den wackeren Jungen, der mit dem Fischereisen wutentbrannt auf den Prinzen losgestürmt war, als dieser die kleine Tochter des Dorfmeisters als Geisel genommen hatte. Weiter konnte der alte Magister Kahrion allerdings nicht folgen und fragte: »Wie könnt ihr euch da so sicher sein?«

Prinz Kahrions Finger trommelten auf das dunkle Kirschholz. »Ihm haftete etwas an, etwas ... ich kann es nicht benennen, aber ich weiß es! Er muss Sekhems Fluch übernommen haben und damit geflohen sein!« Er deutete auf einen Punkt auf der Landkarte. »Er wird nach Santísmer wollen! In die Herzogsstadt!«

Ehe Nehepu noch mehr sagen konnte, befahl ihm sein Prinz, dem Kommandanten seine Anweisungen zu überbringen.

»Er soll das Schiff fertig machen zum Auslaufen! Wir brechen sofort auf!«

»Aber mein Prinz! Wollt ihr nicht erst noch die Dorfbewohner befragen?«

»Habt ihr nicht gehört? Sekhems Fluch ist nicht mehr hier! Ich weiß, wer es hat und wohin er damit will! Sie zu befragen, hätte keinen Sinn! Und dieses Mal haben wir etwas, das wir zuvor nicht hatten.«

»Und was soll das sein?«

Triumphierend hielt Prinz Kahrion den Brakteaten hoch. »Eine Fährte!«

Der Schattenspringer verfolgte die ockern glänzende Münze mit seinen kleinen Augen.

»Ihm haftet die Spur von Sekhems Fluch an«, erklärte Prinz Kahrion. »Wir können sie nicht wahrnehmen, aber Simkhat kann es. Simkhat!« Der Schattenspringer sprang herbei und stellte folgsam die kantigen Ohren auf. Prinz Kahrion nahm seinen Kopf zwischen die Hände. »Simkhat, finde Sekhems Fluch und bring ihn zu mir! Töte, wer ihn trägt!«

Der schlanke Schatten drückte sich gegen seinen Prinzen, dann legte er die Ohren an, duckte sich und machte einen weiten, kraftvollen Satz in die Schatten im Eck des Kartenraums. Schon war er verschwunden. Der Flecken Finsternis hatte das Tier einfach verschluckt.

»Worauf wartet ihr noch?«, herrschte Prinz Kahrion den alten Magister in fiebrigem Ton an. »Geht schon! Sagt dem Steuermann, er soll einen Kurs einschlagen, der nahe genug an der Küste bleibt, damit Simkhat jederzeit zurückspringen kann, aber weit genug entfernt, um nicht sofort aufzufallen!«

Nehepu blieb, wo er war. »Zwei eurer Männer sind gestorben. Gebt eurer Besatzung doch einen Augenblick Zeit, um sie zu betrauern!«

»Dazu ist jetzt keine Zeit! Sekhems Fluch ist zum Greifen nah!«

»Ihr habt Simkhat ausgeschickt, mehr könnt ihr jetzt nicht tun!«

Nehepu stemmte sich gegen die Tischplatte und sah seinen Prinzen eindringlich an. »Geht zu ihnen! Ich bitte euch.«

Das leise Nieseln des Regenschleiers drang durch das geöffnete Fenster herein.

Prinz Kahrion senkte den Blick auf den Brakteaten in seiner

Hand. »Ihr Tod war ein notwendiges Übel. Sekhems Fluch zu fangen, hat oberste Dringlichkeit. Ich will nichts weiter darüber hören.« Er steckte den Brakteaten ein und wandte sich von der langen Tafel ab. »Ich gab euch einen Befehl, Nehepu, oder nicht?«

Mit Bitterkeit im Herzen fügte sich der alte Magister seinem Prinzen. Er stieß sich von dem Kartentisch ab und marschierte zur Türe. Schon halb zum Kartenraum hinaus, hielt Prinz Kahrion ihn noch einmal an.

»Nehepu.« Der Prinz stand bei einem der Fenster. Die Regentropfen auf dem Glas zeichneten trübe Schatten auf sein schönes, kaltes, verbissenes Gesicht. »Das an eurer Wange … Es war nicht meine Absicht.«

»Ich weiß.«

Kahrion presste die Lippen zusammen. »Wie … wie waren die Namen derer, die gestorben sind?«

»Ich weiß es nicht. Geht zu ihnen an Deck. Findet es heraus.«

Sein Prinz warf Nehepu einen Blick aus den blassgoldenen Augen zu. Düsterkeit und Pein lagen tief darin, vom Eis des gefrorenen Goldes überzogen. Und noch etwas anderes … ein stummer Hauch, den Nehepu erst zu deuten wusste, nachdem Prinz Kahrion kehrtgemacht hatte und die Stufen zu seiner Kabine hinaufgestiegen war.

Es war Furcht.

Ich kann nicht an die anderen denken. Nicht an die Menschen in Bailín, nicht an die Großmutter oder den Flicken-Frém …

… nicht einmal an Kellen.

Ich kann nur an mich selber denken. Daran, dass ich das nicht will, dass ich das nicht kann … dass ich einfach nur noch weglaufen will, bis alles vorbei wäre.

SCHWARZE ÄSTE zerfetzten die Mondsichel und fetzenhaft brach ihr kaltes Licht durch die schwarzen Baumwipfel, fiel auf das vorbeifegende Wilderland, streifte Fionn. Der hatte die Augen geschlossen, das Gesicht fest an Kellens Rücken gedrückt, und fühlte sich sterbenselend.

»Wir müssen nach Santísmer, Fionn! Wir müssen den Herzog warnen!«

Kellens Worte hallten tonlos und leer in Fionns Kopf nach. Er hatte sie fast nicht verstanden. Seine Gedanken waren wie betäubt gewesen. Er wusste nur noch, wie er geweint hatte, während der Regenschleier gleichgültig das brennende Bailín hinter ihnen verhüllt hatte.

Jetzt war es Nacht. Abscheuliches Geflüster huschte durch die rauschenden Baumwipfel. Dunkle, spitze Kiefern und breite, grimmige Steineichen lehnten sich mit silbern schimmernden, perlenden Dolchen über die dunklen Reiter. Der Regen hatte aufgehört, aber Hemd, Weste und Umhängetasche klebten vollgesogen, schwer und feucht wie modrige Bretter an dem zitternden Fionn, der sich mit steifen Fingern an Kellens Hüfte festklammerte. Das schwarze Schwert des Flicken-Frém scheuerte auf seinem Rücken wie ein Wetzstein hin und her. Fionn konnte sich nicht mehr daran erinnern, es sich umgehängt zu haben. Es schien, als wurde es von Minute zu Minute schwerer und drohte ihn aus dem Sattel zu zerren.

Er bat Kellen, doch anzuhalten, flehte ihn regelrecht an, aber Kellen gab keine Antwort.

Bitte, Kellen! Ich kann nicht mehr ... ich kann nicht mehr, verstehst du denn nicht? Ich bin nicht so stark wie du ...

Und das Bündel auf seinem Rücken war doch so schwer ...

Irgendwann kamen sie in eine vernebelte Senke voller drahtiger Dornenbüsche und riesigen grob behauenen und mit Moos bewachsenen Steinblöcken. Ein großer Hügel ragte zu ihrer Linken auf, schwarz und spitz und von Bäumen überwuchert, die wie Speerspitzen in den grollenden Nachthimmel stachen. Der Schimmel wurde langsamer, verfiel in einen Trab und schließlich bremste Kellen ihn ganz ab.

»Was ist los?« Fionn hob den Kopf. Es dauerte einen Augenblick, bis der schwirrende Nebelbrei vor seinen Augen die Formen von Bäumen und Gebüsch annahm. Der Feldweg verschwamm in einigen Metern Entfernung.

»Seltsam«, sagte Kellen. Er sah sich um und klang nervös. »Ich kann mich an die Stelle nich erinnern.«

»Haben wir uns etwa verirrt?« Wie im Halbtraum erinnerte Fionn sich an Dörfer und Häuser, die in einem trüben Sonnenuntergang an ihnen vorbeigeflogen waren. »Kellen?« Fionn rüttelte ihn an der Schulter. »Du weißt doch, wo wir sind, oder? Sag, dass du's weißt!«

»Eigentlich müssten wir schon lang durch Anndel und an der Blauwassermühle vorbei gekommen sein«, sagte Kellen, stieg ab und stapfte ein paar Schritte voraus.

»Warte!«, rief Fionn und folgte ihm. *Lass mich nich allein!*

Seine wankenden Schritte rissen den Nebel auf, der schwer am Boden klebte. Es war kalt und feucht. Fionn hatte keine Ahnung, wo sie waren, oder in welcher Richtung der Ozean überhaupt lag, aber Kellen musste das doch wissen!

Er kennt doch den Weg! Er weiß doch, was zu tun ist!

Das Mondlicht färbte das Buttergelb der raschelnden Ginsterbüsche knochenweiß. Tausend unsichtbare Augen versteckten sich in den wogenden Schatten der Bäume, lagen auf Fionn, drückten ihm auf den Brustkorb. Ständig schaute er um sich. Der Wind heulte auf, Äste knarzten und knackten, brachen und krachten durch das Unterholz und fauchten mit der Stimme des Flicken-Frém, der die Treppenstufen vom Erkerturm in der Schmiede herabgetorkelt kam und ihm das eingeschlagene Schwert in die Hand drückte.

»Das ist dein Schicksal, Fluchträger! Du kannst nicht davor fliehen!«

Die Worte des Branntweinritters hallten zwischen Schwertgeklirr und Essenfeuer wider. Das konnte doch alles nicht sein! Der Streicher musste sich irren!

»Sekhems Fluch hat geschrien und jemand hat es gehört! Sie werden kommen!«

War der silberblonde Teufel nun etwa hinter ihnen beiden her? Er musste Kellen davon erzählen! Kellen musste wissen, was der Flicken-Frém ihm gesagt hatte! Zitternd langte er nach Kellens verbundener Hand, aber der zog sie zurück und zischte: »Nicht jetzt, Fionn! Ich muss mich konzentrieren!«

»Aber es is wichtig!« Wieder griff Fionn nach Kellens Hand. Er musste sie einfach halten. »Es geht um das Schwert! Um den Flicken-Frém – Kellen! Du hörst mir ja gar nich zu! Sie werden danach suchen! Sie werden-«

Kellen fuhr herum. »Sei still jetzt!«, schrie er. Der Hass, der in seinen Augen und in seinen Worten lag, schnürte Fionn die Kehle zu. »Ich sag doch, ich muss mich konzentrieren, also lass mich jetzt in Ruhe! Ich will dein Gerede vom Flicken-Frém und dem Schwert nicht mehr hören, hast du mich verstanden? Wir haben jetzt dringendere Probleme! Ich muss mich an den richtigen Weg erinnern! Also sei gefälligst still!«

»Aber es is die Wahrheit! Du musst mir glauben! Ich wollt's ja auch nich wahrhaben, aber-«

Kellens Hand traf auf Fionns Wange, so stark, dass es Fionn taumelnd einen, zwei Schritte zurückwarf. Sein kaltes Gesicht brannte vor Schmerz und Schock. Langsam, vom Unglauben wie gelähmt, fasste er sich an die Wange, dorthin, wo Kellen ihn geschlagen hatte.

Kellen ... Wieso?

Kellen stand schnaubend da, außer sich vor Wut und hielt sich den rechten Arm, und Fionn ... Fionn wandte sich um und rannte fort von ihm, davon, hinein in die Finsternis der Bäume.

Kalte Weidenzweige strichen über sein Gesicht, zerrten an seiner Umhängetasche und grapschten nach dem Heft des Schwerts auf seinem Rücken. Das Rauschen und Knacken der düsteren Wipfel verschluckte Kellens Rufe hinter ihm. Fionn rannte und rannte immer weiter, ohne zu wissen, wohin, einfach nur davon durch die vernebelte Finsternis zwischen Unterholz und Gebüsch. Sein Hals kratzte vom Schluchzen und er fühlte sich, als könne er die Ascheflocken des Eisenschiffes von neuem in seiner Kehle schmecken, grau und verbrannt, als rannte er wieder an den verriegelten Häusern vorbei und hinunter zur Dorfmauer ...

... als könne er die Männer Bailíns abermals kämpfen und sterben hören, im stürmischen Krachen um ihn.

Nein!

Im aufreißenden Mondlicht blitzten jene grässlichen Bilder wieder vor der Schwärze seiner Lider auf; der Komet, der den Himmel wie ein Messer schnitt, die gigantischen Lichtwesen mit ihren sengenden Schwertern, die Gestalten in der Ferne, die einander an den Händen hielten ... und er, der alleine war, weinte und schrie ...

Nein! Ich kann das nicht, ich-

Wurzeln stellten ihm ein Bein. Fionn taumelte und verlor das Gleichgewicht. Ein Busch verfing sich mit dornigen Zweigen in seiner Tasche, riss sie ihm vom Rücken und von der plötzlichen Erleichterung schnellte Fionn nach vorne und landete hart auf kaltem, feuchten Stein.

Hinter ihm schlugen die Büsche zusammen, undurchdringlich dicht wie eine Mauer.

Fionn war speiübel. Er hob den Blick und durch die Tränen konnte er grade noch den halbrunden Höhlenmund ausmachen, der sich hinter dem Nebel vor ihm auftat. Fionn zwang sich, auf die Beine zu kommen und strauchelte darauf zu, tastete sich an der scharfkantigen Bruchsteinmauer entlang, zu den mächtigen übermannshohen Felsquadern, die den Türsturz der Höhle bildeten. Fingerbreite Rillen zogen sich in weiten Mustern durch den Stein. Brennnesseln und Efeu rankten um die Kanten. An der Innenseite fing ihn rauer, nasskalter Stein auf.

Fionn sank erschöpft zu Boden, zog die Knie unter das Kinn, vergrub den Kopf dazwischen und weinte leise weiter in sich hinein, während der Nebel langsam auf ihn zugekrochen kam.

Ich bin so nutzlos ... wieso bin ich so nutzlos ... wieso ... wieso nur kann ich nicht so stark sein wie Kellen? Ich bin so ein verdammter Feigling ... nicht mehr als eine Last, ein Klotz am Bein für jeden ... für Kellen ...

In der Schmiede war er ihm zu Hilfe gekommen und hatte ihn gerettet, aber diesmal würde er nicht kommen, da war Fionn sicher. Diesmal würde er ihn alleine lassen.

Er ist besser dran ohne mich! Alle wären sie ohne mich besser dran ... ohne mir wäre das alles nicht passiert!

Fionn hatte den silberblonden Teufel erst nach Bailín gelockt! All dieses Verhängnis und Blutvergießen war seine Schuld! Genauso wie die Wunde an Kellens Hand und die Sache mit dem Schwert. Sollte Kellen ihn ruhig hier zurücklassen. Er hatte es verdient.

Es ist alles meine Schuld!

Es war genau wie damals ...

Es ist einfach alles ...

... genau wie bei der Sommersonnenwende.

... meine Schuld!

Der Schmerz in seiner Brust wurde unerträglich. Fionn konnte kaum noch schluchzen, musste nur noch würgen, und dann rollte der Nebel endlich über ihn hinweg und die Welt jenseits verschwand in trübem, grauen Nichts.

Eine Weile kauerte Fionn einfach nur so da, unfähig, sich zu bewegen. Welchen Sinn hätte es auch? Kellen war sicherlich schon fort, weiter geritten nach Santísmer.

Da ließ ein plötzliches Rascheln Fionn erschrocken den Kopf heben. Es musste aus den Brennnesselsträuchern vor ihm gekommen sein, aber in dem dichten Nebel konnte er nichts ausmachen.

Was war das? Kellen konnte es nicht sein, da war Fionn sich sicher, als auf einmal zwei Punkte im Nebel vor ihm erglommen, keine fünf Meter von ihm entfernt.

Augen, schoss es Fionn instinktiv durch den Kopf, noch bevor ihm klarwurde, dass er kein Tier kannte, das solche Augen hätte. Er kannte überhaupt nichts, dass solche Augen hätte.

Fahlblau und kalt waren sie, und von einem seltsamen Flackern umgeben wie kleine Kerzen im Windhauch. Sie schienen knapp über dem Boden zu schweben ...

... und sie bewegten sich lautlos und langsam durch den Nebel auf Fionn zu.

Fionn stockte das Blut in den Adern. Mit wild klopfendem Herzen und von der Angst flachgedrücktem Atem zog er sich an der Steinwand in seinem Rücken hoch. Seine Stimme war vom vielen Weinen ausgemergelt und versagte ihm jeden Hilferuf und so tat er das Einzige, was er konnte und wich vor den näher kommenden Augen zurück, erst langsam, dann Hals über Kopf, immer tiefer in die Dunkelheit des Felsenganges hinein, bis zu dessen Ende, wo er in eine niedrige Gewölbekammer stürzte, deren erdrückende Decke aus einem einzigen gewaltigen Felsblock bestand.

Tonscherben knirschten unter seinen nackten Füßen. Der Boden war vollkommen mit zerbrochenen Krügen, Kesseln, Vasen und anderen efeuüberwucherten Keramiken bedeckt. Schilde, Speere und eine Streitaxt lehnten an der Wand, alle gebrochen, alle moosüberwachsen. Verzweifelt hämmerte Fionn gegen den Stein, der ihm grimmig und massiv den Weg versperrte. Da begannen die Rillen und Furchen an den Wänden, sich vor seinen Augen wie in einem angstverzerrten Trugbild oder einem Alptraum aneinander zu schmiegen. Sie formten Figuren, grotesk verzerrte Menschen, Beile, Bäume und, vor Fionn, einen Hirsch mit weit ausladendem Geweih. Mit einem Entsetzen, das so kalt war wie der Nebel und die Nacht begriff er, wo sich er hier in Wirklichkeit befand. Das war keine Höhle, das war –

Ein Hügelgrab! Fionn wich von dem Stein zurück und wirbelte herum. *Ich bin in einem verdammten Hügelgrab gelandet!*

Fionn wusste um die düsteren Geschichten, die die Dorfältesten in Bailín über die Hügelgräber der Celdennen erzählten. Sie waren verflucht, dunkle Orte, an denen Gespenster und Unholde ohne Namen und Gestalt umgingen und wo die Krieger und Prinzen der Celdennen von einst als Nachtwandler die Pforte nach Annaur durchschritten. Diese Orte waren nicht für die Lebenden bestimmt; sie gehörten den Toten und jenen, die danach trachteten, zu ihnen zu werden.

Wie passend.

Fionn stand mit dem Rücken zur Wand, steinern, kalt und unnachgiebig. Die fahlblau flackernden Augen hatten ihn fast eingeholt. Er saß in der Falle! Was sollte er nur tun? Was? In blinder Verzweiflung schnappte er nach der Axt, hielt sie vor sich und wackelte warnend damit herum. Die stumpfe Schneide wankte unbeholfen in seinem zitternden Griff.

»Bleib weg!«, kreischte er. »Hau ab! Verschwinde, hörst du? Komm mir nich zu nahe!« Er wusste, wie erbärmlich, wie kläglich das klingen musste.

Jetzt tauchten zwei Ohren aus den Nebelwellen auf. Sie waren aufgestellt und seltsam kantig, wie von einem Messer gestutzt und als der Rest des Wesens aus dem Nebel kam, sah Fionn, dass sie zu einem Tier gehörten, eher einem Schatten von einem Tier, das kleiner war als ein Hund, und schlanker, schwarz wie sternlose Nacht und mit einer sonderbaren, stummen Eleganz in seinen Bewegungen. Die fahlblau flackernden Augen hatte es fest auf Fionn geheftet.

Dem sank der wenige Mut, zusammen mit der Axt. Seine Knie wurden weich. Was in aller Welt war das für eine neue Teufelei? Ein Celdennendämon? Ein Gräbergeist?

Was es auch war, es legte die kantigen Ohren an und duckte sich zum Angriff. Fionn fuchtelte mit der Axt herum, doch vergebens – sie fuhr geradewegs durch das Wesen hindurch, als bestünde es aus nichts mehr als Nebel, Nacht und Schatten. Ungläubig starrte Fionn auf die Axt, dann auf das Wesen. Das schien er nun nur noch mehr verärgert zu haben: es schüttelte sich und verengte die fahlblau flackernden Augen zu Schlitzen – dann schnellte es auf ihn zu. Es geschah so schnell ...

Fionn presste nur noch die Augen zusammen und spürte die

Wucht der Pfoten gegen seine Brust, dann warf es ihn rücklings um – doch er fiel und krachte nicht wie erwartet gegen die Felswand des Hügelgrabes! Stattdessen war es ihm, als fiele er geradewegs durch sie hindurch, in eine bodenloses Nichts …

Als das Gefühl in ihn zurückkehrte, war es zuerst nur der Schmerz; ein dumpfer, klopfender Schmerz in seinem Hinterkopf, der sich mit jedem Herzschlag weiter ausbreitete, bis er schließlich seinen ganzen Körper zu erfüllen schien. Es fühlte sich an, als wäre er aus großer Höhe gefallen und aufgeschlagen.

Fionn lag auf dem Bauch. Er schmeckte Dreck in seinem Mund und spürte, wie sich jemand an dem Schwert auf seinem Rücken zu schaffen machte.

Das Geschöpf … das Geschöpf mit den kantigen Ohren …

Es zerrte, zog und wetzte daran herum, riss Fionn dabei grob hin und her, bekam es aber nicht von ihm los. Er spürte das Gewicht der Pfoten, spürte, wie es auf ihm sprang und es von allen Seiten versuchte. Das Wesen war erstaunlich leicht.

Fionn versuchte, sich zu bewegen, schaffte es aber nicht. Die Angst hatte seinen Körper wie gelähmt. Es gelang ihm gerade noch, die Augen zu öffnen. Vorsichtig blinzelnd sah er auf seine Hand, die im Gras lag.

Gras …

Jetzt da er es sah, glaubte Fionn auch, es zwischen seinen Fingern fühlen zu können.

… aber …

Er musste in einer Wiese liegen … zumindest war der Eindruck einer Wiese der, der ihm am ersten kam und der dem, was er da sah, um nächsten erschien. Das Gras um ihn und zwischen seinen Fingern war eigenartig farblos, fahl und bleich und von innen wie von einem stummen und schwachen Schummer angehaucht, das keine klaren Kanten schaffte und weder Schatten noch Licht erzeugte.

Wie … wie kann das sein? Was ist …

Fionn drehte den Kopf und schaute nach oben, aber wo ein Himmel sein sollte, war nur eine große, dunkle Leere. Als hätte er die Augen wieder geschlossen.

So eine Schwärze ... beinah wie –

Ein plötzlicher Ruck unterbrach seinen Gedanken. Das Geschöpf hatte ihn am Kragen gepackt und einen guten Zoll weiter gezerrt. Für so ein kleines, leichtes Wesen hatte es eine ungeahnte Kraft in sich und Fionn konnte nichts dagegen ausrichten.

Sein Rücken brannte überquer, wo das schwarze Schwert war, als wäre er wund, als hätte sich der Stahl durch Lederscheide, Leinentuch, Weste und Hemd gewetzt und versengte jetzt seine blanke Haut mit demselben toten Essenfeuer, das ihm durch die Finger gefahren war, als er es in der Halbmondbucht gezogen hatte.

Kellen ... was soll ich nur machen?

Fionn krümmte sich zusammen, hielt die Fäuste schützend vors Gesicht, wimmerte und weinte leise und erstickt in seine Hände. Speichel benetzte seine Finger, Rotz klebte an ihnen.

Bitte, Kellen ... bitte hilf mir! Ich kann doch nichts tun ... ich ... ich will doch nur, dass es aufhört ...

Da verharrte das Geschöpf plötzlich in seinen Bewegungen.

Fionn stockte. Das Geschöpf schien zu zögern, dann ließ es von ihm ab. Fionn zwang sich, so leise zu sein, wie er nur konnte. Er hielt den Atem an und hörte schwach das leise Rascheln von Gras.

War das Wesen ... war es etwa fortgesprungen?

Wie ...

Fionn wartete noch kurz in völliger Regungslosigkeit, bis er sich sicher war, dass er kein Geräusch mehr vernahm. Dann wagte er es, den Kopf aus der Deckung zu heben.

Das Geschöpf schien fort zu sein. Er reckte den Kopf ein wenig, konnte es aber nach wie vor nicht sehen. Wohin war es verschwunden? Und wieso ...

... wieso hat es mich nicht einfach umgebracht?

Fionn verstand es nicht. Er verstand gar nichts mehr. Dennoch, er fühlte, dass er aufstehen musste. Er versuchte es, stemmte sich auf. Es fiel ihm schwer, so viel schwerer, als er gedacht hatte, und er musste verschnaufen, wie nach einer großen Anstrengung, bevor er sich aufrappeln und schwankend vom Schwindel umsehen konnte. Mit dem Ärmel wischte er sich über Mund und Nase.

Fionn befand sich inmitten eines bleichen Graslandes, das sich in jede Richtung erstreckte, soweit das Auge reichte; gleich und ohne irgendeinem Baum oder Strauch oder sonst etwas. Alles war von diesem schwachen stummen Schummer versetzt ... alles, außer er selbst.

Sein Atem blieb als weiße Wolke in der Luft hängen, aber es war weder kalt, noch warm.

Wo ... wo bin ich hier? Was ist das hier nur für ein Ort? Wo ist das Hügelgrab hin ... ich war doch ...

Ein grausiger Verdacht kam ihm. Konnte es sein ...

Bin ich ... bin ich etwa tot?

Panisch tastete er seinen Körper ab, als könne er dadurch feststellen, ob er noch lebte. Aber nein; sein Herz klopfte wie wild und er spürte noch immer den Schmerz des Aufpralls. Fionn wusste nichts übers Totsein, aber wenn er es wäre, wäre das doch bestimmt anders, oder?

Ihm blieb keine Zeit, um weiter darüber zu sinnieren, denn aus den Augenwinkeln sah er jetzt, wie sich das Gras hinter ihm teilte, langsam ... pirschend.

Sofort fuhr Fionn herum.

Dort war das Wesen. Ein schwarzer Fleck, der sich in das bleiche Gras duckte, die kantigen Ohren reichten knapp über die Spitzen der schummrigen Halme, die fahlblau flackernden Augen waren noch immer auf Fionn gerichtet. Als sich ihre Blicke kreuzten, hielt das Geschöpf inne. Auch Fionn wagte es nicht, auch nur einen Muskel zu rühren. Sie waren etwa fünf Meter voneinander entfernt und das Geschöpf bewahrte den Abstand. Es wartete.

Es beobachtet mich, begriff Fionn. *Es will sehen, was ich tue.*

Als er zu sich gekommen war, musste er es mit seinem Wimmern und Weinen aufgeschreckt haben.

Dieses Geschöpf ... es hat es auf dieses elende Schwert abgesehen.

So viel war Fionn klar. Und er spürte die Verlockung in seinen Fingern, es ihm einfach auszuhändigen. Vielleicht, überlegte er, vielleicht wäre dann alles vorbei ...

Ja ... ich kann doch ohnehin ... rein gar nichts tun ...

Fionn schniefte. Dann, langsam, um das Geschöpf im bleichen Gras nicht zu beunruhigen, tastete er nach dem Gurt des Wehrgehänges und schlang das Schwert über die Schulter.

Sekhems Fluch ...

So hatte der Flicken-Frém es genannt. Das fiel ihm wieder ein. Und plötzlich hatte er wieder die Stimme des Flicken-Frém in seinem Kopf, die schrie: »*Du kannst dich nicht davon abwenden! Du musst die Waffe des Feindes an dich nehmen und sie schützen! Es ist deine Aufgabe, deine Pflicht, deine Bestimmung, dein Schicksal!*«

Aber der Flicken-Frém hatte sich geirrt. Fionn hatte es ja gewusst.

Ich kann es nicht sein ... ich bin doch einfach zu schwach ...

Er betrachtete das schwarze Schwert in seinen Händen, die zerkratzte Scheide, das abgewetzte Leder des Hefts, kalt und kobaltblau.

Der Flicken-Frém hat sich geirrt, dachte er noch einmal. *Ich bin einfach nicht der richtige ... und ich kann es also doch weggeben. Ich gebe es weg und dann wird alles vorbei sein. Alles wird wieder wie vorher sein.*

Aber nun, wie er es so in den Händen hielt, merkte er, wie sich etwas in ihm dagegen sträubte, es dem Geschöpf mit den kantigen Ohren zu überlassen. Es fühlte sich falsch an und wie von diesem Gefühl angefacht, schien ihm nun ein zorniger Widerstand von dem schwarzen Stahl entgegenzuschlagen, eine feindselige, innige Kälte, die ihm die Hände schier zu versengen schien, wo er es hielt.

Er konnte es nicht weggeben. Es *ließ* ihn nicht. Und dann musste er an das Gefühl denken, das er empfunden hatte, als er es in der Halbmondbucht gezogen hatte. Es hatte sich doch so richtig angefühlt ...

... so, als könne er diesmal alles besser machen. Was immer das auch bedeuten mochte.

»*Du hast es gezogen! Und du hast standgehalten! Es hat dich auserwählt! Aus Tausenden von Tausenden! Dich!*«

Wieder der Flicken-Frém.

Bittere Wut stieg jetzt in Fionn auf. Der Flicken-Frém musste sich einfach geirrt haben, es konnte doch gar nicht anders sein – das ergab doch einfach keinen Sinn! – und doch …

… und doch habe ich es gezogen.

Und doch war Fionn jetzt hier.

Und ich kann … ich kann nicht weiter weglaufen!

Er spürte, dass er dem Geschöpf mit den kantigen Ohren hier nicht würde entkommen können – er würde ihm niemals entkommen können. Er musste sich ihm stellen. Hier. Jetzt.

Ich …

Plötzlich schien es Fionn, als wäre der Zorn, der in dem Schwert in seinem Griff schwelte, nicht mehr gegen ihn gerichtet, sondern gegen das Geschöpf mit den kantigen Ohren … und eigenartig vertraut.

… ich muss es doch zumindest versuchen!

Er packte das Heft des schwarzen Schwertes, riss den zerfransten Knoten auf und schlug alle Warnungen des Flicken-Frém in den Wind, es nicht zu ziehen.

Das Geschöpf im bleichen Gras vor ihm duckte sich, legte die kantigen Ohren an.

Ich muss doch wenigstens versuchen, so tapfer zu sein wie Kellen!

Damit riss er den schwarzen Stahl aus der Scheide – der jedoch nicht mehr schwarz war; er war blendend hell, wie frisch aus dem Essenfeuer gezogen. Fionn begriff nicht, doch bereute er sofort, was er getan hatte. Das Gewicht des Schwertes riss ihn zu Boden.

Fionn kreischte.

Das kann doch nicht sein!

Das verfluchte Ding war so schwer, zu schwer, als dass Fionn es heben, geschweige denn es führen konnte. Er sah auf und sah mit Entsetzen, dass das Geschöpf das Fell gesträubt und die flackernden Augen zu gemeinen Schlitzen verengt hatte. Jeden Moment würde es ihn anfallen und dann –

Schon geschah es.

Das Wesen setzte auf Fionn zu, jagte um ihn, verbiss sich an seinem Hemd und an seiner Weste, zerrte und riss wild an ihm herum. Fionn konnte die Augen nicht offen halten. Er klammerte sich an dem Heft des Schwertes fest, krümmte sich darum und spürte den flammenden Schmerz des Bisses an seinen Händen, als das Geschöpf versuchte, ihn von dem Schwert wegzuziehen.

Aber Fionn ließ nicht los. Er hielt die wunden und aufgeschürften Finger fest geschlossen.

Nein!

Noch während das Geschöpf um ihn jagte und ihn anfiel, wieder und wieder, schaffte er es, sich an dem Schwert aufzustemmen. Der Zorn, seiner und der des Schwertes in seinem Griff, verschmolzen, verliehen ihm eine ungeahnte Kraft, eine eiserne Entschlossenheit, die ihn nicht aufgeben ließ.

Nein, du bekommst es nicht!

Und dann gelang es ihm, den Stahl anzuheben. Er wuchtete ihn in die Höhe, grade als das Geschöpf wieder auf ihn zusprang, stieß einen Schrei aus und führte einen blinden Hieb gegen es, in den er alle Kraft warf.

Der Angriff des Geschöpfs blieb aus. Fionns Schrei verhallte über der Weite des bleichen Graslands. In der Stille, die er hinterließ, wagte Fionn erst nach einigen Herzschlägen, die Augen wieder zu öffnen.

Sein Atem hing dicht um ihn. Er keuchte, hustete heiser, sah sich um. Von dem Geschöpf, von seinen kantigen Ohren und den fahlblau flackernden Augen fehlte jede Spur. Es war verschwunden.

Hab ich es erwischt?

Es musste wohl so sein. Er wartete ab, das Heft des Schwertes noch immer fest umklammert, ob sich noch etwas tat, aber das Geschöpf blieb verschwunden. Nun spürte Fionn, wie der sengende Stahl abermals schwerer wurde. Oder waren es seine Muskeln, denen nun die Kraft schwand? Sein Körper schmerzte jedenfalls und er spürte, wie ihn jetzt eine große Erschöpfung überkam. Fionn wurde schwindlig.

Ich hab's geschafft ... Kellen ... ich ...

Fionn schwankte, konnte sich kaum noch auf den Beinen halten, als plötzlich das dunkle Firmament über ihm zu beben schien. Eine Erschütterung ging durch die Leere, die sich über dem bleichen Grasland spannte, und ein schwaches, schemenhaftes Geisterlicht, das sogleich wieder einging. Ein sanfter Wind folgte ihm. Er wehte über die Hänge des Graslandes und das Rauschen war das einzige Geräusch, das nun zu existieren schien. Als es Fionn erreichte, strich es über sein Gesicht und sein schweißnasses Haar, zärtlich, warm ... und in ihm war der Klang einer vertrauten Stimme.

Kellen!

Es war ganz ohne Zweifel Kellens Stimme! Und er rief Fionn beim Namen. Ob sie nun echt war oder nur Einbildung, Kellens Stimme ließ Fionn noch einmal neuen Mut fassen.

Er ruft nach mir!

Er zwang sich, das Schwert noch einmal anzuheben und zurück in die Scheide zu stoßen. Das sengend helle Licht versiegte. Er schlang es sich um und machte sich auf, Kellens Stimme zu folgen.

Kellen ... warte! Ich komme!

Er rannte auf den Hang zu, von dem der Wind gekommen war, und hinauf. Die Schritte fielen ihm schwer, als drückte etwas übermächtiges gegen ihn, aber Fionn kämpfte sich weiter, setzte Fuß vor Fuß, qualvoll langsam, wie es ihm schien. Er musste ihr einfach folgen, er musste zu Kellen. Oben auf dem Hang angekommen sah er sich um. Die Stimme war fort. Wohin sollte er jetzt, wohin –

Da sah er sie. In einiger Entfernung, auf einem anderen Hang. Da standen zwei Gestalten, klein und so blass wie das Gras um sie. Es waren zwei Jungen. Und selbst auf die Entfernung spürte Fionn genau, dass sie ihn direkt ansahen, bevor sie binnen eines Wimpernschlags auf einmal vergangen waren.

Fionn rieb sich die Augen.

Was zum ...

Weiter konnte er nicht denken, denn nun kam der Wind noch einmal auf. Wieder trug er Kellens Stimme an ihn heran. Fionn schaute in die Richtung, aus der sie kam, in die Senke auf der anderen Seite des Hangs, den er eben erklommen hatte, und sah eine Szene, die ihm vertraut war:

Das Hügelgrab!

Es war das Hügelgrab, in das er sich in der echten Welt, der jenseitigen, geflohen hatte. So viel begriff er sofort, doch dieses hier war anders: Es war verkehrt und verzerrt, wie ein Spiegelbild der richtigen Welt und zugleich kaum mehr als ein Schemen, ein Schatten von Nebel und auf Nebel geworfen.

Darin erkannte Fionn Kellen, der vor einem kniete, der regungslos am Boden lag, gegen eben die Felswand gelehnt, durch die das Geschöpf mit den kantigen Ohren ihn zuvor gestoßen hatte. Kellen schrie den am Boden liegenden an, schüttelte ihn, streichelte seine Hand – und da begriff Fionn, dass er es war, der dort lag.

Kellen! Kellen warte! Ich komme!

Panik erfasste Fionn. Er riss sich los und rannte den steilen Hang hinab, aber schon nach wenigen Metern geriet er ins Straucheln. Er stürzte, überschlug sich und rollte den restlichen Hang hinab.

Kellens Stimme wurde immer lauter …

Doch da war noch etwas: Eine andere Stimme, die nicht Kellens war – nein, nicht eine, sondern viele Stimmen, die nur wie eine klangen. Fionn kannte sie nicht, doch …

… sie riefen nach *ihm*.

Dann hatte Fionn das Zerrbild des Hügelgrabs erreicht. In seinem Kullern konnte er aber nicht abbremsen und so brach er geradewegs hindurch – und befand sich mit einem harten Aufprall zurück in seinem Körper.

Fionn schnappte nach Luft. Kellen wich von ihm zurück, bevor der Schreck in seinem Gesicht der Erleichterung weichen konnte. Dann packte er Fionn, zog ihn zu sich und schloss ihn fest in die starken Arme.

»Oh Fionn! Es geht dir gut!« Fionn brachte keine Antwort heraus. Er konnte nur Nicken und in Kellens starken Armen zerfließen. »Ich hab mir solche Sorgen gemacht, Fionn! Einfach wegzulaufen! Was hast du dir nur dabei gedacht! Ich hab dich gesucht und dann – ich hab mir schreckliche Sorgen gemacht, dir wär was passiert!«

Nun löste Kellen die Umarmung. Er hielt ihn noch immer fest. Fionn sah in sein Gesicht. Er hatte Tränen in den Augen.

Etwa … wegen mir?

»Kellen … Wie …«

»Die hast du verloren!« Kellen hob die Umhängetasche

hoch. Dann drückte er Fionn nochmals und sagte: »Lauf mir ja nie wieder weg! Du darfst nich weglaufen! Bleib bei mir! Versprich mir das!«

Wieder konnte Fionn nur nicken.

»Gut!«, sagte Kellen. Er besah Fionn nochmals, dann zog er ihm die Hosenträger über die Schulter, klopfte ihm den Dreck von den Schultern und aus den Haaren und drückte ihm einen raschen Kuss auf die Wange. »Komm jetzt. Wir müssen weiter!«

»Weiter?«

»Nach Santísmer natürlich! Die daheim brauchen uns. Sie verlassen sich auf uns. Wir dürfen sie nicht enttäuschen!«

Fionn nickte. Ja … Ja natürlich!

»Also los! Komm!« Kellen half ihm auf die Beine und schlang sich Fionns Arm um die Schulter, damit er nicht noch einmal fiel. Fionn zitterte am ganzen Körper. Schweigend stapften sie zurück zu ihrem Schimmel. Auf halbem Weg, sie waren bei einer baumfreien Stelle, lichtete sich der Nebel, der das Land in der Ferne verbarg. Kellen hielt an und zeigte aufgeregt auf einen kleinen Fleck, in einer halben Meile Entfernung. Schwach konnte Fionn dort verloren ein paar kleine orange Lichtpunkte ausmachen.

»Schau! Schau nur!«, sagte Kellen erleichtert. »Das sind die Lichter von Anndel!«

Sie waren auf dem richtigen Weg.

Ich weiß jetzt, dass auch die Vorgänge am Nídis meine Schuld waren. Wenn ich Sekhems Fluch an jenem Tag nicht gezogen hätte, wenn ich es nicht erweckt hätte, aus seinem langen Schlaf und wenn es nicht geschrien hätte ... vielleicht hätten dann auch die Menschen dort weiterhin in Frieden leben können. Vielleicht wäre die Vernichtung dann nie über sie gekommen.

Sie hätten den vergessenen Schrecken nie aufgestört, nie den Siegel seines Sarkophags gebrochen. Ich frage mich ... hätten sie es gewusst, was sie da freigelegt hatten, hätten sie etwas anders unternommen, außer den Zugang in der Minenhalle zu verbrettern? Hätten sie dann immer noch gefeiert und darüber alle Fragen und Sorgen vergessen?

DIE VEREIDIGUNG der neuen Salzknappen fand am zweiten Sonntag nach ihrer Ankunft am Schwarzsalzberg statt und wurde mit einem großen Fest gefeiert. Schon früh am Morgen fanden sie sich alle dreihundert Mann zu einer Andacht in der Kapelle von Nídisgard ein. Lieder wurden gesungen, Gebete gesprochen und die Bergheiligen und die altvorderen Götter ohne Zahl und Namen um ihren Schutz angerufen. Sie seien die einzigen Götter, die ihnen hier draußen zuhörten und Beistand leisteten, sagte der untersetzte Kapellmeister zu den Stollenmännern, die die Köpfe ehrfürchtig gesenkt hatten. Hätten sie sie gehoben, hätte man gesehen, dass in ihren Gesichtern einzig der Gedanke an das bevorstehende Fest glomm. In allen ...

... bis auf Sams.

Als sich herumgesprochen hatte, dass es zum Anlass ihrer Vereidigung eine Feier geben würde, hatte sie sich zunächst von Fíd und den anderen in ihrer überschwänglichen Vorfreude mitreißen lassen. Auf die andauernde Plackerei in den Minen war ihnen allen eine Auszeit recht, vor allem, da sie ja noch nicht nach Salísfell übersetzen durften. Doch am Vortag der Vereidigungsfeier, als sie zusammen mit den anderen neuen Salzknappen die Große Halle für das bevorstehende Fest geputzt hatte, hatte Sam etwas aufgeschnappt, das ihrer Freude einen gehörigen Dämpfer verpasst hatte.

Während sie, Fíd und noch einige damit beschäftigt waren, die vier langen Bänke und Tafeln gründlich mit Lauge zu schrubben und zu polieren, waren an der erhöhten Herrentafel mehrere Vorarbeiter gesessen. Sie hatten sich unterhalten, sich den Dreck unter den Fingernägeln hervor gekratzt und dann und wann darauf geachtet, dass auch alles zur Zufriedenheit des Oberaufsehers erledigt wurde.

Sam hatte ihnen auf einem Ohr zugehört und vernommen, wie sie Wetten über die Aufteilung der neuen Salzknappen abschlossen.

Die Aufteilung? Was war damit gemeint? Das hatte ihr den restlichen Nachmittag über keine Ruhe gelassen. Beim Abendessen hatte sie versucht, nachzufragen, was es damit auf sich hatte. Die Vorarbeiter hatten ihr eröffnet, bei der Vereidigung würde auch verkündet werden, wo die Salzknappen künftig eingesetzt werden.

»Manche kommen zu den Anschlägern oder den Abziehern, ein paar vielleicht zu den Zimmerlingen. Die meisten von euch werden aber wahrscheinlich in den Stollen bleiben«, sagte einer der Bronzeknöpfe, aber als Sam weiter fragen wollte, bekam sie nur zur Antwort, dass sie alles andere morgen schon noch früh genug erfahren würde. »Genau wie alle anderen! Ich kann dir eh nich mehr sagen, als ich's getan hab. Wer wohin kommt, das wissen im Voraus bloß der Oberaufseher und sein Wölfchen. Und jetz scher dich weg und lass mich in Ruhe essen, Junge!«

Als sie zurück an ihrem Platz war, musste Fíd ihren beunruhigten Gesichtsausdruck bemerkt haben, denn er hatte gemeint: »M-m-mach dir m-m-mal keine S-s-sorgen.«

Das hatte Sam gar nicht gefallen. Sie durfte nicht zulassen, dass jemand ihr ihre Gedanken ansah. Das konnte am Ende noch ihre ganze Posse auffliegen lassen. Flüchtig sah sie durch die Gesichter ihrer anderen Gefährten, ob außer dem Rotschopf noch einer aufgepasst hatte, fand sie jedoch alle zu sehr mit ihrem Eintopf beschäftigt. Dann erwiderte sie Fíds Kommentar mit einem sträflichen Blick, auf den hin er sich auch wieder seinem Teller zuwandte.

Sam schlang ihre Portion Eintopf vor Unrast energisch herunter und dachte verärgert, was es denn den Rotschopf überhaupt anginge, was sie dachte? Sollte er sich doch gefälligst um sich selber kümmern! Wie sie das ärgerte ... Sie solle sich keine Sorgen machen ... Fíd hatte leicht reden! Sam hingegen hatte schließlich allen Grund dazu, sich Sorgen zu machen! Und auch danach auf ihrer Kammer hatte sie das noch stundenlang wachgehalten.

Was stand ihnen morgen noch bevor, von dem sie womöglich noch gar nichts wusste? Wie genau würde die Vereidigung von statten gehen? Und wohin würde man sie stecken? Bestand etwa gar die Möglichkeit, dass sie aus den Minen herauskäme und eine andere Anstellung bekäme? Eine, die ihrem Körper nicht so arg zusetzte, wie die in den Stollen? Sie zerbrach sich den Kopf darüber, wie wohl ihre Chancen stünden und woran sich das entschied. An ihrer Leistung? An ihrem kümmerlichen Scheffelchen, den sie mit dem schwächlichen, yrischen Rotschopf grade so füllen konnte?

Das weiß bloß der Oberaufseher und sein Wölfchen, wiederholte sie. *Wölfchen.*

Der hagere Sommerwolf. Sie versuchte, sich sein hartes, kaltes Gesicht in Erinnerung zu rufen, wenn sie ihren Scheffel abgegeben und er etwas in sein Büchlein notiert hatte, konnte aber keinerlei Bedeutung in den strengen Zügen erkennen. Bald hatte die Ungewissheit über die Vereidigung noch Gesellschaft von einer weiteren Sorge bekommen. Was, wenn sie womöglich von ihren bisherigen Gefährten getrennt würde? Fíd, Emmet, Emerik, dem starken Yoran? Sie waren ihr keine

Freunde, aber sie kannte sie zumindest soweit, dass sie ein-
schätzen konnte, wie sie sich in ihrer Gegenwart zu verhalten
hatte, damit ihr keiner auf die Schliche kam. Aber wie stünde
das bei den anderen, älteren, erfahreneren Arbeitern? Solchen,
die in Salísfell womöglich sogar selbst Töchter hätten? So gern
sie auch aus den Stollen wollte, die Vorstellung, ihre Kameraden zu verlieren, gefiel ihr weniger, als sie sich eingestehen
wollte.

Lange noch hatte sie sich noch auf ihrer kratzigen Haferstrohmatratze hin und her gewälzt, bis sie irgendwann mit
einem Gefühl der Erschöpfung eingeschlafen sein musste.

Die Andacht dauerte den ganzen Vormittag. Danach zogen
die Männer weiter in die hergerichtete und von allen Fackeln
und Leuchtern erhellte Große Halle. Dort richtete der Oberaufseher Braendi das Wort an die versammelten dreihundert
Stollenmaurer, Zimmerleute, Schmiede, Hauer, Anschläger,
Fördermänner, an die Vorarbeiter, die übrigen Beschäftigten
und natürlich an die achtundzwanzig Salzknappen. Der Sommerwolf war wie üblich an seiner Seite, die Hand auf dem Heft
seines Langschwertes.

Braendi verkündete, sobald die Salzknappen ihren Eid ge-
leistet hätten, seien sie ihr Leben lang an die Arbeit in den
Minen, mit ihren Pflichten und Rechten, und an den Berg selbst
gebunden, dafür aber auch in dessen Obhut und die Gunst des
Hochkönigs aufgenommen.

»Wer sich dem nicht einfügen will, der mag sich jetzt abwenden und sein Glück in der Wildnis versuchen, denn sein
Leben innerhalb der Länder unter der Krone von Istansgard
sind auf immerdar verwirkt. Die Klingen der Sareka sollen
einen jeden holen, die Zähne von Múrn sie zerfleischen und die
Fäuste von Haltí ihre Knochen zermalmen.« Er klemmte die
behandschuhten Daumen hinter den breiten Gürtel und rief
mit dem tiefen Beiklang althergebrachter Worte: »Ist nun also
einer unter euch Männern, dem der Mut versagt, dem Dienst
am Berg sein Leben zu geben?«

Das war es, dachte Sam. Dieser Moment entschied über den
Rest ihres Lebens, über alles, was ihr blieb. Von jetzt an gäbe

es kein Zurück mehr. Hierfür war sie gekommen.

Für Vater ... Mykas und Per ... den kleinen Yesper ...

Für sich.

Und trotzdem hatte sie wieder dasselbe matte Gefühl, wie in der Nacht. Entschlossen ballte sie die Hände zu Fäusten, als könne sie es dadurch aus sich herauspressen, und sah dem Oberaufseher durch die Reihen derer, die vor ihr standen, unverwandt in die Augen. Er schenkte ihr keine solche Aufmerksamkeit.

Weil sich keiner meldete, ließ der Oberaufseher die neuen Salzknappen vortreten und vor ihm in einer Reihe aufstellen. Der Kapellmeister ging von einem zum anderen, salbte ihre Stirn mit einer schwarzen Substanz und nahm dabei von jedem einzelnen den jahrtausendealten Eid ab, den man ihnen in der vergangenen Woche beigebracht hatte: »Ich schwöre im Angesicht der Altvorderen ohne Zahl und Namen und bei allem, was meinen Vätern und mir Heilig ist: Mein Leib und meine Kraft sind Leib und Kraft der Kronen von Salz und Asche, gehorchen will ich meinem Dienste, meinem Herrn und dem Willen Ástans bis zu meinem Ende meiner Tage.«

Als die Reihe an Sam kam, sagte sie die Worte, ohne mehr über ihren Sinn nachzudenken. Als seien es nur Worte. Sie spürte die Berührung der ledrigen Finger des Kapellmeisters, die krümelige kühle Substanz, aber sie fühlte keinen Unterschied. Und doch war er da, gleichsam unsichtbar, wie unwiderruflich. Aber als sie den Kopf hoch und ihr Blick den des Sommerwolfs streifte, wurde es ihr plötzlich mit einer Schwere bewusst, die sie bisher noch nie gekannt hatte.

Sie sah zur Seite und bemerkte, dass Fíd ihren Blick ebenfalls suchte. Sie wich ihm aus.

Nachdem alle Salzknappen ihren Eid abgelegt hatten, durften sie sich erheben und endlich wurde bekanntgegeben, welchen Lagern sie zugeteilt wurden. Sam lauschte mit angehaltenem Atem, wie die dürre blässliche Erscheinung des Kämmerers die Liste verlas. Zwei Mann kamen zu den Anschlägern. Einer zu den Abziehern. Vier zu den Zimmerleuten. Der Rest blieb bei den Hauern in den Stollen.

Die Große Halle jubelte, johlte und brach in Applaus für die frisch Vereidigten aus, bevor das Bier angestochen, das Mahl aufgetragen wurde und man zum festlichen Teil überging.

Sam war überhaupt nicht mehr nach Feiern zumute. Alles in ihr sackte ab. Sie musste in den Stollen bleiben, wo sie sich über kurz oder lang zu Tode schuften würde. Wie hatte sie nur die Hoffnung hegen können, ihr bliebe dieses Schicksal erspart? Hatte sie sich auch noch so sehr davor verstecken und davor verziehen wollen, es hätte sie ohne jede Anstrengung eingeholt. Das war es also. Das hatte sie gewählt. Dafür hatte sie sich entschieden. Aber es musste doch einen Weg geben, wie sie eine andere Anstellung bekam?

»Vergiss es«, sagte Ugo Rosshaar, der in den Minen die Esel versorgte und der beim Essen neben ihnen saß. »Wer kein Handwerk gelernt hat, bleibt bei den Hauern. So ist es nun mal, tut mir leid, Kleiner. Aber wenn du dich gut machst, wirst du vielleicht zum Steiger. Das dauert aber bestimmt noch gute fünf ... eher zehn Jahre. Je nachdem, wie du arbeitest ... und wie der Wolf dich einschätzt.«

Sam wollte wissen, wie es mit den Bediensteten auf der Festungsinsel stand. »Mit denen, die in der Küche arbeiten und in den Stallungen, die Hallenknechte und die anderen?«

Ugo Rosshaar entgegnete, dafür würden keine vereidigten Minenarbeiter gebraucht. Dafür war Personal aus Salísfell zuständig.

»K-k-kopf hoch«, sagte Fíd aufmunternd. »Immerhin b-b-bleiben wir so zusammen. U-u-und jetzt lass uns l-l-lieber auch was t-t-trinken, k-k-komm!«

Sie holten sich ihren ersten Krug und stießen mit Emmet und Emerik und dem starken Yoran an. Während sie trank, musste Sam plötzlich an den Morgen ihrer Ankunft auf der Festungsinsel denken, und an den Vorfall mit dem Oberaufseher, bei dem Sam für den Rotschopf eingetreten war. Vielleicht, überlegte sie, wäre es besser gewesen, sie hätte einfach die Klappe gehalten.

Vielleicht ... vielleicht hatte sie das mehr gekostet, als sie in dem Moment begriffen hatte.

Aber nach dem ersten Krug waren solche verdrießlichen Gedanken bald vergessen. Und was half es schon, sich darüber zu ärgern? Es war geschehen und wenn Sam ehrlich mit sich selber war, musste sie einsehen, dass sie jederzeit wieder so handeln würde – ob es nun sonderlich vernünftig war oder nicht.

Sonderlich vernünftig wäre es wohl ebenfalls nicht gewesen, einen zweiten Krug Bier zu holen, aber auch das tat sie jetzt. Um sie herum wurde inzwischen getanzt, zur Musik eines Leierspielers, der weiter oben an der Tafel aufspielte. Sam und ihre Kameraden tranken und lachten und waren ausgelassen.

Zwischenzeitlich funkte in Sam die Hoffnung auf, einfach hart genug zu arbeiten und doch noch eine bessere Anstellung außerhalb der Minen zu bekommen. Und bis es soweit wäre, hatte sie zumindest ihre vertrauten Gefährten um sich. Fíd hatte schon recht: Es war doch gar nicht so verkehrt, nicht von ihnen getrennt worden zu sein.

Nach dem zweiten Krug lehnte sich der inzwischen doch merklich angeheiterte Rotschopf zu ihr und meinte, der Oberaufseher sähe mit seiner gewaltigen, eberköpfigen Meerschaumpfeife im Mundwinkel selber wie ein Eber aus. »A-a-allerdings einer, dem m-m-man einen H-h-hauer ausgeh-h-hauen hat.«

Fíd grinste und Sam musste lachen. Dann wollte der Rotschopf wissen, was Sam eigentlich dazu gebracht hatte, dem Aufruf des Hochkönigs zu folgen und an die Minen zu gehen.

»Ich war ein Taschendieb, bis sie mich g-g-geschnappt haben«, sagte er und nickte in Richtung Emmet und Emerik, »D-d-die beiden haben einen G-g-gutshof abgefackelt und Yoran ... na, schau ihn d-d-dir doch m-m-mal an. A-a-aber was hast d-d-du angestellt? D-d-das hast du noch nie g-g-gesagt. D-d-du bist k-k-kein Dieb, so viel weiß ich schon, a-a-aber was bist du d-d-dann?«

Es musste der zweite Bierkrug sein, der Sam dem Rotschopf nach kurzer Überlegung so willentlich von ihrer Familie zuhause erzählen ließ, denn noch wie sie redete, merkte sie, dass sie das eigentlich lieber für sich behalten wollte. Das ging Fíd nichts an, aber auch schon rein gar nichts ... und doch redete sie weiter. Am Ende fühlte sie sich, als hätte sich ein Gewicht, das sie zuvor noch gar nicht wahrgenommen hatte, von ihrer

Kehle gelöst.

Fíd hingegen sah seltsam betrübt aus. Er gab ein leises »Oh ... v-v-verstehe« zurück, ehe er von hinten unsanft angerempelt wurde.

Von Sam und Fíd unbemerkt, hatte sich ein paar Plätze weiter eine Rangelei entzündet, deren Wogen bis zu ihnen schlug. Männer grölten und prompt hatte sich ein schaulustiger Reigen um die beiden Streithähne gebildet, der sie lautstark anfeuerte.

»Komm, d-d-das schauen wir uns an!« Kurzerhand zog Fíd Sam kurzerhand hinter sich her. Emmet und Emerik sprangen ebenfalls auf, nur der starke Yoran blieb sitzen.

Der Leierspieler begann nun, den Kampf musikalisch zu untermalen und wurde von Gestampfe und auf-den-Tisch-Gehaue begleitet. Der eine Kerl spannte die breite Bärenbrust an, dass die Hemdsnähte kaum mehr dagegen ankamen und aufplatzten, der andere plusterte sich auf und ließ die Muskeln an seinen dicken Oberarmen spielen. Es wurden grade die ersten Wetten auf die Sieger abgeschlossen, da brach sich eine hagere Gestalt in einem kohlgrauen Waffenrock ihren Weg durch die Umstehenden und zwischen die Kontrahenten.

»Aus dem Weg, Wolf!«, blaffte der eine. »Ja, verschwinde!«, der andere, und aus der Menge fielen abfällige »Verzieh dich!« und »Hau ab!« und »Das geht dich nichts an!«

Der Sommerwolf antwortete ohne Worte und ohne die Miene zu verziehen, indem er das Schwert an seiner Hüfte ein Stück aus der Scheide herauszog. Die aufblitzenden drei Zoll Stahl genügten, um Kämpfer und Zuschauer sofort gleichermaßen zurückzudrängen. Zwar gab es noch einen kurzlebigen Protest, aber der verstummte gleich wieder unter den kühlen Blicken des Sommerwolfs, der die dünne Stille um ihn musterte.

Betreten räuspernd reichten sich die beiden Zänker nun die Pranken und schworen mit breitem Grinsen, es sei ja nur ein freundschaftlicher Spaß gewesen. »Das hat ja jeder sehen können, nich wahr?«

Sam war sich da nicht so sicher, aber um sie herum gaben die Schaulustigen ihre Zustimmung.

»Und jetz tu du uns einen Gefallen und lass dein Schwert stecken!«, rief jemand von hinten durch. »Ja, und lass uns wieder in Ruhe feiern!«, stimmte ein anderer zu.

Der Sommerwolf schien zufrieden. Er ließ den Stahl zurück ins Leder gleiten und schob sich dann an Sam vorbei durch die Menge zurück zur hohen Herrentafel am Kopfende der Halle, von wo aus der Oberaufseher seinen Zorn durch die eberköpfige Meerschaumpfeife paffte.

Es brauchte einige Herzschläge, bis der Leierspieler seine Musik wieder aufnahm und alles zu einer gewohnt fröhlichen Stimmung zurückfand.

Fíd wollte sich einen dritten Krug Bier holen, aber Sam lehnte ab. Sie hielt es für besser, nichts mehr zu trinken. Die Auseinandersetzung eben hatte sie wach gerüttelt. Wäre sie nur ein paar Plätze weiter gesessen, wie leicht wäre sie zwischen die Fronten dieser Auseinandersetzung geraten und dann … was hätte sie schon ausrichten, wie sich zur Wehr setzen können? Und auch das Risiko, dass sie sich noch mehr verplapperte, als vorhin, als sie dem Rotschopf von ihrem Zuhause erzählt hatte, wurde ihr jetzt auf einmal erst vollends bewusst.

Sie musste besser aufpassen.

Jetzt mochten sich die Männer friedfertig vom Bier geben, zufrieden singen, lachen und tanzen, aber es waren doch nicht wenige unter ihnen, die nur hier waren, weil sie so der Gerichtsbarkeit des Hochkönigs entkommen konnten. Sam wollte sich nicht vorstellen, was geschehen würde, wenn sie erführen, was Sam in Wahrheit war …

… wenn der Oberaufseher es erführe …

… oder der Sommerwolf.

Ohne es zu wollen, sah sie sich nach dem Hageren um. Sie fand ihn, alleine und etwas abseits, am Rand einer der Tafeln direkt unter der Herrentafel sitzen, einen Apfel essend und einen Becher vor sich, indem sich bestimmt kein Bier befand. Zumindest nahm Sam das stark an. Sie hatte den Sommerwolf noch nie Bier trinken sehen. Und jetzt, wo sie so drüber nachdachte, auch noch nie etwas essen. Bei den gemeinsamen Mahlzeiten in den Minen war er nie zugegen, bei denen in der Großen Halle sah man ihn nur manchmal flüchtig um die Herrentafel huschen. Der Hagere war Sam während der ganzen Zeit, die sie nun auf der Festungsinsel war, schon so seltsam vorgekommen, und während der ganzen Zeit (und zuletzt immer öfter) hatte sie sich gefragt, wer der Kerl eigentlich war. Er war weder einer von den Minenarbeitern, noch gehörte er so richtig zum Personal der Festungsinsel. Nie sah man ihn irgendeine Arbeit verrichten, trotzdem hatte ihm der Oberaufseher die neuen Salzknappen unterstellt. Der Sommerwolf schlich immer nur umher, alleine, die Hand jederzeit auf dem Heft seines Schwerts und mit demselben harten Ausdruck in den kalten Augen, der Sam jedes Mal das Blut in den Adern gefrieren ließ – und der sie genau jetzt wieder traf.

Sofort sah sie weg und mischte sich zurück in das Geschehen an ihrer Tafel, als wäre nichts gewesen. Was war es nur an dem Hageren, dass Sam so mit Unbehagen erfüllte? Beinah war ihr, als könne sie bei dem Gedanken die Hand des Sommerwolfs auf ihrer Schulter spüren, wie er es eben getan hatte, als er sich an ihr vorbeigeschoben hatte. Sie schauderte.

Immerhin war Sam mit ihrem Gefühl der Abneigung dem Sommerwolf gegenüber nicht alleine, denn sie bekam mit, wie einige derer, die neben Ugo Rosshaar saßen, über ihre Bierkrüge hinweg leise grummelnd über ihn schimpften.

Ein verfluchter Hund sei er, ein unseliger Schurke, außerdem treulos und ehrvergessen.

Als Ugo Rosshaar und seine Runde das nächste Mal tranken, nutzte Sam die Pause im Gespräch und erkundigte sich, was es mit dem Sommerwolf auf sich hätte und warum er ihnen allen so zutiefst zuwider war. Damit kam sie den aufgebrachten Männern gerade recht.

»Hält sich für was Besseres«, schnaubte einer. »Gibt sich mit keinem ab und is immer nur für sich.«

»Ja, und wie er immer rumschleicht«, ergänzte ein anderer und wischte sich den Bierschaum weg. »Schleicht rum, rum, rum … als würd er nur nach was suchen, was ihm nich passt! Schnüffelt und steckt seine Schnauze immer in Sachen, die was ihn nichts angehn! Und dann gibt ers an den Oberaufseher weiter … ein Teufel im Wolfspelz is das! Wenn du weißt, was gut für dich ist, Junge, dann hör auf mich und geh ihm nur lieber aus dem Weg!«

Ein dritter riss das Wort an sich, indem er seinen Krug laut-stark auf dem Tisch abstellte und tönte: »Ich sag dir eins, Junge, wenn der so *mich* so angegangen wär, ich hät ihm schön ge-zeigt, was ich davon halt! Jawohl, das hät ich! Ich hät unserem Wolf seinen Pelz abgezogen und mir 'nen schönen Bettvorleger draus gemacht!«

Er lachte und die anderen lachten mit ihm, aber Ugo Ross-haar ermahnte ihn, er solle das nicht zu laut sagen, ansonsten bekäme er wohl schneller die Gelegenheit dazu, als ihm lieb wäre.

»Na und wenn schon, soll er nur kommen!«, hielt der Mann dagegen, wurde in seinem Kampfeifer jedoch von der nächsten Runde Bier ausgebremst.

Von Ugo Rosshaar erfuhr Sam noch, dass der Sommerwolf vor fast zwei Jahren an den Schwarzsalzberg gekommen sei und dass sein richtiger Name Erlendúr lautete.

»Zumindest hat er das gesagt, als er hier aufgetaucht ist«, erzählte der Mann mit vorsorglich gesenkter Stimme. »Aber wer weiß bei ihm schon, ob das wirklich die Wahrheit ist. Als er angekommen ist, hat er so zerzaust ausgesehen, als wär er jahrelang durch die Wildnis gestreunt. Hatte nichts dabei, außer den Kleidern am Leib, seinem Waffenrock ... und seinem Schwert natürlich. Er hat um eine Anstellung gebeten und, kräftig wie er ja is, auch eine bekommen, in den Minen, aber der Oberaufseher hat ihn schon bald zu sich auf die Insel geholt. Seitdem is er Braendis Geschöpf. Na, mir solls nur recht sein, ihn nich in meiner Nähe zu haben. Ich mags näm-lich gar nich leiden, wie er einen ansieht. Da läufts mir jedes Mal eiskalt den Buckel runter.«

Dem konnte Sam insgeheim nur beipflichten.

Mehr Auskunft konnte Ugo Rosshaar ihr nicht über den Ha-geren geben. »Und recht viel mehr wird dir auch sonst keiner über ihn sagen können«, meinte er und gab ihr noch einen gut gemeinten Rat. »Reiz ihn besser nich, Junge. Ich hab ihn zwar noch nie seinen Stahl im Ernst gegen jemand ziehen sehn, aber ich will doch wetten, dass er besser damit umgehen kann, als alle anderen zusammen. Aber solang du dich anständig aufführst, brauchst du dich vor ihm nicht zu fürchten. Der Sommerwolf knurrt zwar gerne, aber er beißt für gewöhnlich nicht.«

Ugo Rosshaar wandte sich wieder seinem Bier zu und Sam musste feststellen, dass sie Fíd und ihre Gefährten im Trubel der Halle aus den Augen verloren hatte. Sie sah sich um, konnte sie aber nirgends ausfindig machen, also setzte sich zurück an ihren Platz und dachte über das, was sie über den Sommerwolf erfahren hatte nach. Die zwei Krüge Bier und der Lärm um sie machten das ganz schön anstrengend, aber sie kam zu dem Schluss, dass sie sich auf jeden Fall gut mit dem Hageren stellen musste, wenn sie Aussichten auf eine bessere Anstellung haben wollte. Und bis dahin blieb ihr nur zu hoffen, dass er sie in Ruhe ließ.

Sie warf noch einmal einen Blick nach vorne zur Herrentafel, doch auch der Sommerwolf war verschwunden. Sein Platz war leer und blieb es auch für den Rest des Tages.

Die Feierlichkeiten zogen sich noch bis zum Abend hin und hatten sich bis dahin über die ganze Insel verteilt. Auf dem Innenhof wurde musiziert, auf den Korridoren und Gängen Karten gespielt und überall wurden kleinere Gelage abgehalten, auf denen nun zusehends strengere Brände ausgeschenkt wurden.

Bei Sonnenuntergang versammelten sich noch einmal alle Männer in der Kapelle zu einer abschließenden Andacht. Hierbei stieß Sam, die den Nachmittag damit verbracht hatte, der Musik zuzuhören, auch wieder auf Fíd und die anderen. Ihre Gefährten hatten sich allem Anschein mehr als reichlich an den gereichten Getränken bedient.

Der Kapellmeister betete einmal mehr für den Schutz der Götter und Bergheiligen. Die Männer reichten im Geheimen Becher mit Schnaps herum und beteten ihrerseits für einen möglichst sanften Schädel morgen.

Nach der Andacht dünnten die Feiernden allmählich aus und begaben sich auf ihre Schlafkammern. Ungeachtet des Gelages wartete morgen der Nídis wieder auf sie – sie, seine ihm nun bis in den Tod angebundenen Arbeiter.

Fíd, Emmet, Emerik und Yoran waren rasch eingeschlafen. Sam hingegen lag noch lange wach da. Die Eindrücke des Tages jagten ihr in einem endlosen Strom durch den Kopf, der sie wie auf dem Rücken durch seichte, doch stetig ziehende Gewässer treibend, bald auch an zuhause denken ließ.

Sie dachte an den kleinen Yesper, der in diesem Jahr seinen vierten Winter erleben würde und an Mykas und Per, wie sie Sam auf dem Heimweg von der Arbeit im Herrenhaus auf den Schultern trugen, hoch über der Menschenmenge in den engen Straßen Istansgards. Und sie dachte an ihren Vater, der ihnen besorgt nachrannte und ihnen nachrief, sie solle bloß aufpassen, dass sie nicht fiele und sich nirgends den Kopf anstieß.

Irgendwann verschwammen ihre Erinnerungen mit den Eindrücken und den eisernen Sprossen des Fensters zu einem müden, graublauen Nebel, der immer dunkler und immer tiefer wurde. Sie schlief ein und am nächsten Morgen beim Gerstenbrei in der Großen Halle, umgeben von den Männern, deren derbe Gesichter nicht so aussahen, als hätten die Bergheiligen ihre Gebete erhört, fühlte sich Sam dann so flau, elend und einsam wie nie zuvor.

Santísmer, die stolze Stadt der Alten Westkönige und Sitz der Herzöge von Errion ...

Als wir noch Kinder waren, hatte uns die alte Muhme Marzhina in den Sonntagsstunden im Línhaus vieles über sie erzählt; über ihre Gründung durch Bramyn den Eroberer, der einst im Grauen Zeitalter hier zwischen den Zwillingsflüssen landete und der hier nach seinem Sieg über die Celdennen zum sagenhaften ersten König von Errion gekrönt wurde; über ihre Stärke in den Tagen der Alten Westkönige, die von dem Sandsteinthron aus über die Westlichen Küstenlande regierten, über den Verfall ihrer Linie nach Alain dem Jüngeren und über die Bürgerkriege, Flickenkönige und Händlerprinzen, die darauf folgten; über die Neuen Westkönige und ihre kurzen Herrschaften und den langen, vergeblichen Widerstand gegen die Mächte von Líohim, ihre letzte Niederwerfung und die Eingliederung Errions in das Heilige Einige Reich durch Großkaiser Zenon unter Nominoe dem Namenlosen im 11. Jahrhundert n. L. und den bald darauf neu eingesetzten Herzögen von Santísmer.

Während ihrer Herrschaft wurde die errische See wieder gesichert und die Westlichen Küstenlande fanden wieder zu alter Stärke und altem Wohlstand zurück. Dies war vor allem für Líohim von großem Interesse; als wichtigstes Grenzland zum Norden sollte Errion stark und sicher sein.

Die Stadt Santísmer selbst ist seit dem Jahr 634 n. L. von einer großen Mauer aus Sandstein umgeben; ihr seewärts vorgelagert gibt es eine Tideinsel mit drei Wachtürmen, von wo aus die Stadtwache den Schiffsverkehr in der Bucht überwachen konnte. Diese sind allerdings im Jahr 1877 n. L. schon lange aufgegeben und dienen nurmehr Schmugglern als Nest.

Meine Großmutter hat mir erzählt, sie hätte meinen Großvater, der Seefahrer aus dem Norden war, einst im Hafen der Herzogsstadt kennengelernt.

Kellen war früher einmal im Jahr mit seinem Vater hierher gefahren, um die Dorfsteuern von Bailín zu entrichten. Ich aber hatte die Stadt mit ihren stolzen Sandsteinmauern noch nie gesehen …
… ich sehe sie auch an diesem Tag nicht.

SIE ERREICHTEN SANTÍSMER am späten Vormittag des dritten Tages, nach einer weiteren durchrittenen Nacht. Auf einer Anhöhe vor der Stadt ließ Kellen den Rosenschimmel anhalten. Erschöpft schaute er auf den hellen Fels, der sich majestätisch über der mehlig grauen Bucht vor ihnen erhob und auf dem die Türme und Mauern der mächtigen Herzogsburg in der Hitze flimmerten. Auf den sanft abfallenden Hügelrücken und das Land zwischen den ausgetrockneten Mündungsarmen der zwei Tideflüsse drängte sich ein geflecktes Häusermeer. Weiter draußen glitzerte der Ozean hell und warm unter einem wolkenlosen Himmel im Niedrigwasser.

Kellens nackte Füße bluteten in den Steigbügeln. Seine linke Hand war ganz wund von den Zügeln, bei der Rechten der Verband fast bis auf die Haut durchgewettzt, doch der Anblick der Herzogsburg erfüllte ihn mit neuer Hoffnung.

»Schau nur Fionn!« Er rüttelte Fionn, der hinter ihm grade so halbwegs noch im Sattel hing. »Wir habens fast geschafft!«

Fionn hob kaum den Kopf, er sagte nichts.

Eine trockene, salzige Bö fuhr über den braunvioletten Heidehang und Kellen spornte den müde schnaubenden Rosenschimmel ein letztes Mal an. Die verbleibende Meile trottete das Pferd querfeldein durch Gerstenfelder und Buchweizenweiden, vorbei an Ginsterbüschen. Auf der Pflasterstraße, die zum Westtor der Stadtmauer hin führte, kamen sie dann nurmehr langsam vorwärts. Ochsengespanne, Händlerwagen und andere breite Fuhrwerke drängten in beide Richtungen über die Brücke zum Tor. Die Fahrer auf ihren Böcken murrten und beschwerten sich lautstark darüber, dass Kellen sich einfach dazwischendrängen wollte, einer schnalzte sogar warnend mit seiner Peitsche. Kellen schenkte dem Geschimpfe keine Aufmerksamkeit. Er hatte keine Zeit für sowas. Er lenkte den Rosenschimmel kurzerhand von der Straße weg, durch das schlammige Flussbett unter der Brücke hindurch und auf der anderen Seite hinauf zum Tor, wo es ihm gelang, vor einem Eselskarren hindurchzuschlüpfen.

Auf der anderen Seite der Stadtmauer ging es fast noch schlimmer zu. Die Straßen waren stickig und eng wie Schluchten zwischen den überkragenden Häusern. Alles wimmelte und rief übereinander und durcheinander. Hafenknechte und Matrosen schleppten Kisten und Säcke von einem Lagerhaus zum anderen, Hirten trieben blökendes Vieh an ihnen vorbei, an den Straßenrändern buckelten alte Weiber über Flechtkörbe und Stickwerkzeugen, Laufburschen kreuzten das Pflaster und allem huschten Katzen, Tauben und Möwen durch die Beine.

Kellens Schimmel wurde wie eine Nussschale im Sturm hin und her geworfen. Fionn klammerte sich an seiner Hüfte fest und lehnte seinen Kopf gegen seinen Rücken. Jemand schüttete ihrem Rosenschimmel einen Nachttopf vor die Hufe, von allen Seiten drangen Geschrei und Gestank auf sie ein. Kellen hatte ganz vergessen, wie furchtbar die Stadt stank. Nach Bier, Fisch und Rauch an der einen Ecke, nach Möwenscheiße und Katzenpisse an der nächsten. Jetzt wünschte er sich, er hätte vor dem Tor noch einmal tief Luft geholt. Er reckte den Kopf und sah hoffnungsvoll in die Richtung, wo die Herzogsburg sein musste, doch ihre hellen Sandsteinmauern waren hinter dunkelroten Firsten, mattgrauen Schieferdächern, granitenen Giebeltürmen und rußigen Schornsteinen verschwunden.

Wohin jetzt? Zu allen Seiten herrschte ein einziges, unüberschaubares Durcheinander.

»Du bist ein Krieger Bailíns«, hatte sein Vater gesagt. *»Du kennst den Weg!«*

Aber hier kannte Kellen sich nicht mehr aus! Sie waren ja nur immer bis an die Kornspeicher gekommen und die lagen im Süden vor der Stadtmauer. Und selbst das lag schon mehrere Jahre zurück. Nie hatten sie die Stadt selbst betreten!

Nach einigen ellenweiten Stufen wurden die Straßen endlich breiter. Fransige Wimpel in ausgeblichenem Blau und Gelb flatterten über ihnen. Auf den Leinen hockten plumpe Möwen und schauten neugierig auf das bunte Treiben hinab.

Kellen lotste den Schimmel mühselig durch das zähe Gewirr und versuchte vergeblich, sich nach dem Weg zur Herzogsburg durchzufragen. Plötzlich merkte er, wie Fionn hinter ihm aus dem Sattel zu rutschen drohte. Grade noch rechtzeitig bekam er den Riemen seines Schwertgurts zu fassen. Verärgert zerrte er ihn wieder zurecht.

»Ich … Kellen, entschuldige«, murmelte Fionn in seinen Hemdkragen hinein.

Kellen stellte seinen Ärger zurück. Er konnte sich jetzt nicht auch noch mit Fionn befassen.

An einer Kreuzung entdeckte er zwei Männer der Stadtwache. Er erkannte sie an ihrer beigen Rüstung und dem in der Sonne blinkenden breitkrempigen Stahlhelm. Bis er sich jedoch durch das Gedränge zu ihnen gekämpft hatte, waren sie schon wieder darin untergetaucht.

Bei einen paar Seefahrern, die pfeiferauchend vor einem Gasthaus hockten und geräuschvoll an einem dampfenden Berg Muscheln schlürften, bekam er schließlich Auskunft. Die Seefahrer wiesen ihn an einem sechskantigen Turm mit spitz zulaufenden Fenstern und einem spitzen Dach vorbei und in eine ungepflasterte düstere Seitengasse, die von Häuserbrücken überspannt war, aus deren Fenstern tropfend nasse Wäsche hing.

Das kann doch nicht stimmen, dachte Kellen, als sie an einem Bretterverhau von einer Bude vorbei kamen. Das konnte unmöglich der richtige Weg sein! Wahrscheinlich lachten sich diese verdammten Seefahrer gerade dumm und dämlich über ihn! Seine rechte Hand juckte und pochte unter dem durchgewetzten Verband. *Sollen sie doch an ihren Muscheln ersticken!*

Er war kurz davor, wieder kehrtzumachen, da wurde der Weg

plötzlich verheißungsvoll steil, die Häuserreihen begannen sich zu lichten und schließlich spie sie die finstere Gasse auf einen kreisrunden belebten Platz mit einem marmornen Westkönig in seiner Mitte aus.

Marktgeschrei und Geplärre waren herzhaftem Gelächter und Geplauder gewichen. Zu Füßen des steinernen Westkönigs war eine kleine Schar Mädchen um einen Lautenspieler versammelt, und im Schatten der Häuser vertrieben sich ein paar alte Männer unter den Blicken von Möwen und Stadtwachen die Zeit mit Filzlaus, Mühle und Apfelwein.

Kellens Blick aber folgte dem erhobenen Arm des Marmorkönigs vor ihm, der über die Köpfe der Mädchen und ein paar Efeubüsche hinweg auf eine gewundene Straße und dahinter – die ersehnten Mauern der Herzogsburg zeigte. Kellen nahm seine Verwünschungen der Seefahrer zurück.

Die Herzogsburg von Santísmer war ganz aus hellem Küstensandstein erbaut. Ihre dicke zinnenbewehrte Ringmauer, die sich mit den acht mächtigen Rundtürmen um den Felsenhügel zog, ragte blendend hell und strahlend vor ihnen auf und wurde immer höher, je näher der Schimmel ihr kam. Auf ihrem hohen Felsenhügel über der Stadt trotzte die Burg seit Jahrtausenden schon Sonne und Salz, feindlichen Schwertern und den stürmischen Gezeiten der errischen See, und auf allen Turmspitzen knatterte ewig stolz der blaue Banner mit dem buttergelben Ginsterbusch und dem herzöglichen Hermelin.

Die letzten Meter zum Torhaus führte eine Holzbrücke über einen schmalen Graben. Das Knarzen der Balken unter den schleppenden Hufen des ermüdeten Schimmels weckte die dösenden Wachen, die zu beiden Seiten des Tores lehnten, aus ihrem Mittagsschlaf.

Über ihrem Ringpanzerhemd trugen die beiden einen beigen Waffenrock, auf dessen Brust der errische Ginster auf blauem Grund gestickt war. An der Hüfte hatten sie ein Schwert, in den Händen je eine Hellebarde und auf dem Kopf einen spitzen Eisenhut, dessen Krempe sich der eine nun mit der Spitze seiner Stangenwaffe aus der Stirn schob, um die beiden Jungen auf ihrem Pferd zu beargwöhnen.

»Halt!«, befahl er. »Habt ihr euch verlaufen? Was wollt ihr hier?«

»Wir müssen den Herzog sprechen!«, erklärte Kellen knapp. »Es ist dringend!«

Die Wache konnte sich das Grinsen nicht verkneifen. »Den Herzog sprechen muss er, hast du das gehört?«, sagte er amüsiert zu seinem Gefährten. »Ich glaub, ich spinne!«

»Mir ist es ernst!«, beharrte Kellen. »Wir haben eine dringliche Botschaft für seine Hoheit! Unser Dorf-«

»Habt ihr eine Audienz?«

»Nein, aber es ist wichtig, dass wir mit dem Herzog sprechen! Es geht um-«

»Keine Audienz, kein Einlass.«

Die andere Wache gähnte gelangweilt.

»Aber wir müssen ihn sofort sprechen!«

»Dann würd ich euch raten, euch *sofort* in die Liste für eine Audienz einzuschreiben!« Der Torwächter legte die Hand warnend auf den Knauf seines Schwertes. »Ich kenn eure Bettlermaschen. Wenn ich jeden Bengel einlasse, der ganz dringend mit dem Herzog sprechen muss, schwirrt es hier bald von Lümmeln wie euch. Seht zu, dass ihr nach Hause kommt!«

Fionn in seinem Rücken gab ein murmelndes Geräusch von sich.

Weil Kellen aber immer noch keine Anstalten machte, den Schimmel umzudrehen, wurde die Wache zornig. »Ja, hast du denn nur Möwenschiss zwischen den Ohren?«, bellte der Mann. »Ihr sollt verschwinden!«

»Wir gehen nirgendwo hin!«, brüllte Kellen zornig zurück. *Ich bin ein Krieger Bailíns!* Die Wunde an seiner Rechten hämmerte unter dem Verband. »Und wir haben auch keine Zeit, uns für eine dämliche Audienz einzuschreiben! Unser Dorf wurde angegriffen! Wir sind zweit Tage und zwei Nächte durchgeritten, weil wir Hilfe brauchen! Es werden vielleicht noch mehr Menschen sterben, wenn wir nicht sofort mit dem Herzog sprechen! Also lasst uns jetzt durch!«

Jetzt verloren die Torwachen ihre Geduld. »Na warte, du! Ich werd deinem Gaul schon Beine machen!«, knurrte der eine und zog schon sein Schwert, da gebot eine kräftige Stimme von jenseits des Tores dem Mann Einhalt.

Kellen sah an der verdutzten Wache vorbei und auf den dahinterliegenden Hof.

Ein stattlicher junger Mann mit kohlrabenschwarzem Haar, einem hüftlangen, abgesteppten Gambeson aus tintenblauem Leinen und blankpoliertem Stahl auf Schultern und Brust kam eiligen Schrittes auf die vier beim Tor zu und verlangte zu wissen, was der Aufstand zu bedeuten habe.

»Prinz Emyl!« Die Wache hielt ihren Stahl noch immer auf Halbmast. »Verzeiht, euer Hoheit, diese beiden Lümmel hier lassen sich nicht abwimmeln! Wir haben aber alles unter Kontrolle!«

Sein Kumpane stimmte eifrig nickend zu.

Prinz ... Prinz Emyl?

Es brauchte einen Moment, bis Kellen die Worte der Wache und den Mann mit dem grob gelockten Haar, dem Stoppelbart und dem in der Sonne blinkenden Langschwert an seiner Hüfte miteinander und mit dem stolzen Bild aus seiner Erinnerung verknüpfte.

Doch ... er ist es wirklich! Prinz Emyl!

Wie lange lag es zurück, dass er seinen Prinzen zuletzt gesehen hatte? Wie viele Jahre? Kellen war noch ein Kind gewesen...

Prinz Emyl begegnete den Behauptungen der Wache mit wenig Überzeugung. »Und wegen zwei Lümmeln auf einem schmutzigen Ackergaul hältst du es für nötig, dein Schwert zu ziehen? Komm, steck es weg, bevor dich noch einer so sieht!«

Peinlich berührt ließ die Wache den Stahl zurück in die Scheide gleiten.

Der Prinz wandte sich an die Jungen im Sattel. »Und jetzt will ich wissen, was ihr beide von meinem Vater wolltet!«

»Euer Hoheit! Mein Name ist Kellen, das hier ist mein Freund Fionn und wir-«

Schon fiel ihm die Wache ins Wort. »Steig gefälligst ab, wenn du mit deinem Prinzen sprichst!«

»Das ist nicht nötig«, wollte der Prinz anmerken. »Schau dir doch seine Füße an«, aber da hatte Kellen schon sein Bein auf die Seite geschwungen.

Plötzlich erwachte auch Fionn wieder zu neuem Leben. »Kellen, warte! Deine Füße!«, aber Kellen hörte auch ihm nicht zu. Das sengend heiße Sandsteinpflaster war wie ein Brandeisen unter seinen offenen Fußsohlen, aber Kellen ließ den Schmerz nicht über seine zusammengebissenen Zähne und die zu Fäusten geballten Hände hinaustreten. Er wollte ihn ganz für sich behalten und ihn spüren, denn einzig und allein er überzeugte ihn gänzlich davon, nicht zur zu träumen, sondern es wirklich bis hierher, an die Schwelle der Herzogsburg geschafft zu haben und wirklich dem Prinzen von Errion gegenüberzustehen, ihm in die Augen zu sehen und ihm zu berichten, was daheim in Bailín geschehen war.

»Euer Hoheit«, sagte die Wache, sowie Kellen geendet hatte, »die halten euch doch nur zum Narren! Ein Eisenschiff – was fällt euch eigentlich ein?«

Aber Prinz Emyl war sich dessen wohl nicht so sicher, denn er erwiderte: »Und was, wenn du dich irrst und er doch die Wahrheit sagt? Nimmst du die Schuld auf dich? Es geschehen dieser Tage noch seltsamere Sachen.« Der Blick des Prinzen wanderte von Kellen, der sich den vor Schmerz wummernden rechten Arm hielt, über den ausgelaugten Schimmel zu Fionn. Dieser konnte sich kaum mehr im Sattel halten.

Kellen wusste wohl, dass sie beide einen ausgesprochen schäbigen Anblick bieten mussten. Und sicherlich auch keinen sehr vertrauenerweckenden. Das Pflaster brannte sich immer tiefer in seine wunden Fußsohlen.

Endlich sagte der Prinz: »Mein Vater wird eure Geschichte sicherlich hören wollen.«

Der Wache klappte der Mund auf. »Ja, aber euer Hoheit-«

Der Prinz schnitt ihm prompt das Wort ab. »Ihr beide tätet besser dran, nicht die Nacht vor eurer Wache durchzuzechen. Dass ihr beide hier so vor euch hin dämmert, würde mein Vater nämlich sicherlich nicht hören wollen.«

Der harsche Tadel reichte aus, um die Wache endgültig zum Schweigen zu bringen. Prinz Emyl wies Kellen an, ihm zu folgen. Kellen nickte, nahm die Zügel in die Hand und funkelte die zurechtgewiesene Wache im Vorübergehen noch mit grimmiger Genugtuung an.

Sie gingen durch das Torhaus und den dahinterliegenden Zwinger, der von einer drei Meter hohen Mauer gesäumt und dem eigentlichen Bering und dem Haupttor vorgelagert war. Das Tor war so hoch wie drei große Männer und so breit wie sechs dicke. Schweres Brombeergestrüpp wuchs daran und in Ecken bei den massiven Wehrtürmen am sandfarbenen Mauerwerk empor. Von den Zinnen der Brustwehr spähten nicht wenige Augen neugierig unter ihren Spitzhelmen auf das seltsame Gefolge herab, das ihre Hoheit da eingelassen hatte und das nun durch das mächtige Haupttor auf den weiten, gepflasterten Innenhof der Herzogsburg trottete.

Hier herrschte eine kaum minder geschäftigere Stimmung wie unten in der Stadt. Aus den Werkstätten, Schmiedehäusern und den anderen Wirtschaftsgebäuden, die zu ihrer Rechten an die Wehrmauer und die Türme angebaut waren, fauchte, rauchte und hämmerte es unentwegt, aus den dahinterliegenden Stallungen drang das Wiehern und Klappern unzähliger Pferde. Aus Ziegelschornsteinen quoll dicker weißer Qualm und überall gingen die Bediensteten ihren Arbeiten nach. Tischler sägten, Steinmetze schliffen, Knechte kehrten Heu aus und schafften neues heran oder gingen Wagenlieferungen aus der Stadt durch, die warm nach roten Äpfeln rochen. Die Mägde saßen an ihren Webstühlen, klackernd und plaudernd, andere wuschen und flickten Leinen und Kleider, oder unterrichteten kleine Mädchen mit ihren Stickereien. Junge Männer in den beige-blauen Rüstungen der Burgwache übten sich lachend und raufend im Zweikampf, während die älteren daneben im Schatten saßen, sich Luft zufächelten, ihren Stahl polierten oder rasteten und Brot und Muscheln aßen und dazu Apfelwein tranken.

Vereinzelt standen kleine Gruppen an Männern in Reisemänteln und sprachen verhalten und mit besorgten Mienen.

Über dem ganzen Hof hingen Rufe und Lärm, das Gurren von Tauben, das Gellen der Möwen und die Hitze des Sommers und in ihnen der Geruch nach Stroh und Salz, nach dem Ozean, Fisch und Feuer.

Die einzigen Gebäude, wo Ruhe zu herrschen schien, waren

die zu ihrer Linken, an der Südwestmauer der Burg. Dort waren ein Bau mit hohem Dach und breiten, spitz zulaufenden Maßwerkfenstern, hinter denen es geheimnisvoll dunkel war. Die Sandsteinfassade war schmucklos, einzig über der Eingangstür, zu der ein paar Stufen hinaufführten, prangte flimmernd ein fünfzackiger Stern, der verriet, dass dies die Burgkapelle sein musste. Der Bau daneben war nochmals größer, besaß hohe Spitzbogenfenster und ein ebenso erhöhtes Eingangsportal, vor dem aber Männer in den beige-blauen Rüstungen der Burgwache standen, mit Schilden und Hellebarden. Das musste die Große Halle sein, dachte Kellen. Da drin war bestimmt der Herzog!

Prinz Emyl aber führte sie nicht an die Halle, sondern stattdessen daran vorbei, über den Hof und an die Stallungen. Kellen drängte ihn, wollte wissen, wann sie den Herzog denn nun endlich sehen könnten.

»Mein Vater ist ein vielbeschäftigter Mann, aber ich will sehen, was ich für euch tun kann«, antwortete der Prinz. »Zuerst aber muss ich mit dem Bayle sprechen. Ihm obliegen die Gerichtsbarkeit und die Verwaltung. Er wird alles Weitere entscheiden.«

Kellen wollte etwas einwenden, doch kam er nicht dazu, denn nun hatten sie die Stallungen erreicht. Dort stand eine kleine Gesellschaft im Gespräch beisammen. Sie schien den Prinzen bereits zurückerwartet zu haben, denn einer von ihnen, er hatte glattes braunes Haar und eine getrockneten Emmerrose an die Brust geheftet, winkte ihm, als er ihn sah.

Bei ihrem Näherkommen musterten die Männer die beiden Jungen samt dem Rosenschimmel skeptisch.

»He, Emyl, dir hängt da was am Rockzipfel!«, feixte ein großer, breitschultriger Mann mit flachsblondem Haar. Er trug ein graues Sarrock, dem ein Otter auf die Brust gestickt war. »Sind die beiden etwa für den Radau am Tor verantwortlich? Der eine sieht ja schon halbtot aus.«

Die Umstehenden stimmten in sein abschätziges Gelächter ein.

Redet nicht so über Fionn! Wäre es nicht des Ritterschwertes wegen, das dem Flachshaarigen an der Hüfte hing, hätte Kellen das auch laut gesagt. So aber hielt er seinen Zorn im Zaum und half Fionn aus dem Sattel.

Prinz Emyl erklärte, die beiden hätten eine wichtige Botschaft für seinen Vater.

»Ach, und was für eine wichtige Botschaft soll das denn sein?«, hakte der Flachshaarige nach.

»Das geht vorerst nur den Bayle und meinen Vater an«, entgegnete der Prinz, als Fionn schwankte und gegen ihn taumelte.

Wütend packte Kellen ihn am Oberarm, zog ihn zu sich und hielt ihn aufrecht. *Reiß dich jetzt zusammen!* Seinetwegen würden sie sich noch vollends bloßstellen. Was mochte der Prinz nur von ihnen denken?

Die Umstehenden mussten lachen, der Flachshaarige setzte ein hässliches Grinsen auf und ließ ein höhnisches »Soso« vernehmen.

Das konnte Kellen nun wirklich nicht mehr auf sich sitzen lassen. Vor lauter Zorn und Trotz platzten die Erlebnisse um den Überfall auf Bailín abermals aus ihm heraus und dass der Herzog die Küstendörfer unbedingt warnen musste!

»Ein schwarzes Eisenschiff ohne Banner?« Der Mann mit der Emmerrose an der Brust legte die Stirn in Falten. »So etwas habe ich auf allen Fahrten noch nie gesehen. Und du glaubst diesen Bericht, Emyl?«

Entgegen Kellens Blick, der stur war und wütend, blieb Prinz Emyl ruhig. »Es geschieht dieser Tage viel Seltsames«, sagte er. »Die Unruhen im Osten, das Gerede von dem Fluch … die beiden sollen zumindest angehört werden.«

»Du bist viel zu großherzig«, seufzte der Mann mit der Emmerrose.

Prinz Emyl ließ sich auch davon nicht beirren. Er rief einen Bediensteten heran, einen mageren Knaben, der wohl um die Zwölf sein mochte und auf den Namen Yven hörte, der Kellen die Zügel seines Rosenschimmels abnahm und das erschöpfte Pferd in die Stallungen brachte. Kellen sah ihm nach. Das brave Tier hatte sie wacker die ganzen achtzig Meilen von Bailín nach Santísmer getragen!

Danach trug Emyl dem Jungen auf, Kellen und Fionn eine Kammer herzurichten und ihnen eine Mahlzeit zu bringen.

Außerdem sollten sie gebadet werden.

Kellen protestierte; er wollte dabei sein, wenn der Prinz den Bayle sprach, aber Emyl lehnte ab. Sie wollten sich schon auf den Weg machen, als der Flachshaarige sie noch einmal anhielt. »Wartet! Dein Freund da«, der Flachshaarige nickte zu Fionn, »das Schwert ist die Waffe eines gesalbten Ritters. Woher hat der das?«

»Das geht euch nichts an«, entfuhr es Kellen, schneller und wütender, als er sich recht bewusst war.

»Was fällt dir eigentlich ein, so mit mir zu reden?«, knurrte der Flachshaarige. »Ich bin ein Ritter am Hof deines Herzogs, du vorlauter kleiner-«

»Cined!«, fiel Emyl dem erbosten Mann ins Wort. »Vorlaut ist er, aber ich bin mir sicher, er wollte dich nicht beleidigen! Der Junge ist müde und hungrig und weiß nicht, wie man sich bei Hofe zu benehmen hat. Mit der Ritterwaffe des anderen werden wir uns noch zu gegebener Zeit befassen. Und was dich angeht«, und dabei fasste er Kellen mit eherner Strenge ins Auge, Nachsicht und Lächeln waren aus seinem Gesicht verschwunden, »ich würde dir sehr dazu raten, deine Zunge vor meinem Vater besser im Zaum zu halten. Er wird bestimmt nicht so großherzig mit euch sein, wie ich es bin. Und jetzt weg mit euch.«

Ohne ein weiteres Widerwort ließen sich Fionn und Kellen von dem Jungen Yven wegführen.

»Kellen ... « Fionns Finger suchten die seinen, streiften das durchgewetzte Leinentuch. Widerwillig nahm Kellen seine Hand.

Der Wirtschaftshof war von der Ringmauer und sechs der acht Wehrtürmen umschlossen. Hinter der Nordwestmauer, die so hoch und dick wie der Bering selbst war, erhob sich der Donjon, ein gewaltiger Vierkantturm, der alle anderen Türme noch um viele Meter überragte. Eine schmale Steinrampe führte zu der Zugbrücke eines erhöhten Torhauses an der Mauer. Darüber gelangte man zu dem imposanten Bergfried und dem dahinterliegenden Innenhof, der einen Brunnen und einen Garten barg.

Knorrige Apfelbäume wuchsen da und zartrosa blühende Rhododendron- und Oleanderbüsche, die sich an die Säulen und Mauern lehnten, die von dunklem Efeu und wildem Wein so dicht berankt waren, dass es schien, als quollen sie durch die Mauerritzen im Sandstein hervor. Der Mittagsschatten des riesigen Donjons bedeckte Büsche, Bäume und Bauten.

Das Badehaus befand sich in einem zweistöckigen Gebäude bei der Nordmauer mit Bogenfenstern, einem flachen roten Ziegeldach und einer ebenerdigen Bogenreihe, die in den Garten mündete.

Dorthin brachte Yven die beiden Jungen. Kellen musste Fionn den ganzen Weg über hinter sich herschleifen. Es war zwecklos, ihn durchzurütteln.

In dem blau gefliesten Badehaus wurden sie von einer alten Magd empfangen, deren Haut faltig wie Robinienrinde war. Schnell wurde ein Zuber mit dampfendem Wasser bereitet. Ein bauchiger Kachelofen nahm eine ganze Ecke des Raumes ein. Mit seiner Kuppelform und den hohlen Becherkacheln erinnerte er Kellen unfreiwillig an einen übergroßen Bienenkorb. Die kühlen Fliesen waren wie Balsam für seine Füße.

Die alte Magd wies die Burschen an, sich sofort auszuziehen und in den Zuber zu steigen. Ihre schmutzigen Kleider drückte sie dem lustlos dreinblickenden Yven in die Hand, damit er sie in die Waschküche brächte. Dann ließ sie sie alleine.

Stille kehrte ein.

Das warme Wasser beendete das Sengen an Kellens Fußsohlen, linderte aber weder das heftige Pochen an seinem rechten Arm noch seinen Frust. Er war wütend, weil er nicht mit zum Bayle durfte, weil das alles so lange dauerte. Wieso konnten sie nicht einfach sofort mit dem Herzog sprechen? Er musste doch wissen, was bei ihnen geschehen war!

Ein Fluch ...

Kellen dachte an die Worte, die Prinz Emyl eben im Hof fallen gelassen hatte.

... erst Fionn und sein Gehabe nun das ...

Wurden denn jetzt alle verrückt? Er ließ sich bis zum Hals ins Wasser sinken. Sein Blick kreuzte Fionns. Der sah ihn schweigend an, die Arme um die Knie geschlungen.

Wie in der Schmiede.

Wie Kellen dieser Anblick erzürnte.

»Was?«, fragte er, und machte sich nicht die Mühe, seinen Zorn zu verbergen. »Warum schaust du mich so an?«

Fionn senkte den Blick, schwieg. Dann murmelte er: »Kellen ... ich-«, aber Kellen hatte es sich anders überlegt; er wollte seine weinerlichen Ausflüchte nicht hören. Er wollte gar nichts von Fionn hören. Wut überkam ihn und Kellen ließ sie.

»Lass mich in Ruhe!«, bellte er so laut, dass sie nackt und unverhüllt von den kobaltenen Fliesen widerhallte. »Lass mich einfach in Ruhe! Wenn du schon nicht helfen willst, dann lass mich wenigstens! Was ist eigentlich los mit dir? Du hättest auch was sagen können! Du hättest etwas sagen müssen, verdammt nochmal! Aber nein, du stehst nur rum! Ständig muss man dich mitschleifen! Dir ist das alles doch egal, wie es denen daheim geht!«

»Das ... das meinst du nich so ...«

»Oh doch, das mein ich!« Abrupt stand Kellen auf. Erschrocken sank Fionn bis übers Kinn vor ihm ins Wasser. »Du bist so ein feiger, unnützer Schwächling! Das warst du schon immer, aber jetzt wäre es drauf angekommen! Und du lässt mich alleine! Ich ... ich hasse dich!«

Kellen schnaufte. Der Schmerz kehrte in seinen Körper zurück, pochte und zuckte wild in seiner Rechten. Er warf die Bürste weg und stieg aus dem Zuber, weil er es keinen Herzschlag länger mehr mit Fionn darin aushielt, aber kaum, dass er den glatten Fliesenboden berührte, da glitt er ihm auch schon unter den tropfnassen Füßen weg.

Als die Wirkung des dumpfen Schlages abklang, lag Kellen in einem Bett. Die Holzbalken der Decke über ihm drehten sich nur langsam aus.

»Wie fühlst du dich?« Fionns besorgte Stimme klarte Wort für Wort auf. »Geht's dir wieder besser?«

»Ich weiß noch nich«, stöhnte Kellen. Langsam richtete er sich auf. Er rieb sich die Stirn.

Das Gemach war klein und spärlich eingerichtet. Warmes Abendlicht fiel müde durch ein Bogenfenster herein und streifte das Fußende seines Bettes. War es wirklich schon so spät?

Fionn saß auf einem Hocker beim Fenster. Kellen fiel auf, dass man ihn neu eingekleidet hatte. Fionn steckte in einem sauberen Gêrenhemd aus blauem Leinen mit weiß gestickten Borten. Und Kellen ...

Er warf die Decke zurück.

Ein Nachtkleid.

»Du hast dir eine ziemliche Beule zugezogen, als du im Badehaus hingeschlagen bist. Ein Nachtkleid war das Einzige, was ich dir so auf die Schnelle überziehen konnte«, sagte Fionn matt. Er deutete auf einen Krug, der neben Kellens Bett stand. »Du solltest was trinken.«

Kellen nahm den Krug und kippte ihn. Er trank so gierig, dass ihm das Wasser über den Hals lief. In einem Zug war der Krug leer.

Dann hievte er seine Beine aus dem Bett und wankte zu Fionn ans Fenster. Die Blasen, die ihm das Sandsteinpflaster in die Fußsohlen gebrannt hatte, zwangen ihn dazu, sein Gewicht ständig zu verlagern. Am Fenster angekommen, musste er sich am Sims abstützen. Er lehnte sich nach draußen.

Die Abendflut hatte die Bucht von Santísmer zurückerobert und die Mündungen der Tideflüsse erstarken lassen. Tiefliegende Koggen und Dreimast-Galeonen liefen jetzt von den Anlegestellen im Hafen ein und aus und zogen unter ihnen, zwischen den Mauern der Herzogsburg und den zackigen Felsen auf der anderen Seite der Bucht vorbei. Dort reckten sich drei verwitterte Türme schroff und schwarz gegen die Schaumkronen.

Zur Linken, gen Norden hinter der Ringmauer und noch einem Wehrturm brach der Ozean glutrot und kupfern gegen die hölzernen Wellenbrecher und den rauen Sandstein. Ein schmaler, gemauerter Grat schlängelte sich vom nördlichsten Punkt des Berings bis ans Ufer; ein Anleger.

Eine kühle Bö wehte die Gerüche von Faulheit und Gischt und die lärmenden Geräusche des Hafenbezirks zu ihnen herauf.

»Prinz Emyl hat uns diese Kammer zugewiesen«, sagte Fionn. »Wir sollen uns vor der Audienz morgen ausruhen und-«

»Morgen?«, unterbrach Kellen entsetzt. »Wieso denn erst morgen?«

»Früher geht es nicht«, beteuerte Fionn und erklärte, dass der Herzog für morgen eine große Audienz einberufen hätte, um über die Unruhen im Osten und die seltsamen Ereignisse, die sich dort an den Landesgrenzen von Errion zugetragen hätten, zu sprechen. Man hatte sie beide gerade noch auf die Liste der um Audienz Ansuchenden gesetzt. Außerdem hatte man einen Kundschafter nach Bailín gesandt, um ihre Behauptungen zu überprüfen.

»Warum hast du mich nicht geweckt?«, fuhr Kellen ihn an. »Du hättest mich wecken müssen, ich hätte mit dem Bayle sprechen müssen! Wir können doch nicht bis morgen warten!«

Kellen spürte, wie ihn der Zorn abermals durchzucken wollte, aber er war zu schwach dafür.

Einen Kundschafter hatten sie ausgeschickt … Hilfe! Die hätten sie schicken sollen! Und Warnungen an die anderen Dörfer!

Fionn …

Er hätte sich dafür einsetzen müssen! Er hätte darauf bestehen sollen, er hätte …

Kellen wurde schwindlig. Die Aufregung überforderte ihn.

Fionn war eben Fionn …

Er würde sich nie ändern. Es hatte keinen Zweck, sich jedes Mal darüber aufzuregen. Was half es schon. Mit einem Seufzen zwang sich Kellen, den Gedanken fallen zu lassen und sank auf dem Sims zusammen.

Im Süden, zwischen den schwarz glänzenden Flussarmen und halb vom Bering abgeschnitten, schimmerten die unzähligen Dächer und Giebel, Kuppeln und Zinnen der Hafenstadt.

Vor Kellens glasigen Augen bildeten sie im Westlicht ein riesiges Mosaik aus goldroten und schattenblauen Tupfen. Ohne es recht zu wollen, musste er auf einmal an all die Male denken, an denen sein Vater ihn mit nach Santísmer genommen hatte, wenn der Dorfmeister von Bailín die Steuern zu den herzoglichen Speichern brachte.

Es war bei einem jener Male gewesen, an einem Tag, an den sich Kellen noch ganz genau erinnerte, dass der junge Prinz

Emyl die Speicher besucht hatte. Die Menschen hatten ihm zugejubelt und zugerufen und der junge Prinz hatte gelacht und zurückgewinkt. Mit dem Dorfmeister von Bailín hatte er ein paar Worte gewechselt. Kellen hatte er sogar freundschaftlich das Haar gerauft. Daheim hatte Kellen dann der kleinen Bo, die damals noch in der Wiege lag, voller Stolz erzählt, wie er den Prinzen von Errion kennengelernt habe.

Die kleine Bo ...

Der Gedanke an seine zarte, unschuldige Schwester zerrte Kellen gewaltsam zurück in das Turmgemach. Er wandte sich vom Fenster ab. Jetzt erst fiel ihm auf, dass Fionn etwas in der Hand hielt. Es war der Anhänger mit dem Héohirschen.

»Der war in deinen Klamotten«, sagte Fionn, der Kellens Blick verfolgt haben musste. »In deiner Hosentasche. Hier!« Er hielt ihm den Anhänger hin. »Du ... du kannst ihn wiederhaben!«

Kellen betrachtete den Anhänger in Fionns Hand und versuchte, zu verstehen. Aber ja, er hatte ihn eingesteckt ...

... oben, auf dem Aussichtsturm ... bevor ...

Mit matter Stimme hörte er sich sagen: »Nein ... behalt du ihn.«

»Ich? Aber...«

»Ich hab ihn eigens für dich geschnitzt«, bekräftigte Kellen. »Er is noch nich ganz fertig. Er hätte eigentlich ein Geschenk werden sollen, aber ...«

... oben, auf dem Aussichtsturm ... die kleine Bo ...

Die Worte verließen ihn.

»Danke«, sagte Fionn. Er steckte den Anhänger ein.

Kellen hob den Blick und sah, dass das warme Abendlicht Fionns Antlitz dabei mit traurigen, schwachen Schatten trübte.

Fionns Gesicht ...

Plötzlich spürte Kellen eine große, bittere Schuld auf seinen Schultern lasten. Die Erinnerung an die vergangene Nacht, an das, was er bei dem Celdennengrab vor Anndel getan hatte, warf sich schwer gegen ihn. Und eben, als er ihn angeschrien hatte ...

Fionn ist eben Fionn ...

Er wollte etwas sagen, so viel wollte er ihm sagen, so vielmals ihn um Entschuldigung bitten, für alles, doch er konnte die Worte dafür nicht finden. Er konnte nur die Hand heben, Fionn an sich ziehen und ihn in seine Arme schließen. Selbst das fiel ihm schwer.

Und doch; Fionn drückte sich fest an ihn, presste sein Gesicht an seine Brust. Und dann spürte Kellen, wie Fionn zu weinen begann. Er legte seinen Kopf auf Fionns, streichelte ihm durch das wirre dunkle Haar, dessen Geruch er so mochte, und schloss die Augen. Wie gern er ihn doch hatte, wie schmerzlich ihm das jetzt in diesem Moment bewusst wurde. Wie sehr er es brauchte, ihn bei sich zu haben, ihn zu halten. Wie sehr er sich dafür schämte, ihn so angeschrien zu haben, ihn geschlagen zu haben, für etwas, für das Fionn nichts konnte, weil es eben einfach sein Wesen war. Auch ihm kamen die Tränen. So standen sie beim Fenster, hielten einander in den Armen und weinten.

Als sich Fionn endlich aus seinen Armen löste, hielt Kellen seine Hände noch fest und fragte, wie er ihm so einfach vergeben konnte.

Fionn schniefte, schüttelte aber nur den Kopf und murmelte, dass sie jetzt wohl wenigstens quitt seien.

»Ich hab doch gesagt, dass du mir eine reinhauen sollst, schon vergessen?«

Da erinnerte sich Kellen: *Der Morgen in der Halbmondbucht.* Er schien ihm wie ewig fern, aber er erinnerte sich. Er drückte Fionn einen Kuss auf die Stirn.

Dann sagte Fionn: »Kellen, es ... es gibt da noch was, was du wissen solltest.«

»Was meinst du?«

Kellen ließ seine Hände los.

Statt zu antworten, holte Fionn den Hirschanhänger aus seiner Tasche. Nachdenklich drehte und wendete er ihn zwischen seinen Fingern.

»Sag schon! Hat es was mit dem Angriff auf Bailín zu tun?«

»Nich direkt.« Fionn warf einen flüchtigen Blick durch ihre Kammer, und Kellen, als er sah, wohin er schaute, wusste sofort, worauf er hinauswollte.

Das schwarze Schwert. Es lehnte neben einer niedrigen Kommode an der gegenüberliegenden Mauer.

»Fionn … bitte«, stöhnte Kellen, »fang nicht schon wieder damit an!«

»Nein, warte! Du musst mir zuhören, Kellen! Ich war beim Flicken-Frém in der Mühle und-«

»Du warst was?«, entfuhr es Kellen.

»Ich hab ihn nur fragen wollen, was er über das Schwert weiß!«, beteuerte Fionn. »Ich hab dir doch gesagt, dass ich glaub, der Flicken-Frém hat was damit zu tun und deswegen bin ich zu ihm, weil ich-«

»Ich fass es nicht! Weißt du eigentlich, wie gefährlich der Kerl is? Der hätte dich umbringen können und keiner hätt's mitgekriegt! Warum machst du solche Dummheiten!«

»Aber er hat mir was gesagt, was es damit auf sich hat und was die Sachen bedeuten, die ich gesehen hab, als ich ohnmächtig war – du erinnerst dich doch daran, oder? Sag, du weißt, was ich meine-«

»Das reicht! Hör auf jetzt!«

Fionn verstummte.

Kellen ballte die Rechte zur Faust. Er wollte nichts weiter von diesem Unsinn hören. Er wollte nicht hören, was für Lügenmärchen und Schauergeschichten der Flicken-Frém Fionn in seiner verfallenen Mühle über dieses verdammte Schwert aufgetischt hatte, und er wollte auch nicht, dass Fionn noch weiter an irgendetwas davon dachte.

»Der Flicken-Frém …« Kellens Stimme bebte vor Bitternis.

All das Unglück, das über Bailín gekommen war, war allein dem Flicken-Frém zuzuschreiben. Das war alles, was Kellen über ihn zu wissen brauchte. Dieser silberblonde Bastard hatte nach ihm verlangt; er hatte ihn und seine Mannen erst nach Bailín gelockt, seinetwegen hatte man sie angegriffen, seinetwegen waren sie alle tot – Maniel, Yennik, seine Freunde und noch so viele andere, von denen Kellen vielleicht gar nicht wusste!

»Wenn ich diesen erbärmlichen, versoffenen Dreckskerl je wieder unter die Augen bekomme, ich schwöre dir, ich werd ihn eigenhändig dafür büßen lassen! Ja, und dann werd ich diesen verfluchten silberblonden Bastard jagen und seinen jämmerlichen Großvater und alle seine Gefolgsleute, solange bis ich jeden Einzelnen von ihnen zur Rechenschaft gezogen hab! Sie alle müssen bezahlen, für das, was sie unserem Dorf angetan haben!«

Nie wieder würde Kellen zulassen, dass etwas so schreckliches geschah – für Mutter, für Vater, für die kleine Bo, für alle Menschen Bailíns … für Fionn, der ihn niemals wieder so ansehen durfte wie in der Schmiede, während draußen die Schlacht getobt hatte.

Diesen Anblick würde Kellen nicht noch einmal ertragen.

»Das schwör ich dir, Fionn!«, sagte Kellen. »Ich schwör's dir!«

Fionns Augen glänzten. Kellen nahm seine Hand, in der er den Hirschanhänger hielt, und schloss sie und die seine darum.

Aber zuvor musste er morgen in der Audienz bestehen und den Herzog überzeugen, Unterstützung und Hilfe nach Bailín zu senden, für jene, die noch am Leben waren. Kellen schloss Fionn noch einmal in die Arme. »Ich bin so froh, dass du hier bei mir bist«, flüsterte er, bevor ihm erneut die Tränen kamen.

Später am Abend kehrte der Bedienstete Yven mit einer Küchenmagd zurück und brachte ihnen eine dampfende Casse mit Schellfisch, Miesmuscheln und Lauch und einen Laib dunkles Brot. Die Magd kicherte, als sie Kellen in seinem Nachtgewand sah.

Fionn schaufelte den Eintopf so rasch in sich hinein, dass er sich die Zunge verbrannte. Kellen hingegen hatte, obwohl er seit dem Frühstück gestern nichts gegessen hatte, keinen Hunger. Das Essen schmeckte für ihn auch nach nichts. Auf Fionns Bitten hin würgte er wenigstens ein paar Bissen herunter, dann überließ er ihm bereitwillig den Rest.

Danach saßen sie noch eine Weile zusammen. Sie sprachen kaum mehr und gingen bald zu Bett.

Kellen war rasch eingeschlafen, doch der Schlaf war unruhig und verzerrt, seine Träume zerrissen vom Lärm der Schlacht um Bailín, vom Geschrei und Gebrüll seines Vaters, seiner Freunde und der Männer des Dorfes, von berstenden Schildern, von Krachen, Donnern und Getöse …

… vom Gekreische der kleinen Bo, die in den Armen des

silberblonden Bastards zappelte und weinte …

… von unergründlich tiefem Hass, der kalt und schwarz wie der Tod unter dem Leinen an seiner Rechten glomm und lauerte.

Schweißnass fuhr Kellen schließlich in die Höhe. Die dünne Wolldecke über seiner Brust wog schwer wie ein Kettenhemd. Er zerrte sie von sich und wickelte, einem plötzlichen Impuls folgend, die zerfledderten Leinenstreifen von seiner Rechten.

Was er darunter im fahlen Nachtlicht erblickte, erfüllte ihn mit solch großem nacktem Entsetzen, dass es keinen Zweifel an seiner Echtheit geben konnte. Es war nicht die Erschöpfung, die ihn das sehen ließ, auch nicht ein letzter Rest vom Schlaf oder sonst eine Einbildung, nein: Die Schwärze, die um den Rand der Schnittwunde in seiner Handfläche geschwelt hatte, hatte sich ausgebreitet. Wie Glut, die sich in ein trockenes Laubblatt sengte, doch zäh wie dicke Tinte, in die dünnsten Linien seiner Adern.

Nein!

Kellen stieß den Schrecken von sich weg, der ihn erstarren ließ, und ohne lange zu überlegen, riss er einen Streifen vom Ärmel seines Nachtkleids ab und wickelte ihn so fest um die Wunde, dass der Stoff in seine Haut schnitt.

Dann beruhigte er sich. Darum würde er sich kümmern, wenn sie wieder zu Hause waren. Jetzt gab es dringlichere Angelegenheiten, mit denen er fertig werden musste.

Die Audienz morgen, ja!

Mehr zählte vorerst nicht.

»Kellen?« Fionn lag in seinem Bett. Er schaute mit wachen, aber kummervollen Augen zu ihm herüber. »Was hast du? Geht's dir gut?«

Kellen verbarg seine neu verbundene Hand augenblicklich in den Falten seiner Bettdecke und versuchte, zu erahnen, wie viel Fionn mitbekommen hatte. Hatte er den erschrockenen Ausdruck in seinem Gesicht gesehen? Womöglich gar die Wunde selbst?

Kellen konnte es nicht sicher wissen, entschied aber, dass es in jedem Fall besser wäre, Fionn nichts von der Sache mit seiner Hand zu erzählen. Er konnte es in ihrer jetzigen Lage wirklich nicht gebrauchen, dass Fionn sich noch mehr Sorgen machte. Er sah ohnehin so aus, als hätte er wieder geweint.

Also schüttelte Kellen nur den Kopf. »Es ist nichts ... du solltest besser wieder schlafen. Wir haben morgen einen langen Tag vor uns.«

»Aber du hast doch eben-«

»Es ist nichts, Fionn ... Und jetzt schlaf weiter.«

Fionn sah ihn noch einen Moment lang an, dann drehte er ihm den Rücken zu und murmelte: »Du solltest auch schlafen.«

Wieder kehrte Stille ein.

Kellen war erleichtert, dass Fionn es dabei belassen und nicht weiter nachgefragt hatte, doch schlafen konnte er trotzdem nicht mehr, so sehr er es sich auch ersehnte. Stundenlang lag er wach und versuchte, den Gedanken an die schwarze Wunde an seiner Hand zu verdrängen. Ganz gelingen wollte es ihm nie. Wenn er die Augen schloss, zog es ihn unmittelbar zurück in die Schmiede, in der sie sich seines Arms mit einem unbegreiflichen, doch ebenso überwältigenden Willen bemächtigt hatte. Er sah die schattenhaften schwarzen Flammen, die sich schleimig und triefend um ihn schlangen, sah den toten Mann im Staub vor ihm liegen, sah die Straßen Bailíns, in denen das Kampfgeschehen tobte – und über allem die teuflisch grinsende blasse Grimasse dieses silberblonden Bastards.

»*Mein Prinz!*«

Das hatte das Großväterchen in der olivgrauen Robe ihn genannt. Prinz ... aber Prinz wovon? Was hatte das zu bedeuten? Woher nur waren die Fremden auf ihrem bannerlosen Eisenschiff gekommen und was genau hatten sie vom Flicken-Frém gewollt?

»*Er etwas von großem Wert gestohlen, das wir nun rechtens zurückfordern!*«

Aber was mochte das sein? Was?

Alles Geschehene drehte und verzerrte sich in ein unwirkliches Gewirr aus Eindrücken, die sich jeder Klarheit und Gewissheit entzogen.

Als Kellen sich an Fionns hektische Worte vor dem Ausbruch der Schlacht erinnerte, fiel sein Blick auf das schwarze Schwert, das wie ein schlanker Schatten an der Mauer gegenüber zwischen ihren Betten lehnte.

Aber das ergab doch einfach keinen Sinn! Wieso sollte jemand so verbissen hinter anderthalb Zoll rostzerfressenem, schartigem Stahl her sein, dass er dessentwegen eine so heruntergekommene Gestalt wie den Flicken-Frém bis nach Errion verfolgte und eine ganze Streitmacht gegen ein Fischerdorf aufbot?

Wieso? Wieso?

Wieder und wieder ging Kellen im Stillen die Unterredung zwischen seinem Vater und dem Alten in der olivgrauen Wollrobe durch, ob es nicht irgendetwas gab, was das Großväterchen gesagt hatte und ihm bisher entfallen war, aber da war nichts. Kellens Erinnerungen waren so unklar und zerfahren, so zerfetzt und in Stücke gerissen und es stach ihn wie ein Dorn in der Seele, dass er sie nicht besser begreifen konnte.

Alles was ihm blieb, waren Fionns Worte. Und das Bild, wie er ihn kauernd in der Schmiede fand, das Schwert in seinem Schoß liegend. Und der Flicken-Frém; er war auch dort gewesen, im Erkerturm der Schmiede. Er hatte den Bolzen auf den silberblonden Bastard abgeschossen. Er musste Fionn das Schwert gegeben haben. Und er hatte ihnen die Möglichkeit zur Flucht verschafft.

Kellen atmete tief durch. Dann stellte er sich der Möglichkeit, die er bislang nicht wahrhaben wollte.

Was, wenn Fionn nun recht hatte? Es war ein absolut aberwitziger Gedanke und doch … es war der einzige, der blieb. Und er war Fionn anscheinend ernst genug, dass er dafür seine Feigheit und Ängstlichkeit überwunden und den Branntweinritter in seiner verfallenen Mühle aufgesucht hatte.

Das schwarze Schwert, das so sorgfältig unter dem Deck ihres herrenlosen Einmasterwracks versteckt gewesen war, hatte zuvor dem Flicken-Frém gehört und war … war womöglich tatsächlich die Ursache von allem?

Ja, womöglich…?

»Fionn?«

»Ja?«

»Ich möchte, dass du mir alles erzählst, was der Flicken-Frém dir über dieses Schwert gesagt hat.«

In dieser Nacht sprechen Kellen und ich noch lange. Am nächsten Morgen kommt der Bedienstete Yven schon früh, um uns zu der Audienz abzuholen. Wir folgen ihm über die Turmtreppen, die Korridore und den schon jetzt geschäftigen Innenhof der Sandsteinburg hin zur Großen Halle.

Ich bin schwach und müde, die Gespräche aus der Nacht mit Kellen wollen mir nicht mehr aus dem Kopf gehen und ich habe solche Sorgen, was der Herzog wohl zu uns und unserem Anliegen sagen würde, dass ich gar nicht mehr an die Kundschafter denken kann, die Prinz Emyl am Vortag nach Bailin ausgesandt hatte …

Was ihnen wohl geschehen war?

ES WAR ein klarer und kühler Morgen, die kommende Hitze kaum mehr als eine Ahnung, als die Bronzeglocke im Krähennest der *Alter König Narmer* mit einem Male aufgeregt zu läuten begann. Verwundert reckte Nehepu den Kopf.

»Was ist denn nun los?«, fragte der alte Magister.

»Der Ausguck hat etwas entdeckt«, gab Mestem zurück, ohne aber selber hinzusehen.

Kommandant und Magister hatten sich nach einem frühen Frühstück aus Pfannenbrot mit geröstetem Hafer, einem Apfel und gesalzener Butter, die man aus dem errischen Fischerdorf mitgenommen hatte, und Tee auf dem noch ruhigen Brückendeck zu einer Partie Senet niedergelassen. Mestem hatte nun schon seit geraumer Zeit wegen seiner heiklen Lage über seinen Spielfiguren gebrütet. Der Unmut über die Unterbrechung war ihm deutlich anzuhören, dennoch einigten sie sich darauf, ihre Partie später fortzusetzen und eilten ins Ruderhaus.

Der Steuermann gähnte, vermochte aber auch nicht zu sagen, was es mit dem Alarm auf sich hatte.

Nehepu schaute über das Deck unter ihnen. Ein paar Männer waren zwischen den Segeln an der Takelage des vorderen Masts zu Gange. Ansonsten war es, von der laut schallenden Glocke im Krähennest einmal abgesehen, ruhig und friedlich an Bord der *Alter König Narmer*.

Das änderte sich schlagartig, als Prinz Kahrion in Morgenrock und mit losem Haar die enge Wendeltreppe von seiner Kabine heraufhechtete.

»Ah, guten Morgen, mein Prinz«, begrüßte ihn Nehepu. »Wie schön, euch noch unter den Lebenden zu wissen. Was bringt euch in dieser frühen Stunde zu uns?«

Prinz Kahrion schien die heitere Morgenstimmung seines Magisters nicht zu teilen. »Spart euch den Flachs, Nehepu. Sagt mir lieber, warum da geläutet wird! Gibt es Neuigkeiten von Simkhat? Ist er zurück? Hat er Sekhems Fluch bei sich?«

Der alte Magister seufzte. »Nichts von alldem, fürchte ich.«

»Was ist es dann?«, herrschte Prinz Kahrion die Anwesenden an.

Der Steuermann zuckte mit den Schultern und tat, als studierte er den Standkompass. Kommandant Mestem zog ein Messingfernrohr zu Rate und suchte damit ausweichend den Horizont ab.

Prinz Kahrion knirschte ungeduldig mit den Zähnen.

Seit dem Überfall auf das Fischerdorf am Vortag hatte sich der Prinz nicht mehr an Deck blicken lassen, sondern war pausenlos im Kartenraum auf und ab gegangen und hatte darauf gewartet, dass der Schattenspringer mit Sekhems Fluch zurückkäme.

Nehepu schien es, als wären die Ränder unter seinen Augen heute noch dunkler.

»Ich könnte euch einen heißen Becher Tee anbieten?«, schlug er vor. »Ein schöner, starker Tee am Morgen macht wach und belebt die Geister.«

Prinz Kahrion erwiderte Nehepus Lächeln mit dünnen

Lippen und band sein silberblondes Haar.

»Ich will jetzt wissen, warum der Mann geläutet hat!«

»Vor uns ist eine Karavelle«, sagte Kommandant Mestem, das Auge noch immer am Messingfernrohr. »Ein Dreimaster, ich kann ihr Banner nicht erkennen, aber sie hält mit direktem Kurs auf uns zu.«

»Gebt her.« Der Prinz riss dem Kommandanten das Instrument aus der Hand, marschierte auf das Brückendeck und betrachtete den fernen Fleck.

Der Schiffsjunge Geb, der abseits der Brücke fleißig die Planken schrubbte, schaute flüchtig, aber neugierig zu den dreien herüber.

»Die haben es ja ganz schön eilig … aber das bedeutet ja …« Prinz Kahrion senkte das Fernrohr. »Kommandant! Die Maschinen sofort befeuern! Die Männer sollen sich für einen Angriff bereitmachen!«

Mestem widersprach: »Wir sind zu nahe an der Küste, mein Prinz. Man wird den Rauch aus dem Schornstein sehen. Es wird uns verraten.«

»Das spielt keine Rolle mehr«, hielt Prinz Kahrion dagegen. »Der Segler weiß bereits, wer wir sind.«

Mestem sparte sich eine Rückfrage. Er warf Nehepu einen Blick zu, doch der dachte, dass ihr Prinz mit seiner Vermutung recht haben könnte. In der Nacht war ein sanfter, aber günstiger Wind von Süden her aufgekommen, sodass man die Maschinen ausgesetzt, den Schornstein eingefahren und die Segel gehisst hatte. Langsam waren sie an der Küste entlang gefahren, weit genug vom Festland entfernt, sodass ihnen keine frühmorgendlichen Fischerboote in die Quere kamen, doch nah genug, um den Handelsverkehr von Santísmer nicht zu kreuzen – und gleichzeitig nah genug, dass Simkhat an Bord springen konnte.

Nun hatten sie die Sonne im Rücken, die die eiserne Beplattung der *Alter König Narmer* beschattete und so vor jedem entgegenkommenden verbarg. Und mit dem eingefahrenen Schornstein und den gesetzten Segeln sahen sie aus der Ferne aus wie jedes andere Segelschiff. Wenn die Karavelle nun so zielstrebig auf sie zuhielt, dann konnte das nur eines bedeuten:

Sie wussten, wer sie waren und wollten zu ihnen. Und ausgehend von den bisherigen Umständen ihrer Reise und dem Unglück, das ihnen beständig die Treue hielt, konnte das nichts Gutes verheißen.

Mestem hatte dennoch noch einen weiteren Einwand. »Ja, aber mein Prinz ... die Besatzung, sie-«

»Was ist mit ihr?«, fiel Prinz Kahrion ihm ungeduldig ins Wort.

»Sie schläft noch.«

Einen halben Herzschlag lang starrte Prinz Kahrion den Kommandanten mit einem Ausdruck wortloser Verdutztheit an, so als ob er ihn nicht recht verstanden hätte. Dann aber fuhr er ihn an: »Dann weckt sie auf! Schnell! Und bemannt den Kanonenturm! Ich will das Schiff kampfbereit wissen, bevor der Segler uns erreicht hat!«

Mestem nickte und gehorchte.

Sein Prinz reichte Nehepu das Fernrohr. Durch die Linsen des Messinginstruments verschärfte sich der kleine dreimastige Silhouette vor ihnen sofort zu den Umrissen eines flott im Morgenwind segelnden Schiffes. Die Hitze flimmerte schon über dem Wasser.

»Eine Karavelle, wie sie in Errion gebaut wird«, bemerkte Nehepu. »Um wen glaubt ihr handelt es sich?«

»Späher«, gab Prinz Kahrion unmutig zurück.

»Von Akhem?«

»Gut möglich.« Prinz Kahrion kniff die Augen gegen die blendende See zusammen. »Nír Vareluínn liegt zwar mehr als zweihundert Meilen nördlich von hier in gerader Linie, aber Akhem könnte von dort aus Suchtrupps ausgesandt haben. Womöglich ahnt er, wo wir uns befinden.«

Nehepu dachte kurz an Akhem, an die verfallene Klippenfestung und ihre feuchten Kerker, tief im Felsen. »Glaubt ihr, der Vizeadmiral hält sich noch immer dort auf?«

Prinz Kahrion schüttelte den Kopf. »Wer weiß schon, wo sich dieser Wahnsinnige dieser Tage herumtreibt. Oder was er im Schilde führt.«

Nehepu entsann sich: Zuletzt hatten sie bei Kharras etwas vom Vizeadmiral gehört. Das war kurz nach ihrem Ausbruch gewesen, im Frühling vor nunmehr über zwei Jahren. Prinz Kahrion hatte einen Kolkraben von einem unbekannten Absender erhalten, der verraten hatte, Akhem sei von der Klippenfestung in den Norden aufgebrochen und hätte sich dort mit einem Flottenverband vereinigt. Niemand wusste, was er dort vorhatte, also bestand ebenso gut die Möglichkeit, dass es sich bei dieser Botschaft um eine Falle handelte. Eines war klar, falls Akhem Wind davon bekäme, wo sie sich aufhielten, würde er ihnen mit ziemlicher Sicherheit eine ganze Meute auf den Hals hetzen, die sie zurück in die Kerker von Nír Vareluínn schleifen würde …

… und die käme gewiss nicht nur mit einer einzigen kleinen Karavelle.

Nehepu teilte diesen Einwand mit seinem Prinzen, doch dieser entgegnete lediglich: »Wer immer es ist, wir werden ihn nicht davonkommen lassen.«

Nun erschien die Besatzung an Deck, störrisch und murrend aus den Luken am Vorschiff. Man konnte die bösen Worte in der klaren Morgenluft beinah riechen; sie wehten mit den hässlichen Blicken in Richtung Brückendeck.

Hekat kratzte sich über dem tätowierten Bisamochsen auf der Brust. »Was soll das Gebimmel und das Gezeter in aller Frühe?«, rief der Bootsmann zu Prinz und Magister hinauf. »Wir haben noch nicht einmal gefrühstückt!«

Prinz Kahrion erklärte, es bliebe keine Zeit für ein Frühstück. Ein Angriff stünde unmittelbar bevor, die Männer sollten sich bereitmachen.

Doch die Männer taten nichts dergleichen. Stattdessen steckten sie die Köpfe zusammen und begannen zu raunen und zu reden.

»Macht schon! Das ist ein Befehl!« Prinz Kahrions Finger krallten sich um die Reling des Brückendecks und er zischte seinem Magister zu: »Was gibt es da noch so lange zu besprechen?«

»Als ihr sie zuletzt in ein Gefecht geführt habt, sind zwei ihrer Kumpanen gestorben«, erinnerte ihn Nehepu finster. »Und ihr habt euch zurückgezogen. Daher sind sie jetzt wohl ein wenig vorsichtiger.«

Vorsichtiger war natürlich eine Untertreibung, aber Prinz Kahrion verstand sehr wohl, worauf sein Magister hinauswollte. Bei der Bestattung ihrer Kameraden nach dem Kampf um das Fischerdorf hatten sie ihn einen Feigling und einen Schwächling, und manche sogar einen Verräter geschimpft. Danach, als sie auf die Gefallenen angestoßen und getrunken hatten, hatte Nehepu gehört, wie einige hinter vorgehaltener Hand munkelten, Prinz Kahrion sei gar nicht derjenige, von dem die Prophezeiung sprach, und dies alles hier sei ein gewaltiger Fehlschlag gewesen, schon von dem Zeitpunkt, da sie von Nír Vareluínn aufgebrochen waren.

Irgendwie musste das seinem Prinzen zu Ohren gekommen sein. Er biss die Zähne zusammen und wartete mit erzwungener Geduld, bis die Mannschaft ihre Unterredung beendet hatte.

»Einverstanden!«, rief Hekat schließlich und die Gereiztheit zuckte dabei über Prinz Kahrions Gesicht. »Im Übrigen«, fuhr der Bootsmann fort, »soll ich euch im Namen der gesamten Mannschaft ausrichten, dass euch eure Bruche zwar sehr gut kleidet, ihr euch vor dem Angriff wohl dennoch angemessen anziehen solltet!«

Da glitt Prinz Kahrions Blick an sich herab, und die Besatzung brach ob der dürftigen Bekleidung ihres Prinzen in schallendes Gelächter aus. In der Eile hatte sich ihr Prinz lediglich seinen Morgenrock über die Zwickelhose geworfen. Ansonsten stand er unbedeckt vor der versammelten Mannschaft.

Zorn und Scham trieben ihm glühende Röte ins Gesicht, ehe er sich von der Reling wegstieß und ohne ein weiteres Wort unter Deck verschwand.

Die Mannschaft machte sich an die Arbeit: Die Segel am hinteren Mast wurden gerafft, die schweren Maschinen im Bauch des Kriegsschiffes begannen zu stampfen und der kreischend ausfahrende Schornstein hustete einen ersten Fetzen bläulichen Qualms in den Morgenhimmel. Die *Alter König Narmer* war aus dem Schlaf erwacht und bereit zu grimmen Taten.

Bei ihrer Fertigstellung im Jahre 1859 n. L. waren die *Alter König Narmer* und ihre sechs baugleichen Schwesterschiffe der ganze Stolz der Flotte von Amkash gewesen. Der drehbare Geschützturm, der in der Mitte des Oberdecks aufragte, konnte jedes feindliche Schiff noch auf eine halbe Meile Entfernung vernichtend zerschmettern, der Rammsporn am Bug sie aufschlitzen, und die eisernen Panzerplatten des Rumpfs waren dick genug, um dem Packeis im Norden und jedem Angriff standzuhalten. Und auch wenn der *Alter König Narmer* inzwischen die langen Jahre ihres Dienstes anzusehen waren und sie längst nicht mehr das stärkste Schiff der Flotte von Amkash war, so war sie doch noch immer gefährlicher als alles, was die Länder des Großkontinents aufbieten konnten.

Die Hohepriester selbst hatten den Bau der sieben Schiffe in Auftrag gegeben, die alle nach sagenhaften alten Königen von Amkash benannt waren, und in die Hände des damaligen Flottenadmirals Menkhar gelegt, um Expeditionen zum Großkontinent durchzuführen. Seit dem Großen Reichskrieg mehr als einhundert Jahre zuvor, in dem Amkash im Bunde mit dem Hochkönigreich des Nordens gewesen war, hatten keine so kampfkräftigen Schiffe mehr die Nördlichen Meere durchpflügt.

Ihr Ziel war es gewesen, die Bucht von Rhín auf Spuren der alten Zeloten zu untersuchen, jenem lange ausgestorbenen Menschenstamm, die vor vielen Altern einst auf ihren Tontafeln die Prophezeiung niedergeschrieben hatten, die das Kommen des Prinzen von Ombos verhieß. Man hatte sich erhofft, auf ihrem Land weitere Hinweise zu finden, wann dies eintreten würde.

Nehepu, der damals noch nicht lange im Dienste von Amkash gewesen war, hatte an dieser Forschungsreise teilgenommen, zusammen mit einer Auswahl von Historikern und Chronisten. Leider hatten sie die Bucht von Rhín zum Zeitpunkt der Expedition bewohnt vorgefunden. In einer Konferenz auf dem Flaggschiff war es Akhem, damals noch Kapitän, gewesen, der vorgeschlagen hatte, die Siedlungen an der Küste vollständig zu vernichten, sowohl um Augenzeugen auszuschalten als auch um die Kampfkraft der neuen Flotte zu testen.

Nehepu hatte von Beginn an Zweifel gehabt, weshalb man Forschungsschiffe so stark bewaffnen musste, doch nun war es ihm klar geworden. Er hatte Einspruch erhoben, aber die Versammlung der Kapitäne und der Flottenadmiral Menkhar hatten ihn überstimmt. So hatte der junge Magister hilflos mitansehen müssen, wie sich die sieben Schiffe in die Bucht drängten, wie die Fischerboote der Einheimischen gleich Eisschollen vor den messerscharfen Bugen zerbarsten und wie die Geschütze Feuer auf die nichtsahnenden Dörfer spien. Als sie an Land gingen, war von den Häusern nichts mehr außer verkohlte Ruinen übrig. Die Überlebenden ließ Akhem einsammeln und ohne mit der Wimper zu zucken abschlachten. Von dem Geruch heißen Bluts in der klirrend kalten Luft war dem Magister übel geworden. Akhem allerdings schien dieser Anblick eine zähnefletschende Genugtuung zu bereiten.

Bis auf ein paar bis zur Unkenntlichkeit verrostete Bronzemesser und Pfeilspitzen fand die Expedition damals nichts von Belang von den alten Zeloten. Bei ihrer Rückkehr nach Amkash wurde Akhem für seinen Vorschlag zum Vizeadmiral ernannt. Nehepu indes hatte den scharfen Geruch rauchenden verbrannten Fleisches nie wieder gänzlich aus der Nase bekommen.

Wie er nun auf dem Brückendeck stand und mit wachsendem Unbehagen zusah, wie die Karavelle rasch näherkam, holten ihn bei der bloßen Möglichkeit, dass es sich dabei um Agenten von Akhem handeln könnte, die grässlichen Erinnerungen an jene Fahrt unweigerlich ein …

… an die Feuer inmitten der grauen Berge …

… und an dieses wahnsinnige Flackern in Akhems Augen.

Dasselbe Flackern hatte ihnen auch in jener Nacht innegewohnt, erinnerte sich Nehepu jetzt. In jener Nacht in Nír Vareluínn, kurz bevor Kahrion ihn und die Männer aus den Kerkerzellen im Fels befreit hatte. *Hätte ich ihn doch nur angehört, als er mich in seine Pläne einweihen wollte.*

Nun blieb ihm nichts mehr … nichts, außer der Gewissheit, dass er Akhem nie wiedersehen wollte.

Die Karavelle hatte sie fast erreicht, als Kahrion wieder zurück auf das Brückendeck kam. Nun trug der Prinz von Amkash sein kohlschwarzes Ledergambeson, darüber den schwer wallenden Umhang mit dem Eisfuchskragen und an seiner Hüfte den blendenden Adamantenstahl. Kommandant Mestem gesellte sich zu ihnen. Auch er hatte seine Rüstung und sein Falchion angelegt, ebenso wie die Mannschaft, die sich nun unter ihnen an Deck einfand und gespannt wartete. Nehepu schwitzte unter dem olivgrauen Klappenrock.

Dann endlich hatte die Karavelle sie erreicht. Am Mast flatterte hoch das himmelblaue Banner mit dem errischen Ginsterbusch im heißen Vormittagswind. An Deck standen starke Männer mit stolzen, entschlossenen Gesichtern und mit Schwertern und anderen Waffen und, oben auf dem Steuerdeck, ein strammer Kapitän von etwa dreißig Jahren, mit glattem dunkelbraunem Haar und einer unerschütterlichen, ernsten Miene, dessen Blick unverwandt auf die drei Männer auf dem Brückendeck der *Alter König Narmer* geheftet war. An seine Brust hatte er eine getrocknete Emmerrose geheftet.

»Amkash ... das Schwarze Land, das nicht sein darf.«

Ich hätte einfach weglaufen sollen, in jener Nacht in der Gezeitenmühle des Flicken-Frém, doch es hatte etwas gegeben, dass mich daran gehindert hatte ...

»Amkash ... Ein Name, so alt wie der Schrecken selbst ... der Schrecken, der selbst aber keinen Namen hat ... Amkash ...«

In jener Nacht habe ich es nicht gleich begriffen, doch ich hatte dieses Wort schon einmal gehört, vor langer Zeit. Erst in Santísmer, in der Nacht vor der Audienz, als ich schlaflos am Fenster stand und auf die nachtschwarze Bucht hinabblickte, hatten mich die Erinnerungen daran wieder eingeholt ...

DER TAG DER AUDIENZ war schon am Morgen der heißeste des ganzen Jahres. Draußen flimmerte die Hitze in Wellen über dem Sandsteinpflaster des Innenhofs, aber in der Großen Halle der Herzogsburg von Santísmer herrschte dennoch eine marmorne Kühle. Fionn lief der Schweiß in dünnen Fäden unter dem Schwert des Flicken-Frém, das er sich umgeschnallt hatte, den Rücken hinab. Er stand gemeinsam mit Kellen bei dem breiten Eingangsportal und wartete dort abseits des Gemenges an Bittstellern, das sich unter den aufmerksamen Blicken der Burgwachen in dichten Trauben drängte, darauf, dass es endlich losginge.

Die Große Halle stand an der südwestlichen Ringmauer der Herzogsburg. Ihre Mauern waren aus unverputztem Bruchfeuerstein und die hohen Spitzbogenfenster mit Buntglasfiguren geschmückt, deren Farben hell im heißen Morgenlicht leuchteten. Vier mächtige Bündelpfeiler aus rauchschwarzem Stein ragten zu beiden Seiten des Mittelganges auf und trugen ein Kreuzgewölbe, das hoch über den Köpfen der sich beredenden Audienzteilnehmer hinter verrußten Fichtenholzrippen verschwand.

Schon seit den frühen Morgenstunden hatten sich die Menschen, die um eine Audienz nachsuchten, auf der Burg eingefunden und immer noch kamen mehr. Verunsichert ließ Fionn den Blick über die Menge schweifen.

Der Herzog hatte die Audienz einberufen, um die Unruhen im Osten von Errion und die seltsamen Geschehnisse, die sich dort an den Landesgrenzen ereignet hatten, zu besprechen. Boten mit Reiseumhängen waren eingetroffen, die die verschiedensten Wappen und Banner trugen, und Ritter aus ganz Errion mit zerkratztem Stahl auf Brust und Schulter und mit Schwertern an den Gurten und mit Gesichtern, die von den Schatten tiefer Sorgen verdunkelt wurden. Da waren ernst dreinblickende Kapitäne, Offiziere und Schiffer aus dem Hafen und Händler, errische und fremde, die ein kleines Dienstgefolge umstand. Und dann drängten sich da noch Menschen aus der Stadt, die gekommen waren, um zu erfahren, was es Neues aus Errion gäbe; Arbeiter aus den Werften und dem Hafenviertel, Flößer, Gerber, Schankwirte, Austernfischer mit sonnengegerbten Armen, Weber mit übergroßen Strohhüten und Hirten in Schafsfellen und viele mehr. Sogar einen dicken Mönch in einer grauen Kutte sah Fionn.

Angesichts dieser unzähligen Ansucher und bei all dem Gedränge kam er sich seltsam verloren vor. Er war heilfroh, wenigstens Kellen an seiner Seite zu haben. Den Hirschanhänger in seiner Westentasche fest umklammert, warf er einen Blick ans gegenüberliegende Kopfende der Halle.

An einer erhöhten Quertafel hatten dort drei Männer Platz genommen. Neben dem hohen Lehnstuhl, der mittig an der Tafel stand, saß Prinz Emyl in seinem tintenblauen Gambeson. Fionn konnte sich beim besten Willen nicht mehr daran erinnern, wie sie gestern in der Burg angekommen waren, aber er wusste, dass es der Prinz gewesen war, der sie einließ

und der ihnen Unterkunft, Mahlzeiten und diesen Audienz-
termin verschafft hatte. Die Bilder ihres Ritts, der Straßen der
Stadt und der hellen Mauern und des Innenhofs von Santísmer
drehten sich in seinem Kopf in schlierigen verschwommenen
Kreisen und drehten sich erst aus, als er in einer blau gefliesten
Badestube in einen dampfenden Zuber stieg – und Kellen ihn
anschrie.

Zu Emyls Linken, geschäftig durch Pergamente blätternd
und mit dem Prinzen in ein Gespräch vertieft, saß der Bayle.
Auch ihn kannte Fionn schon; nachdem Kellen im Bad ohnmächtig geworden war und Fionn ihn, zusammen mit dem
Bediensteten Yven in ihre Kammer getragen hatte, hatten der
Bayle und Prinz Emyl ihnen einen kurzen Besuch abgestattet.
Der Bayle hatte von ihnen selber hören wollen, was passiert
war. Fionn hatte versucht, alles zu erklären, aber er musste
sich wohl nicht sehr gut gemacht haben. Der Bayle hatte nicht
sehr überzeugt gewirkt, aber auf Prinz Emyls Fürsprache hin
hatte er ihnen die Audienz beim Herzog gewährt. Der Bayle
hatte ein ernstes Gesicht, eine hohe, von Strenge und Pflichtbe-
wusstsein zerfurchte Stirn und einen kurz geschorenen tauben-
grauen Backenbart. Sein faltenreicher karminroter Überwurf
reichte ihm bis knapp über die Knie, war an den Seiten offen,
am Kragen gerafft und an den Säumen aufwendig mit Ginster-
flechten in Silber bestickt.

Den Dritten an der Quertafel, eine kleine, greisenhafte Gestalt mit müdem Maulwurfsblick, grauem Bart und grauen
Augenbrauen und einem ebenso grauen Wollgewand, das von
einer silbern glänzenden Fibel über der rechten Brust gehalten
wurde, deutete Fionn als den Magister Paéon.

»Der Magister Paéon kommt aus Nîssus im Osten und hat
die sieben freien Künste studiert«, hatte ihnen der Bedienstete
Yven erzählt, als er sie nach dem Frühstück von ihrer Turmkammer in die Große Halle gebracht hatte. »Er war schon
Magister unter dem Herzogsvater. Er, der Bayle, der Marschall
und seine Hoheit Prinz Emyl beraten den Herzog in allen Angelegenheiten. Sobald man euch aufruft, werden sie sich auch
eurer Sache annehmen. Bis dahin müsst ihr euch aber noch gedulden. Viele haben sich für eine Audienz bei ihrem Kurfürsten

eingetragen und ihr steht als Letzte ganz unten auf der Liste.«

Nachdem sie aus der gleißenden Hitze in die kühle Halle gekommen waren, hatte Yven die beiden sich selbst überlassen und war im Gewühl verschwunden.

In Anbetracht der schieren Menge an Bittstellern zog Kellen ein verdrießliches Gesicht.

»Immerhin haben wir den Prinzen schon einmal auf unserer Seite, das ist doch was«, sagte Fionn im Versuch, ihn aufmuntern. Der strafende Blick, den er daraufhin jedoch von Kellen bekam, wog schwer. Fionn senkte beschämt den Kopf.

Er ist blasser als gestern, dachte er. Das war Fionn schon zuvor aufgefallen, wie sie ihren Haferbrei auf der Kammer gegessen hatten. Kellens Gesicht war eingefallen, Schweiß glänzte auf seiner Stirn. Die Augen, sonst so blau wie die Sommersee, waren gerötet und verschattet, als hätte man sie mit Kohle eingerieben. Und ständig kratzte er sich an seinem Verband.

»Das ist nicht gut,«, murmelte Fionn. »So verheilt das nie.«

»Ich weiß«, erwiderte Kellen mit gereiztem Unterton. »Das brauchst du mir nich zu sagen.« Dann aber wischte er sich den verärgerten Ausdruck mit einem matten Seufzen aus dem Gesicht, nahm Fionns Hand und sagte: »Tut mir leid … Ich wünschte nur, wir hätten diese unsägliche Audienz schon hinter uns gebracht und wären wieder daheim.«

Das wünschte Fionn auch. Er war doch so müde, und das Licht, das durch die hohen Fenster einfiel, das hölzerne Balkenwerk über ihren Köpfen warm erstrahlen ließ und das warm über die Bündelpfeiler herabstrahlte, ließ ihn nur noch schläfriger werden.

Vergangene Nacht hatte er kaum ein Auge zugetan, weil er Kellen alles berichtet hatte, was ihm der Flicken-Frém in seiner sturmgepeitschten Gezeitenmühle über das schwarze Schwert und die Häscher von Amkash verraten hatte. Bis zum Meldenstern hinein waren sie sich auf den Bettkanten gegenübergesessen, hatten geredet und überlegt, wie viel Wahrheit daran sein konnte.

»Mal angenommen, das stimmt alles, was du da erzählst«, hatte Kellen schließlich gesagt, »und dieser silberblonde Bastard und seine Männer waren wirklich hinter diesem Schwert her – darüber darfst du bei der Audienz morgen kein Wort verlieren! Wir haben keinen Beweis! Für nichts davon! Der Herzog wird uns für verrückt halten!«

Kellen überlegte und entschied, dass es wohl am besten sei, wenn Fionn ihm morgen das Reden gleich ganz überließ. Fionn hatte es ihm versprechen müssen. Später aber, nachdem Kellen schon wieder eingeschlafen war, hatte Fionn noch lange am Fenster gestanden.

»Amkash … das Schwarze Land, das nicht sein darf.«

Die Worte die der vor Furcht zitternde Flicken-Frém in jener stürmischen Nacht hervorgestoßen hatte, suchten ihn heim und wollten ihm nicht mehr aus dem Kopf gehen.

»Du kannst dich nicht davon abwenden! Du musst die Waffe des Feindes an dich nehmen und sie schützen! Es ist deine Aufgabe, deine Pflicht, deine Bestimmung, dein Schicksal! Es hat dich ausgesucht! Dich! Und dich allein!«

Das konnte doch einfach nicht sein … es ergab einfach keinen Sinn! Und Kellen, wieso hatte er ihn auf einmal nun doch nach alldem ausgefragt, was das Schwert und den Flicken-Frém anging? Auch das ergab keinen Sinn!

Dabei hat er mich davor deswegen angeschrien und mir eingebläut, dass es damit nichts auf sich hätte?

Von dem seltsamen Geschehnissen in dem Hügelgrab und seinem Kampf gegen dieses Geistergeschöpf mit den kantigen Ohren und den bösen Augen, die wie Leichenlichter züngelten, hatte er wohlweislich nichts erwähnt. Das hätte Kellen ihm bestimmt nie und nimmer geglaubt. Ja, er hatte inzwischen sogar Zweifel, ob er es selber noch glauben konnte.

Die ganze restliche Nacht hindurch war Fionn wegen alldem und noch viel mehr unablässig in ihrer Kammer auf und ab gegangen. Ständig hatte es seinen Blick dabei nach dem schwarzen Schwert gezogen, das stumm wie Schatten an der Wand lehnte …

… und nach jenem fahlen und fernen Traum, den er vor dem Tag in der Halbmondbucht geträumt hatte.

Als der Morgen endlich angebrochen war, erlösend hell, kühl und windig und mit dem salzigen Geruch der aufsteigenden

Hitze, hatte er jede Klarheit darüber verloren, woran er nach ihrer Flucht aus Bailín überhaupt noch glauben konnte.

Doch fürs erste war es auch nicht wichtig. Was jetzt zählte, war nur, dass sie den Herzog davon überzeugten, so schnell wie nur irgend möglich Hilfe nach Bailín zu schicken und die anderen Küstendörfer Errions zu warnen, ehe ihnen dasselbe verheerende Schicksal widerfuhr.

Das hatte Kellen gesagt und ihn erneut darauf eingeschworen, als der Bedienstete Yven sie zur Großen Halle geführt und Fionn sich das schwarze Schwert in der verkratzten Scheide beim Hinausgehen aus ihrer Kammer wie selbstverständlich umgeschlungen hatte.

»Kein Wort über das Schwert!«, hatte Kellen ihm auf der Turmtreppe nochmals eingeschärft. Natürlich hatte er damit recht, dass der Herzog ihnen niemals Glauben schenken würde, wenn Fionn ihm sagte, was er Kellen des Nachts anvertraut hatte. Kellen war so stark, so tapfer, dass er nach allem noch immer so klar und kühn denken konnte.

Kellen, ich wünschte, ich wär so wie du ... ich wünschte, ich wäre nicht ich ...

Jemand stieß Fionn gegen die Schulter und riss ihn aus seinen Gedanken.

Kellen!

Jetzt erst bemerkte er, dass Kellen ihn nicht mehr an der Hand hielt. Er war fort, verschwunden im Getümmel.

»He, hast du keine Augen im Kopf!«, knurrte der Mann, der ihn angerempelt hatte, grimmig auf Fionn herab. Es war ein flachsblonder Ritter in einem grauen Sarrock. Auf seiner Brust prangte ein Otter.

Fionn fingerte nervös an dem Hirschanhänger herum, brachte aber keinen Mucks heraus.

»Was schaust du mich noch so belämmert an? Zieh Leine!«, blaffte der Ritter.

»Verzeiht, ich ... ich ...«, stammelte Fionn nun kleinlaut und sah sich dabei nach Kellen um, oder nach einem Ausweg, als der Flachshaarige die Augen zusammenkniff.

»Warte, du bist doch einer von den zweien, die Emyl gestern

am Tor aufgelesen hat, nich wahr? Wo hast du deinen vorlauten Freund gelassen?« Dann packte er Fionn am Oberarm und zerrte ihn herum. »Sag, was hast du da für ein Schwert auf deinem Rücken?«

»Das ist … ich …«

»Fionn! Was machst du da?«

Aus dem Nichts war Kellen wieder an seiner Seite aufgetaucht und mit ihm auch der Bedienstete Yven. Kellen packte Fionn und zog ihn schützend hinter sich und weg von dem erbosten Ritter. Der Bedienstete Yven bat vielmals um Verzeihung, ehe er die beiden aus der Reichweite des Flachshaarigen und hinter den nächstgelegenen Bündelpfeiler lotste. Dort pfiff er Fionn an, was ihm einfiele, sich einfach so davonzustehlen und einen gesalbten Ritter zu belästigen.

»Ich sagte doch, ihr müsst euch noch gedulden! Und mit dem da legst du dich besser gleich gar nicht an!«

Fionn murmelte eine Entschuldigung und wollte wissen, wer der flachshaarige Ritter sei.

»Das ist der Herr Cined von Addenfels«, antwortete der Bedienstete Yven. »Er lebt am Hofe des Herzogs, seit seine Hoheit ihn als Junge nach dem Zweikönigskrieg als Unterpfand und Mündel aufgenommen hat!«

Da fiel es Fionn wieder ein: Der Flachshaarige war doch einer von denen gewesen, die gestern am Tor vor den Stallungen gestanden waren, als der Prinz Emyl sie eingelassen hatte. Er hatte sich über sie lustig gemacht …

Der Bedienstete Yven sagte, die Audienz würde jeden Augenblick beginnen, bedachte beide abschließend mit einem mahnenden Blick und tauchte dann wieder in der Menge unter.

Kellen ergriff Fionns Hand mit seiner verbundenen Rechten. »Damit wir uns nicht noch einmal aus den Augen verlieren.«

Fionn nickte nur und sah zu Boden; auf Kellens Hand um seine. Kellens Griff war fest und streng, dennoch meinte Fionn, er könne fühlen, wie die Muskeln von Kellens Hand leise zuckten, wie von einem anhaltenden und stetig unterdrücktem Schmerz …

… und zugleich war ihm, als könne er eine schwache Kälte durch das Leinen des Verbands spüren, die von darunter ausging; von der Schnittwunde, die er ihm zugefügt hatte.

Deine Hand, dachte er, *sie hat geglommen, stumm durch die Finsternis der sternlosen Schwärze ...*

... wie die Klinge des schwarzen Schwerts in Fionns Hand, das er nun auf dem Rücken trug. War das echt gewesen oder auch nur Einbildung und Traum?

Fionn überwand sich, sah zu Kellen auf und wollte etwas sagen, doch im selben Moment wurde das mächtige Eingangsportal der Großen Halle krachend geschlossen. Stille senkte sich über die Versammlung.

Ein Herold in himmelblauem Tappert mit dem buttergelben Ginsterbusch auf der Brust und einem gefiederten Barett erschien am Kopfende der Halle. Er baute sich vor der erhöhten Quertafel auf und verkündete: »Seine Hoheit, Herzog Corentyn von Santísmer aus dem Hause Erispoe, Herrscher von Errion durch den Segen der Götter des Westens und des Ostens und Kurfürst des Heiligen Einigen Reiches von Líhenor unter seiner jungen Gnaden dem Großkurprinz Markían.«

Prinz, Bayle und Magister erhoben sich und sahen zu ihrer Rechten, wo der Herzog in Begleitung zweier Wachen die Halle durch ein Seitenportal betrat.

Die Menge senkte ehrfürchtig das Haupt.

Der Herzog von Errion war ein großer hagerer Mann mit einem schmalen Gesicht und von harten Falten gezeichneten Wangen, die so eingefallen waren, dass Fionn ihre Schatten selbst von seinem Platz am anderen Ende der Halle sehen konnte. Auf dem pfeffergrauen Haupt trug er eine Krone aus geflochtenem Silber mit einer Mütze aus blauem Purpur und über seine kantigen Schultern floss ein Mantel, blau wie die Sommersee, der von goldenen Tasseln gehalten wurde und sich sanft in seinem zügigen Schritt wölbte.

Bei dem hohen Lehnstuhl in der Mitte der Quertafel blieb der Herzog stehen. Er hob die Hand zum raschen Gruß an die Versammelten und nahm dann zwischen seinem Sohn und dem Bayle Platz.

Die anderen Männer an der Tafel setzten sich daraufhin ebenfalls. Den letzten freien Stuhl ganz links beanspruchte ein

Mann in einem dunklen Aketon, der wohl der Marschall sein musste. Zu Fionns Erstaunen fand sich sogar der flachsblonde Ritter an der Seite der Burgwachen ein.

Damit war die Audienz eröffnet.

Der Herold rief die Bittsteller auf und einer nach dem anderen traten sie in den Mittelgang vor die hohe Quertafel und trugen ihre Anliegen und Berichte vor. Die Quertafel horchte allem aufmerksam zu. Aus den Reden der verschiedenen Ansucher erfuhr Fionn, dass es im Königreich von Hoeghain, das jenseits der Menez Mintín und dem Fluss Hoelor im Osten an die Herrschaftsgebiete von Errion angrenzte, wohl schon seit längerem Zwistigkeiten zwischen verschiedenen Markgrafen und Fürsten gab, die sich um den Königsthron stritten. Diese Schwelbrände drohten sich nun auszuweiten und die Grenzen Errions zu versengen. Alle Boten, die aus diesen Regionen kamen, baten um Waffen und Männer, die sie führen sollten.

Man hatte deshalb bereits mehrfach Kunde nach Líohim gesandt, Falken, Boten, Ritter, doch weder der junge Großkurprinz Markían noch sein Reichsverweser schickten sich an, irgendeine Antwort zurückzusenden, geschweige denn, etwas zu unternehmen. Líohim hüllte sich seit dem Tod seiner lichten Gnaden Valentyn vor zweieinhalb Jahren in immer tieferes Schweigen.

Darüber hinaus kam noch andere schlechte Kunde: Ein verwahrlost dreinschauender Ritter in einem tannengrünen Steppwams, auf dessen Brust ein Igel gestickt war, ersuchte um Unterstützung gegen einen Unhold namens Selmar Zwey. Der Ritter hatte seine Eide gebrochen und die Felsenburg am Hoelor überfallen und verbrannt. Der Igelritter hatte zerzaustes Haar, grau wie ein Sturmwind, einen Bart wie von gezogenem und gezwirbeltem Kupfer und hielt sich beim Reden an einer plattgedrückten Filzkappe fest.

Der Bayle besprach sich mit dem Prinzen Emyl und dem Marschall und sicherte dem Mann die Hilfe Santísmers zu.

Danach trat ein Bote in einem mit Dreck und Schlamm bespritzten Reisemantel vor. Er stammte aus der Addenmark und war erst in dieser Nacht auf Santísmer angekommen. Er berichtete, dass der Fluch – oder was immer es war, dass die Adden-

245

mark vor etwas mehr als zehn Tagen überkommen hatte und sie seither auf so grässliche Art heimsuchte – noch schlimmer geworden sei. Ganze Dörfer konnten nun gar keinen Schlaf mehr finden, wegen der schrecklichen Alpträume, die sie dann befielen. Man befürchtete eine Hungersnot, sollte deswegen die Ernte schlecht ausfallen.

Die herzogliche Quertafel beschloss, der Sache nachzugehen und der Addenmark so rasch wie möglich Hilfe zukommen zu lassen, sollte es dazu kommen. Der Bote dankte, aber bevor er sich zurückzog, hatte er noch mehr schlechte Kunde vorzubringen. Er berichtete vom Tod des Erstgeborenen von Addenfels, den man ausgesandt hatte, den Ursprung dieses Fluchs zu finden und der dabei in den Menez Mintín verschollen war. Der Flachshaarige zog sich daraufhin aus der Halle zurück und tauchte erst nach dem übernächsten Ansucher wieder auf.

Die Sonne stieg immer höher, doch die Menge der Bittsteller schien und schien einfach nicht abzunehmen. Die dunklen Linien, die die Schatten der gusseisernen Stabwerke der Fenster waren, wanderten gemächlich über die Köpfe der Versammlung. Die Farben der Buntglasfiguren in den spitzen Fenstern glühten im heißen Mittagslicht förmlich auf Fionn und die restlichen wartenden Ansucher herab.

Fionn legte den Kopf in den Nacken und ließ den Blick von einer Figur zur anderen wandern. Es waren die Alten Westkönige, die da von ihren glühenden Fenstern herabsahen, die Gesichter ernst und würdevoll, voller Erhabenheit. Fionn erkannte Alain und Melael, Erech den Älteren, Canor den Krieger und Ewen den Edelmütigen, und, auf drei hohe, schmale Lanzettfenster verteilt, hoch im Gebälk über dem Portal hinter ihm, Bramyn den Eroberer. Ihm wurde eben eine zinnfarbene Krone auf das Haupt gesetzt, vor ihm gingen dabei ein Dutzend Männer in grauer Gewandung mit gestreckten Schwertern und in Demut gesenkten Köpfen auf die Knie.

Bramyn der Eroberer, flüsterte Fionn in Gedanken, *der Erste König von Errion, der die Länder des Westens aus den finsteren Tagen der Celdennen und ihrer düsteren, grausamen Götter in das Helle Alter geführt hatte.*

Fionn schloss die Augen. Über das Gerede und die Diskussionen vorne an der Tafel und das Geflüster, Getuschel und Geraschel der Menge um ihn war ihm, als könne er leise das klackernde Stakkato des Webstuhls hören, das Rauschen der Bäume vor dem Línhaus und die knarzende, leise Stimme der Muhme Marzhina, wie sie den Kindern von Bailín, Aray und Dinan in den Sonntagsstunden von der Geschichte Errions erzählt hatte. Er ließ sich forttragen ...

Damals hatte Fionn auch immer die Augen geschlossen und sich von den Worten der Alten in seiner Fantasie forttragen lassen. Er hatte das sehr gemocht, den Erzählungen der alten Weberin hätte er den ganzen Tag lauschen können – vor allem, weil er wusste, was ihm danach bevorstand, wenn die Stunden verstrichen waren und man die Kinder heim schickte.

Dann nämlich fand sich Fionn jedes Mal hinter dem Línhaus zwischen zertretenem Gras im Dreck, weil ihn Ronnec und seine Spießgesellen aus Aray zum Spaß verprügelten. Fionn krümmte sich vor Schmerz und Pein und wimmerte um Gnade, aber die anderen Kinder lachten nur und machten sich noch weiter über ihn lustig, bis sie der Quälerei irgendwann überdrüssig wurden und ihn alleine mit seinen blauen Flecken zurückließen. Fionn lag dann immer noch lange im Gras, unfähig, sich aufzuraffen, und weinte hinter vorgehaltener Hand, damit ihn keiner hörte.

Nach Hause war er immer erst spät gekommen. Der Großmutter sagte er stets, er habe sich die blauen Flecken beim Spiel zugezogen. Er wagte es nicht, etwas gegen Ronnec und die anderen zu unternehmen, sie waren ihm doch an Kraft und Zahl weit überlegen, und etwas zu sagen, das wagte er gleich noch weniger. Wer wusste schon, wie sie ihm das heimzahlen würden ...

So hatte es sich lange Zeit verhalten, bis zu diesem einen Sonntag. Fionn war wieder einmal hinter dem Línhaus in die Enge getrieben worden und duckte sich schon vor Ronnecs erstem Schlag, als ihm eine Stimme Einhalt gebot.

Ronnec und seine Schergen sahen sich verdutzt um, und da stand Kellen, die Fäuste geballt, Entschlossenheit in den Augen. Im Zorn schlug Ronnec Fionn ein blaues Auge und wollte dann auf Kellen losgehen, aber dieser verpasste ihm eine so gründliche Abreibung, dass nicht nur er davonrannte, sondern auch seine Kumpanen sich sofort in alle Richtungen zerstreuten. Mit dem Sohn des Dorfmeisters von Bailín wollten sie sich dann doch nicht anlegen.

Als sie weg waren, hatte Kellen Fionn aufgeholfen. »Alles in Ordnung?«

Fionn hatte genickt und kaum mehr als gemurmelten Dank herausdrucksen können. Auf dem Heimweg hatte Kellen ihn gefragt, warum er sich nie zur Wehr setzte. Darauf hatte Fionn nichts zu erwidern gewusst.

Daheim hatte ihm die Großmutter einen feuchten Lappen auf sein angeschwollenes Auge gedrückt und ihn gerügt, weil er sie angelogen und ihr sein Leid so lange verschwiegen hatte.

»Du kannst froh sein, so einen Freund zu haben«, entschied sie, nachdem Kellen wieder weg war.

Den Lappen weiter auf sein Auge drückend, hatte Fionn lange auf seinem Hocker vor sich hin geschmollt. Kellens Frage hatte ihn nicht losgelassen. Warum setzte er sich nicht zur Wehr?

»Am liebsten würd ich sie selber verprügeln«, murmelte er, mehr zu sich selbst. »Ja, das würd ich, aber ich … ich bin einfach zu schwach …«

»Du bist ein Mann, Fionn«, erwiderte die Großmutter streng. »Es wird Zeit, dass du dich auch wie einer benimmst!«

»Aber die anderen sind viel stärker als ich! Wie soll ich-«

»Es wird immer jemanden geben, der stärker ist als du! Aber das darf dich nicht davon abhalten, für dich einzustehen! Niemals!« Sie hob sein Kinn hoch und sah ihn mit einem beschwörenden Ausdruck in dem faltigen Gesicht und ihren dunklen glänzenden Augen an. »Du darfst dich nicht immer unterkriegen lassen, hörst du? Du bist viel mutiger und stärker, als du glaubst! Du musst dich nur trauen! Und du darfst nicht weglaufen!«

Dann hatte die Großmutter ihm einen Kuss auf die Wange gedrückt, war aus der Backstube hinaufgestiegen und hatte ihren Jungen verunsichert und grüblerisch in tiefer Trübsal zurückgelassen.

Ich darf nicht weglaufen, ja …

Das hatte Kellen auch zu ihm gesagt, in der Nacht im Hügelgrab. Die Worte schnürten Fionn die Kehle ein.

Ich darf nicht weglaufen!

Doch er war weggelaufen, wieder und wieder. Vor dem Schwert in der Halbmondbucht, vor dem Flicken-Frém, vor Kellen … vor der Großmutter …

Großmutter …

Klatschnass wie Fionn gewesen war, als er in der verstürmten Nacht nach Hause gerannt und außer Atem in die Stube gestürzt war, hatte sie ihn in die Arme geschlossen und geweint, so aufgelöst vor Erleichterung, dass sie jeden Zorn und Tadel vergaß. Sie hatte sein Haar gestreichelt und seine Hand mit der ihren, die kleiner war und verknittert wie dünnes Leder, fest gedrückt, so fest, als wolle sie ihn nie wieder loslassen.

Und Fionn – er war einfach nur da gestanden, hatte sie einfach nur angesehen.

Er sah sie immer noch: Auf der Wiese hinter der Backstube, unter einem grauen Himmel mit fahlen Wolken, aus denen schwerelos schwarze Rußflocken rieselten, bevor die Glocken der Dorfhalle dröhnend zu läuten begannen und ein langgezogenes metallisches Kreischen die kühle Luft über Bailín zerfetzte. Fionn wollte los, wollte zu Kellen, der bestimmt schon bei den anderen Männern des Dorfes war, doch die Großmutter packte ihn, klammerte sich an ihn und wollte ihn nicht gehen lassen. Aber Fionn riss sich los und lief zur Bucht hinab …

… lief weg.

Dann endlich vernahm er die Stimme des Herolds, der seinen und Kellens Namen rief, in der Großen Halle von Santísmer. Kellen nahm seine Hand. Sie waren an der Reihe.

Ich war noch ein kleiner Junge gewesen, als mir die Großmutter abends am Bett alle möglichen Geschichten erzählt hatte – Sagen aus den altvorderen Tagen Errions, Lieder, in denen die alten Westkönige vorkamen und Legenden, die ihre großen Taten schilderten. Am meisten aber hatten mir immer die düsteren Geschichten gefallen; diejenigen, in denen die grauen Gottgestalten der Celdennen in ihren ewig dämmrigen Wäldern umgingen und nach Annaur abstiegen, und in denen Trolle, Gespenster und Narnen, Wiedergänger und Werwölfe ihr Unwesen trieben.

Es waren zumeist die Geschichten, die mein Großvater aus dem Norden mitgebracht hatte und ich weiß noch, dass ich für sie damals mit so mancher durchwachten Nacht bezahlen musste. Und in einer jener Geschichten musste es gewesen sein, dass mir dieses Wort schon einmal begegnet war ...

Amkash ...

Nie hätte ich gedacht, dass daran etwas wahres sein könnte ... ob die Männer der Karavelle wohl jemals so gedacht hatten?

DIE *ALTER KÖNIG NARMER* ließ die Karavelle heran, bis sie steuerbord auf gleicher Höhe und in Rufweite waren. Der dreimastige Segler war zwar größer, als er aus der Ferne zunächst gewirkt hatte, sein höchster Mast, an dem das Banner des Herzogs von Errion im heißen Vormittagswind knatterte, reichte der *Alter König Narmer* gerade einmal bis zur Oberkante des Schornsteins, das Steuerdeck lag mehrere Fuß unterhalb ihrer Reling, dennoch zeigte ihre Besatzung keinerlei Zeichen von Furcht. Ihre Gesichter wirkten stolz und entschlossen, selbst im Angesicht des hoch aufragenden, bedrohlichen schwarz beplatteten Rumpfs der *Alter König Narmer* und der mit Falchionen bewaffneten Mannschaft, die sich um den Bootsmann versammelt hatte.

»Ihr da, Fremde!«, rief der junge Kapitän mit dem glatten dunkelbraunen Haar und der getrockneten Emmerrose an der Brust nun mit fester Stimme zu ihnen hinauf. »Im Namen seiner Hoheit Corentyn von Santísmer, Herzog von Errion durch seine lichte Gnaden Valentyn und den Großkurprinz Markían, spreche ich zu euch: Lasst die Waffen fallen! Unrechtmäßig habt ihr errisches Hoheitsgewässer durchkreuzt und Menschen auf errischem Land angegriffen! Ergebt euch jetzt und sagt: Wer seid ihr? Und was wollt ihr hier?«

Hätte Nehepu noch irgendeinen Zweifel gehabt, dass es sich bei der Karavelle doch um Agenten im Dienste des Vizeadmirals Akhem handeln könnte, so wären sie spätestens jetzt ausgeräumt gewesen.

Nein, das sind eindeutig Errische, dachte der alte Magister bei sich und an Prinz Kahrion gewandt sagte er: »Nur Errische wären störrisch genug, einem so offensichtlich überlegenem Gegner Widerstand zu leisten.«

»Auch recht«, erwiderte dieser mit einem dunklen Funkeln in den blassgoldenen Augen. »Sollen sie es ruhig versuchen.« Dann richtete er das Wort an den Mann mit der Emmerrose. »Du bist dann wohl ihr Kapitän?«

»Der bin ich!«, entgegnete dieser unverändert ernst.

»Du hast Mut, Kapitän! Sag deinen Männern, sie sollen die Waffen strecken, dann wollen wir reden!«

»Wir sind nicht gekommen, um mit euch zu verhandeln! Wir sind hier, um euch eurer gerechten Strafe zuzuführen!«

»Das wollen wir doch sehen«, murmelte Prinz Kahrion. Auf einen Wink hin ließ der Bootsmann den Kanonenturm ausrichten und laden, dann brüllte das Eisenrohr Flammen und Rauch und peitschte das Wasser vor dem Bug der Karavelle in einer fünf Meter hohen Fontäne auf. Der Warnschuss ließ den Segler so heftig hin und her schwanken, dass sich die

Mannschaft an Masten und Tauen festhalten musste – doch sie streckte weder die Waffen, noch ließ die Entschlossenheit in ihren Blicken nach.

Die Zähe liegt den Errischen im Blut, dachte Nehepu. *Und diesen hier ist sie sogar ins Gesicht geschrieben.*

»Kapitän!«, rief Prinz Kahrion noch einmal. »Ich rate dir, sei vernünftig! Ein Schuss und euer Schiff wird untergehen.«

Die Männer unter ihnen machten aber noch immer keine Anstalten, Prinz Kahrions Forderung Folge zu leisten, also hob dieser die behandschuhte Hand. »Auf drei werde ich euer Schiff versenken. Eins … Zwei … Drei …«

Dem ersten klirrte der Stahl vor die Füße. Es war der Kapitän mit der Emmerrose. Dann dem zweiten, dem dritten, dann allen anderen. Die Errischen hielten die Hände hinter den Kopf.

»Na also, warum nicht gleich so.« Mit einem abschätzigen Lächeln auf den dünnen Lippen wandte sich Prinz Kahrion an den Kommandanten. »Lasst die Laufbrücke herab. Ich gehe an Bord.«

Enterhaken wurden geworfen und der Segler so nah herangezogen, dass der Steg ausgelassen werden konnte. Prinz Kahrion suchte sich zwanzig Männer aus, darunter auch den Bootsmann, die ihn, Nehepu und Mestem für eine Unterredung begleiten sollten.

Die Errischen erwarteten sie schweigend und mit grimmigen Mienen. Kommandant Mestem befahl ihnen, von den Schwertern auf dem Boden zurückzutreten, ließ die Waffen einsammeln und der knienden Besatzung der Karavelle die Hände hinter dem Rücken fesseln.

»Durchsucht das Schiff. Vielleicht versteckt sich noch irgendwo jemand«, wies Prinz Kahrion Hekat an. Der Bootsmann stieg die knarzenden Stufen unter Deck und der Prinz widmete sich dem gefesselten Kapitän mit der Emmerrose. »So, nun wollen wir sprechen. Ihr seid Männer des Herzogs von Errion, ihr habt gewusst, wer wir sind! Woher?«

Der Kapitän aber gab keine Antwort.

Prinz Kahrion knirschte schon mit den Zähnen, als ein stämmiger Kerl mit Ohrringen und gezopftem Kinnbart, der mit der übrigen Mannschaft gefesselt war, lospolterte: »Dreckiges Pack! Das ist errisches Hoheitsgewässer! Ihr habt hier nichts verloren! Verschwindet gefälligst wieder dahin, wo ihr hergekommen seid!«

Prinz Kahrions Nasenflügel bebten. Er fuhr herum. »Pass bloß auf, was du sagst, du-«

»Ha! Ich lass mir doch von so einem Rotzbürschlein wie dir nicht den Mund verbieten!«

Die Besatzung der Karavelle griente und ein paar ihrer eigenen Männer mit ihnen.

Prinz Kahrion entging das nicht. Er trat dem vorlauten Errischen mit der Stiefelspitze in die Magengrube, dass es ihm und allen das schiefe Grinsen aus den Grimassen würgte. »Den Mund verbieten will ich dir auch gar nicht«, versicherte er ihm von oben herab. »Ganz im Gegenteil. Ich will, dass du mit mir redest, wenn es schon dein stolzer Kapitän nicht tut!« Ein zweites Mal bohrte sich Prinz Kahrions Stiefelspitze in den Errischen. »Woher weiß der Herzog von uns?« Ein drittes Mal. Der Mann krümmte sich stöhnend vornüber. »Was genau ist euer Auftrag?«

Bei jedem Tritt mit der Stiefelspitze war Nehepu, als könne er die Armschienen seines Prinzen aufs Neue fühlen, wie sie in seine Wangen schnitten. Die fünf dünnen Wunden, die sein Prinz ihm mit dem Eisen an seinem Unterarm verpasst hatte, als er ihn bei dem Fischerdorf von sich gestoßen hatte, glühten in Bitterkeit und Schmerz.

Glaubt Ihr wirklich, Ihr werdet den Errischen so zum Sprechen bringen?, fragte er sich im Stillen. *Oder glaubt Ihr am Ende gar, Ihr könntet euren eigenen Männern so etwas beweisen?*

Dem widerborstigen Ausdruck in ihren Antlitzen nach zu urteilen, gelang ihm selbst das nicht. Nehepu wollte einschreiten, bevor Prinz Kahrion es zu weit trieb, aber Kommandant Mestem hielt ihn zurück.

Unter Deck wurden Rufe und Kampfgeschrei laut. Etwas polterte, schepperte, schlug dumpf um und dann kam Hekat zurück. Der Bootsmann schleifte mit der einen Hand ein mageres, um sich schlagendes Männchen mit Tintenflecken auf dem Hemd hinter sich her und trug mit der anderen einen Käfig, in dem ein Falke aufgeregt auf seiner Stange gellte.

Ein Botenfalke.

»Der wollte eine Nachricht abschicken«, bestätigte Hekat, stieß den fluchenden Schreiber zu der restlichen Mannschaft und überreichte Prinz Kahrion ein zusammengerolltes Pergament. Der Prinz überflog den Brief. Bei jeder Zeile gruben sich seine knochigen Finger ärger in das Pergament, zerknitterten es, bis er es in der Faust zusammenknüllte und dem hinzueilenden Nehepu wortlos gegen die Brust drückte.

Der Magister besah ihn sich. Die eilig hingekratzten Buchstaben waren an einen Emyl gerichtet, bestätigten die Existenz eines bannerlosen Eisenschiffes, seiner Kampfkraft und seines silberblonden gehässigen Kommandanten.

Prinz Kahrion wandte sich zu dem Errischen um. »Ich frage dich das ein letztes Mal: woher weiß der Herzog das? Wer hat ihm von uns erzählt?«

Der Stämmige hustete, richtete sich wieder auf die Knie und spuckte Prinz Kahrion trotzig einen rötlichen Schleimbatzen vor die Füße.

»Ich hab langsam die Schnauze gestrichen voll von euch Errischen und eurer verdammten Zähigkeit!« Prinz Kahrion packte das Heft seines Langschwerts und riss den Adamantenstahl heraus. Saphiren flammten die Wellenlinien im gleißenden Sonnenlicht auf und der Kehle des Mannes entgegen. »Wenn du es unbedingt auf diese Weise haben willst, will ich dir deinen Wunsch erfüllen! Vor den Augen deiner Kameraden!«

»Hör auf.«

Kahrion strich sich eine silberblonde Strähne aus der Stirn und schaute sich nach dem Sprecher um. Es war der Kapitän mit der Emmerrose.

»Er wird dir nichts sagen. Hör auf, ihn so zu quälen.«

Prinz Kahrions blassgoldener Blick verhärtete sich, doch der junge Kapitän erwiderte ihn gefasst, obgleich Prinz ihm anzusehen war, dass er innerlich heftig mit etwas rang.

»Kommst du also endlich zur Vernunft, Kapitän«, sagte Prinz Kahrion mit hinterhältiger Genugtuung. »Wenn ich rede, lässt du ihn unversehrt?«

»Du hast mein Wort.«

Ein Raunen schlich über das Deck und durch die Reihen ihrer eigenen Männer. Der Bootsmann verschränkte die Arme. Der junge Kapitän starrte Prinz Kahrion, der den Adamantenstahl noch immer auf die Brust des anderen gesetzt hielt, finster an, dann gab er der Not seines Mannschaftsmitglieds nach.

»Gestern Vormittag kamen zwei Jungen an die Burg von Santísmer«, begann er. »Sie berichteten von einem Eisenschiff, das ihr Dorf überfallen hatte. Prinz Emyl, der älteste Sohn des Herzogs, hat ihnen als Einziger geglaubt. Er hat sie aufgenommen und mich und meine Männer ausgesandt, um ihren Behauptungen auf den Grund zu gehen.«

Die Gesichter der Karavellenmannschaft verdunkelten sich, während ihr Kapitän das preisgab, doch sie fügten sich seiner Entscheidung.

Die Männer der *Alter König Narmer* blickten einander verunsichert an, und Nehepu musste sich eingestehen, dass sein Prinz also recht gehabt hatte. Dem Knaben, der während der Unterredung mit dem Dorfmeister mit der Harpune auf Kahrion losgegangen war und der danach bei den anderen Dorfbewohnern gefehlt hatte, war also wirklich die Flucht gelungen. Er musste tatsächlich der neue Träger von Sekhems Fluch sein …

»Inzwischen dürften die Jungen wohl ihre Audienz beim Herzog haben«, fuhr der Kapitän fort. »Wenn er ihnen Glauben schenkt, wird es hier und an den Küsten bald von Spähern und Schwertern nur so wimmeln. Sie werden euch kriegen, nach Santísmer schleppen und euch den Garaus machen! Man wird euch hängen auf Canors Platz, man wird euch die Köpfe abschlagen und sie auf Spieße stecken, damit die Möwen daran picken, und eure Leichname wird man in die Gischt werfen, wo die Krabben sie verspeisen werden! – Ganz so, wie man es in Errion immer schon mit solchem Gesindel gehalten hat!«

»Diese beiden Knaben«, sagte Prinz Kahrion kühl, »hatte wohl einer von denen ein schwarzes Schwert bei sich?«

Der Kapitän verzog das Gesicht, dann aber sagte er: »Ja.«

Nun murmelten die Männer der *Alter König Narmer* und

255

Kommandant Mestem flüsterte: »Also tatsächlich ... Sekhems Fluch.«

Ja, dachte Nehepu. Und jetzt waren sowohl Sekhems Fluch wie auch sein neuer Träger in Santísmer, auf der Herzogsburg und somit jedem Zugriff ihrerseits entzogen ...

»Dein Prinz Emyl muss dir wohl sehr vertrauen, wenn er einen so jungen Kapitän für eine solche Mission auserwählt?«, fragte Prinz Kahrion weiter.

»Ich bin mit ihm am Hof des Herzogs aufgewachsen. Er vertraut mir und meinem Wort. Und er wird mich vermissen, wenn ich nicht mitsamt meiner Mannschaft zurückkehre. Vollständig und unversehrt.«

»Keine Sorge«, erwiderte Prinz Kahrion. »Ich werde dich und deine Männer ziehen lassen. Und ich werde dich auch nicht weiter von deiner Pflichterfüllung abhalten.«

Er sah dem jungen Mann mit der Emmerrose direkt in die unbeugsamen Augen. Der junge Kapitän schluckte. Er suchte es zu verbergen, aber Nehepu bemerkte, wie ihm hinter seiner Maske aus Stolz und Gefasstheit nun doch unwohl zumute wurde. *Er scheint kaum älter zu sein als Prinz Kahrion.* Das fiel ihm erst jetzt auf.

»Was willst du von mir?«

»Ich will, dass du Ruhe bewahrst«, sagte Prinz Kahrion. »Und dann will ich, dass du deine Botschaft an den Herzog aufsetzt.«

Amkash …

Allein es im Stillen auf der Zunge zu formen, hat etwas sinistres zu sich, das lässt sich nicht verleugnen. Aber ich kann mich einfach nicht daran erinnern, wie die Großmutter es ausgesprochen hatte, oder in welcher Geschichte es vorkam, oder was darin geschah. Ich weiß nur, dass ich es schon einmal gehört hatte.

Als ich in dieser Sturmnacht heimgekommen war, klatschnass und verfroren, außer Atem von der Flucht vor dem Flicken-Frém, hatte ich die Großmutter danach gefragt.

»Sag das nicht! Nicht in meinem Haus!« Das hatte sie gesagt. Furcht war in ihrer Stimme gewesen, hatte in den weit aufgerissenen Augen im flackernden Kerzenschein gezittert. »Über solche Dinge spricht man nicht! Jeder, der weiß, was gut für ihn ist, nimmt diesen Namen gar nicht erst in den Mund!«

Wenn die Großmutter schon beim Namen Amkash so erschrak, war es möglich, dass da tatsächlich mehr dahinter steckte, als nur das wirre, versoffene Gerede des Flicken-Frém? Hätte ich es doch nur mit Sicherheit sagen können, an jenem Tag der Audienz …

FIONN UND KELLEN traten vor.

»Überlass mir das Reden«, raunte Kellen ihm noch einmal zu, als sich die Menge sich vor ihnen teilte.

Fionn fühlte, wie ihn die Blicke der Audienzteilnehmer in dem freien Mittelgang förmlich festnagelten. Außer dem nackten Widerhall seiner unsicheren Schritte waren alle anderen Geräusche in der Großen Halle der Herzogsburg von Santísmer mit einem Streich erstorben. Als letzte Bittsteller der Audienz waren sie jetzt endlich an der Reihe.

Kellen hatte darauf bestanden, dass sie ihre alten Kleider anzogen, die man ihnen gestern im Badehaus abgenommen und die der Bedienstete Yven am Morgen mit dem Haferbrei wiedergebracht hatte. Die Hemden, Hosen und seine Weste waren zwar gewaschen und geflickt geworden, sogar neue Knöpfe hatte man angenäht, trotzdem kam Fionn sich in ihnen seltsam schäbig vor. Er zog sich das schwarze Schwert auf seinem Rücken zurecht und schaute unsicher zu der erhöhten Quertafel vor ihm auf.

Unter seiner glänzenden Silberkrone hatte der Herzog von Errion die Stirn in harte Falten gelegt. Er musterte die beiden Jungen eindringlich mit wachen, dunklen Augen.

Der Rest der hohen Quertafel, der Magister mit dem müden Maulwurfsblick, der Marschall in dem dunklen Aketon und der Bayle in dem karminroten Überwurf, selbst die Burgwachen und der Herold in seinem himmelblauen Tappert, blickte nicht minder misstrauisch auf sie herab.

»Nun denn«, ergriff der Herzog das Wort, »Ihr beide seid also die Knaben aus dem Dorf im Westen, deretwegen mein Sohn mich so bedrängte?« Die Stimme des Kurfürsten klang rau und vernarbt wie Küstenfels.

»Ja, euer Hoheit«, antwortete Kellen und holte seine Verbeugung nach.

Fionn folgte seinem Beispiel.

Der Herzog warf Prinz Emyl einen raschen Blick zu. »Gut, dann berichtet, was euch so Wichtiges hergebracht hat. Aber fasst euch kurz.«

Kellen nickte, dankte dem Herzog und schilderte dann den Morgen vor zwei Tagen, an dem das schwarze Eisenschiff mit qualmendem Schornstein in der Bucht von Bailín auftauchte, wie man das Dorf vor den fremden Kriegern verbarrikadiert hatte und welche Schrecknisse sich nach der Unterredung mit dem alten Mann in der Wollrobe und dem silberblonden Prinzen zugetragen hatten.

Fionn stand unterdessen nur untätig daneben und fingerte nervös an dem Hirschanhänger in seiner Tasche herum. Kellen beendete seinen Bericht damit, wie sie aus dem brennenden Dorf fliehen konnten. Dann bat er den Herzog dringlich, die anderen Küstendörfer vor dem Eisenschiff zu warnen, Suchtrupps auszusenden und vor allem, Hilfe nach Bailín zu schicken, Männer und Schwerter.

In dem wartenden Schweigen, dass daraufhin einkehrte, zog sich Fionns Magen zu einem bitteren Knoten zusammen. Mit jedem Augenblick, der verstrich, verstärkte sich die Spannung in der kühlen Luft, aber der Herzog blieb so still und regungslos, wie die Buntglaskönige in ihren Fenstern.

Verunsichert suchte Fionn nach Kellens Blick, da ergriff der Marschall in seinem dunklen Aketon endlich das Wort. »Seid ihr euch gewiss, dass es sich bei dem Schiff eures Angreifers wirklich um ein Schiff aus schwarzem Eisen gehandelt hat?«

»Ja!«, bekräftigte Kellen entschieden. »Und sie fuhren ohne Banner oder Flagge oder irgendeinen Namen!«

Auf diese Antwort ging aufgeregtes Getuschel und Gemurmel in dem Meer der Bittsteller in ihrem Rücken los; das könne nicht sein, Eisenschiffe habe man seit über einhundert Jahren, seit dem Ende des Großen Reichskrieges, nicht mehr vor der errischen Küste gesichtet!

»Das hieße ja, dass der Norden das Friedensabkommen von Brahí gebrochen hätte!«, ließ einer verlauten; jemand anderes flüsterte hinter vorgehaltener Hand: »Was für ein Unglück!«

Auf eine Geste des backenbärtigen Bayles schlug der Herold mit seinem Stab auf den Marmorboden und gebot so Ruhe.

Dann sagte der Bayle bedächtig: »Zum Ende des Großen Reichskriegs wurde die gesamte schwarze Eisenflotte des Nordens nach der Seeschlacht von Nairn versenkt und sämtliche Werften zusammen mit den Plänen und damit dem Geheimnis um die Herstellung von Eisenschiffen durch seine lichte Gnaden Valentynian vernichtet. Das liegt nun über einhundert Jahre zurück; kein Schiff hätte dieser Vernichtung entkommen, geschweige denn, solange überdauern und seetüchtig bleiben können. Und denkt nur an das Friedensabkommen von Brahí: es untersagt Istangsard auf immerdar, erneut Kriegsschiffe südlich der Landesgrenzen zu entsenden! Wieso sollte nun Cirion, der fünfte König aus Irions Linie auf dem Schwarzsalzthron, nach so langer Zeit dagegen verstoßen, nur um ein einziges Fischerdorf zu überfallen? Das ist doch Schwachsinn!«

»Womöglich plant Istansgard einen neuen Krieg?«, gab Prinz Emyl nun zu bedenken und sagte, der Tod seiner lichten Gnaden Valentyn im Winter vor zweieinhalb Jahren habe Líohim geschwächt. »Großkurprinz Markían ist noch nicht zum Kaiser des Heiligen Einigen Reiches gekürt worden, und er ist sehr jung. Noch gäbe es in Líohim niemanden, der die Banner des Reiches für einen Krieg einen könnte. Istansgard könnte diese Schwäche nutzen, um die Schmach von Brahí zu tilgen! Dieser Überfall könnte sich als eine Vorhut entpuppen, als ein erster Ausfall, um die Stärke des Reiches zu testen! Wir sollten ihn nicht auf die leichte Schulter nehmen!«

»Errion wäre also angestochen worden wie ein Schwein, wenn der Schlächter die Schwarte prüfen will?«, hörte Fionn jemand hinter ihm flüstern, während der Bayle an der hohen Quertafel entgegnete, wegen so einer bloßen und gewagten Vermutung könnte man aber noch keine kriegerischen Akte gegen den Norden einleiten; vor allem bei der derzeitigen Lage und den Kosten, die das mit sich brächte.

Der Marschall pflichtete dem bei: »Falls der Norden einen erneuten Krieg planen sollte, müsste Cirion nicht nur gegen das Friedensabkommen verstoßen, um eine neue Flotte aufzustellen, er müsste auch zunächst einmal die südlichen Grenzfestungen wie Nír Vareluínn neu errichten. Sie sind noch immer geschliffen und verlassen und wir haben keinerlei Nachrichten, dass sich daran etwas geändert hätte. Des Weiteren, sollte es sich bei diesem Angreifer wirklich um ein Kriegsschiff des Nordens handeln, müsste es den Wachturm von Mauron passiert haben. Davon haben wir aber ebenfalls keinerlei Meldung.«

Dann wandte er sich an die Versammlung und an die Kapitäne, Schiffer und Kaufleute, die darunter waren und fragte, ob sie etwas aus dem Norden gehört hätten. Alle schüttelten die Köpfe.

Es waren sogar manche zugegen, die aus dem Norden stammten, aus Borrynshafen, den Frostlanden von Rhídaur und der Werftstadt von Norínsfell, das wohl nahe den Ruinen von Nairn lag, und die zeigten sich erbost über diese haltlosen Vorwürfe. Auch der Handel mit Nídisgard und Salísfell lief noch wie gewöhnlich ab, wusste ein Kaufmann beizutragen, und im Falle eines Krieges käme er wohl als Erstes zum Erliegen.

Der Bayle wandte sich an Prinz Emyl und fragte, ob denn schon eine Botschaft von dem Kundschafter eingetroffen sei, den der Prinz ausgesandt hatte. »Sie müssten doch inzwischen dort angelangt sein?«

Ach ja, erinnerte sich Fionn, man hatte ja Kundschafter nach Bailín ausgesandt, um ihre Behauptungen zu prüfen.

Doch Emyl musste das verneinen; bislang hatte man nichts gehört.

Daraufhin machte abermals Geraune die Runde in der Halle. Wieder bat der Bayle durch Herold und Burgwache um Ruhe.

Fionn fragte sich, warum sagt der Herzog nichts dazu sagte. Der Landesherr saß einfach nur stumm da und hörte seinen Beratern zu. Glaubte er ihnen etwa nicht? Hielt er sie gar für Lügner?

»Die dringlichste Frage ist doch zunächst, herauszufinden, wer sich hinter diesem Angriff verbirgt, wenn nicht der Norden«, befand der Marschall.

»Ich sag euch, wer der Angreifer war!«, rief jemand von der Seite dazwischen. Es war der flachshaarige Ritter. Er funkelte Fionn und Kellen abschätzig an. »Dreckige Piraten waren das, nichts weiter! Oder Söldner aus dem Osten, Korsaren von Ambor oder Freibeuter vom Silberkap! Es ist bekannt, dass viele ihre Segel und Rümpfe anstreichen, in Rot, Grau oder Schwarz, um Furcht und Schrecken in die Herzen ihrer Opfer zu jagen! Und was den angeblichen qualmenden Schornstein angeht, so sagte der Bursche doch selber, ihr ganzes Dorf hätte gebrannt. Die Angst hat einfach nur ihre Sinne getäuscht!«

Die hohe Quertafel schien dem Vorschlag des Flachshaarigen zugeneigt. Der Marschall flüsterte dem Herzog etwas zu.

»Aber dieser silberblonde Bastard sagte, er sei ein Prinz!«, beharrte Kellen.

»Hochkönig Cirion hat keine Söhne!«, merkte der backenbärtige Bayle an.

»Und dieses Piratenpack gibt sich doch andauernd selber solch schillernde Titel«, bekräftigte der Flachshaarige. »Man denke nur an Beorl den Grausamen oder Harrín den Haarigen, die sich Piratenkönige tauften. Wenn es Piratenkönige gibt, dann sicherlich auch Piratenprinzen!«

Die Meinungen darüber, wer die Angreifer nun gewesen seien, gingen auseinander: Man war uneins, ob Piraten, Korsaren und Söldner, sowohl an der hohen Quertafel, wie unter den Reihen der Ansucher, und Fionn merkte, wie Frust sich in Kellen anstaute. Er spannte seinen Körper an und ließ ihn die verbundene Hand zur Faust ballen.

Fionn wusste ja, woher das Eisenschiff, der silberblonde Prinz und seine Häscher gekommen waren …

… das Schwarze Land … Amkash …

Die Worte drückten auf seiner Zunge, schwer wie kaltes Pech, doch er durfte sie nicht aussprechen. Das hatte er Kellen versprechen müssen.

Ihm und der Großmutter.

Plötzlich räusperte sich eine mürbe Stimme. »Mit Verlaub, euer Hoheit, Emyl, Marschall, Corbyn …«, mühte sie sich angestrengt über das Gerede in der Halle.

Die Diskussionen verklangen und die Männer an der Quertafel wandten sich zu dem greisenhaften Magister mit dem müden Maulwurfsblick zu ihrer Linken, dem sie gehörte.

Das Väterchen legte die hohe, verknitterte Stirn in pergamentdünne Fältchen, wobei sich die tiefhängenden, grauen Augenbrauen keinen Deut bewegten, befeuchtete sich die Lippen mit der Zunge und sagte dann: »Es gibt noch eine weitere Macht, die einst in der Welt war, und die man in dieser Sache nicht gänzlich außen vor lassen sollte. Eine alte Macht, weitaus älter als alle Kämpfe und Querelen, die je zwischen Istansgard und Líohim ausgefochten wurden, älter selbst als alle Königslinien der Erde … alt und dunkel … und gefährlich. Vor ihrem Niedergang lag ihr Sitz jenseits der tanzenden Lichter der Nacht, ihre Länder waren verborgen von Nebel und Dunst und ihre schwarzen Tempel waren jenem Einen geweiht, der schrecklich war und entrückt und der keinen Namen mehr besaß, den die Menschheit aussprechen konnte …«

»Ammenmärchen sind das!«, warf der Flachshaarige grob ein. »Schattenländer, Geisterkönige … Jedes Kind weiß doch, dass es solchen Unfug niemals gegeben hat! Hört auf, euren Herzog so zu verspotten!«

Der Bayle wies den Ritter an, seinen respektlosen Ton sofort zu mäßigen, musste aber gleichwohl eingestehen, dass er nicht ganz Unrecht hatte. »Werter Magister, wovon Ihr da sprecht«, sagte er, »es ist wohlbekannt, dass es sich dabei nur um alten Aberglauben handelt.«

»Ihr als Magister müsstet das doch wissen«, merkte der Flachshaarige abfällig an, zog sich dafür jedoch den mahnenden Blick der hohen Tafel zu.

Doch der Magister mit dem müden Maulwurfsblick fuhr so unverdrossen fort, als hätte er die Einwände der anderen gar nicht wahrgenommen. »Jene große dunkle Macht ist vergangen, seit vielen Altern schon … vertrieben und verbannt ist sie, in die Leere jenseits der Sterne, doch ihr Wille ist ungebrochen und ungetrübt und jene, die ihr einst hörig waren, sind es noch immer. Und wenn jene Macht zurückkehrt, werden sie ihr Folge leisten. So zeugen die Niederschriften Shadrachs des Schreibers, die in der Bibliothek der Magister von Ephys bewahrt werden, und berichten von einer Prophezeiung aus den dunklen Tagen vor Líhenor: Jene Macht, jener Namenlose Schrecken und letzter Feind der Erde wird zurückkehren, wenn die Zeit gekommen ist. Seine Länder werden sich wieder erheben, seine schwarzen Tempel und Heiligtümer werden erneuert und von seinem schwarzen Blute wird ein Prinz kommen, der sein Werk vollenden wird. Ich will nicht sagen, dass all das wahr ist, doch will ich die Möglichkeit in Betracht ziehen und sie fortspinnen: Vielleicht ist all das schon längst eingetreten, verborgen vor unseren Blicken? Was wissen wir schon, was dort oben lauert, in den Meeren, die kein Sterblicher besegelt? Nichts … blind sind wir geworden … blind …«

»Vielen Dank, Magister. Das genügt.« Bis hierhin hatte der Herzog besonnenes Schweigen gewahrt. Nun lehnte er sich in seinem hohen Stuhl zurück und rieb sich angestrengt die Stirn.

»Ein einziges Küstendorf wurde geplündert«, hielt er fest. »Das ist alles, was wir wissen. Deswegen all der Aufstand?«

»Es ist eure Pflicht, ihnen zu helfen, Vater!«, entgegnete Prinz Emyl. »Gleich, wer nun dahinter steckt: Diese Jungen haben schreckliches durchgestanden, um vor euch zu treten und euch um euren Beistand zu bitten! Was ihnen und den guten Menschen dieses Dorfes widerfahren ist, könnt Ihr nicht ignorieren! Ihr müsst handeln! Sie verdienen den Beistand von Santísmer!«

Der Herzog sah unmutig zum Bayle, der sogleich an seiner Statt antwortete und einlenkte: »An allen Tagen hättet ihr damit recht, Emyl. Jedoch in Anbetracht der derzeitigen Dringlichkeiten im Osten kann es sich dieser Rat nicht leisten, all dies zu unternehmen.«

»Es ist allerdings nicht vollkommen unwichtig, die Identität dieses Angreifers ausfindig zu machen«, fügte der Marschall hinzu. »Wenn sich jemand mit feindlicher Gesinnung in unseren Gewässern befindet, müssen wir das so bald als möglich herausfinden, und die Seewege für den Handel sichern!«

Der Prinz gab dem Drängen der Quertafel nach, doch Kellen blieb standhaft. »Wir brauchen Hilfe, euer Hoheit!«, protestierte er. »Egal, von woher der Angreifer nun kam! Unser Dorf wurde geplündert, die Häuser niedergebrannt, die Vorräte zerstört, die Boote der Fischer versenkt und viele Männer im Kampf getötet! Wir brauchen Hilfe, um sie wieder zu vertreiben!«

»Euer Angreifer hat sich mit ziemlicher Sicherheit bereits wieder aufs Meer davongestohlen!«, hielt der Flachshaarige unnachgiebig dagegen. »Deswegen hat sich auch der Kundschafter nicht gemeldet; es gibt nichts zu berichten!«

Der Bayle ergänzte: »Was geschehen ist, ist geschehen. Es ist bedauerlich, aber da kann man nichts mehr machen.«

»Aber Bailín, unser Dorf – und die anderen, sie-«

»Still, Junge!«, befahl eine Wache.

Dem Herzog war der Überdruss deutlich anzusehen. »Ihr beide habt gewiss Entsetzliches erlitten, das will ich euch gar nicht absprechen«, sagte er. »Ihr sollt euch so lange ausruhen, wie ihr möchtet und dann werdet ihr heimkehren. Man wird

euch ausreichend Versorgung und Medizin mitgeben, damit
Ihr eure Verletzten pflegen könnt. Das ist alles, was ich euch
zugestehen kann.«

Das stellte auch den Prinzen Emyl zufrieden, und so trug
der Bayle den Beschluss in sein Pergament ein und der Herold
schickte sich an, die Audienz zu beenden.

Das war's? Damit wurden sie nun vertröstet?

Fionn sah Kellen an, der sich dagegen wehren wollte und
dem Herzog noch einmal mit: »Aber, euer Hoheit, wir-«,
zurief, ehe der Flachshaarige ihm grob das Wort abschnitt
und ihn anknurrte, dass er sich gefälligst mit der Entscheidung
seines Landesherrn zufrieden geben sollte.

Verhaltenes Gelächter ging durch die Reihen. Zwei Burgwachen kamen, um Fionn und Kellen aus dem Mittelgang zu
führen, doch Kellen stieß sie von sich.

»Das Eisenschiff ist noch immer da draußen!«, platzte es
jetzt wütend aus ihm heraus. »Der silberblonde Bastard ist
noch immer am Leben! Er wird noch mehr Dörfer angreifen!
Viel mehr Menschen werden sterben! Euer Hoheit, Ihr müsst
uns glauben! Ihr könnt doch nicht untätig herumsitzen und
das zulassen!«

Die Wache packte ihn, zog ihn zurück und holte schon zu
einer Ohrfeige aus, da hob der Herzog die Hand. Die Wache
hielt inne und der Herzog lehnte sich vor.

»Was macht dich darin so sicher? Wieso sollten noch mehr
Dörfer angegriffen werden?«

Zum ersten Mal, seit sie aufgerufen worden waren, stockte
Kellen und wirkte, als wüsste er nicht, was er als Nächstes
sagen sollte. Er warf Fionn einen flüchtigen Blick zu, als wolle
er sich ihrer Übereinkunft aus der Nacht vergewissern. Dann
senkte er den Blick auf den Boden vor seinen Füßen und musste
zerknirscht gestehen, dass er es nicht wusste.

Daraufhin nickte der Herzog den Wachen zu, die ihn erneut
packten. Kellen fluchte noch und verlangte lautstark, man
solle sie loslassen, aber es war vergebens. Die Männer in den
Rüstungen zerrten sie fort, in Richtung des breiten Eingangs-
portals.

Kellen wehrte sich, doch Fionn …

… Fionn ließ sie einfach nur. Er wusste zwar, was den silberblonden Teufel antrieb, warum er Bailín angegriffen hatte und
warum er es nicht dabei bewenden lassen würde …

Das Schwert …

Das Schwert des Flicken-Frém auf seinem Rücken wurde
schwer und immer schwerer, es rang ihn beinah zu Boden; zog
all seine Gedanken auf sich und doch …

Und doch sah Fionn nur mit an, wie Kellen sich zornig gegen
die Wache auflehnte, ohne selber etwas zu tun. Was sollte er
auch tun? Der Griff der Wachen war einfach zu stark …

*»Es wird immer jemanden geben, der stärker ist als du! Aber
das darf dich nicht davon abhalten, für dich einzustehen! Niemals!«*

Er hörte die Stimme der Großmutter in seinem Kopf, wie sie
das zu ihm sagte, an jenem Tag in der Backstube und wünschte
inständig, er könnte ihr folgen, aber er konnte es nicht. Er
konnte doch immer nur weglaufen …

Nein!

Nein, er musste diesen Gedanken zerschlagen!

Ich … ich darf nicht weglaufen!

Dies könnte die Gelegenheit sein, die anderen Dörfer an der
Küste zu retten! Wenn er dem Herzog nur erklären könnte,
was er wusste – wenn er ihm nur glaubte …

Ich darf nicht weglaufen!

Ja! Einen Versuch war es wert! Das musste es sein! Er musste
es tun! Also nahm Fionn allen Mut und alle Kraft zusammen,
trat der Wache, die ihn hinter sich herschleifte, gegen das
Schienbein, riss sich dabei aus seinem Griff und schrie: »Sie
suchen nach etwas!«

Sein Taumeln wurde zu Rennen. Er stürmte auf die hohe
Quertafel zu, deren Mitglieder sich schon zum Gehen erhoben
hatte, und ließ alles an Rufen und Einwänden hinter sich; die
Wache, die ihn aufhalten, Kellen, der ihn zurückhalten wollte
und den er noch rufen hörte: »Fionn! Nicht!«

Doch es war zu spät; Fionn kam vor den verdutzten Blicken
der Männer an der Tafel zum Stehen.

»Der silberblonde Teufel«, stieß er hervor. »Der Angreifer
… er hat nach etwas gesucht! Nach etwas Bestimmtem! Und

er wird nicht ruhen, ehe er es findet!«

Und noch wie er das schwarze Schwert zog, konnte er sich weder mehr an den Gedanken entsinnen, der ihm das geboten hatte, noch daran, wie er über die Schulter danach gelangt hatte.

Seine Finger schlossen sich um das kalte kobaltblaue Leder des Hefts und binnen eines halben Herzschlags durchfuhren ihn einmal mehr die Erinnerungen an jenen Abend in der Halbmondbucht – an dieses Gefühl reißender Strömung, an dieses unüberwindbare Verlangen, an die grässlichen Bilder, die in ihm aufblitzten ...

... und an den fahlen Traum aus der Nacht zuvor.

Was war es, dass ihm dieses Mal gelingen würde? Und was hatte ihm die Stimme nur zuzurufen versucht ...

Aber als er das Schwert hochhielt waren die Eindrücke schon wieder fort, vergangen wie die Schwärze seiner Lider. Fionn fand sich kniend vor der hohen Quertafel wieder, das Schwert in seiner Hand, auf den Herzog gerichtet, und zu seinem eigenen Erstaunen und fast noch mehr zu seinem Entsetzen hörte er sich rufen: »Dies hier ist Sekhems Fluch! Die Waffe, die einst den Namenlosen Schrecken, den Herrn von Ombos hinter die Sterne drängte und das Schwarze Land von Amkash vom Angesicht der Erde verbannte! Hierauf haben sie es abgesehen! Mein Herzog – euer Hoheit! - Euer Magister spricht ebenso sehr die Wahrheit, wie wir es tun!«

Dann hielt er inne. Er verschnaufte. Sein Herz trommelte so laut, dass er die Totenstille, die sich über die Halle gelegt hatte, nur nach und nach, Schlag für Schlag wahrnahm.

Herzog, Bayle, Marschall, alle waren sie erstarrt. Selbst Prinz Emyl sah ihn mit eisiger Miene an; alle Nachsicht war aus ihr gefallen.

Der Flachshaarige war der Erste, der die raue Stimme wiederfand: »Wie kannst du es wagen, ein Schwert vor deinem Herzog zu ziehen!«

Dem folgte Getuschel, Empörung, Entrüstung und schließlich Gelächter, das aus der Versammlung über Fionn hereinbrach. Er fühlte, wie sein Körper schwer wurde und zitterte.

Ihm schwand die Kraft aus seinen Armen. Die Schwertspitze, die auf den Herzog zeigte, sank zu Boden. Er wollte noch etwas sagen, doch seine Stimme versagte ihm den Dienst. Die Wachen rissen ihn grob auf die Beine und stießen ihn zu Kellen. Der fauchte ihn an, warum er das getan habe.

»Ich hab dir doch tausendmal gesagt, du sollst die Klappe halten! Sonst fällt's dir doch auch nich so schwer!«

Kellen ... Ich wollte doch nur ...

Fionn war so dumm gewesen. Wie hatte er auch nur denken, selbst hoffen können, man würde ihm diese Geschichte abnehmen? Er hatte alles riskiert und alles verloren. Würde der Herzog ihnen nun überhaupt noch helfen? Oder versagte er ihnen seinetwegen nun auch noch das bisschen an Hilfe, das er ihnen versprochen hätte?

Fionn hatte doch nur versucht, zu helfen. Stattdessen hatte er alles nur noch schlimmer gemacht.

Der Herold beorderte die Menge der Anwesenden zur Ruhe und der Bayle wies den Hauptmann an, die beiden Flegel endlich aus der Halle zu schaffen. »Und steck dein Schwert weg!«

Mit zitternden Fingern und dem Wissen, dass die Wachen, die hinter ihm standen, die Hände ebenfalls an dem Stahl an ihren Hüften hatten, tastete Fionn nach der Scheide auf seinem Rücken, als jäh eine schmale Seitentür neben der hohen Quertafel aufgerissen wurde. Der Bedienstete Yven hastete herein und zu Prinz Emyl. Er übergab ihm ein schmales Pergamentröllchen. Der Prinz entrollte den Streifen und überflog den Inhalt, erhob sich sogleich und rief: »Halt, Hauptmann! Wartet noch einen Moment!«

Die Wachen zögerten, jedoch ohne ihren Griff um Fionns Arme zu lockern. Der Prinz Emyl richtete das Wort an den Herzog und verkündete, der Falke des Kundschafters sei soeben mit dem Bericht aus Bailín eingetroffen.

»Er schreibt, sie haben das Dorf geplündert vorgefunden, doch die Dorfbewohner hatten es bereits geschafft, die Feinde mit vereinten Kräften zu schlagen, zurückzutreiben auf die See und ihr Schiff zu versenken. Die Schäden im Dorf werden bereits angegangen und die beiden Jungen schon sehnsüchtig von ihren Familien erwartet.«

Weiter berichtete das Schreiben, dass Emyls Kundschafter noch solange in Bailín verweilen würde, bis die gröbsten Dinge geregelt und die Knaben wohlbehalten zurückgekehrt seien.

»Das Pergament ist eindeutig von Loans Hand und mit seinem Siegel versehen«, endete der Prinz.

Fionn und Kellen blinzelten einander an, fassungslos und ungläubig darüber, was sie eben gehört hatten. Konnte es wirklich sein? Das hieße ja …

»Damit dürfte die Angelegenheit nun also endgültig geklärt sein«, folgerte der Bayle. »Es besteht keinerlei Anlass zu weiteren Beunruhigungen. Ihr erhaltet, was euch von eurem Herrn und Herzog zugesprochen wurde, und jetzt fort mit euch. Ihr habt diese Audienz schon viel zu lange aufgehalten!«

Kellen dankte dem Prinzen und dem Herzog mit schwacher Stimme, dann machten die Jungen eine letzte unbeholfene und kerzensteife Verbeugung, bevor sie von den Wachen unsanft zum Portal gezerrt wurden.

Fionn hielt den Kopf gesenkt. Er wagte es nicht, etwas zu Kellen zu sagen, geschweige denn, seine Hand zu nehmen oder ihn auch nur anzusehen, so tief schämte er sich. Beim Portal warf er noch einmal einen Blick auf die hohe Quertafel zurück und bemerkte, dass der greisenhafte Magister die buschigen Augenbrauen gehoben und die kleinen müden Maulwurfsäuglein aufgezwängt hatte. Als Einziger sah er ihnen solange noch nach, bis der Herold schließlich das Wort ergriff, um die Audienz zu beenden und Fionn durch das Portal nach draußen geschoben wurde.

Auf den Stufen vor der Großen Halle schlug ihnen die pralle Nachmittagshitze in den Nacken.

Ohne ein Wort an Fionn zu verlieren oder auf ihn zu warten, wandte sich Kellen um und ging voran, die Stufen hinab. Fionn folgte ihm sofort nach, doch schon nach wenigen Schritten hielt Kellen abrupt inne. Seine Bewegungen waren seltsam kraftlos. Er seufzte, dann ließ er sich auf den sengend heißen Sandstein sinken und fiel in sich zusammen.

Fionn zögerte, setzte sich dann aber ebenfalls. So unauffällig er konnte, versuchte er, in Kellens Gesicht zu erkennen, wie zornig er auf ihn sein mochte, für das, was er gesagt und getan hatte. Finster stierte Kellen auf seine verbundene Rechte, kratzte und zupfte an dem Leinen und schwieg ein schweres Schweigen, das so unerträglich über ihnen brütete wie die gleißende Sonne.

»Sie haben ihn umgebracht«, flüsterte er dann und selbst im Flüstern war Kellens Stimme so düster, dass Fionn, der Hitze zum Trotz, ein Schauer über den Rücken lief. »Ihn einfach umgebracht ... diesen silberblonden Bastard ...«

Kellen ballte die Rechte bebend zur Faust und Fionn konnte nicht mehr anders; er musste die Hand nach ihm ausstrecken – und ehe er es sich anders überlegen und sie wieder zurückziehen konnte, hatte Kellen sein Handgelenk zu fassen bekommen. Er hielt ihn fest. Fionn spürte das leise Zittern der vor unterdrückter Wut angespannten Muskeln, die Finger, die sich spitz in seine Haut gruben. Er hielt den Atem an.

»Der verdammte Bastard is tot, Fionn«, sagte Kellen. Das Beben und Zittern ließen nach. »Der Silberblonde ... er ist tot!« Nun hob Kellen den Blick und begegnete Fionns mit sich erhellendem Ausdruck. »Es geht ihnen gut! Fionn! Es geht ihnen gut!«

Da waren Tränen in Kellens Augen. Und als Kellen plötzlich zu lachen anfing und Fionn in die starken Arme schloss, brach die Anspannung auch in ihm auf.

»Wir können wieder heim!«, jubelte Kellen und küsste Fionns Haar. »Alles wird wieder gut!«

Als die Audienz vorbei ist, freuen wir uns und weinen vor Freude noch lange. Es war getan, wir würden wieder heimkehren und alles würde wieder so werden wie zuvor. Ja, vielleicht würden Kellen und ich sogar unseren Einmaster fertig reparieren und doch noch in die Welt hinaussegeln ...

Niemand weiß schließlich um die Lügen, die in dem Schreiben waren, das der Botenfalke überbracht hatte. Niemand weiß um das grässliche Schicksal, das den Männern des Kundschafters während den Stunden der Audienz widerfahren war.

DER BOTENFALKE war kaum fortgeflogen, als an Deck der Karavelle ein lautstarker Aufruhr losbrach.

»Ihr seid doch nicht mehr ganz bei Trost!«, warf Hekat Prinz Kahrion erregt an den Kopf. »Nach Santísmer fahren! Das machen wir gewiss nicht! Habt Ihr denn nicht gehört, was der Mann eben gesagt hat! Wir würden dem Herzog direkt ins Messer laufen! Das wäre unser sicheres Ende!«

Die restliche Mannschaft teilte die Meinung ihres Bootsmanns und auch die, die an Bord der *Alter König Narmer* zurückgeblieben waren, schrien herüber, dass dieses Vorhaben ihr Verderben bedeuten würde. Kommandant Mestem pflichtete bei; selbst mit der Kampfkraft der *Alter König Narmer* könnten sie es nie im Leben mit den alten Stadtmauern von Santísmer aufnehmen.

Prinz Kahrion schenkte keinem von ihnen Gehör. Er stand inmitten der Aufregung, hager, düster und in ein eisiges Schweigen gehüllt, den Adamantenstahl noch immer in den

Händen.

Der Bootsmann schnaubte, Nehepu solle ihn zur Besinnung bringen – »auf euch hört er ja noch am ehesten!« – aber als der alte Magister an seinen Prinzen herantrat und ihn mit gesenkter Stimme fragte, was er sich nur dabei denke, was er vorhabe, erwiderte dieser lediglich kalt und knapp mit zusammengepressten Lippen: »Das werdet ihr noch früh genug erfahren!«

Dabei warf er der gefesselten Besatzung der errischen Karavelle und ihrem feindselig dreinblickenden Kapitän mit der getrockneten Emmerrose auf der Brust einen finsteren Blick zu, der Nehepu ganz und gar nicht behagte.

Nachdem der errische Kapitän nachgegeben hatte, ob des Adamantenstahls an der Kehle eines seiner Männer, hatte Prinz Kahrion Schreibmaterial bringen lassen, sich zu dem Kapitän niedergekniet und ihm diktiert, was er an den Herzog aufzusetzen hatte. Dabei hatte er so leise gesprochen, dass ihn niemand verstanden hatte. Selbst Nehepu wusste nicht, was in dem Schreiben stand. Der alte Magister war mit dem Kommandanten Mestem danebengestanden und hatte sich fragen müssen, ob sein Prinz denn das unruhige Geraune und Geflüster seiner Männer nicht hörte, ihre Blicke nicht wahrnahm. Ihnen taugte diese Geheimnistuerei genauso wenig wie ihm.

In letzter Zeit gab es vieles, was sein Prinz Nehepu vorenthielt und bestimmt noch mehr, von dem Nehepu noch nicht einmal etwas ahnte. Etwa, was es mit dem alten Träger von Sekhems Fluch auf sich hatte, nach dem Prinz Kahrion sich so interessiert bei dem seltsamen, kauzigen Armbrustschützen in dem Fischerdorf erkundigt hatte.

Auch das behagte dem alten Magister nicht.

Als der Errische fertig war, hatte er den Brief unterzeichnet und sein Siegel darunter gesetzt, dann hatten sie den Falken damit losgeschickt und Prinz Kahrion hatte seinen Männern eröffnet, dass sie als nächstes Kurs nach Santísmer setzen würden. Und an diesem Entschluss hielt Prinz Kahrion fest, wider allem Aufruhr.

»Wir *werden* nach Santísmer fahren!«, wiederholte er mit harter Stimme. »Und sie werden uns nicht kommen merken, weil wir es nicht mit der *Alter König Narmer* tun werden, sondern mit dieser Karavelle hier!«

Da ebbten die Rufe und Einwände ab. Ihre Männer sahen einander verunsichert an. Auch Nehepu wusste kurz nicht, was er von diesem Plan halten sollte, doch für weitere Beratungen blieb keine Zeit, denn nun riss der errische Kapitän das Wort an sich.

»He, Moment mal!«, entrüstete er sich. »Du sagtest, du würdest uns ziehen lassen!«

»Das sagte ich«, stimmte Prinz Kahrion zu. »Aber ich sagte nicht, auf welche Weise.« Ein Lächeln spielte um seine dünnen Lippen. »Euer Beiboot sieht mir doch groß genug aus? So gut verschnürt wie ihr seid, passt ihr sicherlich alle darauf. Und Notfalls könnt ihr doch sicherlich auch schwimmen. All zu weit sind wir ja nicht von der Küste entfernt.«

Das erzürnte den jungen Kapitän mit der Emmerrose nur noch mehr.

»Glaubst du, ich gebe mein Schiff einfach kampflos auf? Da hast du dich aber gewaltig geirrt!« Er stemmte sich gegen den Mann in der schwarzen Lederrüstung in seinem Rücken, aber der drückte ihn rabiat wieder auf die Knie. Der Kapitän mit der Emmerrose begehrte nur umso lauter auf. »So was ehrloses und niederträchtiges wie du ist mir noch nie untergekommen! Wehrlose Bauern und Fischer angreifen und das Schwert gegen Unbewaffnete ziehen, die sich bereits ergeben haben – was willst du eigentlich für eine Witzfigur von Prinz sein? Pah! Ich sag's dir! Ein Schwächling bist du! Und ein Feigling! Nicht einmal deine eigenen Männer vertrauen dir! Sie würden dir nie den Rücken stärken – sie lachen dich aus, im Angesicht deiner Feinde!«

Die angespannte Gefasstheit in Prinz Kahrions blassem Gesicht fiel mit einem Zucken seiner Augenbrauen in sich zusammen. »Ich bin ein Prinz, du lächerlicher Matrose!«, fauchte er den Kapitän mit der Emmerrose an.

»Dann benimm dich auch wie einer!«, forderte der Kapitän, der doch in etwa im gleichen Alter wie ihr Prinz sein musste. »Komm her und kämpfe! So wie es sich für einen Prinzen gehört!«

Einen Herzschlag lang regte sich nichts.

Dann blähte sich Prinz Kahrions Umhang im salzigen Wind. »Ganz wie du willst«, sagte er mit finsterer Entschlossenheit.

»Mein Prinz, tut es nicht!«, drängte Nehepu. Er konnte sich nicht mehr länger zurückhalten. »Er will euch doch nur reizen!«

»Ich lasse mich vor meinen Männern doch nicht so bloßstellen!«, fauchte Prinz Kahrion. Er löste die Spangen an seiner Brust und reichte Nehepu seinen Umhang. Schwarzer Zorn glomm in seinen blassgoldenen Augen und zog sich um sie zusammen.

Dem alten Magister in seinem olivgrauen Klappenrock wurde flau zumute.

Die Männer räumten das Deck und der errische Kapitän suchte sich sein Schwert aus dem aufgetürmten Stahlhaufen. »Wenn ich gewinne, behalte ich mein Schiff und meine Mannschaft!« Elegant ließ er sein Schwert einmal in der Hand kreisen. »Und wer weiß, womöglich schließen sich mir ja ein paar eurer Männer ebenfalls an?«

Die Männer der *Alter König Narmer* sagten nichts darauf, aber die gefesselte Besatzung der Karavelle johlte: »Zeigt es ihm! Macht ihn fertig!«

Prinz Kahrion riss zur Antwort sein Langschwert aus der Scheide. Die saphirenen Wellenlinien schimmerten gleißend, doch dunkel wie die nächtliche See auf der schlanken dunklen Klinge.

Der junge Kapitän mit der Emmerrose ging ebenfalls in Stellung. Eine pirschende Stille, scharf und schneidend wie die Schwerter, sengte die Blicke, spannte die Luft.

Nehepu stand neben Kommandant Mestem zwischen den Männern zusammengedrängt an der Reling und klammerte sich nervös an den Umhang seines Prinzen. Die Stille schnürte ihm die Kehle zu.

Eine Bö wehte durch die Takelage. Der Mast knarzte. Zwei Spiere klackten über ihren Köpfen aneinander.

Prinz Kahrion preschte aus tiefem Stand mit erhobenem Stahl vor. Der Errische wich zur Seite aus; sein Schatten wurde rechterhand zu Stahl, auf den die Adamantenklinge krachend nieder- und von dessen Ende sie ins Leere fuhr. Sofort riss Prinz Kahrion sein Schwert wieder in die Höhe, über seinen Kopf und hieb auf den Kapitän ein. Der hielt seinen Stahl schützend mit beiden Händen über sich.

Die Klingen klirrten.

Prinz Kahrion holte ein zweites Mal aus, doch noch im Windschatten des ersten Hiebs streifte das Schwert des Kapitäns um seine Füße. Prinz Kahrions Schlag ging schief hernieder und verfehlte den Errischen um Haaresbreite. Der kam nun wieder auf die Beine und fing auch Prinz Kahrions nächsten Hieb mit seinem Schwert auf.

Vom wilden Zorn getrieben, drängte Prinz Kahrion den Kapitän achterwärts, setzte nach, wieder und wieder. Ein ums andere Mal wich der Errische aus und zurück, parierte seine Schläge und federte sie flink von sich ab.

Zu ungestüm!, dachte Nehepu bitter. *Ihr seid zu ungestüm! Darauf setzt er doch!*

Und er fragte sich: War es das, war es diese Art des Kampfes, die der Vizeadmiral Akhem seinem Prinzen einst auf so grausame Weise beigebracht hatte?

Schon wurden Prinz Kahrions Bewegungen schwerfälliger, sein Schnaufen lauter, seine Schläge gröber, bis der letzte sogar vom Stahl des Errischen abglitt. Nun ging dieser zum Angriff über. Er setzte zur Seite aus, stach dem Prinzen zwischen die Beine und brachte ihn so aus dem Gleichgewicht.

»Heda!«, spottete der junge Kapitän, »Nicht schlappmachen!«

Die Besatzung der Karavelle grölte Beifall, während der Errische flink und zielstrebig wie ein Falke um den Prinzen herumtanzte und ihn Stich für Stich und Satz für Satz zum Bug trieb, ohne jedoch einen Treffer zu landen.

Prinz Kahrion prallte hart mit dem Rücken gegen den Mast und in einem blitzschnellen Streich ums Heft schlug ihm der Kapitän den Adamantenstahl aus der Hand. Die Mannschaft der *Alter König Narmer* verzog das Gesicht, Nehepu wurde angst und bang.

»Nun bekommst du die Rechnung für die Menschen, die du

in dem Dorf abgeschlachtet hast!«, verkündete der Kapitän mit der Emmerrose. »Für das Leid, das du nach Errion gebracht hast, für das Unrecht!«

Prinz Kahrion war in die Enge getrieben, schnaufte wie ein gescheuchtes Tier. Der Stahl auf Brust und Schultern blinkte im Sonnenlicht, wie auch der Obsidianring an seinem Finger.

Nehepu wollte einschreiten, wollte dem Ganzen Einhalt gebieten und um Gnade bitten, aber die Vergeblichkeit der Lage versagte ihm alles; er konnte nur den Blick von dem Unvermeidlichen abwenden, als der Kapitän ausholte und die Schmerzensschreie seines Prinzen über Schiff und See gellten und sich erbarmungslos in Nehepus Brust bohrten.

Mein Prinz, verzeiht mir. Ich war doch nur ein armer alter Narr ...

Seine Augen füllten sich mit Tränen.

Ich hätte euch das niemals antun sollen, nichts davon. Verzeiht mir ... Kahrion.

Doch dann, im Widerhall von Kahrions Schrei, regte sich plötzlich furchtsames Geflüster um ihn.

»Schaut!«

»Was ... das kann doch nicht ... !«

»Er hat ...«

Nehepu zwang sich, die Augen zu öffnen.

Dunkles Blut quoll dick zwischen Prinz Kahrions Fingern hervor, rann über seine Hand und tropfte auf das Deck; rann aus seiner Nase. Der Stahl in seinem baren Griff bebte von der Kraft des Errischen, und in seinen Augen, die kalt und hart wie gefrorenes Gold waren, blitzten schwarze Schatten auf.

Der Kapitän fasste sich, stemmte und warf sich mit aller Macht gegen den Prinzen, doch der Stahl regte sich keinen Fingerbreit. Prinz Kahrion packte die Schneide noch fester. Sie schnitt tief in seine bloßen Hände.

Eine Düsternis zog über den wolkenlosen Himmel und in dem halben Herzschlag, in dem der Errische aufschaute, fand Prinz Kahrion seine Chance; er lenkte das Schwert über seine rechte Schulter und am Mast vorbei. Der Kapitän schnellte dadurch ungewollt auf ihn zu. Prinz Kahrion wich zur Seite aus, packte den Mann, schlug ihn mit der Stirn gegen den Mast und trat ihm gegen das Knie. Der Errische heulte auf und knickte entwaffnet und mit blutbesudeltem Mund zur Seite ein.

Prinz Kahrion trat das Schwert des Kapitäns davon, stieß sich vom Mast ab und hob den saphiren glänzenden Adamantenstahl auf. Sein Blick, von Schatten und Schwärze und Zorn umblitzt, streifte die Reihen seiner Mannen, denen vor Furcht der Atem stockte.

Nein ...

Nehepu gefror der Schweiß auf Stirn und Nacken.

... mein Prinz ...

Eine wahnsinnige Stärke war in Prinz Kahrion gefahren. Er stellte dem Kapitän nach. Der hechtete taumelnd um den Mast, schnappte sein davonschlitterndes Schwert auf und riss es im letzten Moment vor sich.

Funkensprühend trafen die Klingen aufeinander, kratzten aneinander entlang. Kahrion schob sich unaufhaltsam immer näher an den Errischen heran, bis es ihre Schwerter am Heft auseinander sprengte. Als der Kapitän seine Waffe noch einmal gegen den Adamantenstahl führen wollte, zerbarst sie von der Wucht des Schlags in tausend Scherben, die klirrend auf das Deck regneten.

Die gefesselte Besatzung der Karavelle, die ihrem Kapitän in einigem Abstand im Rücken war, war verstummt. Es hatte ihnen jede Zuversicht von den Gesichtern gerissen.

Prinz Kahrion packte den erschöpften Errischen, wuchtete ihn über sich und warf ihn an der Schneide des Adamantenstahls entlang zu Boden. Blut platschte aus einem weiten Schnitt an seiner Hüfte auf die Planken und der Errische schrammte mit dem Kinn voraus in eine Taurolle. Der Aufprall biss ihm Zunge und Schmerzensschrei ab.

Seine Finger grapschten nach einer Talje in der Stage, die sich über ihm spannte. Er zog sich mit der einen Hand daran hoch und hielt sich die bluttriefende Seite mit der Freien.

Prinz Kahrion schritt auf ihn zu und die Schatten folgten ihm nach, krochen wie Nacktschnecken aus den Ritzen, Winkeln und Ecken der Karavelle und zogen sich um ihn zusammen. Es wurde so kalt, dass allen an Deck der Atem als weiße Wolke vor dem Mund stand.

In schierer Verzweiflung riss der Errische den schmächtigen Schiffsjungen Geb aus der Menge, hielt ihn vor sich und presste dem verängstigten Knaben einen metallenen Dorn an den Hals; einen Marlspieker, den er wohl aus der Taurolle gezogen haben musste.

»Kein Schritt weiter! Ich bring ihn um, hörst du! Ich tu's!«

Der Schiffsjunge zitterte wie Espenlaub und zum Erstaunen aller zeigten die Worte des Errischen tatsächlich Wirkung: Prinz Kahrion hielt inne. Holten ihn nun doch die Skrupel ein?

Der kalte Wind knatterte durch die gerafften Segel.

Dann machte ihr Prinz kehrt.

Ein Lächeln huschte dem Kapitän über die aufgeplatzten Lippen; erleichtert, triumphierend ... zu früh.

Wie ein Pfeil, der von der Sehne schnellte, schoss Prinz Kahrion auf den Mast zu, sprang und stieß sich mit einem kräftigen Tritt von ihm ab. In dem Überschlag, mit dem er wieder an Deck landete, blitzte der Adamantenstahl auf und trennte dem Errischen den Arm mit einem einzigen Hieb ab. Die Gliedmaße flog mit einem roten Blutschweif hinter sich durch die Luft und landete dumpf und unter lautem Kreischen zwischen den gefesselten Männern der Karavelle.

Der Errische klatschte in eine Lache seines eigenen dampfenden Blutes.

Der Schiffsjunge hüpfte zurück zu seiner Mannschaft. Blut rann ihm über das rechte Ohr.

Prinz Kahrion ragte drohend und düster über dem Kapitän auf, das saphiren schimmernde Schwert in den blutigen Händen auf ihn gerichtet. Sein langes silberblondes Haar wehte dunkel im Wind. Alles an Jugend und Schönheit war aus seinem blassen Gesicht gekratzt und hatte eine Fratze reinen Zorns bloßgelegt. Die Schatten schwarzer Flammen blitzten um die goldenen Augen und schwarz barsten die Schatten aus ihm.

Die Angst stand dem errischen Kapitän unverhüllt in den weit aufgerissenen Augen. »Du ... wer ... was bist du?«

»Ein Dämon!«, flüsterte Hekat. Nehepu hörte ihm die Bangigkeit an. »Unser Prinz ... ist ein verdammter Dämon!«

Prinz Kahrion erhob die Stimme, und auch sie war grausam

entstellt und entsetzlich anzuhören; fauchend wie der Wind, schneidend wie Stahl, kalt und schwarz wie der Tod. »Ich bin Kahrion vom Blute des Herrn von Ombos!«, rief er. »Der Erbe Sekhems, Träger des Rings von Obsidian! Der rechtmäßige einzige und letzte Prinz von Amkash, der verheißen war in den Prophezeiungen von Rhín! Geboren unter der schwarzen Sonne, gesegnet durch die Gnade des Herrn von Ombos und gezeichnet von seiner Macht! Kein bloßer Mensch vermag mich von meinem Schicksal abzuhalten! Und du ...«

Der Kapitän hob flehend die verbliebene Hand. »Bitte ... bittc habt Gnade!«

Prinz Kahrion, ein grausamer Schatten über den Kapitän gebeugt, schaute sich zu seiner Mannschaft um, die seinem von Schwärze und Schatten umblitzten Blick mit Entsetzen begegnete. Selbst der Bootsmann war starr geworden vor Furcht und Nehepu ...

... der Anblick riss den alten Magister zurück an jenen Tag der Prinzenweihe, im tiefsten Inneren der Schwarzen Pyramide von Amkash, vor dem Schrein des Allerheiligsten. Und wie an jenem Tag begann Nehepu in Gedanken zu flehen.

Kahrion, mein Prinz ... tut das nicht! Bitte ...

Doch Prinz Kahrion hielt nichts mehr. Sein Stahl fiel über den Errischen her, hieb und schnitt und fetzte. Blut spritzte, sprühte, dampfte, und die schwarzen Schatten jagten um ihn, heulend wie Sturm und wilde Wölfe.

Der Bootsmann würgte. Ein paar erbrachen sich.

Nehepu verschloss die Augen. *Nun seht ihr sie also auch*, dachte er. *Die entfesselte Macht von Ombos.*

Ich weiß nicht um das, was ich ausgelöst hatte, als ich Sekhems Fluch gezogen hatte; als es durch meine Hand zum ersten Mal seit den dunklen Tagen der Duat erwacht war und geschrien hatte.

Ein Beben war von dem verfluchten Stahl ausgegangen und um die Erde gezogen. Alle, die feinfühlig im Geiste waren, hatten es vernommen. In allen Stadtbüchern und den Aufzeichnungen der Nachtwachen, von Hoeghain, Kharras und Brevis bis jenseits von Líohim und hin nach Eolothos und Aelos im Osten; überall sollten sich Hinweise auf sonderbare Vorkommnisse finden; auf Alpträume, auf durchwachte Nächte und auf Menschen, die im Schlafe wandelten und seltsame, dunkle Dinge murmelten, an die sie sich bei Tagesanbruch niemand mehr erinnern, und die keiner deuten konnte. Die Schattenpriester in der Ziqqurat des Rosensteins erzittern ob der Träume, die sie nun heimsuchen, die Orakel von Pont verheißen das Kommen eines großen Schattens, der den Stern von Líhenor verhüllen wird; die Sphinx von Ophys sieht Sterne fallen, bis das Firmament nackt ist und nichts mehr ist zwischen der Erde und dem entrückten Schrecken jenseits des Kosmos ...

... und unter den Minen des Nídis beginnt, sich ein Unheil zu regen, was seit vielen Altern wie in traumlosem Tode gelegen hatte.

»MIR G-G-GEFÄLLT das g-g-ganz und g-g-gar nicht«, flüsterte Fíd mit Schrecken in jedem Wort, als der Zusammengebrochene aus der Minenhalle geschafft wurde.

Sam konnte nur schwer schlucken. Ihre Kehle war trocken von Salz und Grauen.

Es war später Nachmittag und sie und ihre Gefährten waren tüchtig am Schuften gewesen, als plötzlich ein markerschütternder Schrei durch die Säulen gefahren war, der das Lied von der holden Apfelmaid zerfetzt und alle Arbeiten zum Erliegen gebracht hatte. Die, die am nächsten um den Kreischenden gearbeitet hatten, waren sofort hinzugeeilt, weil sie einen Unfall befürchtet hatten, da war der Mann auf die Knie gefallen und hatte begonnen, wie wild zu zucken. Seine Kumpanen versuchten, auf ihn einzureden und ihn zu beruhigen, konnten ihn aber durch nichts zur Vernunft bringen. Der Mann zuckte und wandte sich, schrie und kreischte immerzu und als das Kreischen endlich in sich zusammenfiel, und sich die Reihen lichteten, weil die Vorarbeiter hinzukamen, erkannte selbst Sam aus der Entfernung, dass der Mann sich übergeben hatte.

Jetzt rannten die Arbeiter durcheinander, aus der Halle nach oben, riefen Befehle und Anweisungen hin und her. Man hob den Zusammengebrochenen in einen der Körbe des Fördergerüsts, die Kettenzüge setzten sich dröhnend in Bewegung und zogen ihn nach oben. Sowie der Mann durch das Loch in der Decke verschwunden war, senkte sich eine trübe Stille über die knapp hundert Mann in der Halle, die einander mit beklommenen und betroffenen Ausdrücken in den grauen Gesichtern ansahen.

Dann riefen die Vorarbeiter die Mannschaft wieder zur Arbeit auf. Zaghaft erwachten die Geräusche von Hämmern, Hacken und Pickeln wieder zum Leben. Singen aber wollte keiner mehr.

»G-g-glaubst d-d-du ... glaubst du, d-d-das hat was mit d-d-den Alpträumen zu tun?«, raunte Fíd Sam zu, nachdem sie ihre Haue wieder aufgenommen hatten.

Der starke Yoran kam Sams Antwort zuvor. »Ich sag dir, was mit dem Kerl los war«, sagte er und ließ seinen mächtigen Hammer schwer vor Fíd auf den Boden krachen. »Der Spinner war schlichtweg zu lang hier. Hat sich selbst das Hirn zu Staub zerhaut. Das wird dir auch passieren, wenn du dich nich bald besser drauf konzentrierst, wo du hinhaust! - Und wenn du nich endlich deine verdammte verstotterte Klappe hältst, wird's dir noch sehr viel schneller passieren! Dafür sorg ich selber!«

Der starke Yoran machte keine leeren Drohungen, das wussten sie alle – und Fíd seit der Nacht nach der Vereidigungsfeier von allen am besten – also verzog er sich und sagte nichts weiter.

Sam sah ihm nach, und wie sie ihm nachsah, musste sie an diese Nacht zurückdenken: Der Wolfsstern hatte vor den Gitterstangen ihres Fensters hoch am dunklen Firmament gestanden, als sie von einem Geräusch wach geworden war, das aus Fíds Bett unter ihr gekommen war. Es hatte sich angehört, als würde er im Schlaf schniefen. Sam hatte sich die Decke über die Ohren gezogen, als das Geräusch erstorben war und Sam begriffen hatte, dass Fíd gar nicht schlief. Er war wach gewesen. Und er hatte geweint.

Vorsichtig hatte sie sich über die Bettkante gelehnt. »Fíd?« Ihr Flüstern war kaum lauter als das Knacksen des Bettgestells gewesen. »Was ist los? Was hast du?«

Der Rotschopf hatte keine Antwort gegeben. Sie hatte es noch einmal versucht, aber vergeblich. Sie hatte es aufgegeben. Nach einer Weile war dann der starke Yoran fluchend aufgestanden und hatte das Weinen aus dem Rotschopf geprügelt, bis er nur noch röchelte.

Am nächsten Tag hatte Sam zuerst geglaubt, das alles nur geträumt zu haben, bis ihr danach in den Minen die blauen Flecken an Fíd aufgefallen waren, mit denen sein ganzer Körper, vor allem aber am Bauch und die flache Brust übersät waren. Da hatte sie erkannt, dass es sich sehr wohl so zugetragen hatte. Sie hatte den Rotschopf gefragt, ob alles in Ordnung sei. Fíd hatte sich mit demselben seltsam betrübten Gesichtsausdruck von ihr abgewandt, den er auch jetzt hatte. Er wagte es nicht, in Yorans Anwesenheit darüber zu sprechen. Lieber tat er, als wüsste er nicht, wovon sie sprach.

»Oh ... v-v-verstehe.«

Die bedrückte Art, in der der Rotschopf das gesagt hatte, geisterte Sam auf einmal durch den Kopf.

Er hat daheim bestimmt keine Familie, dachte sie. *Er war nur ein Tagedieb. Er hat niemanden.*

Dass sie ihm von ihrer Familie erzählt hatte, musste etwas in dem Yrischen getroffen haben. Kein Wunder, dass er deswegen geweint hatte. Fíd musste ganz allein in der Welt sein. Aber daran konnte Sam nichts ändern.

Sie musste es dabei belassen. Besser, sie konzentrierte sich auf ihre Arbeit. Sie musste sich ins Zeug legen, wenn sie eine bessere Anstellung bekommen wollte. Ihren Scheffel rascher voll zu bekommen war alles, was zählte. Wenn sie sich nur gut genug anstellte, wenn sie nur hart genug arbeitete …

Sie schlug und hieb auf die Felswand vor ihr ein, stets im Takt ihrer Namen.

Vater … Mykas und Per … der kleine Yesper …

Und doch; jedes Mal, wenn sie ihre Salzbrocken auflas und in den Scheffel kippte, merkte sie, wie es ihren Blick zu dem mit Brettern verschlagenen schwarzen Torbogen hin zog. Der zusammengebrochene Mann hatte in dessen Nähe gearbeitet, dachte sie. Und an den hin und wieder verstohlen über die Schulter geworfenen Blicken der anderen Arbeiter erkannte sie, dass sie mit dem unwohlen Gedanken, dass das nicht nur Zufall sein konnte, nicht alleine war.

Zwei Wochen waren vergangen, seitdem sie aus Versehen den schwarzen Torbogen freigelegt hatten. Noch immer wusste niemand, was es damit auf sich hatte, geschweige denn, wohin der endlos gähnende Korridor dahinter führte.

Beim Abendessen in der großen Halle bildete das Tor noch immer das Hauptgespräch wie am ersten Tag. Jeder gab seine Mutmaßung ab, worum es sich bei dem Tunnel dahinter handelte. Ein uralter Stollen aus den Tagen vor Ástan, sagten die einen, eine natürliche Höhle die anderen.

»Das is ein stillgelegter Schacht, nichts weiter«, stellte einer fest, der sich angeblich einen Schritt weit hinein gewagt hatte, bevor es verbrettert worden war. »Die Wände sind wie abgenagt. Nur Stein, kein Salz mehr. Und erst recht kein Schatz. Über die Jahre ist das Salz über den Eingang gewuchert und das wars.«

Dies war die Erklärung, die allen noch am ehesten einleuchtete, aber selbst sie ließ einiges unerklärt; die Gebeine, die auf der Schwelle lagen und so verzweifelt nach dem Licht der Halle griffen, den fahlen modrigen Fäulnisgeruch, der der Öffnung entströmt und Sam wie ein unsichtbarer kühler Nebelteppich um die Knöchel gestreichelt war – und das Flachrelief des dürren Hundes mit den bizarr kantigen Ohren, das in den massiven Schlussstein über dem Sturz gemeißelt war.

Am Morgen nach dem Torfund hatten die Arbeiterschaft die Gebeine entfernt und das Tor hastig verbrettert vorgefunden. Solange man nicht wusste, wohin der Gang führte, dürfte ihn auf Geheiß des Oberaufsehers Braendi keiner betreten, erklärten die Vorarbeiter. Außerdem wurden die Arbeiten in der unmittelbaren Nähe eingestellt, um weitere mögliche Einstürze und Steinfälle zu vermeiden. Sam, Fíd und die anderen bekamen eine neue Nische zugeteilt und alles ging wieder seiner Wege. Doch die Münder der Arbeiterschaft hatten sich nicht so einfach versiegeln lassen, wie das Tor.

Ugo Rosshaar etwa wollte ein Gespräch des Sommerwolfs mit ein paar Männern des Kämmerers überhört haben, in dem es darum ging, dass der Oberaufseher beabsichtigte, einen Erkundungstrupp hinunterzuschicken.

»Keine zehn Pferde bringen mich da rein«, brummte ein dickwanstiger Stollenmaurer.

»Keine Sorge«, gackerte ein schlaksiger Lockenkopf, »du passt doch nich mal durch den Torbogen durch, fett wie du bist!«, was eine Prügelei nach sich zog, die mit zwei zerbrochenen Schüsseln, ebenso vielen blauen Augen im Gesicht des Schlaksigen und einem gemeinsamen Prost endete, bei dem alle noch einmal darüber lachten.

Eine solche Leichtigkeit hatten sich die Gespräche über den geheimnisvollen Schacht jedoch nicht lange bewahrt, denn drei Tage nach dem Torfund hatten die ersten Alpträume begonnen.

Mitten in der Nacht war auf der ganzen Inselfestung ein geradezu jämmerliches Geheul zu hören gewesen, bei dem sogar die Kolkraben in ihrem Schlag im Südostturm zu krähen begannen. Sam hatte sich das Kissen fest und fester auf den Kopf gedrückt, aber es half nichts. Am nächsten Tag war die Stimmung auf der Festung und in den Minen gedrückt.

Zwar sangen und pfiffen hier und da noch einige im Takt der Schläge, aber wirklich überzeugt klangen sie nicht und beim mittäglichen Eintopf schlürfte die Arbeiterschaft nur träge vor sich hin.

In den folgenden Nächten wurde es immer schlimmer. Wer nicht selbst von Alpträumen heimgesucht wurde, wurde vom Geheule der anderen wach gehalten. Der wenige Schlaf schliff den Männern die Griesgrämigkeit in die Gesichter und die Gereiztheit in die Gemüter und es dauerte nicht lange, bis die ersten unter vorgehaltener Hand von bösen Berggeistern, Narnen und Mahren zu sprechen begannen.

»Ich hab's doch gespürt!«, schwor einer, »Wie es mir auf der Brust gesessen is! Ich hab die Flügel im Schlaf schlagen hören!«

»Was du gehört hast, war der Wind«, entgegnete ein anderer mit Augenringen, tief und dunkel wie die Hänge des Schwarzsalzbergs.

»Und was is das für ein Vieh, das da über dem Sturz in den Stein gemeißelt is, eh? Was, wenn nich ein Dämon?«

Das Relief des dürren Hunds mit den kantigen Ohren linste ständig, von morgens bis abends, zu jeder Stunde, aus dem Schlussstein des Tores über die Oberkante der Bretter hinweg auf die Arbeiterschaft. Manch einer behauptete steif und fest, sein Blick verfolgte ihn sogar. Bald glaubten einige, des Nachts Schritte und Geflüster auf den Korridoren der Festungsinsel zu hören. Das Scharren und Trippeln kleiner Füße, das Rascheln von Flügeln, das Heulen von Narnen. Schatten, die über die Mauern wanderten. Eine grausame Stimme, die ihre leeren Träume durchdrang …

»Ratten!«, erklärten sich die übernächtigten Männer diese Vorfälle, »Mäuse, Ungeziefer, der Wind, der durch die Fenster pfeift und durch die Bäume rauscht! Und eure Schatten sind die von Wolken vor dem Mond!«

Trotzdem gab es nicht wenige, die alsbald von einem Fluch redeten, erst leise und unter der Hand, bald auch laut und bei Tageslicht. Der weißhaarige Greis, der in der Eisenhütte arbeitete und der – wenn auch nurmehr schwer – auf den Namen Afi Neunfinger hörte, sprach eines Abends beim gemeinsamen Essen in der Großen Halle gar von Göttern.

»Was für Götter sollen das sein, die sich am Ende der Welt in einer Salzmine verstecken?«, fragten einige zurück, halb im Scherz.

»Alte Götter«, murmelte der Eisengreis andächtig. Seine Stimme knisterte wie dünnes Pergament. »Vergessene ... solche, die so grausam waren, dass man sie einsperren musste ... lange vor Ástan und selbst den Aínar ... Schreckliche Wesen ... Geschöpfe des namenlosen und lange verbannten Schreckens ...«

Nun mussten die Umsitzenden lachen.

»Acht kommt schon, Alterchen, ihr glaubt doch nicht an solchen Unfug!«, neckte einer und ein anderer bekräftigte: »Ihr wärt schön blöd, wenn ihr etwas davon wirklich glaubt, Väterchen.«

Der starke Yoran meinte, dass das allesamt Ammenmärchen seien und schaufelte sich eine große Portion Eintopf in den Mund. »Ammenmärchen, damit kleine Kinder nachts nicht alleine in die Berge gehen und von Lawinen und Geröll erschlagen werden.«

Weil Fíd ihn ein wenig zu schief ansah, fügte er, den Löffel drohend auf den Rotschopf gerichtet, knurrend hinzu: »Fang du mir ja nicht an, irgendwas von dem Schwachsinn zu glauben, kapiert? Ich will nichts von dir in der Nacht hören! Kein Gewinsel, kein Gejammer!«

Fíd sagte nichts darauf.

Ausnahmsweise war Sam mit dem starken Yoran einer Meinung. Sie konnte über das abergläubische Getue nur den Kopf schütteln. Mahre, Geister und Flüche gab es nicht mehr in der Welt, schon seit zig Altern nicht mehr, wenn überhaupt jemals, das hatte ihr Vater ihr schon früh erklärt und ihr Vater war ein gelehrter und kluger Mann gewesen, bevor ihn die Krankheit nach dem Tod der Mutter so gebeutelt hatte. Dass an dem Gerede über unheimliche Sichtungen nichts dran war, wollte Sam auch dem yrischen Rotschopf erklären, doch der wirkte weniger überzeugt.

»W-w-woher will d-d-dein Vater das wissen?«

»Mein Vater hat in einem großen Herrenhaus in Istansgard gearbeitet«, hielt Sam stolz dagegen. »Er hat dort die Kinder von den Hausherren erzogen und unterrichtet! Er weiß alles!«

Fíd rührte nachdenklich in seinem Eintopf herum. »In Istansgard m-m-mag d-d-das vielleicht stimmen, aber hier? Vielleicht g-g-gibt es hier d-d-draußen, wo einen die G-g-götter von d-d-daheim nicht mehr hören, ja wirklich solche ... solche D-d- dinge?«

Seufzend gab Sam es auf. Sollte Fíd doch glauben, was er wollte.

Der Rotschopf lehnte sich nun zu dem alten Afi Neunfinger und fragte ihn, was aus den alten Göttern geworden sei, von denen er gesprochen hatte. Der Eisengreis jedoch glotzte ihn nur mit großen Augen an, in denen die Verwirrung so dick und trübe wie der milchige Nebel war.

»Vergiss es, Junge«, sagte der Ugo Rosshaar. »Unser Väterchen hier weiß ja nicht mal mehr seinen eigenen Namen, nich wahr?«

Der Alte nickte verunsichert, die Männer lachten und Fíd fragte nicht weiter nach – wohl aus Angst, ansonsten würde der starke Yoran seinen Drohungen nachträglich doch noch nachkommen.

In den Tagen danach, in denen die Alpträume und die angeblichen Geistersichtungen nicht abrissen, wurde die Fläche um das verbretterte Tor immer mehr gemieden. Keiner näherte sich ihm mehr, als er es musste. Ob es nun Flüche, Gespenster oder schlichter bergmännischer Aberglaube war, die Vorsicht hatte einen Bannkreis um den Schacht gezogen, der kräftiger als jede Weisung war. In einem Punkt waren sich nämlich alle Männer mehr oder weniger einig: was auch immer jenseits der Holzbarrikade in dem verlassenen Stollen lauerte, etwas Gutes war es bestimmt nicht.

Sam indes hütete sich auch weiterhin davor, auch nur ein Wort von dem abergläubischen Geschwätz für bare Münze zu nehmen. Zwischen dem morgendlichen Eisenhorn, der zermürbenden Arbeit in der hohen Minenhalle und dem abendlichen Eintopf hatte sie ohnehin ganz andere, und viel wirklichere Sorgen.

Der dritte Sonntag nach dem Torfund war der erste des neuen Mondes und das hieß, dass sie endlich ihren lang ersehnten ersten Lohn bekamen. Das heiterte die Gemüter in der sonnendurchfluteten Großen Halle beim Frühstück deutlich auf – vor allem die der achtundzwanzig neuen Arbeiter um Sam.

Nach dem Gerstenbrei mussten sich alle in Reih und Glied vor der erhöhten Herrentafel aufstellen. Sie wurden vom Sommerwolf mit Namen aufgerufen und einer nach dem anderen erhielten alle knapp fünfhundert Mann ihren Lohn. Der Oberaufseher Braendi verfolgte das Geschehen von seinem Platz an der hohen Herrentafel durch den Qualm seiner Meerschaumpfeife. Wer schon länger im Dienste der Minen stand, bekam ein wenig mehr als Sam und die anderen Neuen. Sie erhielten je drei Kupferkönige.

Während sie zu ihrem Platz am Fußende der langen Tafel zurückging und sich dort fallen ließ, überschlug Sam, was ihr Vater davon für den kleinen Yesper und sich kaufen konnte.

Drei, höchstens vier Laibe Bastardbrot, schätzte sie, *und vielleicht noch ein Pfund Butter, wenn er geschickt verhandelt.*

Zusammen mit den Mahlzeiten, die ihnen die blinde Cilla zugestand, reichte das vielleicht grade so zum Überleben – vorausgesetzt, dass sie überhaupt noch in der Hütte der Greisin wohnten.

Sam ließ die mickrigen Münzen mit dem Antlitz des Hochkönigs Cirion III. durch die Finger gleiten und fühlte sich, als hätte ihr jemand mit einem der großen Minenhammer in den Magen geschlagen. Schmerz und Bitterkeit pulsierten durch ihren Körper.

Drei Kupferkönige ... drei mickrige kleine Kupferkönige, alle fünf Wochen.

Sam musste mehr als das verdienen und dazu musste es ihr irgendwie gelingen, eine andere Anstellung, am besten außerhalb der Minen, zu bekommen. Sie hatte sich zwar vorgenommen, einfach härter und noch härter zu arbeiten, aber für die Arbeit in den Stollen war sie einfach nicht geschaffen. So sehr sie sich auch anstrengen mochte, in Sachen purer Kraft konnte sie es einfach nicht mit den anderen Männern, ja selbst mit dem schmächtigen yrischen Rotschopf kaum, aufnehmen.

Der Sommerwolf hat sich auch in kurzer Zeit hochgearbeitet, erinnerte sie sich. Das musste für sie doch auch irgendwie zu schaffen sein. Sam war zwar nicht so stark wie die anderen, dafür war sie schlauer, gerissener, klüger, konnte lesen, schreiben und sogar rechnen. Wenn es doch nur einen Weg gab, wie sie das nutzen konnte …

Sowie sie ihren Lohn erhalten hatten, machten sich die Männer in Richtung der Anlegestellen im Norden der Festungsinsel davon. Sie konnten es kaum erwarten, nach Salísfell am Westufer des Askensees überzusetzen, ihre Familien zu besuchen und ihr Geld in den Wirtshäusern zu verprassen. Selbst die, deren Kumpan zusammengebrochen und noch immer nicht wieder zu sich gekommen war, und die deswegen noch immer Trübsal bliesen, verließen die Große Halle mit sichtlich erhellten Mienen.

Auch der starke Yoran und die blonden Brüder Emmet und Emerik ließen sich davon mitreißen. Sam und Fíd blieben als zwei der wenigen zurück.

Nachdem sich der Staub und die ersten Aufregungen gelegt hatten, hatte man den Rotschopf für den Steinsturz verantwortlich gemacht, der das schwarze Tor freigelegt hatte. Er war am nächsten an der Stelle gestanden, wie der starke Yoran aussagte. Der stotternde Rotschopf hatte sich nicht dagegen gewehrt und Sam, die ja eigentlich wusste, dass es eigentlich ihre Schuld gewesen war, hatte nichts gesagt. Im Nachhinein schob sie das auf den Schreck des Moments. Zur Strafe für seine Achtlosigkeit hatte Fíd keinen Lohn bekommen. Entsprechend niedergeschlagen sah er jetzt den anderen nach, wie sie davonstürmten und fragte dann Sam, ob sie ihr Geld nun wirklich nach Hause schicken würde.

Sam blickte ihn verwundert an, bis ihr einfiel, dass sie dem yrischen Rotschopf ja bei der Vereidigungsfeier davon erzählt hatte. Sie nickte.

»Und wie willst d-d-du d-d-das anstellen?«

Daran hatte Sam zugegebenermaßen noch gar nicht gedacht. Dazu war bisher einfach keine Zeit gewesen. Sie überlegte. Einen Briefraben konnte sie sich nicht leisten und es erschien ihr absurd unwahrscheinlich, dass ihr der kränkliche Kämmerer einen Vogel aus dem Rabenschlag der Festungsinsel überließ. Es musste doch einen Weg geben, wie sie etwas nach Istansgard schicken konnte – und dann musste sie an Hans

Haferhaar denken, an den Elchtross und an die Lieferzüge, die das schwarze Salz regelmäßig abholten und zu den Händlern in die Städte brachten! So konnte sie ihr Geld sicherlich überbringen! Blieb nur die Frage, an wen sie sich dafür wenden konnte …

Ihr fiel niemand ein, außer dem Sommerwolf.

»D-d-den S-s-sommerwolf willst du fragen?« Fíd klang besorgt. »D-d-der hilft d-d-dir noch nie im Leben weiter!«

Aber Sam wusste keine andere Lösung. Sie schaute sich um, aber der Hagere war nicht mehr in der Halle und weil Fíd ohne Lohn weder nach Salísfell fahren, noch den Tag alleine verbringen wollte, schloss er sich ihr auf der Suche nach ihm an.

Sie durchstreiften den Innenhof, die Korridore im Westflügel, die Stallungen und die Baracken an den Mauern, aber von dem Hageren fehlte jede Spur.

»Wo steckt der Kerl nur?«, ärgerte sich Sam. »Normalerweise streunt der Sommerwolf doch ständig umher!«

»V-v-vielleicht solltest d-d-dus doch lieber bleiben lassen«, schlug Fíd vor. »Oder z-z-zumindest aufschieben. Früher oder später siehst d-d-du ihn sicherlich wieder!«

Sam schüttelte den Kopf. Sie wollte ihren Lohn so schnell wie möglich nachhause schicken.

»Wahrscheinlich ist d-d-der S-s-sommerwolf auch nach Salísfell gefahren«, wandte Fíd ein, aber Sam glaubte das nicht.

»Er muss irgendwo sein!«, beharrte sie.

Sie setzten ihre Suche fort, aber bald hatten sie überall nachgesehen, wo sie nachsehen konnten. Der Sommerwolf blieb verschwunden. Zuletzt standen sie vor dem dunklen Portal aus geschnitztem Schwarzholz, der zum Nordflügel und dem dicken Nordturm führte, der daran anschloss. Gegen Fíds Einwände und sein Zögern, dass sie da drin nichts zu suchen hätten, weil dort die Gemächer der Vorarbeiter und des Oberaufsehers selbst lägen, schlichen sie sich auch dort hinein.

»D-d-da fällt mir ein«, räusperte sich Fíd, als sie einen Korridor entlang gingen, dessen Wandnischen mit matten Teppichen behangen waren, »i-i-ich … ich w-w-wollt noch D-d-danke sagen.«

»Danke?«, fragte Sam überrascht zurück.

»D-d-dafür, weil d-d-du g-g-gefragt hast, wies mir g-g-geht, ja … in d-d-der Nacht nach der V-v-vereidigungsfeier, weißt du noch?«

Sam erinnerte sich.

Ja …

Abrupt blieb sie stehen.

»W-w-weißt du, ich-«, wollte Fíd gerade beginnen, als Sam ihn an der Hand packte und ihn hinter den nächstbesten Wandteppich in eine der Nischen zog – weg von den Stiefelschritten, die sich jetzt vom anderen Ende des Korridors von einer Turmtreppe her näherten.

Der schwere Teppich legte sich wallend über die beiden. Fíd zischte, was das denn solle, aber Sam hielt ihm den Mund zu und bedeutete ihm, zu schweigen. Dann hörte auch der Rotschopf die Schritte. Brust an Brust drückten sie sich jetzt in der Nische aneinander. Einzig das Klopfen ihrer Herzen war nun noch zu hören; wie wild schlugen sie aneinander. Still fluchend musste Sam sich eingestehen, dass sie ihre Suche besser bei dem Portal eingestellt hätten.

Die Schritte kamen.

Zu leicht für den Oberaufseher, dachte Sam noch und hielt, ohne es zu merken, den Atem an, da waren sie auch schon wieder vorüber. Erleichtert atmete sie auf. Das war ein Fehler; der Staub des Wandteppichs kratzte in ihrem von den Minen aufgerauten Hals. Sie hustete dem Rotschopf trocken ins Gesicht.

Auf der Stelle wurde der schwere Teppich über ihrem Versteck weggerissen.

»Was treibt ihr hier?« Der Sommerwolf funkelte mit seinen harten Augen durch eine Wolke aufgewirbelten Staubs auf Sam und Fíd herunter, die Rechte wie stets auf dem Heft seines Langschwerts.

Fíd wich zurück und Sam erklärte stammelnd, dass sie nach ihm gesucht hätten. Dabei fingerte sie in der Tasche ihres Hemds nach den Münzen. Sie hielt sie dem Hageren hin, räusperte sich, damit ihre Stimme tiefer klang und trug ihm ihre Bitte vor.

»Der Kutscher hat keine Zeit für solche Sperenzchen«, erwiderte der Sommerwolf grob. »Außerdem dauert es einen

Mond, bis der in der Hochkönigsstadt ist und wer weiß, ob dann überhaupt noch was von deinem Lohn übrig ist. Wenn du ihn nicht versäufst, er macht's bestimmt.«

Sam flehte den Sommerwolf an, es doch bitte zumindest zu versuchen, ihr armer Vater und ihr kleiner Bruder bräuchten es doch so dringend.

Das Leder seiner Handschuhe knirschte, als der Wolf sie zur Faust ballte und seine Zähne knirschten gleich mit. Dann aber sagte er: »Ich will sehen, was ich tun kann«, nahm Sam ihre Kupferkönige aus der Hand und verstaute sie in einer Tasche seines kohlgrauen Waffenrocks. »Dein Name?«

»Sam!«, antwortete Sam und dankte dem Hageren für seine Hilfe.

Der Sommerwolf wiederholte ihren Namen mit einem Gesichtsausdruck, als kaute er auf einem Stück zäher, bitterer Rinde herum. »Wartest du jetzt so lange, bis du eine Antwort bekommst oder warum stehst du hier noch herum, Sam?«

Sam schüttelte den Kopf und nachdem der Sommerwolf sie warnte, sich hier bloß nicht wieder erwischen zu lassen, schossen Sam und Fíd davon, wie zwei Pfeile, die gleichzeitig von der Sehne schnellten.

Sie kamen erst auf einem offenen Fenstergang unter der Westmauer wieder zum Stehen. Unter ihnen glitzerte das schwarze Wasser des Askensees im Nachmittagslicht.

Fíd stützte sich schwer keuchend am Fenster ab und meinte, wahrscheinlich würde der Sommerwolf Sams Kupferkönige selber behalten. Sam, die heilfroh war, den mürrischen Hageren hinter sich gelassen zu haben, glaubte das nicht und musste daran denken, was ihr der Ugo Rosshaar auf der Vereidigungsfeier gesagt hatte.

»Der Sommerwolf knurrt nur, aber er beißt nicht.«

Er würde es nachhause schicken, das sagte ihr ihr Gefühl. Sam und Fíd blieb nun nur noch zu hoffen, dass der Hagere dem Oberaufseher nichts davon berichtete, dass sie sich auf dem Nordflügel herumgetrieben hatten.

»W-w-wehe, wenn d-d-der W-w-wolf ausschlägt und heult«, sagte Fíd.

Dann lachten sie ein befreiendes, erlösendes Lachen. Es war

das erste Mal seit ihrer Ankunft am Schwarzsalzberg, dass Sam so lachen konnte – und es würde auf lange Zeit das letzte Mal sein.

Am Tag nach der Audienz bereiten wir uns auf die Heimkehr nach Bailín vor. Wir können ja nicht wissen, dass wir einer Lüge aufsitzen, dass Kahrion und seine Männer bereits in Santísmer sind und nur darauf warten, dass wir den Schutz der Herzogsburg verlassen.

Der Herzog hatte uns und die Sache mit dem bannerlosen schwarzen Eisenschiff nicht ernst genommen. Und weil er es nicht ernst genommen hatte, hatte es auch niemand für nötig befunden, die Wachen in der Stadt, an den Toren oder im Hafen in offizieller Form von diesen Dingen oder den Vorkommnissen in Bailín zu unterrichten. Lediglich Gerüchte und Geflüster fanden ihren Weg in den Hafen und die Stadt.

Als noch am selben Abend die dreimastige Karavelle in den Hafen eingelaufen war, hatten es daher weder die Hafenwache noch der Zoll gewagt, ihrem Kapitän irgendwelche Fragen zu stellen, als dieser verlangte, dass man sie passieren ließ, und von einem geheimen und drängenden Sonderauftrag ihres Prinzen sprach.

Erst später, sehr viel später, sollten sie sich darüber klar werden, wen sie da in die Stadt eingelassen hatten.

DER HAFENMARKT von Santísmer war laut und quirlig und genau das, was Nehepu auf die durchstandenen Schrecknissen der letzten Tage hin gebraucht hatte. Der alte Magister ließ sich von der Menge treiben und probierte sich nach Herzenslaune bei den verschiedenen Händlerständen durch; er kostete scharf angebratene Jakezmuscheln, fingerdicke weiße

Bohnen in einer würzigen Soße aus Senf mit Estragon und Zwiebeln, die so süß und dunkelrot waren wie der Novemberwein, von dem er sich daneben ein Gläschen genehmigte. Unter einem Zelt mit mannsdicken, im Pflaster verankerten Pfosten, reihten sich lange Tafeln aneinander, auf denen allerlei Meeresgetier feilgeboten wurde. Fangfrische Tintenfische, Seeigel und Meerspinnen gab es da, Krabben, Miesmuscheln und kleine, glänzend-schwarze Strandschnecken, cremefarbene Ritterkrebse und schwarzblaue Hummer, länger als Nehepus Unterarm, und ein Stück dahinter knusprige Brote.

Da gab es Buden über Buden mit Körben voll rotbackiger, duftender Äpfel und violetten Artischocken, Kisten mit eingelegten Sardinen und getrockneten Algen, faustgroße Salzbutterküchlein, zu hohen Stapeln aufgeschichtet, Gläser mit trübem goldenem Honig und Schläuche mit Apfelwein, der so kühl war, dass Tropfen an ihnen herunterliefen. Daneben gab es noch Stände mit dickbauchigen Kesseln, darin köchelten Eintöpfe aus der See, es gab Cassen und Pfannen mit gebratenen Möhren und mit in Butter und Knoblauch geschmorten Steckrüben, Fisch und Krebsen.

Nach den endlosen Monaten auf See, in denen er nur wässrigen Haferbrei, versäuerte Dickmilch und was die Vorräte der *Alter König Narmer* sonst noch hergegeben hatten, vorgesetzt bekommen hatte, konnte sich Nehepu an der Fülle des Marktes nun gar nicht satt sehen. Genüsslich sog er die unzähligen herrlichen Gerüche der Buden und Läden ein; nach Fisch und Pfeffer, Gewürzen, Brot und Wein, die die heiße Luft über dem lärmigen Platz erfüllten.

Dem Schiffsjungen Geb schien der Trubel nicht gar so sehr zuzusagen. Der arme Knabe hatte wegen seines lädierten rechten Ohrs einen Verband um die Stirn gewickelt, war mit Paketen und Körben beladen und versuchte darüber hinweglinsend, den Anschluss an den verzückten Magister nicht zu verlieren.

Prinz Kahrion hatte die beiden nach einiger Überredung von Nehepu am Morgen mit einem Beutel Kupfermünzen und dem Auftrag, nur das Nötigste einzukaufen, ausgesandt.

»Und seht zu, dass ihr nicht zu viel Aufmerksamkeit auf

euch zieht.«

In die Umhänge der errischen Karavellenmannschaft gehüllt, hatten sich Magister und Schiffsjunge aus ihrem Versteck auf den drei verfallenen Türmen geschlichen und waren in den Hafenbezirk gewandert, immer dem unüberhörbaren Geplärr der Marktschreier nach.

Der Marktplatz befand sich hinter einer breiten Brücke, unweit des Ufers des Bélenneon und war zu allen Seiten von mehrstöckigen Häusern aus grauem und sandfarbenem Granit umgeben, denen das Salz der Seeluft über die Jahre die türkise und veilchenblaue Farbe von den Holzfassaden bis auf wenige, rissige Flecken abgekratzt hatte. Hinter den weit offenstehenden Türen gähnten die kühlen Höhlen von Gasthäusern, efeuumrankten Innenhöfen und schattigen Weinschenken. Leise drangen Musik, Gerede und Pfeifenqualm aus ihnen.

Über den schiefergrauen Giebeln flimmerten die zinnenbesetzten Sandsteinmauern der Herzogsburg stolz auf ihrem hoheitlichen Felsenhügel über der Stadt.

Während des ganzen Weges zum Markt über hatte Nehepu sich zu keinem Zeitpunkt getraut, sie ganz aus den Augen zu lassen. Waren die zwei Jungen aus dem Fischerdorf im Westen noch immer dort oben, wie der Kapitän mit der Emmerrose gesagt hatte? Und Sekhems Fluch mit ihnen?

Der Schiffsjunge Geb hatte den Blick ebenfalls kaum von den imposanten Türmen und Zinnen wenden können. Unablässig hatte er Nehepu mit seinen Fragen über die Burg, Santísmer und Errion überhaupt gelöchert. Schließlich hatte der alte Magister nachgegeben.

Während sie zwischen den Ständen dahin schlenderten und ihre Besorgungen erledigten, hatte er dem wissbegierigen Jungen alles erzählt, was er wissen wollte; angefangen mit den Celdennen, jenem düsteren und kriegerischen Volk, das einst vor tausenden von Jahren die westlichen Küstenlande bevölkerte. Er hatte von ihren Druiden und ihren vergessenen Zaubern berichtet, von ihren Kriegern, Prinzen und Fürsten, die bis heute in den Liedern des Westens überdauerten, von den fürchterlichen, vielgestaltigen Göttern, die des Nachts aus den Felsspalten und Baumwurzeln hervorkrochen ... und von ihrem letztendlichen Untergang, als die Erriennen aus dem Norden in ihrem Land einfielen.

Der Schiffsjunge hörte aufmerksam zu und fragte nach, wenn er etwas nicht ganz verstand, oder wenn er etwas genauer wissen wollte, worauf Nehepu nur allzu gerne Auskunft gab.

Als sie bei einem Bäcker anstanden, erzählte er so von der Blütezeit Santísmers in den Tagen der Alten Westkönige, die auf den letzten Sieg über die Celdennen durch Bramyn den Eroberer gefolgt war.

»Die Nachkommen Bramyns festigten ihre Macht im Westen und aus der Siedlung auf dem Rücken des Sandsteinberges wurde bald eine befestigte Stadt, mit einem Hafen, Märkten und einer Burg und einem König, die alles schützten. Die alten Westkönige waren es, die Santísmer und Errion zu der Stärke geführt haben, für die sie noch heute bekannt sind und der Hafen ist es, dem sie ihren Reichtum zu verdanken hatten. Schiffe aus aller Herren Länder liefen hier ein und aus, aus Kharras, Mohns und von den Seideninseln. Sie brachten kostbare Gewürze und Stoffe, Felle, Kaffee und Elfenbein aus den Wüsteneien im Osten, Weihrauch und Sklaven von den Kobaltinseln und Erze und Gold aus dem Norden. Alle Handelsrouten, ob über Land oder Wasser, kreuzten sich hier in Santísmer. Der rege Handel in der Sandsteinbucht breitete sich auf die ganze errische Küste aus. Vielerorts gab es Weber und Flachser, die Leinen für die Segeltücher herstellten, oder Taue drehten und sie an die Werften der Stadt verkauften.«

Nehepu erwarb zwei billige Laibe Bastardbrot, schob sie dem Schiffsjungen zwischen die anderen Päckchen und fuhr im Weitergehen fort, vom Niedergang der Alten Westkönige zu berichten, und von den Truppen Großkaiser Zenons, die in den Jahren nach dem Verfall ihrer Linie kamen und Santísmer zwangen, sich dem kaiserlichen Thron zu unterwerfen und in das Heilige Einige Reich einzutreten.

»Die Unterwerfung durch Líohim hat den Stolz der Menschen Errions in der Tiefe verletzt. Über siebenhundert Jahre sind seither ins Land gegangen, aber sie mögen es noch immer nicht, wenn man sie als Untertanen des Heiligen Einigen Reiches betrachtet. Sie sehen sich immer noch als eigenständiges Volk, genau wie die Celdennen vor ihnen.«

Sie kamen an einen Stand, der sich unter dem Gewicht Aberdutzender Butterpäckchen in den verschiedensten Größen und Gelbtönen bog; manche dunkelgelb wie reifes Septemberkorn, andere kräftig und satt wie errischer Ginster.

»Kommt nur näher, Freund«, sagte der Händler, ein freundlicher dickbauchiger Geselle in einer zwiebelbraunen Kapuzenkutte und einem breiten, gutmütigen Lachen. »Kommt näher und probiert ein Stückchen!«

Da ließ sich Nehepu nicht lange bitten. Der Händler holte unter dem Stand zwei Brotkanten hervor und bestrich sie fingerdick mit einer sonnenblumengelben, braunflockigen Butter.

»Diese hier ist mit Salz und Buchweizen. Hier! Probiert und sagt mir, was ihr davon haltet!«

Während Nehepu und Geb begierig aßen, stellte sich ihnen der Händler als Mönch vor.

»Mein Name ist Bruder Deniel. Im Kloster des Heiligen Bastyan stellen meine Brüder und ich schon seit Generationen Butter her.« Der Mönch beäugte die beiden. »Ihr seid nicht von hier, wie?«

»Wir sind ... wir sind Reisende«, antwortete Nehepu rasch und zog sich dabei unauffällig seinen Umhang zurecht, der die Weißmetallfibel verbarg.

Der Mönch klatschte in die Hände. »Ah, nein, wie interessant! Nun, wenn ihr ein Freund der Gaumenfreuden seid, würde ich euch empfehlen, den Bélenneon hochzugehen. Dort gibt es ganz berühmte Austernzüchter, solche Muscheln habt ihr noch nicht probiert. Und wenn ihr schon in der Gegend seid, könnt ihr auch in unserem Kloster vorbeischauen. Es liegt hinter den Salzfelderhügeln nördlich der Stadt! Meine Brüder und ich freuen uns stets über Besucher!«

Nehepu schob die Hände in die Taschen seiner Wollrobe. »Ich danke euch für die Einladung, aber ich fürchte, sowohl die Austern wie auch der heilige Bastyan müssen noch warten.«

Der Mönch wirkte enttäuscht. »Oh, habt ihr es so eilig, Freund Reisender? Wohin seid ihr denn unterwegs? – Nein, beim Heiligen Bastyan, nein! Bitte, ihr müsst es mir nicht sagen, wenn ihr nicht wollt!«

Der dicke Bruder Deniel scherzte noch ein wenig mit dem alten Magister, der als Trost, und weil sie es sicherlich noch brauchen konnten, ein Päckchen gesalzener Butter kaufte. Zum Abschied musste er dem Mönch versprechen, eines Tages einmal in seinem Kloster vorbeizuschauen.

Bei einem Teehändler, dessen Stand bereits auf fünfzig Meter Entfernung nach Zimt, Anis und Bergamotte roch, feilschte Nehepu danach hartnäckig um den Preis für ein halbes Pfund Brombeertee. Der Händler ließ nicht von seinem Wucherpreis von zwanzig Denier für eine Dose ab, so sehr Nehepu auch auf ihn einredete. Als eine Möwe unter gellenden Schreien auf dem Pfosten seines Standes landete und der Teehändler sie mit einem Besenstiel zu verscheuchen versuchte, gab der alte Magister seine Erweichungsversuche auf.

»Die Errischen und ihre dreimal verfluchte Bockbeinigkeit«, brummte Nehepu mürrisch im Weitergehen. »Diese Sturheit muss ebenfalls von den Celdennen auf sie übergegangen sein.«

Ein paar Läden weiter aber, als er sich außer Sichtweite des Händlers wähnte, holte er die helle Dose aus Birkenrinde aus dem weiten Ärmel seiner Wollrobe hervor.

Der Schiffsjunge blickte ihn entsetzt an. »Ihr habt den Mann bestohlen?«

»Wer weiß, wann ich das nächste Mal dazukomme, meine eigenen Vorräte aufzustocken?«, beteuerte Nehepu. Er grinste verschlagen und ließ die Dose wieder in seiner Robe verschwinden und schärfte dem Schiffsjungen ein, ja kein Wort davon an seinen Prinzen zu verraten. Geb nickte und Nehepu fragte ablenkend, ob er auch solchen Hunger hätte – der Ärger über die Sturheit des errischen Teehändlers hatte Nehepu jetzt jedenfalls hungrig gemacht. Ein Mittagessen war längst überfällig.

Seine Nase lockte ihn zielstrebig zum Stand einer Süßbäckerin und zu den bauchigen Puddingküchlein mit getrockneten Pflaumen, Mandelmännchen mit Nüssen und eingekochten Früchten und blättrigen Salzbutterkuchen, die es dort gab.

Sie kauften sich dampfende Pfannkuchen mit gebratenen Äpfeln und suchten sich ein ruhiges Plätzchen im Zeltschatten eines Flickschusters, ein wenig abseits des dichteren Trubels. Beinlinge und Hemden aus Leinen, Hanf und Nesseln flatterten zwischen den Ständen und den Zweigen eines Kastanienbaums wie Banner im sanften Wind, wie die ausgeblichenen Wimpel in den engen Straßen.

Sie aßen und lauschten dem Spiel eines storchenbeinigen Sängers, der nicht fern von ihnen versuchte, mit seinem Geplänkel die Marktschreier zu übertönen. Der gebratene Apfel war herrlich süß und so weich, dass er Nehepu auf der Zunge zerging. Der alte Magister genoss die Mahlzeit im Schatten sehr und dachte bei sich, er könnte gut und gerne noch länger hier sitzen und sich ausruhen …

… und wie schön es wäre, wenn Prinz Kahrion bei ihm wäre und mit ihm äße. Aber solche Tagträume führten zu nichts und machten ihm bloß das Herz schwer.

Die ersten Händler begannen bereits, ihre Stände abzubauen, und Nehepu entschied, es sei an der Zeit, den Rückweg anzutreten. »Bevor Prinz Kahrion sich noch Sorgen um uns macht«, sagte er, halb im Scherz, als hinter ihnen ein wütendes Geschrei ertönte.

»Da vorne! Das sind sie!« Der scharfe Bergamottegeruch verriet den Teehändler, noch bevor Magister oder Schiffsjunge sich nach dem Urheber des Lärms umschauen konnten. »Die da! Die haben mich beklaut!« Der Errische keifte zwei Männer in den Rüstungen der Stadtwache an. Sie waren etwa zwanzig Meter von ihnen entfernt. »Haltet sie!«

Die Stadtwachen bahnten sich einen Weg durch das Getümmel auf sie zu. Augenblicklich nahmen Magister und Schiffsjunge die Beine in die Hand und rannten los, so schnell sie nur konnten. Zelte, Buden, Stände und empört aufschreiende Marktbesucher flogen an ihnen vorbei. Nehepu musste den Umhang und die lange Wollrobe darunter raffen, der Schiffsjunge trudelte mit den vielen Pakete hinter ihm her. Konnte er überhaupt sehen, wohin er lief?

Die Stadtwachen schlossen gefährlich schnell auf, kamen dichter und dichter an sie heran, als plötzlich einer der buckligen Pflastersteine den Schiffsjungen zum Stolpern brachte. Geb stürzte. Die Pakete verteilten sich überall auf dem Boden. Nehepu wirbelte herum, sah den Jungen und die Pakete, dahinter die Männer der Stadtwache und den Teehändler. Sie hatten sie fast eingeholt!

»Schnell!« Nehepu zog Geb wieder auf die Beine und hinter sich her – um die Einkäufe aufzusammeln, blieb keine Zeit mehr – doch da versperrte ihnen ein Händlerkarren, der wie aus dem Nichts vor ihnen aufgetaucht war, den Weg.

In die Enge gedrängt, den panisch auf der Stelle hüpfenden Schiffsjungen an seiner Seite, und die grimmigen Stadtwachen im Rücken, stieß Nehepu einen Fluch aus – was er normalerweise nie tat – und war schon dabei, sich eine gute, eine *wirklich* gute Ausrede einfallen zu lassen, als hinter ihnen zwei harte Schläge, scheppernd wie von Holz auf Stahl, erklangen.

Er wandte sich um. Die Männer der Stadtwache taumelten und kippten zur Seite. Hinter ihnen kam niemand anderes zum Vorschein als der dicke Bruder Deniel. Er schwang einen langen Butterklopfer, mit dem hatte er die Stadtwachen außer Gefecht gesetzt und zog jetzt auch dem zeternden Teehändler so rabiat eins über den Kopf, dass er sich in seiner Ohnmacht zu den anderen Verfolgern gesellte.

Einen halben Herzschlag lang stand Nehepu vor Verdutztheit und Erleichterung wie angewurzelt da, dann gewann er seine Fassung wieder. Die Schreie der aufgestörten Menge um sie wurden wieder laut, und wider aller Erleichterung wurde Nehepu bewusst, dass sie nach wie vor sofort von hier abhauen mussten.

Er rief dem Mönch seinen Dank zu, packte den Schiffsjungen, der sich schon nach den Einkäufen gebückt hatte, und zischte: »Nichts wie weg hier!«, bevor sie ihre Flucht, nun ohne Verfolger im Rücken, in gemäßigter Geschwindigkeit fortsetzten. Sie schafften es, den Markt ohne weiteres Aufsehen hinter sich zu lassen und schlugen den Weg zu der Brücke über den Bélenneon in Richtung Werften ein, zu ihrem Versteck auf den drei Türmen.

Die untergehende Sonne hatte die Türme und Zinnen der Herzogsburg auf ihrem hohen Felsenhügel in tintentiefes

Schwarz getaucht, als die dreimastige Karavelle gestern mit der Abendflut im Schutze der Schatten und der vorbeiziehenden Schiffe in den Hafen von Santísmer eingelaufen war.

Die zehn Mann an Bord hatten sich die Umhänge der errischen Besatzung übergeworfen und auf Prinz Kahrions Geheiß eine freie Anlegestelle am Rande eines betriebsamen Umschlagplatzes angesteuert, wo gerade eine schwer im Wasser liegende Handelsgaleone entladen wurde. Kaum dass sie festgemacht hatten, war auch schon ein Zollbeamter zu ihnen gekommen und hatte zu wissen verlangt, wer sie seien, woher sie kämen und was sie in Santísmer wollten.

»Wir sind in geheimem Auftrag seiner Hoheit, des Prinzen Emyl unterwegs!«, hatte Prinz Kahrion den Mann angefahren. »Wenn du dich nicht binnen der nächsten Stunde vor ihm rechtfertigen willst, tätest du gut daran, uns nicht zu hindern!«

Von dieser Ansprache war der arme Zollbeamte so geplättet gewesen, dass er sie ohne eine weitere Nachfrage hatte passieren lassen.

Sie waren durch den Hafenbezirk gegangen, Prinz Kahrion voraus, durch schmutzige Gassen und verwinkelte Sträßchen, die nach Möwenschiss und Katzenpisse stanken, vorbei an Gaststätten, in denen getrunken und laut gesungen wurde. Gaststätten gab es im Hafenbezirk wohl mindestens genauso viele, wie es Lagerhäuser, Verkaufshallen und Stapelplätze gab, aber Prinz Kahrion hatte es nicht zu einer dieser Spelunken gezogen.

Am Ende einer ansteigenden Lehmstraße waren sie zu einer erhöhten Brustwehr gelangt, von der aus sie die Werften, Docks und Seilereien und die unzähligen Häuser der Hafenarbeiter überschauen konnten; niedrige Baracken aus grauen Ziegeln und Granit, die sich aneinander und im Norden an die dicke Hafenmauer lehnten. Jenseits der Hafenmauer ragten drei verfallene Türme auf, schief, grau und gebrochen.

Dort, so hatte Prinz Kahrion beschlossen, würden sie ihr Lager aufschlagen.

Den Männern mochte das zwar nicht sehr gefallen; ihnen wie auch Nehepu, wäre ein anständiges Gasthaus wesentlich lieber gewesen, doch der grauenvolle Anblick ihres Prinzen, wie er in seiner nahezu dämonischen Raserei den Kapitän der Karavelle getötet und zerstückelt hatte, hatte jedwede Neigung zur Widerrede ausgelöscht. Niemand, nicht einmal Nehepu, wagte es, Einwände zu erheben.

Je näher sie ihnen gekommen waren, umso verwitterter und abweisender waren die Türme geworden. Sie befanden sich auf einer von Gischt umspülten Felsinsel, die der Stadtmauer vorgelagert und nur bei Ebbe zu erreichbar war. Jahrtausende an Stürmen, Fluten und Gezeiten hatten sie zerfurcht und zerklüftet und ihnen das Fleisch von den Knochen gerieben, bis nur noch die Gebeine der Türme übrig blieben, die geschliffen noch immer den Fluten trotzten. Drinnen pfiff der Wind durch die Ritzen, es roch nach Moder und feuchter Fäulnis, nach schmierigen Algen und morschem Holz. An den Wänden klebten Krusten aus Muschelschalen und die leeren Panzer längst verwester knochenblasser Krabben.

Die Männer hatten ihr Lager im mittleren Turm aufgeschlagen, der von den dreien noch am besten erhalten war. Wegen dem verbretterten Eingang und dem Gerümpel, das überall herumstand, hatte Nehepu die Vermutung geäußert, es müsse sich einmal um ein aufgegebenes Schmugglernest gehandelt haben. Aufgebrochene Kisten standen in den Ecken, neben Bretterstapeln, Tauen und Kalfaterzeug und Körben mit Bechern und Würfeln, leeren Flaschen und geschnitzten, verblichenen Tiermasken. Alles war von Efeu, Aster und Melden überwuchert. Wer auch immer all das hergebracht hatte, war schon lange nicht mehr hier gewesen.

Der dritte Turm, der sich an den mittleren durch eine beinah vollkommen von herabhängendem Efeu zugewachsene Pforte anschloss, bekam am meisten von der Rauheit der errischen See ab; sie hatte von ihm kaum mehr als die Grundfesten übrig gelassen. Dort hatte Prinz Kahrion sein Quartier bezogen, nachdem er zwei Männer, dunkelhaarige Brüder, als Späher zum Tor der Herzogsburg geschickt und seine Befehle erteilt hatte: Kein Lärm, kein Licht. Niemand durfte bemerken, dass sich jemand in den Türmen aufhielt. Die ganze Nacht über musste einer am Fenster Wache halten.

Nehepu hatte kein Auge zubekommen und er war froh gewesen, als sein Prinz ihn am nächsten Morgen auf den Markt geschickt hatte. So hatte er der muffigen Klammheit zumindest für ein paar Stunden entkommen können. Jetzt jedoch, da er und der Schiffsjunge sich den modrigen Türmen wieder näherten, fühlte er, wie sich die Beklemmung abermals über ihn legte.

Sie stiegen die schmalen Stufen von der Hafenmauer hinab und stapften durch nassgrauen Sand zu den Türmen hinüber. Ein paar alte Männer saßen am Fuß der Mauer oder sammelten Muscheln im Sand. Nehepu merkte, wie ihnen ihre Blicke argwöhnisch folgten und beschleunigte seine Schritte.

Sie gingen den schmalen Pfad zu den Türmen hinauf, der sich durch scharfkantige Felsen und glitschiges Geröll wandte. In ihrem Versteck wurden sie von den mürrischen Gesichtern Hekats und seiner Kumpanen empfangen, die in einer Runde beieinander saßen, würfelten und an ihren Lederflaschen nippten. Der brave Benn schob die Fensterwache, die zwei dunkelhaarigen Brüder schliefen ihre Nachtwache vor dem Burgtor aus. Jetzt waren zwei andere vor der Herzogsburg postiert.

Nehepu setzte ein halbherziges Lächeln auf und grüßte sie. Er bekam keine Antwort.

»Was gibt es Neues?«, fragte er und lehnte den Bretterverschlag, den Prinz Kahrion gestern einfach eingetreten hatte, wieder gegen den Torbogen.

»Nichts gibt es Neues«, knurrte der Hekat der Bootsmann, ohne sich umzusehen. Der brave Benn fügte hinzu, die beiden Brüder hätten bei ihrer Rückkehr von der Burgwache berichtet, heute Abend würde dort wohl ein Fest ausgerichtet.

Ein Fest?

Davon hatten sie auf dem Markt gar nichts mitbekommen. Der Schiffsjunge breitete ihre Einkäufe auf einer alten Truhe aus. Die Dose mit dem Brombeertee behielt Nehepu vorsichtshalber in seiner Tasche. Er erkundigte sich, wo sich ihr Prinz aufhalte.

»Nebenan«, gab einer von Hekats Kumpanen zurück. »Hat sich den ganzen Tag über nich blicken lassen. Das Tier is bei ihm.«

Ah, das ist gut.

Es beruhigte den alten Magister zu wissen, dass Prinz Kahrion wenigstens nicht ganz alleine war, auch wenn er sich lieber selber in seiner Gesellschaft gesehen hätte, statt des Schattenspringers. Simkhat hatte sie in den Turmruinen bereits erwartet. Als Prinz Kahrion die mit Brettern vernagelte Tür eingetreten hatte, war er einfach aus den Schatten auf ihn zugesprungen. Dabei hatte er ihn fast umgeworfen. Woher das Tier allerdings gewusst hatte, dass sie hierherkommen würden, war Nehepu ein Rätsel. Hatte es sie während des ganzen Wegs über aus den Schatten und dem Verborgenen beobachtet?

Prinz Kahrions Wunden an den Händen vom Kampf mit dem errischen Kapitän waren dank der Macht von Ombos in seinem Blut schon fast wieder verheilt, aber auch Simkhat hatte sich in der Zwischenzeit eine Wunde zugezogen; eines seiner kantigen Ohren trug eine tiefe Kerbe. Das schlanke Tier zuckte zusammen, als Prinz Kahrion es festhielt und die Verletzung betrachtete.

»Er hat Sekhems Fluch also gefunden«, stellte er fest. »Nur die Waffe des Verräters vermag es, Geschöpfe, die aus der dunklen Erde geboren sind, zu verletzen. Einen Menschen würde ein solcher Stich töten, aber Simkhat wird es überleben. Wir sind Sekhems Fluch jetzt ganz nahe!«

Ja, hatte Nehepu mit Schaudern gedacht. Alles hing nun davon ab, dass Prinz Kahrions Plan aufging: Zwei Mann hielten jetzt Tag und Nacht vor den Toren der Herzogsburg verdeckt Wache und lauerten den Jungen aus dem Fischerdorf auf. Wenn sie die Burg mit Sekhems Fluch im Gepäck verließen, würden sie zuschlagen; sie würden ihnen die Waffe des Verräters abnehmen und sie Prinz Kahrion überbringen. Dann würden sie von hier verschwinden, zur *Alter König Narmer*, die weiter nördlich vor Anker lag. Bis das geschähe, müssten sie nur noch hier warten und ausharren …

… und unbemerkt bleiben.

Die Abendflut setzte ein. Die Wellen brandeten um die schroffen Turmfelsen und schnitten ihn vom Strand ab. Hekats Männer machten ein armseliges Feuerchen, das beinah an seinem eigenen Qualm erstickte, brieten Schinken und Eier in der gesalzenen Butter heraus und rösteten eines der Bastardbrote.

Nach dem Essen nahm der Magister dem Schiffsjungen den Stirnverband ab und besah sich dessen Wunde. Der Marlspieker des errischen Kapitäns hatte das Ohr des Jungen regelrecht zerfetzt.

Eigentlich gehört das genäht, dachte Nehepu. Aber zum Nähen fehlte dem alten Magister die nötige Ausrüstung. So konnte er nicht viel mehr tun, als die nässenden Wunden mit Seewasser zu betupfen, dem Schiffsjungen den Verband wieder anzulegen und ihn mit einem kräftigen Schluck yrischen Wassers zu Bett zu schicken.

Den eisklaren Brand aus den nördlichen Gletscherlanden hatten Hekats Männer noch von der *Alter König Narmer* mitgehen lassen, ehe sie sich mit der Karavelle auf den Weg nach Santísmer gemacht hatten. Nehepu fand, dass er absolut scheußlich schmeckte und eigentlich nur zur Wundversorgung gut war, aber dem Bootsmann und seinen Kumpanen schien er zu taugen. Sie saßen noch eine Weile um das eingehende Feuerchen, brummten, tranken und warteten darauf, dass das yrische Wasser sie in den Schlaf sandte.

Als das geschehen war, kochte sich Nehepu einen Becher von dem Brombeertee über der Glut und löste den braven Benn als Fensterwache ab. Es war kurz vor Mitternacht; der Wolfsstern stand einsam am Firmament. Die Lichter der Stadt spiegelten sich in den schwarzen Pfützen der zurückgegangenen See. Ein kühler Wind wehte durch das Fenster herein.

Der alte Magister nippte an seinem Tee. *Hmm*, dachte er und war doch etwas enttäuscht. So besonders war das Gebräu nun wirklich nicht. *Jedenfalls nichts, wofür man so ein Spektakel veranstalten müsste, wie es dieser errische Händler getan hat.*

Nehepu verzichtete darauf, sich noch weiter darüber zu ärgern. Jetzt war es ohnehin zu spät, um noch etwas daran zu ändern. Er konnte lediglich noch hoffen, dass der wagemutige Mönch heil aus der Sache herausgekommen war und sich ihretwegen keinen Ärger mit der Stadtwache eingehandelt hatte.

Nehepu musste schmunzeln. Nun, da er nochmals über die Geschehnisse des Tages durchging, kam es ihm auf einmal doch gleichzeitig recht komisch vor, beinah erheiternd, wie sie den Stadtwachen so knapp entkommen waren. Und zuvor, wie er mit dem Schiffsjungen so über den Markt geschlendert war, da hatte der alte Magister zum ersten Mal seit Langem fühlen können, wie er zur Ruhe kam, trotz des Trubels und des Lärms, die da geherrscht hatten. Es hatte ihm gefallen, die Fragen des Knaben zu beantworten und sein Wissen mit ihm zu teilen; so sehr, dass er darüber die Gefahr, derer sie ausgesetzt gewesen waren, leichtfertig unterschätzt hatte. Das Geplauder der Marktweiber musste wohl auf ihn abgefärbt haben, dachte Nehepu, wusste aber zugleich, dass das nicht der wahre, nicht der einzige Grund gewesen war. Nachdenklich strich er über die Fibel aus silbrigem Weißmetall über seiner Brust. In seinen Fragen nämlich hatte der Schiffsjunge ihn an seine Jahre als Adept in Pheleos erinnert, an seine Studientage und seine Forschungsreisen, lange bevor er zum ersten Mal nach Amkash gekommen war …

… und in all dem auch an den kleinen, mageren Knaben mit dem kurzgeschorenen silberblonden Haar, auf den Stufen des verfallenen Tempelgemäuers in Nír Ammharís.

Nun schlief Geb tief und fest.

Ein tüchtiger Bursche, dachte der alte Magister zufrieden, als er sich nach ihm umsah. *Tüchtig und neugierig, so wie man in seinem Alter sein sollte.*

Der schmächtige Schiffsjunge war einer von den dreißig Seelen gewesen, die Prinz Kahrion aus Akhems Kerkern in Nír Vareluínn befreit hatte. Nehepu konnte sich nicht ausmalen, was den Jungen nur dort hineingebracht haben mochte; Geb hatte es nie erzählt. Der Schiffsjunge und der brave Benn waren wohl die einzigen unter den Männern, die Prinz Kahrion für diese Unternehmung ausgewählt hatte, die ihm nicht bei der ersten Gelegenheit in den Rücken fallen würden, schätzte Nehepu. Aber so weit zu gehen und zu behaupten, dass sie seinem Plan vertrauten, das wagte er dann doch nicht.

Nehepu musste zugeben, dass er ihm selber nicht vertraute. Eigentlich gefiel er ihm sogar ganz und gar nicht. Es gab vieles, was für seinen Erfolg funktionieren musste – und noch viel mehr, was ihn zunichtemachen konnte. Der Besuch auf dem

Markt hatte den alten Magister seine Sorgen zumindest für kurze Zeit vergessen lassen, aber jetzt kamen sie ihm wieder, eine nach der anderen, um ihn der Reihe nach zu zermürben.

Die Jungen aus dem Fischerdorf hatten Alarm geschlagen. Wer wusste, was sie in ihrer gestrigen Audienz gesagt hatten und wie der Herzog darauf reagierte? Ihr Bericht, ein schwarzes Eisenschiff hätte ihr Dorf überfallen, musste sich gewiss wie ein Lügenmärchen anhören. Jedoch hatten sie anscheinend zumindest den Prinzen überzeugen können; er hatte ja immerhin die Kundschafter auf der Karavelle ausgesandt. Falls es ihnen gelänge, den Herzog ebenfalls zu überzeugen, saßen sie hier nicht mehr auf der Lauer, sondern in einer Falle.

Auch konnte es sein, dass die Nachricht, die Prinz Kahrion den Kapitän mit der Emmerrose hatte abfassen und auf die Herzogsburg schicken lassen, als Fälschung entlarvt worden war. Der Kapitän hätte sie mit einem geheimen Zeichen versehen können, einem, wie es nur der Prinz erkennen konnte.

Er hatte ja gesagt, sie kannten einander von klein auf, erinnerte sich Nehepu.

Und was, wenn irgendetwas anderes dazwischenkam, das sie nicht vorhersehen konnten? Wenn etwa die Mannschaft der Karavelle an Land gespült wurde, bevor man die Jungen schnappen und ihnen Sekhems Fluch abnehmen konnte? Oder wenn sich die Rückkehr der Karavelle von den Zollbeamten im Hafen bis zur Burg hoch spräche? Ihr Schwindel flöge sofort auf! Sie müssten fliehen, und könnten froh sein, mit dem Leben davonzukommen!

Die *Alter König Narmer* war ihre einzige Zuflucht, und die war mehrere Meilen entfernt – wenn sie ihr Versteck in der Bucht nördlich von Santísmer überhaupt erreicht hatte. Prinz Kahrion hatte Vorsichtsmaßnahmen getroffen, damit die an Bord Zurückgebliebenen nicht auf dumme Gedanken kämen, indem er den übellaunigen Hekat und seine Kumpanen mitgenommen und dafür Kommandant Mestem mit der Aufsicht betraut hatte. Der Bootsmann und seine Gesellen waren zwar keine umgängliche Gesellschaft, so aber konnten sie sicher sein, dass die *Alter König Narmer* blieb, wo sie war. Die übrige Besatzung würde nicht ohne ihrem Bootsmann flüchten. Und nach dem, was Prinz Kahrion mit dem errischen Kapitän angestellt hatte, würden sie es sich ohnehin zweimal überlegen.

Dennoch war es ein gefährliches und riskantes Spiel, das sein Prinz hier trieb. Düster kamen Nehepu die Warnungen des errischen Kapitäns wieder in den Sinn: über die Enthauptung auf Canors Platz, über Gischt, Krabben und Möwen.

Nachdenklich ließ Nehepu den Teebecher kreisen. Und dann gab es da noch etwas, dass ihn zunehmend beunruhigte. Selbst wenn die beiden Jungen die Herzogsburg mit Sekhems Fluch verließen – und Sekhems Fluch hätten sie gewiss dabei, schließlich war einer von ihnen nun sein neuer Träger und durch seinen heiligen Eid daran gebunden – würden ihn die Männer vor dem Tor einfach so überwältigen können?

Prinz Kahrion konnte sich nicht selber in die Nähe der Burg begeben; die Gefahr, dass man ihn erkannte, war zu groß, immerhin hatten die Jungen von ihm berichtet. Und die Wunde an Simkhats Ohr bewies nicht nur, dass sie Sekhems Fluch nun ganz nahe waren, es bewies auch, dass sich sein neuer Träger durchaus zur Wehr setzen konnte. Es war ihm gelungen, Simkhat in die Flucht zu schlagen, und das war kein leichtes Stück.

Und es bewies überdies noch etwas gänzlich anderes: Der neue Fluchträger war nicht wie die anderen, die vor ihm gekommen waren. Er konnte Sekhems Fluch ziehen und führen. Es beugte sich seinem Willen.

Ein Schatten brach pfeilschnell durch eine Schießscharte hoch über ihm im Mauerwerk in den Turm. Sein lautes Krähen zerstob die dunklen Gedanken des alten Magisters und vor Schreck fiel er beinah von seinem Platz am Fenster. Die Männer fuhren, von dem Lärm im Gebälk über ihnen geweckt, aus dem Schlaf in die Höhe und wollten wissen, was der Radau zu bedeuten hätte, da stieß der große Rabe plötzlich, die Krallen ausgestreckt, im Sturzflug auf Nehepu herab.

Der alte Magister ließ den Becher fallen und riss schützend die Hände vors Gesicht, doch dann bremste der große Vogel ab. Mit erstaunlicher Eleganz, fast schon dressierter Behutsamkeit, landete er auf seinem Unterarm. Das enorme Gewicht drückte Nehepus Arm nieder, die schwarzen Flügel schlugen ihm ins Gesicht. Als Nehepu wagte, seine Augen wieder zu öffnen, bemerkte er an einem Fuß des Vogels ein zusammengerolltes Pergament.

Ein Briefrabe.

Der große Vogel blickte Nehepu erwartungsvoll an. Solche kräftigen Tiere wurden in Errion nicht für den Briefverkehr eingesetzt. In den westlichen Küstenlanden, eigentlich in allen Ländern des Heiligen Einigen Reiches verwandte man Falken und Tauben. Raben hingegen ...

Ein schrecklicher Verdacht überkam den alten Magister. Langsam, um den Raben nicht zu verschrecken, nahm der er dem großen Vogel die Botschaft ab. Sie trug ein schwarzes Briefband und war an Prinz Kahrion adressiert.

Schwarz ... die Farbe von Amkash.

Der Rabe krächzte, flatterte auf einen Vorsprung im Mauerwerk und putzte mit dem Schnabel sein Gefieder.

»Was is das?«, brummte Hekat. »Sagt schon, Nehepu!«

Aber Nehepu konnte keine Antwort geben. Eine lähmende Furcht war ihm ins Mark gekrochen. Sie ging von dem schwarzen Siegelwachs aus, von dem Zeichen, das dort hineingedrückt war: ein widersehender Salamander mit äschernen Augen und einer Knochenrose im Maul.

Das Siegel von Vizeadmiral Akhem.

Jene letzte Nacht ... die Erinnerungen daran sind voller Schmerz und Einsamkeit. Ich wünschte, ich könnte sie ändern.

Ich wünschte, ich könnte mich ändern. Wäre ich doch nur anders gewesen.

Wäre ich nicht ich gewesen.

AM VORABEND ihrer Heimkehr wurde auf der Herzogsburg von Santísmer ein großes Abschiedsfest ausgerichtet. An den drei langen Holztafeln, die man im Mittelgang der festlich erhellten und geschmückten Großen Halle aufgestellt hatte, herrschte eine heitere, ausgelassene Stimmung. Es wurde ausgeschenkt und aufgetischt, angestoßen, getrunken, gegessen und geplaudert, laut gelacht und noch lauter gesungen, wobei sich allerdings kaum einer an die Musik hielt, die vorne bei der hohen Herrentafel von dem storchenbeinigen Barden auf seiner Laute, dem Sackpfeifenspieler und dem Talabarden auf seiner Bombarde gespielt wurde – nicht dass über das Klirren der schäumenden Tassenkrüge, das Gejohle und Gesinge und durch den Qualm von Fackeln und Pfeifen überhaupt etwas von der Musik bis an Fionns und Kellens Ohren gedrungen wäre.

Die beiden hatten Plätze am Fußende einer der Tafeln gefunden, beim Hofgesinde. Jeder hatte einen Tassenkrug mit kaltem Apfelwein und einen tiefen Teller von der Grünkernsuppe mit Hummerfleisch, Dill und Schmand vor sich, die in einem riesigen Kessel, der in der Mitte der Halle über einem bauchigen Feuerkorb hing, warm gehalten wurde. Dazu wurden dicke Laibe gerösteten Schwarzbrots herumgereicht und Schalen mit Muscheln in Weißweinsoße, gebratenem Schwertfisch, Pasteten mit Gemüse und Bretter mit gesalzener Butter.

Vom Duft der Speisen war Fionn schon beim Betreten der Großen Halle das Wasser im Mund zusammengelaufen, und weil sie für ihre Heimreise morgen bei Kräften sein mussten, hatte er bei allem tüchtig zugelangt. Jetzt aber, da sie einander schweigsam an der Tafel gegenübersaßen, wollte es ihm nicht so recht schmecken. Kellen löffelte lustlos an seiner Suppe herum, sagte kein Wort und wirkte überhaupt so missgestimmt und matt, dass sich Fionn ebenfalls nichts zu sagen traute.

Wahrscheinlich hängt Kellen in Gedanken noch immer den schrecklichen Geschehnissen in Bailín nach, dachte er.

Die Vorstellung bedrückte Fionn, hatte er Kellen doch dazu überredet, dass sie an dem Fest teilnehmen sollten. Es täte ihnen sicherlich gut, hatte er gemeint, auf andere Gedanken zu kommen, zu trinken … ein wenig zu vergessen. Jetzt machte er sich Vorwürfe. War das hier nicht unangebracht, wo man zu Hause gerade um die Gefallenen trauerte und wo man sich Sorgen um sie beide machte?

Oder vielleicht dachte Kellen auch an die Botschaft, die der Kundschafter des Prinzen Emyl von Bailín aus geschickt hatte: Die Feinde sind vernichtet, das Dorf befreit, ihre Familien unversehrt, und er und Kellen würden schon sehnsüchtig erwartet.

Fionn hatte die Nachricht zuerst gar nicht glauben können. Erst auf den Stufen vor der Großen Halle, als Kellen ihn in die starken Arme geschlossen hatte, war sie für ihn gänzlich wahr und wirklich geworden. Der silberblonde Teufel und seine Männer waren tot, ihr schwarzes Eisenschiff versenkt und das Schwert des Flicken-Frém war sicher auf Santísmer, so wie er es ihm aufgetragen hatte.

»Du kannst dich nicht davon abwenden! Du musst die Waffe des Feindes an dich nehmen und sie schützen! Es ist deine Aufgabe, deine Pflicht, deine Bestimmung, dein Schicksal! Du kannst nicht davor weglaufen!«

Die Stimme des Flicken-Frém kreischte schwach durch Fionns Gedanken. So ein Unsinn. Er hatte es ja gleich gewusst, dass darin keine Wahrheit sein konnte. Er, Fionn, konnte nicht der sein, von dem der Flicken-Frém gesprochen hatte …

Kellen hätte eine solche Bürde vielleicht tragen können, aber nicht ich.

Fionn hatte seine Pflicht erfüllt und morgen würden sie heimkehren und das Schwert und alles, was sie an Sorgen mit auf die Herzogsburg gebracht hatten, hier lassen.

» Wir können wieder heim! Alles wird wieder gut!«

Fionn rief sich Kellens Worte in Erinnerung und hielt sich daran fest, aber als er aufsah und sich ihre Blicke nun über Lärm und Schweigen in der festlichen Halle kreuzten, kam ihm auch wieder das in den Sinn, was er noch gesagt hatte.

»Sie haben ihn umgebracht … Ihn einfach umgebracht … diesen silberblonden Bastard …«

Kellens Augen, die warm und blau wie die Sommersee sein sollten, waren verschattet, wie von dunklen Gedanken … von der Dunkelheit, mit der Kellen das geflüstert hatte, auf den Stufen vor der Großen Halle.

Kellen …

Fionn überwand sich und vorsichtig streckte er seine Hand nach Kellens verbundener Rechter aus, die auf dem Tisch lag. Kellen aber zog sie zurück, bevor Fionn sie berühren konnte.

Fionn stockte, dann nahm er die seine wieder zurück und schob sie mit einem bedrückten Gefühl in die Tasche seiner Weste, wo der geschnitzte Hirschanhänger war. Kellen sah ihn nicht an. Mit dem Daumen strich Fionn behutsam über die geschnitzten Konturen und schaute sich dabei ausweichend in der Großen Halle um.

Die Musiker vorne an der hohen Herrentafel hatten jetzt das Lied vom Schaumweinbach angestimmt, und ein paar der Männer, die an der Tafel daneben gesessen hatten, waren auf die Bänke gesprungen und tanzten im Überschwang dazu. Die Leute stampften begeistert mit ihren Krügen auf die Tische und feuerten sie unter Grölen und Pfiffen an, mit der immer schneller werdenden Musik Schritt zu halten. Der Schaumweinbach floss, von Laute, Trommel und Sackpfeife rhythmisch angetrieben, rasch und immer rascher, Tanz und Gestampfe wurden immer wilder – der Gesang hielt kaum mehr Schritt, bis zum Ende hin alles zu einem einzigen wüsten Gemenge aus umstürzenden und aufeinander landenden Männern, verschüttetem Apfelwein, herumfliegenden Krügen, schallendem Gelächter und tosendem Applaus wurde.

Die Musiker verbeugten sich, der storchenbeinige Barde sogar so tief, dass ihm die zerrupfte Hutfeder ins Gesicht fiel. *Eine seltsame Erscheinung*, dachte Fionn. Es dauerte einen Augenblick, ehe ihm klar wurde, woher der Mann ihm so bekannt vorkam; der Barde war gestern bei der Audienz zugegen gewesen. Er trug einen zerfledderten Schulterumhang, sein übergroßer Schlapphut war an mehreren Stellen geflickt und sein Gesang etwa so schief wie die geknickte und zerrupfte Feder, die an der Krempe steckte, doch das schien weder das feiernde Gesinde noch die vornehme Gesellschaft an der hohen Herrentafel zu stören.

Prinz Emyl, der neben seinem Vater dem Herzog, dem backenbärtigen Baylė und den anderen Hofämtern saß, lachte und warf dem Barden für seine Darbietung eine Münze zu. Der fing sie mit einer abermaligen Verbeugung auf, bevor er dem lautstark ertönenden Wunsch der Menge nachgab und wieder zu seinem Instrument griff.

Das Fest auf Santísmer war ein Abschiedsfest, ja, aber es wurde natürlich nicht eigens zu Fionns und Kellens Ehren ausgerichtet. Vielmehr galt es zum einen den Rittern, Reitern und Boten, die anlässlich der gestrigen Audienz eingetroffen waren und am nächsten Tag, ganz wie Fionn und Kellen, die Heimkehr antreten würden. Zum anderen und in allererster Linie aber galt das Fest dem Prinz Emyl.

Der Herzog hatte zum Ende der Audienz beschlossen, ihn nach Líohim zu entsenden, wo er den jungen Großkurprinzen Markían persönlich um Unterstützung ersuchen sollte, gegen die Unruhen an den Landesgrenzen zu Hoeghain, wegen des Raubritters Selmar Zwey und der Hungersnot in der Addenmark. Als Gefährten hatte man dem Prinzen den flachshaarigen Cined von Addenfels und den alten Ritter in seinem tannengrünen Steppwams mit dem Igel auf der Brust ausgesucht, der während der Audienz von dem Überfall des Raubritters auf die Burg Hoenwehr berichtet hatte.

Die beiden Männer saßen jetzt zu beiden Seiten des Prinzen an der hohen Herrentafel. Der zurückhaltende Igelritter wirkte mit seinen abgewetzten Kleidern, seinem fransigen kupferfarbenen Bart, dem zerzausten Haar und seiner plattgedrückten Filzkappe etwas fehl am Platze. Er lachte das zögerliche Lachen von einem, der sich nicht sicher war, ob der letzte Witz nun für seine Ohren bestimmt gewesen war oder ihn zum Gegenstand gehabt hatte.

Der Flachshaarige hingegen lachte überhaupt nicht. Er leerte einen Weinbecher nach dem anderen und sah dabei so misslaunig aus, wie der graue Fischotter, der seinem Leinengewand auf die Brust gestickt war. Nach einer übermäßig angenehmen Begleitung sah der Kerl nicht unbedingt aus, befand Fionn und dachte daran, wie grob der Ritter gestern mit ihm umgesprungen war, als Fionn ihn versehentlich angerempelt hatte und was er vor dem Herzog zu ihrer Geschichte gesagt hatte. Fionn mochte den Mann nicht leiden, und damit schien er nicht allein zu sein; der Flachshaarige ließ sich nun tief in seinen Stuhl sinken, kratzte seine Pfeife aus und stierte dabei mit einem derart finsteren Blick irgendwo in die Menge, dass auch der Igelritter mit der plattgedrückten Filzkappe ein Stück von ihm abrückte.

Wegen den Vorbereitungen für die Fahrt nach Líohim waren die Kämmerer auf Santísmer zu beschäftigt gewesen, als dass sie sich um Fionn und Kellen hätten kümmern und ihnen die Sachen zusammenstellen können, die ihnen der Herzog zugesagt hatte. Deswegen hatten Fionn und Kellen mit ihrer Heimkehr warten müssen, bis der Prinz und seine Gefährten aufgebrochen waren. Den freien Tag hatten sie damit verbracht, ihrem braven Rosenschimmel in den Stallungen einen Besuch abzustatten und ihre Heimreise zu besprechen. Sie hofften, morgen am späten Nachmittag noch aufbrechen zu können. Währenddessen waren sie über die Mauern und Säulengänge der Sandsteinburg gewandert, bis schließlich die Dämmerung hereingebrochen und die Lichter überall in den Fenstern der Burg und unter ihnen in den Gassen der blauen Stadt wie kleine Ginsterblüten aufgegangen waren.

Die ganze Zeit über waren Fionn die Blicke des Hofgesindes, der Wachen, Knechte, Mägde, Bäcker, Schmiede, Stalljungen und Waschmädchen und aller anderen nicht entgangen, so absichtslos sie auch gewesen sein mochten. Sie waren ihnen überallhin gefolgt. Aber immer, wenn sie direkt an den Leuten vorbeikamen, waren deren Gespräche leiser geworden. Fionn hatte Kellen darauf hingewiesen, aber der hatte nur den Kopf geschüttelt und gesagt, Fionn solle ihrem Verhalten einfach keine Beachtung schenken.

»Sollen sie reden. Die haben doch keine Ahnung, was wir durchgemacht haben, du und ich.«

Das fiel Fionn aber nicht so leicht. Auch jetzt konnte er die Blicke des Gesindes deutlich in seinem Rücken spüren und glaubte, selbst durch den Lärm der Halle, über den dichten Klangteppich aus Gesang und Geschwätz hinweg, leises Getuschel zu hören.

Das, was er in der Audienz über das Schwert des Flicken-Frém behauptet hatte, hatte sich in Windeseile über die ganze Burg verbreitet und schien, ganz besonders nun, im Trunk, für ganz ungemeine Belustigung zu sorgen.

Fionn hatte gut daran getan, das Schwert heute Abend auf ihrer Turmkammer zurückzulassen, dachte er und versuchte, sich an Kellens Mahnung vom Nachmittag zu halten, konnte sich aber nicht helfen, weiterhin den Gesprächen an der Tafel zu lauschen. Dabei überhörte er an der Bank neben ihnen jetzt, wie einige Männer aus den Stallungen die bevorstehende Fahrt ihres Prinzen beredeten. Es sei eine Unverschämtheit, dass Líohim nicht auf ihre Falken und Boten antwortete, gerade jetzt, wo überall Not und Elend auszubrechen drohten – zumal der Sommer schon seinen Zenit überschritten hatte und der Herbst schneller kommen würde, als man dachte, und mit ihm Hunger und Elend.

»Früher, da hätt's sowas gar nicht gegeben«, meinte einer. »Nicht unter seiner lichten Gnaden Valentyn, die Götter haben ihn selig. Aber seit der junge Markían an der Macht ist ...«

»Pah, der ist doch gar nicht an der Macht«, warf ein anderer dazwischen. »Das macht doch alles dieser Reichsverweser! Der graue Schatten hinter dem Thron, heißen sie ihn – sogar in Líohim selber! Hab ich mir von einem Schiffer sagen lassen! Der ist der einzige Fluch, der im Reich umgeht!«

»Mehr als zweieinhalb Jahre ist es jetzt her, dass seine lichte Gnaden gestorben ist, und noch immer ist keine Kurwahl für Prinz Markían ausgerufen worden!«, ergänzte ein Dritter.

»Wär's nich um die ganzen Unruhen überall im Reich, es hätte sich bestimmt schon einer dagegen aufgelehnt«, wusste der Zweite beizutragen.

»Das hätte es unter Valentyn alles niemals nich gegeben«, seufzte der Erste. »Eine Schande, was ihm angetan wurde. Von seinen eigenen Mannen im Schlaf gemeuchelt ...«

Die Männer der Runde stimmten einander brummend zu, und Fionn spürte, wie in ihm eine dumpfe Erinnerung aufstieg, an einen Reiter ganz in Grau gewandet, der im Frühling vor zwei Jahren durch Bailín gekommen war. Er hatte den Tod des alten Großkaisers Valentyn verkündet und verlauten lassen, dass ...

»Auf Befehl des Peridur, Reichsverweser des Heiligen Einigen Reiches von Líohim, eingesetzt durch seine Gnaden, Großkurprinz Markían, der heimtückische und verräterische Mörder seiner lichten Gnaden noch immer flüchtig ist und für eine Belohnung von sieben weißen Solidi oder dem entsprechenden Landeswert gesucht wird!«

Die Nachricht vom Tode des alten Großkaisers war den grauen Reitern, die sie in allen Städten, Burgen und Dörfern offiziell verkündeten, durch das Gerede der Händler und fahrenden Sänger wie dunkle Wolken durch das gesamte Reich vorausgeeilt – und mit ihnen Gerüchte über die ungeklärten und seltsamen Umstände, die die Sache betrafen. Niemand hatte dem Ganzen so recht Glauben schenken wollen, und nicht wenige zweifelten immer noch daran, selbst als sie den Hergang von den grauen Reitern mit den Worten des jungen Prinzen Markían selbst erfuhren.

Der alte Valentyn soll getötet worden sein? Ermordet von einem Mitglied seiner eigenen weißen Wache? Wie hatte das geschehen können? Und wieso?

Lange hatte es darüber Gerede und Gerüchte gegeben, auf dem Dorfplatz in Bailín und im *Roten Weber* und überall, wo

317

sich Gerede und Gerüchte eben wohlfühlten. Doch als der Flicken-Frém im Frühling des nächsten Jahres zum ersten Mal aufgetaucht war, hatten die Leute das alles schon längst wieder vergessen.

Man hatte jedoch auch nie gehört, dass der Mörder gefasst worden wäre, ging es Fionn auf einmal durch den Kopf.

Der Flicken-Frém ...

Nein, wie hatte er sich selbst genannt ...

... Farrím.

Fionn drehte und wendete den Namen des Branntweinritters in seinen Gedanken. Der Flicken-Frém; ein entflohener Ritter, der mit Münzen aus der Kaiserstadt bezahlte. Ein ungeheuerlicher Verdacht beschlich ihn: Konnte es sein, dass der Flicken-Frém etwas damit zu tun hatte? Was mochte wohl aus ihm geworden sein, nachdem er sich in der Schmiede den Soldaten des silberblonden Bastards gestellt und ihm und Kellen so die Flucht ermöglicht hatte. Der Brief des Kundschafters hatte ihn nicht eigens erwähnt. Ob er noch am Leben war? Falls ja, dann wäre er es sicherlich nicht mehr lange. Kellen hatte ja schon angekündigt, er würde ihn für das Unglück, das er über Bailín gebracht hatte, zur Rechenschaft ziehen, wenn sie wieder daheim wären ...

Kellen seufzte. Es war ein leises Geräusch, aber es klang so schwer und schwermütig, dass Fionn es trotz des Feierlärms deutlich hörte. Er wandte sich Kellen zu.

Der erwiderte den Blick. »Worüber grübelst du denn nun schon wieder nach?«, wollte er wissen.

»Nichts ...«, gab Fionn zurück und klang unsicherer, als es ihm eigentlich lieb gewesen wäre.

»Ach komm, lüg mich nicht an«, erwiderte Kellen. »Ich kenn diesen Blick doch. Du grübelst über irgendwas nach. Ist es schon wieder das Schwert? Ich hab dir doch gesagt–«

»Das is es nich.«

»Was is es dann?«

Fionn zögerte. Er wich Kellens Blick aus, sah auf den Tassenkrug mit dem kalten Apfelwein und überlegte, ob er davon trinken sollte, doch er wusste, dass sich der Gedanke an den

Flicken-Frém nicht so einfach würde herunterspülen lassen.

Weil Kellen noch immer auf eine Antwort wartete, erwog er, ob er ihm seine Vermutung über den Flicken-Frém nicht doch mitteilen sollte. Letztlich sah er aber davon ab, schüttelte nur den Kopf und ließ die Schultern sinken.

»Na schön«, sagte Kellen und klang auf einmal unendlich müde, als hätte auch er lange über etwas nachgegrübelt. »Weißt du, ich war echt stocksauer, als du gestern in der Halle vor dem Herzog angefangen hast, von dem Unsinn mit dem Schwert zu reden. Das war so dumm von dir! So über alle Maßen dumm! Es hätte uns fast um Kopf und Kragen und alles gebracht, was wir schon erreicht hatten!«

Fionn schluckte. Er wollte etwas erwidern, doch wusste er nicht was. Kellen hätte ihn auch gar nicht gelassen.

»Aber deswegen war ich nich wütend, weißt du?«, fuhr Kellen fort. »Ich war wütend, weil du ausgerechnet da den Mund aufbekommen musstest, weil du ausgerechnet mutig sein musstest und stark. Wenn's drauf ankommt, schaffst du's nie, aber da … Was ich sagen will: Du kannst es doch, du kannst doch mutig sein! Warum machst du's nich öfter? Warum stehst du sonst nie für dich ein?«

Es war, als fiele der gesamte Lärm der Großen Halle genau über Fionn in sich zusammen. Lachen, Singen, Stampfen, das Scheppern der Krüge, das Dröhnen der Trommeln – alles verdichtete sich und schnürte sich so eng um Fionns Kehle, dass er keine Luft mehr bekam und keinen Laut von sich geben konnte.

Er konnte nur noch dasitzen, hilflos und stumm, alleine, wie damals in der Backstube, an dem Tag, nachdem Kellen ihn hinter dem Línhaus gerettet und heimgebracht hatte.

Kellen …

Aber Kellen sah ihn nur erwartungsvoll an, und je länger Fionn mit der lähmenden Stille in sich kämpfte, desto unmöglicher wurde es ihm, Kellen zu antworten. Selbst wenn er jetzt könnte …

Was … was soll ich denn sagen? Ich weiß nicht, was ich sagen soll! Kellen … sag mir, was ich sagen soll, hilf mir doch! Irgendjemand muss mir doch helfen!

Doch gerade, als Fionn es nicht mehr länger aushalten konnte, war es auf einmal vorbei. Kellen entließ ihn aus seinem Blick, indem er die Augen senkte, mit einem Ausdruck, der schwer und schmerzvoll war, tiefe Enttäuschung, von Schatten umhüllt.

In seiner Tasche hatte Fionn die Hand um den Hirschanhänger zur Faust geballt. Die Beklemmung um seine Kehle löste sich, der Lärm in der Halle schlug wie die See brandend über ihm zusammen. Fionn schaffte es, sich zu seiner Stimme zurückzukämpfen.

»Kellen, ich … «, begann er, und er klang so jämmerlich, kläglich und beschämt, »Bitte … es tut mir leid, ich-«

Weiter kam er nicht, denn plötzlich durchfuhr ein solches Zucken Kellens rechten Arm, dass der seinen Tassenkrug umstieß. Fionn erschrak. Die Umsitzenden schauten sich nach ihnen um und brummten abfällige Bemerkungen, aber Fionns ganze Aufmerksamkeit galt jetzt Kellen; für einen halben Herzschlag nämlich war es, als schnürten sich die Sehnen an dessen rechtem Arm grässlich tief ins Fleisch, wie Ritze, die Adern traten dick und schwarz hervor, und die verbundenen Finger krümmten sich wie Krallen. Kellens Gesicht verzerrte sich, etwas Dunkles fetzte darüber, blitzte in seinem Blick auf und dann –

Dann war es schon wieder vergangen. Kellen presste seine heile linke Hand auf den Verband. Der Apfelwein troff schäumend über die Tischkante.

»Kellen? Alles in Ordnung, was-«

»Schon gut«, erwiderte Kellen. Er rieb sich den Verband. »Alles is gut.«

Kellen mochte das sagen, aber die Art, wie der er das sagte, konnte weder die Anstrengung in seiner Stimme überspielen, noch konnte es die Erinnerung zurückdrängen, die dem, was Fionn eben beobachtet hatte, wie ein Schatten anhing. Die Erinnerung an die Nacht vor der Audienz. Fionn hatte nicht vergessen, wie Kellen aufgewacht war, schweißnass, wie er sich den Verband abgerissen hatte … wie er sich dabei erschrocken hatte.

Was hatte es nur damit auf sich gehabt? Was war da unter

dem Leinen, das Kellen ihm nicht anvertrauen wollte? Fionn nahm all seinen Mut zusammen und wollte ihn endlich danach fragen, doch Kellen kam ihm zuvor; er fuhr ihn an: »Es geht mir gut, hörst du nicht!«, und seine Stimme war so hart und unerbittlich, dass sie Fionns Einwand sofort zerschlug.

Er sah zu, wie Kellen die Finger seiner verbundenen Rechten spreizte, sie zur Faust schloss und wieder öffnete. »Es is nur«, fuhr Kellen dann fort, ohne davon aufzusehen, »Die Wunde schmerzt manchmal ein bisschen. Das is alles.« Dann schüttelte er die Hand aus und warf ihm ein mageres Lächeln zu. »Mach dir deswegen mal keine Sorgen.«

Fionn nickte und murmelte leise: »Entschuldige.«

Kellen aber schüttelte den Kopf. »Hör auf, dich dauernd zu entschuldigen! Das musst du nicht ständig sagen. Wenn, dann muss ich mich entschuldigen. Ich hätt dich das eben nich fragen sollen.«

Fionn erwiderte nichts darauf. Er musste an noch etwas anderes denken; an die Nacht im Hügelgrab, als sie von Bailín geflohen waren und er von dem Geistergeschöpf mit den kantigen Ohren angefallen wurde. Kellens rechter Arm, er hatte so fahl geglommen wie das Schwert des Flicken-Frém in seinem Griff.

Was das aber zu bedeuten hatte, darüber sollte Fionn nicht mehr nachdenken können. Kellen stand jetzt nämlich auf, lief um die Tafel herum und setzte sich neben Fionn, legte ihm die Hand auf die Schulter, drückte sie, und sagte, es sei wohl besser, wenn sie beide jetzt auch endlich etwas tränken. Dafür seien sie ja hier. »Und wir wollen nicht weiter daran denken, an nichts von alldem. Ja?«

Fionn war verdutzt, nickte aber zustimmend. Wie könnte er auch etwas anderes tun, wenn Kellen ihn nun schon so ansah, so erwartungsvoll und warm anlächelte? Sie stießen an und tranken. Es blieb nicht bei einem Krug. Nach dem zweiten hörte Fionn dann kein Getuschel mehr und nahm auch keine Blicke aus dem Gemenge des Gesindes mehr wahr.

Er sah Kellen an. Die Lichter der Fackeln und Kerzen tanzten jetzt im tiefen Blau seiner Augen, eines jedoch konnte Fionn nicht mehr übersehen. War es der Apfelwein, der ihm das offenbarte? Er war sich nicht sicher, aber es schien, als sei das Blau in Kellens Augen nicht mehr so klar und warm wie die Sommersee; nicht so, wie es sein sollte. Etwas war in ihnen geblieben, etwas, das nicht mehr nur Müdigkeit oder Erschöpfung sein konnte ...

... eine lauernde Düsterkeit, die trüb und schwach zu sein schien, und zugleich doch tiefer und schwärzer als alle Schatten.

Ich war so schwach, so feige, ich habe so vieles nicht erkennen können und mich noch weniger getraut.

Wieso ... wieso nur war ich so, wie ich war?

Wieso warst du so, wie du warst ...

... Kellen?

NACH DEM DRITTEN Tassenkrug meinte Fionn, er wolle sich noch einen Nachschlag von der Grünkernsuppe holen.

»Der Apfelwein macht hungrig«, sagte er beim Aufstehen.

Kellen lächelte, verzichtete aber und blieb an ihrem Platz am Fußende der Tafel zurück. Sowie Fionn im Getümmel vor dem bauchigen Feuerkorb verschwunden war, nutzte er die Gelegenheit und ließ das wenige an Entspanntheit, die ihm der Apfelwein verschafft und die er um Fionns willen zugelassen hatte, aus seinem Gesicht sinken.

Fionn hatte zwar gesagt, sie sollten das Fest vor ihrer Heimkehr nutzen, um ein wenig zu vergessen, doch es war zu viel geschehen, als das Kellen, auch wenn er für Fionn so getan hatte, es so einfach vergessen konnte. Die Toten von Bailín konnte er nicht einfach vergessen, noch weniger das, was er getan hatte.

Die Wunde an der Handfläche seiner rechten Hand ließ ihn nicht. Sie hatte die ganze Zeit über unter dem Leinen gepocht, dumpf, fahl, aber unablässig ... und wider dem Schlag seines Herzens.

Seit der Nacht vor der Audienz hatte Kellen den Verband nicht mehr abgewickelt, aber er wusste auch so um das, was sich darunter verbarg. Die Schwärze, die die schmale Schnittwunde des Schwertes umrandete, dünn wie Glut, die sich in ein trockenes Laubblatt sengte; die sich ausgebreitet hatte. Am Nachmittag nach der Audienz hatte er überlegt, ob er Fionn nun davon erzählen sollte, aber er hatte sich dagegen entschieden – genauso, wie er sich dagegen entschieden hatte, ihm von den eigenartigen Empfindungen zu erzählen, die nun schon mehrmals von der Wunde ausgegangen waren …

… in der Schmiede in Bailín, in der Nacht im Celdennengrab, im Badehaus, während der Audienz … und fast auch gerade eben …

… und die immer noch davon ausgingen.

Der beständige Schmerz, der wie ein stumpfes Messer dort in seinem Fleisch steckte, tief und kalt und zugleich glimmend, immerzu, wie von einem toten Essenfeuer angehaucht; er durchbebte die ganze Gliedmaße, bis über das Handgelenk und in den Unterarm hinein, als führe ein Schmiedehammer darauf nieder und ließe gestaltlose schwarze Funken aufstoben und gestaltlose schwarze Blitze, von irgendwo tief aus der Wunde …

… von irgendwo tief aus *ihm selbst*.

Es lenkte seine Gedanken zurück zur Schlacht um Bailín und in die Schmiede, wo er den fremden Soldaten in der Lederrüstung getötet hatte. Kellen hatte dessen vor Schmerz und Entsetzen verzerrtes Gesicht vor Augen und seine eigene Hand. Sie hielt die Harpune fest umschlossen, war blutbesudelt … und von schwarzen, schleimigen Flammen umschlagen, die triefenden und sich windenden Schatten glichen. Es war so schnell geschehen; sie hatten seine Hand geführt, hatten seinen Willen gestärkt, seinen Zorn und seine Wut angefacht und ihm eine ungeahnte, unbändbare Kraft verliehen.

Und sie waren fort, als der Mann tot war. Verschwunden, vergangen, wie Schatten, Trugbilder und Asche.

Unmittelbar danach hatte Kellen natürlich keine Zeit gehabt, sich mit den Ereignissen genauer zu befassen – sie hatten ja aus Bailín fliehen und so schnell wie nur irgend möglich nach Santísmer gelangen müssen –, aber nun, da er es konnte, hatte er sich nicht mehr sicher sein können, ob er diese schleimigen, schwarzen Flammen wirklich gesehen und diesen schwarzen Blitz, der ihnen vorausgegangen war, wirklich gespürt hatte.

Waren es nicht eigentlich viel eher Empfindungen gewesen, Eindrücke davon? Oder gar Einbildung? Täuschungen, aufgejagt durch die Schatten des Essenfeuers in der Schmiede, durch die Schrecken, Wirren und Gefühle der Schlacht und durch die gewaltige Anstrengung, die ihm der Widerstand gegen den Soldaten abverlangt hatte?

So musste es gewesen sein, hatte Kellen entschieden, wenn er es sich auch nicht gerne hatte eingestehen wollen. Einbildung und Täuschung. Alles andere wäre schlicht unmöglich. Er, Kellen, hatte den fremden Soldaten getötet. Es war seine Entscheidung gewesen, sein Wille und seine Stärke allein. Er war schließlich ein Krieger Bailíns und vom Blute der alten Celdennen. Er hatte doch Fionn retten müssen.

Und auch in den anderen Momenten, in denen er die Wunde unter dem Leinen schmerzen und pochen gespürt hatte …

… in der Nacht im Celdennengrab, im Badehaus, während der Audienz … eben.

Da war es doch auch er und nur er alleine es gewesen, der wütend gewesen war auf Fionn. Die Wunde mochte geschmerzt haben, mochte gepocht haben, wider dem Schlag seines Herzens, aber sehr wohl mit seinem Willen, zumindest in diesen kurzen Momenten. So sehr es ihn auch grämte, da war nichts, was sich seiner bemächtigte, oder ihn zwang, so zu denken oder zu empfinden. Bitterkeit überkam ihn.

Fionn … wieso muss ich so denken?

Und dennoch, mochte er sich auch noch so sehr an diesen Entschluss klammern, etwas blieb, das er sich dadurch nicht erklären konnte; etwas, das zu anders war, zu grausam und zu grässlich, als dass er es überhaupt hätte wahrhaben wollen, als dass es wahr sein konnte. Es war während der Audienz in der Großen Halle gewesen, als Fionn sich von den Burgwachen losgerissen und vor dem Herzog von dem Schwert des Flicken-Frém gesprochen hatte; da hatte Kellen derselbe schwarze Gedanke durchzuckt wie in der Schmiede von Bailín gegenüber dem fremden Soldaten.

Stirb.

Einen halben Herzschlag lang, in dem sich der Zorn in ihm bis zur Unbändbarkeit verdichtet hatte …

... einen schwarzen Blitzschlag lang.

Ein warnendes Gefühl, von dem Kellen nicht wusste, ob es Ahnung gewesen war oder Erinnerung, hatte ihn die rechte Hand mit der heilen Linken packen und niederhalten lassen. Es hatte ihn große Anstrengung gekostet; die Rechte hatte sich in seinem Griff gewunden, die Finger wie Klauen, die Muskeln und Sehnen bebend in Bitterkeit und Schwärze. Und dasselbe Gefühl, das ihn dazu gebracht hatte, die Gliedmaße zu ergreifen und niederzuhalten, hatte ihn spüren lassen, was geschehen wäre, wenn er sie losgelassen hätte ...

Der gestaltlose schwarze Blitz ... das schleimige Schattenfeuer.

Ein Schauder holte Kellen bei dem Gedanken ein.

Jetzt lag seine rechte Hand reglos auf der Tischplatte vor ihm, die Linke ruhte noch immer schützend darauf. Kellen zog sie zurück. Langsam drehte er seine Rechte um. Er betrachtete das Leinen auf der Handfläche, worunter die schwarze Wunde war, und musste daran denken, wie Fionn sie ihm verbunden hatte, an dem Abend nach der Halbmondbucht; wie zärtlich er dabei vorgegangen war, wie behutsam ... und wie besorgt er dabei gewirkt hatte.

Fionn ... warum bist du nur weggelaufen?

Nein, entschied Kellen dann und ließ von dieser Frage und den Sorgen und Zweifeln, die mit ihr kamen, ab – und auch von jener, die der schwarzen Wunde galt, und dem, was sie ihm aufzuzwingen versuchte. Es führte zu nichts, und überhaupt; das was er eigentlich für Fionn empfand, was er für ihn empfinden wollte, war schöner und stärker und von so viel mehr Klarheit als alles, was ihn in diesen Momenten von der schwarzen Wunde aus zu durchfahren versuchte. *Das* waren seine Empfindungen, dessen konnte er sich gewiss sein, und sie waren echt, und ihretwegen durfte Fionn niemals etwas davon erfahren, nicht von der Schwärze um die Wunde, nicht von den zwanghaften schwarzen Gedanken, die Kellen in diesen Momenten durchfahren hatten wie ein gestaltloser Blitz. Das durfte er einfach nicht.

Ich bin stark, schwor er sich ein, *ein Krieger vom Blute der alten Celdennen.*

Er würde das überstehen, für Fionn. Damit sie zusammen sein konnten. Und jetzt, da er ein wenig getrunken und gegessen hatte und wieder zu Kräften gekommen war, fühlte er sich ohnehin bereits besser. Jetzt wollte er seine Aufmerksamkeit nicht mehr auf die Wunde und all das richten, sondern nur noch darauf, morgen Nachmittag mit dem Ginsterstern aufzubrechen und endlich nach Hause zurückkehren.

Nach Hause, zur Mutter und der kleinen Bo … Vater.

Der Dorfmeister von Bailín würde so stolz auf ihn sein, er würde ihn vor allen einen Helden heißen. Es würde ein Fest geben, ein Heldenfeuer, um die Toten zu ehren, und danach … ja, danach würde er Fionn beiseite nehmen. Und er würde ihm sagen, was er ihm nun einfach sagen musste, nach alldem, was sie gemeinsam durchgestanden hatten. Solange er es noch konnte. Nie wieder würde er Fionn wehtun. Nie wieder würde er zulassen, dass er vor ihm weglief.

Die Vorfreude darauf und auf die Heimkehr durchströmte ihn und verdrängte die grauen Gedanken, doch aus dem letzten Rest, bevor sie gänzlich vergangen waren, stach noch etwas hervor: eine schwelende und plötzlich aufflackernde Bitterkeit darüber, dass er nicht zugegen gewesen war, als man den silberblonden Bastard gerichtet hatte. Kellen hätte nur zu gern gesehen, wie sein Vater ihn erschlug …

… und noch lieber wäre er selber es gewesen, der das mächtige und breite Schwert Celdebolg führte.

»Kellen?«

In seinem Nachsinnen hatte er Fionns Kommen nicht bemerkt. Jetzt stand dieser über ihm, einen Teller mit dampfender Grünkernsuppe in der Hand und einen besorgten Ausdruck im Gesicht.

Sofort verbarg Kellen den Schmerz in der Wunde, den der Gedanke an den Silberblonden eben hatte aufflackern lassen, mit einem Lächeln und schüttelte beiläufig den Kopf.

»Setz dich«, sagte er.

Fionn folgte der Aufforderung. Er ließ sich wieder neben Kellen auf der Bank nieder und begann schweigend zu essen.

Er sieht schon wieder so aus, als beschäftigte ihn etwas,

dachte Kellen. Sollte er ihn noch einmal fragen, was es denn nun gewesen war, worüber er zuvor nachgegrübelt hatte? Nein, lieber nicht. Nicht nach der letzten Frage, nicht nach der Art, wie Fionn darauf reagiert hatte. Kellen hatte es ihm genau angesehen: *Er wäre am liebsten schon wieder weggelaufen. Wie an jenem Abend ...*

Aber gerade als Kellen das dachte und es bleiben lassen wollte, ihn darauf anzusprechen, ließ Fionn auf einmal den Löffel sinken und wandte sich ihm zu.

»Kellen, es gibt da was, das ich dir sagen muss-«, begann er, als sich auf einmal und gänzlich ohne Vorankündigung eine storchenbeinige Gestalt unsanft zwischen ihnen auf die Bank plumpsen ließ. Die auf den Rücken geschlungene Laute verfehlte Kellen nur um Haaresbreite, die ausladende, zerrupfte Feder, die von dem übergroßen Schlapphut baumelte, wischte Fionn über das Gesicht. Es war der schlaksige Barde, der zuvor vorne bei der hohen Herrentafel aufgespielt hatte. Er hatte so schief gesungen, dass es selbst Kellen nicht entgangen war, der die Musik eigentlich nicht groß beachtet hatte.

»Ich hoffe, es macht euch nichts aus, dass ich mich zu euch geselle, meine Freunde«, sagte der Sänger, die verdutzten Blicke geflissentlich ignorierend, die ihm von beiden Seiten zuteilwurden. Hätte er sie wahrgenommen, hätten sie ihm deutlich gezeigt, dass es Fionn und Kellen sehr wohl etwas ausmachte. So aber nahm er sich kurzerhand eines verwaisten Tassenkrugs an, der einsam auf der Tafel stand, wischte den Rand mit seinem Ärmel ab und schenkte sich mit einem flinken Blick auf Fionn ein.

»Ich bin dir gefolgt, wie du von dem Feuerkorb hergegangen bist und hab gesehen, dass hier noch ein Plätzchen frei ist«, erklärte er, »überall sonst ist schon alles besetzt!«

Mit mehreren kurzen Verschnaufpausen, in denen er nur flüchtig zwischen den sichtlich irritierten Jungen hin- und herschaute, kippte der redselige Barde seinen Apfelwein herunter. Dann fiel ihm auf, dass er sich ja noch gar nicht vorgestellt hatte.

»Wo hab ich nur meine Manieren gelassen?«, sagte er, zog sich bestürzt den übergroßen Schlapphut vom Kopf und verkündete mit stolzgeschwellter Brust: »Wulfram Wunniley ist mein Name, und im ganzen Land bin ich als der beste aller Sänger wohlbekannt.«

Er unterstrich seine Vorstellung mit einem Hicksen und pflanzte sich den Hut wieder aufs Haupt.

»Und ihr seid die beiden Jungen aus dem Dorf im Westen, ist es nicht so? Ja, doch, das seid ihr! Ihr habt einen ganz schönen Eindruck hinterlassen – vor allem du!« Er deutete mit dem Tassenkrug auf Fionn. »Es freut mich, eure Bekanntschaft zu machen!«

Der Barde reichte ihnen beiden die Hände. Fionn und Kellen schüttelten sie anstandshalber. Ihre Blicke kreuzten sich, Verwirrung begegnete Missmut, doch ehe Kellen etwas einwenden konnte, fuhr der Sänger auch schon fort, ihnen sein aufrichtiges Beileid auszusprechen.

»Schrecklich, wirklich schrecklich, was euch da widerfahren ist«, säuselte er, während er sich eine geröstete Brotscheibe aus einem Korb angelte und sie dick mit Butter zu bestreichen begann, »auch wenn sich eure Geschichte hervorragend für ein Lied eignen würde. Kampf und Tapferkeit und Mut und all das!«

»Wenn ihr dabei gewesen wärt, wäre euch der Sinn nach Singen wahrscheinlich für alle Tage vergangen«, erwiderte Kellen in einem Ton, der vorwurfsvoll und finster war, schwärzer als Schatten. Der Sänger hielt beim Butter-Aufstreichen inne, bedachte ihn mit einem knappen, seltsam abschätzigen Blick und meinte dann zu Fionn gewandt: »Dein mürrischer Freund scheint mich und meine Kunst nicht recht leiden zu mögen, wie?«

»Er ... nun ...«, stammelte Fionn verlegen und suchte nach einer Antwort, doch der Sänger machte sich nichts aus einer; er wartete sie gar nicht erst ab.

»Wisst ihr«, fuhr er stattdessen unverdrossen fort, »Ich habe schon an den bedeutendsten Höfen des Reiches gespielt, oh ja! In den Händlerpalästen von Kharras etwa oder vor dem Fürsten von Alianor und dem Muschelkönig und den Prinzessinnen von Mohns! Ja, sogar vor seiner lichten Gnaden Valentyn in der Weißen Stadt habe ich schon meine Lieder erklingen lassen, jawohl!«

Mit einem bestimmten Nicken befand der Sänger die Sache damit beendet und biss genüsslich in sein Brot.

Was glaubte der Kerl eigentlich, wer er war? Kellen spürte, wie der pochende Zorn in der Wunde in seiner Rechten zu erstarken begann. Wieder legte er die Linke darüber, und während der Barde aß und Kellen das schmerzhafte Pochen niederzuhalten versuchte, musterte er die storchenbeinige Gestalt eingehend.

Mit der zerkratzten, abgegriffenen Laute auf dem Rücken, seinem zerschlissenen Schulterumhang, dem geflickten übergroßen Schlapphut und seiner geknickten Feder, dem graubraunen Haar, das kraus wie Bockswolle war, und seiner Hakennase, die so aussah, als hätte sie bereits die eine oder andere Wirtshausrauferei überstanden, machte der selbst ernannte »beste Sänger des Reiches« alles in allem auf Kellen wahrlich keinen sehr höfischen Eindruck – was durch seine Manieren noch unterstrichen wurde.

Es ärgerte Kellen, dass dieser selbstverliebte Sänger sie so grob unterbrochen hatte, gerade als Fionn endlich einmal etwas von sich aus hatte sagen wollen. Ob er ein solches Benehmen wohl auch an den Höfen an den Tag gelegt hatte, wo er angeblich gespielt hatte? Dann wunderte es Kellen nicht, dass sich der Barde jetzt hier am Fußende der Gesindetafel befand, und nicht vorne bei der hohen Herzogstafel. In jedem Fall hatte er eine große Klappe und mit der plapperte er nun Fionn voll. Hilfesuchend blickte der zu Kellen herüber.

Mit einem Räuspern und einem Tippen an die Hutkrempe verschaffte sich Kellen nun bei dem ungebetenen Gast Gehör.

»Ich will ja nicht unfreundlich sein, aber können wir euch irgendwie helfen?«, fragte er und machte sich nicht die Mühe, die Unfreundlichkeit in seiner Stimme herunterzuspielen.

Der Barde nahm sie allerdings nicht wahr. »Da du so freundlich fragst«, gestand Wulfram Wunniley und kratzte sich unter der Hutkrempe. »Das könnt ihr womöglich in der Tat. Seht ihr, ich vermisse nämlich ein-«

»Das war nicht, worauf ich hinauswollte!«, unterbrach ihn Kellen gereizt. »Mein Freund und ich, wir wollen-«

»Soll ich euch nun etwa *doch* ein Lied vortragen?« Der Sänger klatschte entzückt in die Hände. »Ha! Aber mit Vergnügen doch! Wieso sagt ihr das denn nicht gleich! Ich wusste doch, dass ich mich nicht getäuscht habe – keiner kann sich dem Wohlklang meiner Musik verschließen! Lasst mich nur schnell noch meine Zunge ölen und ich-«

Der Barde langte schon nach seinem Becher, aber Kellen zog ihn ihm entschieden weg, aus der Reichweite seiner Arme. »Das war es auch nicht.«

Als er zu begreifen begann, sackten Wulfram Wunnileys Mundwinkel betrübt ab. »Oh, ich verstehe, der alte Sänger soll sich verziehen, ist es das?«

»Nein, so war's bestimmt nich gemeint«, wollte Fionn einwerfen, aber Kellen fiel ihm ins Wort und bekräftigte: »Doch, genauso war's gemeint!«

Kellen sah ihm an, dass Fionn der Sänger leidtat, aber als er ihn darum bat, doch bei ihnen sitzen zu bleiben, hatte der sich bereits erhoben und winkte ab.

»Ach, mach dir keinen Kopf, Junge«, sagte Wulfram Wunniley gekränkt und richtete sich die auf seinen Rücken geschlungene Laute zurecht. »Heimatlos von Ort zu Ort zu ziehen, ist seit jeher mein Los. Wehe mir, wehe mir.«

Der Barde nahm sich noch einen Brotkanten, schwang seine langen Beine über die Bank, empfahl sich und stakste davon.

Fionn sah Kellen vorwurfsvoll an.

»Was denn?«, fragte der mit aufgesetztem Unverständnis. »Setzt sich einfach zwischen uns? Bester Sänger des Reiches, dass ich nicht lache!«

»Trotzdem hättest du nich so grob zu ihm sein müssen«, fand Fionn.

»Du bist einfach zu gutmütig«, seufzte Kellen und lenkte das Gespräch wieder dorthin zurück, wo der Sänger es zuvor unterbrochen hatte. »Du wolltest mir etwas sagen?«

»Ja …«, sagte Fionn, doch anstatt wieder an dem Punkt anzusetzen, versank er in eine lastende Stille.

»Eine letzte Sache wüsste ich aber noch zu gern!« Wulfram Wunniley war zurück und zwängte sich erneut zwischen die

Jungen. Diesmal strich seine Hutfeder über Kellens Gesicht. »Was du gestern über dein Schwert gesagt hast«, sagte er und fixierte Fionn mit seinen tief liegenden Augen, »das über ... na, du weißt schon ... war's dir ernst damit? Glaubst du wirklich, dass dieses Schwert aus dem Schwarzen Land ohne Namen stammt?«

Fionn spähte durch die zerfledderte Hutfeder des Barden hinüber zu Kellen. Der blickte mahnend zurück. Von allen Sachen wollte Kellen jetzt am wenigsten, dass Fionn ausgerechnet an das schartige Schwert des Flicken-Frém dachte, geschweige denn davon sprach, und sein Blick machte das deutlich.

»Nein«, sagte Fionn daher und wandte sich wieder dem Barden zu. »Nein ... und ich hätt das auch nich sagen sollen. Das is alles nur Unsinn und Aberglaube.«

»Unsinn, so?«, hakte Wunniley nach. »Das hat sich in der Audienz aber nicht so angehört. Dort klangst du ziemlich überzeugt davon.«

»Ich weiß nich, warum ich das gesagt hab«, beteuerte Fionn.

Der Barde ließ ein lang gezogenes und tiefsinniges »Hmm« verlauten, in dem ein seltsam kundiger Unterton mitschwang, bevor er sich mit einem Schulterzucken wieder erhob. »Nun denn, ich will euch nicht weiter in eurer Zweisamkeit stören! Es war schön, euch gekannt zu haben!«

»Wartet!«, platzte es jetzt aus Fionn heraus, sehr zum Erstaunen des innehaltenden Barden – und noch mehr zu Kellens Verdruss.

»Was willst du denn noch von ihm?«, zischte er. »So lässt der uns doch nie in Ruhe!«

»Ich will ihn nur rasch was fragen!«

»Ihn nur – etwa wegen dem Schwert?« Was das anging, war Kellen nun wirklich mit seiner Geduld am Ende. »Kannst du's denn nicht endlich gut sein lassen? Wie oft müssen wir das noch durchkauen!«

»Ich weiß, aber-«

»Seid ihr dann bald fertig mit euren Lästereien?« Wulfram Wunniley tätschelte den Gurt seiner Laute. »Ich und meine Musik werden an anderen Tafeln gewiss mehr geschätzt.«

»Wir lästern nicht über euch«, versicherte ihm Fionn. »Bitte, nehmt noch einmal Platz. Hier.«

Fionn rückte ein wenig zur Seite.

Kellen gab sich geschlagen und schenkte sich noch einen Becher Apfelwein. Die Wunde an seiner Hand stach – bitter und zornig darüber, dass er wohl nie erfahren würde, was Fionn ihm hatte sagen wollen.

Der Barde indes ließ sich nicht zweimal bitten. Schon hockte er wieder zwischen ihnen, lehnte sich an Kellen vorbei, langte sich seinen Tassenkrug zurück und klopfte damit erwartungsvoll auf den Tisch. Lustlos schenkte Kellen auch ihm nach.

»Besten Dank«, sagte Wulfram Wunniley, nippte und erkundigte sich, was er für Fionn tun könne.

Kurz zauderte Fionn, dann fragte er: »Warum habt ihr mich das eben gefragt? Wisst ihr etwa etwas über … über Amkash?«

Wulfram Wunniley verschluckte sich vor Schreck glatt an seinem Apfelwein.

»Ich weiß nicht viel«, stieß er hustend hervor und klopfte sich auf die Brust, »aber ich weiß, dass es in jedem Fall klüger ist, dieses Wort unausgesprochen zu lassen! Es wird gewiss durchaus seine Gründe haben, warum das namenlose Land namenlos ist!«

Fionn nickte einsichtig, und der Barde fuhr fort: »Ich glaube natürlich nicht, dass irgendetwas davon wahr ist – wie du schon sagst, ist es lediglich Unsinn und Aberglaube, aber … nun, da du mich fragst, es gab da tatsächlich ein Erlebnis, es liegt noch gar nicht weit zurück …«

»Bitte, erzählt!«

Kellens Stöhnen war unüberhörbar, dennoch holte der Barde tief Luft und begann: »Nun gut, das war so: Im letzten Winter, kurz vor der Wintersonnenwende, da kehrte ich in einem Gasthaus an der Küste vor Héreshim ein, das liegt südlich von Líohim. Dort begegnete ich in der Schankstube einem Blinden, der, wie ich bald herausfand, einmal ein Kapitän gewesen war, der Schiff, Mannschaft und Augenlicht auf einer verhängnisvollen Fahrt verloren hatte. Er hatte behauptet, auf jener Fahrt einst das Schwarze Land selbst erblickt zu haben, hoch oben im verlorenen Meer am Ende der Welt. Der Wirt und seine Zechgäste lachten ihn aus, aber meine Neugier war geweckt, also bat ihn darum, mir von jener Fahrt zu berichten.«

Doch bevor Wulfram Wunniley mit seiner Erzählung von dem blinden Kapitän fortfahren konnte, ertönte ein lautes Krachen am Kopfende der Halle. Ein Becher flog von der hohen Herrentafel in hohem Bogen durch die Luft, die Bombardenmusik fand ein abruptes Ende und mit ihr das Gelächter und der Gesang. Mägde kreischten schrill auf, Krüge gingen scheppernd zu Bruch, und Bänke wurden unter lautstarkem Gepolter und Geschrei verrückt.

»Haltet das diebische Vieh!«, rief einer und ein anderer warf noch einen Becher nach etwas, was Kellen in dem Tumult nur als einen geschwind und gewitzt flitzenden Fleck ausmachen konnte.

Flink wie ein Schwalbenschatten schlüpfte er sämtlichen Fäusten und allem Geschirr davon, das nach ihm trachtete, und huschte die Tafel hinunter – direkt auf Fionn, Kellen und den Barden zu, der sich ebenfalls nach dem Lärm gereckt hatte, und dem nun ein besorgniserregendes »Oh … nein!« entwich.

*In dem, was der Sänger hatte erzählen wollen, in
der Geschichte des blinden Kapitäns in Héreshim,
hätte sich etwas abgezeichnet, was sich in so vielen
Geschichten und Erlebnissen abgezeichnet hatte,
über die Jahre und Jahrhunderte verteilt: Amkash,
das Schwarze Land, das nicht sein darf, war wieder-
erstanden und erstarkte.*

*Die Anzeichen dafür waren vielzählig und vielge-
staltig, und sie verdichteten sich zusehends. Sie hätten
das, was im Norden der Welt nun Form annahm,
längst verraten, hätte man sie alle erkannt und zusam-
mengefügt. Es hätte alles abgewandt werden können,
schon vor sehr langer Zeit, doch ...*

... niemand hörte zu.

*Die Menschen haben verlernt, einander zuzuhören.
Und sie haben verlernt, ehrlich zu sein. Sie sprechen
nicht mehr miteinander. Sie sind einsam, verschließen
und belügen sich selbst.*

Sie sind nicht ehrlich. Nicht einmal zu sich selbst.

*Kellen ... wieso konntest du mir gegenüber nicht
ehrlich sein? Vielleicht hätten auch wir noch abwenden
können, was damals weiter geschah, in jener letzten
Nacht.*

IM ERSTEN MOMENT begriff Fionn nicht, was los war.
Als er dem Blick des Barden folgte und sich nach dem Krach
am Kopfende ihrer Tafel umschaute, sah er nur ein wüstes
Durcheinander: Männer sprangen von den Bänken auf, Krüge
wurden durch die Luft geschwungen, leere Muschelhälften

und Schwertfischgräten flogen umher, Soße spritzte, und trunkenes Gebrüll erstickte die letzten Töne der Bombardenmusik.

Das kleine Tierchen, das durch das ganze Chaos hindurchflitzte, erkannte er erst, als es schon fast die ganze Tafel hinuntergejagt war.

Eine Gruppe Stalljungen, die bis gerade eben noch auf Alterrisch gesungen und getanzt hatten, nahm jetzt die Verfolgung auf, stolperten jedoch sofort über die Beine der umgestürzten Bänke und ihre eigenen, fielen anderen Betrunkenen in den Schoß und setzten damit eine Rauferei in Gang, in der dem Tierchen endlich die Flucht gelang. Es setzte über einen seelenruhig neben der Rauferei schlafenden Kerl hinweg, breitete plötzlich schmale, rundliche Flügelchen aus und schoss die letzten Meter wie ein Pfeil von der Sehne auf Fionn zu, hielt nur knapp an ihm vorbei und landete punktgenau auf der Schulter des Barden. Der Apfelwein ließ es dabei vor Fionns Augen halbsichtige Schlieren ziehen. Als sie verschwunden waren, sah er, dass das Tier kaum größer war als eine Maus, sein Pelz war ebenso grau. Sein Atem pfiff und sein kleiner Kopf schoss hin und her, als es um sich blickte. Die großen Knopfaugen glänzten wie schwarzer Feuerstein, die runde, feuchte Schnauze war gelb, als hätte das Tier sie in einen Eimer mit gelber Farbe gesteckt und aus seinen dicken Backentaschen holte es eine kandierte Walnuss hervor, die es wohl irgendwo stibitzt hatte.

Auf seiner Flucht von der hohen Herrentafel hierher hatte es alle Blicke auf sich gezogen. Jetzt waren sie ebenso erwartungsvoll wie misstrauisch auf die drei am Fußende der Tafel gerichtet, auf den Barden, auf Kellen und auf Fionn.

»Kein Grund zur Sorge!«, versicherte der Barde mit einem um Verzeihung bittenden Lächeln in die Runde. »Balbyn ist harmlos! Er tut keiner Seele was zuleide!«

Während Wulfram Wunniley nun das mausgraue Tierchen auf seiner Schulter halbherzig schimpfte und vorne an der Tafel die Rauferei munter weiter tobte, wagten sich die Köpfe in ihrer unmittelbaren Umgebung wieder aus der Deckung.

Neugierig streckte Fionn seine Hand nach dem Tierchen aus.

»Fionn! Fass das nich an!«, warnte Kellen.

Das Tierchen ergriff die kandierte Walnuss mit seinen kleinen Pfoten, schnupperte an Fionns Fingern und schnappte dann danach. Erschrocken zog Fionn seine Hand zurück.

»Ich hab dir doch gesagt, du sollst es nich anfassen!«, sagte Kellen, aber Wulfram Wunniley lachte lediglich. »Deine Finger haben wohl noch nach Essen gerochen, deswegen hat Balbyn kosten wollen, nicht wahr?«

Der Barde kraulte das Tierchen unter dem Kinn. Balbyn verstaute seine kandierte Nuss wieder in seiner Backentasche, kletterte dem Barden flugs den Hals hinauf und verschwand irgendwo unter dessen übergroßem Schlapphut.

»Ein guter Gedanke«, stimmte Wulfram Wunniley im Hinblick auf den Aufruhr, den Balbyn erzeugt hatte, zu. »Jetzt ist wohl der Zeitpunkt gekommen, sich zu verziehen.«

»Aber«, wandte Fionn noch ein, »ihr wolltet mir doch erzählen, was mit dem blinden Kapitän passiert ist?«

»Ein andermal«, winkte Wulfram ab. Der Barde leerte seinen Becher und wollte sich schon davonmachen, wurde jedoch noch im Umdrehen von einem grauen, gestickten Otter in seinem Gesicht ausgebremst. Der flachshaarige Ritter aus Prinz Emyls Gefolgschaft hatte sich vor ihm aufgebaut.

»Nicht so voreilig, Sänger.« Sein Blick war grimmig, die raue, kehlige Stimme wankte vom Wein. »Dieses leidige Vieh gehört also zu euch?«

Dabei tippte der Flachshaarige dem Barden gegen den übergroßen, verräterisch wackelnden Hut.

»Sein Name ist Balbyn«, berichtigte der Barde und wich einen Schritt zurück. »Und er gehört zu mir, jawohl. Aber damit ihr's gleich wisst, er ist kein leidiges Vieh, sondern ein-«

»Ist mir doch verdammt nochmal gleich, was es ist – auf der Burg deines Herzogs hat es nichts verloren!«, unterbrach der Flachshaarige unwirsch. »Schau dir an, was es für einen Aufstand verschuldet hat!«

Er wies nach vorne, wo Männer der Burgwache in die Prügelei wateten und versuchten, die Raufenden auseinanderzuzerren.

»Nun, Ihr werdet ihn wohl einfach irgendwie erschreckt haben«, sagte Wulfram Wunniley und versuchte es mit einem scherzhaften Lachen, das ihm aber angesichts der ungerührten Miene des Flachshaarigen aber gleich wieder im Halse stecken blieb. Er schluckte. »Es wird nicht wieder vorkommen!«, versprach er.

»Ganz recht, das wird es nicht, weil du das Vieh jetzt entsorgen wirst«, versetzte der Flachshaarige.

»Aber das geht doch nicht! Ohne mich fürchtet er sich, nicht wahr, Balbyn-«

Ein Schwertfischkopf flog in ihre Richtung und landete mit einem schweren Geräusch auf der Tafel hinter dem Barden; jemand in der Rauferei hatte sich wohl einen Spaß daraus gemacht, damit nach dem Tierchen des Sängers zu trachten.

Der Flachshaarige endete die Unterbrechung. Er trat näher an den Sänger heran und knurrte: »Schaff das Vieh raus, oder ich werd ihm den Garaus machen! Und zwar hier und jetzt!«

Der Barde klammerte sich schützend den Hut an den Kopf. »Bei meiner Laute, das werdet Ihr nicht!«

»Das wirst du wohl sehen!«

Der Ritter langte bereits nach dem Schwert an seiner Hüfte, aber Wulfram Wunniley hatte sich einen unratsamen Vorrat an Mut angetrunken. Der beschwipste Barde reichte dem Flachshaarigen zwar gerade einmal bis zu dem gestickten Otter auf seiner Brust, das hielt ihn jedoch nicht davon ab, das spitze Kinn vorzuschieben und ihm den dürren Zeigefinger auf ebenjenes Wappentier zu legen.

»Ihr wisst wohl nicht, mit wem ihr es hier zu tun habt, werter Herr! Ich bin Wulfram Wunniley, der berühmteste Sänger in allen Landen des Reiches! Meine Musik ward schon an allen Höfen und in allen Landen vernommen, als Ihr noch Knabe und Knappe wart und grün hinter den Ohren, jawohl! Ich habe bereits am Hofe seiner lichten Gnaden aufgespielt, und ich bin mehr als-«

»Betrunken!« Fionn war aufgesprungen und dem Sänger ins Wort gefallen, ehe er wusste, was er eigentlich zu tun gedachte; er wusste nur, dass sich der Barde, wenn er so weitermachte, einen weiteren Knick in seiner Hakennase einhandeln würde. Also zwängte er sich zwischen Sänger und Ritter und setzte hinzu: »Er ist betrunken, genau wie wir alle!«, ehe er sich bewusst wurde, dass wohl auch er einen Becher zu viel geleert hatte.

Das Gesicht des Flachshaarigen lief vor Zorn dunkelrot an, und Fionn begriff, dass sein Versuch, die Situation zu besänftigen, eine ganz miese Idee gewesen war.

»Fionn!« Kellen packte ihn am Arm und zog ihn zurück auf die Bank. »Misch dich da nicht ein! Du bringst uns bloß in Schwierigkeiten!«

»Aber der Barde-«

»Das geht uns nichts an! Und was willst du überhaupt gegen einen Ritter ausrichten, hm?«

Fionn stockte. Beschämt ließ er den Blick auf seine Hände sinken und lenkte seine Gedanken zurück zu dem, was Kellen vorher noch zu ihm gesagt hatte.

»Du kannst doch mutig sein! Warum machst du's nich öfter?«

Und wie zuvor wusste er nicht, was er darauf antworten sollte.

»Ich dachte ... ich wollte doch nur ...«, begann er murmelnd, ehe er es aufgab, nach seinem Tassenkrug suchte und leise brummte, wieso dieser flachshaarige Kerl den Barden nicht einfach in Ruhe lassen konnte.

»Hast du mir etwa auch noch was zu sagen?« Der Flachshaarige packte Fionn mit eisernem Griff im Nacken, hob ihn am Kragen hoch und drehte ihn um, damit er ihn anschaute. »Nun? Stört dich was? Dann sag's mir gefälligst ins Gesicht!«

Verängstigt schüttelte Fionn den Kopf. Sein bisschen Mut hatte sich gänzlich verflüchtigt. »Nein, ich ... ich wollte lediglich sagen, dass ...« Mehr bekam er nicht heraus, denn als er an dem Flachshaarigen vorbeispähte, musste er mitansehen, wie der Barde die Ablenkung nutzte, die Fionn ihm unbeabsichtigterweise verschafft hatte, seine Beine in die Hand nahm und sich davonmachte. Fassungslos blickte Fionn der geknickten Hutfeder nach, wie sie im Gewühl untertauchte. Er wollte dem Barden nachrufen, dass er gefälligst dableiben sollte, doch der Flachshaarige rüttelte ihn so durch, dass ihm der Hemdkragen in den Hals schnitt.

»Also«, knurrte der Ritter ungeduldig, »was wolltest du lediglich sagen?«

»Nichts!«, japste Fionn im Luftholen. »Ich hab nichts sagen wollen! Ich – ich schwör's!«

»Schnauze! Ich hab doch was aus deinem Mund entfleuchen gehört, oder soll ich mir das eingebildet haben?«

»Ihr tut mir weh! Lasst mich los!«

»Was fällt dir ein, mich anschwindeln zu wollen, du verlogener Drecksbengel! Dafür sollte ich dich-«

»Lasst ihn los!«

Es war Kellens Stimme. Fionn reckte den Hals, um sich nach ihm umzuschauen.

Der Flachshaarige setzte ein hässliches Grinsen auf. »Wie? Was willst du?«

»Ich sagte, Ihr sollt Eure Pfoten von meinem Freund lassen!«, versetzte Kellen. Er saß da, den Tassenkrug in der Rechten, den Blick auf den Flachshaarigen geheftet. Etwas schwelte unter seinen wenigen Worten, eine lauernde Düsterkeit – dieselbe, wie Fionn sie zuvor in dem Blau seiner Augen zu sehen geglaubt hatte. Sie ließ ihm einen Schauder über den Rücken laufen.

Der Flachshaarige hingegen nahm das nicht wahr. »Willst du mir etwa drohen, du vorlauter Rotzbengel?« Er hob Fionn noch einen halben Zoll höher. »Wenn du deinen frechen Freund unbedingt haben willst, komm und hol ihn dir doch, ha! Wollen wir doch sehen, was du-«

Der Tassenkrug barst in Kellens Rechter. Scherben und Apfelwein spritzten umher, und Kellen schnellte von der Tafel hoch. Die verbundene Rechte fuhr durch die Luft, schnappte nach dem Ritter, die Finger wie Klauen, als wollte er ihm an den Gurgel gehen.

Der Flachshaarige stieß Fionn so harsch von sich weg, dass es ihm die Tischkante hart in den Rücken trieb und riss, vom Schreck erfasst, sein Schwert aus der Scheide.

»Komm nur her! Wenn du kämpfen willst, soll's mir nur recht sein, du Drecksbalg!«

Doch Kellen hatte seinen rechten Arm mit der linken Hand gepackt. Unter heftigem Schnauben hielt er ihn nieder. Sein

Körper zitterte, die Haare bebten wie unter innerem Widerstreben, einer widernatürlichen Anstrengung.

»Ich bin ein Krieger Bailíns!«, zischte er durch die zusammengebissenen Zähne. Die Düsterkeit in seiner Stimme hatte sich zu einer scheußlichen, schwarzen Bosheit verdichtet, wie Fionn sie noch nie von ihm gehört hatte. »Und Ihr werdet euch sofort bei meinem Freund entschuldigen, oder ich werde Euch-«

»Kellen!« Fionn fasste Kellen an der Schulter, um ihn zurückzuhalten. Seine Muskeln waren hart wie Stein. »Kellen, tu's nich! Hör auf-«

Das Entsetzen beim Anblick von Kellens Gesicht, als dieser sich zu ihm umwandte, würgte ihm die Worte aus der Kehle und ließ ihn taumelnd zurückweichen. Er hielt sich an der Tafel fest.

Kellen ... was ...

So wie sich die Düsterkeit in Kellens Stimme verdichtet hatte, so war auch die in seinem Blick noch finsterer geworden, als hätten sich tiefe Schatten dort zusammengezogen und das warme Blau in ihnen verhüllt und erstickt. Schwarzer Zorn flackerte ihm dort jetzt entgegen ...

... blitzte.

Da brüllte Kellen auf. Es war ein schreckliches Geräusch, von etwas unbeschreiblich Dunklem entstellt, das nicht aus seiner Kehle stammen konnte. Er warf sich auf den Boden, krümmte sich vornüber und dann riss er sich mit den Zähnen den hochgekrempelten Ärmel seines Hemds weg. Die Finger seiner Linken bohrten sich in das Leinen seines Verbands, und mit seinem ganzen Körper stemmte er sich gegen seinen rechten Arm, der jetzt wie ein wildes Tier gegen ihn aufbegehrte und dessen Hand sich verkrampft nach dem Flachshaarigen reckte. Und währenddessen schrie er weiter ...

... schrie jetzt aus seiner Kehle, mit seiner Stimme.

Er schrie vor Schmerzen.

Fionn konnte es nicht ertragen, doch er konnte nichts dagegen tun. Er war wie erstarrt, unfähig, sich zu bewegen. Seine Finger klebten an der Tafel fest wie kaltes Wachs, und kalt war auch die Angst, die ihn jetzt erfüllte. Angst ...

… Angst um Kellen … und zugleich vor ihm.

Bitte … hör auf! Hör doch auf, Kellen!

Selbst der Flachshaarige brachte sicherheitshalber einen Schritt zwischen sich und den Jungen, der sich auf dem Boden wand.

»He!«, rief er, das Schwert noch immer auf Kellen gerichtet. »Was soll das werden! Lass den Unfug sofort bleiben, hörst du? Ich befehle dir-«

Da wurde Kellens Rechte frei, entwich seinem Griff. Sie fuhr auf und packte den blanken Stahl des Ritters. Der erstarrte.

»Was zum …«

Kellens verbundene Finger schossen sich um die Klinge, fester und immer fester. Schwarzes Blut sickerte durch das Leinen.

Fionn wurde flau.

Der Flachshaarige stierte Kellen entgeistert an. »He, ich hab gesagt, du sollst das unterlassen!« Er wollte seinen Stahl aus Kellens Griff ziehen, doch der ließ ihn nicht.

Kellen …

Den Kopf gesenkt, von dem jetzt dicke Schatten zu triefen schienen, zog Kellen sich an dem Stahl hoch und richtete sich auf ein Knie auf.

… was …

Zwischen den Fetzen des Leinens an seinem wild pochenden rechten Arm und der zuckenden rechten Hand quoll etwas, das wie eine schwarze, schleimige Substanz aussah, und Fionn war, als sähe er über der Gliedmaße eine geisterhafte Schwärze tanzen, wie Schatten eines schwarzen, gestaltlosen Feuers.

… was geschieht da nur?

Dann hob Kellen den Blick, sodass er dem des Flachshaarigen begegnete. Dessen Augen weiteten sich vor Entsetzen. Er setzte einen Fuß vor, doch bevor er sich ganz erheben konnte, knickte er ein und kippte zur Seite weg. Dort blieb er liegen und rührte sich nicht mehr.

»Kellen!«

Jetzt gelang es Fionn endlich, die Angst von sich wegzustoßen. Er stürzte zu Kellen und wollte ihm aufhelfen, aber er schaffte es nur mit großer Mühe; unter seinen Fingern konnte Fionn spüren, wie die verkrampfte Härte aus Kellens Muskeln schwand und er dabei schwerer und immer schwerer wurde, bis er Fionn beinah mit umriss. Fionn wollte sich Kellens linken Arm um die Schulter legen, um ihn hochziehen zu können, doch der zog ihn, zu Fionns Befremden, unbeholfen wieder zurück.

»Fionn … «

Kellens Stimme war rau und abgewetzt. Er hustete und hob den Kopf gerade so weit, dass er Fionn anschauen konnte. Dicke Schweißperlen standen ihm auf der Stirn, tropften von den Spitzen seiner Haare, und als er Fionn anblickte, erkannte dieser, dass zwar die Schwärze und die Düsterkeit aus seinen Augen gewichen waren, doch das Blau darin seine Tiefe, seine Klarheit und seine Wärme noch nicht wiedererlangt hatte.

»Fionn …«, keuchte er. »Fionn, es … es geht schon wieder. Ich muss nur … ich muss mich nur ein wenig hinlegen. Ich schaff das schon, ich-«

Hätte Fionn ihm nicht im letzten Moment geistesgegenwärtig erneut unter die Arme gegriffen, Kellen wäre abermals auf den harten Steinboden der Großen Halle geschlagen. So sank ihm nur sein Kopf auf die sich unter seinem raschen Atem heftig hebende und senkende Brust.

»Fionn«, hauchte er, »was … was ist denn los?«

Sag du's mir!, dachte Fionn, dessen Herz noch immer panisch raste, als sich auch schon die Schwertspitze des Flachshaarigen kalt blinkend auf ihn richtete.

»Was bei Alpyn und allen seinen Höllen war das denn für ein Auftritt?«, knurrte der Ritter. »Antworte! Und zwar ein bisschen plötzlich!«

Fionn schluckte und sah sich hilfesuchend um, fand jedoch nur verunsichert und verängstigt starrende Gesichter. Da erst wurde er sich auch der Stille bewusst, die die festliche Stimmung ausgelöscht hatte. Einzig das Geräusch des verschütteten, von der Tafel tropfenden Apfelweins war mehr zu hören.

Er und Kellen standen alleine da, schwankend, zitternd und ineinander verschlungen.

»Wird's bald?« Der Flachshaarige schob seinen Stahl vor. »Du sollst antworten, oder ich schwöre dir, ich werd euch beide auf der Stelle abmurksen!«

Fionn konnte das kalte Metall auf seiner Haut spüren, aber er brachte einfach keinen Laut zustande. Die Panik lähmte seine Gedanken.

»So? Na schön, dann-«

»Das reicht jetzt!«

Der barsche Ton in Prinz Emyls Stimme reichte aus, die schockierte Festgesellschaft beiseitetreten zu lassen und ihm den Weg freizumachen.

Der Flachshaarige senkte sein Schwert.

Prinz Emyl stapfte über Scherben und Apfelweinpfützen auf Fionn und Kellen zu. »Ich habe euch auf Santísmer willkommen geheißen«, herrschte er sie derart zornig an, wie Fionn es ihm nie zugetraut hätte. »Ich habe mich bei meinem Vater für euch verbürgt – meinem Vater, der euch Unterkunft und Mahlzeiten gab, euch anhörte und eurem Dorf seine Hilfe zusagte! – und so zeigt ihr euch erkenntlich? Indem ihr die Hand gegen einen gesalbten Ritter erhebt, den ich wie meinen Bruder liebe? Schert euch fort und kommt mir nicht mehr unter die Augen!«

Fionn hatte den Kopf vor dem Groll des Prinzen eingezogen. Selbst wenn er gekonnt hätte, welchen Sinn hätte es schon gehabt, zu behaupten, der Flachshaarige sei es gewesen, er habe sie angegangen. Und wohin war eigentlich der Sänger Wulfram Wunniley entschwunden? Nein, es war wohl am Besten, wenn Fionn einfach gar nichts sagte – das tat er auch, und er wollte sich schon mit Kellen davonmachen, da wandte der Ritter mit dem grauen Fischotter auf dem Sarrock ein, Emyl könne die beiden doch nicht einfach so ungesühnt davonkommen lassen.

Fürchte und Befürchtungen stürzten schon auf Fionn ein, doch zu seinem Erstaunen und seiner Erleichterung wies der Prinz den Flachshaarigen mit gesenkter Stimme, doch deswegen nicht minder scharf zurecht: »Und was soll ich deiner Ansicht nach tun? Soll ich zwei betrunkene Knaben bestrafen, weil die sich mit einem offenkundig ebenso betrunkenen Ritter angelegt haben? Schluss jetzt, ich will nichts weiter davon hören! Das ist mein letztes Wort!«

Dem Flachshaarigen schien Emyls Entscheidung zwar nicht zu passen, aber er steckte sein Schwert weg. Er warf den Jungen noch einen letzten finsteren Blick zu, dann trottete er seinem Prinzen nach – den halben Weg zurück zur hohen Herrentafel –, ehe er es sich anders überlegte und sich durch die Menge zu einem Seitenausgang drängte.

Fionn stützte den vor Erschöpfung ächzenden Kellen, und ohne ein weiteres Wort schleppten sie sich – vorbei an dem gaffenden Gesinde – zur Halle hinaus. Hinter ihnen schickten sich der Sackpfeifenspieler und der Talabarde mit seiner Bombarde an, die peinliche Stille mit ihrem Gedudel zu füllen und die Festgesellschaft an den langen Tafeln widmete sich zögernd wieder ihrer Gelage und Gespräche.

Draußen war die Nacht ungestört und ruhig. Der Himmel war klar, nur im Osten, wo der Fuchsstern über den schwarzen Zinnen der Burgmauern funkelte, waren ein paar wenige Wolkenstreifen. Von dem Sandsteinpflaster des Innenhofs stieg noch immer die laue Wärme des vergangenen Tages auf. Mit jedem schleifenden, schleppenden Schritt bemerkte Fionn, wie Kellens Kraft mehr und mehr dahinschwand.

Von wegen, du schaffst das, dachte er bitter. *Wehe, du lügst mich noch weiter an! Wieso hast du mich angelogen!*

Aber Kellen war zu schwach, um mehr als auch nur stoßweises Keuchen herauszubringen. Als Fionn es fertiggebracht hatte, ihn über den Innenhof und die gewundenen Treppen bis in ihre Turmkammer zu schleifen und dort in sein Bett zu hieven, blieb auch das aus.

Dicke Tränen sammelten sich in Fionns Augen. Er rüttelte Kellen an der Schulter und versuchte nochmals, ihn anzusprechen, doch Kellen war, noch während Fionn ihn gestützt hatte, in eine tiefe und unruhige Ohnmacht gesunken. Unter den halb zugefallenen Lidern hatten sich die Augen fast bis zum Weißen verdreht, seine Lippen bebten und waren schweißbenetzt, genauso wie sein ganzer Körper bebte und nass vom Schweiß war, wie von einem schweren, schütteren Sommerfieber erfasst.

Kellens rechter Arm hing schwer über die Bettkante. Er dampfte, und der Dampf stank absonderlich und abstoßend, nach Verwesung und fauligem Blut.

Fionn schwirrte der Kopf. Die Unbesonnenheit und der Mut

des Apfelwein waren restlos dahin, aber trotzdem drehte sich alles um ihn. Er musste sich festhalten und versuchte zu begreifen, was er eben in der Großen Halle gesehen hatte, was es war, dass in Kellen gefahren war, aber es war vergebens.

Diese Düsterkeit in seiner Stimme und in seinem Blick ... diese geisterhaften Flammenschatten ...

Als Kellen zusammengebrochen war und er zu ihm gestürzt war, waren sie fort gewesen, wie ausgeschlagen, aber Fionn wusste jetzt, dass er sie sich nicht nur eingebildet haben konnte. Er hatte sie wirklich und wahrhaftig gesehen – und das nicht zum ersten Mal. Ja, er hatte sie doch schon zuvor zu sehen vermeint; in der Nacht im Celdennengrab, im Badehaus nach ihrer Ankunft auf Santísmer ... und in der Schmiede von Bailín, als er miterleben musste, wie Kellen den fremden Soldaten tötete.

All die Male hatte er geglaubt – nein, hatte er sich selbst zu der Überzeugung gezwungen – dass er es sich nur eingebildet hatte, dass die Schrecklichkeit dieser Situationen seinen Sinnen einen Streich gespielt hatte, aber nun konnte er nicht länger davor weglaufen. Es war echt – und es ging von der Schnittwunde in Kellens rechter Hand aus.

Fionns Blick fiel auf das schwarze Schwert. Es lehnte an der Wand, ein Schatten inmitten von Schatten. Einzig das Band, das Heft und Scheide verknotete, schimmerte fahl. Die Erkenntnis traf ihn wie ein Faustschlag gegen die Brust.

Nein!

Fionn versuchte, den Gedanken abzuschütteln, ihn wieder zu verneinen.

Nein, das kann einfach nicht sein!

Heute Abend hatten sie einfach alle zu tief in ihre Tassenkrüge geschaut, das war alles! Nicht mehr und nicht weniger! Der Apfelwein hatte Fionn so unbedacht zwischen den Barden und den Flachshaarigen treten lassen, und Kellen war schon immer mit dem Kopf durch die Wand gegangen, um Fionn zu schützen! So war er doch schon immer gewesen!

Die unwahren Schrecknisse der letzten Tage hatten sich schlicht zu tief in Fionns Gedächtnis gebrannt, und der Apfelwein, der Stoß des Flachshaarigen und Kellens jähzornige Reaktion hatten die Erinnerungen wieder hochgeholt. So musste es gewesen sein, ja!

Musste …

Aber wieso hatte Kellen mit seinem Arm gerungen, ihn nach unten gedrückt? Wieso so voller unbändiger Schmerzen geschrien, wieso sich das Hemd mit den Zähnen zerrissen? Die Düsterkeit, die Schreie, die Flammenschatten …

Fionn fühlte, wie ihn die Eindrücke einengten, wie das Schwert des Flicken-Frém seinen Blick auf sich zog, wieder und immer wieder, und mit ihm seine Gedanken zu der einen unausweichlichen Wahrheit hin, die in dem mattschwarzen Stahl wartete und sich im Stillen bereits auf seine Zunge legte.

Du … was auch immer in Kellens Arm ist, es stammt von dir.

Das Branden des Ozeans im nächtlichen Niedrigwasser rauschte leise durch das Fenster.

Fionn tastete nach dem Hirschanhänger in seiner Tasche. Es half nichts: Er musste einfach wissen, was sich unter dem Leinen an Kellens Hand verbarg. Mochte er ihm noch so oft sagen, ihm fehlte nichts, an seinem Arm sei nichts, es ginge ihm gut – und mochte Fionn es auch noch so sehr wahrhaben wollen – er konnte Kellen nicht mehr länger glauben!

Kellen …

Fionn ballte die schweißnasse Hand um den Hirsch zu einer zittrigen Faust und drehte sich zu Kellen um.

… du hast gesagt, alles wird wieder gut …

Er nahm all seinen Mut zusammen und ging auf Kellens Bett zu. Mit jedem Schritt kroch ihm seine Beklemmung tiefer in die Knochen. Sie schien ihn aufhalten zu wollen, doch Fionn blieb bei seinem Entschluss und setzte weiter einen Fuß vor den anderen, bis er neben Kellen stand.

… du hast gesagt, dass wir morgen heimfahren …

Vorsichtig und wider Angst und Ekel streckte er seine Hand nach Kellens rechtem Arm aus und noch vorsichtiger, als könne er ihn dadurch stören oder gar wecken, nahm er ihn auf. Er war schwer, schwerer als gewöhnlich, und von einer grausam und grässlich wirkenden Kälte überzogen, die Fionn schon bei der bloßen Berührung durchfuhr. Er zwang sich weiter. Mit klammen Fingern löste er den Verbandsknoten und wickelte das abgenutzte, zerfetzte Leinen ab. Lage für Lage wurde der Stoff dunkler, bis er wie angesengt wirkte. Lange, dicke Fäden aus schmieriger Schwärze zogen sich jetzt wie zähes Pech zwischen den Streifen, wie schleimige Schatten, und der widerwärtige Faulgeruch, der ihm mit dem Dampf entgegenschlug, wurde unerträglich … und mit ihm Fionns Verzweiflung.

Du hast gesagt, dass ich mir keine Sorgen machen soll, dass es dir gut geht, fuhr Fionn in Gedanken fort, um ihr nicht anheimzufallen, *… also kann da nichts sein. Ich weiß es, weil du es gesagt hast! Weil ich dich brauche, weil du mich nicht im Stich lassen würdest. Und vor allem, weil ich dich–*

Die letzte Stoffschicht löste sich. Mit einem abscheulichen Klatschen fiel sie zu Boden.

Fionn ließ Kellens Arm los. Mit Schritten, die zitterten vor Entsetzen und zugleich schrecklich langsam davon waren, wich er vor dem furchtbaren und widerwärtigen Anblick zurück, der sich ihm daran enthüllt hatte.

Kellens Hand hing über die Bettkante, dampfend und aufgedunsen, und dick mit einer feuchten, schleimigen Schwärze überzogen, die pulsierend und dick wie schwarze Nacktschnecken unter der Haut bis über das Handgelenk und an die untersten Fingergelenke gekrochen war – und die von der klaffenden Schnittwunde an Kellens Handfläche ausging, die Fionn ihm zugefügt hatte.

Nein … nein, das ist nicht wahr! Das darf, das kann einfach nicht wahr sein!

Das war keine gewöhnliche Wundfäule, das hier war etwas anderes, so viel Boshafteres, grässlicher als er es sich je hätte vorstellen können. Im Zurücktreten rempelte Fionn gegen die Kammertüre. Er konnte nicht mehr aus und schlug sich die Hand vor den Mund. Der Gestank fauligen Blutes und verwesenden Fleisches schloss ihn in sich ein, das Pochen der angeschwollenen schwarzen Fauladern wurde lauter und immer lauter, steigerte sich in Fionns Ohren zu einem unaushaltbaren Dröhnen, das nur noch einen einzigen, von nacktem Grauen bestimmten Gedanken zuließ.

Fionn gab ihm nach. Er hangelte sich zur Tür hinaus, stürmte aus der Kammer und blindlings die breite Turmtreppe hinunter. Er stolperte, strauchelte. Bei einem offenen Nischenfenster schaffte er es, sich abzufangen. Er lehnte sich nach draußen und musste sich sogleich übergeben. Tief unter ihm klatschte das Erbrochene ins Gebüsch vor dem Badehaus. Er hob den Blick. Vor ihm drehte sich alles in einem albtraumhaften Zerrbild; die Zinnen, Türme und Mauern, die erleuchteten Fenster der Großen Halle, die vereinzelten Lichter der Nachtwachen auf den Wehrgängen, die Bäume in dem mondbeschienenen Garten.

Er übergab sich noch einmal. Als wirklich nichts mehr hochkommen wollte, sank er an dem Sims zu Boden und weinte, bis er auch das nicht mehr konnte.

Ein kühler Nachtwind wehte durch den menschenleeren Turm. Die Fackeln in den Eisenhalterungen gaben knackende Geräusche von sich wie Mäuse im Laub, in gespenstischer Entfernung war der Ozean zu hören. Ansonsten war es still. Fionn fröstelte, schniefte. Er tastete nach dem Hirschanhänger in seiner Tasche, und wieder kamen ihm Kellens Worte von früher an diesem Abend in den Sinn, verzerrt und vorwurfsvoll.

Ich bin schon wieder weggelaufen! Verdammt … verdammt!

Fionn atmete tief durch, wischte sich über den Mund und die Tränen weg. Er musste sich wieder fassen! Er musste aufstehen, musste Hilfe holen! Aber sein Körper wollte und wollte ihm nicht gehorchen.

Nein, verdammt!

Er vergrub den Kopf zwischen den Knien.

Ich bin schon wieder zu gar nichts nutze!

Er krümmte sich zusammen und wollte schon wieder zu weinen beginnen, als ihn eine neue Empfindung überkam, eine namenlose Bangigkeit, eine böse Vorahnung, schwer und drohend, und obwohl sich nichts regte und nirgends ein Geräusch zu hören war, hatte Fionn plötzlich das Gefühl, als wäre er nicht mehr alleine. Er hob den Kopf, sah jedoch niemand. Dann begriff er: Was ihn beobachtete, war nicht hier, nicht in dem Turm; es lag auf der Lauer, im Verborgenen, hinter den Schatten zwischen den Fackeln.

Eine entsetzliche Erkenntnis riss ihn auf die Füße.

Das Schwert! Das Schwert des Flicken-Frém!

Was hatte er nur getan! Er hatte Kellen alleingelassen – alleine mit dieser verteufelten Schwärze an seiner Hand ... und der Klinge, der sie entsprungen war! Fionn musste sofort zurück!

Er fuhr herum und hastete die Treppe hinauf. Im Rennen riss er eine der Fackeln aus ihrer Halterung an der Wand, nahm sie mit. Ihr flackerndes Licht jagte ihm knapp voraus, die Schatten dicht hinter ihm her. Die Treppe schien kein Ende nehmen zu wollen. War er wirklich so weit von ihrer Kammer entfernt? Die letzten Stufen nahm er auf einmal, und als er endlich durch die Türe in ihre Kammer brach, fuhr ihm ein neuer unbarmherziger Schrecken kalt durch Knochen und Mark.

Da stand eine Gestalt – eine hagere, in Nacht und Schatten gehüllte, vermummte, pechschwarze Gestalt, die sich über Kellens Bett beugte, seinen rechten Arm mit knochigen Fingern hochhielt und ihn zu betrachten schien.

Die Fackel glitt Fionn aus der Hand.

Die Gestalt ließ Kellens Arm fallen und riss ruckartig den Kopf herum. Große leere Augenhöhlen starrten Fionn an, Löcher in einer kalkweißen Fratze. Dann zog die Gestalt ein Messer.

Die Magister waren in jenen Tagen über alle Landes-
grenzen des Großkontinents hinweg hoch angesehen.
Man schätzte ihr Wissen und den Rat, den sie daraus
schöpften, und so waren sie am Hof eines jeden Herr-
schers und im Gefolge eines jeden Kaufmanns anzu-
treffen, der es sich leisten konnte.

Einst gab es jedoch einen jungen Magister der
Astronomie, dem ein solch geruhsamer Lebenswandel
nicht recht zusagte, den der Forschungsdrang weiter
in die Welt hinauszog …

… und in die Tiefen vergessener Bibliotheken,
in denen noch Schriften zu finden waren, die nach
dem Brand von Aleas selbst in den ansonsten als
lückenlos geltenden Bibliotheken der Magister
nirgends auftauchten.

In fratzenhaften, alten Sprachen waren sie abge-
fasst, die ihm keiner zu entziffern vermochten; sie
enthielten Karten unbekannter, von Runen und
Hieroglyphen überkritzelten Inseln … und mitten in
alledem die gehässige Zeichnung eines dürren Hunde-
tieres mit kantigen Ohren.

DER ALTE MAGISTER saß am Fenster und blickte beunruhigt zur Herzogsburg hinüber. Ihre flackernden Lichter auf
der anderen Seite der fahlen Bucht funkelten unerreichbar
fern und schweigsam auf dem schwarzen Felsenhügel. Nehepu
konnte sich nicht erinnern, wann er zuletzt so in Sorge um
seinen Prinzen gewesen war, aber er hatte es inzwischen aufgegeben, deswegen rastlos in dem verfallenen Turm auf und ab

zu gehen. Das brachte Prinz Kahrion auch nicht zurück.

Törichter alter Narr, schimpfte er sich. *Wie hast du ihn nur so einfach gehen lassen können? Du hättest ihn aufhalten müssen! Und wenn er dich dafür gehasst hätte, du hättest ihn nicht gehen lassen dürfen!*

Mehr als zwei Stunden waren vergangen, seit Prinz Kahrion aufgebrochen war, und nur die Nachtwinde wussten, wo er sich gerade befand.

»Ich will mir gar nicht ausmalen, was ihm zugestoßen sein könnte«, hatte Nehepu gesagt, halb zu dem braven Benn, halb zu sich selbst, als er ihn bei der Fensterwache abgelöst hatte.

»Es wird ihm schon nichts geschehen sein«, hatte der Mann geantwortet, und Hekat hatte in grobem Ton ergänzt: »Und selbst wenn, was kümmert es euch, Nehepu? Ihr habt ihn zigmal davor gewarnt, in die Burg einzubrechen. Was immer ihm nun geschieht, es geschieht ihm recht! Ihr tragt daran keine Schuld!«

Keine Schuld ...

Wenn die Männer nur wüssten, wie wenig Wahrheit doch in diesen Worten lag.

Der mürrische Bootsmann saß mit drei der anderen Männern an dem jämmerlich kleinen Feuer. Sie würfelten zum Zeitvertreib, wetzten ihre Messer und reichten die Feldflasche mit dem yrischen Wasser herum. Die anderen beiden, zwei kräftige, dunkelhaarige Brüder um die sechsundzwanzig aus dem Norden, schnitzten an einer Flöte aus Vogelknochen herum. Der Schiffsjunge Geb saß ein wenig abseits im Flackerlicht einer Öllampe und polierte Prinz Kahrions Brustpanzer.

Alle neun Mann waren wach und hier; die Wache vor den Toren der Herzogsburg hatten sie aufgegeben. Vor seinem Aufbruch hatte ihr Prinz ihnen befohlen, sich bereitzuhalten. Sobald er wieder da sei, müssten sie umgehend zur *Alter König Narmer* aufbrechen. Für den Fall, dass sie unerwünschte Gesellschaft bekämen, hatten sie alles an Waffen zusammengetragen, was sich in den Türmen fand; stumpfe Harpunen, rostige Fischeisen, eine zerbrochene Lanze, ein löchriges Fischernetz.

Aber seinen Männern war es ohnehin gleichgültig, ob sich

die schlanke Gestalt Prinz Kahrions aus den zerklüfteten Schatten des Felsenhügels lösen und er zurückkehren würde.

Nein, nicht gänzlich gleichgültig, korrigiert sich Nehepu düster. *Sie würden es begrüßen, wenn er es nicht täte. Sie warten nur darauf, dass ich aufgebe, wir unser Lager abbrechen und zum Schiff zurückkehren.*

Doch darauf konnten sie noch lange warten. Mochten seine Hoffnungen noch so oft von der leeren mondbeschienenen Bucht enttäuscht werden, Nehepu würde seinen Prinzen nicht im Stich lassen. Er wandte den Blick von Bucht und Burg ab, ließ ihn stattdessen nach oben in die Schatten des modrigen Gebälks wandern, wo der große Kolkrabe hockte und schlief, und fragte sich, was nur in dem Brief des Vizeadmirals gestanden haben mochte, das Prinz Kahrion derart in Aufruhr versetzt und zu diesem überstürzten Aufbruch veranlasst hatte.

Ein widersehender Salamander mit äschernen Augen und einer Knochenrose im Maul ...

Akhems bloßes Siegel verhieß nur selten gute Nachrichten. Und dass der Kolkrabe gewusst hatte, wo sie sich befanden, verriet, dass auch Akhem davon Kenntnis haben musste. Falls dem wirklich so war, wäre es nur eine Frage der Zeit, bis er ihnen seine Häscher auf den Hals hetzte. Doch wieso schickte er dann überhaupt erst einen Briefraben vor? Weshalb entsandte er nicht gleich seine Meute?

Nehepu bereute immer mehr, die Nachricht nicht selbst gelesen zu haben, ehe er sie seinem Prinzen übergeben hatte. Der hatte sie gelesen, zerknittert und in eine Tasche seines Gambesons gesteckt. Was sein Inhalt auch gewesen sein mochte, er hatte ausgereicht, um Prinz Kahrion alle Warnungen und Ratschläge seines Magisters in den Wind schlagen zu lassen. Er hatte sich eine der alten Weißholzmasken aufgesetzt, die sie in einer der vergessenen Truhen des Schmugglernests gefunden hatten, mit den fratzenhaften Zügen irgendeiner vogelgestaltigen Celdennengottheit, und war mit nichts mehr als seinem Gambeson und seinen Eisenhandschuhen, dem Langschwert aus Adamantenstahl an der Hüfte und dem Schattenspringer an seiner Seite in der Nacht verschwunden.

Ich bin ein alter Mann geworden, dachte Nehepu. Es *hilft nichts, es zu leugnen. Alt und müde und schwach.*

Zu schwach, um Prinz Kahrion noch länger zurückzuhalten. Selbst mit der Macht von Ombos in seinem Blut konnte ihm die Waffe des Verräters noch immer gefährlich werden. Nehepu hatte das gewusst ...

... und doch habe ich ihn einfach ziehen lassen. Vielleicht sogar in seinen Tod.

Die Stundensterne krochen über das schwarzblaue Firmament, mit beinahe hämischer, teilnahmsloser Langsamkeit. Gegen Mitternacht fehlte von Kahrion noch immer jede Spur.

»Mir reicht's!«, verkündete der Bootsmann laut, warf die leere Feldflasche über die Schulter und stand auf. »Der Schnaps ist zu Ende und ebenso verhält sich's mit meiner Geduld! Ich sage, Prinz Kahrion wird nicht zurückkehren! Sie haben ihn gefangen und eingekerkert und wenn wir noch länger tatenlos hier herumsitzen, wird es uns genauso ergehen!«

Die Männer, die bei ihm am Feuer saßen, stimmten ihm zu. Die beiden dunkelhaarigen Brüder aus dem Norden sahen von ihrer Arbeit auf, und der brave Benn warf Nehepu einen Blick zu, dem der alte Magister auswich.

Der Schiffsjunge Geb protestierte, Prinz Kahrion sei klüger, schneller und gerissener, als alle Burgwachen Santísmers zusammen. »Sie können ihn nich schnappen! Er wird bestimmt bald zurück sein! Nicht wahr, Herr Nehepu?«

Hekat kam Nehepu mit seiner Antwort zuvor.

»Er ist ein Narr, dein Prinz!«, erwiderte der Bootsmann. »Und ein ungestümer, bösartiger noch dazu. So, ich habe es ausgesprochen. Es war bloße Torheit, in Santísmer einbrechen zu wollen. Dieser ganze Plan war die reine Torheit, und zwar von Anfang an! Die Schwachsinnstat eines größenwahnsinnigen Irren!«

»Sprecht nicht so über ihn!«

Alle Augen richteten sich auf den alten Magister am Fenster; manche waren verdutzt, manche verärgert, ob des ungewohnt strengen Tons in seiner Stimme. Nehepu hielt den Blick auf die Herzogsburg geheftet.

»Ach, und wieso nicht?«, hakte der Bootsmann nach.

»Ihr wisst nicht, was er durchleiden musste.«

»Pah, dass ich nicht lache! Was weiß er denn bitte von unserem Leiden?« Hekat verschränkte die muskelbepackten Arme vor der breiten Brust mit dem tätowierten Bisamochsen. »Was weiß ein solches Monster wie Kahrion schon von uns? Was schert es ihn, ob wir seinetwegen draufgehen? Nichts! Gar nichts! Wenn es seinen Plänen gelegen käme, würde er uns doch ohne mit der Wimper zu zucken dafür opfern. Ihr wisst, dass ich recht habe, Nehepu. Ihr wisst, wie grausam er ist. Oder habt ihr schon vergessen, was er mit dem errischen Kapitän angestellt hat?«

»Das habe ich nicht«, gab Nehepu zurück.

Wie könnte er es je; der Anblick Prinz Kahrions, wie er der entfesselten zürnenden Macht von Ombos erlag und vor Nehepus Augen davon zerfleischt wurde, stach wie ein glimmendes Messer in seiner Brust, wann immer es vor der Schwärze seiner Lider aufblitzte. Nie würde er das vergessen.

Ebenso wenig wie er den Tag der Prinzenweihe vergessen könnte, vor all den Jahren …

… *wie er geschrien hat.*

»Ich weiß, die Pflicht eines Magisters ist es, seinem geschworenen Herrn bis in den Tod zu dienen«, setzte Hekat nach, »aber Gehorsam alleine hat noch keinen halbwegs vernünftigen Mann zu solchem Wahnsinn verleitet, und Ihr seid mehr als nur halbwegs vernünftig, Nehepu! Ihr seid wohl die vernünftigste Seele an Bord der *Alter König Narmer* gewesen – zumindest dachte ich das einst. Prinz Kahrion jagt einem Hirngespinst nach. Sekhems Fluch wurde seit Tausenden von Jahren von keinem Menschen mehr gesehen – und doch ist er hinter ihm her wie ein Besessener! Wollt Ihr das denn nicht wahrhaben? Nehepu, Ihr von allen seid klug und weise genug, diesen Wahnsinn als solchen zu erkennen. Warum also lasst ihr Euch immer noch von ihm durch die Welt hetzen? Wieso lasst ihr euch das bieten?«

»Er hat Euch auch doch schon gedroht«, merkte einer der Männer am Feuer an. »Mehr als einmal, wenn ich nicht irre?«

»Man hat es auf dem ganzen Schiff gehört«, bestätigte ein anderer. »Wie er Euch angeschrien hat.«

»Ja! Angeschrien!«, stimmte der Dritte zu. »Und niedergemacht und beschimpft!«

Nehepu gab sich einen Moment.

»Er ist der Prinz, der verheißen ward«, hörte er sich dann mit brüchiger, müder Stimme sagen. »Der einzige und letzte Prinz von Amkash, der Erbe Sekhems, geboren unter der schwarzen Wintersonne, gesegnet durch die Gnade des Herrn von Ombos, gezeichnet von seiner Macht und –«

»Ach hört mir doch endlich mit diesem Unsinn auf«, schnaubte Hekat. »Das kann doch nicht allen Ernstes Grund für Euch sein, diesem Bastard treu zu bleiben?«

Ihr sollt ihn nicht so nennen! Der Gedanke war harsch und bitter, aber Nehepu konnte ihn nicht aussprechen, ebenso wenig, wie er den Männern um dem Bootsmann in die Augen sehen konnte. *Ihr sollt nicht so sprechen! Ihr wisst es doch nicht …*

»Das an Eurer Wange«, sagte Hekat nun mit einer seltsam eindringlichen Ruhe, »das habt Ihr doch auch ihm zu verdanken. Nehepu, Ihr müsst von ihm ablassen! Was immer Ihr bei ihm zu erreichen glaubt – das Bemühen ist zwecklos!«

Nehepu wusste, was der Bootsmann meinte: Die drei Streifen an seiner Wange, wo Kahrions Unterarmschiene ihn getroffen hatte, vor dem Gemetzel in dem Fischerdorf, waren nicht tief, aber noch immer deutlich zu sehen. Sie brannten fahl. Und er wusste auch, was Hekat damit noch meinte …

Die Männer um den Bootsmann hatten ja recht mit dem, was sie sagten. Kahrion hatte Nehepu gedroht, ihn angeschrien und verletzt, auf mehr als eine Weise, und doch …

Sie sprechen nur so, weil sie es nicht wissen.

Sie wussten nicht, was Nehepu wusste, wussten nicht, was geschehen war; was Nehepu getan hatte und weshalb er Kahrion niemals aufgeben durfte. Vielleicht, überlegte er, war es an der Zeit, dass sie es erführen.

Also erhob sich Nehepu und kehrte dem Fenster zur Sandsteinburg den Rücken zu, stapfte an dem Bootsmann vorbei und ließ sich auf einer morschen Holzkiste neben dem armseligen Feuer nieder. Mit einem Ast stocherte er darin herum, bis ein Funkenschwarm aufstob.

Dann begann er zu erzählen: »Prinz Kahrion war nicht immer so wie heute, müsst ihr wissen. Einst war er nicht mehr als ein Knabe. Ein schmächtiger hungriger Bettelknabe, der sich auf den Stufen eines verfallenen Tempels in Nír Ammharís mit den Seeschwalben und den anderen Pflasterwaisen um matschige Brotkrumen zankte.«

Und während er davon sprach, war dem alten Magister, als könne er alles vor sich sehen, in den tanzenden Schatten aus Orange, Gelb und Rot, wie neu angefachte Erinnerungen; er sah sich selbst, jünger, erschöpft von der langen Forschungsreise in den Osten, wie er am Vortag ihrer Heimfahrt nach Amkash durch den Hafen von Nír Ammharís schlenderte, wie ihn das Mitleid mit den dicht an dicht vor grauen Pfützen und Gemäuern hockenden Pflasterwaisen übermannte und er ihnen von den Vorräten aus seinen Taschen abgab; wie sie sich um ihn drängten, ihn umringten ... und wie sie ihn davon abhalten wollten, zu dem Knaben hinzugehen, der ganz alleine am Fuße der Stufen eines eingestürzten Tempels am Ende der Straße kauerte, die dünnen Arme um die Knie geschlungen, und zu ihnen herübersah, aus Augen wie von gefrorenem und verschattetem Gold.

*Die Geschehnisse in der Nacht vom einunddrei-
ßigsten Juli auf den ersten August sollten den Männern
der Nachtwache von Santísmer ein grausames Rätsel
aufgeben. Niemand konnte sich erklären, wie es den
Jungen aus dem Dorf im Westen gelungen war, zur
Stunde der Ginsterkatze acht Mann aus ihren eigenen
Reihen in der Gruft der Alten Westkönige und auf
dem Korridor davor auf so bestialische Art und Weise
zu ermorden, und wie sie den großen Rundleuchter in
der Gruft zu Fall bringen konnten.*

*Ebenso wenig wusste man sich den sonderbaren
Zustand des einen zu erklären, als man sie schlussendlich auf den Zinnen der Gruft festnahm …*

EINEN GRAUSIGEN AUGENBLICK lang starrte die vermummte Gestalt Fionn von ihrem Platz an Kellens Bettkante
vollkommen reglos aus den leeren Löchern in der kalkweißen
Fratze an. Das Messer in ihrer Hand blinkte kalt.

Fionn hätte schreien müssen, aber die Angst hatte seine Kehle
zugeschnürt. »Weg von ihm!«, piepste er mit dem kleinen Rest
Stimme, der ihm geblieben war – und bereute es sofort.

Jetzt schoss die Gestalt auf ihn zu, schnell und stumm wie
ein schwarzer Wind, das Messer vor sich durch die Luft schneidend.

In einem Anflug panischer Hilflosigkeit und einer plötzlichen Eingebung folgend, stürzte Fionn zu dem Schwert des
Flicken-Frém, das neben der Tür an der Wand lehnte, packte
es und stieß sich sogleich wieder von der Mauer ab. Wo einen
Wimpernschlag zuvor noch seine Hand gewesen war, kratzte

das Messer über den Stein. Die Gestalt fuhr herum, streckte die knochige Hand nach Fionn aus und schoss abermals mit dem Messer auf ihn los.

Das Schwert an die Brust gepresst, sprang Fionn zurück, sodass die Klinge um Haaresbreite an seiner Brust vorbeiging. Einmal und noch einmal. Dann blitzte das Messer über seine Knöchel, und Fionn geriet ins Straucheln, stolperte rückwärts über die Fackel, die ihm dort aus der Hand geglitten war, und fiel dadurch unter dem nächsten Streich hindurch, der ihm andernfalls die Kehle aufgeschlitzt hätte.

Das schwarze Schwert polterte zu Boden, und sogleich streckte die Gestalt die spitzen Knochenfinger danach aus.

Nein!

Die Einsicht, worauf die Fratze es abgesehen hatte, flackerte in seinen Gedanken auf, und mit den Fingerspitzen stieß Fionn das Schwert fort, über die Türschwelle hinaus und außer Reichweite der Gestalt. Die ließ nun ein wütendes Fauchen vernehmen, doch bevor sie dem Schwert nacheilen konnte, bekam Fionn die Fackel zu fassen. Ohne hinzusehen, warf er sie nach der bleichen Fratze, dann rappelte er sich auf und sprang zur Kammer hinaus, warf die Tür hinter sich zu und schob den schweren Eisenriegel vor; alles so schnell er konnte und keinen Moment zu früh: Schon warf sich die Gestalt von drinnen dagegen.

Das dicke alte Holz knarzte, die Angeln knackten, doch der schwere Eisenriegel in seiner ausgeschliffenen Mulde hielt tapfer stand – sehr zur Verwunderung Fionns. Der schlang sich mit zitternden Fingern das Schwert auf den Rücken und stürmte blindlings und auf ebenso zitternden Beinen die Treppe wieder hinunter, die er eben erst hochgelaufen war.

Seine Gedanken überschlugen sich. In was für einen unentrinnbaren Albtraum war er da nur hineingeraten – oder hatte er schlicht nie aufgehört? Kurz zog er die Möglichkeit in Betracht, der ruppige Stoß des Flachshaarigen, der ihm die Tischkante in den Rücken gedonnert hatte, hätte ihn bewusstlos werden lassen und er dichtete sich all dies – die abscheuliche Schwärze an Kellens Arm, die vermummte Gestalt – gerade in einer bitterbösen Ohnmacht zusammen, als er das unheilverkündende Geräusch splitterndes Holzes von oberhalb der Treppe vernahm, das ihn einen raschen Blick zurück werfen ließ.

Die vermummte Gestalt hatte die Tür zertrümmert und jagte ihm über die Stufen nach!

Wenn das ein Traum ist, will ich verflucht sein, nich von was Angenehmerem zu träumen!, dachte Fionn.

An der nächsten Tür, die sich von der Treppe weg öffnete, hangelte er sich hinaus und rannte den dahinterliegenden Korridor entlang. Lodernde Fackeln und blauschwarze Fensterschlitze flogen an ihm vorbei. Von irgendwo weiter vorne vernahm er gedämpfte Stimmen.

Die Nachtwache!, schoss es ihm voller Hoffnung durch den Kopf, und er rief: »Hilfe! Zu Hilfe!«

Aus einer erleuchteten Mauernische in knapp zwanzig Meter Entfernung, wo der Korridor sich über ein paar Stufen fortsetzte, tauchten drei Männer auf.

»Heda, was-«

Wild hinter sich deutend preschte Fionn an ihnen vorüber. Die Männer schauten sich verwundert um, sahen die bleiche Fratze, die dem Jungen in einem Wahnsinnstempo von der Turmtreppe aus hinterher und griffen sofort nach ihren Hellebarden.

Oberhalb der Stufen bremste Fionn ab und schaute sich heiser schnaufend um.

Die Nachtwachen stellten sich seinem Verfolger mit entschlossenen Mienen und ihren Hellebarden in den Weg.

»Halt!«, rief einer. »Bleibt stehen!«

Die vermummte Gestalt legte nur an Geschwindigkeit zu.

»Im Namen seiner Hoheit, Herzog Corentyn, befehle ich euch, bleibt sofort-«

Ein Langschwert blitzte auf, dann setzte die bleiche Fratze geschwind über den ersten Mann hinweg, trat sich von der Mauer weg, und in einem einzigen überqueren Satz schlitzte sie allen Dreien die Kehle auf.

Fionn kreischte schrill, fuhr herum und rannte weiter, von Panik getrieben, an weiten Bogenfenstern vorbei. Die Gestalt war ihm jetzt dichter und immer dichter auf den Fersen, und der

Korridor vor ihm streckte sich zu einer nicht enden wollenden Strecke aus Stein und Schatten, und als Fionn keinen Ausweg mehr sah und schon den kalten Atem der bleichen Fratze zu hören, den Griff ihrer Knochenhand zu spüren glaubte, stolperte er in letzter Verzweiflung um eine Ecke, strauchelte – und hatte plötzlich keinen Boden mehr unter den Füßen.

Er fiel ins Dunkel, wo er nach mehreren Metern auf hartem Steinboden aufschlug. Er sah sich um und fand sich – mit dröhnendem Schädel, knirschendem Kiefer und stechenden Schmerzen in allen Gliedern – inmitten eines Rings steinerner Königsstatuen wieder, die von ihren Sockeln an der Rundmauer streng und wie in zürnendem Ernst auf ihn herabblickten. Zu ihren Füßen waren Gestecke aus getrocknetem Ginster. In der Dunkelheit über ihrer aller Köpfe war schwarz der Umriss eines gewaltigen erloschenen Radleuchters auszumachen. Durch eine schmale Fensterscharte unterhalb der hohen Balkendecke drang ein einziger Streifen trüben, milchigen Mondlichts herein.

Um sich im Halbdunkel besser zu orientieren, blieb Fionn keine Zeit mehr; kaum einen halben Herzschlag nach seinem Sturz hörte er, dass die Gestalt ihn eingeholt hatte.

Er stemmte sich hoch und zwängte sich in wilder Hast in den Spalt hinter einen der Könige auf seinem Sockel. Der Abstand zwischen Statue und Mauer war so gering, dass er die Luft anhalten musste. Mit wild klopfendem Herzen spähte er um seinen steinernen König herum und sah die Gestalt mit einem geschmeidigen Sprung von der hölzernen Galerie, von der Fionn soeben gestürzt war, genau in der Mitte des hohen Raums herniedergehen, lautlos und sanft wie Schatten, das Langschwert in der einen, den Dolch in der anderen Knochenhand.

Im kühlen Schein des Sommermonds schimmerte die bleiche Fratze gespenstisch hell. Langsam, als nähme sie eine Witterung auf, ließ sie den leeren Blick von König zu König schweifen – und wandte sich dann abrupt zu Fionns Versteck um.

Der drückte sich sofort mit dem Rücken so eng an den König, wie er nur konnte. Das trockene Ginstergesteck zu dessen Füßen raschelte verräterisch. Bitte, bitte hatte die bleiche Fratze das nicht bemerkt!

Kurz hielt sich die schneidende Stille. Dann knirschten die Stiefel der Gestalt auf dem Boden, als sie begann, den Kreis der Statuen abzulaufen. Zwischen den Königen ließ sie das Langschwert vorschnellen und durchstach die verstaubten Spinnweben, die dahinter hingen.

Fionn spürte jeden Stich in seiner Brust. Fäden aus kalter Furcht rannen eisig seinen Nacken hinab. So behutsam er nur konnte, um auch ja kein Geräusch zu erzeugen, tastete er sich an den steinernen Gewandfalten der Königsstatue entlang, gerade um so viel, dass er nicht ins Blickfeld der bleichen Fratze geriet, die sich ihm Schritt für Schritt, Schwerthieb für Schwerthieb näherte.

Ich muss sofort hier raus!

Nur wie? Der einzige Ausweg befand sich oben auf der Galerie, von der er herabgestürzt war. Aber wie sollte er dort hinauf gelangen?

Es muss doch irgendwo eine …

Er riskierte einen kurzen Blick am Arm der Statue vorbei.

… Treppe geben!

Da war sie; auf der anderen Seite des runden Raums und führte nach oben, über die hölzerne Galerie und noch weiter hinauf, bis in die Finsternis über dem schwarzen Radleuchter. Doch dorthin gelangen konnte er nicht: Dafür müsste Fionn es an der Gestalt vorbeischaffen, an deren Schwert das noch warme Blut der Nachtwachen klebte, schwarz wie die Mahnung …

Nein, nein das schaff ich nie!

… die unaufhörlich, mit unausweichlicher Gewissheit zu seinem Versteck drang – und die nun plötzlich innehielt.

Fionn wurde schwarz vor Augen. Sie wusste es, das wurde ihm jetzt ganz zweifellos bewusst, sie wusste, wo er sich befand! Der nächste Hieb ihrer Klinge würde nicht mehr ins Leere gehen, dessen war er sich gewiss!

Und doch – der Stich blieb aus.

Wieder wurde es still, so still, als befände sich nichts und niemand in dem hohen runden Raum. Fionns Herz pochte jetzt so unerträglich laut und wild wie die Verzweiflung, mit der er zu begreifen versuchte, weshalb die Gestalt ihn nicht schon längst abgestochen hatte und über die er dann mit seinem letzten Fetzen klaren Verstands begriff, dass darin womöglich seine Chance lag – die einzige und letzte, die ihm blieb. Warum die Gestalt innegehalten hatte, wusste Fionn nicht, er konnte nicht einmal mehr abschätzen, wie viele Königsstatuen noch zwischen ihnen waren, doch er wusste, dass er nicht mehr länger zögern durfte! Er musste springen und zu der Treppe hin – sofort! – oder es wäre aus mit ihm!

Doch sein Körper rührte sich nicht von der Stelle.

Los jetzt! Mach schon!

Aber es half nichts; die Angst war in jeden Winkel seines Körpers gesickert, dort festgefroren und hielt ihn fest.

Verdammt! Verdammt!

Tränen des Zorns und der Furcht stiegen ihm in die Augen, aber mochte er sich auch noch so sehr in seinem Inneren dagegenwerfen, keine Faser und kein Muskel wollte ihm mehr gehorchen.

Das darf doch nicht wahr sein!

Einmal musste er weglaufen, um am Leben zu bleiben und jetzt brachte er nicht einmal das zustande. Er war so jämmerlich, so schwach, was nun geschehen würde – er hatte nichts anderes verdient.

Kellen ... es tut mir so leid! Ich –

Und dann kam der Stich – doch er kam nicht durch Stahl, sondern durch eine Stimme. Hohl klang sie, kalt und voller Härte, und sie nagelte den bewegungsunfähigen Fionn an die Königsstatue.

»Ich weiß, dass du hier bist, Fluchträger«, hörte er sie sagen. »Du kannst dich nicht vor mir verstecken. Zeige dich und überhändige mir Sekhems Fluch ... oder dein Freund wird sterben.«

Nacktes Grauen schnürte Fionns Herz zusammen. Was ... was hatte die Stimme eben gesagt? Kellen würde ...

Zwei Punkte erglommen in der Dunkelheit neben ihm, ehe er den Gedanken vollenden konnte, fahlblau und kalt und von einem Flackern umgeben wie kleine Kerzen. Dann brach der schlanke Schatten auch schon aus der ihn umgebenden Finsternis hervor und stürzte sich auf Fionn, stieß ihn aus seinem Versteck und von dem Podest, warf ihn zu Boden. Noch im Sturz verbiss sich das Geschöpf an dem Heft des Schwerts auf Fionns Rücken. Nun zerrte es daran herum und riss den flach auf dem Boden liegenden Fionn mit widernatürlicher Kraft hin und her. Fionn konnte nur noch wimmern und sich krampfhaft die Hände über den Kopf halten. Die aufgeritzte Haut an seinen Knöcheln spannte sich und brannte.

Auf einen gellenden Pfiff hin ließ das Geschöpf von ihm ab, sprang von ihm herunter und schleifte ihn mit einem heftigen Ruck am Hosenbein hinüber zu der vermummten Gestalt. Mit einem Klimpern glitt der Hirschanhänger aus Fionns Tasche. Fionn wollte noch die Hand danach ausstrecken, aber da packte ihn die Knochenhand der Gestalt am Kragen. Mühelos und mit nur einem Arm riss sie ihn in die Höhe, bis seine Füße in der Luft baumelten.

Die bleiche Fratze mit den leeren Augenhöhlen war nun ganz nah an seinem Gesicht, noch näher war nur ihr Messer. Fionn zappelte verzweifelt.

»Ruhig jetzt!«, zischte die Gestalt, doch bevor sie fortfahren konnte, platzten fünf Männer in den Rüstungen der Burgwache auf die hölzerne Galerie über ihnen. Sie erblickten die vermummte Gestalt, das Messer und den weinenden Jungen in ihrem Griff, zogen ihre Schwerter und gingen brüllend zum Angriff über.

»Du rührst dich nicht von der Stelle!«, fauchte die Gestalt, schleuderte Fionn kurzerhand zu Boden und trat den Wachen mit Schwert und Dolch entgegen.

Diese Stimme ...

Als die Gestalt ihn hochgerissen hatte, hatte sie ihn zugleich aus seiner Starre gerissen. Jetzt strampelte er sich von dem Kampf davon, so weit er konnte, bis sich ihm der schlanke Schatten in den Weg stellte, und sah mit an, wie sich die Männer der Burgwache auf die bleiche Fratze stürzten: Die Wachen waren schnell, aber die vermummte Gestalt war schneller. Stahl krachte auf Stahl, fuhr gegen gehärtetes Leder und blinkte im Mondlicht; blinkte blutrot und saphiren.

Ein grässlicher Verdacht beschlich den todesbangen Fionn.

Aber ... nein, nein, das kann nicht sein!

Die Kundschafter, die Prinz Emyl ausgesandt hatte, hatten doch geschrieben, das Eisenschiff sei versenkt und die Feinde alle vernichtet. Dann konnte er das doch unmöglich sein ... oder?

Die vermummte Gestalt entzog sich allen Hieben und bewegte sich so geschmeidig und flink, als wäre sie nichts als Nebel, Nacht und Schatten, und ihr Stahl schnitt scharf und unbarmherzig wie Winterwind. Schilde splitterten, die Hiebe und Stiche der Wachen gingen daneben, ein ums andere Mal. Schon hallten schrille Schreie durch den Turm und hinaus.

Es ging alles so schnell, Fionn konnte dem grausamen Gemetzel nicht mehr folgen, doch fand er die grausame Wahrheit hinter seinem Verdacht mit jedem Stich und jedem Hieb der vermummten Gestalt näher in die Wirklichkeit rücken: Das waren Eisenhandschuhe an ihren Händen, keine Knochen, die bleiche Fratze eine Maske, und als ihr blutverschmiertes Schwert einmal mehr durchs Mondlicht schnitt, sah er darin mit untrüglicher Deutlichkeit dieselben saphirblau schimmernden Wellenlinien, wie er sie auf dem Hügel vor Bailín gesehen hatte ...

... in der Hand des silberblonden Teufels.

Du ... du bist es also wirklich.

Eine Lache aus schwarzem Blut breitete sich auf dem Sandsteinboden um die verbliebenen Kämpfer aus. Sie ging von den Toten aus, kroch dem schlanken Schatten um die Pfoten und auf Fionn zu, der in blankem Entsetzen davon wegrobben wollte.

Der schlanke Schatten duckte sich und legte bedrohlich die kantigen Ohren an.

Die Ohren ... die Kerbe!

Die Kerbe, die Fionn dem Geschöpf in der Nacht im Hügelgrab zugefügt hatte, war noch immer dort!

Ihr Anblick, und die Feststellung, die ihm innelag, verlieh dem verängstigt dakauernden Jungen neuen, ungeahnten Mut: *Er* hatte ihm das angetan, mit dem Schwert des Flicken-Frém. Vielleicht ...

Sein Blick strich von dem schlanken Schatten zu der Treppe hin, und ohne recht zu wissen, was er eigentlich vorhatte, hatte er schon über die Schulter gefasst und fingerte an dem Knoten herum. Der schlanke Schatten sträubte das tiefschwarze Fell und setzte bereits zum Sprung an, da riss Fionn den schartigen Stahl vor sich.

Sofort wich das Geschöpf zurück. Es hatte die Klinge, die es verletzt hatte, also tatsächlich nicht vergessen! Jetzt musste sich Fionn das zunutze machen!

Das Schwert des Flicken-Frém ausgestreckt vor sich und so das vor dessen Spitze hin und her schleichende Geschöpf auf Abstand haltend, rappelte er sich auf und wich soweit zurück, bis er die Treppe, die zur Galerie hinaufführte, in seinem Rücken hatte.

Weg … bleib bloß weg, ich warne dich!

Seine Füße zitterten, seine Knie waren weich, und der schwere Stahl schwankte, doch das Geschöpf wagte es nicht, ihm näherzukommen. Es hatte die fahlblau flackernden Augen zu Schlitzen verengt und das Fell gesträubt. Als Fionn einen ungeschickten Stoß mit dem Schwert in seine Richtung wagte, nahm es Reißaus, schlug dabei einen Haken um die vermummte Gestalt, die gerade die Letzte der Nachtwachen niedergestreckt hatte, und verschwand mit einem letzten Satz in den Schatten hinter einer der Königsstatuen.

Der maskierte silberblonde Teufel schaute dem Geschöpf einen halben Herzschlag lang nach, fuhr dann herum und richtete seine Aufmerksamkeit und sein Messer wieder auf Fionn.

So schnell wie er gekommen war, zerschlug sich dessen Mut wieder. Hals über Kopf hechtete Fionn die Stufen nach oben, strauchelte, stürzte, zog sich wieder hoch. Das Schwert wurde so unsäglich schwer, aber er konnte es nicht loslassen. Erst am Ende der Treppe sah er sich um und sah von der Galerie aus, dass eine der verwundeten Nachtwachen noch einmal auf die Beine gekommen war, ein Schwert ergriffen hatte und sich damit trotz all seiner Wunden in ein letztes, taumelndes Gefecht gegen den silberblonden Teufel geworfen hatte.

Doch als Fionn sich das zusammengereimt hatte, stieß der maskierte Silberblonde den Mann schon mit dem Stiefel von seinem Stahl weg und wollte Fionn nach, doch der ließ den wertvollen Vorsprung, den die Wache ihm verschafft hatte, nicht ungenutzt verstreichen.

Der Silberblonde zog sich an einer der Königsstatuen hoch und wollte von dort über den Radleuchter auf Fionn zu stoben.

Woher Fionn der rettende Einfall kam, wusste er nicht, aber er setzte ihn blitzschnell um: Mit dem Schwarzen Schwert hieb er auf die dicke Eisenkette ein, die oben an der Galerie verankert war und an deren anderem Ende der schwere, massive Leuchter hing. Ein durchdringender Knall zerriss die Luft, als die eisernen Kettenglieder unter Fionns Stahl zersprangen. Mit metallischem Kreischen und ohrenbetäubendem Getöse stürzte der gewaltige Radleuchter zu Boden und begrub den silberblonden Teufel unter sich – in einer Wolke aus Staub und Dreck, dicht wie Milch in Wasser.

Fionn wandte sich um und wollte schon weiter, als ihn ein markerschütternder Schrei noch einmal aufhielt. Der Schrei kam aus der Kehle des silberblonden Teufels.

Er schrie vor Schmerzen.

*Schmerz durchwirkt die Herzen der Menschen,
Schmerz und Einsamkeit. Tief in sich sind alle
Menschen davon erfüllt. Alleine können sie ihn nicht
auf Abstand halten.*

  Alleine können sie nicht sein.

»PRINZ KAHRION war nicht immer so wie heute, müsst
ihr wissen. Einst war er nicht mehr als ein Knabe. Ein schmächtiger, hungriger Bettelknabe, der sich auf den Stufen eines verfallenen Tempels in Nír Ammharís mit den Seeschwalben und
den anderen Pflasterwaisen um matschige Brotkrumen zankte.
Sie nannten ihn böse, einen bösen Geist, und murmelten, dass
einem schlimme Sachen passierten, wenn man ihn störte.«

Nehepu erzählte, wie ihn eine der Pflasterwaisen am Zipfel
seiner Robe gepackt hatte. Sie hatten ihn nicht fortgehen
lassen wollen. Erst als er ihnen auch seine restlichen Vorräte
überlassen hatte, hatten sie von ihm abgelassen. Einen halben
Laib Brot jedoch hatte Nehepu für sich behalten.

Entgegen der Warnungen ging er damit auf den Tempel am
Ende der Straße zu. Selbst auf die Entfernung erkannte Nehepu,
dass der Knabe auf den Stufen noch magerer war als alle anderen, trotzdem machte er keine Anstalten, näher zu kommen,
selbst dann nicht, als Nehepu ihm freundlich zuwinkte.

Der Knabe hatte die dürren Ärmchen um die Knie geschlungen und beobachtete den Magister reglos aus verschat-
teten Augen.

Er mochte wohl um die elf Jahre alt sein, hatte Nehepu geschätzt, aber das war schwer zu sagen. Sein verfilztes Haar war
so hell wie die Schaumkronen des Wintermeeres, seine Haut

so weiß wie Schnee, zumindest da, wo sie nicht von Dreck be-
schmutzt war, und seine Augen ... solche Augen hatte Nehepu
noch nie zuvor gesehen. Unter den Schatten waren sie wie von
Gold, rein und klar, doch wie von einem dünnem Frost überzogen, der alles, was dahinterlag, unter kalten Schleiern verbarg – und sie waren ohne Ausdruck starr auf den Magister
geheftet.

Der Knabe verfolgte jede seiner Bewegungen. Fürchtete er
sich etwa vor ihm?

Als Nehepu auf ihn zutrat, streckte er ihm die Hand hin und
sagte: »Hab keine Angst, Kleiner! Ich tu dir nichts!«

Aber außer den Augen, deren gefrorenes Gold zuerst von
Nehepus Gesicht zu seiner Hand und dann wieder zu ihm aufblitzte, blieb der Knabe vollkommen still.

Nehepu zögerte und wollte seine Hand schon wieder zurück-
nehmen, da schnellte der Knabe so urplötzlich auf ihn zu, dass
Nehepu gar nicht wusste, wie ihm geschah. Der Knabe packte
seine Hand, zog sich an ihr zu ihm heran, riss ihm den Geld-
beutel aus der Innentasche seiner Robe, jagte die Stufen hinauf
und verschwand durch die schief in ihren Angeln hängenden
Eingangstür des Tempels.

Als Nehepus erster Schreck verflogen war, dachte er ver-
drossen: *Böser Geist ... von wegen*, und entschied sich, ihm zu
folgen. Die Warnungen der Pflasterwaisen hinter ihm wurden
von Stufe zu Stufe leiser. Oben angekommen vernahm er sie
schon gar nicht mehr.

Die Augen des silberblonden Knaben stachen scharf durch
die Dunkelheit des Tempelgemäuers zu ihm heraus, aber
Nehepu ging nicht hinein, sondern setzte sich auf die oberste
Stufe. Dort blieb er und wartete.

Es hatte einige Zeit gedauert, aber schließlich war der Knabe
tatsächlich wieder nach draußen gekommen und hatte sich mit
einigem Abstand neben ihm niedergelassen. Nehepu hatte so
getan, als bemerkte er ihn nicht. Nach einer weiteren Weile, in
der sie schweigend nebeneinander gesessen waren, war es der
Knabe gewesen, der ihn angesprochen hatte.

»Warum seid Ihr immer noch hier, alter Mann? Was wollt
Ihr von mir?«

»Du hast etwas, das dir nicht gehört«, antwortete Nehepu ruhig. »Das möchte ich gern wiederhaben.«

»Ihr meint das hier?« Der Knabe holte Nehepus Geldbörse hervor, warf sie in die Luft und fing sie wieder auf. »Holt's Euch doch.«

»Ich glaube, wir beide wissen, dass ich dabei den Kürzeren ziehe. Ich müsste jemanden von der Stadtwache herbeirufen.«

Der Knabe kniff die blassgoldenen Augen zusammen. »Ihr kommt nicht von hier, oder?«

»Nein«, gab Nehepu zu. »Ich komme von weither.«

»Hab ich's mir doch gedacht. Niemand, der hier lebt, kommt noch in diesen Tempel. Und noch weniger scheren sich um die, die es trotzdem tun. Die Leute wissen, dass sie ihn meiden sollten, wenn sie wissen, was gut für sie ist. Sie wissen, dass sie *mich* am besten meiden. Ihr tätet gut daran, es ebenfalls zu tun. Und jetzt verzieht Euch.«

Der Knabe wollte aufstehen, doch Nehepu hielt ihn am Handgelenk fest. Ein Dolch blinkte blitzschnell in der freien Hand des Knaben auf.

»Fasst mich nicht an, alter Mann!«

»Schon gut, schon gut!« Nehepu ließ ihn los und hob abwehrend die Hände. »Ich sagte doch, ich tu dir nichts!«

»Das sagen viele.« Nehepu sah den Brustkorb des Knaben vom raschen Atmen beben. »Was wollt Ihr *wirklich* von mir?«

»Zuerst einmal möchte ich, dass du dein Messer senkst.«

Doch der Knabe hielt es unbeirrt weiter auf ihn gerichtet. »Seid Ihr einer von denen, die Jungen mit zu sich ins Bett nehmen?«

»Ich? Oh, oh, nein. Nein, das bin ich gewiss nicht.« Der Knabe musterte Nehepu von oben bis unten, und der Magister fragte sich, ob ihm jemand etwas dergleichen angetan hätte. Der Knabe wirkte leicht belustigt, als hätte er seinen Gedanken mitverfolgt.

»Ein paar haben's versucht. Aber soweit hat's noch keiner gebracht.« Er ließ seine Klinge zwischen den Fingern tanzen. »Ich bin ganz geschickt mit dem Messer, alter Mann.«

»Das glaube ich dir.«

»Ich könnt Euch hier und jetzt ausrauben und Euch den

Wanst aufschlitzen.«

»Ganz zweifellos.«

»Habt Ihr denn keine Angst?«

»Oh, durchaus – sehr sogar.«

»Für einen Magister seid Ihr ganz schön dumm, alter Mann.«

»Woher weißt du, dass ich ein Magister bin?«, fragte Nehepu mit aufrichtiger Verblüffung.

»Die Nadel.« Der Knabe wies mit dem Dolch auf die Weißmetallfibel an Nehepus Robe. »Ich hab das schon öfters gesehen. Nur Magister haben solche Nadeln.«

Nehepu nickte. »Du bist klug«, räumte er ein und seufzte. »Mein Name ist übrigens Nehepu. So, nun musst du mich nicht immer ›alter Mann‹ nennen. Und jetzt steck endlich dein Messer weg. Wir wissen doch beide, dass du mich nicht ausrauben und mir auch nicht den Wanst aufschlitzen wirst – was, nebenbei bemerkt, kein besonders netter Ausdruck war. Ich finde nämlich, ich habe auf meiner Reise durchaus ein paar Pfunde verloren. Einen Wanst habe ich auf jeden Fall nicht. Und jetzt sei so gut und setz dich bitte wieder. Ich möchte mit dir reden.«

Dem Knaben schien es die Sprache verschlagen zu haben, und zum ersten Mal meinte Nehepu, etwas in dem maskenhaften, starren Frost über dem Gold in seinen Augen aufspringen zu sehen. Als sich der Knabe dessen bewusst wurde, wandte er sofort den Blick ab. Dann jedoch, zu ihrer beider Erstaunen, kam er dem Wunsch des Magisters nach. Nachdem er sein Messer in eine Innentasche seiner Lumpenweste hatte gleiten lassen und Nehepu seine Geldbörse zurückgegeben hatte, reichte der ihm im Gegenzug den halben Laib Brot.

Nach kurzem Zögern riss der Knabe es ihm aus der Hand. Er schlang das Brot so gierig und in so großen Bissen herunter, dass Nehepu schon fürchtete, er würde daran ersticken. Als er den letzten Kanten heruntergewürgt hatte, hielt er sich den rumorenden Bauch und krümmte sich kurz vornüber.

»Warum bist du nicht zu den anderen gekommen?«, fragte Nehepu und nickte in Richtung der Gruppe von Pflasterwaisen, die den fremden Magister und den silberblonden Knaben aus einiger Entfernung noch immer argwöhnisch im Blick behielten. »Wo du doch solchen Hunger zu haben scheinst, meine ich? Da hättest du noch mehr haben können, als nur trockenes Brot.«

»Das geht Euch nichts an!«, zischte der Knabe.

Nehepu erwiderte nichts darauf.

Der Knabe rümpfte die Nase, las einen flachen, scharfkantigen Kiesel auf, warf ihn hoch und fing ihn wieder auf. Dann schmiss er ihn nach ein paar Möwen, die ein paar Stufen unter ihnen nach Krümeln pickten. Eine traf er am Schnabel, und unter lautem Kreischen flatterten die Vögel auseinander, schwangen sich ungelenk in die Luft und machten sich davon.

»Das war auch nicht besonders nett«, meinte Nehepu.

Jetzt war es der Knabe, der nichts darauf erwiderte.

Er hatte sein Ziel erreicht; nicht nur die Möwen hatte er verscheucht, auch die Kinder hatten sich verzogen, zurück in ihre Schlupflöcher in den Tempelruinen.

Daraufhin saßen Magister und Knabe wieder eine Weile schweigend nebeneinander da, lauschten dem leisen Rauschen der grauen See, den kurzen, scharfen Lauten der Seeschwalben und den fernen Geräuschen des Hafens. Nehepu pfiff eine Melodie vor sich hin, die er auf der vergangenen Fahrt in den Osten aufgeschnappt hatte.

Welche war es noch gleich? Nehepu konnte sich nicht mehr entsinnen.

Irgendwann hatte der Knabe dann von alleine zu erzählen begonnen.

»Die anderen wollen mich nicht haben«, sagte er mit matter Stimme und ohne den Blick von den Steinstufen zu heben. »Sie meiden mich, gehen mir aus dem Weg, immer schon ... nicht erst, seit ich hier bin, wisst Ihr. Alle ... alle fürchten sie sich vor mir.«

Nehepu wollte ihn sanft berühren und streckte die Hand nach seiner Schulter aus, doch der Knabe rückte weg und fauchte ihn an: »Ihr sollt mich nicht anfassen, alter Mann!«

Das Gold in seinen Augen war nun wieder von schneidender Kälte, und Nehepu zog augenblicklich seine Hand zurück.

»Sie alle tun auch gut daran, mich zu fürchten und mich zu meiden! Und ich will sie auch nicht! Ich brauch sie nicht! Ich brauch niemanden – niemanden, hört ihr!«

Nehepu nickte, und der Knabe beruhigte sich. »Der Tempel hier wurde einst für einen Gott erbaut«, sagte er leise. »Nun gehört er mir und mir ganz alleine.«

Die Möwen landeten wieder am Fußende der Treppe. Magister und Knabe sahen ihnen zu, wie sie abermals nach Krümeln pickten.

Dann, ohne dass Nehepu hatte nachfragen müssen, sprach der Knabe weiter. Er erzählte dem Magister, weshalb ihn die anderen so sehr fürchteten und mieden, davon, was geschah, wenn man ihm Leid zufügte oder ihn verletzte, und wozu er imstande war, wenn ihn der Zorn überwältigte ...

... und er sprach von jener seltsamen Dunkelheit in seinen Venen, einer finsteren Macht, schwarz wie sternlose Nacht und wild wie ein dämonischer Wolf, die er nicht ganz begreifen konnte, und die, einmal losgebrochen, seine Gedanken bezwingen und ihm die Gewalt über seinen Körper entreißen und ihn schreckliche Dinge tun lassen konnte.

In all dem hatte ein unnennbarer Stolz gelegen, erinnerte sich Nehepu. *Und darunter, nur hauchdünn verborgen, eine bange, dunkle Furcht.*

Am Ende war dem Magister eines bewusst gewesen: Dieser Knabe war mehr, als es zunächst den Anschein gehabt hatte. Ein Gedanke beschlich ihn, fremd und viel zu unmöglich, als dass er wahr sein konnte. Er war den Tontafeln vom Nebelmeer entsprungen – und den antiken Worten, die darin geschlagen waren.

Als die Schatten über die steilen Berggipfel um die Stadt krochen und das Heulen der Winde vom nahenden Frost kündete, fragte er den Knaben, ob er ein Zuhause habe, in das er zurückkehren könne.

Eine düstere, erdrückende Schwere legte sich auf dessen Stimme. »Ich musste fort von dort. Sie haben mich gehasst, für das was ich bin ... für das, was ich getan habe.«

»Was auch immer du angestellt hast, nichts ist so schlimm, als dass dich deine Familie nicht wieder aufnehmen würde«, hielt Nehepu dagegen.

Der Knabe schüttelte den Kopf. »Manche Dinge sind es.«

Dann vergrub er den Kopf zwischen den Knien und begann leise, doch bitter zu schluchzen. Vorsichtig streckte Nehepu die Hand nach seiner Schulter aus. Der Knabe zuckte unter der Berührung zusammen, wich ihr allerdings weder aus, noch zog er sein Messer.

»Ich möchte, dass du mit mir kommst«, sagte Nehepu mit sanfter Stimme. »In meine Heimat. Ich glaube, dort wird es dir besser ergehen als hier.«

Der Knabe schniefte, hob den Blick und sah Nehepu an. Das kalte Gold in seinen Augen leuchtete nun warm wie Bernstein. Er nickte.

So hatte Nehepu den Knaben an jenem Abend mit zu sich in die Herberge genommen. Während sie gingen, hatte er ihm auch seinen Namen genannt:

Kahrion.

Dann war er ohnmächtig umgefallen, und Nehepu hatte ihn den Rest des Wegs tragen müssen.

Er war so leicht gewesen, man hatte jede Rippe spüren können.

Am nächsten Morgen waren sie nach Amkash aufgebrochen, und bei ihrer Ankunft hatten die Hohepriester Nehepus Verdacht bestätigt: Dieser schmächtige Junge mit den harten, goldenen Augen und dem silberblonden Haar war wahrhaftig das Kind der Prophezeiung, der Erbe von Ombos, vom Blute Sekhems des Verräters und der rechtmäßige Prinz von Amkash.

Als Nehepu seine Erzählung beendete, war das Feuer zu pulsierender Glut niedergebrannt, deren Hitze schwer auf die müden Lider des Magisters drückte. Außer ihrem Schummer, der schwach wie Schleier aus Schwarz und Orange über die Gesichter der Umsitzenden huschte, regte sich nichts im Inneren des verfallenen Turms. Die neun Männer hatten Nehepus Schilderung andächtig gelauscht. Nun konnte der alte Magister die Fragen und die Verwirrung erahnen, die schweigend in ihren Mienen waren.

»Also heißt das«, fragte einer in die Stille hinein, »Kahrion kam gar nicht im Pyramidenbezirk zur Welt?«

»Nein«, antwortete Nehepu. »Das ist eine Unwahrheit, die

die Hohepriester verbreiten ließen, nachdem sie ihn als den Prinzen, der verheißen ward, ausgerufen hatten.«

Und er dachte: *Eine von vielen Unwahrheiten.*

»Die Hohepriester fragten ihn aus, von woher er komme und wer seine Mutter sei, wann er geboren wurde und was er bereits über die Macht in seinen Adern wusste. Prinz Kahrion sagte, er sei in einem kleinen Dorf am Fluss Armínn zur Welt gekommen, im Winter, der damals elf Jahre zurücklag.«

»Der Winter der Schwarzen Sonne«, hauchte der brave Benn.

Nehepu nickte. »In jenem Jahr hatte sich die Sonne am Tag der Wintersonnenwende verdunkelt, so wie es die Prophezeiung für den Tag der Prinzengeburt vorhergesagt hatte.«

»Das hab ich alles nicht gewusst«, sagte ein anderer.

»Das wusste niemand«, gestand Nehepu. »Und niemand weiß es noch. Niemand außer jenen wenigen, die damals in der Schwarzen Pyramide zugegen waren.«

Ich, Prinz Kahrion selbst, Vizeadmiral Akhem ... die Hohepriester hinter ihren Schleiern.

»Hätte ich damals geahnt, was all das für ihn bedeuten oder was es aus ihm machen würde, ich hätte ihn in Nír Ammharís zurückgelassen. Selbst ein Elendsdasein als Pflasterwaise wäre gnädiger gewesen. So aber haben die Hohepriester den armen Knaben den Prüfungen unterzogen, wie sie in den Schriftrollen der Zeloten von Rhín beschrieben werden. Das alles geschah im Allerheiligsten der Schwarzen Pyramide, in das nur die Hohepriester und Prinz Kahrion selbst eingelassen wurden. Ich habe ihn erst nach zehn Tagen wiedersehen dürfen. Er war erschöpft und müde, völlig ausgezehrt. Es war ihm verboten worden, mir zu erzählen, worin die Prüfungen bestanden, doch er war fest entschlossen, sie alle bis zum Ende zu bestehen. Also ließ ich ihn. Ich weiß bis heute nicht, was sie mit ihm gemacht ... was sie ihm angetan haben.«

Und selbst wenn ... was hätte es damals genützt?

Dann berichtete Nehepu den Männern von den Jahren, die darauf folgten, in denen man ihn und den unbarmherzigen Vizeadmiral Akhem im Geheimen mit der Ausbildung ihres Prinzen betraut hatte.

»Während dieser Jahre haben Prinz Kahrion und ich viele

Stunden in den Moosgärten innerhalb des Pyramidenbezirks verbracht. Prinz Kahrion hat viel gelacht, sein Lachen war so hell und unbeschwert gewesen, dass sich ihm keiner, der es hörte, entziehen konnte. Außerhalb der Mauern des Pyramidenbezirks, in den Straßen und Spelunken von Amkash, derweil begannen die Gerüchte umzugehen. Der Erbe von Ombos sei gefunden, hieß es. Und fünf Jahre nach Prinz Kahrions Ankunft, an seinem sechzehnten Geburtstag, wurden diese Gerüchte mit dem Tag der feierlichen Prinzenweihe bestätigt.«

Die Prinzenweihe hatte auf dem mit Blumen und Flaggen geschmückten und von Fackeln und Feuern erhellten Platz von Kemet im Inneren des Pyramidenbezirks stattgefunden. Hunderte, Tausende aus dem Volk Amkashs hatten sich eingefunden, um einen Blick auf den Knaben zu erhaschen, dessen Wiederkunft in den alten Prophezeiungen verheißen war und von dem es hieß, dass er Amkash ins Licht und in die Stärke seiner alten Tage zurückführen würde. Sie alle wollten Zeugen sein, wie ihn der Mund der Hohepriester als den Erben des Herrn von Ombos und Prinz von Amkash ausrief und ihm den prinzlichen Siegelring aus Obsidian ansteckte.

Bei diesem Teil der Geschichte nickten die Männer um Nehepu. Sie alle waren zugegen gewesen, sogar der Schiffsjunge Geb.

»Mein Vater hat mich auf seine Schultern genommen, damit ich was sehen konnte«, erinnerte er sich. »Aber ich hab damals nicht verstanden, was das alles zu bedeuten hatte.«

Das hat dein Prinz auch nicht, dachte Nehepu. *Ob er es wohl verstanden hat, als man ihn auf die Knie zwang, ihn fesselte und der Ostiarier das Zeremonienmesser zückte?*

Ja, sie alle mochten an jenem Tag zugegen gewesen sein, sie alle hatten die Worte vernommen und ihrem Prinzen zugejubelt, doch keiner von ihnen hatte um die wahre Bedeutung dessen gewusst, was sich vor ihren Augen abspielte …

Die wahre Bedeutung dessen, was es hieß, der Erbe Sekhems des Verräters zu sein …

… und keiner hatte gesehen, was Nehepu sah; dass Prinz Kahrion leichenblass war und zitterte.

Denn keiner von ihnen wusste, was zuvor geschehen war,

bevor man ihn auf den Balkon führte und der Menge präsentierte.

Nehepu fuhr fort zu erzählen und fühlte, wie Bitterkeit mit aller Schwere seine Worte erfüllte.

Die Erinnerungen an jenen Tag und jene Stunden waren von schwärzester Reue verzerrt, so unerträglich und unaushaltbar, dass er sie von sich gestoßen und aus seinen Gedanken verbannt und in all den Jahren seither nie mehr zugelassen hatte. Selbst jetzt konnte er sie kaum mehr ertragen, als nötig war, um denen, die es nicht selbst mit eigenen Augen angesehen hatten, das volle Ausmaß der puren, unverhüllten Abscheulichkeit begreiflich zu machen, die sich an jenem Tag im stillen Inneren der Großen Pyramide vor dem Schrein von Ombos offenbart hatte.

Prinz Kahrion, dem das Messer an die Unterarme gesetzt wurde, sein Blut, das dick und schwarz hervorquoll, über die weiße Haut rann und von seinen Fingern troff …

… sein flehender, von Schreien, Schmerz und Tränen gezeichneter nackter Blick, der einzig auf Nehepu gerichtet war.

»Ich hätte Einwände erheben sollen«, hörte er sich sagen, nachdem er sich irgendwie dazu überwunden hatte, einen Funken jener grässlichen Erinnerungen in Worte zu fassen, »Ich hätte eingreifen, etwas unternehmen sollen, doch ich … ich konnte nicht. Vizeadmiral Akhem hielt mich zurück. ›Lasst sie‹, sagte er, flackernden Wahn in den Augen, ›wenn der Knabe wahrlich vom Blute Sekhems ist, wird er es überleben.‹«

Als Kahrion die Kräfte verließen und sein Flehen schließlich zu vergehen begann, geschah es: Mit einem urgewaltigen schwarzen Blitz barst die Macht des Herrn von Ombos aus den Wunden an seinen Unterarmen hervor. Tosend und tobend, von der Gestalt schwarzer, hoch schlagender Flammen, und sie stieg immer weiter empor, mit sich rasch ausbreitenden Schwingen, tief wie Schatten und kalt wie die Leere zwischen den Sternen, und erfüllte die Tempelhallen mit bestialischem Sturmgebrüll, vor dem sich selbst das Firmament über Amkash verdunkelte.

Die Schwärze verschlang den ohnmächtigen Prinzen, zerfleischte und verzehrte ihn ganz und gar. Und was sie übrig ließ, der Knabe, dem man die dampfenden Arme verband, den Prinzenring ansteckte und den man anschließend auf den Balkon führte und dem Volk präsentierte, war nicht mehr derselbe.

Und ich ... ich habe es einfach geschehen lassen. Ich habe meinen Blick abgewandt.

Schweigen erdrückte die Männer um das Feuer. Sie schienen das, was Nehepu ihnen eben enthüllt hatte, nicht recht einordnen zu können; die Herkunft und die wahre Natur ihres Prinzen, die Qualen, die er durchlitten hatte, die Geheimnisse, die die Hohepriester von Amkash vor dem Volk verbargen.

Hekat verzog das Gesicht. »Ihr wusstet also, was Prinz Kahrion in Wirklichkeit ist?«, knurrte der Bootsmann und schnaubte dabei verächtlich. »Ihr wusstet die ganze Zeit über, was für ein verfluchter Dämon in dem Bastard lauerte, und habt es uns vorenthalten?«

Etwas in der Glut zischte. Scharfe Rauchschwaden kringelten an Nehepus Augen vorbei. Dann antwortete er: »Damals war er nur ein Kind. Dass er so geworden ist, ist allein meine Schuld.«

Der Bootsmann schüttelte den Kopf. »Ich fass es einfach nicht! Nehepu, ich wusste ja schon immer, dass Ihr eine Schwäche für diesen verfluchten Teufel habt, aber das ... das geht entschieden zu weit!« Dann fuhr er, von jäher Wut erfasst, auf und packte den alten Magister mit seinen mächtigen Pranken am Kragen seiner Wollrobe. »Nur wegen Euch und Euren elenden Selbstvorwürfen sind wir hier!«, brüllte er ihn an. »Wegen Euch werden wir noch alle draufgehen! Man sollte Euch –«

Der Bootsmann unterbrach sich selber. Sein Blick streifte die der anderen am Feuer. Keiner wandte etwas ein. Draußen brandeten die Wellen gegen die Felsen.

»Ach drauf geschissen«, knurrte Hekat dann und ließ Nehepu los. Der alte Magister sank unsanft wieder auf seinem Platz, und der Bootsmann stapfte zu dem Torbogen, der aus dem Turmversteck führte.

»Verlasst Ihr uns?«, fragte der Schiffsjunge.

»Ich muss pissen!«, versetzte Hekat. »Das werd ich ja wohl noch dürfen? Oder muss ich mich jetzt etwa vor dem nächsten dahergelaufenen Pissbengel rechtfertigen?«

Dann verschwand er.

»Eins versteh ich aber immer noch nicht«, sagte einer der Männer nach kurzem Nachdenken in die wieder eingekehrte Stille. »Ich meine, warum ist Prinz Kahrion so versessen darauf, die Prophezeiung zu erfüllen und Sekhems Fluch zu finden und nach Amkash zurückzubringen, wo es ihm doch bislang nichts als Leid zugefügt hat? Ich an seiner Stelle wär auf und davon …«

Und ein anderer ergänzte, ob es nicht sogar stimmte, dass man Prinz Kahrion nach der Weihe noch einmal fortgesandt hatte – zumindest hatte es Gerüchte gegeben, die das behaupteten. Warum hatte er diese Gelegenheit nicht genutzt und war fortgeblieben? Warum war er nach Amkash zurückgekehrt?

Die Männer sahen Nehepu erwartungsvoll an. Der alte Magister jedoch blieb schweigsam.

Das Schlimmste hatte er ihnen bislang noch gar nicht erzählt. Das, was auf die Prinzenweihe gefolgt war, Kahrions letzte Prüfung, die noch hatte bestanden werden musste …

Sie wollen, dass ich ihn töte, Nehepu. Ich soll in mein Heimatdorf gehen und ihn töten. Sie sagen, auch er hat die Macht von Ombos in sich und das darf nicht sein. Diese Macht darf nicht geteilt werden. Sie sagen, nur wenn ich ihn töte und seine Macht auf mich übergeht, bin ich wahrhaft würdig, das Erbe von Ombos anzutreten.

Das hatte Prinz Kahrion gesagt, an jenem letzten Tag in den Moosgärten, und an dem schwarzen Prinzenring aus Obsidian an seinem Finger gedreht.

Meinen Bruder, Nehepu! Ich soll meinen Bruder töten!

Und er hatte sein Gesicht, sein schönes, edles, doch blasses Gesicht, in Nehepus Wollrobe vergraben und geweint.

Ich weiß nicht, was ich tun soll, Nehepu! Helft mir! Sagt mir, was ich tun soll!

Die Worte hallten in dem alten Magister nach, bruchstückhaft und flehend, schwer wie die Vorwürfe.

Der Grund, weswegen Prinz Kahrion so versessen darauf

ist, die Prophezeiung zu erfüllen und Sekhems Fluch zu finden ... der wahre Grund ...

... warum Nehepu ihn niemals alleine lassen würde.

Nein.

Er konnte es den Männern nicht sagen. Er hatte ihnen ohnehin bereits viel zu viel erzählt, das wurde ihm jetzt plötzlich bewusst. Wenn Prinz Kahrion davon erführe ...

So sagte er endlich nur: »Die Suche nach Sekhems Fluch ist alles, was ihm noch bleibt, alles was ihn noch antreibt. Solange die Waffe des Verräters dort draußen ist, solange Prinz Kahrion diese eine letzte Hoffnung hat, wird er nicht aufgeben.«

Und das ist alles, was ich brauche.

Die Männer erwiderten nichts, doch der Frust und der Verdruss, die sich in den Schatten und dem schwachen Schummer des Feuers in ihren Gesichtern abzeichneten, waren unverkennbar.

Da erschien Hekat plötzlich wieder im Torbogen.

»He, Nehepu, hier wurde eben was angeschwemmt, das solltet Ihr Euch besser mal ansehen.«

Einen halben Herzschlag lang starrte der Magister den Bootsmann, der sich noch den Hosenbund zuknotete, ungläubig an. Dann holte ihn die Bedeutung seiner Worte ein, und er raffte seine Robe und stürzte, gefolgt vom braven Benn, dem Schiffsjungen und den beiden dunkelhaarigen Brüdern, an dem Bootsmann vorbei und zum Turm hinaus, wo er schon von dem aufgeregt herumspringenden Simkhat erwartet wurde.

Sofort sah Nehepu den Grund: Die ersten flachen Wellen der anrollenden Morgenflut klatschten bereits um die Gezeiteninsel und schlugen Prinz Kahrions schwergetränkten Leib unsanft wie Treibholz gegen die scharfkantigen Felszacken. Sein silberblondes Haar leuchtete hell wie der Salzschaum in der dunklen dämmrigen See.

Der Anblick seines Prinzen ließ Nehepu jede Vorsicht vergessen. In blinder Hast kletterte der alte Magister über den glitschigen Fels nach unten und wäre um ein Haar in eine unausmachbare Felsspalte geschlittert, hätte ihn nicht der brave Benn im letzten Moment noch an der Robe zu packen bekommen. So gelangte er mit nur einem aufgeschürften Ellbogen zu seinem Prinzen.

»Mein Prinz! Hört ihr mich, mein Prinz?« Nehepu rüttelte ihn durch, jedoch ohne Erfolg; Prinz Kahrions Augen blieben geschlossen.

Hektisch winkte Nehepu die anderen zu sich herab, und gemeinsam zogen sie den Prinzen aus dem kalten Wasser über die Felsen hinauf und schafften ihn ins Innere des Turms.

»Legt mehr Holz ins Feuer!«, befahl Nehepu, während er und der Schiffsjunge Prinz Kahrion die Eisenhandschuhe abstreiften, ihm den Adamantenstahl und den triefenden Gambeson ablegten und ihn auszogen. »Und bringt Decken, Umhänge, schnell! Wir müssen ihn trocknen und aufwärmen!«

Prinz Kahrions sehniger Körper war kalt und steif wie Kerzenwachs, die Stirn von einer klaffenden Platzwunde blutverschmiert, sein linker Knöchel angeschwollen und als sie ihn in die eilig herbeigebrachten Decken wickelten und Nehepu ihn trocken rieb, fiel dem alten Magister noch etwas auf, das ihn für einen halben Herzschlag lang erschrocken die Finger zurückziehen ließ.

An den Unterarmen, über den alten, nie gänzlich verheilten Narben des Zeremonienmessers, waren weitere Flecken, die sich um den ganzen Arm wanden, als hätte sich etwas darum geschlungen. Sie waren wie Brandmale, doch dunkler, von der Farbe fauligen Blutes.

Da würgte Prinz Kahrion einen großen Schwall schäumenden Salzwassers hervor.

»Ja was zum-«, knurrte der Bootsmann. »Sagt bloß, der is noch immer am Leben?«

Wie zur Bestätigung krümmte sich der Prinz stöhnend in Nehepus Armen. Trotz der unerklärlichen Flecken und Kahrions erbärmlichen Zustands konnte sich der alte Magister eines flüchtigen Lächelns der Erleichterung nicht erwehren.

»Mein Prinz«, flüsterte er ihm beruhigend zu, »keine Sorge, jetzt seid Ihr in Sicherheit!«

Der Schattenspringer schlich um seinen Herrn herum, schnupperte und leckte an dessen Wunden und ließ sich neben ihm nieder, seinen Kopf auf Prinz Kahrions Brust gebettet.

Beklommenheit erfasste die Mannschaft in ihrem modrigen

feuchten Turm.

Dann sprach der Schiffsjunge Geb die Frage aus, die Nehepu im Stillen zerfraß und allen übrigen ebenfalls in den Gesichtern geschrieben stand: »Was ist nur passiert?«

Die Gruft der Alten Westkönige, die Zinnen, die laue Nachtluft, der Gestank von faulem Blut. Ich erinnere mich, aber ich will mich nicht erinnern. Vergangenheit, Gegenwart, was wahr ist und was noch wahr werden würde, die Schatten des Schicksals, die Fäden all dessen kreuzten sich in jener Nacht ...
... zwischen Kellen und mir.

FIONN HIELT INNE. Er blickte zurück.

Unter ihm, unterhalb der hölzernen Galerie, in dem Turmrund legte sich der Staub langsam und dünn auf die reglosen Leiber der Nachtwachen. Der vermummte silberblonde Teufel lag zwischen ihnen am Boden, den rechten Fuß am Knöchel unter dem schweren Rad des Leuchters eingeklemmt, und versuchte mit aller Anstrengung, ihn von sich zu stemmen. Es gelang ihm nicht.

Mit einem erneuten Aufschrei ließ er von dem unbeweglichen Leuchter ab und riss sich die fahle Fratzenmaske vom Gesicht. Das silberblonde Haar fiel in dünnen Strähnen über das blasse, verschrammte Antlitz. Er hob den Kopf, sah zu Fionn hinauf und rief: »Du! Fluchträger! Du musst mir zuhören! Du hast doch keine Ahnung, was du da bei dir trägst! Worauf du dich eingelassen hast! Du musst mir Sekhems Fluch aushändigen! Denn weglaufen ... weglaufen kannst du nicht!«

Zum Ende hin brach seine Stimme und zerfiel in schweres, stoßweises Keuchen.

Fionn blieb regungslos oben auf der Galerie stehen, das schwarze Schwert, mit dem er eben noch die Befestigungskette zerschlagen hatte, noch immer in den Händen, und starrte den silberblonden Teufel an. Hatte er dessen Identität zuvor bereits erahnt, so war es dennoch etwas ganz anderes, seinen Verdacht so unverhüllt bestätigt zu sehen.

Es traf ihn mit aller Bitterkeit und wühlte etwas auf, tief und noch tiefer in ihm, das ihn für den Moment alle Angst und Furcht vor dem silberblonden Teufel verdrängen ließ, Herzschlag für Herzschlag.

Nein, ich darf ... ich darf nich weglaufen!

Und dann, obwohl sich alles in seinem Körper dagegen sträubte, machte er noch einmal kehrt. Er stieg die Treppe hinab und zwischen den gefallenen Männern der Wache umher, suchte. Er spürte, wie der silberblonde Teufel jeden seiner Schritte mit den Augen verfolgte.

»Hör mir zu!«, schnaubte der. »Du musst mir zuhören! Du musst mir Sekhems Fluch geben! Hast du seinetwegen nicht schon genug durchgemacht? Hast du nicht gehört, was ich gesagt habe? Überhändige mir Sekhems Fluch ...«

»*... oder dein Freund wird sterben.*«

Nur in Gedanken vernahm Fionn den Rest des Satzes; vernahm ihn so furchtbar stechend wie eben, als er sich hinter der Königsstatue versteckt hatte.

Als er fand, wonach er gesucht hatte, las Fionn den Hirschanhänger auf und steckte ihn in seine Tasche. Seine Finger waren klamm, wie taub.

Dann wandte er sich um und sah dem silberblonden Teufel direkt in die Augen. Kalt und hart wie gefrorenes Gold waren sie, und sie schwelten von mörderischer Boshaftigkeit und Niedertracht, doch eingeklemmt unter dem Leuchter zu Fionns Füßen wirkte all das nicht mehr so einschüchternd. Ein bitteres Gefühl stieg in ihm auf. Es schob ihn vorwärts, auf den eingequetschten, jetzt hilflos gewordenen, Silberblonden zu.

»Verdammter Drecksknirps!«, fauchte der. Er streckte sich und reckte seine Hand in dem Eisenhandschuh nach Fionn, reichte aber nicht an ihn heran. »Sekhems Fluch! Gib es mir einfach, und das alles hier hat ein Ende!«

Fionn schritt weiter auf ihn zu.

Du bist ein Scheusal, ein Mistkerl und ein Mörder ...

Er blieb neben ihm stehen, gerade so weit weg, dass er nicht an ihn herankam.

... und du bist hilflos und wehrlos.

Dann setzte Fionn seinen Fuß auf den Radleuchter und trat mit seinem ganzen Gewicht darauf, sodass der Bastard abermals einen so elenden Schmerzensschrei ausstieß, dass Fionn darüber einen leisen Anflug der Genugtuung empfand. Als er seinen Fuß wieder von dem Eisenrad nahm, schlug der Silberblonde mit seiner Faust in dem Stahlhandschuh auf den Steinboden.

»Du musst mir zuhören!«, schrie er. »Hör mir doch endlich zu! Oder willst du etwa, dass dein Freund stirbt?«

»Hör auf damit! Hör auf, das zu sagen!« Fionns Stimme bebte, seine Hand in der Tasche war um den Hirschanhänger zur Faust geballt. »Hör auf zu sagen, dass Kellen stirbt!«

»Aber er wird es!«

»Du hast sie umgebracht!«, brüllte Fionn, jetzt heiser vor Wut. »Allesamt umgebracht! Unser ganzes Dorf abgeschlachtet! Wie kannst du dir einbilden, dass ich dir jemals ein Wort glauben könnte!«

»Ich spreche wahr!«, fauchte der Silberblonde, aus dessen Nase nun rotes Blut kroch – es bildete eine dünne Linie. »Sie wird ihn töten! Die schwarze Macht von Ombos ist ein Gift für jene, die nicht vom Geschlechte Sekhems sind! Es wird ihn aufzehren, ganz und gar ... und er wird leiden, jede Stunde bis zu seinem Tod und noch weit darüber hinaus! Jede Hilfe ist zu spät ... es sei denn, du befreist mich und übergibst mir Sekhems Fluch! Nur dann kann ich ihn noch retten!«

Fionn hatte genug gehört. »Nein! Nein! Nein, du lügst! Ich glaub dir kein Wort!«

Dann drosselte die Wut seine Stimme und Fionn konnte und wollte sich ihrer mit all ihren Tränen nicht mehr länger erwehren und überließ sich ihr ganz und gar: In wildem, blindem Hass trat er auf den Leuchter ein, wieder und immer wieder. Das Eisen unter seinen Füßen knarzte, und der silberblonde Teufel schrie laut auf vor Qual. Wieder verspürte Fionn Genugtuung dabei. Und er hörte nicht auf. Dieses Scheusal musste leiden für das, was er getan hatte – und noch viel mehr für das, was er da sagte! Das konnte einfach nicht wahr sein! Er musste

lügen, musste einfach! Denn andernfalls hieße das ja ...
Kellen würde ...

Plötzlich riss die Wucht der Einsicht darüber, was die Worte des silberblonden Teufels bedeuteten, Fionn von den Beinen. Er stürzte hin, und die rasende Wut, die ihn überkommen und wie benommen hatte denken und handeln lassen, brach auf. Schmerz stach durch seinen Körper, gefolgt von neuem Entsetzen, das jetzt gewaltsam seinen Körper jagte, als er die zwei fahlblau flackernden Augen des schlanken Schattens aus den Augenwinkeln ausmachte. Das Geschöpf hatte ihn eben wie aus dem Nichts von hinten angefallen und umgerissen. Jetzt kam es nochmals auf ihn zu, drohend zum Angriff geduckt.

Im letzten Moment schaffte es Fionn, das Schwert des Flicken-Frém vor sich zu reißen. Das Geschöpf mit den kantigen Ohren sträubte sich, stellte Fell und Schweif auf und verengte die fahlblau flackernden Augen zu bösartigen Schlitzen, ließ jedoch von ihm ab und wich zu seinem verwundeten Herrn zurück, um dessen kalte blassgoldene Augen nun – zu Fionns von Tränen verschmierten und verschwommenen Schrecken – die hässlichen Schatten schwarzer, fetzenhafter Flammen schlugen.

Nein! Nein!

Der Anblick von Kellens entstellter schwarz verfärbter Hand sprang ihm entgegen, dampfend und aufgedunsen, von feuchter, schleimiger Schwärze überzogen, fratzenhaft und verzerrt ...

... von der scheußlichen klaffenden Wunde in seiner Handfläche, die Fionn ihm zugefügt hatte.

Nein!

Der Gedanke an diesen Anblick stieß Fionn so heftig zurück, als hätte ihn jemand mit dem Stiefel gegen die Brust getreten, und ließ keinen Raum für eine andere Empfindung. Angst und Entsetzen erfüllten sein Herz und wuchsen darüber hinaus und bis ins Unermessliche, als er begriff, was der silberblonde Teufel eben gesagt hatte. Schwach vor Furcht strampelte er sich von ihm weg.

Nein!

Auf einmal fühlte er etwas unter seiner Hand, etwas Glitschiges, Weiches, Warmes. Er sah hin und musste mit vor Ekel und Abscheu weit aufgerissenen Augen erkennen, dass er in das blutbesudelte Brustwappen einer der toten Nachtwachen gefasst hatte – dass er zwischen ihnen und in ihrem Blut auf dem Boden lag. Er kreischte auf und schaffte es, stolpernd irgendwie wieder auf die Beine zu kommen. Taumelnd wich er zurück, rückwärts über die Toten von dem Silberblonden weg, bis ihn die Brüstung der Treppe kalt und unnachgiebig auffing.

Von dort aus sah er mit an, wie sich die Flammenschatten, die die Augen des Silberblonden umloderten, aufbäumten, wie Schatten und Schwärze sie umblitzten und wie er sich dann mit einer abnormen, widernatürlichen Kraft gegen den gewaltigen eisernen Radleuchter stemmte, ihn anhob und mit einer einzigen Hand von sich stieß. Der Leuchter donnerte lautstark dröhnend zu Boden. Der ganze Turm erbebte, die steinernen Königsstatuen schwankten auf ihren hohen Sockeln.

Dann nahm der Silberblonde sein Langschwert auf und kam hinkend, mit von Schatten und Schwärze umloderten Augen und dem schlanken Schatten an seiner Seite auf Fionn zu.

Nein!

Das Dröhnen des Leuchters hatte Fionn aus seiner Starre gestoßen: Jetzt zog er sich an der Brüstung hoch und rannte, gepeitscht von ausweglose Verzweiflung, die Treppe hinauf, über die Galerie und noch weiter über endlose, vor seinen tränenverquollenen Augen aus der Finsternis auftauchende Stufen, die ihn an ihrem Ende oben auf dem Turm erbarmungslos gegen nackte Sandsteinzinnen schmetterten.

Ein kühler Nachtwind, nach Salz und Moder riechend, ließ ihm das schweißnasse Hemd und die Weste am Körper kleben. Im Licht des Sommermondes war die stumme Brandung draußen vor der Bucht kaum mehr als eine schwache Linie, weißgrau im blauschwarzen Dunkel.

Er konnte nicht mehr weiter. Er wollte nicht mehr weiter.

Das alles war zu viel für ihn, und er konnte es einfach nicht mehr länger ertragen: Die Worte des silberblonden Teufels schlugen über ihm zusammen, zerschmetterten und zermalmten ihn. Er hielt sich an der Zinne fest, auf das schwarze

Schwert gestützt …

… das Schwert, mit dem er Kellen verwundet hatte.

Fionn sah auf seine Hand hinunter, auf das fluchbeladene fahle Heft in seinem Griff, und ihm war, als könnte er sehen, wie die schartige schwarze Klinge in Kellens Hand schnitt, als der sie Fionn hatte entreißen wollen. Er sah Kellens verletzte Hand in seiner, blutend, nachdem er in der Halbmondbucht wieder zu sich gekommen war, sah wie Kellen diese Hand niedergerungen hatte und wie über seinen Arm die gleichen hässlichen und gehässigen Schatten tanzten …

… sah wie Kellen sich krümmte und wandte vor Qualen auf dem Boden der Großen Halle.

Kellen … Bitte …

Fionn wurde schlecht. Alles um ihn herum drehte sich, schwankte und stürzte ab in unwirkliche albtraumhafte Gefälle. Er konnte sich nicht mehr länger auf den Beinen halten und sank, die Augen voll dicker Tränen, die ihm über das Gesicht rannen, an dem Schwarzen Schwert hinab, an einer der Zinnen zusammen.

… Bitte hilf mir! Lass mich nich alleine! Ich kann nich mehr, ich-

»Hab ich dich endlich!«

Die eiserne Hand des Silberblonden packte Fionn im Nacken und zog den am Boden kauernden, hilflos schluchzenden Jungen hoch, sodass der Stein der Zinne schroff gegen seine Wange schrammte, bis er wieder Boden unter den Füßen spürte. Aus eigener Kraft stehen konnte er nicht mehr. Der Silberblonde musste ihn aufrecht halten.

»Ich habe dir die Möglichkeit geboten, dich von deinem Eid zu erlösen und mir Sekhems Fluch aus freien Stücken zu überlassen!«, hörte er nun dessen Stimme ganz nah an seinem Ohr. »Ich will dir kein Leid zufügen, doch tust du dies nicht, bleibt mir keine andere Wahl! Sekhems Fluch muss sich *meinem* Willen beugen und keines anderen!«

Fionn hatte die Augen zusammengepresst. Nun fühlte er, wie sich kalter Stahl an seine Kehle legte und sie zuzudrücken begann. Er bekam keine Luft mehr. Dann schloss sich der andere Eisenhandschuh um seine Schwerthand, und während das kalte Metall an Fionns Kehle enger und immer enger drückte, wand er ihm das Heft der Schwarzen Klinge aus den unweigerlich schwächer werdenden Fingern, die doch nicht von alleine loslassen wollten.

Kellen ...

Als die Schwärze vor Fionns Lidern bereits zu flimmern begann und er das Scheppern des aus seinem Griff gleitenden und zu Boden fallenden Schwertes nur noch als fernen Widerhall vernahm, ließ der Druck auf seinen Hals auf einmal nach.

Fionn fiel auf die Knie und vornüber, wo er mit rauer Kehle zitternd um Atem rang. Die laue Nachtluft schnitt ihm sengend kalt in Rachen und Lungen – und blieb beim Ausatmen als weiße Wolke in der Sommernacht vor ihm hängen.

Was ... was geschieht da ... wie kann das ...

Und dann, sein Blick war durch die Tränen verschwommen, schien es ihm, als sähe er die Schatten auf dem Boden vor sich, wie sie sich bewegten, als kröchen sie gleich dickem Pech durch die Fugen und Mauerritzen, sickerten neben ihm vorbei ... sammelten sich.

Nein ... bitte ... ich kann doch nicht mehr ...

Und doch folgte sein Blick den kriechenden Schatten. Mit letzter Anstrengung hob er den Kopf – und was er dann erblickte, reichte weit über alles hinaus, was sein gemarterter, zerquälter Verstand noch hätte ertragen können.

Nein! Nein!

Dort vor ihm stand der Silberblonde, den Stahl erhoben gegen einen gewaltigen, missgestalteten Schatten, der sich schwarz und groß – größer als der Silberblonde – gegen den Nachthimmel abzeichnete. Schwarze Flammen schlugen hoch von ihm aus, troffen schmierig von ihm herab und schlangen und wanden sich immerzu, verquollenen, verwesenden Wucherungen gleich, dampfend, zischend und abstoßenden Faulgestank absondernd. Inmitten dieses abscheulichen Schreckens, im finstersten Innersten dieser Erscheinung, glaubte Fionn wider jede Möglichkeit, die Umrisse eines Menschen zu erkennen, von der Schwärze wie von einem brüllenden Sturm umtost, und entstellt.

Der Silberblonde versuchte einen Hieb, doch sein Schwert

fuhr glatt und ohne Widerstand durch die schwarzen schleimigen Flammen hindurch. Die loderten, bäumten sich auf, und dann sah Fionn, wie das gewaltige Schattenwesen den Silberblonden packte und ihn über die Zinnen hinabschleuderte. Dann kam es auf ihn zu.

Ein Kreischen tiefsten und letzten Entsetzens löste sich aus Fionn.

Ich halt das nich mehr aus! Das is alles zu viel!

Er vergrub den Kopf zwischen den Knien, so tief er nur konnte, bedeckte ihn krampfhaft mit den Händen und schrie und kreischte unablässig weiter.

Kellen! Kellen, bitte ... mach, dass es aufhört! Ich kann nich mehr! Ich kann nich mehr! Ich kann nich mehr!

Die schleimigen schwarzen Flammen schlugen um ihn herum nieder und löschten alles jenseits davon aus. Fionns Kreischen erstickte, als er eine Hand an seiner Wange spürte. Sie strich ihn einer vertrauten Zärtlichkeit.

Es war Kellens.

Stille umfing ihn.

Fionn zwang sich, die Augen zu öffnen, doch als er in Kellens Gesicht schaute, war es müde, sein Lächeln schwach und zerschlagen, und seine Augen nicht mehr warm und blau wie die Sommersee, sondern fahl und voller Schatten. Er schlang die Arme um Fionn, zog ihn zu sich heran, vergrub sein Gesicht in Fionns Haar und presste ihn immer fester an sich. Fionn aber konnte nichts davon erwidern; in der Innigkeit von Kellens Armen spürte er einzig die einsame Unausweichlichkeit dessen, was kommen würde.

Die Runen der Aínar, der Völker des grauen Winters, wie sie in den Ländern nördlich der hohen Grenzberge gemeinhin genannt werden, werden von den Magistern mitunter als eine der ältesten erhaltenen Schriften des Großkontinents betrachtet. Sie sind zumeist aus simplen Formen zusammengesetzt; aus geraden Linien und kleinen Kreisen, da sie mit einfachsten Werkzeugen in Fels, Bernstein und Holz oder blaues Eis und schwarzes Salz geritzt werden mussten.

Bis auf einige wenige Zeichen, (wie etwa die Sonnenrune, die Feuerrune sowie jene für Tiere und Schutz, und die angeblich fluchbeladene Todesrune), die die Feldzüge Ástans, die Vertreibung und den Niedergang der Aínar und die darauffolgenden Alter überdauern konnten, kennen heute allerdings nicht einmal mehr Schriftgelehrte oder die Historikermagister von Alianor ihre genaue Bedeutung.

ES WAR STILL geworden in der Minenhalle unter dem Schwarzsalzberg. Nachdem die Albträume nicht nachgelassen hatten und noch ein zweiter Mann zusammengebrochen war, und mit blutig aufgebissenen Lippen über den Förderkorb hinausgeschafft werden musste, hatten die Ersten die Arbeiten niedergelegt. Tag für Tag hatten sich ihnen mehr angeschlossen, bis am Schluss knapp die Hälfte der Männer nurmehr herumsaßen, Karten spielten, ihren Schlaf nachzuholen versuchten, oder sich sonstwie die Zeit vertrieben.

Nur aus einer einzigen Nische war noch Hämmern und

Hauen zu hören. Sam, ihre vier Gefährten und die übrigen neu Vereidigten waren als Letzte noch bei der Arbeit. Sam hatte zwar nach wie vor keine Angst vor dem mit Brettern verschlagenen Stolleneingang, wohl aber vor dem Oberaufseher. Fíd fürchtete zudem den starken Yoran, und dieser sowie die blonden Brüder Emmet und Emerik wollten einfach nur ihren Lohn nicht riskieren, damit sie ihn bei der nächsten Überfahrt nach Salísfell in den dortigen Schenken verprassen konnten. Diese Aussicht war es auch, die die restlichen verbliebenen Arbeiter um sie ansporte. Sam konnte natürlich keine Sekunde mit so etwas verschwenden. Ihre Gedanken waren gänzlich und unbeirrt auf ihr Eisen und auf ihre Familie zu Hause in Istansgard gerichtet.

Vater ... Mykas und Per ... der kleine Yesper ...

Die Hoffnung auf eine bessere Anstellung hatte sie noch nicht aufgegeben, und die derzeitige Lage, in der sich so viele weigerten, dem Befehl des Oberaufsehers zu folgen, bot die beste Gelegenheit, ihre Chancen zu verbessern. Solange die anderen nur herumsaßen, musste sie umso fleißiger sein. Sie durfte keine Schwäche zeigen.

Die älteren Arbeiter hingegen seufzten nur und meinten, die Neuen würden es schon früher oder später auch noch bleiben lassen.

Solange man keine Klarheit darüber hatte, was da in dem notdürftig verbretterten Schacht war, das ihrer Meinung nach so ein unanfechtbares Unheil verströmte, konnte nichts sie dazu bringen, ihre Eisen wieder aufzunehmen; nicht einmal die Drohung des Oberaufsehers, dass sie die nächste Fahrt nach Salísfell bald vergessen könnten, wenn sie untätig blieben.

Ob er das überhaupt durchsetzen könnte?, hatte sich Sam gefragt, als Braendi das eines Morgens im Innenhof der Festung verkündet hatte. Die Männer hatten jedenfalls ziemlich unbeeindruckt gewirkt.

Schließlich kam es, dass der Oberaufseher nach einer Unterredung mit den Vorarbeitern, die angeblich die halbe Nacht andauerte, zur Mittagsstunde der Minenhalle höchstselbst einen Besuch abstattete. Sein zottiger Bärenfellmantel wischte schwer über den staubigen Boden, die eberköpfige Meer-

392

schaumpfeife hing ihm wie ein Hauer im Mundwinkel, und das Ungemach zog ihm nach wie der Pfeifenqualm. Der Sommerwolf folgte ihm wie ein Hund an der Leine und ließ alle Arbeiter antanzen.

Sam, Fíd, Emmet und Emerik und der starke Yoran hielten sich am hinteren Rand der Menge. Ihretwegen war der Schacht schließlich erst zutage gekommen, auch wenn man nur Fíd dafür bestraft hatte, und das ungute Gefühl, dass der Oberaufseher es auf sie abgesehen hatte, hielt sie sicherheitshalber auf Abstand.

Der Oberaufseher klemmte die Daumen unter den Gürtel und verkündete, er wolle einen Erkundungstrupp in den Schacht schicken und suche zu diesem Zweck drei willige, kühne und verlässliche Männer.

»Eure Kühnheit soll nach erfüllter Arbeit selbstredend angemessen entlohnt werden!«

Doch es gab keinen, der sich in der darauf einkehrenden erwartungsvollen Stille aus freien Stücken meldete. Lediglich Geraune huschte durch die Reihen. Dann rief jemand, den aber keiner ausmachen konnte: »Ich setz da keinen Fuß rein!«, worauf ein paar nickten und brummend ihre Zustimmung kundtaten.

Verärgert schnaubte der Oberaufseher eine Qualmwolke durch seine klobige Pfeife. »Ist denn niemand in diesem Haufen, der-«

»Ich!«

Köpfe reckten sich, um zu sehen, wer es gewagt hatte, den Oberaufseher zu unterbrechen; sie reckten sich nach hinten, zum Rand der Versammlung.

»Was m-m-machst du denn d-d-da! B-b-bist du denn von allen guten Geistern v-v-verlassen!«, zischte Fíd, packte Sams Arm und wollte ihn herunterdrücken.

Sam stieß ihn von sich weg. »Ich … Herr«, sagte sie noch einmal, wobei sie dem Oberaufseher direkt und ohne zu blinzeln in die stechenden Augen sah.

Nach einigen langgezogenen Herzschlägen, verzog der Graubart das schroffe Gesicht und polterte mit aufgekratztem Zorn, unter dem hörbar die Ungeduld hervordrang: »Schaut euch das an! So einen Haufen untauglicher Jammerlappen haben die Minen gewiss noch nie gesehen, da wett ich drauf! Selbst der Kleine da hat mehr Mumm in den Knochen als ihr! Könnt ihr euch überhaupt noch selber anschauen, ohne vor eurem Spiegelbild zu erschrecken? Und ihr wollt euch Männer des Berges schimpfen?«

Er befahl Sam, die Hand herunterzunehmen und überschaute die Menge. Dann fiel seine Wahl auf einen breit gebauten Hauer, auf einen stämmigen Kerl aus den Umenlanden und – auf den starken Yoran. Alle drei weigerten sich zwar zunächst, aber als der Oberaufseher ihnen drohte, dass sein Zorn sie ärger als jeder Geisterfluch treffen würde, wenn sie nicht gehorchten, fügten sie sich doch. Die wurmartige Narbe über Yorans Nase pochte vor Wut und Trotz, als man ihn und die anderen beiden in einen Unterstand am Rand der Minenhalle brachte. Unter gedämpftem Gemurmel löste sich die Versammlung wieder auf. Alle kehrten zu den ihren Beschäftigungen von vorher zurück.

Sam und ihre verbliebenen Gefährten nahmen ihre Hacken und Hauen wieder auf und machten sich in ihrer Nische wieder an die Arbeit. Sie hatten nicht vergessen, wie leicht der Oberaufseher zu reizen war – was sie bereits am Tag ihrer Ankunft durch ihre Strafarbeit herausgefunden hatten – und wollten es nicht riskieren, beim Faulenzen ertappt zu werden.

Vor allem Sam nicht. Sie musste sich von ihrer tüchtigsten Seite zeigen, ganz besonders solange der Sommerwolf und Braendi beide gleichzeitig in der Minenhalle waren.

Vater ... Mykas und Per ... der kleine Yesper ...

Ohne Unterlass hieb und schlug sie auf die salzige Felswand vor ihr ein, dass es um sie herum nur so krachte und sie nicht einmal mehr den yrischen Rotschopf hörte, als der sie fragte, was sie sich dabei gedacht hatte, sich für dieses waghalsige Unterfangen zu melden. Nur hin und wieder warf Sam einen raschen Blick auf den Unterstand zurück, um zu prüfen, ob man ihren fleißigen Einsatz bemerkte, und verbot sich ansonsten jedes Anzeichen von Anstrengung und Beschwernis ...

... und der Schwäche, die sie in der Erleichterung darüber empfand, dass der Oberaufseher sie nicht für den Erkundungstrupp ausgewählt hatte. Sie hatte sich einfach melden müssen, obwohl sie natürlich gewusst hatte, dass sie dafür nie infrage gekommen wäre, dünn, schmächtig und unerfahren wie sie war. Dennoch hatte sich ihr Magen vor Sorge um die Unwägbarkeit verkrampft, als sie die Hand gehoben und dem Blick des Oberaufsehers standgehalten hatte – und umso überraschender war es, als sie kurze Zeit später mit dem yrischen Rotschopf ihren vollen Scheffel am Fördergerüst abgeben wollte, dass der Sommerwolf sie doch noch anhielt.

»Du glaubst nicht an diesen ganzen Unsinn von dem Spuk?«, fragte er mit seiner wie stets harten Stimme.

»Nein, Herr«, antwortete Sam und ermahnte den verängstigten Fíd mit einem Knuff mit dem Ellbogen in die Seite dazu, dass er es ebenfalls zu verneinen hatte.

»Gut«, knurrte der Hagere. Er winkte Emmet und Emerik ebenfalls zu ihnen her. »Folgt mir. Eure Werkzeuge lasst hier.«

»Aber-«

»Darum kümmert ihr euch nachher. Jetzt folgt mir.«

Die vier wechselten unsichere Blicke, taten aber wie geheißen und folgten dem Hageren wortlos zu einem Schuppen, wo er jedem von ihnen ein Brecheisen in die Hand drückte, und danach zu dem verbretterten Tor. Bei jedem Schritt, den sie darauf zu taten, konnte Sam spüren, dass ihnen mehr Männer nachsahen, und als sie den gemiedenen Bereich um den Schachteingang betraten, konnte sie sogar leise gemurmelte Gebete hören.

Aus seinem Relief über dem Sturz blickte das dürre Hundstier mit den kantigen Ohren unabänderlich starr auf sie herab. Der Sommerwolf wies sie an, die Brecheisen anzusetzen, zu zweit auf jeder Seite, dann brachen sie die Holzbretter weg. Ein mulmiges Gefühl überkam sie zusammen mit der Wolke aus grauem Salzstaub, als die Bretter zu Boden krachten und den ihnen schwarz entgegengähnenden Schlund dahinter freigaben. Die Männer, die sich in einigem Abstand um sie geschart hatten, husteten, manche berührten sich ehrfürchtig nach der Sitte ihrer fernen heimatlichen Götter.

Sam zog ihren Hemdkragen gegen den Staub über Mund und Nase und spähte erwartungsvoll in die tiefe Finsternis, die sich vor ihr aufgetan hatte, und lauschte.

Nichts.

Es war vollkommen still. So weit das Licht aus der Minen-halle reichte, war nur ein schmaler Schacht mit grob behauenen Wänden, einer niedrigen Decke und ungleich geschlagenen weiten Stufen zu erkennen, der in der Ferne leicht abfiel und dann in der leeren Dunkelheit verschwand.

Der Sommerwolf befahl ihnen, die Bretter wegzuräumen, aber nun hatte Sam eine unüberwindbare Neugier gepackt. Sie wollte sich den Schacht mit eigenen Augen ansehen. Einen Blick, nur einen kurzen Blick wollte sie hineinwerfen.

»Sam! B-b-bleib hier!«, rief Fíd, aber da hatte sie den Fuß schon über die Schwelle gesetzt.

Sie stand unter dem gewaltigen Schlussstein, vor ihr nichts weiter als Finsternis, undurchdringlich, unendlich und kühl. Sie dehnte sich vor ihr aus und schmiegte sich zugleich um sie, legte sich auf sie wie schwerelose Seide, als sie noch einen zweiten Schritt in den Schacht hinein wagte. Irgendwie schien es ihr, als zöge die Finsternis dort unten das Licht der Halle hinter ihr beinah an. Gierig verschlang sie den Schatten, den es vor sie warf.

Sam tat noch einen Schritt, da entdeckte sie die Zeichen. Hauchdünn waren sie, zart, fast zerbrechlich wirkend, aber doch klar erkennbar auf Kniehöhe in die Wand geritzt. Sie kniete sich hin und berührte die Linien im Fels mit den Finger-spitzen.

Runen ...

Ihre Finger strichen durch die Rillen in dem kalten, nackten Stein.

... das sind Runen.

In ihren Gedanken wurde der Stein unter ihren Fingern warm und rau und moosbewachsen, als die Erinnerungen sie umstrichen, als kämen sie mit der Finsternis aus dem Schacht.

Sie war noch klein gewesen, ein kleines Mädchen, da hatte ihr Vater sie und ihre Brüder Mykas und Per einmal aus der Stadt heraus und in die Länder vor den Toren mitgenommen. In dem Herrenhaus, in dem er damals angestellt war, hatte er einen Auftrag erhalten, der ihn dorthin zu einem Lagerhaus geführt hatte. Obwohl es schon so lange her war, erinnerte sich Sam genau: Es war ein Tag im Spätsommer gewesen, der kleine Yesper war noch nicht auf der Welt und die Mutter mit ihrem dicken Bauch in ihrem Wohnhaus in Istansgard zurückgeblieben. Es war das erste Mal, zumindest das erste Mal, von dem Sam es wusste, dass sie die Stadt mit ihren engen Straßen und Gassen, den hohen Häusern und Türmen und den Plätzen mit ihrem Lärm und Gestank verlassen hatte. Sie waren mit einem klapprigen Eselskarren gefahren, durch das graue Tor und nach Westen, über die Straße nach Norínsfell. Kaum dass sie Istansgard hinter sich gelassen hatten, waren die Straßen auch schon steil geworden und hatten sich verengt, als sie die Täler und Hänge zwischen den Bergen überwinden mussten, die die Stadt der Hochkönige ringsum umgaben, grau und grimmig wie die Zacken der Schwarzsalzkrone. Dichte, dunkle Wälder standen da, die in der schattigen Luft nach Harz und Nadeln rochen.

Sam und ihre Brüder hatten Äpfel gegessen, die ihnen die blinde Cilla mitgegeben hatte. Irgendwann hatten sie Halt machen müssen, weil Mykas und Per sich erleichtern mussten. Sie waren abgestiegen, und Sam ihnen hinterher, auch wenn sie nicht musste. Sie war umhergestreift, tief und noch ein Stückchen tiefer ins Dickicht hinein. Als ihr Vater nach ihr gerufen hatte, hatte sie ihn fast nicht mehr gehört. Da war sie auf ihn gestoßen: Auf den Runenstein. Riesig groß war er ihr erschienen; er ragte höher vor ihr auf als jeder Mann und noch mal so viel. Der moosbewachsene Felsblock war über und über von seltsamen kantigen Zeichen versehen, die Sam wie alte, nie ganz verheilte Wunden vorgekommen waren. Auf Sam hatten die eigenartigen Zeichen eine nie gekannte Anziehungskraft ausgeübt. Sie hatte sie berührt, gerade als ihr Vater sie eingeholt hatte.

»*Sam! Geh weg von dem Stein!*«, hatte er gesagt, sie sofort fortgezogen und dafür gescholten, dass sie einfach so davongelaufen war. Sam hatte sich zwar schlecht gefühlt, aber ihre Neugier war geweckt und stärker; sie hatte wissen wollen, was das für ein Stein war. Der Vater hatte ihr erklärt, es sei ein Runenstein, ein Relikt der längst verflossenen Völker des grauen Winters, und dass man sich besser davon fernhielte. Sie seien eine Warnung. Dann hatte er die Büsche neben dem großen Felsblock beiseitegeschoben. Dahinter hatte sich ein fast lotrecht abfallender Abhang aufgetan, voller scharfer nackter Felsen, an dessen unterem Ende ein schmaler Fluss rasch dahinfloss. Sam wäre gestürzt, wäre sie noch weitergegangen.

»Komm jetzt, weg von da!«

Sie vernahm die Stimme ihres Vaters, fern und schwach, spürte seinen Griff an ihrer Schulter. Sie sah auf, in sein Gesicht …

»Du sollst weg von da!« Der Griff des Sommerwolfs um ihre Schulter war hart wie Stahl. Er riss sie hoch, zerrte sie aus dem Schacht und stieß sie grob zu Fíd und Emmet und Emerik zurück. Der Sommerwolf schnauzte sie an, was ihr eingefallen sei, sich seinen Weisungen zu widersetzen. »Hier bleibst du und wartest, bis man dir sagt, was du zu tun hast, verstanden?«

Sam nickte, und der Hagere wandte sich von den Vieren ab und ging zu dem Unterstand davon. Sowie er außer Hörweite war, raunte Fíd ihr zu, was das denn sollte.

»Willst d-d-du es unbedingt d-d-drauf anlegen, dass d-d-der S-s-sommerwolf wütend auf d-d-dich wird?«

Emerik ergänzte aufgebracht: »Warum hörst du nicht, wenn man dir etwas befiehlt? Das wird dich noch Kopf und Kragen kosten, du Dummkopf! Und uns im Übrigen auch gleich dazu!«

Der stumme Emmet pflichtete mit einem Nicken bei.

Sam erwiderte nichts. Ihr Blick haftete noch immer an dem schwarzen Torbogen, ihre Gedanken bei den Runen und bei dem Runenstein im Wald westlich von Istansgard …

… und dem Gesicht ihres Vaters. Als er sie auf die Schultern gehoben und zu dem Karren zurückgetragen hatte, da war in seinem Blick etwas gewesen, das mehr gewesen war als nur die Furcht vor dem Abgrund. Und wenn ihr Vater – der seinen Kindern immer erklärt hatte, dass Mahre, Geister und Flüche nicht mehr in der Welt waren, schon seit zig Altern nicht mehr, wenn überhaupt jemals – wenn er vor diesen Runen Achtung hatte …

… oder Furcht …

... dann musste das etwas bedeuten.

Die umstehende Menge teilte sich, und der Oberaufseher betrat die geräumte Fläche, die eberköpfige Meerschaumpfeife in einer Gürteltasche. Ihm folgten die drei auserwählten Kundschafter, jeder ausgestattet mit einer funzeligen Öllampe, einer Hacke und einer Umhängetasche, an der ein Wasserschlauch baumelte. Allen dreien war ihr Missbehagen deutlich anzusehen, und es kostete Sam alle Kraft, nicht damit herauszuplatzen, dass sie damit recht hatten.

Die Gebeine ...

Die Gebeine, die auf der Schwelle gelegen hatten, als sie das Tor gefunden hatten – im Leben mussten sie es gewesen sein, die die Runen in den Stein geritzt hatten. Vielleicht hatten sie versucht, jene zu warnen, die nach ihnen kommen würden?

Der Oberaufseher wechselte ein paar letzte Worte mit den Kundschaftern, klopfte ihnen auf die Schultern und wünschte ihnen viel Glück, dann stiefelten die drei hintereinander unter den Augen des dürren Hundstiers im Relief in die Dunkelheit des Stollens davon. Sofort wurden sowohl die Umrisse ihrer Körper wie auch die Geräusche ihrer Tritte und selbst das Licht ihrer Öllampen von den Schatten verschlungen. Es schien, als wären sie in diesem Moment schlichtweg vom Angesicht dieser Erde verschwunden und in eine gänzlich andere Welt abgestiegen.

Ihre Erinnerungen schüttelten Sam durch. Als der Oberaufseher befahl, das Tor wieder mit Brettern zu verschlagen, konnte sie ihre Vermutung nicht mehr länger für sich behalten.

»Nein!«, entfuhr es ihr. »Das dürft ihr nicht! Das ist-«

Diesmal war es Fíd, der ihr panisch die Hand vor den Mund schlug, aber es war zu spät. Alle hatten sie gehört. Die Männer beäugten sie misstrauisch, sahen zwischen ihr und dem Oberaufseher hin und her, und meinten, man solle den verfluchten Schacht lieber noch gründlicher dichtmachen.

Das schroffe Gesicht des Graubarts wurde rot vom Zorn.

»Du schon wieder«, tönte er und stapfte auf sie zu. Den Sommerwolf, der sich ihrer schon annehmen wollte, schob er ungehalten beiseite. »Lass ihn nur sprechen, Wolf. Ich will hören, was der Knabe mir so Dringendes zu sagen hat. Nun?

Warum darf ich den Schacht deiner Ansicht nach nicht verschließen?«

Unter den Blicken und dem Geflüster, das ihr nun galt, war sich Sam der Torheit, die sie eben begangen hatte, sofort und mit peinlicher Klarheit bewusst. Aber jetzt war es zu spät. Sie hatte den Mund schon aufgerissen, nun musste sie es auch sagen.

Sam schluckte und räusperte sich.

»Da ... da sind Runen ... Herr!«, antwortete sie und wagte es nicht, den Blick zu heben. »Im Stein an der Innenseite! Ich hab sie gesehen! Ich ... ich kann sie nicht lesen, Herr ... aber ich glaube, das ist eine Warnung! Wisst Ihr-«

Die Ohrfeige traf sie mit aller Macht mitten auf die Wange und ließ sie schwankend mehrere Schritte zurückweichen. Sam verlor das Gleichgewicht, stolperte und stürzte.

Die nächsten Herzschläge lang waren ihre Sinne wie abgestumpft; sie hörte und spürte nichts außer dem pulsierenden Schmerz in ihrem Gesicht. Tränen sammelten sich in ihren Augen. Sie wischte sie sofort weg, als die restlichen Eindrücke und Geräusch um sie herum wieder aufzuklaren begannen; zuerst die Gestalt des Oberaufsehers, die groß und breit und noch immer verschwommen vor ihr aufragte. Er zog sich seinen Lederhandschuh wieder zurecht.

»Da! Da hast du deine Warnung. Die einzige, die für einen vorlauten Quälgeist wie dich von Bedeutung ist. Die kannst du wohl eindeutig lesen, oder?«

Sam nickte – zumindest glaubte sie, dass sie das tat. Ihr Kopf fühlte sich schwer wie ein voller Scheffel an.

So oder so, Braendi schien zufrieden. Er wandte sich wieder an die restliche Arbeiterschaft.

»Fortan will ich kein Geschwätz mehr über irgendwelche Flüche oder Warnungen oder sonst etwas dergleichen hören! Von niemandem! Jene unter euch, die hier sind, weil sie sich der Gerichtsbarkeit des Hochkönigs entziehen wollten, täten gut daran, die Alternative zu bedenken! Straferlass gibt es nur für verrichtete Arbeit! Und all die anderen, die aus freien Stücken hier sind: Ihr mögt vielleicht glauben, dass ein solcher Zwang für euch nicht bestünde, aber lasst mich euch ein für allemal von dieser Unwahrheit erlösen! Wenn der Hochkönig erfährt, dass der Handel mit dem Schwarzsalz zum Erliegen kommt, wird es ihm in seinem Groll einerlei sein, wer es ist, der die Arbeit verweigert. Außerdem darf ich euch daran erinnern, dass ihr alle einen Eid abgelegt habt – einen Eid, den zu brechen ihr eben im Begriff seid! Wenn euch also nicht nur euer Gedinge lieb ist, sondern auch euer Kopf und dass er dort bleibt, wo er jetzt noch ist, will ich euch ein letztes Mal nahegelegt haben, eure elenden Ärsche in die Höhe zu bekommen und eure Eisen mit dazu und euch ranzuhalten, ehe wir mit der nächsten Lieferung noch weiter in Verzug geraten, als wir es ohnehin schon sind!«

Das hatte gesessen. Einen Moment lang herrschte Stille, verunsicherte Blicke huschten hin und her, dann aber ging der Erste – es war Ugo Rosshaar – hin und hob seinen Hammer auf. Der Widerwille war ihm deutlich anzusehen, aber er tat es, und ihm folgten erst ein paar vereinzelte, dann immer mehr Männer, bis zuletzt alle ihre Eisen zur Hand genommen hatten. Der Lärm der in das Salz krachenden Hämmer und Hauen erwachte wieder in der hohen Minenhalle.

Fíd, Emmet und Emerik machten sich auf ein Bellen des Oberaufsehers hin hastig daran, den Zugang zu dem schwarzen Torbogen wieder mit Brettern zu vernageln.

»Du sagtest doch, du glaubst nicht an diesen Unsinn?«

Sam sah hoch und durch die widerspenstigen Tränen erkannte sie den Sommerwolf. Er stand über ihr, finster und hager. Sam hatte den Vorwurf in seiner Stimme wohl gehört, sah ihn in seinen harten Augen funkeln, doch blieb ihr keine Zeit für eine Antwort, selbst wenn sie eine gehabt hätte; der Oberaufseher rief nach dem Hageren.

»Keine solcher Dummheiten mehr!«, knurrte der, bevor er sie alleine ließ und dem Oberaufseher nachfolgte. Sam sah ihnen mit gärendem Hass und einer glühenden und pochenden Wange nach, als sie die Halle verließen.

»T-t-tuts arg weh?« Fíd wollte ihr aufhelfen, aber Sam schlug seine Hand von sich weg. Sie wollte nicht, dass er oder überhaupt irgendeiner die Tränen in ihren Augen bemerkte. Es reichte schon, dass der Sommerwolf sie gesehen hatte …

ihre Schwäche bemerkt hatte. Und aufstehen konnte sie ja sehr wohl noch alleine.

»Ich hab echt k-k-kurz g-g-gedacht, jetzt bringt B-b-braendi dich um! W-w-warum hast d-d-du das b-b-bloß g-g-gesagt?«

Die Antwort darauf hätte Sam selber gerne gewusst, und es passte ihr ganz und gar nicht, dass Fíd ihr diese Frage nun auch noch um die Ohren schlug. Hätte sie doch bloß den Mund gehalten! Ohne den yrischen Rotschopf oder die beiden blonden Brüder eines Blickes zu würdigen, zog sich Sam in ihre Nische zurück und nahm ihre Keilhaue wieder auf. Den restlichen Nachmittag über gab sie sich so, als könnte sie das Gerede und Geflüster hinter ihrem Rücken nicht hören, als gäbe es nichts für sie außer dem Scheffel, den sie zu füllen hatte, und als hätte sie sich nicht eben alle Aussichten auf eine bessere Anstellung selbst zunichte gemacht.

Der Abendeintopf bestand an diesem Tag aus einer lauwarmen Pfütze mit Kohl, schwarzen Bohnen und Eiern, die zu weiß-gelbem Flaum zerkocht waren und so miserabel aussahen, wie Sam sich fühlte. Sie brachte nichts davon herunter. Ihr Kiefer wummerte noch immer so sehr, dass ihr von dem Anblick eher übel wurde oder von dem ihres Spiegelbilds, das sie zwischen den Klümpchen heraus anglotzte.

Sie überließ ihren Teller dem stummen Emmet, der sich gierig darauf stürzte, und verzog sich vorzeitig auf ihre Schlafkammer, wo sie die Flöhe in ihrer Haferstrohmatratze aufschreckte. Sie ließ sich in ihr Bett fallen, und gleichzeitig fiel alle Beherrschung, die sie sich bisher abgerungen hatte, wie ein Kettenhemd von ihr ab. Die Einsamkeit, gegen die sie seit ihrer Ankunft allnächtlich so tapfer angekämpft hatte, stürzte sich auf sie.

Sie weinte bittere Tränen in ihr Kissen; Tränen der Verachtung und Wut, von Hass und Abscheu, auf den Oberaufseher, auf den Sommerwolf und am meisten auf sich selbst.

Wieso nur hatte sie den Mund gegen den Oberaufseher aufgemacht? Wieso? Nur wegen ein paar elenden verdammten Runen, von denen sie nicht einmal mit Sicherheit wissen konnte, ob sie wirklich bedeuteten, was sie vermutete …

… und wegen des starken Yoran. Dabei hatte sie ihn ja nicht einmal leiden mögen; nein, eigentlich hatte sie ihn sogar regelrecht verabscheut! Gefürchtet hatte sie sich vor ihm! Er hatte Fíd verprügelt und es auch ihr mehr als nur einmal angedroht! Warum nur hatte sie ihm und den anderen beiden helfen wollen? Ihr half ja auch niemand.

Niemand …

Dieses Wort suchte sie jetzt wieder und wieder heim.

… Niemand …

Das war es, was sie war. Das war es, was sie hier hatte: niemand. Niemand, der ihr half, dem sie sich anvertrauen konnte; niemand, der hätte auch nur ahnen dürfen, wer sie wirklich war … oder was. Niemand würde für sie eintreten, wenn sie in Schwierigkeiten käme.

Fíd …

Sie wusste nicht, warum ihr der Rotschopf auf einmal in den Sinn kam, aber auch er würde ihr nicht beistehen – ganz sicher nicht, schüchtern und feige wie er war! Der Rotschopf hatte sich am letzten Gedingetag auch nur mit ihr abgegeben, weil er sonst nichts zu tun hatte. Sam war so froh darüber gewesen, so dankbar, aber jetzt verkrampfte sich ihr leerer Magen abermals, wenn sie nur daran dachte, wie sie sich in der Wandnische so fest an ihn gepresst und sein Herz gegen ihres schlagen gehört hatte.

Nein, Sam war ganz alleine, und ganz allein schluchzte sie weiter in ihr dünnes, abgewetztes Kissen.

Die anderen kamen irgendwann. Keiner sagte ein Wort. Letztendlich waren sie eben wirklich nur Fremde, die dieselbe Schlafkammer teilten, dachte Sam und starrte von ihrem Hochbett aus über Yorans leere Matratze durch das Fenster und auf den dunklen Askensee. Bald war die Sonne hinter den Bergen im Westen untergegangen, die Nacht senkte sich über das tiefschwarze spiegelglatte Gewässer und mit ihr erhob sich im Nordflügel das erste albtraumverseuchte Geheule.

Sam konnte nicht schlafen. Die Krämpfe in ihrem Bauch ließen einfach nicht nach. Vielleicht hätte sie doch etwas essen sollen, dachte sie, aber dafür war es jetzt zu spät. Ihr blieb nicht mehr, als zu hoffen, dass die Krämpfe aufhörten und sich vorzunehmen, dafür morgen beim Frühstück mehr zu essen. Sie musste bei Kräften bleiben. Sie durfte keine Schwäche zeigen.

Nicht noch mal.

Schlafen konnte sie trotzdem nicht. Sie lag wach und schaute den Stundensternen zu, die langsam über den Himmel und den See zogen. Irgendwann waren auf dem Korridor vor ihrer Kammer Schritte zu vernehmen. Das war die Nachtwache, wusste Sam. Nach dem Fuchsstern herrschte Nachtruhe, da durften sie die Kammer unter Androhung von Strafe nicht mehr verlassen. Sie schenkte den Schritten keine weitere Beachtung, als sie plötzlich auf Höhe ihrer Kammer endeten. Die Tür wurde geöffnet, und orange flackernder Fackelschein warf eine hagere Silhouette auf den Kammerboden.

»Sam, du sollst mitkommen.«

Beim Klang der strengen Stimme des Sommerwolfs richtete Sam sich augenblicklich kerzengerade im Bett auf.

Emerik rieb sich den Schlaf aus den Augen und fragte, wer da und was los sei.

»Das geht dich nichts an«, versetzte der schwarze Umriss des Hageren. »Sam, du kommst mit mir. Sofort. Der Oberaufseher will dich sprechen.«

Aus der Dunkelheit dringt eine Stimme; eine Stimme, die wie viele zugleich ist, und doch eine einzige. Sie ruft mich bei meinem Namen ... und bei dem meines Vaters:

»Fionn, Feonns Sohn! Du, der du ausersehen bist, die Waffe Sekhems zu tragen ... höre mich an! Die Stunde ist nahe, da du wählen musst! Das Schicksal der Erde ruft nach dir! Folge meiner Stimme und gehorche meinem Rat! Komm zu mir, Fionn, Feonns Sohn ... Komm zu mir!«

EIN KURZER FALL, gefolgt von einem harter Schlag von Mauerstein gegen seine Nase, bereiteten Fionns unruhigem Schlaf ein jähes Ende. Er blinzelte. Heiße Morgensonne, Möwengeschrei und das Glockengeläut des Hafens drangen durch ein enges vergittertes Fenster über ihm herein.

Er wollte seine Hände zum Schutz gegen das gleißende Licht an die Stirn führen, doch es gelang ihm nicht. Er konnte sie nicht einmal anheben. Sie wogen schwer, so viel schwerer noch, als selbst die letzten trägen Reste des noch nicht gänzlich aufgelösten Schlafs sie hätten machen können. Fionn schaute auf sie – und musste mit kaltem Schrecken feststellen, dass sie in gusseisernen Handschellen steckten.

Mit einem Mal war er hellwach. Er setzte sich auf, sah sich um und fand sich auf dem Boden einer kleinen, nackten Zelle wieder. Neben ihm stand die Bank, von der er im Schlaf gerutscht sein musste.

Aber, wie kann das ... ich war doch ...

Ja, wo war er gewesen? Fionns Nase schmerzte, ihm dröhnte

der Kopf noch vom Nachhall des Apfelweins und von den Fragen, die jetzt wie ein aufgestörter Möwenschwarm darin umherschwirrten. Was war das für eine Zelle? Warum war er in Handschellen? Und wo war Kellen?

Durch die Fragen klarte ein Gedanke auf, der sich vor alle anderen drängte: *Ich muss sofort hier raus!*

Fionn sprang auf, rüttelte und zerrte an der Tür, aber sie ließ sich nicht öffnen.

»Hilfe!«, schrie er und trommelte gegen das dicke Holz. »Hilfe! Bitte, ist da wer? Ich bin hier eingesperrt! Lasst mich raus!«

Nichts dergleichen geschah. Niemand kam. Fionn spähte durch das Schlüsselloch und durch das kleine Guckfenster der Türe, konnte aber niemanden sehen. Er wich von der Tür zurück. Immer mehr bekam er es jetzt mit der Angst zu tun; mit jedem Schritt wurde seine Vermutung mehr zur Gewissheit: Das war ein Kerker. Man hatte ihn in einer Kerkerzelle eingesperrt!

Die ersten Tränen sammelten sich in seinen Augen, als sich endlich Schritte auf dem Korridor vor seiner Zelle näherten.

Eine Wache!

Hoffnungsvoll stellte sich Fionn an die Türe. »Hier! Hier bin ich! Bitte, Ihr müsst mich freilassen! Ich muss zu meinem Freund, ich-«

Die Wache jedoch marschierte zielstrebig an seiner Zelle vorüber.

»Hört ihr mich denn nicht? Was soll das?«, rief Fionn ihr nach. »Bleibt gefälligst stehen! He!«

Doch es war zwecklos. Die Schritte wurden wieder leiser, dann wurde es still.

Fionns Hände glitten, vom Gewicht der Schellen heruntergezogen, von den Gittern des kleinen Guckfensters. Er schlurfte durch die Zelle, ließ sich auf die Bank fallen und fingerte mit schweißnassen Fingern nervös an den Knöpfen seiner Hosenträger und an dem Gusseisen um seinen Handgelenken. Sein Herz pochte wie wild, seine Gedanken rasten in aufsteigender Panik. Was war nur letzte Nacht geschehen, dass man ihn hierher gebracht hatte?

Er versuchte, seine Gedanken zu straffen und zu ordnen: Sie waren auf dem Fest gewesen, dem Abschiedsfest für Prinz Emyl und seine Gefährten, er und Kellen. Sie hatten gegessen, getrunken und geredet, über ihre Heimfahrt ... und mit diesem fahrenden Sänger. Wie hieß er noch gleich?

Der Name war Fionn entfallen und wollte ihm auch nicht mehr in den Sinn kommen, so sehr er sich das Gedächtnis zermarterte. Und genauso verhielt es sich mit allem anderen, was danach geschehen war. Da waren noch Bildfetzen von dem Flachshaarigen, von Kellen, der ihn angegangen war und ...

Der Silberblonde!

Die Erinnerung kam mit grauenvoller Klarheit: Der silberblonde Teufel war auf ihre Kammer im Turm eingebrochen, maskiert und vermummt! Er hatte es auf das Schwert des Flicken-Frém abgesehen gehabt! Fionn war damit davongerannt, über Treppen, Gänge, in ein dunkles, mondbeschienenes Gewölbe, und auf die höchsten Zinnen desselben und dann ...

Nichts mehr. Auf den Zinnen oben auf dem Turm verließen ihn alle Erinnerungen. Er verstand das einfach nicht. Was war danach nur passiert? Das schwarze Schwert, hatte der silberblonde Bastard es bekommen? Und Kellen; wo war er?

Kellen ...

Einer plötzlichen Eingebung folgend, tastete er seine Weste ab, seine Hose, kehrte alle Taschen nach außen, suchte und suchte, doch der Hirschanhänger blieb verschwunden. Er hatte ihn verloren.

Da vergrub Fionn sein Gesicht in den Händen und begann leise, aber heftig zu weinen.

Die Stunden vergingen, eine langsamer als die andere. In der Zelle wurde es warm und stickig. Fionn schlich auf und ab und konnte nicht aufhören, an Kellen zu denken und daran, was hier los war. Warum gab man ihm nicht einfach Auskunft? Er stieg auf die Bank und spähte aus dem schmalen Gitterfenster. Die Schiffe klebten wie Fliegendreck im einsetzenden mittäglichen Niedrigwasser in der Bucht. Die Luft war dampfig, feucht und faulig und roch nach verrottenden Algen und verendeten Krebsen, in denen die Möwen herumpickten. Ihm wurde schlecht davon. Jedes Mal, wenn sich Schritte auf dem Korridor näherten, bettelte er die Wache an, ihm doch endlich zu sagen, was hier los sei.

»Bitte! Wie geht es meinem Freund? Wo ist er? Ich muss doch wissen, wie es ihm geht!«

Jedes Mal wurde er bitter enttäuscht.

»Was soll diese verdammte Geheimnistuerei?«, schrie er dem Mann schließlich wütend hinterher. Wie lange würde man ihn denn noch im Ungewissen warten lassen? Was hatte er nur verbrochen, dass man ihn so behandelte?

Schließlich kam ihm ein letzter hoffnungsvoller Einfall: Prinz Emyl! Der Prinz hatte sich ja bisher auch immer für sie eingesetzt, sicher würde er Verständnis für seine Sorgen haben! Sich an diese Hoffnung klammernd, bat Fionn die Wache, als die das nächste Mal an seiner Zellentür vorbeikam, darum, ihn doch mit dem Prinzen sprechen zu lassen.

»Bitte, das ist alles ein großes Missverständnis! Wenn Ihr das nur dem Prinzen Emyl sagt, wird er-«

»Seine Hoheit ist heute Morgen nach Líohim aufgebrochen«, entgegnete die Wache barsch. »Und du hältst jetzt besser endlich die Klappe. Man wird sich noch früh genug mit dir befassen!«

Fionn traute seinen Ohren nicht. »Mit mir ... befassen?«, stammelte er. »Wieso denn mit mir befassen?«

Ohne eine weitere Antwort zu geben, stiefelte die Wache davon.

Fionn schleppte sich zu der Steinbank zurück. Ohne dem Prinzen Emyl hatte er keinen Fürsprecher mehr auf der Herzogsburg. Er war auf sich allein gestellt, und es gab nichts, was er hätte tun können.

Die Zeit schmolz in der prallen Sonne dahin, dehnte sich bis zur Unkenntlichkeit aus. Als sich endlich wieder Schritte näherten, machte Fionn sich nicht einmal mehr die Mühe, den Kopf zu heben. Erst, als sie vor seiner Kammer plötzlich stehen blieben und das Klimpern eines Schlüsselbundes zu hören war, sah er auf.

Zwei düster dreinblickende Burgwachen bauten sich in dem niedrigen Türrahmen vor Fionn auf.

»Steh auf. Du sollst mitkommen.«

»Mitkommen?«, fragte Fionn verunsichert. »Wohin denn mitkommen?«

Die Wache wiederholte lediglich ihre Anweisung. Der Ton machte deutlich, dass sie es kein drittes Mal sagen würde. Fionn raffte sich auf und schlurfte hinterher.

Alle, denen der Junge in den Säulengängen und Korridoren über den Weg lief, begegneten seinen verunsicherten Blicken mit einer Mischung aus Abscheu, Verachtung und misstrauischer Neugier, und sie machten einen Bogen um ihn und seine Eskorte, wo sie nur konnten. Wenn er doch nur wüsste, was sie hinter vorgehaltener Hand über ihn redeten. Alle schienen sie mehr zu wissen als er, über ihn und darüber, was hier los war!

An einer Stelle versuchte er, zwei rasch vorübereilende Mägde anzuflehen, doch mit ihm zu sprechen, doch ohne Erfolg. Die Wachen rissen ihn weiter. Sie führten ihn durch eine Tür und auf den Innenhof. Hitze und Sonnenlicht schlugen ihm von dem sengenden Sandsteinpflaster entgegen. Fionn hatte nur unstet schwankende, unscharfe Erinnerungen an den Tag vorgestern, als sie angekommen waren, aber er erinnerte sich an die Gruppen von Männern mit Reisemänteln, die hier und da beisammengestanden und sich leise besprochen hatten. Jetzt standen sie wieder da, und wieder besprachen sie sich, doch jetzt spürte er, dass ihre Gespräche zweifelsohne ihm gelten mussten. Ihre Blicke und die des übrigen Gesindes, das auf dem Hof seinen Arbeiten nachging, folgten ihm über den Innenhof und hin zur Großen Halle, bis sie die Stufen erklommen hatten und das breite Portal hinter ihnen schwer krachend zugetan wurde.

In der Halle war es leer, kalt und still. Man hatte sie geräumt und die langen Tafeln beiseitegeschoben, einzig der fahle Geruch von Kerzenrauch lag noch immer in der Luft; ein Gespenst der vergangenen Festnacht. Keine Schaulustigen waren mehr hier, keine Menge von Bittstellern, und es gab weder Geplauder noch Geflüster und auch keine Blicke mehr, außer denen der Wachen und von der erhöhten Quertafel, vor die Fionn nun geschleift wurde.

Dort saß der Herzog in seinem hohen Lehnstuhl. Diesmal

trug der Kurfürst weder die silberne Krone auf dem pfeffergrauen Haupt noch den blauen Tasselmantel, dafür war sein hartes Gesicht im Grimm noch härter und sein Blick noch strenger, als sie es bei der Audienz gewesen waren. Neben ihm und hinter ihm standen der Bayle in seinem karminroten Überwurf und ein großer Mann, der die Rüstung der Burgwachen trug, darüber einen blauen Umhang. Auch seine Miene war von tiefer Verachtung und Zorn gezeichnet.

Vor der Tafel stand in der Mitte der Halle ein einzelner leerer Stuhl. Darauf stießen die Wachen in seinem Rücken Fionn grob nieder und schnallten ihn mit den Handschellen an der Lehne fest.

»Bitte«, stammelte Fionn, »Ich weiß nicht, was-«

»Schweig!«, befahl der Bayle streng, und der Wachmann mit dem Umhang sagte: »Vergangene Nacht wurden acht meiner Männer auf grausame und hinterhältige Weise ermordet. Am Ende der Spur aus Leichen fand man dich und deinen Freund auf der Wehrplatte des Turms der Gruft der Alten Westkönige. Bei euch hattet ihr das Schwert, welches du in der Audienz gegen seine Hoheit und den Rat erhoben hattest. Was hast du zu deiner Verteidigung vorzubringen?«

Fionns Kehle schnürte sich zu. Das war es also? *Sie glauben, ich hätte … wir hätten … hätten sie umgebracht? Acht Männer! Aber-*

»Wir waren das nicht!«, platzte es aus ihm heraus. »Bitte! Ihr müsst mir glauben!«

»Lügner!«, versetzte der Bayle. »Niemand sonst war dort. Das können mehrere Männer der Nachtwache bezeugen. Steht es nicht so, Hauptmann?«

Der Mann in dem Umhang knurrte zustimmend.

»Aber wir … wir waren das nicht!«, beteuerte Fionn und zerrte verängstigt an seinen Handschellen. Dann erst holte ihn die Bedeutung dessen ein, was in den Vorwürfen noch gesagt worden war: »Man fand dich und deinen Freund …«

Kellen – er war also auch dort gewesen, oben auf den Zinnen? Konnte das sein? Wieso hatte er sich nicht daran erinnern können; konnte es noch nicht? Und wenn das stimmte …

»Was habt Ihr mit Kellen angestellt?«, entfuhr es Fionn; er

ließ den Gedanken unvollendet fallen. »Wo ist er-«

Die eine Wache verpasste ihm einen Kinnhaken. Dröhnend barst dumpfer Schmerz durch seinen Schädel, Tränen schossen ihm in die Augen. Der Geschmack von warmem Blut erfüllte seinen Mund.

Das Gesicht des Herzogs jedoch blieb unverändert, hart wie vernarbter, errischer Küstenfels.

»Du würdest gut daran tun, ehrlich zu antworten«, ermahnte ihn der Bayle. »Wenn du die Männer nicht umgebracht hast und dein Freund auch nicht, wer soll es dann gewesen sein?«

»Der Prinz«, wimmerte Fionn. Er klammerte sich an den wenigen Erinnerungen, die er an die Nacht noch hatte, fest gegen den in seinem Kopf dröhnenden Schmerz. »Der silber-blonde Prinz ... der, von dem ich euch berichtet hatte – der-selbe, der auch unser Dorf angegriffen hat, er war das! Er ist in die Burg eingebrochen! Er hatte das Schwert stehlen wollen, das schwarze Schwert! Ich schwör's! Bitte! Er muss sich noch irgendwo in der Stadt aufhalten! Ihr müsst ihn suchen und –«

»Wie kannst du es wagen, deinen Herrn und Herzog so dreist anzulügen!«, herrschte ihn der Bayle an, doch nun erhob der Herzog endlich selbst die Stimme: »Seit mehr als siebzehn-hundert Jahren stehen die Mauern Bramyns und seiner Söhne, unserer Väter und Vorväter, schon hier auf dem Hügel über der Stadt und halten Wache!«, sagte er und klang noch so viel ungnädiger, als Fionn befürchtet hatte. »Sie haben die Speere der Celdennenkrieger abgewehrt, haben dem Stahl von Líohim widerstanden und allen Feinden und allen Stürmen getrotzt! In all den Jahren seit ihrer Erbauung ist es keinem gelungen, sich Zugang zu verschaffen, der nicht eingelassen wurde! Ich weigere mich zu glauben, dass es ausgerechnet gestern Nacht dazu gekommen sein soll!«

»Aber so ist es doch passiert!«, beharrte Fionn, durch Tränen und Schmerz und wachsende Verzweiflung.

»Und woher rührt dann das Blut, das an deinen Kleidern klebt?«, verlangte der Hauptmann der Wache zu wissen.

Das Blut, das ...

Fionn folgte den Worten des Mannes, sah an sich herab und sah, was ihm in all der Zeit, die er wach und in seiner Zelle gewesen war, noch gar nicht aufgefallen war. Seine Weste, das Hemd darunter, selbst seine Hose – ja sogar seine Hände! – überall und an allem waren verschmierte und verknitterte Flecken rostroten, eingetrockneten ...

Blutes ... das ist Blut!

Fionn war zum Kreischen zumute, doch es kam kein Laut aus seiner Kehle. Übelkeit stieg in ihm hoch.. Wie konnte das sein? Wieso nur war er von Kopf bis Fuß mit Blut besudelt?

Ich ...

»Ich versteh das nicht ... Ich ... bitte! Ich weiß nicht, was ich-«

Eine der Wachen in seinem Rücken trat vor ihn und schlug ihm mit der Faust in die Magengrube.

»Das ist für meine toten Kameraden! Und wenn du nicht gleich mit der Wahrheit rausrückst, wird's dir noch schlimmer ergehen, du Plage!«

Fionn krümmte sich vornüber, hustete, würgte und keuchte.

Kellen ...

Was hatten sie gesagt – man hätte Kellen und ihn da oben auf den Zinnen gefunden? Wenn Fionn doch nur wüsste, was geschehen war, wenn er sich doch nur erinnern könnte ... aber er konnte es nicht. Er konnte nichts weiter hervorbringen außer angstvolles von Tränen durchwirktes Flehen, dass man ihm doch glauben müsse.

»Bitte! So glaubt mir doch!«

Doch der Herzog glaubte ihm nicht, wie er ihm auch schon in der Audienz nicht geglaubt hatte; und weil er ihm auch weiterhin nicht glaubte und mit seiner Geduld am Ende war, befahl er den Wachen, ihm noch einen Kinnhaken zu verpassen, und noch einen und noch einen – »solange, bis der Bengel zur Vernunft kommt.«

Die Wachmänner befolgten den Befehl des Herzogs sofort. Beide prügelten sie jetzt auf Fionn ein, mit in Stahl und Leder gehüllten Fäusten und so unnachgiebig, dass es ihm flackernde Schwärze vor die Augen trieb. Er konnte kaum mehr Luft holen. Als die Prügel endlich aufhörten, fiel sein Kopf schwer auf die Brust. Er winselte, wimmerte, schniefte. Blut und Speichel troffen als silbrig-rötliche Fäden aus den Mundwinkeln in seinen Schoß. Sein ganzer Körper barst vor Schmerzen und Übelkeit. Den Gedanken, warum die Schläge aufgehört hatten, brachte er kaum mehr zusammen.

Er zwang sich, den Blick zu heben. Die Große Halle drehte sich zuerst wie im Schwindel, unscharf und verquollen, dann erkannte er: Der Herzog war fort, sein hoher Lehnstuhl leer. Dahinter standen jetzt zwei Gestalten, die langsam aus der Unschärfe auftauchten und die in ein erregtes Gespräch verwickelt waren, das Fionn wegen des durchdringenden Pochens und gleichzeitigen Pfeifens in seinen Ohren nicht hören konnte. Der eine war der backenbärtige Bayle in seinem karminroten Überwurf, der andere ... der Magister! – der alte Magister in der olivgrauen Wollrobe und mit dem müden Maulwurfsblick. Sie deuteten auf Fionn und wechselten stumme, doch anscheinend hitzige Worte mit dem Hauptmann der Wache. Dann blickte der Magister den Jungen mit seinen müden, von buschigen grauen Brauen überschatteten Augen an und holte ein eingeschlagenes Bündel hervor. Er legte es auf die Tafel, schlug es auf und enthüllte ein Messer, dessen kalt blinkende Klinge mit dunklem Blut beschmiert war – und den Hirschanhänger.

Da, mit einem erneuten Aufflammen von Schmerz, so heftig und brennend, als hätte man ihm das Messer bis zum Heft in den Magen gejagt, stoben die Bilder in Fionns Gedächtnis auf. Hart waren sie, und kalt, wie vom Mond geworfene Schatten, doch besaßen sie so grausam klare Umrisse, wie es nur solche Erinnerungen haben konnten, die ein großes Entsetzen tief ins Mark gekratzt hatte: Das Messer, das im milchigen Mondlicht blinkte, in der Hand des silberblonden Teufels, der vermummten Gestalt mit der bleichen Fratze, die Fionn nachstellte, über Korridore, Treppen und Türme, und dabei die Männer der Nachtwache niedermetzelte. Dann, oben auf dem Turm, wie die Panik den kraft- und wehrlosen Fionn gegen die Zinnen geschmettert hatte, wie ihm der Silberblonde das Schwert des Flicken-Frém aus den Händen gewunden hatte – und wie schlussendlich dieses ... dieses *Ding* erschienen war.

Dieser gewaltige entstellte Schatten. Schwarze Flammen, schwärzer als jeder Schrecken, hatten hoch von ihm ausgeschlagen, waren dick und schmierig von ihm heruntergetroffen.

Er hatte den Silberblonden gepackt und über die Zinnen geschleudert, dann war er auf Fionn zugekommen. Fionn hatte den Kopf zwischen den Knien vergraben und gekreischt. Sein Verstand hatte das alles einfach nicht mehr ausgehalten und dann – als dieser abscheuliche Schrecken über ihm niedergeschlagen war und die schwarzen Schleimflammen alles um ihn ausgelöscht hatten ...

... da war eine Hand an seiner Wange gewesen.

Kellen.

Ja, jetzt erinnerte er sich: Es war Kellen gewesen, inmitten der Schwärze, die sie wie ein brüllender Sturm umtoste, wirklich und wider jeder Möglichkeit. Kellen; doch das Lächeln in seinem müden Gesicht war schwach und zerschlagen gewesen, und seine Augen nicht mehr warm und blau wie die Sommersee, sondern fahl und voller Schatten. Sie hatten darin wie entfesselt gewütet, schwarz und flackernd, und sie hatten erst nachgelassen, als Kellen die Arme um Fionn geschlungen und ihn an sich gezogen hatte. Dann waren auch die letzten schwarzen Schleimflammen, die noch um sie schlugen, kraftlos in sich zusammengefallen, hatten sich in die Ritzen, Spalten und Fugen zurückgezogen, aus denen sie zuvor hervorgekrochen waren, waren ausgegangen und verschwunden.

Und Kellen; er war durch Fionns Arme geschlüpft. Sein ganzer nackter Körper war mit violetten Malen übersät gewesen, wie faulige Brandflecken, alle Muskeln erschlafft, und sein rechter Arm; er war feucht und schmierig und schwarz gewesen, er hatte gezischt und gedampft wie mit Wasser begossene Kohlen. Fionn hatte den reglosen Kellen mit letzter Kraft in seinen Schoß gezerrt, hatte geweint und geschrien und versucht, ihn wachzurütteln, doch Kellen hatte nicht mehr reagiert. Mit einem letzten Schimmern waren seine Augen zugesunken, gerade als die Männer der Burgwache mit Fackeln und Schwertern kamen, sie umstellt und Fionn eins über den Schädel gezogen hatten.

Kellen ... also warst du es ...

Fionns Blick hing noch immer an dem blutbeschmierten Hirschanhänger in der Hand des Magisters.

Du warst es tatsächlich, dieses entsetzliche Wesen. Kellen ...

Er hatte den silberblonden Teufel und das Geschöpf mit den kantigen Ohren in die Flucht geschlagen und Fionn beschützt. Die wahnsinnige Angst, das furchtbare Entsetzen hatten ihn zerrissen, hatten etwas aus ihm herausgerissen, doch jetzt musste er einsehen, dass es sich so abgespielt hatte; es war wirklich so gewesen. Und jetzt ...

Ich ... ich ...

»Ich muss meinen Freund sehen.« Fionns schwache, trübe Stimme ließ das Gespräch zwischen dem Bayle, dem Hauptmann und dem greisen Magister verstummen. »Ich muss ... ich muss ihn sehen.«

Der Hauptmann der Wache bellte, Fionn habe keine Forderungen zu stellen und nickte der Wache an Fionns Seite zu. Die packte ihn grob am Schopf, riss ihn hoch und holte schon zu einem weiteren Schlag aus, als ihr der graue Magister Einhalt gebot.

»Wartet einen Moment, Hauptmann«, sagte er, die Stimme mürbe und brüchig.

Tatsächlich blieb der Faustschlag aus.

Fionn blinzelte.

Der Magister wandte sich an den Bayle und den erzürnten Hauptmann, der zu wissen verlangte, was dem Alten einfiele, seinem Befehl zu widersprechen.

»Seht euch den Knaben doch an«, antwortete der Magister. »Seht, wie verängstigt er ist und wie durcheinander. Mit roher Gewalt werdet ihr das Geständnis, das ihr unbedingt hören wollt, nie von ihm bekommen.«

»Er hat acht meiner Männer ermordet!«, erwiderte der Hauptmann mit lautstark geäußertem Grimm. »Freunde und Kameraden, deren Weiber und Mütter, Söhne und Töchter jetzt um sie weinen! Ist mir einerlei, wie wirr und verängstigt er ist, dafür hat er geradezustehen!«

»Und das wird er«, beschwichtigte ihn der Bayle. Er schenkte sich und dem Hauptmann einen Becher Wein ein, um dessen erhitztes Gemüt zu besänftigen, und wollte wissen, was der Magister stattdessen vorschlage.

»Ich sage, gewährt ihm seinen Wunsch«, befand der Alte. »Mir scheint, der Anblick dieses Anhängers hier hat seinem zerrütteten Gedächtnis besser auf die Sprünge geholfen als die Fäuste eurer Männer, Hauptmann. Vielleicht wird er sich noch weiter erinnern und sprechen, wenn ihr ihm das Zugeständnis macht, seinen Freund zu sehen.«

Fionn traute seinen Ohren kaum. Ausgerechnet der greise Magister mit dem müden Maulwurfsblick sollte seine Rettung sein? Doch dann entsann er sich: Der alte Mann in der olivgrauen Wollrobe war ja schon bei der Audienz der Einzige in der Halle gewesen, der ihn nicht ausgelacht hatte, als er von Amkash erzählt hatte. Ja, der Magister hatte seinen Worten Glauben geschenkt und sie sogar bestärkt! Und jetzt bewahrte er ihn vor dem aufbrausenden Zorn des Hauptmanns und brachte ihn zu Kellen! Hätte er die Kraft und den Mut in sich gehabt, er hätte dem greisen Magister tausendfach gedankt.

Der Hauptmann stellte seinen Becher so hart auf den Tisch, dass der Wein über den Rand schwappte, und legte lauten Protest ein, während der Bayle seinen Weinbecher schwenkte und über den Vorschlag des Alten nachdachte.

Da hörte Fionn, wie hinter ihm das Eingangsportal aufgetan wurde, nicht weit, dem Klang nach nur einen Spaltbreit. Dann rannte ein Laufbursche herein und an ihm vorbei, sprang die Stufen zur hohen Quertafel hinauf und berichtete, die Besatzung der Karavelle, die der Prinz Emyl am Morgen der Audienz zu dem Dorf im Westen ausgeschickt hatte, sei zurück.

»Sie sagen, sie müssen unbedingt mit euch sprechen, Herr.«

Einen Moment lang herrschte Stille in der Großen Halle. Der Blick des Bayles wanderte von dem noch immer schwer aufgebrachten Hauptmann zu dem Magister und schließlich zu Fionn.

Fionn hielt ihm stand.

»Na schön«, entschied der Bayle dann. »Nehmt den Jungen mit und bringt ihn zu seinem Freund. Ich werde mich in der Zwischenzeit mit der Besatzung besprechen. Doch danach will ich die ganze Wahrheit über die letzte Nacht erfahren!«

Unter dieser Bedingung entließ man Fionn vorerst. Die Wachen lösten seine Fesseln, zerrten ihn auf die Beine und in Begleitung des grauen Magisters schleppten sie ihn zur Halle hinaus und über den Innenhof, den Turm und die Treppen zu ihrer Kammer hinauf. Je näher sie ihr kamen, umso heftiger spürte Fionn sein Herz klopfen. Trotz der Hitze lief ihm kalter Schweiß den Rücken hinab. Was mochte ihn dort, jenseits der Kammertür, nur erwarten? Der Magister zückte einen Schlüssel und schloss auf.

In der Kammer stand breiig dick die Mittagshitze. Sowie der Magister die Türe auftat, schwappte Fionn ein dichtes Gemisch aus verschiedensten unbenennbaren und teils scharf beißenden Gerüchen entgegen. Rauchfäden, dünn wie Spinnseide, kräuselten sich aus winzigen Schalen zur Decke hoch.

Kellen lag auf dem Rücken in seinem Bett, die Augen geschlossen, den Kopf auf getrockneten Gräsern und honiggelben Ringelblumen gelagert. Den nackten Oberkörper hatte man in feuchte Bandagen geschlagen.

Es war ein befremdlicher Anblick, gleichsam ruhig wie aufwühlend, der Fionn zunächst unsicher an der Türe verharren ließ. Erst als der Magister sagte, er könne ruhig näherkommen, gab er sich einen Ruck.

Ich darf nicht weglaufen.

Die Wachen blieben draußen.

Fionn trat zu Kellen. Seine bandagierte Brust hob und senkte sich unregelmäßig, dünner Atem strich rau und stoßweise über spröde Lippen, und auf der Stirn stand heißer Schweiß, er wirkte wie im Fieber.

Am grässlichsten jedoch waren die nässenden Male, die seinen ganzen Körper an allen sichtbaren Stellen übersäten. Auf den ersten Blick wirkten sie wie Brandmale, waren jedoch tiefer in der Farbe, von kränklichem Violett und übergehend in dunkles, schlammiges Rot, über dem ein Schleier von Fäulnis und Verwesung gezogen war. Und alle schienen sie in widerwärtiger Weise zu seinem rechten Arm hinzuführen – oder eher von dort weg …

… wo Fionn die Wunde an seiner Hand wusste.

»Ein Leiden wie dieses hier habe ich in all den Jahren seit meiner Adeptenzeit noch nicht einen Menschen befallen gesehen«, sagte der greise Magister mit seiner leisen, mürben Stimme. »Zuerst hielt ich die Verletzung an seiner Hand für einen gemeinen Wundbrand, der sich bereits entzündet hatte, und behandelte sie wie einen. Ich ließ ihn zur Ader, band den Arm ab und verabreichte ihm Kaltsteinmilch, Wolfsblume und Bitterkraut, doch bisher schlug nichts von allem an. Der Umschlag um seine Brust ist mit einem Aufguss aus Erdrauch, Nachtkerzen und Weidenrinde getränkt. Er lindert seine Schmerzen und das Fieber und lässt ihn schlafen, aber es schwächt auch den Rest seines Leibes. Das ist alles, was ich für ihn tun kann.«

Der letzte Satz ließ Fionn von Kellen weg und zu dem Magister in seiner olivgrauen Wollrobe hinüberschauen. Der jedoch blickte nur schweigend zurück. Da fielen Fionn auch die halbrunden Gläser und Phiolen ins Auge, die auf dem kleinen Tischchen hinter dem Magister standen. In der Hitze brüteten klumpige dunkelrote Flüssigkeiten darin. Ein flaues Gefühl breitete sich in Fionns Magen aus. Ihm wurde schlecht, doch zwang er sich, auch den letzten Rest Widerstrebens hinunterzuschlucken.

Ich darf nicht weglaufen!

Dann beugte er sich über Kellen, um sich seine Rechte anzusehen. Das grelle, blendende Tageslicht zerschlug jede Hoffnung, die Fionn vielleicht noch irgendwo in sich gehegt haben mochte, dass es womöglich gar nicht so schlimm war, wie er es aus der gestrigen Nacht in Erinnerung hatte, mit einer gleichgültigen, gnadenlosen Härte. An der grässlichen Wahrheit dieser unverhüllten, offenen Abscheulichkeit ließ es keinen Hauch, keinen Schatten an Zweifel mehr übrig.

Die schleimige Schwärze, die von der klaffenden Wunde an seiner Handfläche ausging, war echt. Und Fionn war, als hätte sie sich sogar noch ausgebreitet: Hatte sie Kellen im Dunkel der Nacht und der Erinnerung nur bis ans Handgelenk und die untersten Fingergelenke gereicht, war sie nun bis an den Ellbogen gekrochen. Wo sie war, war die Haut darüber schwarz wie Ruß, aufgebrochen und blätterte ab, wie verkohlte Rinde von einem verbrannten Holzscheit. Darunter glänzte feuchtes Fleisch, Sehnen, Fasern und Muskeln, noch im Leben, doch halb von stinkender Fäulnis befallen, schmierig wie aufgeplatzte Nacktschnecken. Einzig das widerwärtige Pochen, das die angeschwollenen Fauladern durchzuckt hatte, hatte aufgehört.

Schwindel und Übelkeit überkamen Fionn. Schwankend wich er von Kellen zurück, nur dumpf hörte er die zerknitterte Stimme des Magister, der sagte, wie es um Kellen stand.

»Was diesen Zustand auch herbeigeführt haben mag, es wird sich ständig weiter ausbreiten und dabei sein Blut vergiften. Und wenn dieses verseuchte Blut sein Herz erreicht, so fürchte ich, wird er sterben.«

Was der Alte in seiner olivgrauen Wollrobe sonst noch sagte, hörte Fionn erst kaum und dann gar nicht mehr. Alles um ihn, die Kammer, das Bett, Kellen, der Magister, selbst das Tageslicht, wurde fahl und blass, verlor an Klarheit und Bedeutung und ging in ein stummes, schemenhaftes Nichts über, durch das einzig eine andere Stimme stach; kalt und hart und schneidend.

»… *dein Freund wird sterben.*«

Die Stimme des silberblonden Teufels.

»*Hör auf zu sagen, dass Kellen stirbt!*«

»*Aber er wird es!*«

Fionn spürte, wie die Kraft aus seinen Beinen wich. Er sackte auf dem Schemel neben Kellens Bett nieder.

»*Die schwarze Macht von Ombos ist ein Gift für jene, die nicht vom Geschlechte Sekhems sind! Es wird ihn aufzehren, ganz und gar … und er wird leiden, jede Stunde bis zu seinem Tod und noch weit darüber hinaus! Jede Hilfe ist zu spät!*«

»Nein …«, hörte Fionn sich flüstern, »Nein, das kann nicht sein … Man muss ihm doch helfen können? Es muss doch etwas geben, was man tun kann? Das muss es doch einfach … muss es …«

Eine Hand legte sich auf seine Schulter. Sie war leicht wie Pergament. Trotzdem zuckte Fionn unter der Berührung zusammen. Es war die Hand des Magisters.

»Mein Sohn, glaube mir: Ich habe getan, was ich konnte«, sagte er. »Der Eid meiner Fibel verpflichtet mich, jedes Leben zu retten. Doch dieses Übel hier übersteigt mein Wissen und meine Fähigkeiten. Ja, fast bin ich versucht, zu sagen, es entzieht sich allem, was mir an irdischen Leiden bekannt ist. Ja, beinah … beinah grenzt es an etwas Älteres, das ich lange aus der Welt gewichen glaubte, etwas Dunkleres … Böses.«

Als er das gesagt hatte, nahm der Magister Fionns Hand, öffnete sie sanft, aber entschieden und drückte ihm etwas hinein. Es war der Hirschanhänger, kühl und schimmernd wie Herbstlaub. Fionn sah auf und blickte in altersmüde pechsteingraue Augen unter buschigen Brauen.

»Den hast du in der Gruft der Alten Westkönige verloren.«

Fionn erwiderte nichts. Sein Blick sank auf den Anhänger in seiner Hand nieder.

Der Magister kehrte sich von ihm ab und schlurfte zur Tür. Vor dem Hinausgehen hielt er jedoch noch einmal inne.

»Ich gestehe«, sagte er leise, »ich finde es überdies äußerst seltsam, dass du und dein todgeweihter Freund hier die Männer der Nachtwachen so heimtückisch und brutal getötet haben sollen. Denn obwohl man nur euch beide fand, war das Schwert, das du in der Hand hieltest, gänzlich rein und unbefleckt – im Gegensatz zu dem Messer, das man in der Gruft entdeckte, und das nicht das deine zu sein scheint. Dazu kommt noch der mehr als sonderbare Zustand deines Freundes, der ja neben seinen unerklärlichen Wundmalen obendrein auch noch nackt, unbewaffnet und bewusstlos war.

Jedoch, zu hoffen, dass der Hauptmann, der Bayle und auch seine Hoheit sich dahingehend überzeugen lassen, meine Auffassung zu teilen, wäre Torheit – ebenso der Versuch, ihnen zu erklären, welche Macht in deiner Waffe ruht und wer es *wirklich* ist, der sein Auge darauf gerichtet hat. Doch nun will ich dich für den Moment alleine lassen.«

Hätte Fionn dem grauen Magister zugehört, hätte er in irgendeiner Weise mehr auf ihn geachtet, vielleicht wäre ihm dabei der eigentümliche, fast befremdlich ahnungsvolle Funke in seinen müden Maulwurfsaugen aufgefallen, die für die Dauer dessen alle Müdigkeit abgelegt hatten. So aber verschwand der Alte lautlos durch die kaum geöffnete Tür. Das schwere Krachen des Schlosses tilgte alle anderen Geräusche aus der stehenden Luft.

Eine Weile saß Fionn einfach nur da und starrte den Hirschanhänger in der offenen Hand an. Eigentlich wollte er schreien, wollte weinen, wollte weglaufen …

Aber eine unüberwindbar schwere Lähmung legte sich über seinen Körper und verwehrte ihm all das. Keinen klaren Gedanken ließ sie ihn mehr fassen, nicht einmal mehr die Hand konnte er nach Kellen ausstrecken. Hätte er es gekonnt, hätte er es überhaupt gewollt? Wer wusste das schon? Was zählte es schon?

Er fühlte sich, als hätte ihm jemand das Herz aus der Brust gerissen, als sähe er es dort liegen, wo Kellen lag, und er konnte nichts tun, außer zu spüren, wie er langsam verblutete. Blut troff von ihm herab.

Blut.

Tränen.

Dunkle Tränen benetzten das Holz des Hirschanhängers, perlten durch die Linien, Rillen und Furchen, die Kellens Schnitzmesser gezogen hatte.

Nicht Kellen. Er, Fionn, war es, der da liegen sollte. Die Selbstvorwürfe durchbohrten ihn, zwangen ihn, sich vornüber zu krümmen, und rangen ihm ein elendes, sinnloses Schluchzen ab, erwürgten ihn schier. Doch verrecken ließen sie ihn nicht.

Nur seine Gedanken ließen sie ihm wieder, ziellos und ungeordnet, fern und irgendwie fremd. Hätte Fionn seine Empfindungen klar erkennen können, er wäre verdutzt gewesen, dass sie vor allem von einem Gefühl erfüllt und davon bestimmt waren: nicht Trauer, nicht Gram, sondern Wut, dunkele, bittere und gallige Wut.

Wut; auf den silberblonden Teufel, auf den Flicken-Frém und den Magister, auf die grausame Welt, die all das zugelassen hatte.

Und schließlich auch auf Kellen, weil der nicht auf ihn gehört hatte, als Fionn ihm wieder und wieder dazu hatte bringen wollen, jemandem die Verletzung an seiner Hand zu zeigen, damit man sie besehe. Kellen musste doch gespürt haben, dass Fionn damit im Recht war! Er musste doch gespürt haben, dass etwas mit der Wunde nicht stimmte, musste um diese teuflische Schwärze gewusst haben! Und dennoch ... dennoch hatte er Fionn nichts davon gesagt.

Warum ... warum hast du mir nichts gesagt? Warum hast du das für dich behalten? Siehst du nicht, dass ich mir Sorgen um dich mache? Verstehst du das denn nicht? Geht das nicht in deinen elenden, dummen, tapferen Sturschädel hinein? Was soll ich denn jetzt machen? Kannst du mir das verraten? Wie soll ich denn heim, wenn du daliegst und sterben wirst?

Ohne Kellen konnte er doch nicht nach Hause zurückkehren. Was sollte er denn seiner Mutter sagen? Seinem Vater? Und der kleinen Bo? Wie sollte er ihnen beibringen, was mit ihrem Sohn geschehen war? Wenn sie wüssten, wieso Kellen nicht mit ihm zurückgekommen war, könnte er doch niemanden in Bailín mehr unter die Augen treten – sich selbst am wenigsten.

Warum ... nur wegen deiner verdammten Sturheit? Warum ... warum tust du mir das an, Kellen ...

Fionn verstand es einfach nicht. Schon wieder verstand er es einfach nicht. Wieso war es so gekommen? Wieso musste er das alles durchleiden?

»Fionn ... «

Kellens Stimme, rau und abgewetzt, in der Großen Halle. Fionn, der ihm aufhelfen wollte, der sehen musste, dass die Schwärze und die Düsterkeit aus seinen Augen gewichen waren, doch das Blau in ihnen seine Tiefe, seine Klarheit und seine Wärme noch immer nicht wiedergefunden hatte.

Nein, musste Fionn dann denken. *Nein, das ist nicht wahr! Ich bin ein elender Lügner! Das ist alles meine Schuld! Meine Schuld! Ich hab dir das angetan. Nur wegen mir ist das alles geschehen ... nur wegen mir wirst du–*

Fionn ballte die Hand um den Hirschanhänger zur Faust, so fest, dass das Holz sich so sehr in seine Finger bohrte, dass sie fast zu bluten begannen; und biss die Zähne so fest zusammen, dass die Schwärze vor seinen Lidern flackerte und flimmerte.

Das ist alles meine Schuld ...

Dass sie gestern noch gemeinsam über die Mauern der Herzogsburg gewandert waren und ihre Heimfahrt geplant hatten, kam ihm jetzt grausamer als alles andere vor.

Ein unausstoßbarer Schrei zerriss seine Seele.

Nichts.

Es gab nichts, was Fionn tun konnte. Nichts würde ändern, was unabänderlich war. Kellen würde sterben. Und es war allein seine Schuld.

Ich bin so ein armseliger, feiger, unnützer Schwächling.

Sein Hals war rau, schmerzte, Tränen wollten ihm keine mehr kommen. Er hustete, krächzte, krümmte sich auf dem Schemel und spürte, dass er keine Luft mehr bekam. Er hob den Kopf und rang nach Atem. Dabei fiel sein Blick durch die Kammer auf das Schwert des Flicken-Frém. Es lehnte in der Scheide an der gegenüberliegenden Wand, stumm und finster.

Du ... Ich hätte dich nie ziehen sollen, dachte Fionn und spürte, wie seine Wut sich nun wie im Rückstrom verdichtete und sich gegen den schweigenden Schattenstahl richtete ...

Ich hätte dich fortwerfen sollen, im Meer versenken, beim Flicken-Frém lassen oder gleich dem silberblonden Teufel überlassen sollen!

... gegen den fahlen Traum von jenem Morgen und gegen sich selbst. Mit dem Handrücken wischte er sich Speichel, Rotz, Blut und Tränen weg.

Nein ... nein, ich hätte dich lieber gleich zerstören sollen! Ja, zerschlagen sollen hätte ich dich! Noch in der Halbmondbucht!

Plötzlich übermannte ihn seine Wut. Wie von einer Stichflamme erfasst, sprang Fionn auf und auf das schwarze Schwert zu, packte das abgewetzte fahlblaue Heft, mit so eiserner und entschlossener Hand, als wollte er ihm an die Gurgel gehen, riss den mattschwarzen, kerbigen Stahl heraus und schlug ihn wie verrückt gegen die Mauer, wieder und wieder und wieder.

Irgendetwas tief in ihm hoffte, die Klinge würde einfach zerbrechen, und alles Unglück hätte damit ein Ende. Doch der Schattenstahl klang lediglich hell, so als lachte er, wenn er gegen den Stein und davon abschlug; als lachte er ihn aus. Das abgewetzte Leder des Hefts brannte sich mit einer widernatürlichen Kälte in Fionns Hand, von tiefem und bitterem Hass erfüllt, wie von einem toten Essenfeuer, aber Fionn ließ nicht locker. Er hieb damit in ungezügelter Wut auf die Mauer ein. Kratzige Funken flogen, Splitter vom Mauerstein sprangen ihm entgegen. Die Muskeln seiner Arme brannten und schienen wie zerfetzt, seine Lunge glühte rau.

Ich werd dich zerschlagen! Ja, das werd ich! Hörst du, verdammtes Teufelsding!

Er holte aus.

Ich werd dich vernichten! Und wenn's mich umbringt!

Mit dem letzten Hieb riss der schwarze Stahl etwas in dem Mauerstein auf. Fionn stürzte kopfüber und bevor er wusste, wie ihm geschah oder was er getan hatte, durch ihn hindurch, in die bodenlose Dunkelheit, die jenseits davon aufklaffte wie eine Wunde.

Sam der Starke. So würde sie einst genannt werden,
zu dem Zeitpunkt, da ich ihr endlich das einzige Mal
begegnete ... im letzten Rat vor dem Ende.
Doch in jener Nacht lag das noch in weiter Ferne.

DER SOMMERWOLF ging mit weiten, zielstrebigen Schritten voran. Sam musste sich eilen, um nicht zurückzufallen. Über das Zittern, mit dem sie aus dem Bett geklettert war und dem yrischen Rotschopf beim Hinausgehen einen unabsichtlichen Blick zugeworfen hatte, hatte sie einen dünnen Mantel vorsichtigen Mutes geworfen, der ihr half, den Hageren zu fragen, was der Oberaufseher zu dieser Stunde noch von ihr wollte.

Eine Antwort bekam sie allerdings keine.

Die Fackeln an den kahlen Wänden der Korridore flogen vorbei und tauchten die harten Züge des Sommerwolfs unter dem Bartschatten abwechselnd in Kupfer und Tinte. Sein schmaler Mund war zu einem Strich versiegt und versiegte immer mehr, je mehr Sam ihn bedrängte, ihr den Grund zu nennen, aus dem der Oberaufseher sie sehen wollte. Dass er ihr keinerlei Auskunft gab, ängstigte sie und machte sie zugleich wütend.

Die Amtsstube des Oberaufsehers lag im obersten Stockwerk des dicken Nordturms. Sie bogen um eine Ecke und hielten schon auf die Turmtreppe zu, da fiel ihr noch eine Möglichkeit ein, wie sie ihn bestimmt aufhorchen lassen konnte.

Sein Name ...
Wie war er noch gleich?
... Erlendúr!

425

Ja, das war er – zumindest hatte ihn der Ugo Rosshaar so geheißen. Als sie die Treppe erreichten, sprang sie dem Sommerwolf also mit letzter Entschlossenheit in den Weg und sprach ihn an: »Erlendúr, Herr, bitte! Geht es etwa um den Vorfall heute in der Minenhalle?« Bei der Vorstellung wurde ihr ganz anders. »Ist es das? Wenn ja, dann geb euch hier und jetzt mein Wort: Ich werde ganz gewiss nie wieder ungefragt den Mund aufmachen! Ich schwör's auch!«

Der Hagere jedoch begegnete ihrem verzweifelten Versuch mit unverminderter Härte in den Wolfsaugen. Dann knurrte er: »Ich weiß nicht, was der Oberaufseher von dir will. Aber vielleicht tust du dieses eine Mal, was man dir sagt und sprichst nur dann, wenn es dir gestattet ist.«

Mit dieser letzten unmissverständlichen Warnung stieg er an ihr vorbei die Treppen hinauf. Sam blieb nichts weiter übrig, als ihm zu folgen. Mit jeder Stufe verstärkte sich das mulmige Gefühl in ihrem Inneren.

An der Stube angelangt, klopfte der Sommerwolf an. Von der anderen Seite der Türe hieß der Oberaufseher sie einzutreten. Als sie das taten, schlug Sam der süßliche Geruch von erkaltetem Pfeifenqualm entgegen, darunter der von Morsch und Moder, von Rauch und angekokeltem Eisen.

Die mächtige Gestalt Braendis saß vornübergebeugt an einem breiten Schwarzholztisch. Er hatte seinen Bärenfellmantel abgelegt und türmte über einem wilden Durcheinander aus Tintenfässern, Pergamenten, Briefen und Stapeln über Stapeln dicker und noch dickerer Bücher, studierte ein gelbliches Stück Pergament und schien darüber keinerlei Notiz von seinem Besuch zu nehmen. In einem der wenigen freien Winkel des Tisches tippten die dicken Finger seiner rechten Hand unruhig auf und ab.

Das stete Geräusch von Fingernagel auf Holz machte, dass sich Sam die Nackenhaare sträubten.

Das Feuer in dem Kamin hinter dem Stuhl des Oberaufsehers war zu einem armseligen Häufchen glühender Kohlen eingeknickt. Kerzen aus aufgerollten Wachsplatten an den Tischecken waren zu Stumpen verschmolzen und wie verkrüppelte Äste an das Holz gewachsen.

Ihre kleinen Flämmchen zitterten, als der Oberaufseher sich endlich räusperte.

»Setz dich, Junge.«

Ohne das Pergament wegzulegen, deutete er auf einen lächerlich niedrigen Schemel, der vor dem Tisch stand.

Sam folgte zögerlich und ließ sich mit argwöhnischer Vorsicht auf den Schemel sinken. Die Tischkante wuchs vor ihr in die Höhe, so niedrig war er. Von hier unten aus sah sie Braendi nur noch von der Nase aufwärts.

Der Sommerwolf blieb bei der Türe.

»Dein Name ist Sam?«, fragte der Oberaufseher.

»Ja, Herr«, antwortete Sam wahrheitsgemäß.

»Hast du Hunger, Sam?«

»Nein, Herr.«

»Lüg mich nicht an, Sam«, erwiderte Braendi barsch. »Mir ist zu Ohren gekommen, dass du deinen Eintopf beim Abendessen weggegeben hast, also musst du Hunger haben.« Der Oberaufseher langte nach einer Schale, die irgendwo hinter den Bücherstapeln versteckt gewesen sein musste, und schob sie ihr über den Tisch hin. »Hier. Selbst wenn du beim Abendessen mitgegessen hättest, von der Brühe wird doch niemand anständig satt, also iss gefälligst. Das ist keine Einladung, sondern eine Anweisung, verstanden?«

»Ja, Herr«, stammelte Sam. Sie musste peinlich in eine halbe Hocke gehen, um die Schüssel zu sich heranziehen zu können. Sie nahm sie auf den Schoß und beäugte ihren Inhalt. Zwei Scheiben dunklen Brots, Ziegenkäse, ein Streifen Schinken und ein hart gekochtes Ei. Das Essen roch stark nach Kümmel und Zwiebeln, fett, scharf und würzig ... trügerisch.

Sam lief das Wasser im Munde zusammen, trotzdem zögerte sie, ehe sie zulangte. Was bezweckte der Oberaufseher hiermit? Er hatte sie wohl kaum auf eine gemeinsame mitternächtliche Mahlzeit auf seine Amtsstube geladen, was also war es dann? Sie kam einfach nicht dahinter. Ohne zu wissen, was sie sich davon erhoffte, warf sie einen flüchtigen Blick über die Schulter zum Sommerwolf. Auch das half ihr nicht weiter. Dann dachte sie: Wenn sie noch länger zögerte, würde das bestimmt den Groll des Oberaufsehers anfachen, und entsann sich dessen, was ihr der Sommerwolf am Fuß der Treppe eingebläut hatte.

Also nahm sie einen kleinen Bissen von dem Ziegenkäse. Er war warm und cremig weich und zerlief ihr auf der Zunge. So etwas Gutes hatte sie seit Langem nicht mehr gegessen, das stand ganz außer Zweifel, nur konnte sie hier nichts von dem köstlichen Geschmack genießen.

Während sie aß, nahm der Oberaufseher eine Gänsefeder auf und begann, etwas auf das Pergament zu kritzeln. Dabei sagte er: »Du musst etwas besser zu Kräften kommen. Weißt du, wie meine Männer dich nennen?«

Er wartete, als wartete er eine Antwort ab.

Sam begriff; sie hatte wohl gehört, wie seit dem Vorfall, bei dem das schwarze Tor freigelegt wurde, während der Mahlzeiten und an den freien Tagen über sie gesprochen wurde. Sie würgte Ziegenkäse und Stolz herunter und kleinlaut gab sie Braendi die Antwort, die er hören wollte.

»Sam, den schwachen. Den schmächtigen Sam.«

Es gefiel ihr nicht, diese Namen aus ihrem eigenen Mund hören zu müssen. Es war, als verlieh sie ihnen dadurch eine Echtheit, selbst hier, alleine mit dem Oberaufseher und dem Sommerwolf in seiner Amtsstube. Oder vielleicht gerade deswegen.

Zu ihrem Erstaunen war sie damit aber nicht alleine, denn als der Oberaufseher fortfuhr, tat er es mit einem unüberhörbarem Missfallen im Ton: »Ganz genau so ist es«, sagt er. »Also lang gefälligst zu. So taugst du nicht für die Minen.«

Sam gehorchte und nahm noch einen Bissen von dem Ziegenkäse und aß auch etwas von dem Brot.

Braendi tunkte die Feder in ein Tintenfässchen. Dann richtete er das Wort an den Hageren. »Sommerwolf! Wie viele Scheffel schafft ein Mann am Tag?«

»Drei. Vier, wenn er tüchtig ist, Herr«, gab der Hagere von der Türe her zurück.

»Und wie viel schafft Sam, der Schwache?«

»Einen. Und den teilt er sich mit dem Rotschopf aus Yrien.«

Sam blieb der restliche Bissen des klebrigen Ziegenkäses im Halse stecken. Wie abgrundtief sie den Sommerwolf dafür hasste, dass er sie so nackt vor dem Oberaufseher dastehen ließ.

»Der Rotschopf aus Yrien … das ist der, der keinen Satz anständig rausbringt, nicht wahr?«, wollte Braendi wissen.

Sam nickte, und weil der Sommerwolf nichts sagte, antwortete sie: »Ja, Herr. Sein Name ist Fíddus, aber alle-«

»Ein Scheffel, das ist zu wenig«, unterbrach sie Braendi. »Zu wenig für zwei und erst recht viel zu wenig, als dass du es dir herausnehmen könntest, mich in so einem Ton anzusprechen, wie du es heute getan hast.«

»Herr, ich-«

»Du fällst mir nicht ins Wort, Junge!« Braendis teerschwarze Augen funkelten sie scharf über das Pergament hinweg an. Seine dicken Finger trommelten laut in der angespannten Stille. Dann hielten auch sie inne. »Junge«, brummte der Oberaufseher noch einmal, diesmal jedoch mit einem erdrückenden Unterton. »Mir ist da noch etwas anderes über dich zu Ohren gekommen, *Junge*.«

Da begriff Sam.

Er weiß es – weiß, dass ich kein Junge bin!

Die Erkenntnis, dass der Oberaufseher ihrer Lüge gewahr geworden sein musste, schnürte ihr die Kehle zu. Ihr Herz begann zu rasen, als wollte es ihr aus der eingeschnürten Brust springen. Was sollte sie sagen, was tun – vor allem: Was würde er tun? Würde er sie vor aller Augen bloßstellen? Sie heimschicken? Sie bestrafen? Was es auch war, sie wusste, dass sie nichts würde dagegen tun können. Sie konnte nur hier sitzen, auf diesem lächerlichen Schemel, und hoffen, zuvor an ihrem Ziegenkäse zu ersticken.

Doch der Oberaufseher sagte nichts. Er würdigte sie nicht einmal eines Blickes. Sein Federkiel kratzte unerträglich lange und laut über das Pergament. Als er fertig war, faltete er das Pergament zusammen, hielt einen fingerdicken Siegelwachsstumpen in eine der Kerzen, ließ das flüssige Wachs auf das Pergament tropfen und drückte seinen Siegelstempel hinein. Dann legte er den Brief beiseite, zog ein neues Blatt aus einem der schief aufgetürmten Stapel heraus und begann, ein weiteres Schreiben aufzusetzen.

Nach den ersten Zeilen wanderten seine dicken Finger hinter die Papierstapel, wo noch ein Teller oder eine Schale sein musste, denn dann führte er sie an den Mund und verleibte sich einen kleinen schwarzen Würfel ein.

Lakritz, schoss es Sam durch den Kopf. Das war etwas von der Lakritz, von der sie und Fíd sich je eine Handvoll abgezweigt hatten, während ihres Aufenthalts in der Stadt am Fluss Ulmen, bei der Fahrt an den Nídis. War es das? War dem Oberaufseher aufgefallen, dass etwas von seiner Ration fehlte? Hatte der Oberaufseher das etwa bis zu ihr zurückverfolgt? Nein, das konnte doch unmöglich sein ... oder?

Braendi musste ihren Blick bemerkt haben, denn jetzt schaute auch er sie auch endlich an.

»Du kannst lesen?«, fragte er, schmatzend auf der Lakritze kauend, und riss sie aus ihren Gedanken.

»Ja ... jawohl, Herr«, stieß Sam hustend hervor. Sie hatte sich vor Schreck an ein paar verdammten Brotkrümeln verschluckt, war dafür aber fast dankbar: So hörte man ihr vielleicht die Verwirrung nicht an, die in ihrer Antwort lag, während sie panisch versuchte, einzuordnen, was diese Frage sollte. War Braendi also doch nicht hinter ihr Geheimnis gekommen? Es musste wohl so sein, entschied sie, und weil ihr vor unbändiger Erleichterung ein Gewicht von mehr als vier vollen Scheffeln vom Herzen fiel, fügte sie sogleich hinzu: »Und schreiben und rechnen auch, Herr! Sehr gut, sogar, Herr!«

»Das hab ich nicht gefragt«, schnaubte der Oberaufseher.

Sam verstummte.

Wieder breitete sich Schweigen in der Amtsstube aus. Ein Schweigen, das einzig vom Trommeln von Braendis Finger und dem Kratzen seiner Feder durchbrochen wurde. Und von dem leisen albtraumverseuchten Heulen aus dem Nordwestflügel. Es strich mit dem Nachtwind um den Turm und wehte durch ein halb geöffnetes Fenster herein.

Hier war es so viel lauter als auf ihrer Kammer, dachte Sam. Kein Wunder, sie waren auch näher dran.

Der Oberaufseher schien ähnlich zu denken. Angestrengt rieb er sich die Schläfe und er fragte: »Glaubst du an diesen ganzen Unsinn, Sam? An Geister, Wiedergänger, Mahre?«

Sam schüttelte den Kopf. »Nein, Herr. Mein Vater hat mir gesagt, das sind alles Märchen und Lügen.«

»Und da hat dein Vater auch ganz recht!«, bekräftigte der Oberaufseher und sah sie dabei kurz, aber bestimmt an. Sam sagte nichts. Als sich Braendis Blick jedoch wieder seinem Pergament zuwandte und er fortfuhr, war ein Wandel in seiner Stimme eingekehrt. »Mein alter Kämmerer hat das auch gesagt. Er war ein guter Mann. Ein Gelehrter, will man gar sagen. Aber nicht so verkopft wie manche. Tüchtig war er, ja! Er konnte ebenso lesen und schreiben und rechnen. Bis zuletzt.« Der Oberaufseher machte eine Pause. »Und jetzt … jetzt haben ihm diese verfluchten Albträume auch noch das letzte bisschen Verstand geraubt. Die Männer dürfen es nicht wissen, aber er ist jetzt schon der dritte, den diese … diese elenden Hirngespinste in den Wahnsinn getrieben haben – und bei Ástan und allen Altvorderen, ich werd der Nächste sein, wenn das nicht bald aufhört!«

Nun hielt Braendi es nicht mehr länger aus. Mit seinen mächtigen Pranken drückte der Oberaufseher sich von der Tischplatte hoch, erhob sich aus seinem Lehnstuhl und durchmaß die Stube zum Fenster hin. Mit einem lauten Krach, unter dem Sam unfreiwillig zusammenzuckte, stieß er es zu und legte den Riegel um. Im trüben Glas des Fensters konnte Sam erkennen, wie sich ein nachdenklicher Ausdruck über die grauen Züge des Oberaufsehers legte.

»Er war ein kluger Mann, nehme ich an? Dein Vater, meine ich.«, fragte er dann und wandte sich zu ihr um. »Gewiss klüger als die meisten hier.«

»Er hat mir alles beigebracht, was ich weiß«, bestätigte Sam beflissen.

»Manieren haben aber anscheinend nicht dazugehört«, merkte der Oberaufseher an. »Ansonsten hättest du heute in der Minenhalle das Maul gehalten.«

»Ich war vorlaut, Herr, das weiß ich jetzt! Es stand mir nicht zu, etwas zu sagen! Bitte, habt nachsehen!«

Das wollte er doch bestimmt hören, oder? Tatsächlich winkte Braendi zwar ab, doch glaubte Sam, unter dem grauen Bart einen Hauch von Zufriedenheit zu erkennen.

»Ich will dir glauben, dass du deine Lektion gelernt hast«, sagte der Oberaufseher weiter. »Aber nun hast du meine Erlaubnis zu sprechen. Also sag, was du mir so dringend sagen wolltest.«

»Herr?«

»Du sagtest etwas von einer Warnung, in den Stein gemeißelt?«

»Ja, Herr«, stammelte Sam. »Da waren Runen und –«

»Willst du mir etwa weismachen, du könntest die auch lesen?«

»Nein, Herr.«

»Was dann? Heraus mit der Sprache! In der Minenhalle warst du doch auch nicht auf den Mund gefallen!«

»Ja, Herr«, gestand Sam kleinlaut. Sie musste sich zwingen, ihre Zweifel zu überwinden. Dann sprach sie aus, was sie am Mittag so beunruhigt hatte, dass sie dafür riskiert hatte, den Zorn des Graubarts auf sich zu ziehen. Sie berichtete, was sie über die Runensteine der Völker des grauen Winters wusste, und von der Bedeutung, die in ihren Zeichen liegen konnte. Dass sie das von ihrem Vater hatte, verschwieg sie lieber.

»Ich dachte, du glaubst nicht an diesen Unsinn?«, fragte der Oberaufseher, als sie fertig war.

»Tu ich auch nicht, Herr!«, gab Sam sofort zurück. »Aber … was, wenn die Warnung ihre Berechtigung hat? Ich will sagen, was, wenn der Schacht aus gutem Grund verschlossen und vergessen worden ist? Er könnte einsturzgefährdet sein und Yoran und die anderen zwei in großer Gefahr, alleine dort unten …«

Sie ließ den Satz unvollständig. Weiter wagte sie sich nicht ohne eine Reaktion des Oberaufsehers. Die bekam sie auch, und sie war zu ihrem Erstaunen ganz ruhig und ernst.

»Falls dem so ist, müssen wir es nur umso dringlicher wissen«, hielt Braendi ihr entgegen. »Andernfalls besteht Gefahr für die ganze Mine. Und um die drei Kundschafter mach dir keine Sorgen. Ich weiß, dass der, der auf den Namen Yoran hört, dein Freund war, und dass er mit dir hier ankam, aber er ist in guter Begleitung. Die Männer, die ich ausgesucht habe, sind seit vielen Jahren in den Stollen beschäftigt. Sie kennen den Nídis und all seine Tücken. Sie werden dem Schacht nur so weit folgen, wie sie es für sicher erachten, aufzeichnen, wie er verläuft, und dann zurückkehren, an die Halle, wo eine Wache

Tag und Nacht auf sie wartet, um sie herauszulassen. Und dann werden sie Bericht erstatten.« Er kniff die teerschwarzen Augen zusammen und fragte, ob das als Antwort genügte. »Ist Sam damit zufrieden? Sam der Schmächtige? Oder sollte ich besser sagen: Sam der Schlaue? Sam der Neunmalkluge?«

Sam nickte ein zaghaftes Nicken.

»Gut!«, entschied der Oberaufseher. »Ja, sehr gut!« Damit wandte er sich dem Kamin in seinem Rücken zu und nahm die Schürstange vom Haken.

»Du taugst kaum was für die Minen, aber du bist ein waches Kerlchen«, sagte er, während er damit in der knackenden Glut herumstocherte. »Wach und gescheit und anständig auch, wenn du mal nicht vergisst, was dir zusteht und was nicht. Ich weiß, dass du aus freiem Stücken aus Istansgard gekommen bist, um hier deinen Dienst zu verrichten. Mein Wolf hat mir außerdem zugetragen, dass du deinen Lohn nach Hause schickst, zu Vater und Bruder. Stimmt das?«

Er hängte die Schürstange wieder auf und kehrte sich in Erwartung einer Antwort halb zu Sam um.

»Das stimmt, Herr«, gestand sie. Sie musste sich gewaltig bezähmen, dass man ihr die Wut dabei nicht anhörte; die Wut darüber, dass der Oberaufseher nun von ihrer Familie wusste, von ihrer Schwachstelle, und ebenso die Wut auf den Sommerwolf, die nun noch ärger wurde. Sie wusste wohl, dass es nicht stimmte, und doch fühlte sie sich, als hätte er sie auf irgendeine Weise verraten, indem er dem Oberaufseher das mitgeteilt hatte. Natürlich hatte er das. Sie durfte nicht töricht sein. Der Sommerwolf war Braendis Geschöpf, und seins allein. Sie konnte ihn einzig im Stillen dafür hassen.

Der Oberaufseher brummte ein weiteres zufriedenes »Sehr gut«, bevor er sich wieder zu seinem Kamin umdrehte. »Ich kann nämlich keinen von diesen Gossenbastarden aus den Kerkern oder sonst einen der Schurken, die uns der Hochkönig in letzter Zeit durch sein verdammtes Dekret aufhalst, in meinen Diensten als Bergschreiber brauchen.«

Sam traute ihren Ohren nicht. »Herr«, begann sie, ehe sie sich noch einmal räusperte, damit ihre Stimme ob der Verdutztheit nicht zu hell, zu mädchenhaft klang. »In euren Diensten als … was … Herr?«

»Du hast mich schon recht verstanden!« Braendi wandte sich ihr wieder zu und deutete auf den mit Bücherstapeln wie mit trotzigen Wehrtürmen bebauten Schwarzholztisch. »Ich kann mich nicht ständig alleine um alle Belange dieser Minen kümmern. Und bis sich mein alter Kämmerer wieder von seinen Hirngespinsten erholt, erscheinst du mir als Einziger gescheit genug für diese Aufgabe. Du sollst natürlich angemessen entlohnt werden: Einen Silberkönig sollst du künftig für einen Mond Arbeit erhalten.« Der Oberaufseher ließ sich wieder in seinen Lehnstuhl sinken, der unter seinem Gewicht knarzte und knackte. »Also, was hat Sam der Schlaue dazu zu sagen? Nimmt er sich dieser Aufgabe an?«

Sam hatte es glatt die Sprache verschlagen. »Ja!«, platzte es nun prompt und ohne nachzudenken aus ihr heraus. »Ja! Jawohl, Herr! Danke, Herr! Ich-« Sie schnellte in die Höhe und dankte ihm hundertfach, tausendfach und versprach, immer eifrig und tüchtig zu sein. Eine Anstellung als Buchhalter? Fort aus den Minen und mehr Gedinge? Das war zu schön, um wahr zu sein!

Der Oberaufseher bedeutete Sam, sich wieder zu setzen und zu beruhigen, und nachdem sie das getan hatte, erklärte er, dass sie ihren neuen Dienst bereits morgen früh antreten würde.

»Du wirst früher aufstehen, als der Rest und dich zum Dímmerstern bei Heorl in der Küche einfinden. Ihm wirst du beim Frühstück behilflich sein und auch bei allen anderen Mahlzeiten. Du wirst dich nützlich machen, wie man es dir aufträgt, und du wirst Ordnung in die Bücher hier bringen. Und bei allem wirst du kein Wort mehr über diese Runen verlieren, und auch nicht über dieses verdammte Tor!«

»Ja, Herr!«, antwortete Sam sofort. »Ihr werdet es nicht bereuen! Ganz gewiss nicht!«

»Gut, dann zu deiner ersten Aufgabe, Junge.« Braendi nahm seine klobige Meerschaumpfeife auf und stopfte dem fetten gräulichen Eber das Maul mit krautigem Tabak. »Komm und steck mir meine Pfeife an.«

»Jawohl, Herr!« Sam sprang auf und um den Tisch, nahm einen Wachsdocht, der auf einem ledernen Buchdeckel lag und hielt ihn kniend in die Kaminglut. Ihre Hand zitterte vor freudiger Erregung.

Sie konnte ihr Glück kaum fassen! Nicht nur war ihr Geheimnis gewahrt geblieben, jetzt hatte sie auch noch eine neue Anstellung und würde nicht länger bis zum Umfallen in den Minen schuften müssen. Und wie verblüfft würden erst ihr Vater und Yesper daheim sein, wenn sie das nächste Mal nicht mehr drei Kupferstücke, sondern eine silberne Königsmünze erhielten! Davon konnten sie sich auf dem Dorfmarkt neben zehn anständigen Brotlaiben sogar noch einen Kanten Käse kaufen, und harten Schinken und Milch für Yesper! Und zu ihrer Überraschung verspürte sie den unbändigen Drang, Fíd sofort von dieser unerwarteten Wendung der Dinge zu erzählen!

Sie beugte sich zu dem Oberaufseher und führte den brennenden Docht an seine Pfeife. Braendi sog die Flammen ein, und der Tabak zwischen den Hauern des Ebers bäumte sich glimmend und knisternd auf. Der Oberaufseher ließ den blauen Qualm genüsslich durch seine Nasenlöcher entweichen.

Sam wedelte mit der Hand, um den Docht auszumachen.

Durch den seichten Pfeifendunst hindurch erblickte sie den Sommerwolf und erschrak beinah ein wenig. Sie hatte den stummen Hageren schon fast vergessen, so sehr war er mit seinem grauen abgewetzten Waffenrock, dem pechschwarzen Haar und seinem verschlossenen, kühlen Gesicht in die Schatten bei der Türe getreten. War er wirklich die ganze Zeit über im Raum gewesen? Sam überlief ein Schauder.

Im Schein der tanzenden Kerzenflämmchen und dem pulsierenden Schummer des Kaminfeuers und durch den dünnen Dunstschleier von Braendis Pfeife wirkten seine Wolfsaugen wie kleine Perlen aus Bernstein und hatten, wenigstens ganz kurz, etwas an sich, das Sam an das dürre Hundstier mit den kantigen Ohren denken ließ.

Zur gleichen Zeit, da man mich zu Kellen lässt, wird die zurückgekehrte Mannschaft der Karavelle befragt, die nach Bailín ausgesandt worden war. Im Laufe dieser Befragung beginnt man endlich zu begreifen, dass unser Bericht über das schwarze Eisenschiff und den silberblonden Prinzen sehr wohl der Wahrheit entsprach.

Man findet heraus, dass die Karavelle bereits wieder in Santísmer eingelaufen war. An Bord finden sich Spuren eines Kampfes. Unbekannte mussten sich Zugang zur Stadt verschafft haben.

Danach sucht man sämtliche Seltsamkeiten heraus, die sich in den Büchern der Stadtwachen finden, und ordnet sie. Dabei stößt man neben einigen verdächtigen Sichtungen an verschiedenen Plätzen überall in der Stadt auch auf die Vorfälle auf dem Hafenmarkt vom Tag des Abschiedsfestes; auf den Bericht eines eines sehr aufgebrachten Teehändlers, der einen Diebstahl zur Anzeige bringen wollte.

Nach und nach verdichten sich die Spuren, führen über die Hafenmauer und hin zu den Ruinen der drei Türme, die ihr auf der schmalen Gezeiteninsel vorgelagert sind ...

ALS DER MORGEN kam und die ersten Sonnenstrahlen endlich durch die schmalen Schießscharten in das Innere des verfallenen Turms fielen, schafften sie den noch immer bewusstlosen Prinzen in ihr warmes Licht.

»Gebt auf seinen Knöchel acht!«, mahnte Nehepu Hekat,

der den Prinzen gemeinsam mit dem braven Benn hochhob. Simkhat schlich wachsam um sie herum, und gab acht, dass sie seinen Herrn nicht fallen ließen. Der Bootsmann brummte irgendetwas, dem Nehepu jedoch keine Beachtung schenkte. Der alte Magister nahm den Schiffsjungen Geb beiseite und trug ihm auf, in die Stadt zu gehen und dort Bandagen, Gips, Pappelknospen und einige Kräuter zu besorgen.

»Sei schnell, aber sei vor allen Dingen vorsichtig!«, gab er dem Jungen mit auf den Weg, als der sich aufmachte.

Auf einen gebrochenen Knöchel war der alte Magister nicht vorbereitet gewesen. In der Nacht hatte er den Fuß seines Prinzen nur mit einer notdürftigen Schiene aus einigermaßen geraden Ästen, die sie hier und da aufgetrieben hatten, und einem Tuch gerichtet, das wohl einmal ein Flicken für Segeltuch gewesen sein mochte. Außerdem hatte er die Platzwunde an seiner Stirn gewaschen und verbunden. Mehr hatte Nehepu vorerst nicht für ihn tun können.

Nicht einmal yrisches Wasser hatte er mehr zur Hand gehabt, um Prinz Kahrions Schmerzen zu lindern – und Schmerzen schien er ganz offenkundig zu empfinden, so unaufhörlich wie seine durch die Ohnmacht zugefallenen Lider zuckten, die Augen darunter sich bewegten und seine dünnen Lippen ab und an keuchend nach Atem schnappten und ihn gleich wieder ausstießen. Hin und wieder schüttelte es ihn am ganzen Körper. Nehepu konnte dann nichts mehr für ihn tun, als ihn in seinen Decken zu reiben, in der Hoffnung, dass ihm die Wärme half.

Die Macht von Ombos in seinem Blut würde den Knöchel seines Prinzen zwar rasch wieder heilen, das wusste Nehepu, immerhin war es nicht die erste Verletzung, die er an seinem Prinzen gesehen und behandelt hatte, dennoch war es wichtig, dass er bis dahin ordentlich geschient war und genug Rast bekam. Die seltsamen Male an seinen Unterarmen hingegen bereiteten dem alten Magister durchaus mehr Sorgen, auch wenn auch sie bereits am Verblassen waren. Sie wanden sich um die Arme, waren wie Schatten auf der hellen Haut und über den alten Narben der Zeremonienmesser von Amkash, doch von der Farbe fauligen Blutes. Fast glaubte Nehepu, in ihnen die verzerrte Form einer Hand zu erkennen, so als hätte

437

jemand Kahrion an den Unterarmen gepackt.

Nein, dergleichen hatte der alte Magister wahrlich noch nie zu Gesicht bekommen.

Während er sich nun neben ihm im warmen Morgenlicht niederließ, überkamen Nehepu abermals die Fragen, die ihn schon die ganze Zeit umtrieben, seit die graue Dämmerflut ihren Prinzen bewusstlos zurückgebracht hatte. Was war nur auf der Herzogsburg geschehen, das ihn so zugerichtet hatte? Woher mochten diese seltsamen, grotesken Male herrühren? Und was stünde ihnen nun bevor?

Die anderen Männer in dem Turm hatten dieselben Fragen beschäftigt, wenngleich sie in ihrem Falle deutlich weniger von der Sorge um ihren Prinzen, als um die eigene Haut bestimmt waren.

Wobei ...

Das, was Nehepu ihnen in den Stunden der vergangenen Nacht erzählt hatte, war nicht spurlos an ihnen vorübergegangen. Die Geschichte ihres Prinzen hatte sie alle mehr getroffen, als sie voreinander zugeben wollten. Das hatte Nehepu ihnen deutlich angesehen. Ja, in manchen Gesichtern hatte er gar geglaubt, einen Funken Mitleid zu erkennen. Er war kurzlebig gewesen, in der knackenden Glut des Feuers aufgestiegen und sogleich wieder vergangen, doch er war da gewesen.

Nur der Bootsmann hatte keinerlei, auch nicht die kleinste derartige Regung gezeigt. Seine barsche Feststellung, dass Prinz Kahrion Sekhems Fluch nicht bei sich hatte, als sie den reglosen Körper aus den schaumigen Fluten geborgen hatten, hatte dem alten Magister die Galle hochkommen lassen.

»Und was steht ihr so tatenlos herum?«, hatte er den Kerl angefahren. »Geht! Macht euch gefälligst nützlich! Stellt eine Wache am Tor des ersten Turms auf! Behaltet die Herzogsburg und den Zugang zur Insel im Auge! Wenn sich irgendjemand nähert, schlagt sofort Alarm! Wir dürfen jetzt keinesfalls unachtsam sein!«

Macht doch, was ihr wollt, nur schert euch weg von meinem Prinzen!

Letzteres hatte Nehepu nicht mehr laut ausgesprochen, aber gesagt hatte er genug; so außer sich hatte den Magister noch keiner erlebt. Kurz wirkte es, als wäre sogar der Bootsmann unter der Wut des Alten geschrumpft. Dann aber hatte er sich gefügt und war brummend und fluchend davongestiefelt.

Nehepu hatte sich wieder seinem Prinzen gewidmet, doch die Frage, was nun mit Sekhems Fluch war, hatte auch ihm keine Ruhe gelassen – und sie ließ es noch nicht. Sie hing über ihm, schwer, dunkel und drohend, voll böser Vorahnungen; wie der große schwarze Kolkrabe im Gebälk ihres Turms.

Ein paar Antworten kamen kurze Zeit später mit dem Schiffsjungen Geb. Der brachte nämlich nicht nur die verlangten Besorgungen, sondern auch besorgniserregende Neuigkeiten mit: »Überall in der Stadt spricht man davon, was in der Nacht auf der Herzogsburg passiert sein soll! Man behauptet, jemand sei eingedrungen und hätte über ein Dutzend Wachen ermordet. Andere sagen, es seien welche gewesen, die sich eingeschlichen und dann versucht hätten, den Herzog zu töten. Was immer Prinz Kahrion getan hat, es hat jedenfalls für ganz schönes Aufsehen gesorgt. Jetzt suchen sie überall in der Stadt nach Fremden. Die Wachen kontrollieren alle Tore und Gasthäuser und sämtliche Schiffe im Hafen! Keines darf auslaufen!«

»Es wird nicht lange dauern, bis sie uns finden«, meinte einer der Männer daraufhin. »Was sollen wir tun?«

Die Frage war augenscheinlich sowohl an den Bootsmann wie auch an den alten Magister gerichtet, der sich schon darangemacht hatte, aus den Kräutern und Pappelknospen eine dicke grüne Salbe zu köcheln.

Hekat überließ ihm die Antwort.

Nehepu überlegte schnell. »Zuerst kümmern wir uns um den Prinzen!«, entschied er, nahm das Töpfchen das nun einen scharfen, klaren Geruch verströmte, vom Feuer, und schmierte Prinz Kahrion die Salbe auf den Knöchel. Dabei wies er den Schiffsjungen an, schon mal den Gips anzurühren.

Geb zögerte. »Das war noch nicht alles«, sagte er und fuhr fort zu erzählen, dass der Prinz von Errion zusammen mit einer kleinen, vom Herzog selbst ausgewählten Gefolgschaft die Stadt über die alte Weststraße verlassen hätte und in Richtung Líohim unterwegs sei. Weswegen genau hatte er nicht in Erfahrung bringen können, aber diese Reise sei der Grund für die Feier gewesen, die gestern auf der Burg stattgefunden hatte. Außerdem, und das war die viel dringlichere Nachricht, hätte man einen Jungen gesichtet, der kurz darauf wie in höchster Eile auf einem alten Klepper aus der Burg hinausgeritten sei. Nicht einmal die Wachen hatten ihn aufhalten können. Er hätte die Stadt durch dasselbe Tor verlassen, wie der errische Herzogsprinz – und auf seinem Rücken hätte er ein Schwert getragen.

»Sekhems Fluch!«, stieß einer der Männer aus. »Das war ganz zweifellos Sekhems Fluch!«

»Aber wo will der Bengel damit so eilig hin?«, merkte ein anderer an.

Hekat schüttelte den Kopf und knurrte: »Die dringendere Frage ist, wo wollen *wir* hin? Sollen wir ihm nach?«

Wieder richteten sich die fragenden Gesichter auf den alten Magister. Der wischte sich die Hände an einem Büschel Küstengras ab und wägte ab. Er blickte auf Prinz Kahrions kühles, doch schweißbenetztes, schönes Antlitz.

»Nein«, sagte er dann, mit mehr Entschlossenheit in der Stimme, als in seinen Gedanken war. »Nein, wir bleiben hier. Solange, bis der Gips fertig ist und wir Prinz Kahrion bewegen können. Sekhems Fluch muss bis dahin nebensächlich sein.«

Daraufhin gab es unter den Männern nun doch einigen Unmut. Sie brummten, dass das ihrem Prinzen gar nicht gefallen würde, und fürchteten sich flüsternd schon jetzt vor seinem Groll, bis der Kolkrabe im Gebälk auf einmal laut krächzte. Vor Schreck verstummten sie. Alle schauten sie nach oben. Der große Vogel plusterte sich auf, breitete die Flügel aus und verschwand dann wie ein schwarzer Wind durch eine der Schießscharten.

Nehepu wischte sich mit dem hochgekrempelten Ärmel seines Klappenrocks über die verschwitzte Stirn. Er fühlte, dass der unverhoffte Aufbruch des Raben nichts Gutes verheißen mochte, ebenso wenig wie es seine Ankunft getan hatte. Inständig hoffte er, dass er sich mit seinem Gefühl täuschte.

Da vernahm Nehepu ein zartes, raues Flüstern. Sofort wandte er sich wieder seinem Prinzen zu. Tatsächlich: Prinz Kahrion hatte die Augen ein wenig aufgetan. Seine Lider waren schwer, sie zuckten. Unverständliche Laute strichen über die dünnen Lippen. Sie klangen angestrengt.

Simkhat, der bis dahin neben seinem Herrn gelegen und genau beobachtet hatte, was der alte Magister mit ihm machte, schob nun seine Schnauze unter das Kinn seines Prinzen. Er sah Nehepu an. Der kniete sich wieder hin, strich Prinz Kahrion sanft das helle Haar aus der Stirn und flüsterte: »Ruhig, mein Prinz. Ihr müsst ganz ruhig bleiben, hört ihr?«

Und er fragte sich, ob er ihn wohl wirklich hören konnte, in den bewusstseinslosen Tiefen seines Ohnmachtszustands. Wenn ja, so dachte Nehepu, wenn er seine Entscheidung mitbekommen hatte, würde er ihm das gewiss nicht so schnell verzeihen.

Aber anders geht es nicht, hielt er selbst dagegen. *Wenn sie in der Stadt nach Fremden suchen, müssen wir zusehen, dass wir so schnell wie möglich hier wegkommen.*

In der Nacht vor seinem Aufbruch hatte ihr Prinz gesagt, sie würden sich bei seiner Rückkehr sofort zur *Alter König Narmer* aufmachen. Daran wollte sich der alte Magister weiterhin halten.

»Wir werden aufbrechen, sobald Prinz Kahrion bewegt werden kann!«, befand er.

»Ach und dann?«, erwiderte Hekat. »Wie sollen wir von hier weg? Durch die Stadt können wir nicht!«

»Nein, können wir nicht«, stimmte Nehepu zu. So weit hatte der alte Magister ebenfalls gedacht – und weiter. »Wir werden das mittägliche Niedrigwasser nutzen, die Bucht zu Fuß durchqueren und so die Stadtmauern im Norden umgehen. Wir werden immer nur zu zweit unterwegs sein. So werden wir wie die Muschelsammler aussehen und keinen Verdacht erregen. Wenn wir es geschickt anstellen und ein wenig Glück haben, schaffen wir es so von den Blicken der Stadtwachen unbemerkt aus Santísmer hinaus. Nördlich der Stadt werden wir uns sammeln und von dort aus weiterziehen zur *Alter König Narmer*.«

Um Prinz Kahrion ordentlich zu transportieren, bräuchten sie eigentlich ein Pferd, besser noch einen Karren. Weil die Aussichten auf beides jedoch denkbar schlecht standen, ließ

Nehepu die beiden dunkelhaarigen Brüder eine Bahre aus zwei Ästen und einem löchrigen Stück Segeltuch anfertigen. Beides hatten sie in dem modrigen Verhau der alten Schmuggler gefunden. So konnten sie Prinz Kahrion wenigstens einigermaßen tragen, ohne seinen Knöchel dabei noch weiter in Mitleidenschaft zu ziehen. Vielleicht, so hoffte Nehepu, könnten sie ja irgendwo einen Karren übernehmen, wenn sie die Stadtmauern erst einmal hinter sich gelassen hatten. Vorausgesetzt, die Neuigkeiten waren ihnen nicht schon vom Marktplatz her vorausgeeilt.

So packten die Männer also das wenige, was sie dabeihatten, zusammen und legten ihre Lederrüstungen an. Die hatten sie in weiser Voraussicht von der *Alter König Narmer* mitgenommen, bei ihrer Ankunft in Santísmer hatten sie lediglich die Umhänge der Karavellenmannschaft darüber geworfen, damit man sie nicht erkennen konnte. Der alte Magister und der Schiffsjunge brachten indes den Gips am Knöchel ihres Prinzen an. Alle in dem verfallenen Turm hatten es eilig, sich bereit zu machen; bereit für den Aufbruch, bereit für den Kampf.

Am späten Nachmittag war es so weit: Nehepu war gerade damit fertig geworden, die Gipsbandage in die rechte Form zu drücken, als der Bootsmann den befürchteten Alarm schlug.

»Die Stadtwache rückt an!«, rief er durch die Ruine des ersten Turms in ihr Versteck. »Etwa fünfzehn Mann!«

»Beschützt Prinz Kahrion!«, befahl Nehepu. »Haltet sie auf!«

Die Männer griffen zu den Waffen und stürmten sofort voran, während der Magister und der Schiffsjunge den schweren Körper ihres Prinzen mit einiger Anstrengung auf die Bahre hievten und diese dann in einen Winkel weiter hinten im Turm trugen, wo sie ihn besser geschützt glaubten.

Aus dem ersten Turm drangen die Geräusche von Schwertgeklirr, von berstendem Holz und Gebrüll. Simkhat schlich mit aufgestellten Ohren und gesträubtem Fell um den Prinzen auf seiner Bahre.

»Du passt auf ihn auf, hörst du!«, schwor Nehepu den Schattenspringer ein und schnappte sich eine der Harpunen.

So mussten sich die armen Teufel in dem errischen Fischer-

dorf gefühlt haben, ging es ihm dabei durch den Kopf.

Magister und Schiffsjunge postierten sich neben dem Torbogen, und als der erste Silberhelm der Stadtwache hereinbrach, zogen sie ihm derart eins über, dass ihm sein Stahl aus den Händen glitt und er der Länge nach umkippte.

Nehepu spähte durchs Tor zum Kampfgeschehen zurück, als er eine unliebsam vertraute Stimme vernahm.

»Da! Das sind sie! Der Bengel und der Tattergreis! Sie haben mich beklaut!«

Der errische Teehändler hielt sich hinter den Stadtwachen zurück, keifte und deutete über das Gerangel auf ihn und den Schiffsjungen. Nehepu konnte es nicht glauben. Dieser verfluchte errische Teehändler hatte sie doch tatsächlich bis hierher verfolgt! Am liebsten hätte er ihm eigenhändig den Hals umgedreht, hätte nicht auf einmal der Schiffsjunge hinter ihm geschrien: »Herr Nehepu! Vorsicht!«

Gerade noch im letzten Moment konnte sich der alte Magister wegducken. Der Wachmann, den sie niedergeschlagen hatten, war wieder auf die Beine gekommen. Sein Schwerthieb verfehlte Nehepu zwar, schleuderte ihm aber die Harpune aus der Hand. Den verbeulten Helm reibend, drängte er den nun unbewaffneten Magister zurück. Nehepu stellte sich so hin, dass er zwischen seinem Prinzen und der Wache stand. Nur schützen konnte er ihn nicht mehr.

»Im Namen seiner Hoheit, Herzog Corentyn, nehme ich euch und eure Gesellen hiermit fest! Ihr werdet mit uns kommen und keinen weiteren Widerstand leisten! Ist das klar?«

Soweit kam er noch, bis Simkhat ihn anfiel.

Der Mann schrie auf und fuchtelte mit seinem Schwert nach ihm, aber dem Schattenspringer machte das nichts aus. Er verbiss sich in seinem Arm, riss ihn hin und her und ließ nicht mehr los.

Nehepu nutzte den Moment. Ohne zu zögern fuhr er herum, griff nach dem Schwertgurt seines Prinzen, der dort auf der Bahre lag, und zog den dunkelrot schimmernden Adamantenstahl. Er wog erstaunlich leicht. Der alte Magister hatte ihn noch nie gehalten, Prinz Kahrion hätte ihn auch nie gelassen, und er war überrascht, dass es ihm so leicht fiel.

Die Stadtwache ruderte noch verzweifelt mit dem Arm, an dem der Schattenspringer hing und wetzte, als Nehepu sich zwischen ihn, den Schiffsjungen und seinen Prinzen schob. Mit aller Kraft und Konzentration hielt er den dunklen Stahl vor sich, und als Simkhat von dem Wachmann abließ und der seinen Schreck abschüttelte und erbost auf ihn losging, fing er seinen Hieb auf. Das Schwert der Wache krachte mit einem hellen Kreischen auf den Adamantenstahl – und zerbrach.

Der Wachmann starrte verdutzt durch die Sehschlitze seines Helms auf den Schwertstumpf in seiner Hand.

»Was zum –«

Das Falchion des braven Benn erledigte den Rest.

»Das war der Letzte«, verkündete er, nachdem der Mann vor ihm mit scheppernder Rüstung auf die Seite gesackt war.

Nehepu nahm das mit einem knappen Nicken zur Kenntnis. Er blickte auf den Adamantenstahl in seinem Griff. Jetzt konnte er sich eines Zitterns nicht mehr erwehren. Dass er auf seine alten Tage noch ein Schwert würde führen müssen, hätte er nicht gedacht. Dazu war es also schon gekommen. Und er ertappte sich bei der Überlegung, ob er es nicht besser lernen sollte, wie man damit wirklich umzugehen hatte. Aber als die übrigen Männer zu ihnen kamen, steckte er das Schwert rasch zurück in die Scheide und legte es weg, neben Prinz Kahrion auf die Bahre, und mit ihm legte er den Gedanken nieder.

Bis auf einen, dem ein Zahn ausgeschlagen wurde, hatten sie alle das Gerangel unbeschadet überstanden. Die fünfzehn Mann der Stadtwache hatten nicht alle auf einmal durch die engen Torbögen in die Turmruine gelangen können, was ihren eigenen acht Männern wiederum erlaubte, sie nacheinander abzuwehren. Und als die Wachen einen Blick auf Simkhat erhaschen konnten, der wie ein schwarzer Wind in der Dunkelheit der Turmruinen von Schatten zu Schatten jagen konnte, hatten sie ihr Heil in der Flucht gesucht. Der errische Teehändler rannte von allen am schnellsten.

Nehepu, der brave Benn und der Bootsmann schauten ihnen nach, wie sie die Stufen zur Stadtmauer hinauf flohen.

»Sie werden Alarm schlagen«, stellte Nehepu fest. »Ein zweiter Angriff mit mehr Männern wird nicht lange auf sich warten lassen.« Er musterte die Bucht. Das dünne Rinnsal des Bélenneon strömte schon durch den mehligen Sand hinaus und wurde von den entgegenkommenden Wellen des Ozeans empfangen.

Bald wird die Abendflut einsetzen.

»Wir müssen sofort von hier weg, solange das Niedrigwasser noch anhält!«

Sie mussten den Plan verwerfen, immer nur zu zweit zu gehen. Vorsicht und Unauffälligkeit waren nicht mehr von Belang, jetzt zählte nur mehr Schnelligkeit.

Die Männer schnallten sich Waffen und Taschen um und eilten sich, über die eingestürzte Ruine des dritten Turms nach draußen zu gelangen. Der Schiffsjunge nahm sich Prinz Kahrions Habseligkeiten an. Als er sie aufnahm, flatterte ein schmales Stück gefalteten Pergaments aus dem Gambeson des Prinzen. Nehepu erkannte es sofort.

Der Brief, den der Kolkrabe gebracht hatte. Der Brief von Vizeadmiral Akhem.

Er betrachtete das Pergament in seinen Händen. So brennend es ihn auch interessierte, was darin stand, jetzt konnte er sich nicht damit befassen. Er steckte es ein, dann folgte er den Bahrenträgern nach draußen.

Das Licht des späten Nachmittags war warm und blendete nach den Schatten in den Turmruinen.

Auch sein Prinz musste die Veränderung der Umgebung und der Helligkeit bemerkt haben. Seine dünnen Lippen bewegten sich, und er hauchte zwei tonlose Worte.

Jetzt konnte Nehepu, der neben der Bahre stand, sie sogar verstehen.

»Yra ... Bruder ...«

Ja, der alte Magister verstand sie, und gleichzeitig verstand er sie doch noch immer nicht.

Während die Männer sich daranmachten, den Prinzen gemeinsam über die glitschigen Felsen nach unten zu schaffen, so behutsam die Eile es zuließ, nahm der Bootsmann den alten Magister beiseite.

»Das ist zu weit!«, sagte er. »Die *Alter König Narmer* ankert mindestens zehn Meilen von hier, wohl eher elf oder vierzehn!

Entweder holt uns das Wasser ein oder die Wache. Wir schaffen das nicht. Nicht mit ihm! Wir müssen ihn zurücklassen!«

»Nein!«, erwiderte Nehepu streng.

»Habt Ihr denn nicht gehört? Wollt Ihr uns denn alle für ihn umbringen? So schaffen wir es nie zur *Alter König Narmer*!«

»Wir werden nicht zur *Alter König Narmer* gehen.«

»Verdammt, Nehepu! Wohin denn dann?«

Der alte Magister ließ den Blick über die Küste streifen. Als er den Brief eingesteckt hatte, hatte er die Teedose berührt, die er ebenfalls noch immer in der Tasche seines Klappenrocks hatte. Er dachte an den Hafenmarkt von Santísmer zurück, an den verfluchten errischen Teehändler …

… und an den gutmütigen Buttermönch.

Und müde antwortete er: »Es gibt da ein Kloster, das ich ohnehin noch gerne besuchen wollte.«

»*Fionn?*«

»*Ja?*

»*Ich hab nachgedacht.*« Kellen dreht sich und stützt sich auf seinen Ellbogen auf. Er sieht Fionn an. Der Schein des kleinen Lagerfeuers tanzt in seinen Augen wie die untergehende Sonne über der Sommersee. »*Was hältst du davon, wenn wir von hier fortgehen?*«

»*Was ... wie meinst du? Wohin denn fortgehen?*«

»*Ich weiß nicht ... irgendwohin, ganz egal wohin. Nur du und ich.*«

»*Aber wie willst du ...*«

»*Ich weiß nich.*« Kellens Hand tastet im Dunkeln nach Fionns. »*Ich weiß nich, wie wir das anstellen sollen. Ich weiß nur, dass ich das tun will.*«

Ihre zwei Schatten sind schon zu einem geworden, vom Feuer an den Celdennenstein geworfen.

Fionn zittert. Er kann keine Antwort geben ...

... wieso habe ich ihm damals keine Antwort geben können? Das habe ich mich oft gefragt. Ich habe oft an jene Sommernacht zurückdenken müssen, als Kellen mich das gefragt hatte. Auch dann wieder, in der Leere von Annaur, als alles verloren schien, musste ich daran denken.

FIONN KAUERTE regungslos inmitten des bleichen Graslandes und konnte nichts mehr tun. Wie lange er hier schon war, wusste er nicht mehr. Es war auch nicht von Bedeutung. Auch all die anderen Fragen, von denen er wusste, dass er sie sich eigentlich stellen musste, was das für ein seltsamer Ort war etwa, oder wie er hierher gelangt war, waren es nicht mehr. Alles war von ihm abgefallen, war in absolute Bedeutungslosigkeit versunken, als er hier zu sich gekommen war.

Er hatte auf dem Bauch gelegen und einzig das dumpfe Gefühl gehabt, als wäre er aus großer Höhe gefallen. Zwischen seinen Fingern hatte er Gras gespürt. Er hatte die Augen geöffnet, hatte sich, von einem trägen Schrecken erfasst, aufrichten wollen, doch es war ihm so schwergefallen, als drückte die Zeit selbst gegen seine Bewegungen. Als es ihm endlich gelungen war und er sich umsehen konnte, hatte er erkennen müssen, dass er sich wahrhaftig inmitten jenes gespenstischen Graslandes befand, jener Lichtung im finsteren Nichts, ohne Baum oder Strauch, die von dem stummen, schwachen Schummer versetzt war, und die ihm von der Nacht ihrer Flucht aus Bailín nur undeutlich und in unwirklicher Erinnerung geblieben war.

Wie ... wie ist das ... wie kann das sein?

Eben war er doch noch in ihrer Kammer gewesen, auf Santísmer, bei Kellen, und hatte das ...

Sein Blick fiel in das Gras neben ihm. Dort, zwischen den zerborstenen Metallstücken, die seine eisernen Handschellen gewesen waren, lag das Schwert des Flicken-Frém. Der mattschwarzen Klinge war ein schwaches Schimmern inne gewesen, wie tiefes Eis, wie von einem unnatürlichen Essenfeuer angehaucht, doch schon am Verblassen.

Sie war nicht zerbrochen, hatte Fionn gedacht. Und sein Gespür hatte ihm gesagt, dass er ihr noch nicht einmal eine neue Kerbe zugefügt hatte, als er sie in der Turmkammer auf der Herzogsburg gegen die Mauer geschlagen hatte, wieder und wieder. Doch erneut danach zu greifen, seine Wut erneut an der Waffe auszulassen, dazu hatte er sich nicht mehr aufraffen können. Er hatte sich zu gar nichts mehr aufraffen können.

Alle Kraft hatte ihn verlassen. Nicht einmal zum Weinen hatte es mehr gereicht. Er hatte es grade noch geschafft, die Arme um die Knie zu schlingen und den Kopf dazwischen zu vergraben.

So kauerte er immer noch da. Aus der tiefhängenden Dunkelheit des Firmaments, das sich über ihm spannte, war eine lähmende Schwere auf ihn herabgesunken, und Fionn hatte sich ihr, und allem, was kommen würde, bereitwillig überlassen. Es war ihm egal. Er war doch so müde.

Irgendwann bemerkte er, wie kurz ein schwaches Licht durch das leere Firmament über ihm sprang und einging. Er hob den Kopf nicht. Dann kam ein Wind auf; wenigstens glaubte Fionn, dass es ein Wind sein musste. Er hörte das Rauschen, als er aus der Ferne über die Hänge des bleichen Graslandes wehte, und als er zu ihm gelangte, fühlte er, wie er über ihn hinwegstrich. Doch etwas war anders; es war Fionn, als könnte er in dem Wind, in dem Flüstern, Rascheln und Rauschen um ihn etwas ausmachen; eine Stimme. Er wollte nicht, doch konnte er sich nicht davon abhalten, genauer hinzuhören. Doch, da war eine Stimme. Und sie rief ihn beim Namen – bei seinem und dem seines Vaters.

»Fionn!«, rief sie ihn, »Fionn, Feonns Sohn!«

Kellen, dachte Fionn. Der Gedanke war schneller gekommen, als ihm lieb war, flüchtig und von Verzweiflung getrieben. Und auch wenn er wusste, dass es nicht Kellen sein konnte, der nach ihm rief, wollte und wünschte er dennoch, dass es so wäre …

So wie beim letzten Mal, als er hier gewesen war. Da hatte Kellens Stimme aus dem fernen Hügelgrab ihm die Kraft gegeben, weiterzugehen. Aber jetzt lag Kellen bewusstlos irgendwo jenseits dieses bleichen Graslandes, in ihrer Kammer, dem Tod geweiht. Und nichts konnte daran noch etwas ändern. Alle Albträume waren in die Wirklichkeit gerückt. Oder war es seine Wirklichkeit, die in die grässlichsten aller Albträume verfallen war?

»Fionn!«, rief die Stimme wieder. »Fionn, Feonns Sohn!«

Und nun glaubte Fionn zu erkennen, dass es keine einzige Stimme zu sein schien, sondern viele, die nur wie eine wirkten; wenn sie denn überhaupt echt waren und nicht nur ein körperloser, vom Wind verwehter Gedanke.

»Fionn, Feonns Sohn! Höre mich!«

Alte Stimmen und junge riefen nach ihm, Stimmen von Männern und Frauen, Kriegern, Kindern und Greisen zugleich und dann wieder keine, denn wenn Fionn versuchte, sich auf eine einzelne Stimme zu konzentrieren, schwand sie dahin, ehe sie alle wieder lauter wurden. Fionn hatte das Gefühl, als kämen sie näher, und doch wurden sie nicht klarer. Schließlich waren sie an allen Seiten zugleich, umkreisten ihn im Rauschen und Branden des Windes und engten ihn mit ihren Rufen seines Namens ein.

Eine Erkenntnis stieg in dem kauernden Fionn hoch, und mit ihr die Angst: Er hatte diese Stimmen schon einmal vernommen, sie hatten schon einmal nach ihm gerufen, aus einer Dunkelheit wie aus großer Tiefe, im Traum in der Nacht nach dem Abschiedsfest, bevor er in der Zelle der Herzogsburg erwacht war ...

... und auch zuvor schon. In der Nacht im Hügelgrab, als er Kellens Stimme gefolgt war. Da hatte er sie doch auch schon vernommen. Sie waren also wirklich.

Nein!

Fionn presste die Augen zusammen, krümmte sich und hielt sich krampfhaft die Ohren zu.

Nein, ich will das nicht mehr hören! Ich will nicht! Hör auf! Hör auf! Hör auf!

Plötzlich war eine der Stimmen ganz nah an seinem Ohr und flüsterte: »Fionn, Feonns Sohn! Träger von Sekhems Fluch! Höre mich: Die Zeit drängt!«

»Nein!«, entfuhr es Fionn mit einem schrillen, brüchigen Kreischen. »Nein! Hör auf damit! Hör auf! Sei endlich still!«

Doch als er den Blick hob, waren Wind und Stimmen fort, verweht ins Nichts. Verwirrt, verängstigt und mit klopfendem Herzen blickte er sich um, sah jedoch nichts. Er war allein mit seinem Echo, das über die Weite des Graslandes widerhallte, bevor es auch verschwand. Sein Atem hing als weiße Wolke vor ihm.

Dann aber fühlte er, wie sich etwas über ihm zusammenzog, drückend, dick und grollend wie gestaltlose Gewitterwolken. Neue Furcht befiel ihn, diesmal noch ärger und düsterer. Doch diesmal, anstatt sich vor ihr zusammenzukauern, raffte er sich und alle Kraft, die er aufbringen konnte, auf, warf sich gegen die Lähmung in seinen Gliedern und rannte drauflos.

Er wusste nicht, wohin er rannte, ob es überhaupt ein *wohin* gab, zu dem er flüchten konnte, in diesem verfluchten fahlen Ort, doch er konnte nicht einen einzigen Gedanken darauf verschwenden. Er wollte nur weglaufen; weg vor dem Schwert im Gras, vor den Stimmen, vor allem.

Die Gräser peitschten um ihn herum, der Atem schnitt ihm wie glühende Messer in die Brust, in seiner Seite spürte er einen stechenden Schmerz. Ihm wurde schlecht, aber erlaubte sich nicht, langsamer zu werden. Er zwang sich immer weiter und wagte dabei nicht einmal, zurückzuschauen; er hatte das entsetzliche Gefühl, als hetzte ihm jemand nach, die Stimmen, die nach ihm heulten, wie Wölfe, Sturmwinde und Schatten. Sie waren dicht und dichter hinter ihm, jagten neben ihm her und waren über ihm. Fionn schaute voraus, er war in einer Senke, zu dem nächsten Hang, der vor ihm lag – und sah auf dessen höchsten Punkt wieder die zwei Gestalten, klein und blass, Hand in Hand, die ihn aus der Entfernung direkt ansahen.

Nein.

Der Schreck ließ Fionn straucheln. Er verlor das Gleichgewicht und spürte, wie er vornüber stürzte, noch bevor er es tat, und sah noch einmal kurz hin. Die beiden Gestalten waren schon wieder vergangen. Dann schlug er dumpf auf dem Boden auf, und die Stimmen fielen über ihn her.

»Die Zeit drängt, Fionn, Feonns Sohn! Der Feind erstarkt! Deine Pflicht, die Pflicht, Sekhems Fluch zu bewahren, ist nun von allerhöchster Bedeutung! Du musst bereit sein! Ja, denn du wurdest dazu ausersehen, Fionn, Feonns Sohn!«

Aber Fionn, der die Hände schützend über den Kopf hielt, schrie nur in schierer Verzweiflung dagegen an: »Nein! Nein, ich kann das nicht, hörst du? Ich kann nicht! Und ich will nicht!«

»Einzig du kannst diese Bürde tragen, Fionn, Feonns Sohn! Dies ist deine Bestimmung, dein Schicksal! Du hast getan, zu was keiner von deinesgleichen seit Sekhem selbst imstande war! Du hast Sekhems Fluch erweckt und hast standgehalten! Du wurdest ausersehen!«

»Ich will aber nicht ausersehen sein! Ich will das nicht! Ich will-« Fionn stieß sich auf und erstarrte. »Ihr?«

Vor ihm stand der Flicken-Frém.

»Wie kann das, was …«, stammelte Fionn, ehe ihm Unglaube und Fassungslosigkeit die heisere Stimme versagen ließen. Mit zitternder Hand wischte er sich über das Gesicht, strich sich die schweißnassen Strähnen aus der Stirn, doch die Erscheinung des Flicken-Frém blieb, wo sie war.

Der lächelte ein sanftes Lächeln. Dann sagte er: »Fionn, Feonns Sohn, falle nicht der Verzweiflung anheim! Für die Aufgabe, die dir auferlegt wurde, darfst du das nicht zulassen. Du wirst alle Kraft brauchen, die du aufbringen kannst! Die Waffe Sekhems hat dich erwählt, ihr Träger zu sein!«

Die Stimme des Branntweinritters war so ganz anders, als Fionn sie in Erinnerung hatte; streng war sie, ja, doch zugleich von einer Nachsicht bestimmt, die er dem versoffenen Streicher nie zugetraut hätte. Aber auch die ganze Gestalt als solche war anders, auch wenn Fionn nicht genau hätte sagen können, auf welche Weise. Er war schlichtweg anders, seine ganze Erscheinung seltsam verändert; weniger gebückt stand er da und weniger abgezehrt war er, das strähnige Haar war weniger zerfranst und der Ausdruck auf seinem Gesicht ruhig und gesammelt. Und auch aus seinem Blick waren sämtliche Zeichen von Suff und aufgekratztem Irrsinn gewichen, wie Fionn sie aus jener Nacht in grässlicher Erinnerung hatte, da er ihn in der verfallenen Gezeitenmühle aufgesucht hatte. Eine Klarheit lag nun darin, die Fionn jedoch ebenso wenig behagte. Mochte der Flicken-Frém nämlich auch anders sein und anders sprechen, was er sagte, war im Grunde doch dasselbe wie in jener Nacht.

Fionn schüttelte den Kopf. »Es hat sich geirrt!«, hielt er dagegen. »Das muss es! Anders geht es nicht!«

»Es irrt nie!«, bestand der Flicken-Frém. »Seit jenen Tagen, die auf das Ende der Duat folgten, da es aus der Hand Sekhems in die des ersten Trägers nach ihm überging, erwählt es sich seinen Wächter unter den Menschen. Es ist ihre heilige Pflicht, das Messer von Amkash vor all jenen zu bewahren, die danach trachten, es zum Bösen zu missbrauchen. Es ist eine große Bürde, die nur denen zuteilwird, die wahre Stärke besitzen.«

Wahre Stärke.

Fionn stieß es bitter auf. Er ließ den Kopf hängen und

schnaubte verächtlich. »Seht ihr! Genau da hat es sich geirrt. Ich bin nicht stark. Ich bin der Falsche. Ich kann nicht der sein, für den Ihr mich haltet.«

»Du kannst dich deinem Schicksal nicht entziehen!«

Jetzt verkehrten sich Fionns Wehmut und Kummer in Zorn. »Kann ich nicht? Wo steht das geschrieben? Wer sagt das? Ihr etwa? Was wollt Ihr dagegen tun? Ihr könnt mich nicht zwingen!«

»Alle Träger von Sekhems Fluch haben so gefühlt, wie du es tust«, erwiderte der Flicken-Frém. »Doch alle stellten sie sich ihrer Pflicht. Und alle haben sie sie erfüllt.«

Das verärgerte Fionn noch mehr. Fing dieser elende Streicher schon wieder damit an. »Wenn das so ist, dann sucht euch doch einen neuen Träger!«, fuhr er den Flicken-Frém jetzt an. »Einen, der es auch kann! Einen, der *wirklich* stark ist! Nehmt es, wenn Ihr es wollt, aber lasst mich damit in Ruhe! Ich denk ja gar nicht dran, das Ding weiter mit mir rumzuschleppen! Ihr habt keine Ahnung – nicht die geringste –, was ich durchmachen musste! Ich hab endgültig genug davon!«

Da erhob der Flicken-Frém die Stimme, und sie brach auf in eine schreckliche Vielzahl von Stimmen, die die Leere um sie erbeben und Fionn vor Angst zusammenfahren ließen: »Hast du mich nicht gehört? Hast du sie nicht gesehen, die Vernichtung, den Tod, die Finsternis jenseits der Sterne, am Ende aller Finsternisse, wo er in seinem Verlies liegt, jener namenlose Feind der Erde, der größte aller Schrecken? Du hieltest die Waffe Sekhems in deinen Händen, du sahst, was kommen wird, wenn die Mächte von Amkash siegen! Wenn diese Waffe dem Feind in die Hände fällt, wird alles Leben auf dieser Erde unwiederbringlich zugrunde gehen! Du darfst die Welt nicht kampflos diesem Ende überlassen! Das ist deine heilige Pflicht! Und es kann keinen anderen geben, der sie an deiner statt für dich trägt, denn du wurdest dafür ausersehen – du, Fionn, Feonns Sohn, du allein und als Einziger von allen! Und solange du lebst, bist du jetzt an dieses Schicksal und diesen Eid gebunden!«

Das Echo der Stimmen hallte weithin über das bleiche Grasland, bis es sich verlor, und ließ Fionn vornübergebeugt, zitternd und von Furcht und Ehrfurcht erfüllt zurück.

»Ich ... ich versteh das alles einfach nich«, flüsterte er, die Finger in seinem Haar verkrampft. »Ich versteh's nicht ... ich ... ich kann das nich! Ich kann das einfach nich! So glaubt mir doch! Ich kann ja noch nich einmal meinem Freund helfen! Kellen ... er wird sterben und ich bin dran schuld! Wie soll ich da irgendetwas von dem machen, was ihr von mir verlangt? Ich kann's einfach nicht ...«

Fionn wollte wieder weinen, doch bevor er anfangen konnte, spürte er, wie sich eine Hand auf seine Schulter legte.

»Du fürchtest dich, Fionn, Feonns Sohn«, sagten die Stimmen, die nun wieder zu einer einzigen geworden waren, zu der des Flicken-Frém. »Furcht und Angst und Trauer sind in dir, große Verzweiflung und großer Schmerz. Sie beschweren dein Herz, doch lass dir von ihnen nicht die Hoffnung nehmen. Noch ist ihre Zeit nicht gekommen. Jetzt ist die Zeit, da du aufschauen musst. Hebe dein Haupt, Fionn, Feonns Sohn. Trockne deine Tränen, steh auf und fasse Mut!«

Fionn zögerte. Er spürte den Drang, dem Flicken-Frém zu widersprechen, doch irgendwie fehlte ihm die Kraft dazu. Es war einfacher, seiner Weisung zu folgen. Er wischte sich über die Augen, hob den Blick und sah, dass der Branntweinritter ihm die Hand hinstreckte.

Einen Moment lang sah Fionn sie nur an, unsicher, ob er sie wirklich ergreifen sollte, dann aber überwand er sich und nahm sie. Der Flicken-Frém zog ihn auf die Beine.

»Komm«, befand er dann, »Wir wollen ein Stück gehen. Im Gehen spricht es sich leichter.«

Damit kehrte sich der Branntweinritter von ihm ab und ging voraus, den nächsten Hang hinauf durch das bleiche, schwach glimmende Gras.

Erst sah Fionn ihm nur nach. Er schaute über die Schulter zurück, in die andere Richtung, als hoffte er, dort etwas zu sehen, doch da war nichts; nichts außer dem bleichen Grasland, dass sich stumm in alle Richtungen erstreckte, so weit er nur schauen konnte, bis es in leere Dunkelheit überging – waren es hundert Meter oder hundert Meilen? Fionn hätte es nicht abschätzen können. Was bedeutete es aber auch schon. Kurz überlegte er, ob er weglaufen sollte, verwarf den Gedanken aber gleich wieder. Es würde wohl eh zu nichts führen, wieso es also versuchen? Und außerdem, irgendwie wollte ihm nicht mehr nach Weglaufen zumute sein. Auch nach Weinen nicht mehr. Er wusste nicht, wonach ihm überhaupt noch zumute sein wollte, aber etwas sagte ihm, dass es womöglich tatsächlich am besten wäre, wenn er dem Flicken-Frém einfach nur folgte.

Und so gab er diesem Gedanken nach und beeilte sich, zu dem Streicher, der ohne auf ihn zu warten, vorausgegangen war, aufzuschließen. Einmal losgelaufen, bemerkte Fionn, dass er gar nicht mehr stehen bleiben wollte. Auch zurückschauen wollte er nicht wieder.

Während sie schweigend nebeneinander hergingen, merkte Fionn, wie seine Gedanken allmählich zur Ruhe kamen. Er konnte wieder klarer denken; und er dachte: Die Erscheinung an seiner Seite konnte nicht der Flicken-Frém sein. Nicht ganz, nicht wirklich – wenn es hier in diesem Ort überhaupt so etwas wie eine Wirklichkeit gab, wie in der echten Welt. Die Erscheinung an seiner Seite veränderte sich ständig, immerzu, doch nur wenn Fionn nicht hinsah. Aus den Augenwinkeln glaubte er dann zu beobachten, wie sich ihre Umrisse verzerrten und schemenhaft wurden, sie wandelten sich von denen des Flicken-Frém ab, ohne sie jedoch ganz aufzugeben, wie die Schatten eines Baumes, wenn der Wind in die Äste fährt.

Am deutlichsten aber war der Unterschied im Wesen dieser Erscheinung. Dieser Flicken-Frém hier war ruhig, besonnen und selbst im Zorn nicht so garstig, krächzend und keifend, wie jener, den Fionn in Bailín, in echt, gekannt hatte.

Wie der echte, dachte er schließlich. Und weil die Erscheinung nichts sagte, sprach Fionn sie darauf an.

»Ihr seid nicht der echte Flicken-Frém, nicht wahr?«

Als er das fragte, fiel ihm auch der richtige Name des Streichers wieder ein.

Farrím.

So hatte er sich genannt.

»Nein, der bin ich nicht«, antwortete die Erscheinung in der

Gestalt des Flicken-Frém an seiner Seite.

»Wer seid Ihr dann?«, fragte Fionn weiter.

»So wie die Träger von Sekhems Fluch seit drei Weltaltern über die Waffe des Feindes wachen, wache ich über sie. Ich bin an sie gebunden, so wie sie an das Verhängnis von Amkash und Ombos.«

»Wieso seht Ihr dann aus wie der Flicken-Frém?«, wollte Fionn wissen. Er war erstaunt darüber, dass er das fragte.

»Ich habe diejenige Gestalt angenommen, die ich dir am vertrautesten glaubte. Meine wahre Gestalt, meine ursprüngliche Form ist verloren, schon seit vielen Altern. Selbst Sekhem konnte ich mich darin nicht mehr zeigen. Der Körper, der einst meiner war, ist vergangen und zum Staub der Erde geworden. Nur mein Geist kann auf der Welt und hier an diesem Ort ohne Zeit und Gezeiten noch verweilen – so lange, bis alle Tage verbraucht sind, oder der verbannte Feind aus seinem Exil zurückkehrt und sein Schatten triumphiert.«

Ah, dachte Fionn. Recht viel schlauer war er zwar nicht, nachfragen wollte er aber auch nicht weiter. Das war doch alles so absurd – Kellen lag in ihrer Kammer im Sterben und er wanderte hier über ein Land, das er nicht verstand, und sprach mit einem Wesen ohne Namen oder Gestalt, das er nur noch weniger verstehen konnte. Eigentlich wollte er es auch gar nicht verstehen. Alles, was er wollte, war doch, dass es aufhörte. Aber ebenso, wie er einsehen musste, dass all dies echt sein musste und wirklich geschah, musste er einsehen, dass es nicht aufhören würde. Mochte sich sein Herz noch so sehr dagegen sträuben; er musste sich dem Ganzen stellen.

So fragte er nach einer weiteren Weile doch, was das für ein Ort sei, an dem sie sich hier befänden.

»Dies ist die Welt jenseits der Welt«, antwortete die Erscheinung in Gestalt des Flicken-Frém neben ihm. »Die Sphäre der Geister und der Schatten und der schlaflosen Zeit, die hinter den Grenzen des wachen Erdkreises verborgen liegt. Einst vor vielen Altern gab es einige wenige Sterbliche, die darum wussten und hier wandeln durften. Die Anderswelt nannten sie sie; Annaur hieß sie so in den Zungen der Celdennen. Doch lange schon sind sie dahingeschwunden. Heute ist den Sterblichen der Zutritt zu diesem Land für gewöhnlich verwehrt. Einzig der Träger von Sekhems Fluch ist in der Lage, die geheimen Pforten aufzutun.«

»Ja«, sagte Fionn. »Ich war schon einmal hier.«

Und dann erzählte er dem Anderen von der Nacht in dem Hügelgrab und seinem Kampf mit dem Geschöpf des silberblonden Teufels.

»Auch dieses Wesen kann diese Gefilde nach Belieben betreten und verlassen«, sagte der Andere danach. »Er ist ein Geschöpf des Feindes. Geboren aus der schwarzen Erde von Amkash trägt es selbst eine Strähne der Macht des Herrn von Ombos in sich, die es ihm gestattet, durch die geheimen Pforten zu schlüpfen, die in den Schatten und den dunklen Winkeln der Welt verborgen sind. Mit gewöhnlichen Waffen aus Stahl und Eisen kann man diesem Gegner kein Leid zufügen – doch das hast du ja bereits erfahren.«

Fionn dachte an die Axt, die einfach zerbrochen war, als er sie im Kampf gegen das Tier verwenden wollte.

Wie Glas.

»Und doch hast du es geschafft, dich gegen diesen Diener des Namenlosen Schreckens zur Wehr zu setzen«, fuhr der Andere fort. »Du hast dich sogar gegen den Prinzen von Amkash selbst behauptet. Er ist ein grausamerer Feind, als du es dir ausmalen kannst, doch du hast ihn zurückgeschlagen und Sekhems Fluch vor seinem Zugriff bewahrt. Die Waffe des Feindes hat sich entschieden, hat sich deinem Griff und deinem Willen gebeugt – das ist etwas, das noch keinem seit Sekhem selbst gelungen ist! Sieh!«

Ohne dass Fionn es bemerkt hatte, waren sie auf einer Hügelkuppe angelangt. Um sie war ein Nebel, der sich nun zurückzog, wie von einem gestaltlosen Wind fortgetrieben, und einen Kreis aus Statuen freigab, farblos und fahl, in dessen Mitte sie sich befanden. Die Statuen waren solche von Menschen, Männer wie Frauen, Kinder wie Greise. Manche trugen vornehme Gewänder und Umhänge, andere wiederum Rüstungen aus Stahl und Stahl an der Hüfte, anderen, die weiter hinten standen, hatten gar eine Krone auf dem Haupt, während wieder andere in einfachsten Kleidern steckten und wie

Bauern, Fischer, Schmiede, Viehtreiber oder gar Sklaven aussahen. Alle standen sie stumm und mit ausdruckslosen Minen rings um Fionn und den Anderen, kaum mehr als Schemen, wie Schatten von Nebel auf Nebel geworfen.

»Dir ist gelungen, was keiner von ihnen konnte, Fionn, Feonns Sohn!«, sprach die Erscheinung in Gestalt des Flicken-Frém weiter. »Das ist etwas Gutes!«

»So hat es sich aber nicht angefühlt«, entgegnete Fionn. Er wusste nicht, was er sonst darauf antworten sollte. Während der Andere gesprochen hatte, hatte es ihn in Gedanken unweigerlich in die Nacht auf den Zinnen der Herzogsburg zurückgezerrt, wo er dem silberblonden Teufel unterlegen war und Kellen ihm zu Hilfe hatte kommen müssen.

Alleine hätte ich versagt ... wie immer.

Das ließ Fionn ungesagt. Er wandte sich von der Erscheinung des Flicken-Frém ab und ließ den Blick durch die Reihen der fahlen Säulen schweifen. Es war kein bloßer Kreis, in dem sie ihn umgaben, fiel ihm nun auf, und auch kein Durcheinander; sie formten eine Spirale. Aufgereiht standen sie da, in einer Ordnung, deren Sinn sich ihm offenbarte, als er eine erblickte, die ihn erschaudern und erstarren ließ.

Das ... das bin ja ich!

Da war eine Statue von ihm. Ihr Blick war leer und ging an ihm vorbei, wie er sie besah, doch in den ausgestreckten Händen hielt sie ein fahles Schwert, das am Heft verknotet war und dessen Unscheinbarkeit in Fionn keinerlei Zweifel daran zuließ, was es darstellte oder was es zu bedeuten hatte. Fionn schluckte. Neben seiner Statue, der Reihenfolge nach, stand eine, die aussah wie der Flicken-Frém – wie der echte Flicken-Frém, der, den Fionn gekannt hatte. Der nächste Platz vor der darauffolgenden Figur war leer.

Fionn blieb vor seiner Statue stehen. Er spürte, wie die Erscheinung des anderen Flicken-Frém hinter ihm stand. Er wartete darauf, dass Fionn etwas sagte.

Fionn ließ den Blick sinken.

»Ich weiß, was Ihr von mir wollt. Ihr seid nicht der Erste, der mir das alles sagt«, begann er. »Aber ich kann euch nicht weiterhelfen. Wirklich nicht. Ich bin weder stark noch mutig.

Ich bin kein Krieger und kein Kämpfer, und ich kann schon gar nicht der sein, den ihr braucht – ich kann ja noch nicht einmal ein Schwert führen! Das macht doch einfach keinen Sinn! Außerdem hab ich doch schon getan, was ich sollte! Ich hab getan, was der Flicken-Frém von mir wollte! Ich hab das verdammte Schwert nach Santísmer gebracht! Reicht das nicht? Dort muss es doch sicher sein!«

Der Andere in seinem Rücken jedoch widersprach.

»Farrím, Sohn des Durrím«, sagte er, und Groll tönte in seiner Stimme mit, »Er war ein Narr, ein dummer alter Tor. Er hatte kein Recht, Sekhems Fluch an sich zu nehmen. Es stand ihm nicht zu, darüber zu entscheiden. Unrechtmäßig ging die Waffe Sekhems an ihn über! Abgegeben wurde sie an ihn, von einem, der seinen eigenen heiligen Eid verriet! Farrím, Durríms Sohn, er war nicht würdig, die großen Geheimnisse zu schauen, und er hat am Ende den Preis dafür bezahlt, eine Macht anzunehmen, der er nicht gewachsen war!«

Den Anderen so über den armen Flicken-Frém reden zu hören, verärgerte Fionn sehr. Jetzt nämlich sah er den versoffenen Streicher als den, der er wirklich gewesen war: als einen armen, alten Mann, der nicht wusste, worauf er sich eingelassen hatte, der ganz und gar überwältigt war, von Dingen, die er zeit seines Lebens für nichts weiter als Lieder, Legenden und Spukgeschichten gehalten hatte – und der sich dem dennoch wacker entgegengestellt hatte, bis zum Ende. Und er hatte Fionn und Kellen das Leben gerettet, und dafür mit dem seinen bezahlt, wie Fionn jetzt bewusst wurde.

Seine Hände ballten sich an seinen Seiten zu Fäusten, doch er wagte es nicht, seinen Ärger gegenüber dem Anderen zu äußern.

»Mein Auftrag war es, das Schwert nach Santísmer zu bringen«, sagte er stattdessen knapp. »Das habe ich getan. Mein Auftrag ist erfüllt!«

»Sekhems Fluch ist dort nicht sicher«, erwiderte der Andere sofort. »Der Prinz von Amkash ist in die Enge getrieben. In seiner Verzweiflung wird er erneut versuchen, es zu erlangen. Du musst das um jeden Preis verhindern!«

»Wie oft muss ich denn noch sagen, dass ich der Falsche

dafür bin! Ich kann nichts ausrichten! Und selbst wenn ich es könnte – ich will es nicht! Ja, denn mir ist das alles egal! Soll er es sich doch holen, mich schert es nicht länger!«

»Tätest du dies, die Welt wäre ihrem sicheren Verderben ausgeliefert!«, erzürnte sich der Andere nun. »Die Feinde von Amkash würden die Duat, die Sekhem einst unterbrach, in der Amduat erneut anbrechen lassen und die fürchterlichen Mächte, die Sekhem niederwarf, wieder entfesseln! Alles Leben auf Erden würde vernichtet werden!«

»Na und?«, schrie Fionn zurück. »Was kümmert's mich? Kellen wird doch … er wird … er …«

Die erbarmungslose Unausweichlichkeit dessen, was er nun aussprechen musste, legte sich um seinen rauen Hals, drückte zu, zwang ihn zum Flüstern.

»Kellen wird doch so oder so sterben.«

Von irgendwoher flackerte noch einmal ein schwaches Licht über das leere Firmament, schwach und müde. Bevor es einging, hauchte es einen zarten Schimmer über den Hirschanhänger in Fionns Hand. Er hatte ihn aus der Tasche seiner Weste gezogen.

»Er wird sterben, und es gibt nichts, was ich dagegen tun kann«, flüsterte er erneut mit erstickter Stimme. »Alles andere ist mir egal.«

Als das Licht gänzlich erloschen war, folgte ihm ein seltsam verzerrtes, hallendes Geräusch. Es klang über das leere, bleiche Grasland wie der ferne Schatten eines Donnergrollens.

Fionn spürte, wie der Andere in seinem Rücken von einer plötzlichen Unrast gepackt wurde.

»Unsere Zeit schwindet rasch, Fionn, Feonns Sohn«, sagte er. »Ich weiß, dein Herz ist schwer von den Ketten, die Kummer und Verzweiflung darum geschmiedet haben, doch noch sind ihre Glieder nicht gekühlt! Noch können sie gesprengt werden! Und die Bänder, die dein Herz und das deines Freundes einen, sind stärker! Sie sind machtvoll und sie sind auf ewig von Glut beseelt – aus dieser Glut musst du den Funken der Hoffnung schlagen!«

»Hoffnung.« Fionn seufzte das Wort verächtlich. Er konnte

den Hirschanhänger kaum mehr in der offenen Hand vor sich halten, wie sollte er da noch hoffen können? Und die Worte des silberblonden Teufels in der vergangenen Nacht und die des greisen Magisters mit dem müden Maulwurfsblick bestätigten ihn im Stillen.

Kellen würde sterben.

Der Andere aber hielt weiter dagegen.

»Noch ist nicht alles verloren!«, sagte er. »Die Bürde, Sekhems Fluch zu tragen, ist eine, die dir niemals hätte auferlegt werden dürfen – doch wenn ich dir sagte, dass in dieser Bürde auch die Chance läge, dass du ihn retten könntest, würdest du sie annehmen? Würdest du sie erwählen? Wenn nur darin, dass du den einen Weg gehst, der beschwerlicher ist als alle anderen, die Möglichkeit läge, deinen heiligen Eid zu wahren, die Menschheit und die Welt vor ihrer Vernichtung zu bewahren … und sogar jenen, den du so verzweifelt liebst?«

Jenen, den ich …

»Was … was sagt ihr da?«

»Die Waffe Sekhems kann nicht länger in Errion bleiben! Sie muss fortgeschafft werden. Du musst sie mir bringen! Im Gegenzug will ich dir und deinem Freund helfen!«

Nun löste sich Fionns Blick von dem Hirschanhänger. Er hatte verstanden.

»Ihr wollt dieses Ding haben? Ich will es euch geben, wartet-« Er wollte sich schon zum Gehen wenden, wollte zurück zu der Stelle, wo er es zurückgelassen hatte, doch der Andere gebot ihm Einhalt.

»Nein! Hier an diesem Ort kannst du es mir nicht geben. Du musst dich auf die Fahrt machen, Fionn, Feonns Sohn!«

»Auf die … Fahrt? Aber-«

»Weit in den Osten musst du dich hinbegeben«, erklärte der Andere, ohne ihm zuzuhören. »An einen Berg aus schwarzem Salz über einem See aus schwarzem Wasser. Dort wirst du einen treffen, der seinen wahren Namen abgelegt und sich seiner heiligen Pflicht entzogen hat. Du aber wirst ihn erkennen und er dich ebenso; denn er ist in dein Verhängnis eingeweiht und steht in deiner Schuld. Ihn musst du aufsuchen. Er kennt die geheimen Wege und Pfade und kann dich auf ihnen zu mir führen. Bis dahin musst du dich Sekhems Fluch annehmen und es vor dem Feind bewahren, doch nur bis dahin. Hast du mich erreicht, will ich deinen Eid als erfüllt ansehen und dich davon entbinden und das Leben deines Freundes erhalten.«

»Könnt Ihr das wirklich? Könnt Ihr ihn wirklich retten?«

»Das Gift, welches deinen Freund verzehrt, ist das Gift des Feindes«, antwortete der Andere. »Es ist dem schwarzen Messer Sekhems entsprungen, das aus dem Fleisch des Herrn von Ombos geschmiedet wurde. Jene, die in seinem Namen danach trachten, wollen es zur Vernichtung gebrauchen – doch so, wie es Leben vernichten kann, kann es dies auch retten. In den Händen des einen, der ausersehen ist, des einen, dem es sich willentlich beugt und dessen Seele stark genug ist, nicht unter seiner Last zu brechen, kann es auch wider seine Natur handeln. Zuletzt war es Sekhem selbst, dem dies gelang; für seine Menschenliebe unterwarf der letzte Prinz von Amkash es seinem Willen und bezwang so die Duat und den Herrn von Ombos selbst – und ich werde dir zeigen, wie du dasselbe tun kannst. Gemeinsam, Fionn, Feonns Sohn, können wir die Waffe des Feindes vernichten und mit ihr Amkash, seine Diener und all seine Werke.«

Ein weiteres Mal flackerte ein stummes Licht über das leere Firmament. Ein weiteres Mal hallte ihm ein fernes verzerrtes Grollen nach, doch dieses Mal war er lauter; es war der Klang von Stahl, der gegen Felsen krachte, und von Menschen, die schrien.

»Aber … aber das geht doch nich«, sagte Fionn, der das alles nur undeutlich wahrnahm. »Ich kann doch nicht einfach so von hier weg! Ich kann Kellen doch nicht allein lassen. Ich muss doch bei ihm bleiben und … und schaffen könnt ich das doch eh nicht!«

»Du musst es tun, Fionn, Feonns Sohn!«, beschwor ihn der Andere. »Darin liegt der einzige Weg! Und du musst dich beeilen, denn du musst mich zur Wintersonnenwende erreicht haben. An diesem Tag im Jahr ist die Macht des Feindes am schwächsten und der Zeitpunkt, Sekhems Fluch zu überwältigen, für uns am günstigsten. Danach wird es zu spät sein, um deinen Freund zu retten. Oder hast du ihn bereits aufgegeben?«

Nein!, dachte Fionn und schämte sich sogleich, dass er es nicht laut aussprechen konnte. Es fühlte sich an wie ein Zugeständnis daran, dass ein Teil von ihm es *doch* schon getan hatte, und das wollte er nicht. Er verabscheute diesen Teil. Er verabscheute sich selbst, und er schämte sich dafür. Aber mehr als das empfand er in diesem Moment blanke, nackte Angst.

Die Möglichkeit, dass es doch noch etwas gab, was man tun könnte, um das Unabwendbare zu verhindern, sollte ihn freuen, so viel konnte er noch begreifen. Jedoch, so unvermittelt damit konfrontiert zu sein, dass diese Möglichkeit alleine von ihm abhing, machte alle Freude und alle Erleichterung, die diese Offenbarung hätte mit sich bringen sollen, zunichte und ließ nichts zurück außer Angst, die mit jedem Herzschlag weiter wuchs, bis ins Unermessliche.

Ich darf nicht weglaufen ... ich darf nicht weglaufen ... ich darf nicht weglaufen ...

Das sagte er sich, aber wie stünden denn seine Aussichten, dass er es schaffte? Wie wahrscheinlich war es denn schon, dass er wirklich bis zu diesem Berg aus schwarzem Salz gelangte und dort auf diesen seltsamen Fremden traf, dass dieser ihm half und der Andere wirklich tun konnte, was er ihm versprach – und all das rechtzeitig zur Wintersonnenwende? Jetzt hatten sie doch bereits den ersten August, da blieben ihm nicht einmal mehr fünf Monate!

Das ... das geht doch einfach nicht ... es geht einfach nicht!

Nun lief ein Beben durch die Leere, die sich über ihnen spannte. Ein strenger Wind folgte. Er fuhr über die fahlen Hänge des bleichen Graslandes und ließ die Statuen um Fionn und den Anderen vergehen; verwehte sie wie den Nebel, der sie waren und hüllte sie damit ein. Der Wind war von lauten Geräuschen versetzt: Von schrillem, metallischem Kreischen, dem tiefen Bersten von Stein, dem Krachen von Eis, von grimmigen Rufen, die sich gegen den Wind zu stemmen schienen ...

... und gegen noch etwas anderes.

»Ich kann nicht länger bei dir bleiben«, sagte die Erscheinung in Gestalt des Flicken-Frém. »Du musst dich jetzt entscheiden!«

Eine einzelne graue Schneeflocke flog an Fionn vorbei. Er

schniefte und glaubte auf einmal, den schneidenden Geruch von Eis in der Nase zu haben, von Eis und Rauch, von Stahl und von Blut. Er wusste, was er tun sollte, aber …

»Selbst wenn ich es versuchte, ich käme ja noch nicht einmal aus der Kammer auf der Herzogsburg. Wachen stehen davor.«

»Gegen die will ich dir helfen«, antwortete der Andere.

»Wie … wie könntet Ihr …«

»Ich kann. Vertraue mir. Nannte ich es nicht meine Aufgabe, über die Träger von Sekhems Fluch zu wachen?«

Fionn nickte. Vertrauen tat er dem Anderen zwar ganz und gar nicht, aber er nickte. Was blieb ihm denn sonst auch übrig.

Der Wind wurde stärker. Er fauchte über die fahlen Hänge und schlug hart gegen Fionn, mit dem kratzenden Hall von Schlachtgeräuschen und mit einem neuen Nebel, der in Fetzen und wie ein grauer Wolf um ihn jagte. Als er verging, bemerkte Fionn über seiner Schulter etwas, das er zuerst für einen schwachen Lichtschein hielt, der sich gegen den ruhigen, bleichen Schimmer des Graslandes abzeichnete. Dann musste er erkennen, dass es andersherum war; es war kein Lichtschein, sondern – im Gegenteil – ein Schatten. Und er wusste, was es war, noch bevor er sich danach umblickte.

Dort lag das Schwert des Flicken-Frém, schimmernd in seinem lichtlosen Hauch.

»Es wartet auf seinen Träger, Fionn Feonns Sohn«, hörte er den Anderen in seinem Rücken ihn ermahnen. »Ergreife es! Ergreife es mit fester Hand! Nimm es an dich!«

Um Kellen zu retten, ja, dachte Fionn, *nur ein wenig länger …*
Und doch konnte er seine Hand nicht danach ausstrecken.
Warum kann ich es nicht? Warum …

»Warum muss ich das alles durchmachen?«, hörte er sich fragen.

»Weil kein anderer außer dir dazu imstande ist«, antwortete der Andere. »Du bist jetzt der Träger all deiner Hoffnungen.«

Überall ließen jetzt verhüllte Lichter das leere Firmament über ihnen erbeben. Der schwarze Sturm riss und zerrte an Fionn, wie seine Angst an ihm riss und zerrte.

Der Träger all meiner Hoffnungen, wiederholte er im Stillen und blickte auf seine Hand, in der er den Hirschanhänger hielt. Die Hand, mit der Kellen ihn hochgezogen hatte, in der Schmiede, während draußen der Kampf um Bailín getobt hatte, mit der er ihm immer wieder aufgeholfen, die er immer wieder genommen und mit der er ihn gerettet hatte, immer und immer wieder.

Er hat mich nie aufgegeben, hat mich nie allein gelassen ...

Fionn ballte die Hand mit dem Anhänger zur Faust, dann kniete er sich hin und riss einen der dünnen Grashalme aus. Sowie er das getan hatte, begann das Leuchten darin zu schwinden, bis es ausging wie dünner Zunder. Fionn fädelte den Halm durch die Öse des Hirschanhängers und hängte ihn sich um den Hals.

... und ich werd dich auch nicht aufgeben, Kellen ...

Kellen hatte ihm von den Wundern der Erde erzählt, wie er sie von den Seefahrern aus Santísmer gehört hatte. Dabei hatte er Fionns Hand gehalten, und seine Augen hatten geleuchtet – seine Augen, die so tief und warm waren, und blau wie die Sommersee.

... Ich werd dich nicht allein lassen!

Jetzt waren Fionns Hände leer. Und das Heft des Schwarzen Schwerts, die einzige Hoffnung, jemals wieder Kellens Hand so halten und das Leuchten in seinen Augen sehen zu können, war zum Greifen nahe.

Ich darf nicht weglaufen!

»Nun, wie lautet deine Entscheidung?«, fragte der Andere.

Das bleiche Grasland wurde von dem Sturm um sie zerfetzt. Schatten und Schwärze zogen sich enger und enger um Fionn zusammen.

Ich darf nicht weglaufen!

Endlich streckten sich Fionns Finger gegen den schwarzen Wind und nach dem Heft des schwarzen Schwertes aus. Den Zorn, der ihm inne war, konnte er schon spüren, ehe er es berührte; er spürte es wie man eine große Hitze oder eine große Kälte spüren konnte. Der Stahl flimmerte schier davon. Und dann –

Ich darf nicht weglaufen!

Fionns Hände schlossen sich um das abgewetzte, jetzt hell glühende Leder des Hefts. In dem Moment, da er es ergriff, schlug ihm der tiefe, inbrünstige Zorn mit all seiner widernatürlichen schwarzen Macht entgegen, fuhr durch jede Faser seines Körpers und seines Bewusstseins, und einen halben Herzschlag lang schien es, als würde er alles an ihm zerreißen.

Doch Fionn hielt ihm stand. Und als ihn jene grässlichen zersplitterten Bilder noch einmal durchfuhren, die ihn an jenem Abend in der Halbmondbucht aus seinem Körper gerissen hatten, hielt er auch ihnen stand.

Er sah sie; sah den Kometen, der den Himmel wie ein Messer zerschnitt, die vier gigantischen Wesen aus gleißendem Licht mit ihren sengenden Schwertern, die zwei Gestalten, die einander an den Händen hielten und ihn ansahen, aus weiter Ferne.

Er sah sich selber, der weinte und schrie, das schwarze Schwert in den Händen.

Doch jetzt weinte er nicht mehr.

Nein ... und ich werd nicht mehr weinen! Und ich werd auch nicht mehr weglaufen!

Jetzt stand Fionns Entschluss fest, und der Zorn, der sich in seinem Herzen daran anschlug und entbrannte wie eine Stichflamme, war stärker als selbst der des schwarzen Stahls. Er überwand ihn, drängte ihn zurück und ließ alle Furcht, die er noch in sich trug, zugleich zerstieben. Er ließ ihn Sekhems Fluch festhalten, wider allem, was der ihm noch entgegenzusetzen versuchte.

Ich werd dich vernichten!

Zu allen Seiten wütete der Sturm nun; eine blinde Zerstörung. Lichtblitze flammten auf und Schnee schlug um ihn wie Scherben und Splitter einer bebenden, schwindenden Welt, doch Fionns Blick, sein Wille, sein bitter brennender, flackernder Zorn, waren gänzlich auf den Stahl in seinem Griff gerichtet.

Ich werd dich retten, Kellen!

ANHÄNGE

DER GROSSKONTINENT:
SEINE LÄNDER & VÖLKER

Der Großkontinent ist die große zusammenhängende Landmasse, die von den Magistern gemeinhin – zusammen mit den diversen Inseln – als die *bekannte Welt* bezeichnet wird.

Geografisch wird er zum einen durch die Meerenge und die Straße von Andín sowie das Binnenmeer von Líohim in eine westliche und eine östliche Hemisphäre geteilt, zum anderen durch die Nebelberge (Menez Nivluínn in der alten Sprache Errions) und die Weißen Berge grob in einen nördlichen und einem südlichen Teil abgegrenzt.

Im Jahre 1877 n. L. sind die Ländereien südlich dieser Grenze sämtlich Kurfürstentümer des Heiligen Einigen Reiches von Líohim und stehen unter der Herrschaft seiner Großkaiser.

Die Länder des H. E. R. sind:

- LÍOHIM selbst, die Weiße Stadt, die Hauptstadt des H. E. R. am Binnenmeer, umgeben von mächtigen Mauern. Hierzu gehören auch die umliegenden Westmarken, die Mittmark, die Länder von Líos sowie die Nekropole westlich des Binnenmeeres, die dort liegende Stadt Westernis und der Kaiserwald südöstlich der Stadt.
- ERRION, die westlichen Küstenlande, bekannt für seine gesalzene Butter und die Zähe seiner Bewohner; einstmals die Länder der Celdennen und die Herrschaftsgebiete der alten Westkönige. Heute wird es von den Herzögen von Santísmer regiert.
- ARNIS, auch das Land von Silber, Gold und der gewetzten Messer genannt; ein heißes und trockenes Land, bekannt für seine Orangen und Oliven, für seine Gold- und Silbervorkommen in den Bergen und vor allem für seine kaum bezwingbaren, kampfkräftigen (und teuren) Söldner.

- HOEGHAIN, die Kornkammer des Reiches; ein fruchtbares Land, vom Fluss Hoelor durchzogen, das jedoch seit dem Sturz seines letzten Königs zunehmend unter Unruhen leidet.
- IRIAS, die größte Insel des H. E. R., ein dünn besiedeltes Land, von dem es heißt, hier gäbe es mehr Ziegen, Rinder und Zitronenbäume als Menschen.
- Die RHUNENLANDE, ein bergiges und bewaldetes Land mit zahlreichen Steinbrüchen, durchzogen vom Fluss Rhuínen. Viele Baumaterialien für Líohim (insbesondere der begehrte weiße Marmor) stammten und stammen von hier.
- Die SÜDLANDE erstrecken sich östlich der Meerenge von Andín und südlich der Regenberge; hier leben große, wilde Tiere, außerdem liegen hier die Stadt Nîssus, der Hauptsitz des Magisterordens, sowie der südliche Kriegshafen und die Stadt von Constynus.
- ALEAS, das östlichste Kurfürstentum des H. E. R., es steht unter der Herrschaft der Fürsten von Alianor; auf der Insel Alianor, die über eine lange Brücke mit dem Festland verbunden ist, werden Seide hergestellt und seltene Erze abgebaut.
- Das FÜRSTENTUM VON BEL-KA'AR, ein in sich zurückgezogenes kleines Fürstentum im Osten des Reiches, in einem Tal der Grauen Berge und am Quell des großen Flusses Mellnar gelegen. Es heißt, die Menschen hier seien geschickt im Umgang mit Pfeil und Bogen, eine Eigenschaft, die sie von den Reitervölkern der Steppen von Aleas gelernt haben, mit denen sie Handel treiben sollen. Als Einzige der Reichsfürsten sind ihre Herrscher keine Kurfürsten und somit nicht zur Wahl der Großkaiser zugelassen.
- MAEGLOS & die Dunkelwälder, die weiten Waldgebiete im Osten des Reiches unter der Herrschaft der Bärenritter. In den tieferen Schatten des Waldes soll es noch dunkle Mächte geben, aus alten Tagen, die von den starken Bärenrittern im Zaum gehalten werden.

Dazu kommen die Freien Handelsstädte Kharras, Mohns und Pont, das untergegangene Reich der Silberkönige von Numis, die Städte der Magister, die Grenzfestungen, die Wetterlande sowie die Kobaltinsel, die Tinteninseln, die Inseln im Arnischen Meer und diverse kleinere Inseln (ausgenommen die Schwarzblutinseln), und die Bruchlanden weit im Osten, wo die Grauen Berge in die See hineinreichen.

Die Länder im Norden hingegen gehören zum FREIEN KÖNIGREICH VON ISTANSGARD. Die diplomatischen Beziehungen zwischen Istansgard und Líohim sind seit dem großen Reichskrieg, der von 1695–1772 n. L. zwischen den beiden Ländern wütete, so gut wie erstarrt. Nur in Ausnahmefällen werden noch Boten entsandt; zuletzt etwa im Winter des Jahres 1874 n. L., als nach dem flüchtigen Mörder seiner lichten Gnaden Valentyn IV. gesucht wurde.
Diese Umstände jedoch halten die Kaufleute des Südens (vor allem die der Freien Handelsstädte), nicht davon ab, mit dem Norden Handel zu treiben. Insbesondere das samtschwarze Nídissalz ist bei den wohlhabenden Bürgern und den Edelleuten – und allen anderen, die es sich leisten können – im H. E. R. sehr begehrt.

Líohim, auch die *Weiße Stadt* oder schlicht die *Kaiserstadt* genannt, am Ufer des Binnenmeeres und an den westlichen Ausläufern der Weißen Berge gelegen, und auf fünf Hügeln errichtet, ist die Hauptstadt des Heiligen Einigen Reiches von Líohim. Seit den Tagen Líhenors des Ersten, der die Stadt einst begründete, ist sie Sitz seiner Herrscher, der von den Kurfürsten gewählten Großkaiser.

Im Jahre 1877 n. L. leben nach Schätzungen, die auf den Dokumenten der Stadtverwaltungen beruhen, zwischen 300.000 und 400.000 Menschen im Schutz ihrer mächtigen Mauern, welche die Stadt und die umliegenden Länder ringförmig umschließen und in ihrer über eintausendjährigen Geschichte noch nie von Feinden bezwungen wurden. Die Stadt wird über drei Aquädukte, die diverse Zisternen speisen, mit Frischwasser aus den Bergen im Osten versorgt – der Kaiserpalast verfügt mit Valyans Aquädukt über einen separaten Wasserzufluss. Auf den weiten Feldern innerhalb der Mauern wird Vieh, hauptsächlich Schafe und Ziegen, gehalten und Getreide angebaut, um die Lebensmittelversorgung der Stadt sicherzustellen. Zusätzlich wird im Binnenmeer Fischfang betrieben und vieles aus den Ländereien jenseits der Mauern in die Stadt gebracht. Darüber hinaus besitzt Líohim einen großzügig angelegten Hafen, in dem Schiffe mit Waren und Botschaften aus aller Welt einlaufen.

Das Stadtbild Líohims ist geprägt von vielen bemerkenswerten Bauwerken: neben den mächtigen Befestigungsmauern und Wehrtürmen aus weißem Kalkstein und schwarzen Ziegeln, die das Erste sind, was Reisende auf dem Landweg von der Stadt zu Gesicht bekommen, vor allem von dem gewaltigen Kuppeldach und den fünf Türmen des Hauses der Fünf (des größten Hauses der Fünfheit auf dem Großkontinent und Haus seiner obersten Priester), der Sternensäule, der kronenartigen Ruine des inzwischen verfallenen Amphitheaters von Daryan im Süden, der Basilika von Heleana und Heros und dem davor liegenden Hellen Platz, der großen Arena sowie von dem an die Berge gebauten Kaiserpalast mit seinen Mauern,

Zinnen, Türmen und Gärten, seinem Hafen, Valyans Aquädukt, der Weißen Basilika, die den Thronsaal birgt, und diversen Höfen, Wohn- und Wirtschaftsgebäuden.

Im Jahre 1874 n. L. herrscht dort Großkaiser Valentyn IV., Sohn von Valentynian II., dem 1837 n. L. von den Reichsfürsten die Kaiserwürde verliehen wurde.

WICHTIGE PERSONEN AM KAISERHOF

- DIE KAISERLICHE FAMILIE:
  - GROSSKAISER VALENTYN IV.: seit 37 Jahren Herrscher über das Heilige Einige Reich von Líohim; eine Zeit, die dem Reich und seinen Bewohnern größtenteils Frieden und Wohlstand brachte.
  - AELÍA, KAISERLICHE GEMAHLIN: seit 38 Jahren Gemahlin von Valentyn
  - GROSSKURPRINZ MARKÍAN: mit zwölf Jahren der älteste Sohn Valentyns und Aelías und voraussichtliche Thronerbe, auch wenn dies erst noch durch die neun wahlberechtigten Reichsfürsten bestätigt werden muss.
  - PRINZESSIN VERINA: neunjährige Tochter Valentyns und Aelías, weilt gegenwärtig in Begleitung eines Ritters der Kaiserwache in Pheleos
  - PRINZESSIN ALANÍA: mit sieben Jahren das jüngste Kind Valentyns und Aelías
- DIE KAISERWACHE
  - HAUPTMANN BELISSAR: langjähriges Oberhaupt und Befehlshaber der Kaiserwache; einzig dem Befehl des Kaisers selbst unterstellt
  - KHON, der junge Ritter mit dem grauen Haar: der jüngste Ritter, der je Mitglied der Kaiserwache wurde; nach seinem Sieg über Stylian im Turnier anlässlich von Prinz Markíans Geburt wurde er von Großkaiser Valentyn IV. persönlich in die Wache aufgenommen; er wurde erst bei seinem Eintritt in die Wache zum

Ritter gesalbt.

- FARRÍM, Durríms Sohn: mit 57 Jahren der dienstältesten Ritter der Kaiserwache; bereits sein Vater trug das Weiß unter seiner lichten Gnaden Valentynian II.
- BAKKHOS: Abkömmling einer Ritterfamilie aus Líohim
- STYLIAN: der Gewinner des Turniers zu Valentyns IV. Kaiserkrönung in der großen Arena stammt ebenfalls aus Líohim.
- LYKAS: Sohn einer reichen Handelsfamilie aus Kharras
- BUDOC: Abkömmling der Familie von Jakhez von Anherion
- LUCYAN: aus Nîssus stammender Ritter
- MENOS: aus Maeglos
- RAFFAELIOS: dritter Sohn des Königs von Arnis
- GERYS: Ritter der Rhúnenlande
- MARYUS: Ritter aus Líohim
- SONSTIGE PERSONEN
- Der Kaiserrat (Auswahl)
  - MAGISTER NICETAS
  - GENERAL MARKYS: oberster Befehlshaber der Streitkräfte von Líohim und Bruder von Großkaiser Valentyn IV.
  - PERIDUR: ein niederer Bediensteter in den Gemächern von Prinz Markían
  - HOLLEVER FINK: Knappe des Ritters Khon

Errion, auch bekannt als die westlichen Küstenlande, ist das westlichste der Länder des Heiligen Einigen Reiches von Líohim. Es reicht vom Fluss Hoelor im Osten bis zu den schroffen Küsten der rauen errischen See im Westen, wohinter das Westermeer liegt. In den Herbst- und Wintermonaten ist das Wetter hier oft sehr unruhig, es tosen Stürme, und der Regen weht wie feiner Schleier über das Land. Im Norden werden die Länder von Errion durch die Menez Nivluínn und die Halbinsel von Mauron begrenzt, im Süden durch die Wälder von Dírinion und den Fluss Bruannon.

In den längst verflossenen Tagen ohne Zahl und Alter, vor dem Beginn der Zeitrechnung der Magister, lebte das Volk der Celdennen in diesen Landen, bis sie von den Erriennen, die unter Bramyn dem Eroberer zum Ende des Grauen Alters hin aus dem Norden einfielen, bekriegt, vertrieben und ausgelöscht wurden. Danach etablierten sich die Nachkommen Bramyns als Könige in den Landen westlich der Menez Mintín und errichteten in Santísmer zwischen den Mündungen der zwei Tideflüsse Anneon und Bélenneon ihren Stamm- und Herrschaftssitz, der noch heute, annähernd zweitausend Jahre später, Sitz der Herzöge und der Macht in den westlichen Küstenlanden ist.

Die Herrschaft der Alten Westkönige dauerte gemäß den Magistern etwa 800 Jahre (ein genaues Anfangsdatum lässt sich nicht mehr eindeutig festlegen) und endete mit dem frühzeitigen Tod Alain des Jüngeren. Anschließend wurden die westlichen Küstenlande zweihundert Jahre lang von Bürgerkriegen erschüttert, und die Macht geriet zum Spielball zwischen Händlerprinzen aus dem Süden und Flickenkönigen, während vor den Küsten Piraten kreuzten und Jagd auf Handelsschiffe machten. Erst als Líohim seinen Blick auf Errion richtete und im Jahre 1033 n. L. einen ersten Feldzug unternahm, um die westlichen Küstenlande in das nun rasant wachsende H. E. R. einzugliedern, fanden deren Bewohner zu einer Einigung und etablierten die Neuen Westkönige, um sich dieser Bedrohung entgegenzustellen und ihre Unabhängigkeit zu bewahren. Über einhundert Jahre vermochten sie so erfolgreich Widerstand zu leisten, bis es Großkaiser Zenon schließlich doch gelang, ihn zu brechen. Und so wurde Errion am Mittwinterstag des Jahres 1100 n. L. als letztes Kurfürstentum in das Reich von Líohim eingegliedert. Der damalige König, Nominoe der Namenlose, wurde wegen seiner Schwäche von den Menschen Errions geschmäht und davongejagt, seine Krone eingeschmolzen. Die Neuen Westkönige konnten sich danach in dieser Form nur mehr fünfzig Jahre länger halten, ehe sie abgesetzt und nach einigen Jahren voller Unruhen auf Geheiß von Líohim in Absprache mit den hohen Familien Errions 1255 n. L. durch die Herzöge ersetzt wurden, die das Land seither regieren.

Überall an den Küsten und auch im Landesinneren verstreut trifft man auf kleine Dörfer, deren Bewohner von der See, von den Fischen, Austern, Krebsen und Hummern oder von den Leinfeldern, ihren Webstühlen und dem Handel mit Segeltuch leben. Dazwischen jedoch finden sich in den dunkleren Teilen der Wälder, wo die Schatten noch tiefer sind, noch immer die Spuren der alten Zeit; große Ruinen ragen dort auf und die Hügelgräber und Felsriesen der Celdennen, schweigsam und ahnungsvoll und voller Erinnerungen. Ihnen wird allerdings für gewöhnlich keine Beachtung geschenkt; ja, man meidet sie eher, denn sie gehören den Toten und den Dahingegangenen und bringen angeblich jenen Unheil, die nicht zu ihnen gehören.

Im Jahre 1877 n. L. ist Errion weithin bekannt vor allem für die Stärke, den Stolz und die Zähe seiner Bewohner, die durch die Rauheit der Natur bedingt ist, und die angeblich noch aus den Tagen und dem Blut der Celdennen herrührt; darüber hinaus für seine gesalzene Butter, seinen schaumigen Apfelwein, der aus glasierten Tassenkrügen getrunken wird, für die etwas gewöhnungsbedürftige Musik der Talabarden und natürlich für den Hafen und die Stadt von Santísmer, mit ihren Mauern und der Herzogsburg aus hellem Sandstein auf dem Felsenhügel.

Das Leben in den westlichen Küstenlanden verläuft ruhig, und seit ihrer Eingliederung in das Heilige Einige Reich geschah auch nichts mehr, was mehr als eine Randnotiz in den Chroniken der Magister wert wäre – bis zu jenem verhängnisvollen Julitag im Jahre 1877 n. L.; jenem Tag, an dem sich die Fäden des Schicksals und der Zukunft der Menschheit über Bailín, einem jener kleinen Küstendörfer, kreuzen ...

WICHTIGE PERSONEN ERRIONS
für das Verständnis der Geschichte um den derzeitigen Träger von Sekhems Fluch

- AUS DEM DORF BAILÍN AN DER SEE
  - FIONN BARAHÉR, Feonns Sohn: Waisenkind, seine Mutter starb schon früh, während sein Vater gemeinsam mit seinem Onkel ausgezogen war, um Fionns Großvater (der ein Seefahrer aus dem Norden war und eines Tages nicht mehr zurückkehrte), zu suchen; beide sind verschollen. Fionn wuchs in der Backstube seiner Großmutter auf und erlernte das Bäckerhandwerk; eines Tages soll er den Betrieb der Backstube übernehmen und fortführen. Im Sommer des Jahres 1877 n. L. ist er 14 Jahre alt.
  - KELLEN: Sohn des Dorfmeisters von Bailín, in dessen Familie noch immer das dicke Blut der alten Celdennen fließt. Ihm ist es bestimmt, eines Tages ebenfalls Dorfmeister zu werden und das breite Schwert Celdebolg zu führen. Im Sommer des Jahres 1877 n. L., als Sekhems Fluch erwacht, ist er 14 ½ Jahre alt.
  - WEITERE DORFBEWOHNER (Auswahl)
    - DER DORFMEISTER: Kellens Vater, Oberhaupt des Dorfes und Träger des Schwertes Celdebolg
    - DIE KLEINE BO: Kellens kleine Schwester
    - DIE GROSSMUTTER: Fionns Großmutter; seine einzige verbliebene Familienangehörige; sie betreibt seit jeher die Backstube Bailíns.
    - HIMBRAND der Wirt: führt das Gasthaus *Zum Roten Weber*
    - DIE MUHME MARZHINA: Alt und halbblind, aber eine gebildete und allseits geschätzte Frau,

477

die die Kinder aus Bailín und den umliegenden Dörfern an den Sonntagen im alten Línhaus in der Geschichte Errions unterrichtet.

- DIE ÄLTESTEN
  - Hén der Älteste: mit seinen 87 Jahren der älteste Mann in Bailín und somit Oberhaupt des Ältestenrates, welcher den Dorfmeister in allen Entscheidungen berät.
- DER FLICKEN-FRÉM: Ein zumeist betrunkener Landstreicher, der im Frühling des Jahres 1876 n. L. zum ersten Mal in der Gegend um Bailín auftauchte. Von woher genau er stammt, ist unbekannt, doch bezahlt er seine – nicht unbeträchtlichen – Zechen manchmal mit Münzen, wie sie im Osten des Reiches im Umlauf sind. Er meidet die Leute, und die Leute meiden ihn; es heißt, er sei irre und gefährlich, und soll einst ein Ritter gewesen sein.
- AM HOF DES HERZOGS VON SANTÍSMER
  - HERZOG CORENTYN, aus dem Hause Erispoe: seit zweiunddreißig Jahren Herzog der westlichen Küstenlande und Kurfürst des H. E. R. durch seine Gnaden Großkaiser Valentyn IV.
  - PRINZ EMYL: Ältester Sohn des Herzogs Corentyn, er soll ihm einmal auf den Thron Errions folgen; im Sommer 1877 n. L. ist er 26 Jahre alt.
  - DER BAYLE CORBYN: Oberster Beamter Errions und engster Vertrauter des Herzogs; er berät ihn in allen Angelegenheiten. Ihm obliegen außerdem die Gerichtsbarkeit und die gesamte Verwaltung Errions.
  - DER MAGISTER PAÉON: Ursprünglich aus Nîssus im Osten stammend, lebt der Magister Paéon schon seit dem vorigen Herzog am Hof von Santísmer und berät die Herrscher Errions. Seine Fibel zeigt eine Wachholderblüte, die sich um einen Griffel windet; das Symbol für einen Magister der Rhetorik.
  - DER MARSCHALL MENIEL: Beamter am Hof des Herzogs; zu seinen Pflichten gehören die Aufsicht über die Burg- und die Stadtwachen Santísmers unter deren

jeweiligen Hauptmännern und der herzoglichen Flotte unter dem Schiffmeister sowie die Führung der Ritterschaft Errions.

- DER KÄMMERER: Er ist zuständig für die Verwaltung der Herzogsburg und der Stadt Santísmer, insbesondere die der Finanzen und der Wirtschaft. Ihm obliegt die Führung des Hafenzollamtes.
- PRINZ EMYLS GEFOLGE (Auswahl)
  - LOAN: Sohn des herzoglichen Schiffmeisters und Freund von Emyl
  - CINED VON ADDENFELS: Zweitgeborener des Grafen Norrald von Addenfels, der als Knabe nach dem Zweikönigskrieg als Mündel nach Santísmer geschickt und dort vom Herzog aufgezogen wurde. Für Prinz Emyl, mit dem er aufgewachsen ist, ist er wie ein Bruder.

Amkash, von jenen wenigen, die noch davon wissen, zumeist in Furcht schlicht das *Namenlose Land*, das *Schwarze
Land* oder das *Land, welches nicht sein darf* genannt, bezeichnet eine Inselgruppe im Verlorenen Meer hoch im
Norden der Welt, jenseits aller Karten, allen Wissens und
Erinnerungen, und fernab aller Schifffahrtsrouten des Großkontinents. Verborgen hinter den Rauchschleiern und Nebeln
seiner Vulkane und den Bannkreisen der Hohepriester, befindet sich hier ein fruchtbares Land mit schwarzer warmer
Erde, das dem Volk des Herrn von Ombos seit jeher als
Heimat und Zuflucht dient.

Viel ist nicht bekannt, denn die Magister halten das
wenige, was noch mit Gewissheit belegt ist – nach dem
Brand der Bibliothek von Aleas ist das nicht mehr viel –
unter Wache und Verschluss; nur so viel in etwa weiß man:
In den längst verflossenen Tagen, jenen Altern ohne Zahl
und Namen vor dem Beginn der Geschichtsschreibung durch
die Magister, wurde Amkash von den Menschen von Rhín
besiedelt, welche die Ersten waren, die die Stimme und den
Willen des Herrn von Ombos wahrnahmen. Auf Amkash errichteten sie große Tempel und Pyramiden, huldigten ihrem
schrecklichen Herrn mit schwarzer Magie und grausamen
Opfern, bis sie letztlich die Duat herbeiführten – jenes letzte
Ereignis, wodurch die Menschheit Frieden in ihrer Vernichtung finden sollte.

Nach ihrem vorzeitigen Ende durch Sekhem, dem letzten
Prinz von Amkash, verging die Macht des Herrn von Ombos.
Amkash versank im Meer, sein Volk floh auf den Großkontinent, wo es für seine Taten gescheut, gejagt und bestraft
wurde, ehe die Geschichte allmählich aus dem Gedächtnis
der Menschen schwand und im Laufe der Jahrhunderte, die
zu Jahrtausenden gerieten, dem Vergessen anheimfiel.

Nun aber, viele Alter später, ist der Wille des Herrn
von Ombos abermals am Erstarken, Amkash ist wieder-
erstanden und sein Volk, ihm noch immer hörig und auf
Rache sinnend, ist seinem Ruf zurück nach Amkash gefolgt.

Die Pyramiden und Tempel wurden wiedererrichtet, gemäß den Prophezeiungen der Tontafeln der Zeloten von Rhín, und nun fehlt einzig Sekhems Fluch, um zu vollenden, was einst unterbrochen wurde.

WICHTIGE PERSONEN VON AMKASH
für das Verständnis der Geschehnisse, die im Mittwinter 1874 n. L. in Líohim ihren Ausgang nahmen

- AN BORD DER *ALTER KÖNIG NARMER*
  - PRINZ KAHRION: Prinz von Amkash und Erbe Sekhems, das Kind der Prophezeiung (*Der Prinz, der verheißen ward*). Die Tontafeln der Zeloten von Rhín sprechen von einem Kind, das an einem Mittwinterstag geboren wird, an dem sich die Sonne verdunkelt, und in dessen Adern die Macht des Herrn von Ombos stärker sein wird als in allen Menschen seit Sekhem. Er wird in der Lage sein, Sekhems Fluch zu finden, dessen Wille und Macht und somit auch das Exil des Herrn von Ombos zu brechen, und die Duat in der Amduat zu vollenden – und dadurch Amkashs wahre Bestimmung zu erfüllen. Davon ist Kahrion besessen. Im Jahr 1877 n. L. ist er 24 Jahre alt.
  - MAGISTER NEHEPU: Magister der Astronomie im Gefolge von Prinz Kahrion, der diesen einst als Knaben nach Amkash brachte und der im Folgenden mit dessen Erziehung betraut wurde. Im Jahr 1877 n. L. ist er 56 Jahre alt. Er ist Prinz Kahrions engster Vertrauter.
  - DIE BESATZUNG DER *ALTER KÖNIG NARMER* (Auswahl)
    - KOMMANDANT MESTEM: Er war bis zu seiner Befreiung im Frühjahr 1875 n. L. durch Prinz Kahrion von Vizeadmiral Akhem in Nír Vareluínn festgehalten worden; anschließend wurde er von Prinz Kahrion zum Kapitän der ge-

481

enterten *Alter König Narmer* und zum Kommandanten seiner Mannschaft ernannt.

- DER BOOTSMANN HEKAT: stammt von Amkash und wurde ebenfalls von Prinz Kahrion aus Nír Vareluínn befreit. Er ist als Bootsmann dem Kommandanten Mestem unterstellt und für die Wartung und Instandhaltung der *Alter König Narmer* zuständig; außerdem fungiert er als Sprecher der Mannschaft und befehligt sie bei den Tagesaufgaben.
- DER SCHIFFSJUNGE GEB: Wie die meisten Männer der Besatzung wurde er ebenfalls aus Nír Vareluínn befreit, wo er für den Diebstahl eines halben Laibs Bastardbrot eingekerkert worden war. Im Jahr 1877 n. L. ist er mit elf Jahren das jüngste Mitglied der Mannschaft.
- DER BRAVE BENN: Das einzige Besatzungsmitglied, das Prinz Kahrion freiwillig gefolgt war. Als dieser während des Ausbruchs aus Nír Vareluínn mit den Befreiten die *Alter König Narmer* geentert hatte, hatte Benn auf dem Brückendeck des alten Schiffs Wache geschoben und sich sofort ergeben.
- DIE ZWEI DUNKELHAARIGEN BRÜDER: Sie stammen nicht von Amkash und hatten damit eigentlich nichts zu tun; sie kommen ursprünglich aus dem Hochkönigreich des Nordens, gerieten aber bei Akhems Überfall auf Nír Immíns in dessen Gefangenschaft und gelangten so nach Nír Vareluínn, wo sie von Prinz Kahrion befreit wurden und seitdem in dessen Diensten stehen, um ihre Schuld abzutragen.

- AUF AMKASH
  - VIZEADMIRAL AKHEM: Aufstrebender Kommandant der Streitkräfte von Amkash und im Jahre 1877 n. L. Befehlshaber der östlichen Flotte; bei einer Expedition in die Bucht von Rhín hatte man auf seinen Vorschlag hin die Kampfkraft der eben fertiggestellten neuen Flotte an der inzwischen dort lebenden Bevölkerung getestet. Im Jahre 1874 n. L. war er mit den Vorbereitungen für ein größeres Unternehmen beschäftigt,

eine Landung an der Nordküste des Großkontinents, ehe ihn im Winter desselben Jahres die Geschehnisse in Líohim, ausgelöst durch Prinz Kahrion, davon ab- und in die Weiße Stadt brachten. Im Jahre 1877 n. L. hat er dieses Vorhaben jedoch wiederaufgenommen. Das Ziel, so heißt es, sei, einen der Engel des Herrn von Ombos zu finden, da Vizeadmiral Akhem das Vertrauen in Prinz Kahrion und die Prophezeiung verloren hat, und glaubt, einen anderen Weg zur Erfüllung der Duat gefunden zu haben. Manche halten ihn daher für einen Verräter, von den Hohepriestern wird er allerdings nach wie vor gebilligt. Allgemein steht er im Ruf, ehrgeizig bis größenwahnsinnig zu sein. Er war außerdem mit der militärischen Ausbildung Prinz Kahrions betraut gewesen.

- DIE HOHEPRIESTER: Im Verborgenen weilende oberste Anführer von Amkash; kein lebender Mensch hat sie je gesehen

- SEKHEM: Beiname *der Verräter*; letzter Prinz von Amkash vor dem Untergang, der mithilfe einer von ihm im Geheimen geschaffenen Waffe, unter den Wissenden bekannt als *Sekhems Fluch*, vor vielen Altern die Duat beendete. Dadurch verhinderte er die Niederkunft des Herrn von Ombos und zugleich die Vernichtung der Menschheit. Anschließend führte er den *Eid der Fluchträger* ein, um die Waffe auf ewig zu schützen. Das Volk von Amkash ächtet ihn für seine Taten, dem Rest der Welt ist er unbekannt.

IM NORDEN

Nördlich der Grenzen des H. E. R. erstrecken sich die Länder des Freien Hochkönigreichs des Nordens unter der Herrschaft der Hochkönige von Istansgard. Im Jahre 1877 n. L. ist dies Cirion, fünfter König aus Irions Linie. Der Norden war seit jeher ein freies Land – seit den Tagen Ástans des Alten, des ersten Königs. Und während die Länder im Süden durch die Expansionskriege von Líohim nach und nach dem Heiligen Einigen Reich zugeschlagen wurden, bewahrte sich der Norden seine Freiheit – was zu zahlreichen Konflikten zwischen Líohim und Istansgard und schließlich zum Großen Reichskrieg führte.

Nach dessen Ende wurde eine Grenzmauer zwischen den Reichen errichtet, die mit Festungen und Wachen bestückt war, und die von den Feldern von Brahí bis zu den Mittbergen reichte. Im Jahre 1877 n. L. ist diese Mauer allerdings größtenteils verfallen; bemannt ist sie nirgends mehr.

Die Länder des Nordens sind rau, ihre Bewohner daher umso rauer. Die meisten Menschen leben in Dörfern und kleinen Siedlungen in unmittelbarer Nähe der Stadt und der scharf gezackten Berge von Istansgard, in den westlich davon gelegenen Buchten und an den Küsten sowie in den Fjorden und Meeresarmen nördlich davon, außerdem in der Nähe der größeren Küstenstädte wie Borrynshafen, Nír Immíns und Norínsfell. Das einfache Volk lebt zumeist vom Fischfang, von den Erträgen der Felder, der Wälder und vom Handel. Die Bewohner der Küstenstädte gehen dort zumeist der Arbeit in den Werften und den großen und immer größer werdenden Schmiedeöfen der Eisenhallen nach, oder sie sind auf den Handelsschiffen der großen Familien beschäftigt.

Die Menschen des Nordens glauben an verschiedene Götter, die noch aus alten Zeiten überdauert haben. Wobei niemand zu sagen vermag, woher diese Götter stammen und ob sie einem tatsächlich noch zuhören – vorsichtshalber wagte allerdings auch niemand so wirklich, ihre Macht anzuzweifeln. In den Küstenländern waren es zumeist Gottheiten, die in der kalten Tiefe auf dem Grund der See liegen und im schneidenden Wind jagen, weiter im Landesinneren hingegen eher solche, die in den Wäldern sind, in den alten Bäumen und den großen Tieren, im Nebel, im Moos und in den Erinnerungen der Erde.

Die Länder im Osten des Königreiches hingegen, östlich des Flusses Umen und noch weiter, jenseits des Nídis, sind viel unwirtlicher und deswegen nurmehr spärlich bewohnt. Sie gehören dem Frost und dem Schnee, den Winden, den Gletschern und den Geistern. Wenige Menschen wagen sich dorthin, und noch weniger kehren jemals wieder zurück. Es heißt, dass dort noch Wesen aus alter Zeit leben, Mahre, Narnen, Wiedergänger und Werwölfe, Riesen und allerlei schreckliche Wesen, deren Gestalt vom Sturm und vom Nebel zerrissen und zerfetzt wird und die man nie klar erkennen kann.

Zwischen dem Norden und den Ländern des Südens besteht ein reger Warenaustausch; beliebte Handelsgüter aus dem Norden sind die Pelze, Felle und Häute der großen Tiere, Fett und Tran, Holz und Bernstein, borrysche Lakritze und yrisches Wasser, aber auch Walrossstoßzähne und sturmfeste Schiffe aus den Werften von Norínsfell. Seltener werden auch Metalle, Erze und Eisen gehandelt, noch seltener Runen und Zaubersprüche der Aínar – wobei deren Wirksamkeit allerdings nur mäßig und noch weniger belegt ist. Am begehrtesten aber ist natürlich das samtschwarze Salz des Nídis.

NIDISGARD

Als Ástan der Alte, der erste König im Norden, in jenen Tagen, die auf das Dunkle Alter folgten, mit seiner Streitmacht die wilden Völker des Winters aus seinem neuen Reich vertrieb, gelangte er an den Askensee. An dessen Ostufer, zu Füßen des Nídisberges, traf er auf die Heimstätte der Aínar; des letzten überlebenden Stammes, zu dem sich alle anderen geflohen hatten, und der über mächtige und böse Zauber verfügte, welche sie durch ihre Runen wirkten.

Ástan aber, ungeachtet der Schrecken, womit sich die Aínar umgaben, belagerte sie und besiegte sie am Ende, vertrieb sie in die Leere der Länder hinter dem Nídis. Anschließend, so heißt es, erbaute er die Festung Nídisgard auf einer schmalen Insel am Ostufer und richtete hier eine Wache ein, die die Grenze seines Reiches schützen sollte.

Viele Jahrhunderte später, als man die bösen Zauber der Aínar endlich vergangen und verblasst glaubte, und sie schon fast vergessen waren, ließen sich Menschen auch am Westufer des Askensees nieder und gründeten dort die Stadt, die einmal Salísfell heißen sollte. Damals wurden die Hinterlassenschaften der Aínar erkundet. Man stieß auf Kammern und grob gehauene Gänge, die tief in den Berg hineinführten und entdeckte, dass sich Adern aus Salz durch das dunkle Gestein zogen, die so schwarz wie sternlose Nacht waren, und dass ebenjenes Salz, zerstoßen und fein zermahlen und zu sich genommen, eine wohltuende Wirkung entfaltete.

Diese Entdeckung sprach sich bald herum und kam auch den Mitgliedern der großen Handelsfamilien von Istansgard zu Ohren. So wurde bald mit dem Abbau des Salzes und dem Handel begonnen – dieser sollte in den kommenden Jahrhunderten den Grundstein für den Reichtum des Nordens bilden, und er tut dies noch immer, weswegen den Königen von Istansgard viel daran gelegen ist, dass diese Förderung nicht nachlässt. Im Jahre 1877 n. L. arbeiten etwa fünfhundert Mann in den Minen; sowohl freie Männer, wie auch solche, die andernorts wegen Verbrechen verurteilt worden waren und die Schufterei in den Minen einer anderweitigen Strafe vorgezogen hatten.

WICHTIGE PERSONEN DER MINEN AM NÍDIS
für das Verständnis der Geschehnisse, die hier eintraten, nachdem Sekhems Fluch in Errion durch die Hand Fionn Barahérs erweckt wurde

- SAM: Ein vierzehnjähriges Mädchen, das sich gezwungenermaßen, aber verbotenerweise als Junge verkleidet, und dem Ruf des Hochkönigs Folge leistet, an die Minen am Nídis zu ziehen, um ihre bettelarmen Familie mit ihrem Lohn und dem versprochenen Steuererlass zu unterstützen, was nur Jungen und Männer tun durften.

- IHRE FREUNDE:
  - FÍD: Sein richtiger Name lautet eigentlich Fíddus, er ist etwa im gleichen Alter wie Sam und ein Tagedieb aus Yrien, der geschnappt und für seine Verbrechen an den Askensee geschickt wird.
  - DER STARKE YORAN: Er ist älter als Sam; woher er stammt und warum er zu den Minen kam, ist unbekannt; es scheint jedoch nicht so, als täte er es aus freien Stücken.
  - EMMET UND EMERIK: Die zwei blonden Brüder kommen ebenfalls mit Sam an die Minen; sie sind hier wegen des Straferlasses.
- DER OBERAUFSEHER BRAENDI: Ihm obliegen die Oberaufsicht und die Führung der Minen sowie der Festungsinsel von Nídisgard.
- DER SOMMERWOLF: abfällig von den Männern der Minen der Hund des Oberaufsehers genannt; sein wahrer Name ist Erlendúr, damit wagt ihn aber keiner anzusprechen. Er kam im Sommer des Jahres 1875 n. L. an die Minen und erweckte den Eindruck, als sei er lange Zeit durch die Wildnis gestreunt. Er ist schweigsam, jedoch mehr als geschickt mit dem Schwert und konnte sich durch seinen Gehorsam rasch die Gunst des Oberaufsehers sichern. Woher er einmal stammte und was ihn zu den Minen trieb, weiß niemand.
- DIE ARBEITER IN DEN MINEN UND AUF DER FESTUNGSINSEL (Auswahl)
  - UGO ROSSHAAR: Langjähriger Arbeiter in den Minen; er versorgt die Esel in den Stollen.
  - DIE BRONZEKNÖPFE: So werden die Vorarbeiter genannt; sie unterstehen dem Sommerwolf, dieser direkt dem Oberaufseher.
  - HEORL DER KOCH: Er ist der Küchenmeister von Nídisgard; ihm unterstehen mehrere Hilfsköche.
  - DER KÄMMERER: Ihm obliegt die Verwaltung der Festungsinsel.
  - DER ALTE AFI NEUNFINGER: Ein weißhaariger

Greis, halb blind, halb taub, der in der Eisenhütte arbeitet und für die Werkzeuge der Minenarbeiter zuständig ist.

- DIE BEWOHNER VON SALÍSFELL: Am Westufer des Askensees liegt die kleine Stadt Salísfell, wo die Familien der freien Männer unter den Minenarbeitern leben.

- Abzieher: Minenarbeiter, der die Förderkörbe entleert
- Adamantenstahl: Stahl von besonderer Härte und zugleich hoher Flexibilität; Schwerter, die aus Adamant gefertigt sind, behalten ihre Schärfe auch über Jahrhunderte bei. Besonders außergewöhnlich ist die wellenlinienartige Zeichnung.
- Addenmark: Mark im Osten Errions, angrenzend an das Königreich von Hoeghain, auf alterrisch auch *Addíshír* genannt
- Adept: Bezeichnung für angehende Magister während ihrer siebenjährigen Ausbildungs- und Studienzeit
- Aelos: Stadt im Osten des Kaiserreiches
- Aínar, die Völker des grauen Winters: Sagenumwobene Menschenstämme, die einst im Grauen Alter im Norden des Großkontinents lebten.
- Aketon: leichter gesteppter Textilpanzer, siehe *Gambeson*
- Alt-Atâski: Sprache, die vor dem Untergang vom Volk Amkashs gesprochen wurde; die Tontafeln von Rhín sind in Alt-Atâski abgefasst. Heute ist die Sprache ausgestorben.
- Alte Westkönige: Nachkommen Bramyns des Eroberers, sagenhafte Königsfiguren der Geschichte Errions, die die westlichen Küstenlande nach dem Ende des Grauen Alters bis ins 8. Jhd. n. L. regierten
- Alter König Narmer: Schiff aus der schwarzen Flotte von Amkash, benannt nach einem der Könige von Amkash vor dem Untergang.
- Altvordere: die alten Götter des Nordens, ohne Zahl und Namen; die Götter der Aínar
- Amduat: die Wiederaufnahme der einstmals abgebrochenen Duat, siehe *Duat*
- Amkash: Das wiedererstandene Schwarze Land des Herrn von Ombos, hoch im Norden der Welt, verborgen von Schleiern, wo sich seine Häscher und Hörigen sammeln und auf die verheißene Rache sinnen.
- Annaur: Die Anderswelt, Welt der Schatten und der Geister, ein Ort ohne Zeit, von der in Errion unter anderem ein paar der wenigen überlieferten Lieder der Celdennen erzählen.
- Anndel: Dorf auf halbem Weg zwischen Bailín und Santísmer

- Anschläger: Minenarbeiter, zuständig für die Förderung
- Apfelwein: aus Äpfeln gekelterter Fruchtwein mit süß-säuerlichem Geschmack und einer dünnen Schaumkrone; errische Spezialität
- Aray: Nachbardorf Bailíns
- Arbalest: Weiterentwickelte und leicht vergrößerte Form der Armbrust; diese Bauart verfügt über einen Bogen aus Stahl und kann schneller nachgeladen werden.
- Armínn: Fluss im Norden des Großkontinents
- Askensee: Lang gestreckter Süßwassersee, der die ansonsten zerklüfteten umliegenden Länder in nordöstlicher Richtung in fast gerader Linie durchschneidet. An seinem Nordostufer liegt der Nídis.
- Ástan: Beiname der *Alte*, legendärer erster König des Nordens und Erbauer von Nídisgard
- Barett: flache Mütze aus Filz oder Wolle
- Bastardbrot: Kleine Brote, die aus Teigresten gebacken werden.
- Bayle: oberster Verwalter Errions, die rechte Hand des Herzogs am Hof von Santísmer
- Bélenneon: Einer der zwei Tideflüsse, die bei Santísmer in die See münden.
- Beorl der Grausame: Legendärer Piratenkönig, der während der numischen Kriege im Bettlermeer gewütet haben soll.
- Bering: Bezeichnung für die Gesamtheit der Ringmauern einer Burg
- Bitterkraut: gelb blühende krautige Heilpflanze
- Bombarde: Traditionelles errisches Blasinstrument. Charakteristisch sind das doppelte Rohrblatt und der kräftige Klang, den zu erzeugen dem Musiker einiges abverlangt und häufige Atempausen erfordert, weswegen er meistens nicht alleine spielt, sondern von einer Sackpfeife oder Trommeln begleitet wird.
- Brakteaten: einseitig geprägte Münzen oder Medaillen aus dünnem Metallblech. Zumeist stammen sie aus dem Norden, zeigen Runen oder magische Symbole und sollen schweigende magische Eigenschaften besitzen – insbesondere solche, die Flüche und schwarze Magie bannen. Wer sie geschaffen hat,

ist laut den Magistern ungewiss.

- Bramyn der Eroberer: Heldenfigur aus der Geschichte Errions; legendärer erster der Alten Westkönige, der die Celdennen besiegte und so den Erriennen ihre Ausbreitung ermöglichte. Er soll zum Ende des Grauen Alters gelebt und geherrscht haben, über die genauen Daten herrscht jedoch Uneinigkeit.
- Brevís: Hauptstadt von Arnis
- Briefband: Farbiges Band, mit dem offizielle Briefe versiegelt werden, und das den Absender kennzeichnet: Blau und Buttergelb etwa stehen für Santísmer, Weiß für Líohim, Grau und Gold für Istansgard, Rot und Grau für Nídisgard, Schwarz für Amkash.
- Briefvögel: Besonders eilige Botschaften werden oft nicht von berittenen Boten überbracht, sondern von Briefvögeln. In Errion werden hierfür, wegen des oftmals unberechenbaren Wetters, Falken eingesetzt, im Norden verwendet man aus ähnlichen Gründen große Kolkraben. Die Magister haben ein Netzwerk aus eigens gezüchteten Tauben zwischen den Magisterstädten eingerichtet, wovon im Jahre 1877 n. L. gelegentlich auch die Kaiser in Líohim Gebrauch machen. Dort werden ansonsten wegen der umliegenden Berge ebenfalls hoch fliegende Falken verwendet.
- Bronzeknopf: Bezeichnung für die Vorarbeiter in den Minen am Nídis
- Bündelpfeiler: Pfeiler, der aus mehreren Rundstäben zu bestehen scheint, weil der eigentliche Pfeilerkern nicht mehr erkennbar ist.
- Casse: Tontopf mit Deckel
- Celdebolg: Das Schwert der Dorfmeister von Bailín; ein Breitschwert aus Celdennenstahl, welches sich schon seit Generationen im Besitz des Dorfes befindet und von seinen Oberhäuptern getragen und weitergegeben wird.
- Celdennen: Urtümliches Volk, das einst im Grauen Alter die Länder von Errion bevölkerte, bevor es von den Erriennen ausgelöscht wurde.
- Celdennengräber: Von den Celdennen in Hügel getriebene Höhlengänge und Rundkammern, die als Grabstätten für

Krieger, Häuptlinge und andere verdiente Persönlichkeiten dienten.

- Celdennenmünzen: Vereinzelt findet man in Errion und Hoeghain münzenähnliche Relikte, die den Celdennen zugeschrieben werden. Sie bestehen zumeist aus Kupfer und ähnlichen weichen Materialien und zeigen (wo nach Gebrauch und Verwitterung durch die Jahrtausende noch erkennbar) Krieger, Äxte, die vielgestaltigen Götterfiguren und vor allem den Héohirsch. Ihr genauer Zweck ist unbekannt, man vermutet allerdings, dass es sich nicht um Zahlungsmittel, sondern eher um Ritualobjekte gehandelt hat, denen magische Kräfte zugeschrieben wurden.
- Celdennenpanzer: von den Celdennen mit einer Harzmischung aus geheimen Zutaten gehärtete Lederpanzer
- Celdennenstahl: Von den Celdennen geschmiedete Waffen bestehen aus einer Legierung, deren genaue Zusammensetzung heute nicht mehr nachvollziehbar ist. Sie sind einerseits sehr robust und widerstandsfähig und können dadurch sehr lange in Gebrauch bleiben, verlangen jedoch eine aufwendige Pflege, ohne die sie schnell spröde werden und brechen.
- Celdennensteine: von den Celdennen in den Ländern Errions und vereinzelt auch in Hoeghain aufgestellte hochragende Steinblöcke. Sie können für sich alleine stehen, aber auch in langen Reihen angeordnet sein sowie in Gruppen von dreien oder vieren und einen Deckstein tragen. Die meisten sind schmucklos, manche jedoch tragen seltsame Zeichen und Abbildungen der vielgestaltigen Celdennengötter und des großen Héohirsches. Ihr Zweck ist unbekannt.
- Cirion III: fünfter König aus der Linie Irions, im Jahre 1877 n. L. Hochkönig des Nordens auf dem Schwarzsalzthron von Istansgard
- Deniere: Silbermünze Errions, anerkannte Währung im H. E. R.
- Dinan: Nachbardorf Bailíns
- Donjon: Hauptwohn- und Wehrturm von Burgen in Errion
- Dorfmeister von Bailín: Anführer des Dorfes Bailín; der Titel wird vererbt, zusammen mit dem Schwert Celdebolg.
- Druiden: Figuren aus den überlieferten Liedern und Le-

genden der Celdennen, die in deren Kult eine wichtige und führende Position innehatten, gleichauf mit – wenn nicht sogar noch vor – den Fürsten und Stammesoberhäuptern. Sie waren Heilkundige, und es heißt, dass sie als Einzige mit den vielgestaltigen Göttern sprechen konnten und dass sie Magie beherrschten.

- Duat: vor über dreitausend Jahren von Amkash heraufbeschworener Kataklysmus, der beinahe die gesamte Menschheit vernichtet hätte. Die Duat wurde von Sekhem dem Verräter beendet, ihr folgte das Graue Alter. Genaue Informationen, wenn es denn welche gibt, werden von den Magistern unter Verschluss gehalten.
- Einmaster: kleines Segelboot mit nur einem Mast; kann von einer Person alleine gesteuert werden
- Emmerrose: Eine dunkelblaue Rose, die in Errion in Küstennähe gedeiht.
- Eolothos: Stadt im Osten des H. E. R.; bekannt für seine Träumer
- Erdrauch: violett blühende krautige Heilpflanze
- Falchion: Dem Schwert ähnliche, jedoch nur einschneidige Klingenwaffe, die vom Heft zur Spitze hin breiter wird und eine Aussparung im Klingenrücken besitzt, wodurch die Spitze noch schärfer wird. Im Querschnitt ist das Falchion dünner als ein herkömmliches Schwert, wodurch es flexibler und leichter wird.
- Fäuste von Haltí: Berge südlich des Nídis, gefürchtet wegen der Lawinengefahr
- Fibel: Gewandnadel; ihre aus Weißmetall gefertigten Fibeln mit den Symbolen der Sieben Freien Künste kennzeichnen die Mitglieder des Magisterordens.
- Filzlaus: einfaches Würfelspiel
- Friedensabkommen von Brahí: Im Jahr 1772 n. L. von Großkaiser Valentynian und dem damaligen Prinzen des Nordens, Rúrion, unterzeichnetes Dokument, worin das Ende des Großen Reichskrieges nach der Seeschlacht von Nairn und der zeitgleich stattfindenden Schlacht von Brahí festgehalten wurde. Es gesteht dem Königreich des Nordens seine bedingungslose Freiheit auf immerdar und zusätzliche Ländereien

zu, schreibt jedoch vor, dass es keine Kriegsschiffe südlich der Landesgrenzen entsenden darf.

- Fünfheit von Líohim: die fünf großen und geheimen Götter von Líohim; der Glaube an sie wurde mit dem H. E. R. über den gesamten Großkontinent ausgedehnt und ist im Jahre 1877 n. L. der am weitesten verbreitete.

- Fünfzackiger Stern: seit den Tagen Líhenors des Ersten das Siegel der Großkaiser von Líohim; in Weiß auf Gold ist er auch das Banner von Líohim sowie Teil des Siegels des gesamten Heiligen Einigen Reiches; seit dem 8. Jhd. n. L. bildet er in schlichterer Form auch das Symbol der Fünfheit von Líohim.

- Galeasse: Zweimastiges Handelsschiff mit hohem Vormast, das vornehmlich in den rauen Gewässern des Nordens segelt.

- Galeone: Dreimastiges Handelsschiff, das vor allem von den Kaufleuten der Freien Handelsstädte benutzt wird.

- Gambeson: gesteppter Textilpanzer, bestehend aus mehreren Lagen Leinentuch, die mit Rohwolle oder Stoffresten gestopft sind; wird oft unter dem Kettenpanzer getragen.

- Gesinde: Dienstboten und sonstige Hausarbeiter einer Burg

- Gezeitenmühle: Art der Wassermühle, die für gewöhnlich an den Mündungen von Tideflüssen oder an dort eigens errichteten Staubecken gelegen ist, und die vom Tidenhub angetrieben wird.

- Ginsterstern: Elfter der zwölf Stundensterne, ihm voran zieht der Katzenstern, ihm folgt der Wolfsstern.

- Graues Alter: auch als das *Dunkle Alter*, das *Alter des Grauen Winters* und das *Zeitalter der Großen Dunkelheit* bekannt; Zeitalter vor dem *Hellen Alter*, das in der offiziellen Zeitrechnung der Magister im Jahre 0 mit der Krönung Líhenors des Ersten begann. Wenig ist darüber bekannt, was in jenem Alter geschah, da keine Aufzeichnungen aus jenen Zeiten überliefert sind.

- Großer Reichskrieg: Krieg zwischen dem H. E. R. und dem Königreich des Nordens, der von 1695 n. L. bis 1772 n. L. andauerte. Er wurde als Präventivschlag von Graukönig Irion begonnen, der befürchtete, den bis dato eigenständigen Norden an die Kaiser von Líohim zu verlieren. Es war der größte Krieg in der Geschichte des Großkontinents, in dessen Verlauf erstmals eisenbeschlagene Schiffe geschaffen wurden, und er endete mit dem *Friedensabkommen von Brahí*. Es heißt, dass Irion auch andere Beweggründe hatte, den Krieg zu beginnen; Genaueres dahingehend ist jedoch nicht bekannt.

- Großkaiser: Herrscher des H. E. R., die von den neun Kurfürsten des Reiches auf Lebenszeit gewählt werden.
- Großkurprinz/-prinzessin: Das älteste Kind des herrschenden Großkaisers, es kann Anspruch auf die Kaiserwürde erheben.
- H. E. R.: Abkürzung für das Heilige Einige Reich von Líohim; Herrschaftsgebiet der Großkaiser, das im Jahre 1877 n. L. mit nur wenigen Ausnahmen (siehe *Anhänge: der Großkontinent, seine Länder und Völker*) sämtliche Ländereien südlich der Nebelberge und der Weißen Berge umfasst.
- Hag: Besonders dichte und alte Hecke südlich von Bailín, die es angeblich schon in den Tagen der Celdennen gab.
- Harrín der Haarige: Piratenkönig aus dem Bettlermeer
- Hauer: Minenarbeiter, der das Salz mit Hämmern, Hauen und Keilhauen aus dem Gestein löst.
- Heft: Handstück (Griff) eines Schwerts
- Hellebarde: Stangenwaffe, die Spieß und Axt kombiniert (Hieb- und Stichwaffe).
- Héohirsch: Machtvolle Tierdarstellung der Celdennen, das wohl den wichtigsten ihrer vielgestaltigen Götter darstellt: einen Hirsch mit außergewöhnlich großem Geweih. Er hat sich in seiner Rolle als Schutzsymbol bis heute erhalten.
- Héreshim: Küstenstadt am Binnenmeer
- Herr von Ombos: auch bekannt als *Namenloser Schrecken, der (schlafende) Schrecken jenseits der Sterne, Schwärzester aller Schrecken, Feind der Menschheit, der Verbannte/Verstoßene* und unter weiteren Bezeichnungen. In der Mythologie von Amkash eine körperlose Wesenheit mit immenser Macht, die von jenen, die ihre Stimme in den Träumen vernehmen konnten, in den Tagen vor dem vergessenen Alter angebetet wurde, worauf sie ihnen einen Bruchteil ihrer Macht übertrug, was zum Aufstieg von Amkash führte. Mit dem Abbruch der Duat durch Sekhem den Verräter wurde der Herr von Ombos

in die Leere jenseits der Sterne verbannt und liegt dort seither durch die Macht von Sekhems Fluch in ewigem Schlaf gebannt.

- Hieroglyphen: Schriftzeichen, wie sie einst auf Amkash verwendet wurden.
- Hoeghain (Stadt): Hauptstadt des Königreiches von Hoeghain; im Jahre 1877 n. L. von Unruhen heimgesucht
- Hoelor: Mächtiger Fluss, der in den Menez Nivluínn entspringt und das Land von Hoeghain durchzieht; er mündet in die Silbersee.
- Istansgard: Hauptstadt des Königreiches des Nordens
- Kaffee: Heißgetränk mit belebender und kräftigender Wirkung; die Bohnen kamen zum ersten Mal mit den Kaufleuten der Freien Handelsstädte nach Santísmer und ihr Genuss verbreitete sich von dort aus in ganz Errion. Er wird säckeweise als Bohnen verkauft und mittels kleiner Mühlen je nach Bedarf gemahlen.
- Kaiserstern: Siegel der Großkaiser von Líohim, siehe *Fünfzackiger Stern*
- Kaiserwache: Zwölfköpfige Eliteeinheit, angeführt von einem Hauptmann, die den Großkaiser von Líohim und seine enge Familie beschützt. Die Ritter werden vom Kaiser selbst auserwählt und unterstehen einzig seinem Befehl.
- Kalfateisen: flaches, spachtelähnliches Eisen, mit dem das Werg beim Kalfatern zwischen die Planken gestopft wird.
- Kalfatern: Abdichten eines Bootes oder Schiffes mittels Werg und Pech
- Kaltsteinmilch: Pflanzenextrakt mit narkotisierender Wirkung; die genaue Rezeptur ist ein Geheimnis der Magister.
- Kantele: Flügelförmiges Zupfinstrument aus Birkenholz, das vor allem in den Ländern des Nordens verbreitet ist.
- Karavelle: Im Jahr 1877 n. L. weit verbreiteter Segelschifftyp, der ursprünglich aus Arnis stammt; charakteristisch sind das Lateinersegel und der niedrige Tiefgang, die hohe Geschwindigkeiten ermöglichen.
- Katakomben von Líhenor: Unter dem Kaiserpalast von Líohim gelegene Katakomben; hier wurden einst die Kaiser der ersten Dynastien beigesetzt, bis man den Bestattungsort wegen der ständigen Überflutungen aufgab. Nach der Re-

volution Justyns I. wurden sie zur Zisterne umfunktioniert und erfüllen diesen Zweck bis heute. Ihre einstige Funktion hingegen ist so gut wie vergessen.

- **Keilhaue:** Minenwerkzeug, ähnlich einer Spitzhacke
- **Kharras:** eine der drei Freihandelsstädte; bekannt für seinen Weinhafen und die Weinhändler sowie seine jährlich ausgetragenen Sängerwettstreite
- **Kharresische Gulden:** Gold- und Silbermünzen aus Kharras; anerkannte Währung im H. E. R.
- **Klappenrock:** Schlichtes mantelähnliches Kleidungsstück mit zwei dreieckigen Klappen an der Vorderseite, die übereinandergeschlagen und mit einem Gürtel geschlossen werden. Aus olivgrauer Wolle gefertigt und mit einer Fibel aus Weißmetall an der Brust kennzeichnet dieses Kleidungsstück die Mitglieder des Magisterordens.
- **Klingen der Sareka:** von strengen Wintern zerklüftete Berge südlich des Askensees
- **Kloster zum Heiligen Bastyan:** Nordöstlich von Santísmer gelegenes Kloster der Fünfheit, errichtet vom Heiligen Bastyan, einem der Missionare, die in den Jahren nach der Eingliederung Errions ins H. E. R. aus Líohim entsandt worden waren, um den Glauben an die Fünf Großen Götter zu verbreiten. Im Jahre 1877 n. L. ist es vor allem für seine gesalzene Butter bekannt, die von den Mönchen auf den Märkten von Santísmer verkauft wird.
- **Knochenrose:** Bleiche Rosenart, die auf Amkash gedeiht.
- **Kobaltinsel:** Insel im Süden des H. E. R., von wo aus einst Sklavenschiffe aufbrachen. Auch Weihrauchbäume werden hier kultiviert und ihr Harz gehandelt.
- **Kogge:** Tiefliegender und robuster Segelschifftyp, der vor allem für Handelsfahrten in die nördlichen Meere verwandt wird.
- **Korsaren von Ambor:** Freibeuter, die von der Ambor-Insel im Arnischen Meer auf Raubzüge ausgehen.
- **Kupferstern:** Elfter der zwölf Stundensterne, ihm voran zieht der Katzenstern, ihm folgt der Wolfsstern.
- **Kurfürsten:** Die neun ranghöchsten Fürsten des Reiches, denen das alleinige Recht zur Wahl des Großkaisers vorbehalten ist.

- Lakritz: Süßigkeit aus dem Wurzelextrakt der Süßholzpflanze; wird vor allem in den Borryschen Bergen hergestellt und von Borrynshafen aus in die Welt geschickt.
- Lamellenrüstung: Rüstung, die aus vielen miteinander verketteten Metallplättchen oder -leisten besteht, was im Gegensatz zum Platten- und auch Schuppenpanzer eine hohe Flexibilität ermöglicht; sie wird vor allem von den Rittern in und um Líohim getragen; in Weiß auch von den Mitgliedern der Kaiserwache.
- Lateinersegel: Segeltuch in Form eines Dreiecks
- Lederrüstung: Rüstung, deren verschiedene Bestandteile aus gegerbtem und gehärtetem Leder gefertigt sind, die teilweise miteinander vernietet werden; sie bietet weniger Schutz als ein Plattenpanzer, Schuppenpanzer oder eine Lamellenrüstung, ist aber um ein Vielfaches leichter und gestattet ihrem Träger mehr Wendigkeit und einen deutlich größeren Bewegungsspielraum.
- Líhenor I: Legendärer erster Kaiser des Großkontinents und Gründer von Líohim; auf dem Jahr seiner Krönung (Jahr 0) basiert die Zeitrechnung der Magister.
- Línhaus: Altes Gebäude in Bailín, das in den Tagen des Wohlstands durch den Handel mit Santísmer errichtet wurde; damals wurden darin Stoffe und Segeltücher gewebt, heute werden die Kinder von Bailín und aus den umliegenden Dörfern an den Sonntagen dort von den Dorfältesten in der Geschichte Errions unterrichtet.
- Líohim: Hauptstadt des Heiligen Einigen Reiches und Sitz der Großkaiser
- Löwengreif: Mischwesen mit dem Kopf und Körper eines Löwen und den Flügeln eines Adlers; Wappentier der Fürsten von Alianor
- Magister: Orden aus Gelehrten, Weisen und Heilkundigen, die die Sieben Freien Künste studiert haben; sie fungieren zumeist als Berater von Herrschern und aller, die es sich leisten können, wie etwa wohlhabende Kaufleute, oder sie widmen sich der weiteren Beforschung und Vertiefung ihrer Studienfächer; ihr Hauptsitz ist in Nîssus, wo ihr Orden einst gegründet wurde. Charakteristisch ist ihre Kleidung: ein Klap-

penrock aus olivgrauer Wolle und die Fibel aus Weißmetall, die das jeweilige Studienfach des Trägers anzeigt.

- **Magisterstädte:** Städte, in denen der Orden der Magister tätig ist; neben Nîssus und Líohim gibt es davon weitere sieben Stück, eine für jede der Sieben Freien Künste; die Magister studieren dort während ihrer Adeptenzeit.
- **Mahre:** Dämonenähnliche Wesen, die Alpträume verursachen.
- **Maßwerk:** Es wird auch Stabwerk genannt und bezeichnet von Steinmetzen in Durchbrucharbeit gefertigte filigrane geometrische Schmuckelemente zur Gliederung von Fenstern, Balustraden und (offenen) Wänden.
- **Meerschaumpfeife:** Tabakspfeife aus Tonmineral, oft schmuckvollgestaltet; zunächst weiß, wird sie durch häufigen Gebrauch schnell grau und schwarz.
- **Menez Mintín:** die Morgenberge; niedriger, bewaldeter Gebirgszug im Osten Errions
- **Mittwinter:** Die Nacht der Wintersonnenwende; in vielen Teilen des Großkontinents werden in dieser Nacht große Feuer entzündet.
- **Mohns:** eine der drei Freihandelsstädte; auf der gleichnamigen Insel gelegen
- **Muschelkönig:** Spitzname des obersten Kaufmanns der Händlergilde von Mohns
- **Nachtkerzen:** krautige Heilpflanze mit starkem aromatischem Duft
- **Nairn:** Ehemals eine bedeutende Stadt im Königreich des Nordens; hier befanden sich die Werften, in denen die schwarze Flotte für den Großen Reichskrieg gebaut worden war. Zum Ende des Krieges – nach der Niederlage in der Seeschlacht vor der Stadt – wurden die Stadt, die Werften und sämtliches Wissen über die Herstellung solcher Eisenschiffe von Großkaiser Valentynians Flotte vernichtet.
- **Narnen:** dämonenähnliche böse Geister des Nordens
- **Naryselche:** Bemerkenswert große Elche, die im Norden als Zugtiere eingesetzt werden.
- **Nídis:** Auch als »Schwarzsalzberg« bezeichnet; Berg am Ostufer des Askensees, bekannt für seine tief ins Gestein rei-

chenden Minen, in denen das schwarze Salz abgebaut wird;
einst lebten hier die Aínar.

- Nídisgard: Von Ástan begründete Inselfestung unweit des
Nídis; dort lebt die Arbeiterschaft der Minen.
- Nídissalz: Das schwarze Salz des Nídis; aufgrund seines Vor-
kommens ausschließlich im Nídis sehr kostbare Substanz,
welche von dort aus über den ganzen Großkontinent verkauft wird; charakteristisch sind seine samtige Schwärze und
die angeblich wohltuende Wirkung, die das Leben und die
Gesundheit erhalten soll; es heißt, dass die Träumer von Eolothos es dazu verwenden, um ihre Träume herbeizuführen.
Weitere Wirkungen sind nur vage und nur bei manchen
Menschen bekannt, gehen jedoch weit über das Begreifliche
oder Benennbare hinaus und finden sich zudem in keinen der
bekannten, zugänglichen Schriften der Magister.
- Nír Ammharís: Auch als »Stadt der toten Tempel« bezeichnet;
vor dem Großen Reichskrieg war sie wegen der schützenden
Lage in der Sturmsee eine der bedeutendsten Hafenstädte im
Norden, bereichert mit Tempeln vieler fremder Religionen
für die durchreisenden Schiffer; heute eine größtenteils verlassene und verfallene Ruinenstadt.
- Nír Immíns: Hafenstadt im Norden, Sitz wichtiger nordi-
scher Handelsfamilien und nördlichster Knotenpunkt des
Handelsnetzwerkes mit dem H. E. R.
- Nír Vareluínn: Verfallene Klippenfestung in der Bucht von
Varís; einstmals eine der Grenzfestungen des H. E. R., die
nach dem Großen Reichskrieg errichtet wurde, im Jahr 1877
n. L. war sie aber schon seit langer Zeit aufgegeben.
- Níressar: Legendärer Ort im Norden, wo einstmals mächtige Schmieden gewesen sein sollen; die genaue Lage auf den
Karten ist in Vergessenheit geraten.
- Nîssus: Stadt im Osten des H. E. R., am Fluss Nîs; Hauptsitz
des Magisterordens
- Nominoe der Namenlose: Letzter der Neuen Westkönige,
der sich den Truppen Großkaiser Zenons gebeugt hat; unter
ihm wurde Errion ins H. E. R. eingegliedert.
- Nordische Kupferkönige: Währung im Königreich des Nordens; die Münzen zeigen einen König im Profil, von dem es

heißt, er stelle angeblich Ástan selbst dar.

- Obsidian: schwarz glänzendes (oft scharfkantiges) Gesteinsglas vulkanischen Ursprungs
- Ophys: Stadt im Osten des Großkontinents, bekannt für ihren Kult um die weithin und tief sehende Sphinx
- Pappelknospen: Heilpflanze
- Parierstange: Querstück zwischen Heft und Klinge eines Schwerts
- Pheleos: eine der sieben Magisterstädte; zwischen den Bergen am Ostufer der Meerenge gelegen
- Pont: Eine der drei Freihandelsstädte; bekannt für sein Orakel, auf dessen Weissagungen sich viele der ansässigen Händler verlassen; vor wichtigen Entscheidungen senden sie Briefvögel mitunter um die halbe Welt, um sich dessen Rat einzuholen.
- Reichsverweser: Auch Reichsvikar genannt; Person, die während einer Thronvakanz bzw. eines Interregnums (einer Zeit ohne legitimen Herrscher, so etwa unmittelbar nach dem Tod eines Großkaisers und vor der nächsten Wahl) die laufenden Regierungsgeschäfte fortführt.
- Rhín: Bucht im Norden des Großkontinents; hier lebten einst im Grauen Alter die Zeloten von Rhín, welche auf Tontafeln die Prophezeiung der Wiederkunft eines Prinzen für Amkash festhielten, der sein Volk aus der Knechtschaft befreien und es wieder zu alter Stärke führen würde.
- Ringmauer: Wehrmauer, die den inneren Bereich einer Burg umschließt; siehe auch *Bering*.
- Ringpanzer: Auch als Kettenpanzer, Kettenrüstung, Kettenhemd oder schlicht Panzerhemd bekannt; Rüstung, die aus zahlreichen vernieteten und ineinander verflochtenen kleinen Metallringen besteht.
- Rosenschimmel: rotgefleckter Schimmel
- Runen: Schriftsystem der Aínar, dessen Bedeutung bis auf wenige Zeichen verloren gegangen ist; im Jahr 1877 n. L. gelten Runen zumeist als Unglücksbringer oder Warnzeichen.
- Sackpfeife: Traditionelles errisches Holzblasinstrument, das oft zusammen mit einer Bombarde gespielt wird; siehe *Bombarde*.

- Salísfell: Stadt am Westufer des Askensees, gegenüber von Nídisgard gelegen; hier leben die Familien vieler Minenarbeiter.
- Sandsteinthron: Bezeichnung für den Herrscherthron von Errion
- Santísmer: Hauptstadt von Errion zwischen den Mündungen der Tideflüsse Bélenneon und Anneon; einst Sitz der Alten und Neuen Westkönige, heute herrschen von dort die Herzöge über die westlichen Küstenlande; die Bezeichnung Santísmer umfasst umgangssprachlich sowohl die Stadt samt dem Hafen wie auch die Herzogsburg auf ihrem Felsenhügel.
- Sarrock: Textilpanzer, ähnlich dem Gambeson; siehe *Gambeson*.
- Schaf und Wolf: Brettspiel für zwei Spieler
- Scheide: Behältnisse für scharfes Werkzeug, Schwerter und etwaige Klingenwaffen
- Schlachthammer: Auch Kriegs- oder Streithammer genannt; langstieliger schwerer Hammer, der selbst Plattenpanzer durchschlagen kann.
- Seideninseln: Inselgruppe im Osten des Großkontinents, wo Seide hergestellt wird.
- Sekhems Fluch: Legendäre, lange verschollene Waffe, der als einziger die Macht innewohnt, den Herrn von Ombos in seinem Exil hinter den Sternen zu halten. Fällt sie den Häschern von Amkash in die Hände, werden sie es nutzen, um die Duat wiederaufzunehmen und zu vollenden, was Sekhem einst unterbrochen hat. Um dies zu verhindern, wird Sekhems Fluch seit jeher von einem Träger beschützt, der durch einen Heiligen Eid daran gebunden ist, der nur durch den Tod aufgehoben wird.
- Senet: Mühle-ähnliches Brettspiel Amkashs
- Sieben Freien Künste, die: die sieben Studienfächer der Magister; sie umfassen die Lehren der Grammatik (Symbol: ein Birkenzweig), Rhetorik (Symbol: ein Griffel und Wacholderblüten), Geschichte (Symbol: ein Wolf mit einer Sonnenuhr im Maul), Arithmetik (Symbol: ein Zirkel), Geografie (Symbol: eine Staubtafel), Musik und Heilkunde (Symbol: eine Jochlaute) und Astronomie (Symbol: ein Sichelmond und ein Kreuzstab). Jeder Magister wird durch eine Fibel aus

Weißmetall ausgewiesen, welche das Symbol der jeweiligen Kunst darstellt.

- Sols: Goldmünze Errions, anerkannte Währung im H. E. R.
- Steineiche: Besonders standfeste Eichenart mit sehr hartem Holz, die in Errion westlich der Menez Mintín wächst; es gibt nur noch sehr alte Exemplare, neue junge Bäume gedeihen nicht mehr.
- Stollenmaurer: Minenarbeiter, der für den gesicherten Bau der Stollen und Schächte verantwortlich ist.
- Stundensterne: Zwölf Sterne von besonderer Helligkeit, die scheinbar in einer Linie von Ost nach West über den Himmel ziehen; alle zwei Stunden geht je einer auf und unter. Sie sind so hell, dass man sie bei klarem Wetter auch am Mittag mit bloßem Auge erkennen kann; sie bestimmen seit jeher den Tagesablauf auf dem Großkontinent und bilden die Grundlage der Uhrzeiten. In einer der ältesten überlieferten Darstellungen des Firmaments (wohl geschaffen von den Alearen in den Jahren vor Líhenor und von den Steppenvölkern von Aleas an die Magister übergeben) fehlen sie jedoch.
- Talabarde: Bezeichnung für den Spieler einer Bombarde
- Tappert: rockähnliches Männergewand; mit dem Wappen des Herrscherhauses verzierte Tracht der Herolde
- Tassenkrug: Bauchiger tassenähnlicher Krug, aus dem in Errion traditionell der Apfelwein getrunken wird.
- Théros: Land im Osten des H. E. R.; bekannt für seinen süßlichen und aromatischen Pfeifentabak
- Tresterbrand: Spirituose, die aus vergorenem Trester (Rückständen der Weinmaische) hergestellt wird; meist von niederer Qualität.
- Trolle: Fabelwesen aus dem Norden; übermenschliche Wesen aus Stein, die in den Bergen leben und Menschen wie Vieh fressen.
- Umen: Fluss im Norden des Großkontinents, der in die Graue Bucht mündet.
- Valyans Aquädukt: Von Großkaiser Valyan gebauter Aquädukt, der Trinkwasser aus den Weißen Bergen in den Kaiserpalast von Líohim transportiert, wo er die Zisterne von Líhenors Katakomben speist.
- Wachturm von Mauron: Wachturm auf der gleichnamigen

Landzunge, etwa einhundertfünfzig Meilen nördlich von Santísmer, wie der Falke fliegt; in den Jahren nach dem Großen Reichskrieg im Auftrag des Großkaisers Valentynian von Errions damaligem Herzog erbaut, um die Schifffahrt in Küstennähe und somit die Einhaltung der Bedingungen des Friedensabkommens von Brahí zu überwachen.

- Waffenrock: Auch Wappenrock genannt; meist über dem Harnisch oder über Ringpanzerhemden getragener Teil der Rüstung; oft an prominenter Stelle mit dem Wappen des jeweiligen Herrschers oder Lehnsherrn verziert.
- Wehrgang: Gang, der als oberer Abschluss einer Wehrmauer oder eines Wehrturms zu Verteidigungszwecken dient; mit einer Brustwehr und Zinnen versehen und überdacht.
- Wehrplatte: Oberste Verteidigungsplattform eines Wehrturms, mit einer Brustwehr versehen und mit Zinnen oder Schießscharten bestückt
- Wehrtürme: meist an die äußeren Mauern eingebaute Türme einer Burganlage, die der Verteidigung dienen
- Werg: Billige Stoffe und Stoffreste, meist Abfallprodukte bei der Leinenherstellung, die zum Kalfatern verwendet werden.
- Werwölfe: Schreckliche Gestalt- und Seelenwandler, die in den verlorenen Ländern östlich des Nídis und nördlich der Grauen Berge umgehen sollen.
- Wiedergänger (Untoter): Ruheloser Geist eines Verstorbenen, der nach dem Tod aus seinem Grab wiederaufersteht und jene Menschen heimsucht, die er im Leben gekannt hat.
- Wirtschaftshof: Auch Vorburg oder äußere Burg genannt; er bezeichnet den Teil einer Burg, in dem die Wirtschaftsgebäude (Bäckereien, Schmieden, Stallungen etc.) untergebracht sind, die der Versorgung der Bewohner dienen.
- Wolfsblume: nachts blühende Heilpflanze mit bleicher milchfarbiger Blüte
- Yrisches Wasser: Aus Hafer und Hirse gebrannte und mit verschiedenen Kräutern versetzte klare Spirituose, die aus Yrien stammt; man schreibt ihm wohltuende, gar heilende Wirkungen zu; aufgrund seines hohen Alkoholgehalts wird es von Rittern oftmals auch zur Wundreinigung verwendet.
- Zähne von Múrn: bewaldete Klippen südlich des Askensees

- Zimmerlinge: Minenarbeiter, für die Holzarbeiten zuständig
- Ziqqurat des Rosensteins: Gestufter Tempelturm im Süden Hoeghains, der vollständig aus dem Rosenquarz der anstehenden Berge gehauen wurde; Sitz einer geheimnisvollen Priestersekte, die zu keinem bekannten Gott beten, dunkle Fähigkeiten besitzen, Blutopfer bringen und Geister beschwören soll; angeblich verstehen sich die Priester sich sogar auf Nekromantie. Niemand, der sie aufsuchte, ist je wieder gesehen worden.
- Zwinger: Fläche zwischen der äußeren und der inneren Mauer einer Burg bzw. zwischen (Stadt-)Mauer und Graben

DANKSAGUNG

Ein Buch schreibt sich nicht von allein, schon gar kein Erstlingswerk, und erst recht keines mit einem solchen Umfang. Ein Umfang, den manche, mit denen ich darüber gesprochen habe, als das Manuskript langsam Formen annahm, als »irrwitzig«, andere als »beeindruckend« bezeichneten. Eines aber hatten alle, mit denen ich gesprochen und mich darüber unterhalten hatte, gemeinsam: Sie alle haben mich unterstützt, haben an mich und mein Buch geglaubt und mir mit Rat und Tat beigestanden, wann immer ich sie darum gebeten habe. Ohne sie wäre es schlicht nicht möglich gewesen

Daher ist es an der Zeit, all diesen wunderbaren Menschen zu danken.

Das erste und größte Dankeschön schulde ich meiner Lektorin Claudia, die sich ganz gelassen meinen Hunderten Manuskriptseiten gestellt hat, und die meine Texte mit ihren tollen Korrekturen und Anmerkungen dahin geholt hat, wo ich sie haben wollte, wenn ich es selber nicht schaffte – danke für deine Ausdauer, deine Unterstützung, für das gelegentliche Mutmachen und die einfach tolle Zusammenarbeit!

Ein weiteres riesengroßes Dankeschön geht an die Jungs von OH, JA!: Steffen und Tobi, danke euch für die stylische Verpackung und vor allem für das fantastische Cover! Ihr habt die Vision, die ich für mein Buch so lange im Kopf hatte, besser umgesetzt, als sie es in meiner Vorstellung je war! Ihr seid die Besten!

Danke auch an Florian von Maison-Trencavel für die coolen Charakter-Illustrationen an den Kapitelanfängen!

Danke auch an meine Testleser*innen für ihre Bereitschaft, vorab in die Welt von *Salz & Asche* einzutauchen sowie für ihr ausführliches und hilfreiches Feedback. Besonders bedanken möchte ich mich bei Bettina, Ira und Carina, die ich mit meinen Fragen besonders gelöchert habe. Ihr habt mir geholfen, meinem Buch den letzten Schliff zu geben!

Danke außerdem an Johanna und das Team von NovaMD, die all meine Fragen – und das waren als Erstlings-SP-Autor nicht wenige – geduldig beantwortet und die mein Buch über die Ziellinie gebracht haben, sodass ihr es jetzt in den Händen halten könnt!

Danke auch an alle Blogger*innen und tollen Menschen, die mich auf den Socials unterstützt haben!

Dann muss ich unbedingt noch bei meinen Friends und der Family bedanken, meinen Eltern, Erik, Flo, Clara, Niki, um nur ein paar zu nennen, die mehr als einmal geduldig irgendwelche Plot-Verstrickungen oder laute Gedankengänge ertrugen, die als Testleser und -hörer herhalten mussten, ob sie es nun wollten oder nicht, oder sich auch einfach nur öfter mal anhören mussten, dass »irgendwas einfach noch nicht passt«, und die mich dennoch nicht aufgegeben haben – auch dann nicht, wenn ich zum zigsten Mal gestehen musste, dass ich noch nicht fertig sei und »es noch ein bisschen dauern würde«. Love you all!

An der Stelle auch danke an Toby, der geduldig in seinem Körbchen gepennt hat, bis sein Herrchen endlich fertig war mit Schreiben – wozu man ihn durchaus mal durch mehrmaliges Brummen erst hat bringen müssen.

Tja, und zu guter Letzt bleibt mir nur noch, euch zu danken, meinen lieben Leser*innen. Ich hoffe, wir sehen uns beim nächsten Band wieder – die Welt von *Salz & Asche* ist groß und Fionns Abenteuer darin haben eben erst begonnen …

Bis dahin, passt auf euch auf und lasst es euch gut gehen!

Alles Gute,
euer Philipp